मंत्र संदर्शन

मंत्र संदर्शन

मृदुला त्रिवेदी
टी.पी. त्रिवेदी

मोतीलाल बनारसीदास
दिल्ली • मुम्बई • चेन्नई • कोलकाता • बंगलौर
वाराणसी • पुणे • पटना

प्रथम संस्करण : दिल्ली, २००९

ISBN : ९७८-८१-२०८-३४१८-७ (सजिल्द)
ISBN : ९७८-८१-२०८-३४१९-४ (अजिल्द)

मोतीलाल बनारसीदास

४१ यू.ए. बंगलो रोड, जवाहर नगर, दिल्ली ११० ००७
२३६ नाइंथ लेन III ब्लाक, जयनगर, बंगलौर ५६० ०११
सनाज प्लाजा, १३०२ बाजीराव रोड, पुणे ४११ ००२
८ महालक्ष्मी चैम्बर, वार्डेन रोड, मुम्बई ४०० ०२६
१२० रायपेट्टा हाई रोड, मैलापुर, चेन्नई ६०० ००४
८ केमेक स्ट्रीट, कोलकाता ७०० ०१७
अशोक राजपथ, पटना ८०० ००४
चौक, वाराणसी २२१ ००१

नरेन्द्रप्रकाश जैन, मोतीलाल बनारसीदास, बंगलो रोड, दिल्ली ११० ००७
द्वारा प्रकाशित तथा जैनेन्द्रप्रकाश जैन, श्री जैनेन्द्र प्रेस,
ए-४५, नारायणा, फेज़-१, नई दिल्ली ११० ०२८ द्वारा मुद्रित

पावन समर्पण

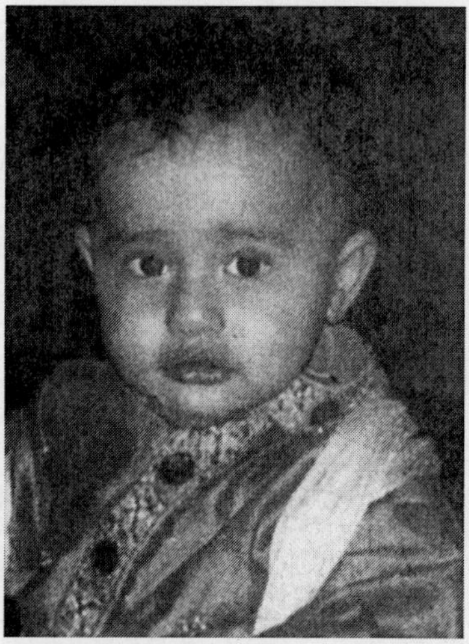

हमारे असीम, अगाध, अशेष स्नेह के शीर्ष पर अभिव्यक्त
संतति सुख की सुमन सम्पदा, हमारी स्नेह स्निग्धा,
स्नेह सम्पदा स्नेहाषिक्त दीक्षा तथा राहुल के समग्र कुल के
वात्सल्य मण्डित स्वर्णिम सुदीप, कनिष्ठ तनया पुत्र

नवांश बाजपेयी

के अनवरत उत्थान को, उसके प्यार और दुलार को, उसके निर्मल,
स्वच्छ स्वर्णिम एवं उज्ज्वल भविष्य को, सुखमय स्वस्थ समृद्ध जीवन को,
वात्सल्य विलसित आह्लाद एवं अनुराग के साथ सस्नेह समर्पित है

मंत्र संदर्शन

के शब्द-शब्द, अक्षर-अक्षर का शब्दार्थ एवं भावार्थ।

पुरोवाक्

बालार्कायुत तेजसं धृतजटाजूटेन्दु खण्डोज्ज्वलम्
नागेन्द्रैः कृतभूषणं जपवटीं शूलंकपालं करैः।
खट्वांगं दधतं त्रिनेत्रविलसत्पंचाननं सुन्दरम्
व्याघ्रत्वक् परिधानयब्जनिलयं श्री नीलकण्ठ भजे।।

सहस्त्रों बालसूर्यों के समतुल्य तेजयुक्त जटाजूट में धारण किये हुए चन्द्र खण्ड के उज्ज्वल प्रकाश से अलंकृत, सर्पों के आभूषणों से विभूषित, जपमाला, शूल, कपाल तथा खट्वाङ्ग हाथों में धारण किये हुए, त्रिनेत्र पंचानन, मनोहर वेषधारी, बाघम्बर पर पद्मासन में विराजमान, श्री नीलकण्ठ का भजन करता हूँ।

पूजा, अर्चना, आराधना, उपासना आदि लगभग समानार्थी शब्द हैं जो आस्तिक समुदाय को अलंकृत करके आराधकों के लिए प्रबल सद्मार्ग का पावन पथ प्रारूपित करते हैं जिसके लिए ज्ञान की नहीं, बल्कि आकण्ठ भक्ति, अपरिमित आस्था और विश्वास की आवश्यकता होती है।

साधना, मंत्रजप, स्तोत्रपाठ, तंत्रविद्या का अनुकरण, यंत्र संरचना, स्थापना तथा साधना को, काम्य साधना अथवा नैमित्तिक आराधना से अभिव्यक्त करना ही उचित है। अभीष्ट की संसिद्धि, किसी विशिष्ट प्रयोजन की सम्पूर्ति, मनोकामना और अभिलाषा को निर्विघ्न प्राप्त करने हेतु मंत्र शक्ति को जागृत करके उसका उपयुक्त उपयोग करना अनिवार्य है। विशिष्ट मंत्र की आवृत्ति अर्थात् जप, स्तोत्रपाठ आदि के विधान को भलीभाँति समझ लेना उपयुक्त है ताकि आराधना की सफलता के संशयरहित होने का सशक्त तथा सुदृढ़ आत्मविश्वास उत्पन्न हो।

हमने अपनी, मंत्र सम्बन्धी समस्त रचनाओं में मंत्र-आराधना के वैज्ञानिक परिप्रेक्ष्य में विधि-विधान और संज्ञान तथा मंत्रों का व्याकरण प्रस्तुत करने की चेष्टा की है। हमारी लोकप्रिय कृतियाँ - 'मंत्र मंजरी, मंत्र मधुवन, मंत्र मंथन, मंत्र मंजूषा, शक्ति कुंज, समृद्धि सुधा, समृद्धि सिन्धु, सन्तान सुख : सर्वांग चिन्तन, वैवाहिक विलम्ब के विविध आयाम एवं मंत्र' आदि में मंत्र विज्ञान की विस्तृत व्याख्या और विश्लेषण किया गया है। त्वरित फलप्रदाता मंत्र चयन प्रविधि, मंत्रों के प्रकार, साधना के सामान्य दोष, साधना के संस्कार आदि का सारगर्भित उल्लेख इन कृतियों में समाविष्ट है, जिसकी पुनरावृत्ति की अनिवार्यता नहीं प्रतीत होती, क्योंकि प्रबुद्ध पाठकों ने हमारी सभी मंत्र सम्बन्धी कृतियों के अक्षर-अक्षर को आत्मसात् किया है।

मंत्र संदर्शन, मूलतः पाँच अध्यायों में व्याख्यायित है। मंत्र एवं अनुष्ठानादि का सुव्यवस्थित समन्वय इस कृति में सन्निहित है। जीवन चक्र के विभिन्न पक्षों, अन्यान्य प्रयोजनों,

पृथक् उद्देश्यों तथा अंतरंग अभीष्टों की सम्पूर्ति में उत्पन्न होने वाली जटिलता का सुगम समाधान **मंत्र संदर्शन** का वैशिष्ट्य है। इस कृति में जिन मंत्रों और साधनाओं का उल्लेख किया गया है, सभी शास्त्रसंगत, वेदविहित, पुराणादि द्वारा अनुमोदित, विभिन्न मंत्र-तंत्र संदर्भित ग्रंथों में व्याख्यायित तथा अनगिनत साधकों द्वारा परीक्षित, प्रशंसित और प्रतिष्ठित हैं। मनोवांछित की पूर्णता का आधार, मंत्रजप और विधान के अतिरिक्त आराधना सम्बन्धित समस्त सूत्रों के अनुकरण पर तो निर्भर करता ही है, साथ ही असंदिग्ध, असीम, अगाध, अंतरंग, अनवरत, आस्था पर भी निर्भर करता है। आस्था की प्रबलता भक्ति भावना की सम्यकृता तथा आराधना का सतर्क सघन अनुकरण, प्रयोजन की शीघ्र पूर्ति हेतु व्यवधानविहीन पथ का निर्माण करता है। शीघ्र ही अभीष्ट की सिद्धि होती है तथा अद्भुत चमत्कारों के कारण श्रद्धा और आस्था को प्रगाढ़ता प्राप्त होती है।

तलस्पर्शी संज्ञान का परिणाम ही मंत्रविज्ञान का प्रमाण है, परन्तु आवश्यकता है अनवरत मंत्रसाधना के परिमाण और प्रारूप की, जिससे उत्पन्न होने वाली ध्वनि तरंगें, कंपन पद्धति द्वारा हमारे शरीर में व्याप्त छः चक्रों में विशिष्ट स्पंदन का संचालन नियन्त्रित करती हैं, जिसके फलस्वरूप हमारे तन, मन, हृदय और मस्तिष्क में संतुलित ऊर्जा और सक्रियता का समावेश होता है, जिसके अदृश्य प्रभाव से अभीष्ट की संसिद्धि का मार्ग प्रशस्त होता है। मंत्रजप की निरन्तरता तथा आवृत्ति की प्रचुरता ही चक्रों में स्पन्दन को न्यूनता, अल्पता या अधिकता द्वारा संतुलित करने का कार्य सम्पन्न करती है। मंत्रसाधना द्वारा सिद्धि से आत्मशक्ति में अप्रत्याशित वृद्धि की स्पष्ट अनुभूति होती है जो समस्त संदेह और संशय का शमन करके, हमारे बाह्यान्तर में भक्ति का संचार करके मुक्ति का पथ निर्मित करती है।

आस्था और आस्तिकता का अभ्युदय मानव के संत्रास को पुनः सरस मधुमास में रूपान्तरित कर देता है। **मंत्र शक्ति : आस्था या अंधविश्वास** से शीर्षांकित विस्तृत अध्याय में मंत्रशक्ति के चमत्कृत कर देने वाले आभास तथा प्रभु के प्रति असीम आस्था की अविश्वसनीय जागृति, चेतना के अभिनव आयाम अन्यान्य सरस एवं सुरुचिपूर्ण उदाहरणों के आधार पर अभिव्यक्त किये गए हैं। यह अध्याय नास्तिक व्यक्तियों के हृदय में आस्था को प्रस्फुटित, पल्लवित, पुष्पित, प्रफुल्लित एवं प्रारूपित करके उन्हें आस्तिक समुदाय का अभिन्न अंग बनाने हेतु सबल और सार्थक प्रयास है।

आकर्षण ही वशीकरण अथवा सम्मोहन में रूपांतरित होने की प्रथम स्थिति है। **सर्वजन सम्मोहक शाबर एवं अन्य वशीकरण मंत्र** शीर्षांकित अध्याय में विषय संदर्भित विविध व्यवस्थाओं एवं विधान का विवरण सन्निहित है। व्यावहारिक रूप से वशीकरण, विशिष्ट व्याधि के अनुरूप ही है। जब संदर्भित व्यक्ति स्वयं के मन और मस्तिष्क पर अपना नियंत्रण खो बैठता है, चेतना, चिन्ता में रूपांतरित हो जाती है, चिन्ता, व्याकुलता का आकार प्राप्त कर लेती है तथा चिन्तन का संतुलन शून्य में विलीन होने लगता है। इस अवस्था को आकर्षण कहना ही उपयुक्त है। आकर्षण के अधीन होने का तात्पर्य है स्वयं के हृदय में प्रेम की सृष्टि। जब स्वयं के प्रेम के प्रत्युत्तर में उदासीनता अथवा घृणा के दंश सहन करना विवशता हो, तो वशीकरण साधना ही उपयुक्त समाधान प्रतीत होता है। कई अवसरों पर वशीकरण व्यवस्था का दुरुपयोग भी होता

है जो नितान्त आपत्तिजनक है। वशीकरण प्रयोग का संपादन तभी अपेक्षित है जब व्यक्ति का प्रेम, आसक्ति के कारण उत्पन्न होने वाली व्याकुलता, प्रेमी की दृष्टि में उपहास की सृष्टि करने लगे। ऐसी अनेक व्यवस्थाओं का विवेचन इस अध्याय में करके हमने संतोष प्राप्त किया है। मंत्र संदर्शन में सम्पादित की जाने वाली समस्त वशीकरण संदर्भित व्यवस्थाएँ, विविध अवसरों पर परीक्षित एवं अनुभूत हैं। जिन वशीकरण प्रयोगों का उल्लेख किया गया है उनकी संसिद्धि साधक की आस्था, एकाग्रता, श्रद्धा, विश्वास के साथ प्रतिपादित की जाने वाली मंत्र-जप की संख्या, वातावरण की शुद्धता, तन की पवित्रता व निष्ठा पर निर्भर करती है। इस अध्याय में वशीकरण सम्मोहन अथवा आकर्षण की अनेक अद्भुत साधनाएँ समाहित हैं। कामदेव मंत्र, वशीकरणार्थ अन्यान्य प्रयोग, सम्मोहन हेतु शाबर साधना, विकट वशीकरण, शत्रु मोहन मंत्र, जगत् मोहन मंत्र, आदि मंत्र प्रयोग उद्धृत किये गए हैं।

व्यवसाय की विविध व्यवस्थाएँ व्यक्ति के परिचय और प्रारब्ध को रेखांकित करती हैं। व्यवसाय की वृद्धि, वृत्ति की वृद्धि, व्यापार का विस्तार एक स्वाभाविक अपेक्षा और आवश्यकता है। अनुकूल मंत्रजप द्वारा इनका विकास और विस्तार सम्भव है। त्वरित फलप्रदाता अनुकूल मंत्रचयन का पृथक् संज्ञान है, जिसके आधार पर उपयुक्त मंत्र का चुनाव करके, जप अथवा अनुष्ठान सम्पादित करने से व्यवसाय में स्थायित्व और विस्तार होता है। जहाँ तक सेवावृत्ति का प्रश्न है वह प्राचीनकाल में निषिद्ध समझा जाता था परन्तु आज के युग में सेवावृत्ति को सर्वश्रेष्ठ माना जाता है क्योंकि सेवावृत्ति द्वारा प्राप्त होने वाला वेतन तो प्राप्त होता ही है, उसमें काम हो अथवा न हो, परन्तु मासिक वेतन द्वारा नियमित व्यय में बाधा नहीं उत्पन्न होती है। सेवावृत्ति में पदोन्नति का समय पर होना अनिवार्य है। यदि ग्रहबाधा अथवा अशुभ ग्रहों की महादशा अथवा अंतर्दशा अथवा शनि की साढ़ेसाती का प्रभाव हो, तो उपयुक्त समय पर वांछित पदोन्नति तथा प्रगति अवरुद्ध होती है। जिन व्यक्तियों ने व्यावसायिक शैक्षिक योग्यता प्राप्त की है तथा उन्हें उपयुक्त पद अथवा नौकरी नहीं प्राप्त हो पा रही है, उन्हें अग्रांकित अध्याय के अंतर्गत उल्लिखित मन्त्रजप करने से अवश्य लाभ होता है। अनेक अवसरों पर इन मन्त्रों के श्रद्धापूर्वक उपयोग से, जप आदि करने से अल्पकाल में ही शैक्षिक योग्यता के अनुकूल पद सुगमता से प्राप्त हो गया है। जिन्हें व्यापार में सफलता नहीं मिल रही है अथवा जिनके यहाँ ग्राहक अथवा परामर्शकर्ता के पहुँचने में किसी न किसी प्रकार का व्यवधान उत्पन्न होता है, उन्हें व्यापारवृद्धि से सम्बन्धित मन्त्रजप निष्ठापूर्वक करना चाहिए। यदि किसी ने व्यापार को बाँध दिया है, जो आज के युग में असम्भव नहीं है, उन्हें सम्बन्धित मन्त्र व्यवस्था का सविधि उपयोग अवश्य करना चाहिए। व्यापार और व्यवसाय के विस्तार हेतु तथा धन के विस्तार और प्रयास के साथ-साथ अर्थसंचय के विकास के उद्देश्य से **व्यवसाय विस्तार एवं समृद्धि प्रसार** नामक अध्याय में समाहित है।

सर्वसंकट नाशक मंत्र शक्ति आधुनिक समाज की प्रासंगिक समस्याओं का सम्यक् समाधान प्रस्तुत करेगा, यही सदाशा है। क्रोध से रक्षा हेतु अनेक व्यवस्थाएँ हमारे शास्त्रों में सन्निहित हैं जिनका अनुसरण करने से व्यक्ति की क्रोधाग्नि में शीतलता का प्रादुर्भाव होता है तथा व्यक्ति सामान्य रूप से प्रसन्नचित्त जीवन व्यतीत करने में सफल होता है। क्रोध के विलय

हेतु कतिपय अनुभूत साधनाएँ अग्रांकित हैं। अनेक अवसर जीवन के समस्त हर्षोल्लास को खण्डित कर देते हैं तथा एक के पश्चात् अन्य अशुभ, अरिष्ट तथा अनिष्ट, व्यक्ति के जीवन को प्रकंपित कर देते हैं। कदाचित् आभास भी नहीं हो पाता कि पलभर में ही प्रकाशमय जीवन घोर अन्धकार में डूब जायेगा। अथक परिश्रम के उपरान्त भी निरन्तर असफलता प्राप्त होती रहती है। कष्टों से मुक्त होने हेतु सभी प्रयास विफल होते हैं तथा परिवार की वेदना जीवन को आक्रान्त कर देती है। सबल चेष्टारत रहने के उपरान्त भी कष्टों की श्रृंखला कम होने के स्थान पर बढ़ती ही चली जाती है। ऐसी स्थिति में यह समझना सुगम होगा कि पूर्वजन्म के किसी पाप के कारण निरन्तर वेदना सहन करने की विवशता है। जन्मांग के आधार पर इष्ट का चयन करने के पश्चात् किसी घोर अरिष्ट के समय इस अध्याय में अंकित, मंत्रों एवं स्तोत्रों से किसी अनुकूल मंत्र/स्तोत्र का चयन करके यथोचित जप या पाठ करने से कलह का विलय तथा संदर्भित कारणों का निवारण तो होता ही है, साथ ही साधक उल्लास और प्रगतिपूर्ण जीवन व्यतीत करता है।

शत्रुञ्जय अर्थात् शत्रु पर विजय प्राप्त करने की उत्कट अभिलाषा, जन-जन के मन में व्याप्त है। मृत्युभय और शत्रुभय कदाचित् मानवजीवन को असंतुलित करने वाली दो अनिष्टकारी स्थितियाँ हैं। शत्रुता को शासित करने वाला षष्ठ भाव संतति सुख तथा दाम्पत्य सुख के मध्य संस्थित है। संतान और विवाह, दोनों ही मानवजीवन के अंतरंग आनन्द का आधारभूत सत्य हैं। शत्रुता की कोई स्थिति, व्यावसायिक, वैवाहिक, वित्तीय वृत्तीय पक्ष को तो प्रकम्पित करती ही है, साथ ही साथ मानसिक आक्रोश, भय, भ्रांति, संकट, विपत्ति, विनाश, विभिन्न विकृतियों, विकारों तथा विरोधात्मक स्थितियों का भी अभ्युदय करती है। शत्रुतापूर्ण तथा शत्रुताविहीन जीवन में उतना ही अन्तर है जितना ग्रीष्म ऋतु में तीव्र ऊष्मा की अनुभूति एवं शीतल, निर्मल, सुगन्धित, कोमल समीर के स्पर्श में। शत्रुतापूर्ण जीवन व्यतीत करने से श्रेयस्कर है नवीन जीवन का आरम्भ। न्यायालय में वर्षों चलने वाले संघर्ष का परिणाम, किसी के लिए सुखद, तो दूसरे के लिए दुःखद ही होता है। जो विजयी होता है, उसका सर्वस्व विधिवेत्ताओं और न्यायालय की परिक्रमा लगाने में व्यय हो जाता है और जो पराजित होता है वह विनाश के कगार पर पहुँच जाता है अथवा आत्मग्लानि, पराजय से अभिशप्त जीवन व्यतीत करने हेतु विवश हो जाता है। परन्तु शत्रुता, विरोध, प्रतिशोध, प्रतिरोध, प्रतिघात, प्रतिद्वन्द्व तथा पराजय पर विजय प्राप्त करने के प्रयास में अर्द्धविक्षिप्तता की स्थिति तक पहुँच गई मानवता के कल्याणार्थ इस अध्याय में अन्यान्य मंत्र, स्तोत्र और सूक्त सम्मिलित किये गये हैं जिनके उपयुक्त उपयोग से शत्रुता की भावना का अन्त होकर, मित्रता का सूत्रपात होता है, शत्रु के आघात-प्रतिघात से संरक्षण प्राप्त होता है, शत्रु, सहयोगी में परिवर्तित होकर हिंसा और विरोध के स्थान पर सहायता करने के लिए प्रयत्नशील हो जाता है।

सामाजिक व्यवस्थाओं की समग्रता सुरक्षा विभाग की आतंकवादियों और अपराधियों को दंडित करने की चेष्टा बार-बार विफल हो जाती है। ऐसी स्थिति में हमारे ऋषि-मुनियों और मनीषियों ने अन्यान्य मंत्र साधनाओं की सृष्टि की, जिनके सतर्क और सशक्त प्रयोग से अपराधी बन्दी बन जाता है, अपहरणकर्ता के चंगुल से व्यक्ति को मुक्ति प्राप्त होती है, चुराई गई सम्पत्ति पुनः मिल जाती है और अपहृत धन और सामग्री को लौटाने के लिए अपराधी विवश हो जाता

है। चोर की चतुरता निष्फल हो जाती है और वह मंत्र द्वारा निर्मित चक्रव्यूह में फँसकर कारागार की ऊँची दीवारों के पीछे अपने अपराध का दण्ड भोगने के लिए विवश होता है। अपराधियों को मृत्युदण्ड दिया जाना नैतिक है अथवा अनैतिक, इसका निर्णय तो ईश्वर ही कर सकता है

जीवन और मृत्यु, जीवन के दो पक्ष हैं। जीवन अमूल्य है, तो मृत्यु यथार्थ है। जन्म व मृत्यु जीवन के दो सिरे हैं। जिसका जन्म हुआ है, उसकी मृत्यु निश्चित है। जन्म, मृत्यु की तुलना में महत्त्वपूर्ण नहीं है क्योंकि सभी जीवों के जन्मों की विधि एवं व्यवस्था समान है, परन्तु मृत्यु प्रदर्शित करती है कि उस व्यक्ति ने जीवन को कैंसे व्यतीत किया, व कैसे जिया। किसी व्यक्ति की मृत्यु को अत्यन्त सुगमता से विस्मृत कर दिया जाता है परन्तु कुछ व्यक्ति ऐसे होते हैं, जिनके निधन से समस्त संसार शोकाकुल हो जाता है। अतः इन्हीं कारणों से व्यक्ति विशेष की मृत्यु से उसके व्यवहार, ख्याति, उपलब्धि, सम्पत्ति, सम्पन्नता, प्रतिभा, योग्यता व श्रेष्ठता का ज्ञान होता है। जीवनकाल भले ही अल्प हो, परन्तु महान एवं उपलब्धिपूर्ण होना चाहिए। महान गणितज्ञ रामानुज, स्वामी विवेकानन्द, लेडी डायना, श्री बी. सूर्यप्रकाश व अन्य कई महान व्यक्तियों का जीवनकाल अल्प रहा, परन्तु अपने लोककल्याण हेतु किये गये कर्मों द्वारा अमर हो गये। इस **व्याधि संज्ञान : विविध विधान** नामक अध्याय में पूर्णतः स्वस्थ, पुष्ट और व्याधि रहित जीवन हेतु अनेक ऐसी साधनाओं का उल्लेख किया गया है जिनसे सामान्य आचार्यों के साथ-साथ अनेक प्रबुद्ध आचार्य भी अनभिज्ञ हैं।

मंत्र संदर्शन के सृजन में हमारे समस्त परिजनों का सहयोग उपलब्ध हुआ है तथा उनका सहयोगप्रद प्रोत्साहन, हमारी प्रेरणा का आधार स्तम्भ है और हमारी प्राणशक्ति है। हमारे पुत्र तथा पुत्री विशाल एवं दीक्षा ने हमारी पुस्तकों की संरचना में सदा ही सुरुचिपूर्ण सहयोग प्रदान किया है तथा उनके जीवन सहचर सुश्री शिल्पी एवं श्री राहुल ने हमारे सृजन एवं संरचना की प्राणशक्ति में हमारी संतति को सुखद एवं सौहार्दपूर्ण दाम्पत्य जीवन प्रदान करके संशयरहित संवर्द्धन किया है। हमारी स्नेह स्निग्धा स्नेहिल दीक्षा के पुत्र अंश तथा नवांश एवं हमारे आत्मज विशाल के नटखट पुत्र तथा पुत्री युग एवं युति ने भी वातावरण को अपनी आमोदिनी-प्रमोदिनी से सरल-तरल बनाये रखा।

मंत्र संदर्शन के लेखन-क्रम में श्री सदाशिव तिवारी, श्री प्रेम शर्मा, श्री राजेश त्यागी एवं श्री हिमांशु सक्सेना भी साधुवाद के पात्र हैं जिनके सहयोग तथा श्रम के अभाव में इस कृति का लेखन कदाचित् कदापि संभव नहीं हो पाता। संप्रति हम अपने प्रकाशक **मोतीलाल बनारसीदास पब्लिशर्स प्रा. लि.**, दिल्ली के श्री नरेन्द्र प्रकाश जैन तथा श्री जैनेन्द्र प्रकाश जैन के प्रति भी इस पुस्तक के प्रकाशन हेतु निर्णय के लिए आभार व्यक्त करते हैं।

अंत में हमारी निर्मल अभिलाषा तथा मंगलास्था है कि प्रबुद्ध पाठक हमारी ज्योतिषीय कृतियों के अध्ययन के प्रति अपार रुचि प्रकट करते हुए हमें सदा प्रोत्साहित तथा भविष्य में ज्योतिष विज्ञान के अंतरंग अनुसंधान की ओर प्रेरित करते रहेंगे।

मृदुला त्रिवेदी
टी.पी. त्रिवेदी

अनुक्रमणिका

अध्याय 1 मंत्र शक्ति : आस्था या अंधविश्वास

भौतिक उन्नति तथा वैज्ञानिक विकास ने सन्तप्त मानव जीवन का त्राग किया या जीवन के मधुमास को संत्रास में रूपान्तरित किया, यह एक गम्भीर विचारणीय बिन्दु है। भौतिक उन्नति के साथ-साथ आत्मिक अवनति ने मानवीय मूल्यों से नैतिकता को अनावृत्त कर दिया है। मर्यादा की प्रतिष्ठा का सदा के लिए वनवास हो गया, जहाँ उसका विलय ही आधुनिकता का यथार्थ बन गया है, साथ ही ईश्वर के प्रति आस्था का आत्मवाद सजीव और सप्राण हुआ, जिसने मानव की चेतना शून्य होने से रक्षा की, अन्यथा वह निष्प्राण हो जाता।

भौतिक विज्ञान से लेकर अन्तरिक्ष विज्ञान, रसायन विज्ञान से लेकर भूगर्भ विज्ञान, जीव विज्ञान से लेकर समस्त विज्ञान के संज्ञान के उपरान्त भी जीवन की जटिलता और उदर की जठराग्नि प्रत्येक मानव का इस धरती से परिचय करा ही देती है, जिसके लिए सभी को किसी न किसी रूप में संघर्ष करना ही पड़ता है और संघर्ष का विस्तार उत्तेजना में परिवर्तित हो जाता है तो क्षुधा और हिंसा के मध्य विचरते मानव की मानसिकता अस्थिर हो उठती है। उसका चित्त विचलित हो जाता है और तब वह स्वयं को इस धरती की मिट्टी से जुड़ा हुआ पाता है। लुप्त विश्वास जागृत होता है, आस्था, अन्धविश्वास न रहकर आश्वासन के प्रति आश्वस्त करती है और तब प्रशस्त होता है जीवन का सत्यपथ। आस्था और आस्तिकता का अभ्युदय मानव के संत्रास को पुनः सरस मधुमास में रूपान्तरित कर देता है। यहाँ यह कहना असंगत नहीं है कि मंत्र शक्ति को जागृत करके, उसे भौतिक उपलब्धियों के लिए उनका उपयोग करने के निमित्त, हमारा देवता के सदृश्य, देवतुल्य बनना अनिवार्य है। मंत्र शक्ति का उपयोग अन्तिम विकल्प है जिसकी आवश्यकता की अनुभूति तभी होती है, जब अन्य सभी सम्भावनाएँ शिथिल, निर्बल अथवा निष्फल सिद्ध हुई हों।

यह एक विडम्बना है कि जो कुछ अगाध आस्था तथा प्रभूत भक्ति प्रदर्शित कर देती है, वह विज्ञान की परिसीमा में नहीं समा पाता। न ही विज्ञान उसका विश्लेषण कर पाता है। अतः यह स्वीकार करना पूर्णतः मिथ्या है कि सब कुछ विज्ञान है, तथा जो विज्ञान नहीं है वह असत्य है, निराधार है, कोरी कल्पना अथवा अन्धविश्वास है। आज भी ऐसे सहस्रों चमत्कृत कर देने वाले तथ्य इस जगत के अन्यान्य स्थलों पर विद्यमान हैं जिन पर निरन्तर होने वाला विज्ञान का अनुसंधान भी मौन है, बौना है। विज्ञान की उपयोगिता को अस्वीकार नहीं किया जाना चाहिए, परन्तु आस्था और विश्वास द्वारा प्राप्त उपलब्धि को भी, विज्ञान की तुला में नापने की चेष्टा भी करनी चाहिए।

आस्था असीमित, अपरिमित होनी चाहिए। माँ के हृदय में डूबते हुए बालक को बचाने की व्याकुलता के समान, व्याकुलता और तड़प जब साधक के हृदय में उत्पन्न होती है तो ईश्वर को

भी उपस्थित होना पड़ता है। प्रधानता पात्र में व्याप्त आस्था की है। आस्था और विश्वास को तर्क के आधार पर सिद्ध नहीं किया जा सकता। ईश्वरीय शक्ति को भी वैज्ञानिक स्वीकार नहीं कर पाते, क्योंकि ईश्वर को दर्पण में दर्शाया नहीं जा सकता, ईश्वर प्रयोगशाला में जाकर स्वयं को टेस्ट ट्यूब में प्रदर्शित करके उसे देखा नहीं जा सकता, उसकी उपस्थिति अथवा सानिध्य का आभास होता है और उसके लिए अविचलित आस्था और विश्वास के धरातल पर विराजमान होना अनिवार्य है।

आस्था, श्रद्धा, विश्वास, भक्ति की आकांक्षा को सार्थकता में रूपांतरित करते हैं। आस्था तथा विश्वास हिमालय की भांति अटल होना चाहिए। आकांक्षा की अकुलाहट, जल में प्रवाहित संतति को देखकर उत्पन्न होने वाली व्याकुलता के समतुल्य होने पर अभिलाषा की संसिद्धि में किंचित भी सन्देह नहीं होता। कई अवसरों पर परीक्षा में असफलता, निरन्तर प्रतीक्षा के लिए विवश करती है तथा परीक्षा में सफलता प्राप्त होने पर साधना की शक्ति की सार्थक अनुभूति आस्था और विश्वास को सुदृढ़ता प्रदान करती है। यहाँ कतिपय ऐसे उदाहरण प्रस्तुत करने की हम चेष्टा कर रहे हैं जो हमारे सम्पर्क में आने वाले अन्यान्य व्यक्तियों के वास्तविक जीवन से लिए गये हैं। अनुष्ठान तथा साधना के परिणाम का सशक्त प्रमाण हैं, निम्नांकित उदाहरण। आवश्यकता है मंत्र शक्ति द्वारा संचित अर्जित पुण्य के परिमाण की, जो निःसन्देह कामना को परिणाम में रूपांतरित करके आस्था का प्रमाण प्रस्तुत करते हैं।

1.1 मंत्र आराधना एवं कतिपय चमत्कार

कौए द्वारा उठाए गए भगवान शालिग्राम की वापसी

आचार्य गोविन्द शास्त्री जी के पितामह भगवान शालिग्राम के अनन्य भक्त और उपासक थे। शालिग्राम जी को भोग लगाये बिना, वह जल भी ग्रहण नहीं करते थे। एक दिन किसी आवश्यक कार्यवश, उन्हें कहीं दूर जाना था। ब्रह्ममुहूर्त में ही वह घर से वहाँ जाने के लिए निकल पड़े। दिनकर की रक्तिम रश्मियों का आभास जब आकाश में होने लगा, तो पितामह पास के ग्राम में स्नान ध्यान संध्या आदि के उद्देश्य से, एक कुएं के पास गये। अपने शालिग्राम जी को वह एक बटुए में रखकर लाये थे। शालिग्राम जी का बटुआ भी उन्होंने, वहीं कुएं पर, अपने वस्त्रों के साथ रख दिया था। तभी एक कौआ शालिग्राम जी का बटुआ ले उड़ा।पितामह कौए के पीछे-पीछे भागते गये, परन्तु निराशा ही हाथ लगी। उन्हें आश्चर्य हो रहा था कि कौआ तो खाद्य पदार्थ ले जाता है, वह शालिग्राम जी का बटुआ क्यों ले गया। जब पितामह थक कर चूर हो गए और उन्हें शालिग्राम जी पुनः नहीं प्राप्त हुए, तो उन्होंने शालिग्राम का ध्यान किया और भीष्म प्रतिज्ञा की, कि जब तक शालिग्राम जी वापस नहीं आएंगे, वह अन्न जल नहीं ग्रहण करेंगे। यह पितामह की शालिग्राम भगवान में, आस्था का परिचय है। पितामह लौट आए। अन्न जल के बिना पूरा दिन व्यतीत हो गया। सभी ने उनसे बार-बार क्षुधा तृप्ति हेतु अनुरोध किया, परन्तु उन्होंने अपनी स्वीकृति प्रदान नहीं की। दूसरा दिन भी व्यतीत हो गया। तीसरे दिन दैहिक शिथिलता ने, उन्हें शैय्या तक केन्द्रित रहने के लिए विवश कर दिया। चौथे दिन उनकी निर्बलता

अत्यधिक बढ़ गई। पाँचवे दिन उन्हें आभास हुआ, जैसे प्राण, उनका साथ छोड़ना चाहते हैं। छठे दिन, उनके सभी सगे-सम्बन्धी, सहयोगी, उनके पास आ गए और उन्हें समझाने का प्रयास करने लगे, कि अब वही शालिग्राम जी कैसे आ सकते हैं। दूसरे शालिग्राम जी लेकर, उनकी प्राण प्रतिष्ठा करके पूजन करें और अन्न जल आदि अविलम्ब ग्रहण करें। पितामह ने मौन, अस्वीकृति प्रदान की और ईश्वर के अस्तित्व में अपनी अखण्डित आस्था व्यक्त की।

सातवें दिन पितामह ने भगवान शालिग्राम जी से प्रार्थना की, कि या तो वह वापस आ जाएं, अन्यथा जब तक प्राण शेष हैं, वह इसी दशा में रहेंगे, परन्तु कुछ नहीं हुआ। परिवारजन दुःखी थे और बालकगण तथा महिलाएं, परस्पर उनका उपहास भी उड़ा रहे थे। आठवें दिन, पितामह की शारीरिक शक्ति शून्य में विलीन होने के लिए व्याकुल हो उठी। सभी साथी और सम्बन्धी निराश और असफल हो चुके थे। अब मृत्यु ही उनका त्राण कर सकती थी। पितामह ने शालिग्राम जी को चुनौती जो दी थी। आर-पार का युद्ध था और शालिग्राम जी में उनकी अखण्डित आस्था का प्रश्न भी था। नवाँ दिन था, दिवाकर की कोमल निर्मल रश्मियों ने, अन्धकार को प्रकाश में परिवर्तित करना प्रारम्भ कर दिया था। पितामह के प्राण, उनका साथ छोड़ देने के लिए तत्पर थे। परिवार में भी इस असहनीय, आत्मघाती वेदना से सभी आक्रान्त थे परन्तु पितामह शालिग्राम जी का मंत्र निरन्तर मन ही मन जप रहे थे, ताकि जब उनके प्राण निकलें, तो शालिग्राम जी का नाम ही उनकी जिह्वा पर हो। तभी वही कौआ, घर की मुंडेर पर बैठा हुआ दिखायी दिया। उसकी चोंच में वही शालिग्राम जी का बटुआ था, जिसे वहीं छोड़कर वह कौआ उड़ गया। उड़ने से पहले कौए ने पितामह को भलीभाँति देखा और पितामह ने कौए को। ऐसा आभास हुआ, जैसे कौए ने पितामह से कहा कि वह परीक्षा में सफल हो गए। पितामह की समस्त चेतना लौट आयी। समस्त परिवारजन अत्यधिक चमत्कृत थे। पितामह ने स्नान करके भगवान शालिग्राम का पूजन किया और भोग लगाया तथा उसके पश्चात् उन्होंने अन्न जल ग्रहण किया। यह, आस्था और विश्वास का इतना प्रबल प्रमाण है जो ईश्वरीय सत्ता के समक्ष, समस्त सन्देह और संशय को निराधार सिद्ध करता है। बस आवश्यकता है श्रद्धा, विश्वास और अस्तित्व के प्रति अखण्डित, अटूट, अथाह, असीम, अगाध, अशेष, अपरिमित, अवर्णनीय आस्था की। पितामह की आस्था की परीक्षा ने उन्हें तथा उनके परिवार को नौ दिनों तक प्रतीक्षा करवायी और तब उनकी असंदिग्ध आस्था को प्रदर्शित, प्रतिष्ठित और प्रशंसित किया।

भगवान बद्रीनाथ द्वारा उपासक व्यवसायी को आर्थिक सहयोग

ईश्वर का विधान, विज्ञान की परिसीमा के बाहर है। लखनऊ में बद्री सर्राफ का बहुमंजिला भवन सभी को प्रभावित और आकर्षित करता है। विश्वनाथ दास केसरवानी इसके स्वामी हैं। उनके पिता के निधन के उपरान्त सभी भाइयों ने उनके भोलेपन और सिधाई का लाभ उठाते हुए, उन्हें उनकी अंश की सम्पत्ति से वंचित कर दिया। वह विवाहित थे और चार पुत्रों के पिता भी। उनके पिता, उन्हीं पर सबसे अधिक विश्वास करते थे। सभी भाई ईर्ष्या की ऊष्मा से आक्रान्त थे। उन्हें सम्पत्ति से वंचित करके, घर से भी निकाल दिया। अपने परिवार के साथ किराये का मकान लेने के लिए, वह विवश हो गए। अब आजीविका का प्रश्न था। सोने चाँदी के कार्य

में दक्ष, विश्वनाथ दास जी ने अपनी पत्नी के आभूषण विक्रय कर दिए। विक्रय से प्राप्त होने वाले धन से, उन्होंने महानगर में सुनसान स्थान पर, एक दुकान किराये पर ली। इतनी अल्प पूँजी में दुकान खोल तो ली, परन्तु उस सुनसान स्थान पर सफलता नहीं मिल पा रही थी। पेन्ट के निर्माण का कार्य भी उन्होंने प्रारम्भ किया, परन्तु अर्थ के अभाव में वहाँ भी सफलता नहीं मिल सकी। विश्वनाथ दास जी का हृदय विलाप करने लगा। भ्रातागणों ने उनके अंश का धन और सम्पत्ति हड़प ली थी। स्वर्ण और पेन्ट के व्यवसाय में भी अर्थाभाव के कारण अपेक्षित सफलता नहीं मिल पा रही थी। विश्वनाथ दास जी भगवान बद्रीनाथ के दर्शन हेतु गए। वहाँ, अनेक प्रयास के उपरान्त भी, वह अपने अश्रुओं को नियंत्रित नहीं कर सके। उनके विलाप के स्वर ने सम्भवतः भगवान बद्रीनाथ को उनकी सहायता करने के लिए विवश कर दिया। जिस समय विश्वनाथ दास जी भगवान बद्रीनाथ के मन्दिर में आर्त स्वर से विलाप करते हुए उनकी कृपा और दया प्राप्ति हेतु प्रार्थना कर रहे थे, उसी पल, लखनऊ स्थित उनकी दुकान पर सन्त सदृश एक व्यक्ति आया। दुकान पर उनके ज्येष्ठ पुत्र को पेन्ट की आपूर्ति हेतु बहुमूल्य आदेश दिया।

उसके साथ ही, एक अत्यन्त विशाल और महत्त्वपूर्ण धनराशि, अग्रिम धनराशि के रूप में प्रदान की। आश्चर्य तब हुआ, जब विश्वनाथ दास जी के बद्रीनाथ से लौटने के पश्चात्, यह ज्ञात हुआ कि वह व्यक्ति बद्रीनाथ आश्रम से ही आया था और पेन्ट की आपूर्ति भगवान बद्रीनाथ के मन्दिर के नवीनीकरण हेतु की जानी है। उस व्यक्ति के दुकान पर आने का दिनांक और समय बिल्कुल वही था, जब विश्वनाथ दास जी, भगवान बद्रीनाथ के मन्दिर में विलाप करके, आर्त स्वर से उनकी दया हेतु पुकार कर रहे थे। क्या भगवान बद्रीनाथ ही, उस व्यक्ति का रूप धारण करके, उनकी दुकान पर पधारे और उनकी सहायता की। उसके पश्चात्, अग्रिम धनराशि के उपयुक्त उपयोग से विश्वनाथ दास जी के स्वर्णाभूषण की दुकान तथा पेन्ट से सम्बन्धित कार्य तीव्रता के साथ गतिशील हुआ। आश्चर्यजनक सफलता प्राप्त होने लगी, जिसकी किंचित् भी सम्भावना नहीं थी। एक सुनसान स्थान पर स्वर्णाभूषण के व्यापक उद्योग ने सभी को आश्चर्यचकित कर दिया। कुछ ही वर्षों में विश्वनाथ दास जी ने वहीं निकट का एक भूखण्ड क्रय करके, उस पर बहुमंजिले भवन का निर्माण किया, जिसके अनेक तलों पर स्वर्ण, रजत, रत्न, आभूषण आदि का कार्य तीव्रता के साथ चल निकला। यहाँ तक कि उन्होंने स्वयं की वित्त संस्था भी प्रारम्भ कर दी। भगवान बद्रीनाथ के चरण लखनऊ की जिस सुनसान धरती पर पड़े थे, वहाँ पिछले 15 वर्षों में स्वर्णाभूषण तथा रत्नों के 15 से भी अधिक विशाल व्यवसाय स्थल हैं। समूचे लखनऊ में स्वर्ण और रत्न के व्यवसाय का सर्वाधिक विस्तार यहीं पर हुआ है, जिसका श्रेय सभी श्री विश्वनाथ दास जी को देते हैं। यह सुनसान स्थान, सम्प्रति, इतना व्यस्त हो गया है कि वहाँ यातायात तक अवरुद्ध होने लगा है।

इसे विज्ञान का चमत्कार नहीं, बल्कि विधाता का विधान ही स्वीकार किया जाना चाहिए। अखण्डित आस्था ईश्वर को भी सम्मुख आने के लिए विवश कर देती है, परन्तु वह किस रूप में साधक के समक्ष उपस्थित होता है, इसका संज्ञान तो घटनाक्रम के उपरान्त ही प्राप्त होता है।

दुकान में डकैती के पश्चात एक अपरिचित द्वारा मदद

लखनऊ के यशस्वी स्वर्ण व्यवसायी विश्वनाथ दास जी के साथ अनेक चमत्कार हुए हैं। 09.02.1979 में उन्होंने महानगर में स्वर्ण से सम्बन्धित व्यवसाय प्रारम्भ किया था। उसी के कुछ समय उपरान्त उन्होंने पेन्ट का व्यवसाय भी साथ-साथ प्रारम्भ किया। बद्रीनाथ जी के मंदिर से कोई आया और मंदिर के लिए दो लाख रुपये का पेन्ट का आदेश उस समय देकर गया, जब विश्वनाथ दास जी बद्रीनाथ के मंदिर में अपने दुःखों तथा कष्टों के निवारण हेतु प्रार्थना कर रहे थे। यह वृत्तान्त ऊपर अंकित है।

कुछ समय पश्चात् उनके स्वर्ण के व्यवसाय का प्रचुर विस्तार हुआ। उसी समय उनके यश और वैभव को देखकर दुकान में कई डाकुओं ने प्रवेश किया। वह 15 नवम्बर, 1981 रविवार का दिन था, जब डाकुओं ने तड़ातड़ गोलियाँ चलाईं और स्वर्णाभूषण उठाकर ले गये। विश्वनाथ दास जी के पुण्य प्रताप से चिकित्सा के बाद सभी पुत्र पूर्णतः स्वस्थ हो गये, परन्तु धन की भारी क्षति हुई थी। इस घटना के कुछ समय पश्चात् ही एक अपरिचित सज्जन उनके पास आये और उन्होंने विश्वनाथ दास जी को 3 लाख रुपये यह कहकर दिये, इसे अपने व्यवसाय में लगा लीजिए। उन्होंने कहा कि इस दुकान में अभी डकैती हो चुकी है, यदि पुनः कोई दुर्घटना हुई, तो वह कहाँ से इतनी बड़ी राशि वापस कर पायेंगे। वह अपरिचित सज्जन मुस्कराए और बोले, "हानि अथवा चोरी होगी, तो वह मेरी होगी। आप क्यों चिन्ता करते हैं?" यह कहकर 3 लाख रुपये छोड़कर वह अपरिचित व्यक्ति वहाँ से चला गया तथा फिर कभी लौटकर नहीं आया। इन 3 लाख रुपये के कारण उनके व्यवसाय का विस्तार अत्यन्त तीव्रता के साथ सम्भव हो सका तथा इस समय बहुमंजिले भवन के विभिन्न तलों पर उनका व्यवसाय निरन्तर प्रगति की ओर अग्रसर है।

प्रत्यक्षदर्शी नाग ने हत्यारे को दंड दिलाया

घटना बहुत पुरानी है। कोटा राजस्थान का एक प्राचीन नगर है। स्टेशन से पाँच मील दूर शहर है। शहर के उपान्त में एक विशाल तालाब है, तालाब के एक ओर लम्बा चौड़ा बाग है। बाग में राजपरिवार का श्मशान है, छतरियाँ और बावड़ियाँ हैं। उन दिनों बाग में आवागमन कम ही रहा करता था। संध्या के समय एक सेठानी शहर में आने के लिए तांगा किराए पर कर रही थीं। अकेली सवारी को लेकर जाने के लिए कोई भी तांगेवाला तैयार नहीं था। अंततः अधिक किराए पर एक तांगेवाला सहमत हो गया। विवश सेठानी को मुँहमांगा किराया देना पड़ा। शहर में आने के लिए बाग में होकर जाना पड़ता था। मार्ग में तांगेवाले के मन में लोभ का दैत्य प्रकट हुआ। उसने एकान्त देखकर सेठानी की हत्या कर दी। समस्त आभूषण उतार लिये और उसे एक बावड़ी में फेंक दिया। उसने सोचा, यदि शव पर पत्थर डाल दिया जाएगा, तो वह ऊपर नहीं आएगा। तांगेवाला ज्यों ही एक मोटा-सा पत्थर उठाने लगा कि उसके नीचे से एक काला सर्प निकला और उसके हाथ से लिपट कर मुँह की ओर फन करके अब काटा, तब काटा की मुद्रा में स्थिर हो गया। तांगेवाला भयभीत होकर चिल्लाने लगा। थोड़ी देर में अनेक व्यक्ति वहाँ एकत्र हो गए, पर वे भी देखते ही रहे, कुछ कर सकने की स्थिति में नहीं थे।

ज्यों-ज्यों विलम्ब होता गया, भीड़ बढ़ती चली गई। उनमें पुलिस के व्यक्ति भी सम्मिलित थे। लोगों के पूछने पर भयभीत तांगेवाले ने वास्तविक स्थिति व्यक्त कर दी। इस बात पर पुलिस के एक व्यक्ति ने अपनी टोपी उतारकर, हाथ जोड़कर सर्प देवता से प्रार्थना की - नागदेव! आपका कार्य समाप्त हुआ, अब हमारा कार्य है। आप अपने स्थान पर पधारिए। पुलिस की इस प्रार्थना पर सर्प तांगेवाले के हाथ से उतरकर दूसरी ओर चला गया। कोर्ट से तांगेवाले को दण्ड मिला परन्तु न्याय की दृष्टि से (ईश्वरीय न्याय के अनुसार) दण्ड पर्याप्त नहीं रहा। कारागार से लौटने के पश्चात उसके हाथ में कोढ़ हो गया। सर्प के लिपटने के स्थान से पानी रिसने लगा और वह यावज्जीवन सड़क के किनारे भिक्षा माँगता रहा।

इस सारी घटना को न संयोग माना जा सकता है, न इच्छा शक्ति का चमत्कार। यह ईश्वरीय अदृश्य विधान की, कर्म और भोग के सिद्धान्त की प्रत्यक्ष घटना है।

हत्यारे व्यवसायी के यहाँ मृतक का पुत्र रूप में बदला

कल्याण एवं अन्य पत्रों में एक घटना प्रकाशित हुई थी। घटना की प्रामाणिकता में हमें इसलिए सन्देह नहीं कि भारत भूमि की रहस्य विश्वासिता और परोक्ष जीवन की विचित्रता एक प्रकार के अन्तश्चक्षु प्रदान करती है और उन नेत्रों में ऐसा कुछ दिखने लगता है जिसका सकारण विवेचन नहीं किया जाता, किन्तु स्वीकार कर लिया जाता है। फिर कुछ तथ्य ऐसे होते हैं जो सहज रूप में विश्वास का आधार बन जाता है। वहाँ पर तर्क नहीं होता। विज्ञान उसे प्रमाणित नहीं कर पाता, परन्तु अविश्वास जब साकार स्वरूप में रूपांतरित होता है तो ईश्वर की सत्ता की संसिद्धि अवश्य होती है।

दो मित्र व्यवसाय करने के लिए बम्बई गये। साझे में उन्होंने काम किया और एक वर्ष में ही उनको एक लाख रुपयों का लाभ हुआ। घर जाने के लिए दोनों उत्कंठित थे और रहना भी गाँव में ही था इसलिए अर्जित धन एकत्र करके, बराबर का भाग कर, वे जाने के लिए तैयार हो गये। दोनों में परस्पर अतिशय प्रीति और विश्वास था इसलिए एक लाख रुपये एक ही स्थान पर रखे थे। इसे दुर्भाग्य ही कहा जाय, कि उनमें से एक के मन में पाप उदय हुआ और उसने अपने मित्र की विष देकर, हत्या कर दी। किसी ड्राइवर को दो-चार सौ रुपये देकर शव को भी समुद्र में फिंकवा दिया। सारा काम निर्विघ्न पूरा हो गया। एक लाख रुपयों की पूँजी लेकर वह गाँव आ गया। गाँव आने पर मित्र के घर वालों ने पूछा, तो हजार पाँच सौ रुपये देकर कह दिया कि वह कारोबार में संलग्न है, कुछ दिन उपरान्त ही आ सकेगा। घर वालों ने विश्वास कर लिया। इधर उसके संतान होने की आशा बंधी। चालीस वर्ष की आयु तक कोई सन्तान न देख वह निराश हो चला था, पर विधि का विधान विचित्र है। निराशा में आशा की किरण फूट पड़ी। उसने सोचा, बालक बड़ा भाग्यवान् है। पचास हजार के स्थान पर एक लाख रुपये हाथ आए, ढलती आयु में सम्पत्ति को भोगने के लिए पुत्र की प्राप्ति हुई। भगवान् बड़ा दयालु है। वह यह भूल गया कि पाप का रूप पुण्य से अधिक मोहक होता है। जिसे वह ईश्वर की कृपा मान रहा था, वह ईश्वर की व्यवस्था थी जिसमें अन्धेर नहीं हो सकता।

बालक बड़ा हुआ, अत्यन्त मेधावी, परिश्रमी और चतुर। उसकी शिक्षा पर पूरे मन से धन व्यय किया गया। आज से 75 वर्ष पूर्व पैसे का मूल्य था। रुपया अवमूल्यन का शिकार नहीं हुआ था। पंन्द्रह-सोलह वर्ष का होते-होते एक दिन वह बालक व्याधिग्रस्त हो गया। सेठ ने पानी की तरह धन व्यय किया। देश के बड़े-से-बड़े चिकित्सकों, वैद्यों और हकीमों से चिकित्सा कराई, किन्तु कोई लाभ नहीं हुआ। अन्त में एक दिन उस बालक ने अपने माता-पिता को बुलाकर एकान्त में कहा - ''क्या मुझे अब तक नहीं पहचान पाए। मैं तुम्हारा वही मित्र हूँ जिसकी विष देकर तुमने हत्या कर दी थी। मैंने अपने अंश की राशि प्राप्त कर ली है, शेष राशि मेरे दाह-संस्कार आदि में व्यय कर देना।'' इतना कहकर वह शान्त हो गया, सेठ स्तब्ध रह गया।

आज का विज्ञान इस घटना का विश्लेषण ही नहीं करेगा। विज्ञान का पुनर्जन्म में न विश्वास है, न जीवात्मा के अस्तित्व में। भारतीय दृष्टि से इसमें असत्य का अविश्वास जैसी कोई बात है ही नहीं। एक व्यक्ति को नियत समय के लिए मानव देह प्राप्त होती है। यदि कोई व्यक्ति आत्मघात के द्वारा या किसी के द्वारा हत्या कर दिये जाने पर समय से पूर्व ही देह त्याग कर देता है, तो उसे उतने समय तक प्रतीक्षा करनी पड़ती है जितना समय उसे उसी देह में जीवित रहकर भोगना था। नारायण बलि जैसे कर्मकाण्ड ही (विशेष कर आघात के कारण प्राप्त मृत्यु के प्रसंग में) उसे आगे की योनियों में जाने की क्षमता प्रदान करते हैं। सम्भव है सेठ का मित्र भी सेठ की पत्नी के गर्भ में आ गया हो। स्वेच्छा से अपना लाभांश लेने के लिए अथवा अलक्षित व्यवस्था के अन्तर्गत और वह उतने समय जीवित भी रहा, जितनी अवस्था उसे दी गई थी और अपने जीवन की स्मृतियां वह विस्मृत नहीं कर सका। मान लिया, व्यक्ति को कर्म के अनुसार भोग-योनियां मिलती हैं, फिर भी उसकी अदम्य इच्छा को महत्त्व दिया जाता है, जो कुछ भी मृत्यु के समय था, जीवन में बड़े संकल्पपूर्वक स्मरण किया जाता रहा है, उसे पूर्ण करने का अवसर दिया जाता है। ऐसी अनेक घटनाएं और शास्त्रीय आख्यान इस तथ्य की पुष्टि करते हैं।

अंततः सर्प दंश से ही वृद्धा की मौत

कुछ माह पूर्व राजस्थान से प्रकाशित दैनिक पत्रों में एक घटना प्रकाशित हुई थी। एक वृद्धा सड़क पर काम कर रही थी कि एक काला सर्प उसे काटने के लिए दौड़ा। वृद्धा डरकर भागी। इसी बीच एक चील झपट्टा मारकर, उस सर्प को ले उड़ी। वृद्धा काम समाप्त करके घर चली गई। सर्प वाली घटना के उपरान्त डेढ़ घण्टे से अधिक समय व्यतीत हो चुका था। वृद्धा घर में काम-काज कर रही थी कि चील ने वृद्धा के आंगन में उसी सर्प को गिराया, सर्प ने वृद्धा को डस लिया और वह मृत्यु को प्राप्त हुई।

इस घटना को वैज्ञानिक ऊहापोह और तर्क के आधार पर एक संयोग मान सकते हैं। प्रमाण के रूप में यह भी कह सकते हैं कि सम्भव है वह कोई अन्य सर्प होगा, किन्तु यह तथ्य भारतीय आत्मज्ञान और परोक्षविश्वासी मर्यादा की दृष्टि से मात्र संयोग न होकर, अलक्षित विधान का परिचायक है। सर्पदंश का झाड़ने से चिकित्सा करने वाले गारुड़ी और सर्प विष निवारण करने का विधान बतलाने वाले मंत्र शास्त्र यह कहते हैं कि दैव निर्दिष्ट सर्पदंश की चिकित्सा नहीं करनी चाहिए, आशय यह है कि किसी व्यक्ति को अलक्षित प्रेरणावश यदि विषधर काटता है तो यह

असाध्य विष होता है, क्योंकि मृत्यु की अपरिहार्यता को सामान्यतया टाला नहीं जा सकता। रोग, सर्पदंश, अथवा अन्य कारण निमित्त मात्र हुआ करते हैं। झाड़ने वाले गारुड़ी भी कहा करते हैं-हुक्म से काटा है इसलिए कोई इलाज नहीं।

वृद्धा वाली घटना के सम्बन्ध में यह स्वीकारा जा सकता है कि जिस दिन शक्ति ने सर्प को काटने की प्रेरणा दी थी, उसी व्यवस्था में सर्प ने समय से पूर्व ही काट कर व्यवस्था का उल्लंघन करने की चेष्टा की, परिणामतः चील उसे झपट ले गई, अन्यथा सर्प जैसे जीव को डेढ़ घण्टे तक चील कहाँ रखे रही और सर्प को मारकर खाने वाली चील या बाज जैसी पक्षीजाति सदा ऐसे स्थान पर डाला करती है जहाँ बिल या अन्य ऐसे स्थान न हों, जहाँ सर्प की रक्षा सम्भव हो सके। फिर उसी वृद्धा के घर पर, घबराए सर्प ने अपनी प्राणरक्षा की चिन्ता किए बिना वृद्धा को डसने का ही ध्यान रखा। क्योंकि वृद्धा की मृत्यु का निमित्त बनाकर उसे भेजा गया था। इस घटना को विज्ञान की दृष्टि से विश्लेषित किया जाना सम्भव नहीं है क्योंकि व्यक्ति द्वारा व्यवस्थित व्यवस्था के विधान की परिधि के बाहर की वस्तु है। यह आश्चर्यजनक विधि से वृद्धा की मृत्यु व्यवस्था करने वाले मानव के विज्ञान से विधिकर्त्ता का विधान कहीं अधिक विस्मृत और अविश्वसनीय है।

पिता और पुत्री के अंतरंग सम्बन्धों को प्रकृति का अभिशाप

एक अन्य घटना नवज्योति दैनिक में प्रकाशित हुई थी। तेरह जुलाई को चाँदपुर में एक पुत्री अपने पिता को भोजन देने खेत में गई। एकान्त देखकर पिता ने पुत्री के साथ सहवास किया। इसके उपरान्त एक-दूसरे से पृथक् होने के उनके प्रयास विफल हो गये। उधर जब बैल अकेले ही घर पहुँचे, तो घर वाले किसी अशुभ आशंका से खेत पर आए और व्यभिचार का यह वीभत्स दृश्य देखकर स्तब्ध रह गए। समस्त प्रयासों के उपरान्त भी वे दोनों एक-दूसरे से पृथक् न हो सके, तो उन्हें अविलम्ब चिकित्सालय ले जाया गया।

विधि के इस विधान का कोई तर्कसंगत उत्तर वैज्ञानिकों के पास नहीं है। जो सर्वशक्तिमान है, वही इस संज्ञान के विज्ञान का स्थिति-परिस्थिति के अनुरूप निर्माण करता रहता है। जब पाप और अपराध असहनीय हो उठता है तो प्रकृति उसे दण्डित करती है। जैसा कि उपरोक्त घटना से स्पष्ट परिलक्षित होता है।

सम्भव है चिकित्सक अपनी-अपनी शब्दावली और तकनीक के आवाम में आने वाली सामर्थ्य के आधार पर इस घटना की विवेचना प्रस्तुत करें। भारतीय दर्शन इन्द्रिय प्रतीति से आमे श्रद्धा और विश्वास की प्रतीति को स्वीकारता है और वह प्रतीति कहती है कि दृश्य संसार की परिचालक शक्ति कोई और है और उस शक्ति की स्वयं की व्यवस्था है।

अनाचारी की सर्प दंश से मृत्यु

उज्ज्वल और क्षितिजा, एक-दूसरे से अगाध, असीम, अनन्त प्रेम तो करते ही थे, एक दूसरे के लिए प्राण दे सकते थे। दोनों ही एक-दूसरे पर अन्धविश्वास की सीमा तक आस्था और श्रद्धा से आबद्ध थे। दोनों के प्रेम सम्बन्धों में चारित्रिक श्रेष्ठता, पवित्रता उदाहरणीय थी। विवाह से

पूर्व, सामाजिक मर्यादा के खण्डन की अनुमति, क्षितिजा के नैतिक मूल्यों और संस्कारों ने कभी प्रदान नहीं की। भौतिक धरातल पर प्रेम मिलन को, उज्ज्वल भी प्रेम की निर्बलता मानता था। दोनों ही एकदूसरे से पृथक् होने की कल्पना मात्र से काँप उठते थे। दोनों ही एकदूसरे से प्रेम के आधारभूत सत्य के रूप में शक्ति और प्रेरणा बारह वर्ष पूर्व से प्राप्त करते रहे थे। इस तरह आत्मीय सम्बन्धों द्वारा प्राप्त होने वाली अदम्य शक्ति ने उन दोनों का जीवन प्रेम के संगीत में, प्रकृति के प्रारूप में इतना संलिप्त कर दिया था कि एकदूसरे पर संशय का एक अंश भी, आत्महत्या के समतुल्य आघात पहुँचाने वाला था।

29 जनवरी, 1999 को सहसा उज्ज्वल का मन, अनेक अदृश्य आशंकाओं से आबद्ध हो उठा। उसका मन मस्तिष्क अनजानी अशुभ सम्भावनाओं के कारण, डूबने लगा। मन्दिर में जाकर उसने स्वयं शान्त करने का प्रयास किया, परन्तु असफलता के अतिरिक्त और कुछ नहीं प्राप्त हुआ। उसकी आँखों के सामने से कोई क्षितिजा को जैसे घसीट कर ले जा रहा था। धैर्य समाप्त हो गया और विश्वास भी प्रकम्पित हो उठा था। जब नियन्त्रण नहीं रहा, तो उज्ज्वल ने क्षितिजा के कार्यालय में उसकी कुशलता जानने के उद्देश्य से फोन किया। उज्ज्वल को तभी उसके कार्यालय द्वारा सूचना प्राप्त हुई कि क्षितिजा अपराह्न से कार्यालय में नहीं है। प्रातःकाल समय से आयी जरूर थी, परन्तु एक फोन के पश्चात्, वह बाहर चली गई और अभी तीन घण्टे बाद भी वापस नहीं आयी है। उज्ज्वल के हृदय की अशुभ आशंकाओं ने विशाल आकार प्राप्त कर लिया। वह काँपने लगा, शरद् ऋतु में भी वह पसीने में भीग गया। उज्जवल की हृदयगति अत्यन्त तीव्र हो उठी। क्षितिजा के घर फोन किया, परन्तु वह घर भी नहीं पहुँची थी। उज्ज्वल को कुछ समझ में नहीं आ रहा था कि वह क्या करे, कहाँ ढूंढे अपनी क्षितिजा को। उज्ज्वल ने सभी सम्भावित स्थानों पर चिकित्सालय में, रेस्टोरेन्ट तथा पार्क आदि में क्षितिजा को ढूंढा, परन्तु वह नहीं मिली। कार्यालय के बन्द होने का समय हो गया था। विवश होकर उज्ज्वल, क्षितिजा के कार्यालय पहुँचा। क्षितिजा वहीं बेसुध-सी खड़ी थी एक कोने में। उसके विशाल नेत्रों में भय स्पष्ट रूप से परिलक्षित हो रहा था। उज्ज्वल को देखकर क्षितिजा को असीमित प्रसन्नता प्राप्त हुई, पर मुखमण्डल पर व्याप्त रहने वाली आभा लुप्त हो चुकी थी। क्षितिजा ने उज्ज्वल से कहा कि उसे बहुत घबराहट हो रही है। उसे घर छोड़ दे। उज्ज्वल के साथ क्षितिजा कार में बैठ गई, परन्तु पूरी तरह मौन थी। उसकी चेतना शून्य में विलीन हो गई थी। उज्ज्वल के बार-बार पूछने पर क्षितिजा विलाप करने लगी तथा उसने रहस्य उद्घाटित किया। क्षितिजा ने बताया, मोहित, मेरे साथ, मेरे कार्यालय में कार्य करता है। देखने में वह बहुत सीधा और शान्त स्वभाव का है। अभी एक सप्ताह पूर्व, मोहित मेरे पास आया और मेरी प्रशंसा करने लगा। वह कहने लगा कि "मैं अन्य लड़कियों से बिल्कुल भिन्न हूँ। वह हर पल मेरे विषय में ही सोचता रहता है। उसके मन में, मेरे लिए कोमल भावनाएं जागृत होती जा रही हैं और वह मुझसे कहीं बाहर बहुत देर तक मिलने के लिए व्याकुल है।" मैं मोहित का यह वक्तव्य सुनकर स्तब्ध रह गई और क्षुब्ध हुई। उसकी धृष्टता के कारण मैंने कुछ अपशब्द कह दिए । यहाँ तक कि मैंने अपना केबिन भी परिवर्तित कर लिया। मोहित के हृदय में प्रतिशोध की ज्वाला भड़कने लगी।

मोहित के किसी मित्र ने आज मुझे फोन करके हड़बड़ाहट में कहा कि मोहित ने आत्महत्या हेतु प्रबल प्रयास किया है। नर्सिंग होम में वह अन्तिम साँसे ले रहा है। उसका बचना सम्भव नहीं

प्रतीत होता। आपका नाम लेकर बार-बार कह रहा है, उसे क्षमा कर दीजिए, आप। यदि आप उसे माफ कर देंगी, तो सुगमता से उसके प्राण निकल सकेंगे। यह सुनकर मुझसे रहा नहीं गया। मैं तीव्रता के साथ नर्सिंग होम पहुँची और देखा कि सचमुच मोहित वहाँ लेटा हुआ था। वहाँ उसके तीन मित्र भी उपस्थित थे। उन्होंने नर्सिंग होम का कमरा, भीतर से बन्द कर दिया और मुझे पता भी नहीं चल पाया। मोहित की दशा देखकर, मैंने दुःख व्यक्त करते हुए कहा, "मुझे क्षमा कर दो मोहित। मेरे ही कारण तुम्हारी यह दशा हुई है।" मेरी इतनी बात सुनते ही मोहित उठकर बैठ गया। उसने आत्महत्या का उपक्रम, कलुषित प्रवृति के अधीन होकर किया था। उसे देखकर मुझे क्रोध आया और मैंने तीव्रता के साथ, कमरे के बाहर निकलने का प्रयास किया। तब तक तीनों मित्र सक्रिय हो गए। एक ने मेरे मुँह पर बड़ा सा टेप लगा दिया, ताकि मैं बोल न सकूँ। अपनी रक्षा के लिए किसी को बुला न सकूँ। दूसरे ने मेरे हाथ और पैर रस्सी से बाँध दिए। तीसरा मेरे कपड़े उतारने लगा। मोहित के भीतर प्रतिशोध की ज्वाला धधक रही थी। उसने निरंजन से कहा कि कैमरा निकाल लो। फोटो खींचते जाना, ताकि बाद में जब चाहे, इसे बुला सकें। कैमरा भी निकल आया और मोहित मुझे गालियाँ देने लगा। बहुत ही अश्लील मन्तव्यों और उद्देश्यों को उद्घाटित करके हँसने लगा। मैंने बहुत हाथ-पैर चलाने का प्रयास किया, परन्तु उपस्थित लड़कों ने मुझे पैर की ठोकरें मारी। सम्भवतः ईश्वर ने एक मिनट का भी विलम्ब कर दिया होता, तो मेरे स्थान पर तुम्हें इस समय मेरा शव मिलता। जब मोहित मेरी विवशता और अपनी कायरता पर ठहाका लगाकर हँस रहा था, उसी समय, न जाने कहाँ से, अनेक सर्प आ गए। कम से कम पाँच या छः सर्प तो अवश्य रहे होंगे। सर्प ने मोहित को डस लिया। दूसरे सभी मित्र भी सर्पों को देखकर तीव्रता के साथ कमरा खोलकर भाग गए। मोहित चीखने चिल्लाने लगा। वह भी वहाँ से भागने लगा। मेरी दशा देखकर एक नर्स ने मेरी सहायता की। हाथ-पैरों की रस्सी काट दी और मुँह का टेप हटा दिया। गेट तक पहुँचने से पूर्व ही मोहित गिर पड़ा। बाद में मैंने ही डाक्टर को बताया, "इसे काले साँप ने काट लिया है। कमरे में जब यह मेरे साथ अनाचार का प्रयास कर रहा था, तभी कई साँप निकल आए और एक ने इसे डस भी लिया। इसे इसके पाप का दण्ड मिल चुका है, इसे बचा लीजिए।" परन्तु तब तक मोहित प्राणविहीन हो चुका था। डाक्टर ने मुझसे पूरा वृत्तान्त लिखवाकर, मुझे वहाँ से आने की स्वीकृति अभी-अभी प्रदान की।इतना कहकर क्षितिजा पुनः विलाप करने लगी। उज्ज्वल ने उसे समझा बुझाकर चुप कराया।

यह सत्य घटना किसी चलचित्र की कथा-सी प्रतीत होती है। विज्ञान के पास इसका क्या उत्तर है? विज्ञान की समझ के बाहर की प्रक्रिया अथवा वास्तविक स्थिति को प्रायः हम अन्धविश्वास या कपोल-कल्पित कहकर अस्वीकार कर देते हैं। यह घटना, ईश्वरी सत्ता की सार्थकता और अस्तित्व का प्रमाण है परन्तु विज्ञान का अभी भी इतना विस्तार नहीं हो पाया है कि इस तरह की घटना का कारण वह ज्ञात कर सके। क्षितिजा का मोहित के चक्रव्यूह में फँस जाने की वेदना तथा आभास, किस विधान से, उसी पल उज्ज्वल हो गया? अनाचार करने वाले दुराचारी मोहित को, उसी समय साँप ने काट लिया। इतने सर्प नर्सिंग होम में सहसा कहाँ से आ गए? यह एक अदृश्य विधान है जिसे आज का विज्ञान भी झुठला नहीं पा रहा है।

माता विंध्यवासिनी द्वारा जटिल समस्या का समाधान

राहुल और मीना के परस्पर प्रेम के मध्य आने वाला युवक सर्प दंश के आघात के कारण मृत्यु को प्राप्त हुआ। मीना का विवाह राहुल के साथ सम्भव नहीं था। मीना के पिता ने उसका विवाह एक अभियन्ता के साथ निश्चित कर दिया। मीना इस सत्य से भलीभाँति भिज्ञ थी कि उसका विवाह राहुल के साथ सम्भव नहीं है। विवाह तो कहीं होना ही था। मीना का रक्ताभ रूप, रसिक्त यौवन, ललाम सौन्दर्य की स्वर्णिम आभा, सुडौल तथा स्वस्थ तन, चन्द्रमा की भाँति गौरवर्ण तथा अद्भुत मुस्कान सभी को विचलित कर देते थे। कितने ही युवकों ने विवाह का प्रस्ताव प्रेषित करने का साहस किया था, परन्तु जिसकी भाग्यरेखा मीना की भाग्यरेखा के समानान्तर थी, उसी के साथ मीना का विवाह निश्चित हुआ।

मीना ने जब विवाह तय होने की सूचना राहुल को दी, तो राहुल अत्यन्त हर्षित हुआ कि इतने श्रेष्ठ परिवार में सम्बन्धों की संरचना होने का सुअवसर आ गया है। राहुल को तो अंततः मीना के जीवन से जाना ही था। विधाता ने यही रचा था। मीना से राहुल ने कहा, "मैं तुम्हें तुम्हारे विवाह के अवसर पर उपहार में क्या दूँ?" बार-बार राहुल यही पूछता और मीना मौन हो जाती, परन्तु यह कैसे सम्भव था कि मीना का विवाह हो तथा राहुल उसके विवाह में कोई अविस्मरणीय उपहार न दे। राहुल जब यह पूछते-पूछते थक गया तथा कहता गया कि किसी भी वस्तु का नाम लो, कुछ भी बताओ, चाहे वह लाखों रुपये का उपहार होगा, वह उसे उपहार में देकर अपने को गौरवान्वित अनुभव करेगा। अंत में मीना ने इतना ही कहा, "तुम मुझे वह सब कुछ दे दो, जो कुछ तुम्हारे पास है। तुम्हारा सारा का सारा बैंकों में संचित धन मुझे चाहिए। तुम्हारा इन्श्योरेन्स, तुम्हारी भविष्य निधि, तुम्हारा प्रत्येक माह का वेतन भी मुझे चाहिए। जितनी सम्पत्ति तुम्हारे पास आज है, जो भविष्य में होगी, वह सब भी चाहिए। तुम्हारा एक-एक पैसा जो आज है तथा मृत्यु के पश्चात तक तुम्हारे पास होगा, वह सब मुझे चाहिए, परन्तु यह सब कुछ लेने से पहले तुम्हारा सब कुछ ले लेने का अधिकार भी चाहिए।"

राहुल के नेत्रों से अश्रुधारा बहने लगी। तभी मीना ने निर्णय किया कि वह यह विवाह नहीं करेगी। राहुल ने ही नहीं, उसके माता-पिता ने भी उससे बार-बार अनुरोध, अनुनय-विनय की, परन्तु मीना ने विवाह हेतु अपनी सहमति नहीं प्रदान की। विवाह के संदर्भ में भ्रांतियों ने जन्म ले लिया तथा राहुल के प्रेम की मधुरता भी शुष्कता तथा क्षुब्धता में रूपांतरित हो उठी। राहुल अपराधबोध से ग्रसित हो उठा कि यह सब उसी के कारण हो रहा है।

राहुल विंध्यवासिनी माता के दर्शन करके उनके समक्ष अपनी समस्या रखकर उसका समाधान प्राप्त करने हेतु गया। यह एक अत्यन्त दुष्कर स्थिति थी क्योंकि मीना का निर्णय हिमालय की तरह अटल था। राहुल ने देवी के विग्रह के समक्ष संकल्प लिया कि यदि मीना ने विवाह हेतु अपनी स्वीकृति प्रदान नहीं की, तो वह यहीं इसी मन्दिर की चौखट पर अपने प्राण त्याग देगा। जब तक माता उसकी प्रार्थना स्वीकार नहीं करेंगी, तब तक वह अन्न-जल कुछ नहीं ग्रहण करेगा, परन्तु यदि माता का प्रसाद कोई स्वेच्छा से उसे देगा, तो उसका तिरस्कार भी नहीं करेगा। तीन दिन व्यतीत हो गये। सम्भवतः 17 सितम्बर, 1999 की घटना है, जब राहुल ने तीन दिन तक किंचित भी जल तथा अन्न ग्रहण नहीं किया था। उसका शरीर शिथिल होता जा रहा था। शक्ति

शेष नहीं थी। विंध्यवासिनी के मन्दिर में ही, वहीं किसी कोने में वह दिन भर पड़ा रहता था। माता में अखण्डित आस्था थी कि वह इस जटिल स्थिति का कोई न कोई समाधान अवश्य निकालेंगी। 17 सितम्बर को जब वह माता के दर्शन के लिए दर्शनाभिलाषियों की पंक्ति में खड़ा था तो शारीरिक निर्बलता के कारण वह गिर पड़ा। किसी तरह खड़ा हुआ, लेकिन उससे चला नहीं जा रहा था। कभी सीढ़ी पर बैठ जाता, तो कभी दीवार पकड़कर खड़ा होता, फिर गिर पड़ता, फिर उठता और फिर चलने लगता। उसकी श्वाँस फूल रही थी तथा मस्तिष्क निष्क्रिय सा होता जा रहा था। बस उसके नेत्रों में भगवती विंध्यवासिनी के चरणों का आकार समाहित था। गिरते-पड़ते जैसे ही राहुल मां विंध्यवासिनी के समक्ष पहुँचा, उसने अपना मस्तक माता के चरणों में रख दिया तथा विलाप करते हुए मीना के लिए प्रार्थना करने लगा कि उसके और मीना के मध्य सहसा उपजे हुए मतभेद का अन्त हो। जब माता के चरणों से राहुल ने अपना सिर ऊपर किया, तो उसका मुख आँसुओं से पूरी तरह भीगा हुआ था। राहुल की भक्ति भावना से पिघल उठी, वहीं खड़ी एक महिला, जो लाल रंग के परिधान में थी, उसने राहुल को प्रसाद के रूप में कुछ इलायची दाने देते हुए कहा, ''जाओ बालक, माता तुम्हारी अभिलाषा अवश्य पूरी करेंगी।'' राहुल प्रसाद लेकर मन्दिर के बाहर आ गया। तीन दिन से राहुल ने कुछ भी ग्रहण नहीं किया था, इसलिए वह थोड़े से इलायची दाने उसके जीवन तथा क्षुधा तृप्ति हेतु अत्यन्त महत्त्वपूर्ण थे। राहुल मन्दिर के बाहर बैठकर एक-एक इलायची दाना अपनी अंगुलियों से उठाकर मस्तक से लगाता तथा फिर खा लेता। थोड़ी ही देर में इलायची दाने लगभग समाप्त हो गये। 15-20 इलायची दाने ही उसकी हथेली में शेष थे। तभी उसने देखा कि उन इलायची दानों के नीचे कुछ चमक रहा था। राहुल की शिथिलता सहसा सक्रियता में परिवर्तित हो गई। उसने ध्यान से देखा तथा चमकती हुई वस्तु को हाथ में लिया, तो देखा कि वह तो दो सोने की गिन्नियाँ थीं। उन सोने की गिन्नियों में निर्माण का वर्ष भी अंकित था, जो मीना और राहुल के जन्म दिनांक से ठीक सौ वर्ष पूर्व का था। एक गिन्नी पर राहुल का जन्म वर्ष था और दूसरी गिन्नी पर मीना का जन्म वर्ष अंकित था। राहुल को समझने में किंचित् भी विलम्ब न हुआ कि यह माता विंध्यवासिनी द्वारा प्रदत्त उसकी समस्या का समाधान है। राहुल उस महिला को ढूंढने लगा, जिसने उसे प्रसाद दिया था। मन्दिर के सम्पूर्ण प्रांगण में दौड़-दौड़ कर उस लाल रंग के परिधान वाली महिला को खोजने के सभी प्रयास विफल रहे। मन्दिर में जाकर महन्त से पूछने पर भी कुछ पता नहीं चला। महन्त जी ने तो इतना ही उत्तर दिया कि जब आप यहाँ आए थे, तो यहाँ कोई महिला नहीं थी, न ही किसी ने आपको प्रसाद दिया था।

राहुल उसी समय वहाँ से लौटकर वापस अपने शहर आ गया। आते ही वह मीना से मिला। मीना सहसा बहुत शान्त और प्रसन्न दिखाई दी। मीना ने राहुल को बताया कि कल उसके स्वप्न में देवी आई थीं तथा उन्होंने उससे अधिकारपूर्वक विवाह करने का निर्देश दिया। स्वप्न टूटते ही मीना के नेत्रों पर पड़ा हुआ अंधकार प्रकाश में परिवर्तित हो गया था। राहुल ने विन्ध्यवासिनी के मन्दिर में जाकर अन्न-जल न ग्रहण करने के संकल्प के विषय में मीना को बताया और कहा कि माता ने प्रसाद के रूप में यह दो गिन्नियाँ प्रदान की हैं, जिसमें उसके तथा मीना के जन्म वर्ष से सौ वर्ष पूर्व के वर्ष अंकित हैं। मीना के स्वप्न के समय में तथा राहुल के गिन्नी प्राप्त करने के समय में लगभग समानता थी। यह तथ्य वास्तविक स्थिति का ज्वलंत प्रमाण है। भगवती

द्वारा आस्था का वरदान तथा अनुदान है। जहाँ तक विज्ञान का कोई भी तर्क नहीं पहुँच पाता। यदि प्रसाद में गिन्नी पहले से होती, तो गिन्नी के पृथक् भार का आभास होता। गिन्नियाँ सहसा कहाँ से आ गईं तथा उन दोनों गिन्नियों पर राहुल और मीना के जन्म वर्ष अंकित होने के कारण उनके प्रेम के मध्य सहसा उत्पन्न हुए मतभेद के समाधान का संकेत प्राप्त करने का कितना सुंदर और सशक्त आधार था। माता विंध्यवासिनी में आस्था के प्रति तथा उनके अस्तित्व और शक्ति में अंधविश्वास की सीमा तक श्रद्धा, समर्पण तथा अनुराग ने ही राहुल और मीना को माता विंध्यवासिनी के स्नेहाशीष से अभिषिक्त किया, जो विज्ञान के चिंतन की परिधि में नहीं समाता। उसके अस्तित्व तथा सत्ता को विज्ञान अस्वीकार कर देता है।

डूबती बस में तीन वर्ष की बालिका की जीवन रक्षा

2 जुलाई 1973 को राजस्थान में अलवर की एक चमत्कृत कर देने वाली कृपा से संदर्भित घटना ने सभी को स्तम्भित कर दिया।

पुत्री के यहाँ पुत्र जन्म होने पर तेज अथवा छोछक देने की रीति है। एक सम्पन्न परिवार की कन्या के पुत्र होने पर तेज देने हेतु गाँव के अन्यान्य व्यक्ति बस द्वारा शहर जा रहे थे। मध्य में एक सरिता को पार करना अनिवार्य था। कम जल देखकर सरिता को पार कर लेने के विषय में चालक को किंचित् भी सन्देह नहीं हुआ, परन्तु सरिता के मध्य में आकर बस अवरुद्ध हो गई। आगे बढ़ना उसके लिए सम्भव न हो सका। उत्तरोत्तर जल का प्रवाह तथा मात्रा में वृद्धि होती गई। बस में जल भरने लगा। सभी यात्रियों के प्राण संकट में आ गए। रक्षा का कोई भी मार्ग शेष न देखकर सभी यात्री बस की छत पर जाकर बैठ गये। न जाने वह कौन सी व्यवस्था थी, जब प्रकृति ने इतने सारे पापियों को एक साथ एकत्र करके दण्डित करने की व्यवस्था की थी। जल का प्रवाह नहीं रुका तथा सभी यात्री और उनके साथ बस भी जल में तैरने लगी। यह भी आश्चर्य हुआ कि इन यात्रियों में से एक यात्री भी जीवित नहीं बचा। यदि कोई जीवित बचा, तो तीन वर्ष की नन्हीं सी बच्ची, जो भला अपनी रक्षा कैसे कर सकती थी। उस नन्हीं सी बच्ची से जब पूछा गया कि क्या हुआ, तुम कैसे बचीं, तो उसने जो उत्तर दिया, उसने सभी को स्तब्ध कर दिया। उसने बताया कि जब जल का प्रवाह तीव्र हुआ और सभी लोग बहने लगे, तभी वहाँ कोई आया और उसने उससे कहा कि इस सीट पर बैठ जाओ। वह बच्ची उस सीट पर बैठ गई। सीट बहने लगी और बहती चली गई तथा न जाने कब तक वह सीट बहती रही। अंततः सीट एक पेड़ की शाखा के पास जा रुकी। बच्ची ने पेड़ की डाल थाम ली और उसी के सहारे बैठी रही, परन्तु जब उसका साहस और शक्ति क्षीण होने लगे तो उसने चिल्लाना, चीखना और रोना प्रारम्भ किया। उसका करुणापूर्ण स्वर सुनकर कुछ लोग एकत्र हो गये और उसे बचा लिया।

कई बार हम सुनते हैं कि कोई बस पहाड़ पर से नीचे गिर पड़ी। बस के सभी यात्रियों की मृत्यु हो गई। कोई एक नन्हा सा बच्चा बच गया। गुजरात में निकट अतीत में आये भूकम्प में ऐसी ही कितनी विचित्र घटनाएं हुईं कि मलबे के नीचे महीने भर बाद भी दो बच्चे जीवित मिले और बाद में बचा लिये गये। ऐसी घटनाएं आये दिन सुनाई पड़ती हैं। कैसे रक्षा हो जाती है उन लोगों की, उसी स्थान पर, जहाँ कोई भी जीवित नहीं रह पाता। वायुयान के दुर्घटनाग्रस्त

होने पर जहाँ कोई नहीं बचता, वहाँ कदाचित किसी के प्राणों की रक्षा ईश्वर क्यों कर देते हैं? इसका उत्तर तथा कारण तो विधाता को ही ज्ञात है, परन्तु हमारे क्षुद्र ज्ञान के अनुसार ईश्वर अधिक पापियों को एकत्र करके उन्हें एक साथ मृत्यु दण्ड प्रदान करता है, और यदि उन पापियों के समूह में कोई निर्दोष होता है तो उसकी रक्षा की भी व्यवस्था कर देता है। फिर विधाता के अस्तित्व के प्रति आस्था को अंधविश्वास का नाम देना कहाँ तक उपयुक्त है।

हनुमान जी ने दिखाया चमत्कार

पवन कोआपरेटिव बैंक में प्रबन्धक के पद पर कार्यरत था। उसके निर्देशन में एक बालिका को बैंक की कार्यप्रणाली सीखने का निर्देश हुआ। इस प्रखर बुद्धि और तीव्र स्मरण शक्ति की विदुषी और प्रतिभावान बालिका श्वेता में आत्मविश्वास का अभाव था। जब कभी श्वेता बैंकिंग योजनाओं से सम्बद्ध विषयों को भलीभाँति व्यक्त करने मे असमर्थ रहती, तो वह रो पड़ती और जब वह उसे समझ लेती, तो कोमल हँसी उसके निर्मल चेहरे पर फैल जाती। पवन को यह अच्छा लगने लगा। कुछ दिनों में ही श्वेता की बैंकिंग की शिक्षा पूरी हो गई और उसकी नियुक्ति अन्यत्र हो गई। श्वेता के चले जाने के पश्चात्, पवन को श्वेता का मूल्य समझ में आया। वास्तव में, पवन के हृदय में, श्वेता के लिए कोमल प्रेम के निर्मल अंकुर प्रस्फुटित होकर पल्लवित, पुष्पित और मुखरित होने लगे थे। श्वेता को भी पवन की स्मृति ने बार-बार व्याकुल किया था। एक ओर बैंक का वरिष्ठ अधिकारी, दूसरी ओर नई नियुक्ति वाली बीस वर्षीया श्वेता थी। जब श्वेता से नहीं रहा गया, तो जनवरी, 2003 को, वह पवन से मिलने, उसके बैंक जा पहुँची। श्वेता को देखकर पवन अति प्रफुल्लित और आह्लादित हो उठा। दोनों कुछ समय तक औपचारिक बातें करते रहे।

कुछ ही देर पश्चात्, पवन ने, श्वेता से कहीं बाहर मिलने की आकांक्षा व्यक्त की। श्वेता और पवन के मध्य आत्मीय सम्बन्धों की संरचना हुई। दोनों ही एक दूसरे से मन ही मन प्रेम करने लगे थे। श्वेता विवाह करना चाहती थी, परन्तु पवन ने धनवान बनने के पश्चात् ही विवाह करने का निर्णय किया था। श्वेता बार-बार समझाती थी कि धनवान बनने में, विवाह कोई बाधा नहीं होती और धन अर्जित करने के लिये तो सारा जीवन पड़ा है, परन्तु पवन की धन की भूख देखकर श्वेता चुप हो जाती थी और कभी-कभी घबरा जाती थी। श्वेता से पवन प्रेम तो बहुत करता था, उसके बिना अपने जीवन की कल्पना भी नहीं कर पाता था और हर बार यही उत्तर देता कि पहले बहुत सा धन कमा लूँ, उसके बाद हम दोनों विवाह करके विदेश जायेंगे और विवाह के बाद समस्त सुखों का उपभोग करेंगे। पवन, श्वेता से कहता था कि वह उसे विदेश ले जाएगा और वहाँ उसके लिए बहुत सारे आभूषण और रत्न क्रय करेगा। श्वेता कहती कि उसे कुछ नहीं चाहिए। बस वह हर समय उसका साथ चाहती है।

सन् 2006 में ज्येष्ठ मास का बड़ा मंगलवार था। लखनऊ में बड़े मंगल का बजरंगबली के दर्शन करने का अत्याधिक महत्त्व है। श्वेता और पवन एक साथ हनुमान जी के दर्शन करने गये। दोपहर की कड़ी धूप थी। दर्शन करते समय, सहसा विद्युत लुप्त हो गई और अन्धकार हो गया। अन्धेरे में ही पुजारी ने पवन को प्रसाद दिया, जिसमें प्रसाद के साथ, हनुमान जी का एक अन्तःवस्त्र भी था। उस वस्त्र पर कुछ लिखा था। पवन ने चकित होकर, उसे ध्यान से पढ़ा और

श्वेता को भी पढ़ने के लिए कहा। उस अन्तःवस्त्र पर लिखा था, "घर में पुराने पेड़ के नीचे सोना है।" दोनों चमत्कृत थे और इस बात पर विश्वास नहीं था, परन्तु पवन के घर में, एक पुराना इमली का पेड़ अवश्य था। श्वेता के आग्रह पर अगले दिन प्रातःकाल मजदूर बुलाकर पेड़ के नीचे खुदायी की गई। पूरा दिन व्यतीत हो गया, परन्तु कहीं कुछ नहीं दिखायी दिया। पवन को मन्दिर में मिले अन्तःवस्त्र पर लिखी हुई सूचना में कोई सत्य नहीं प्रतीत हुआ। श्वेता ने बार-बार आग्रह किया कि और गहरी खुदायी करानी चाहिए। दोपहर का समय था। फिर से खुदायी होने लगी। श्वेता को तेज लू ने धर दबोचा और उसकी दशा देखकर श्रमिकों को काम बन्द करने का निर्देश देकर पवन ने उसे अविलम्ब घर पहुँचा दिया तथा पूरा आराम और उपयुक्त चिकित्सा के लिए परामर्श दिया।

पवन की अकुलाहट और सोना पाने की व्याकुलता, बहुत बढ़ चुकी थी। तभी अगले दिन काम प्रारम्भ होने के कुछ ही देर पश्चात् श्वेता का फोन आया कि तुम शीघ्र आ जाओ। अभी आने में जरा सी भी देर मत करना। इधर पवन के घर में खुदायी चल रही थी। दो घण्टे व्यतीत हो गये। पवन वहीं डट कर खड़ा था। श्वेता के यहाँ जाना वह विस्मृत कर गया। तब तक एक और फोन आया कि "श्वेता का सहसा निधन हो गया। उसे तेज लू लगी थी। तीव्र ज्वर के कारण उसकी मृत्यु हो गई। उसके कार्यालय में सूचना दे दीजिए।" यह सुनकर पवन स्तब्ध रह गया। उसे लगा कि उसकी हृदयगति अवरुद्ध हो जाएगी। उसी समय पवन ने देखा कि तांबे का एक कलश, पेड़ की जड़ में फँसा हुआ है। कलश बाहर निकाला, तो वह स्वर्ण मुद्राओं से भरा हुआ था। पवन को धन की बहुत चाहत थी और श्वेता को प्रेम की। श्वेता विवाह करना चाहती थी और पवन धनवान बनना चाहता था। ईश्वर ने पवन से श्वेता को छीनकर प्रचुर धन और स्वर्ण प्रदान कर दिया। यह घटना कोई कहानी सी लगती है पर कितना आश्चर्य होता है यह सब सुनकर, जानकर। इसे क्या कहना चाहिए, अन्धविश्वास अथवा हनुमान जी के अस्तित्त्व में आस्था का प्रतिफल?

पवन को हनुमान जी ने ही स्वर्ण मुद्राओं का कलश प्रदान किया, जबकि जिस श्वेता के अभाव में वह अपने जीवन की कल्पना नहीं कर सकता था, उसे छीन लिया। श्वेता के बदले में धन दे दिया। तब पवन को प्रेम का मूल्य ज्ञात हुआ, परन्तु अब उसके पास हाथ मलने और पश्चाताप् करने के अतिरिक्त कोई मार्ग शेष नहीं था।

पाप की परिणति

सम्भवतः अगस्त, 1986 का वृत्तान्त है। सीमा को अपने जीजा जी के यहाँ ही रात को रुकना था क्योंकि उसकी बड़ी बहन प्रसव पीड़ा के कारण चिकित्सालय में थी। परिवार में जीजा जी के अतिरिक्त, उनके वृद्ध माता-पिता भी थे। पिता बहुत निर्बल थे और माता के नेत्रों की ज्योति बहुत कम थी क्योंकि वह मोतियाबिन्द से ग्रस्त थीं। जीजा जी की आयु सत्ताइस वर्ष की थी जबकि साली की आयु सोलह-सत्रह वर्ष की थी। सारी रात दोनों साथ-साथ रहे। प्रातःकाल साली को अपने कौमार्य के खण्डित हो जाने के कारण तीव्र व्यथा हुई और इस वेदना ने भी उसे आक्रान्त किया कि दीदी की अनुपस्थिति का उसने अवांछित लाभ उठाया। जीजा जी के साथ, जब तब

सीमा, सामीप्य और ऊष्मा के लिए व्याकुल हो उठती। 22वें वर्ष में सीमा का विवाह धूमधाम से सम्पन्न हुआ। विवाह के दो वर्ष पश्चात् सीमा गर्भवती हुई। प्रसव पीड़ा प्रारम्भ होने पर सीमा को लखनऊ में क्वीन मैरी चिकित्सालय में रहना पड़ा। सीमा की ननद और बहनें भी वहीं थी। घर पर सीमा के पति के अतिरिक्त सबसे छोटी सोलह वर्षीय बहन थी और सीमा की वृद्धा माता भी थीं। प्रकृति ने इतिहास को पुनः दोहराया।

सीमा के पति और उसकी सबसे छोटी बहन आराधना में सामीप्य स्थापित हो गया। सीमा रात भर प्रसव पीड़ा से तड़पती रही और उसका पति और आराधना, सम्पूर्ण मिलन में रात भर संलिप्त रहे। सीमा ने अपनी बड़ी बहन की सन्तान होने के समय, अकेलेपन का लाभ अपने जीजा जी के साथ उठाया, जबकि उसकी छोटी बहन ने भी यही किया। जब सीमा प्रसव हेतु चिकित्सालय में थी। जो सीमा ने किया, वही उसके साथ भी प्रकृति ने व्यवस्थित किया। कितना अनैतिक है यह सब। हम जो करते हैं अच्छा अथवा बुरा, पाप अथवा पुण्य, प्रत्युत्तर में हमें वही प्राप्त होता है। यह सदा स्मरण रखना चाहिए। यह हमारे विज्ञान की परिधि के बाहर है परन्तु विधाता के विधान के अनुरूप ही है। विधाता का विधान, विज्ञान की पहुँच और समय के बाहर है। प्रकृति के न्याय में किसी प्रकार की त्रुटि अथवा असंतुलन सम्भव नहीं है। ऐसे शताधिक उदाहरण उद्धृत किये जा सकते हैं जहाँ वर्षों बाद प्रकृति ने अन्याय करने वाले के साथ न्याय किया और न्याय करने वाले को अपने उत्तम आशीष से अभिसिंचित् किया।

विवाह के बीस वर्ष उपरान्त संतति की प्राप्ति

राष्ट्रीय संस्कृत संस्थान, लखनऊ में हिन्दी के प्राध्यापक श्री मिहिर पाण्डेय का व्यक्तित्व इतना प्रभावशाली, गरिमामयी और नैतिक मूल्यों से अभिपूरित है कि उनके सम्पर्क में आने वाला कोई भी व्यक्ति स्वयं को भाग्यशाली समझता है। वह संस्कृत तथा हिन्दी के उद्धरणीय अध्येता हैं तथा पूरी निष्ठा और ईमानदारी के साथ अध्यापन कार्य में रत हैं तथा प्रवीण भी। उनका विवाह 23.06.1985 को सम्पन्न हुआ। उस समय उनकी आयु 25 वर्ष की थी। अपनी पत्नी के अंतरंग सौन्दर्य ने उन्हें सदा प्रेरित किया तथा पत्नी के आग्रह पर उन्होंने हिन्दी की एक स्तरीय पत्रिका का प्रकाशन भी प्रारम्भ किया। उनके जीवन में सब कुछ था तथा वह प्रसन्न भी थे, परन्तु संतति के अभाव के कारण अनेक अवसरों पर वह व्यथित और विचलित हो जाते थे। विशेष रूप से जब वह अपनी धर्मपरायणा पत्नी को उदास तथा मौन देखते थे। शिशु की किलकारियों की प्रतीक्षा किस दम्पति को नहीं होती। कौन ऐसा है जो विवाह के उपरान्त अपनी संतति की बालसुलभ चंचलता को देखकर हर्षित और आनन्दित नहीं होता। इस सुख से श्री मिहिर वंचित थे।

विवाह के 19 वर्ष बीत गए। सब आशाएं तथा अभिलाषाएं शून्य में विलीन हो गईं। बढ़ती हुई आयु में संतति जन्म की सम्भावना चिकित्सा विज्ञान के आधार पर भी क्षीण होती जाती है। तभी श्री मिहिर पाण्डेय को संतति जन्म हेतु कुछ अनुष्ठान का परामर्श प्राप्त हुआ, जिसका अनुकरण उन्होंने पूरी श्रद्धा के साथ किया। फलतः 04.07.2005 को पुत्ररत्न से उनका दाम्पत्य जीवन अलंकृत हुआ। उनकी पति परायणा पत्नी ने अपने जीवन को धन्य माना। उनका घर-आंगन आनन्द और आह्लाद से गुंजित हो उठा। हर्ष ध्वनि के साथ शिशु की किलकारियों

के स्वर का मिलन हुआ। विवाह के 20 वर्ष के उपरान्त संतति जन्म की इस घटना ने श्री मिहिर पाण्डेय का जीवन इतनी सक्रियता और ऊर्जा से अभिसिंचित कर दिया, जितना 25 वर्ष की वय में वह अनुभव करते थे।

1.2 प्रभु की अनुपम कृपा : व्यक्तिगत अनुभूतियाँ

माता विन्ध्यवासिनी का चित्र एवं चमत्कार

27 जून, 2001 को हमने माता विन्ध्यवासिनी का चित्र अपने कैमरे 'पेन्टेक्स-के 1000' से लिया था। इसमें माता के युवा रूप का शृंगार स्पष्ट दृष्टिगत हो रहा है। चित्र अत्यन्त श्रेष्ठ है तथा इसमें माता के चेहरे के भाव तथा दृष्टि पूर्णतः स्पष्ट हैं। माता के चित्र को देखकर हमारे हृदय में लोभ की उत्पत्ति हुई तथा इस लोभ का संवरण करने में हम असमर्थ रहे। तभी माता कुपित हो उठीं तथा उनके आक्रोश का प्रदर्शन किस रूप में हुआ, इस तथ्य का उल्लेख करना अत्यन्त अनिवार्य है।

28 जून, 2002 को पुनः जब हम माता विन्ध्यवासिनी के दर्शनार्थ विन्ध्याचल पहुँचे, तो लोभवश महन्त जी से माता के चित्र लेने की पुनः अनुमति प्राप्त की। अपराह्न का समय था। माता के उसी दिव्य युवा रूप का दर्शन करके हम धन्य हुए, परन्तु माता के मुख पर सौम्यता का नहीं, बल्कि आक्रोश का भाव था। हमने अपने उसी कैमरे से माता के सोलह चित्र लिए। हम अत्यन्त प्रसन्न थे कि माता के दिव्य युवा रूप के सोलह चित्र हमने प्राप्त कर लिये हैं। रात्रि में वहीं धर्मशाला में ठहरने के उपरान्त प्रातःकाल 6 बजे माता के बालरूप के दर्शन करने हेतु हमने मंदिर में पुनः प्रवेश किया। माता के और अधिक चित्र लेने का हमारे पागलपन का अन्त अभी तक नहीं हुआ था। माता के नौ चित्र हमने पुनः लिए, जिनमें से चार चित्र हमारे अनुज श्री अनन्त ने लिये। वहीं पर महन्त जी का पुत्र सुमित खड़ा था। उसकी आँखों से अश्रुधार बहने लगी और उसने हाथ जोड़कर अनुरोध किया "अब माता के और अधिक चित्र मत लीजिए। आप देखिए न, माता की आँखें कैमरे के फ्लैश की बार-बार चमक से चौंधियाँ रहीं हैं। उन्हें बहुत कष्ट हो रहा है। अब आप रुक जाइए, अन्यथा माता कुपित हो जाएँगी।" माता जगदम्बा के प्रति सुमित की आकंठ आस्था देखकर हमें अपनी भूल का आभास हुआ, परन्तु हमने तब तक कुल मिलाकर माता के पच्चीस चित्र ले लिए थे। रील में ग्यारह चित्र शेष थे जो हमने अन्य मंदिरों के लिए। लखनऊ वापस आने पर जब हमने रील धुलवाई तथा अत्यन्त उत्साह के साथ चित्र लेने स्टूडियो पहुँचे, तो हमारे आश्चर्य की कोई सीमा न रही। हम यह देखकर चकित थे कि अपराह्न में लिए हुए माता के युवा रूप के सोलह चित्र तथा प्रातःकाल लिए गए नौ चित्रों में से एक भी चित्र नहीं आया था। रील में वह भाग काला था। शेष ग्यारह चित्र, जो अन्य मंदिरों में काली खोह, अष्टभुजा, शिवगढ़ आदि के लिए थे वह सारे चित्र पूर्णतः स्पष्ट तथा प्रभावशाली प्रतीत हो रहे थे।

यहाँ पर विज्ञान भी अनुत्तरित है। हमने उसी कैमरे से उसी फ्लैश के साथ एक वर्ष पूर्व माता का चित्र लिया था, जिसमें हमें सफलता प्राप्त हुई तथा उस चित्र को लेने में हमें माता ने

सहयोग प्रदान किया था। पुनः एक वर्ष के उपरान्त जब हमने माता का चित्र लेना चाहा, तो माता कुपित हो उठीं। सम्भवतः उनके मन में यह विचार आया कि जब एक भव्य चित्र लेने में उन्होंने हमारी सहायता की है, तो इतने अधिक चित्रों की क्या आवश्यकता है? माता के क्रोध का प्रतिफल स्पष्ट रूप से उस कैमरे की रील में आज भी हमारे पास सुरक्षित है। माँ विन्ध्यवासिनी की जागृत शक्ति का यह एक अद्भुत उदाहरण है, जिसने हमें बार-बार चमत्कृत किया है। ऐसी माँ भगवती विन्ध्यवासिनी के परम पुनीत पावन पवित्र चरणों में सहस्रों जीवन तक अपने श्रद्धा सुमन अर्पित करते रहने हेतु उनका स्नेहाशीष, महान कृपा तथा उपासना के सुदीप सदा प्रज्ज्वलित करते रहने हेतु हम हर पल उनकी वन्दना करते हैं।

कोई अन्य दे गया चोरी गई साइकिल का मूल्य

22 मई, 2007 को मंगलवार का दिन था। हमारी पुत्री दीक्षा, अपने पुत्र नवांश के साथ बड़े मंगल के अवसर पर रात्रि 8:30 बजे, हनुमान जी के दर्शन हेतु हमारे साथ गई हुई थी। नवांश की आयु मात्र नौ महीने की है। मंदिर के पुजारी श्री उमाशंकर ओझा ने नवांश के मस्तक पर, हनुमान जी के सिन्दूर का तिलक लगाया। वह तिलक लगा ही रहे थे कि नवांश ने अति तीव्रता के साथ सिर घुमाया। परिणामतः सारा का सारा सिन्दूर और तिलक, उसकी बांयी आँख में चला गया। भीतर-बाहर से आँख लाल हो गई। यह देखकर दीक्षा ही नहीं, हम सब भयभीत हो गये। जितना सिन्दूर साफ करना सम्भव था, उतना सिन्दूर तो वहीं साफ कर दिया गया। नवांश की आँख में सूजन प्रत्यक्ष दृष्टिगत होने लगी। मंदिर से हम तीव्रता के साथ, सीधे अपने निवास पर पहुँचे। तब तक नेत्र विशेषज्ञ से, मोबाइल पर, नवांश की आँख के लिए, औषधि पूछ चुके थे। घर पहुँचते ही, ठण्डे पानी से, नवांश की आँख पुनः साफ करने की चेष्टा की गई। तभी हमने, अपने पास कार्य करने वाले सहयोगी युवक से औषधि क्रय करके, शीघ्र लाने का निर्देश दिया। अविलम्ब भाटिया मेडिकल शाप पर पहुँचकर उसने जैसे ही औषधि क्रय की और वापस आने के लिए पीछे मुड़ा, तो उसकी नई साइकिल वहाँ नहीं थी। उसने चारों ओर प्रयास किया, परन्तु साइकिल नहीं मिली, क्योंकि साइकिल चोरी हो चुकी थी। युवक को औषधि लेकर लौटने में किंचित् विलम्ब हुआ। औषधि से नवांश की आँख का कष्ट कम होने लगा। लगभग आधे घण्टे बाद, हमने पूछा कि इतनी देर कहाँ लग गई? तब उसने बताया कि उसकी नई साइकिल, भाटिया मेडिकल शाप से चोरी हो गई, जबकि उसमें ताला लगा हुआ था।

यह सुनकर हम स्तब्ध रह गए। युवक की आर्थिक स्थिति अत्यन्त शोचनीय है। दूसरी साइकिल क्रय करने की क्षमता उसमें नहीं थी। अगले दिन हमने उसे बाजार जाकर नई साइकिल का मूल्य पता करने के लिए कहा तथा उसे आश्वस्त किया कि नई साइकिल का मूल्य हमसे ले लेना, क्योंकि हमारे निर्देश पर ही तुम वहाँ गये थे, जहाँ साइकिल चोरी हो गई। युवक ने पता करके हमें सूचित किया कि नई साइकिल का मूल्य रु. 2100/- है। युवक द्वारा यह सूचना प्राप्त करने के कुछ ही देर पश्चात् श्री सिन्हा हमारे पास आए तथा बोले, "कई वर्षों पूर्व आपसे परामर्श लिया था परन्तु उस समय मेरी आर्थिक स्थिति अत्यन्त निर्बल थी। उस समय के परामर्श शुल्क के रूप में रु. 2100/- स्वीकार कर लेने की कृपा करें।" यह कहकर उन्होंने रु. 2100/- मेज पर रख दिये। हमें अत्यन्त आश्चर्य हुआ, क्योंकि ऐसे किसी परामर्श का हमें किंचित् भी स्मरण

नहीं था। वही रुपये हमने युवक को दे दिये और उसकी नेत्रों में आँसू छलक आए तथा अगले दिन युवक ने नई साइकिल क्रय कर ली। यहाँ पर भावना की पवित्रता तथा ईश्वर का सहयोग का समीकरण प्रत्यक्ष दृष्टिगत होता है। विज्ञान के पास इसका कोई उत्तर नहीं है। जहाँ तक हम किसी घटना का कारण जान पाते हैं, उसमें विज्ञान का तर्क दे सकते हैं परन्तु जहाँ तक हमारा चिन्तन नहीं पहुँच पाता, उसे अंधविश्वास या इत्तफाक की संज्ञा प्रदान करने में संकोच नहीं करते।

औघढ़ का चमत्कार

चार जनवरी, 1979 का वृत्तान्त है, जब हम लखनऊ में गणेशगंज स्थित बाटा शू कम्पनी की दुकान पर जूते क्रय करने के उद्देश्य से गये थे। उस दुकान के स्वामी श्री एस.सी. बाहरी, मेरे पूर्व परिचित थे। वह मुझसे बात कर ही रहे थे कि उसी समय एक काला सा व्यक्ति आया, जो खाकी रंग की गन्दी सी पैन्ट तथा बनियान पहने हुए था। उसे देखकर भी घृणा हो रही थी। वह व्यक्ति हमारे बगल में ही आकर बैठ गया तथा वह हमसे बोला, "ज्योतिष का काम करते हो?" हम चकित, परन्तु मौन थे। अगले ही पल वह बोला, "मेरा यहाँ बैठना तुम्हें अच्छा नहीं लग रहा है। तुम नहीं जानते कि मैं कौन हूँ। तुम्हारे ऊपर 10 जनवरी को भारी विपत्ति आने वाली है। तुम्हारे ही घर में तुम्हारे सम्बन्धियों द्वारा तुम्हारा बहुत अधिक अपमान किया जाएगा।" हमने उस समय भी कुछ नहीं कहा। हमें आभास हुआ कि श्री बाहरी ने इस व्यक्ति को हमारे विषय में पहले ही बता दिया होगा कि हम ज्योतिष के अध्येता हैं, इसलिए हमें कोई आश्चर्य भी नहीं हुआ तथा न ही विश्वास हुआ कि 10 जनवरी को कोई अपमानजनक घटना हमारे साथ होने वाली है। कुछ देर पश्चात् वह व्यक्ति पुनः बोला, "मुझे ग्यारह रुपये दे दो, तुम्हारे लिए पूजा करूँगा, तो अपमानजनक स्थिति नहीं उत्पन्न होगी तथा न ही तुम्हारे घर पर कोई विपत्ति आएगी।" हमने उसे ग्यारह रुपये देना भी उपयुक्त नहीं समझा, क्योंकि हमें उसके वक्तव्य में किंचित भी सत्य नहीं प्रतीत हो रहा था। वह उठकर तुरन्त चला गया तथा जाते-जाते बस इतना बोला, "10 जनवरी को मेरी बात याद रखना।"

जूते क्रय करने के उपरान्त हम भी घर आ गए। हमें उस व्यक्ति की चेतावनी स्मरण भी नहीं रही। 10 जनवरी को हमारी धर्मपत्नी के इकलौते भ्राता हमारे निवास पर पधारे। जिस भवन में हम रह रहे थे, उस भवन को लेकर तीव्र वादविवाद होने लगा। उन्होंने हमसे रु. 40,000 माँगे, जिसे देना हमारे लिए असम्भव था। उन्हें कोई मिथ्या सूचना प्राप्त हुई थी कि वह भवन हमने अपने नाम से पंजीकृत करा लिया है। उन्होंने उसका स्पष्टीकरण न तो मांगा ही और न ही यह रहस्य उद्घाटित किया। हम समझ ही नहीं पा रहे थे कि वह हम पर तथा हमारी पत्नी पर आरोप क्यों लगा रहे हैं। आरोप का आकार तथा वादविवाद का स्वरूप इतना वीभत्स हो गया कि मोहल्ले वाले भी एकत्र हो गए। दिन में 10 बजे से लेकर 4 बजे तक वाक्युद्ध होता रहा। कुछ अन्य सम्बन्धी भी एकत्र हो गए। हाथापाई तथा पुलिस आने की स्थिति भी उत्पन्न हो गई। इस सबका उत्तरदायी हमें ही स्वीकारा जा रहा था तथा उस दिन हमारा जितना अपमान हुआ, वह अविस्मरणीय है। अगले दिन जब उन्हें ज्ञात हुआ कि यह भवन हमारे नाम से नहीं है तथा न ही हमने ऐसा कोई प्रयास किया है तब वह अपनी करनी पर लज्जित हुए तथा क्षमा याचना की। परन्तु उल्लेखनीय और चकित कर देने वाला तथ्य यह है कि उस औघढ़ ने 10

जनवरी को अत्याधिक अपमान होने वाली स्थिति का पूर्व संकेत पूरे विश्वास के साथ दिया था, जिसकी हमने उपेक्षा की और उस व्यक्ति की अवहेलना भी।

10 जनवरी की इस दुर्घटना के उपरान्त हम पुनः बाटा शू कम्पनी की दुकान पर गए और श्री बाहरी से उस व्यक्ति के विषय में बार-बार पूछा। उन्होंने उत्तर दिया कि वह व्यक्ति तो उसी दिन आपके सामने आया था फिर कभी नहीं आया। अगर कभी आएगा, तो अवश्य सूचित करेंगे। आस-पास की दुकान में भी हमने उस व्यक्ति के विषय में पूछताछ की, परन्तु सभी ने इस विषय में अज्ञानता व्यक्त की। इस अविश्वसनीय घटना को विज्ञान के दर्पण में नहीं दर्शाया जा सकता। न ही विज्ञान इसका कोई स्पष्टीकरण प्रस्तुत कर सकता है। ज्योतिष विज्ञान में भले ही ग्रह स्थिति के आधार पर इस घटना का इतना सटीक पूर्वानुमान भी नहीं लगाया जा सकता है। उस औगढ़ के पास वह कौन सी शक्ति थी, जो उसने इस घटना के विषय में चेतावनी दी थी तथा ग्यारह रुपये लेकर इस घटना को न होने देने वाले अनुष्ठान हेतु आश्वस्त किया था। आज भी जब हम इस घटना की पूर्व चेतावनी के विषय में विचार करते हैं तो सब कुछ अविश्वसनीय सा प्रतीत होता है।

पुत्र द्वारा माता के साथ दुर्व्यवहार का परिणाम

हम जैसा दूसरों के साथ करते हैं, हमारे साथ भी वैसा ही होता है। हमारे पास ऐसे अनेक उदाहरण हैं कि यदि किसी ने किसी को उसके निवास से निकाला या निकलवाया, तो निकलवाने वाले व्यक्ति के साथ भी वैसा ही हुआ। उसे भी उसका निवास छोड़ने के लिए विवश होना पड़ा। जब कोई अपने माता-पिता के साथ दुराचरण करता है तो उसे अपनी संतति द्वारा, उससे भी कहीं अधिक दुर्व्यवहार के लिए तैयार रहना चाहिए। जो लोग दूसरों की आवश्यकता में सहयोग करते हैं, भगवान् भी उनकी आवश्यकता पर सहयोग करने हेतु किसी को भेज देता है। यदि हम अपने माता-पिता की वृद्धावस्था में उनका सब प्रकार से सम्मान करते हैं, उन्हें आर्थिक सहयोग प्रदान करते हैं, तो हमारे लिये धनोद्गम के अनेक नवीन द्वार स्वतः ही प्रशस्त होते हैं। अच्छे कार्य का परिणाम बहुत अच्छा और बुरे कार्य का फल बहुत बुरा ही देखा है, हमने।

समय की सत्ता परिवर्तित हुई। अनुज का विवाह अत्यन्त रूपवती कन्या से हुआ था जिससे एक पुत्र जन्मा और विवाह के दो वर्ष के भीतर ही पार्थक्य हो गया। दूसरा विवाह, अनाथालय की एक युवती से सम्पन्न हुआ, जिसने माताश्री का जीवन संकटग्रस्त कर दिया। हमारे अनुज और उनकी पत्नी ने, हमारी माता जी को मानसिक रूप से अत्याधिक प्रताड़ित किया और असमय ही उनकी जीवन लीला का अन्त हो गया। उन्हें दुःखों से मुक्ति ही नहीं प्राप्त हुई, बल्कि मोक्षगति उपलब्ध हुई, क्योंकि मृत्यु के समय वह तीव्रता के साथ राम-राम पुकारती जा रही थीं।

माता जी तो चली गईं, परन्तु अनुज और उसकी पत्नी को करनी का फल भोगना शेष था। एक-एक करके उनके यहाँ तीन पुत्रियों का जन्म हुआ। प्रकृति का प्रतिशोध शेष था। दूसरी पत्नी की, पुत्र की कामना पूर्ण नहीं हो सकी। तीनों पुत्रियाँ उनके नियन्त्रण के बाहर थीं। उनके क्रियाकलाप से, अनुज और उनकी पत्नी बंहुत दुःखी हैं। पुत्र ने एक मुसलमान युवती के साथ विवाह कर लिया। पुत्रियों के आचरण को दुराचरण कहना ही उपयुक्त है। कई बार विरोध इतना बढ़ जाता है कि अनुज को परिवार से निष्काषित होकर अन्यत्र जीवन व्यतीत करने के लिए

बाध्य होना पड़ता है। पति-पत्नी दोनों ही बहुत कष्टदायक जीवन व्यतीत कर रहे हैं। उन्होंने अपनी माता को कष्ट दिया, उनके साथ दुर्व्यवहार किया, तो उनकी पुत्रियों ने उनके साथ उससे कहीं अधिक दुराचरण का प्रदर्शन करके, उनके जीवन को दुर्दमनीय दारुण दुःखों की व्यथा से आक्रान्त कर दिया।

कैंची मन्दिर और नीमकरौली बाबा का चमत्कार

1989 में गर्मियों का अवकाश था। हम, मृदुला, दीक्षा और हमारी साली की पुत्री, नैनीताल के लिये, एक कन्टेसा टैक्सी से चले। रात को नैनीताल पहुँचकर अलका होटल में रुके। अगले दिन नैनीताल घूमा। उसके उपरान्त रानीखेत जाने का निर्णय किया। नैनीताल से रानीखेत जाते समय, कैंची मन्दिर पड़ता है, जहाँ पर नीमकरौली बाबा का धाम है। हनुमान जी के इस कैंची मन्दिर के विषय में अनेक चमत्कार प्रसिद्ध हैं। हमें ज्ञात नहीं था कि यह मन्दिर इतना प्रसिद्ध है तथा बहुत दूर-दूर से यहाँ दर्शनार्थी आते हैं। मन्दिर की अवहेलना करके, हम लोग आगे बढ़ गये। अभी दो सौ मीटर ही गये होंगे, कि कार का ऐक्सीलेटर वायर टूट गया। कैंची एक छोटा सा गाँव है। वहाँ कन्टेसा कार का ऐक्सीलेटर वायर भला कैसे मिलता। शाम होने वाली थी। चारों ओर ऊँचे-ऊँचे पर्वत, श्रृंखलाएं भयावह प्रतीत हो रही थी। ड्राइवर के सभी प्रयास विफल हो गये। अब हम न तो पीछे जा सकते थे और न आगे ही जाना सम्भव था। कुछ समझ में नहीं आ रहा था कि अब क्या करें। तभी एक व्यक्ति, हमारे पास आया और बोला कि कैंची मन्दिर में आपने दर्शन नहीं किया। जाइये, दर्शन कर आइये। हम लोग वहाँ दर्शन करने गये। कैंची मन्दिर की भव्यता से अधिक वहाँ की दिव्यता ने हमें प्रभावित किया।

दर्शन करके, हम जैसे ही लौटे, एक साधारण सा व्यक्ति, वहाँ से निकला। हमने उससे कार गैरेज के विषय में पूछा। वह बोला, "कार में क्या हो गया है?" जब उस व्यक्ति को ऐक्सीलेटर वायर के टूट जाने के विषय में ज्ञात हुआ, तो वह बोला, "मेरे पास कन्टेसा का ऐक्सीलेटर वायर है। आप कहें तो उसे आपकी कार में लगा दूँ।" हमें अत्यन्त आश्चर्य हुआ और अपनी सहमति दे दी। पाँच मिनट में ही, उस व्यक्ति ने, ऐक्सीलेटर वायर लगा दिया। उस व्यक्ति ने, हमारे बहुत आग्रह पर भी पैसे नहीं लिये। वह कौन था? उस व्यक्ति के पास और कुछ भी नहीं था। बस एक कन्टेसा कार का ऐक्सीलेटर वायर मात्र था।

रानीखेत से लौटते समय, पुनः कैंची मन्दिर मार्ग में पड़ा। हमने सोचा कि जाते समय दर्शन किये तो थे। अभी बहुत विलम्ब हो रहा है। यह जानकर सभी को आश्चर्य होना चाहिए कि मन्दिर की सीमा पार होते ही, हमारी कार का ब्रेक टूट गया। बड़ी तीव्र ध्वनि हुई। ड्राइवर ने बताया कि ब्रेक फेल हो गया है। पहाड़ी सड़कों पर बिना ब्रेक की कार चलाना कितना क्लिष्ट कार्य है। हैंड ब्रेक का उपयोग करते हुये ड्राइवर ने गाड़ी चलायी। एक घण्टे के स्थान पर पाँच घण्टे से भी अधिक समय लगा, नैनीताल पहुँचने में। जाते और लौटते समय कैंची मन्दिर पर ही कार खराब हो जाना, आखिरकार क्या संकेत करता है। हमारे विचार से नीमकरौली बाबा या बजरंगबली के आदेशानुसार ही ऐसा हुआ। उनके दर्शन की उपेक्षा का हमें दण्ड प्राप्त हुआ था। हम भविष्य में ऐसा न करें, इसका निर्देश भी इस संदेश के रूप में, हमें प्राप्त हुआ था।

गंगाजल का चमत्कार

हमारी अग्रजा श्रीमती श्याम कुमारी दुबे के गले में कुछ विकार हो गया, बाद में उसने एक फोड़ें का सा आकार ग्रहण कर लिया। चिकित्सकों ने बताया कि उनके गले में घेंघा हो गया था। जिसकी चिकित्सा शल्यक्रिया के अतिरिक्त कुछ भी नहीं थी। धीरे-धीरे घेंघे का आकार बढ़ने लगा और शारीरिक कष्ट में भी वृद्धि होती गयी, उनका रूप विकृत होने लगा। वह प्रयास करती कि कोई उनसे न मिले। उन्हीं दिनों जगद्‌गुरू शंकराचार्य श्रीकृष्ण बोधाश्रम जी दिल्ली के समीप पधारे थे। चिकित्सकों ने उन्हें गले की शल्यक्रिया के लिए दिनाँक निश्चित कर दी थी, श्रीमती श्याम कुमारी दुबे के मन में विचार आया कि शल्यक्रिया के पश्चात् सम्भव है कि वह जीवित न बचें। इसलिए उन्हें शंकराचार्य जी के दर्शन कर लेने चाहिए, वह हमारी माता ब्रजराजकुमारी के साथ जगद्‌गुरू श्रीकृष्ण बोधाश्रम जी के आश्रम में गयी, उन्हें देखकर जगद्‌गुरू शंकराचार्य जी ने मुस्कराते हुए कहा गंगाजल पियो तुम्हारा गला ठीक हो जाएगा और तुम्हारी गले की शल्यक्रिया नहीं होगी और उनका आशीर्वाद लेकर हमारी बहन जी और माता श्री लौट आयीं, वहाँ से आकर उन्होंने गंगाजल का सेवन प्रारम्भ कर दिया। कुछ दिन पश्चात् उन्हें शल्यक्रिया हेतु चिकित्सालय में भर्ती होना पड़ा। उनके चिकित्सालय जाने के तीन दिन पश्चात् भारत-चीन युद्ध प्रारम्भ हो गया। सभी चिकित्सालय खाली कराये जाने लगे, रोगियों को वापस भेज दिया गया ताकि घायल सैनिकों की चिकित्सालय में चिकित्सा की जा सके। इसी प्रक्रिया में हमारी बहन जी को भी चिकित्सालय त्यागने का निर्देश दे दिया गया, परन्तु उन्होंने गंगाजल का सेवन नहीं छोड़ा। दो महीने पश्चात् उनका गला पूर्णतः सही हो गया और तथाकथित घेंघा का स्वतः ही शमन हो गया और उनका गला सामान्य दिखाई देने लगा। इस चमत्कार का श्रेय गंगाजल को दिया जाय या जगद्‌गुरू श्रीकृष्ण बोधाश्रम जी को।

ज्योतिष ज्ञान एवं मंत्र ने की शल्यक्रिया से रक्षा

सन् 1984 में हम शनि के अशुभ प्रभाव से ग्रस्त थे। कई विद्वान और अनुभवी ज्योतिर्विदों ने हमारे जीवन के अन्त की सशक्त सम्भावना व्यक्त की थी। महामृत्युंजय का मंत्र तो हम स्वयं नियमित रूप से करते थे परन्तु 07.02.1984 को असहनीय उदरशूल के कारण हमें चिकित्सालय में रहकर व्याधिमुक्त होने हेतु चिकित्सा अनिवार्य हो गयी। लखनऊ शहर के शीर्षस्थ चिकित्सकों ने हमारी परीक्षा की और चिकित्सा भी, परन्तु किंचित भी लाभ न हुआ। हमारे उदर की शल्यक्रिया की तिथि भी निश्चित कर दी गयी। हम लगभग चेतनाशून्य हो चुके थे। पीड़ा की कराह में यह भी ध्यान न था कि इस समय दिन है कि रात। शल्यक्रिया की बात सुनकर हमने चिकित्सकों से बार-बार पुनः परीक्षा करने का अनुरोध किया। हमने उन्हें आश्वस्त करने का प्रयास किया कि शल्यक्रिया का उनका अनुमान त्रुटिपूर्ण है। हमारे जन्मांग के अनुसार प्रोस्ट्रेट, किडनी, गाल ब्लैडर या पेंक्रियास में किसी प्रकार का विकार नहीं है। हमने पुनः परीक्षण करने का आग्रह किया, तो चिकित्सकों ने उपहास उड़ाते हुए कहा कि इस समय आपकी जन्म कुण्डली नहीं, बल्कि पेट का आपरेशन ही आपको लाभ पहुँचायेगा।

लगभग चेतनाशून्य होने के उपरान्त भी हमने अपनी धर्मपत्नी से अविलम्ब श्री दुर्गासप्तशती का अनुष्ठान प्रारम्भ करवाने का निर्देश दिया। उसके साथ मृतसंजीवनी और शनि के वैदिक मंत्र के जप हेतु भी कहा। हमारे स्थान पर हमारी पत्नी ने हमारी व्याधिमुक्त हेतु आचार्य गणों को संकल्प दिया और जैसे ही सप्तशती का पाठ प्रारम्भ हुआ, हमारी चेतना शनैः शनैः वापस लौटने लगी। एक सप्ताह में हम पूरी तरह व्याधिमुक्त हो गये। सभी चिकित्सक आश्चर्यचकित थे। हमारे व्याधिमुक्त होने के उपरान्त अनेक चिकित्सक गण व्यांधिग्रस्त लोगों के जन्मांग का परीक्षण कराने लगातार हमारे पास आते रहते हैं। यदि हम ज्योतिष की सहायता न लेते, तो चिकित्सकों ने तो हमारे उदर की न जाने कितनी बार शल्यक्रिया कर दी होती, न जाने कौन से अंग पेट के बाहर निकाल कर कूड़ेदान में फेंक दिये होते।

अठारह दिनों की गहरी मूर्छा का अंत

बेबी तान्या का जन्म 03.05.1987 को प्रातःकाल 7:00 बजे लखनऊ में हुआ था। अक्टूबर, 1994 में जब वह कक्षा-1 में पढ़ रही थी और मात्र 7 वर्ष की थी, तभी सुअर के ऊपर बैठने वाले किसी कीड़े से उत्पन्न होने वाले वायरल से वह ग्रस्त हो गई, जिसे लखनऊ मेडिकल कालेज के चिकित्सकों ने इन्सेफलाईटिस अर्थात् मस्तिष्क ज्वर का नाम दिया। ज्वर बढ़ता ही चला गया। यहाँ तक कि ज्वर 105-106 डिग्री से भी ऊपर पहुँच गया तथा बेबी तान्या गहरे कोमा में चली गयी। बेबी तान्या के पिता का मेडिकल कालेज में अनेक विशेषज्ञ चिकित्सकों से परिचय भी था परन्तु सभी चिकित्सक हताश तथा निराश हो उठे थे। बेबी तान्या की चेतना पुनः जागृत नहीं हो रही थी। वह कोमा में ही थी। परिवार के सभी सदस्य वहाँ एकत्र हो गये। निराशा, उदासी, रुदन तथा भय से आक्रान्त कर देने वाली अत्यन्त वेदनापूर्ण स्थिति थी, मेडिकल कालेज के प्रांगण में। आधुनिक से आधुनिक औषधियाँ प्रभावहीन हो चुकी थीं। एक-दो दिन नहीं, बल्कि 18 दिन व्यतीत हो चुके थे परन्तु एक पल के लिये भी बेबी तान्या चेतना सम्पन्न नहीं हो पाई थी।

18 दिनों के व्यतीत होने के उपरान्त सभी चिकित्सकों ने बेबी तान्या को व्याधिमुक्त करने में अपनी असमर्थता प्रकट की। उन्होंने बेबी तान्या के पिता को बताया कि इस व्याधि में 99 प्रतिशत बच्चों को बचाना सम्भव नहीं हो पाता है। कोई चमत्कार हो जाये, तभी बेबी तान्या की चेतना लौट सकती है। चिकित्सकों के इस विचार का परिणाम वही हुआ, जो होना था। बेबी तान्या की माँ मूर्छित हो गईं और अविरल विलाप का प्रवाह प्रारम्भ हुआ। तभी बेबी तान्या के पिता ने किसी के कहने पर हमसे सम्पर्क किया। उसी पल उनके साथ हम भी लखनऊ मेडिकल कालेज बेबी तान्या को देखने गये तथा उसकी दशा देखकर हम स्वयं हतप्रभ थे, परन्तु माता जगदम्बा पर असीम आस्था होने के कारण उसी समय से दुर्गार्चन, पाशुपतास्त्र तथा मृतसंजीवनी मंत्र का अनुष्ठान योग्य, विद्वान और अनुभवी आचार्यों द्वारा प्रारम्भ कराया गया। हमें भी आश्चर्य हुआ कि अनुष्ठान के प्रारम्भ होने के कुछ घण्टों के उपरान्त ही बेबी तान्या की चेतना लौट आई। उसे होश आ गया था। अनुष्ठान की उपयुक्त दिशा का यह प्रमाण था। 4-5 दिन में बेबी तान्या पूरी तरह स्वस्थ हो गयी और लखनऊ मेडिकल कालेज से घर लौटने के उपरान्त अनुष्ठान के हवन में वह स्वयं सम्मिलित हुई।

अब बेबी तान्या 19 वर्ष की एक रूपवती तथा आकर्षक कन्या है। इन्टरमीडिएट के अन्तिम वर्ष में शिक्षारत है। उनके पिता श्री जवाहर लाल गुप्ता, कन्सट्रक्शन से सम्बन्धित व्यवसायरत हैं। उन्हें ही नहीं, बल्कि सबको चमत्कृत कर दिया था मंत्र शक्ति तथा देवी आराधना ने, जिसके विषय में वह अपने सम्पर्क में आने वाले अनेक व्यक्तियों से चर्चा करते रहते हैं।

कैंसर व्याधि पूर्णतः निर्मूल

जनवरी, 1986 में हमारे मित्र श्री दीपक कपूर, जो व्यवसाय से अधिवक्ता हैं, हमारे पास पधारे। उनके मुख पर निराशा और चिन्ता स्पष्ट रूप से दिखाई दे रही थी। हमारे पूछने पर उन्होंने बताया कि उनके पिता श्री जी.पी. कपूर, जो सेन्ट्रल बैंक ऑफ इंडिया में मैनेजर के पद पर कार्यरत थे, को इन्सोफैगस अर्थात् खाने की नली में कैंसर हो गया है। टाटा मेमोरियल कैंसर इन्स्टीट्यूट, बम्बई में भी सभी परीक्षणों के उपरान्त, शल्यक्रिया के लिये मना कर दिया है। पानी तक निगलने में, उन्हें बहुत कष्ट था तथा मेडिकल साइंस के अनुसार, कुछ ही महीनों का जीवन शेष था। इसीलिये दीपक जी संतप्त और व्याकुल थे कि अब क्या करें? पिता जी को ही कैंसर जैसी असाध्य व्याधि होनी थी। दीपक जी ने हमसे पूछा कि पिताजी के हाथ से अब कुछ दान करवा देना उपयुक्त है। दान करने की प्रविधि क्या है ? हमने दीपक जी के पिताजी का जन्मांग देखकर परामर्श दिया कि ग्रह शान्ति तथा संजीवनी मृत्युंजय जलामृत के साथ-साथ श्री दुर्गासप्तशती के अग्रांकित मंत्र के द्वारा श्री दुर्गासप्तशती के सत्ताइस सम्पुट पाठ करवा देना चाहिए।

रोगानशेषानपहंसि तुष्टा, रुष्टा तु कामान् सकलानभीष्टान्।
त्वामाश्रितानां न विपन्नराणां त्वामाश्रिता ह्याश्रयतां प्रयान्ति।।

प्रतिदिन आचार्य रामकिशोर अवस्थी, उनके निवास पर ही श्रीदुर्गासप्तशती का सम्पुट पाठ करते तथा संजीवनी मृत्युंजय जलामृत बनाकर, औषधि की भाँति, श्री जी.पी. कपूर को पीने के लिये देते। श्री कपूर पूरी निष्ठा तथा श्रद्धा के साथ-साथ जलामृत ग्रहण करते। उन्हें उत्तरोत्तर लाभ होने लगा। उन्हें आभास होने लगा कि वह कैंसर ऐसी व्याधि से जो चौथी स्टेज पर थी, से उनकी रक्षा सम्भव है। धीरे-धीरे अच्छे होने की सम्भावना, विश्वास में रूपान्तरित होने लगी। चार महीने में श्री कपूर पूर्णतः कैंसर ऐसी असाध्य व्याधि से मुक्त हो गये। पहले वह पूजा पाठ में विश्वास नहीं करते थे। दीपावली, जन्माष्टमी आदि का अनिवार्य पूजन भी बड़े अनमने ढंग से एक-दो मिनट में ही सम्पन्न कर देते थे। व्याधिमुक्त होने के उपरान्त माता जगदम्बा की असीम शक्ति में उनका विश्वास सुदृढ़ता के चरमोत्कर्ष पर पहुँच गया। अब वह प्रतिदिन उपासना के बिना कोई कार्य प्रारम्भ नहीं करते हैं। श्री कपूर चमत्कृत हैं और लगभग अस्सी वर्ष की आयु में भी वह पचास वर्ष के व्यक्ति के समान सक्रिय तथा शक्ति सम्पन्न हैं।

बगलामुखी यंत्र द्वारा जीवन का समस्त संत्रास

संदीप गर्ग, जिनका जन्म 29 अक्टूबर, 1985 को हुआ है, वह सहसा लखनऊ के एक क्रूर अपराधी तथा सुपारी लेकर हत्या करने वाले हिंसक के चक्रव्यूह में जकड़ गये। संदीप के

मन में यह विश्वास दृढ़ होता चला गया कि एक दिन में एक गोली और लाखों रुपये की प्राप्ति? उस हिंसक की आयु मात्र 24 वर्ष की थी तथा उसकी जेबें और कार करेंसी नोटों से भरी रहती थीं। रुपये की चकाचौंध किसे प्रभावित नहीं करती। संदीष भी क्रूर अपराधी के व्यक्तित्व से अत्यधिक प्रभावित था। कहीं पर किसी भी सीधे-साधे व्यक्ति अथवा छात्र को पकड़कर उसकी पिटाई कर देना, धमकी दे देना अथवा भयभीत कर देने से उसे एक विचित्र सा आनन्द प्राप्त होता था। इस हिंसक का नाम था - विश्व मोहन विश्वकर्मा। उसके द्वारा अनेक हत्याएं हुई थीं तथा वह इतना चतुर और फुर्तीला था कि पुलिस की फाइल में उसका नाम तक अंकित नहीं था, न ही उस पर किसी को सन्देह था। यही सत्य तथ्य संदीप को भी आनन्दित, उत्साहित और आंदोलित करता था कि जब विश्व मोहन के विषय में आज तक पुलिस को कुछ नहीं ज्ञात हुआ, तो वह भी आगे चलकर कुशलता के साथ इसी तरह का कोई कार्य करेगा। विश्व मोहन किसी भी हिंसा को अन्तिम रूप देने के उपरान्त संदीप को भी दस-बीस हजार रुपये दे दिया करता था। वह बताता है कि उसकी जेब से 2-4 हजार रुपये गिर भी जाते थे, तो उसे ज्ञात नहीं होता था। विश्व मोहन कहीं भी जाता, संदीप को अधिकतर साथ रखता। कई-कई दिन तक संदीप अपने घर लौटकर नहीं आता था। उसके माता-पिता अत्यन्त क्षुब्ध और भयभीत थे। यदि संदीप को कोई एक शब्द भी कहता, तो उसके असहनीय क्रोध का भागी बनता। कई बार तो संदीप हाकी या किसी अन्य अस्त्र से उस व्यक्ति की ऐसी दशा कर देता कि वह स्वप्न में भी संदीप का नाम लेने से काँप उठता।

एक सम्भ्रान्त, सरल और पढ़े लिखे परिवार का यह युवक पूरी तरह भ्रमित हो चुका था। उसने हत्या तथा हिंसा का मार्ग अपना लिया था। परन्तु भाग्यवश उस समय तक, जब की यह चर्चा है, उसके हाथों कोई हत्या नहीं हुई थी परन्तु पुलिस अभिलेखों में उसका नाम आ चुका था। उसके माता-पिता अत्यधिक आतंकित थे क्योंकि उनके पुत्र का जीवन भयाक्रान्त था। संदेह का फंदा किस दिन संदीप के गले को कस लेगा, यह किसी को ज्ञात न था। माता-पिता के साथ भी संदीप का व्यवहार इतना उत्तेजनायुक्त तथा आक्रोशपूर्ण था कि सब डरे हुए थे। एक दिन उसकी माता ने उससे तंग और विवश होकर घर में जितनी ऐलोपैथिक औषधियाँ थीं, सभी एक साथ खा लीं। वह मृत्यु को प्राप्त कर लेना चाहती थीं। वह यह देख नहीं सकती थी कि उनका लाडला संदीप किसी दिन पुलिस की गोली का शिकार हो अथवा फाँसी का फंदा उसके जीवन का अन्त कर दे। वह हमारे पास इस समस्या के समाधान हेतु आईं, परन्तु संदीप बहुत आगे निकल चुका था। उसका वापस लौटना असम्भव था। उसी समय उसकी माता के रुदन ने हमें विचलित कर दिया और जब सारी कथा सुनाई, तो कुछ पल के लिए हमारी चेतना भी शून्य हो गयी। हमने संदीप से मिलने की इच्छा व्यक्त की, परन्तु वह हमारे पास नहीं आया। हमने उसी समय एक दुर्गार्चन अपने निरीक्षण में सम्पन्न कराया तथा संदीप के माता-पिता को आश्वस्त किया कि इस अनुष्ठान में होने वाला व्यय हम स्वयं करेंगे। यह आपके परिवार के जीवन का प्रश्न है। एक भटके हुए लड़के को सन्मार्ग पर लाने का यत्न है। अनुष्ठान सम्पन्न हुआ तथा बगलामुखी यंत्र, जो विधिविधान सहित निर्मित किया गया था, संदीप को हमने स्वयं धारण कराया। फलतः अगले दिन 15-02-2005 को संदीप की जमानत हो गयी और अब वह स्वतंत्र रूप से घूम सकता था, परन्तु जमानत हो जाने के उपरान्त भी उसके साहस और निर्भीकता में कोई कमी

नहीं आई थी। बगलामुखी साधना कभी निष्फल नहीं होती, जिसका यंत्र संदीप कभी अपने से पृथक् नहीं करता है। यह तथ्य हमारे मन में अत्यन्त सशक्त था।

07-03-2005 को विश्व मोहन विश्वकर्मा का अपने हाथ में ही एक बम फट जाने के कारण निधन हो गया। संदीप ने उसके क्षत-विक्षत तन को देखा तो काँप गया। उसके हथेलियों की ऊँगलियां बम के विस्फोट के साथ ही उड़ चुकी थीं। हाथों में माँसपेशियों के स्थान पर मात्र अस्थियाँ दिखाई दे रही थीं तथा चेहरे का आकार इतना वीभत्स और भयभीत कर देनें वाला हो गया था कि उसे संदीप देख तक नहीं पा रहा था। कुछ ही पल विश्व मोहन चिकित्सालय में रहा तथा उसके प्राणों ने उसका साथ छोड़ दिया।

इस घटना से संदीप के जीवन में सुखद परिवर्तन हुआ। उसने अपनी आँखों से देखा कि दूसरों की हिंसा करने वाले व्यक्ति के जीवन का क्या परिणाम हो सकता है। विश्व मोहन के निधन के तीन दिन उपरान्त संदीप हमारे पास आने के लिये विवश हुआ। सभी को आश्चर्य था कि संदीप में इतना सुखद परिवर्तन तथा उसके स्वभाव में मूलभूत अन्तर कैसे आ गया। अब कोई उसे कुछ कहता भी, तो वह मुस्करा देता। विश्व मोहन के यहाँ बम विस्फोट के समय संदीप की मोटरसाइकिल खड़ी थी। दुर्गा सप्तशती के अनुष्ठान के फलस्वरूप पुलिस चौकी से मोटरसाइकिल भी बड़ी सुगमता से उसे प्राप्त हो गयी और इस बम विस्फोट काण्ड में उसका कहीं नाम भी न आया। जबकि वह विश्व मोहन के साथ सदा रहता था। अब संदीप पूरा ध्यान अपने अध्ययन और कार्य सम्पादन में दे रहा है। पूरी ईमानदारी, सच्चाई, निष्ठा तथा श्रद्धा के साथ मां जगदम्बा के मंत्रों का जप प्रतिदिन करता है। देवी की प्रसन्नता हेतु शुक्रवार का व्रत विधिविधान सहित रखता है। हमारे पास भी प्रतिदिन आकर हमारे ज्योतिष सम्बन्धी कार्य में सहयोग करता है। संदीप का कायाकल्प हो गया। वह प्रतिहिंसा से मुक्त होने लगा। अब कोई उसे मारे-पीटे भी, तो वह बिना किसी विशेष प्रतिक्रिया के अपने घर वापस लौट जाता है।

13 जनवरी, 2006 को उसकी मोटरसाइकिल को पीछे से एक ट्रक वाले ने ठोंक दिया। वह सड़क पर गिर पड़ा। पर्याप्त चोट भी आई तथा मोटरसाइकिल टूट गई। संदीप को बहुत क्रोध आया, परन्तु उसने अपने क्रोध को नियंत्रित किया। ट्रक के ड्राइवर को नीचे उतारने के लिये तो संदीप ने अवश्य विवश कर दिया, परन्तु उसके क्षमायाचना करने पर उसे मुक्त कर दिया और बस इतना ही कहा कि आज तुम्हारी ट्रक के नीचे आकर मेरी मृत्यु भी सम्भव थी। भविष्य में ट्रक सतर्कता तथा सावधानी के साथ चलाना।

संदीप का हृदय परिवर्तन हुआ तथा उसे यह आभास हुआ कि वह जिस मार्ग पर चल रहा था, वह विनाश की ओर ही जाता था। संदीप की आँखें खुल गईं तथा वह पुनः अध्ययनरत हुआ। संप्रति बी.बी.ए. के द्वितीय वर्ष का छात्र है तथा उत्साहवर्द्धक योग्यता प्रदर्शित करके उसने सभी के हृदय में अपना स्थान बना लिया है।

अब संदीप अपने माता-पिता तथा भाई के साथ एक सामान्य सुखमय जीवन बिना किसी भय और आतंक के व्यतीत कर रहा है। देवी कृपा का यह चमत्कृत कर देने वाला उदाहरण उन प्रबुद्ध पाठ्कों के हितार्थ प्रस्तुत किया है जिन्हें मां जगदम्बा की अनुकम्पा तथा मंत्र शक्ति में किंचित भी संशय है।

मुंह के कैंसर का मंत्राराधना द्वारा निर्मूलन

श्री अजय शर्मा कानपुर के अत्यन्त प्रतिष्ठित व्यवसायी हैं जिन्होंने अपने उद्यम और कर्म द्वारा अति सामान्य स्थिति से व्यवसाय को अतिविशिष्ट स्तर तक पहुँचाया। अनेक शहरों और प्रान्तों में उनके व्यवसाय का प्रसार और विस्तार हुआ है। उन्होंने अपने चार भाइयों को पाल-पोस कर बड़ा किया और उनका विवाह करके, उन सबको विभिन्न व्यवसायों में व्यवस्थित किया। अक्टूबर, 2002 में श्री अजय शर्मा के मुँह के भीतर छाला हुआ, जिसे उन्होंने कानपुर के कई चिकित्सकों को दिखाया। चिकित्सकों ने उन्हें सामान्य औषधियों के सेवन का परामर्श दिया, परन्तु जब एन्टीबायटिक के सेवन के उपरान्त भी उन्हें लाभ न हुआ, तो वह हमारे पास अपना जन्मांग लेकर लखनऊ आये। हमने उनके मुँह में कैंसर होने की सम्भावना व्यक्त की। उन्हें विश्वास ही नहीं हुआ, परन्तु बाद में बायोप्सी टेस्ट के उपरान्त मुँह के कैंसर की पुष्टि हुई। उनके स्वास्थ्य में निरन्तर गिरावट आ रही थी और अनेक नयी समस्याएं उत्पन्न हो रही थीं। हमने अपने संचालन में शतचण्डी का पाठ **"रोगानशेषानपहंसि तुष्टा........ह्याश्रयतां प्रयान्ति"** का संपुट लगाकर सम्पादित करवाया। महामृत्युंजय का भी सवा लाख जप हुआ। 2003 के प्रारम्भ में श्री अजय शर्मा के मुँह का आपरेशन हुआ, वह ठीक हो गये। कई बार उन्हें टाटा मेमोरियल कैंसर रिसर्च हॉस्पिटल जाकर परीक्षा करवानी पड़ी, परन्तु कैंसर से वह मुक्त ही रहे। 10.02.2005 को उनके मुँह के भीतर की त्वचा के बहुत कठोर हो जाने के कारण मुँह खुलने में कठिनाई को समाप्त करने हेतु मुँह के भीतरी त्वचा का आपरेशन हुआ। अब वह पूर्णतः स्वस्थ हैं। दोनों ही बार शतचण्डी का अनुष्ठान मेरे निर्देशन में सम्पन्न हुआ। अब वह पूर्णतः स्वस्थ और सक्रिय हैं।

शतचण्डी के अनुष्ठान से कैंसर ऐसी व्याधि से मुक्त होने के कई उदाहरण यहाँ प्रस्तुत किये गये हैं परन्तु ऐसे अनेक कैंसरग्रस्त व्यक्ति हैं जिन्हें शतचण्डी तथा श्री दुर्गासप्तशती के सम्पुट पाठ के फलस्वरूप पूर्णतः व्याधिमुक्त करके सबको चमत्कृत कर दिया।

अभिमंत्रित मारण शक्ति ने दी कुख्यात गुण्डे को मौत

अक्टूबर, 1996 में अपराह्न के समय मिस कपूर हमारे पास, अपना जन्मांग दिखाने हेतु आयीं। उनका आकर्षक व्यक्तित्व, साढ़े पाँच फुट का लम्बा कद, तराशा हुआ तन, बड़ी-बड़ी काली आँखों में मचलती पुतलियाँ रक्तिम आभा, अधरों पर गुलाबी मुस्कान और मुखमण्डल पर अपने भविष्य के प्रति अनेक जिज्ञासाएं, विद्यमान थीं। लखनऊ के भीड़ वाले भाग में, मिस कपूर का विशाल कार्यालय था। सभी के लिए मिस कपूर आकर्षण का केन्द्र थीं। सुगमता से कोई भी उनसे बातचीत कर सकता था। मिस कपूर ने अपना जन्मांग हमारे समक्ष रखा, तो हम स्तब्ध रह गये। मिस कपूर का जन्म 19.12.1971 को 8:00 बजे प्रातःकाल लखनऊ में हुआ था।

कदाचित सौन्दर्य एक अभिशाप भी है। मिस कपूर के सौन्दर्य पर मुग्ध होकर, उस क्षेत्र का एक कुख्यात गुण्डा, उनके पीछे पड़ गया और विवश करने लगा कि वह उसी से विवाह करे। उम्र में बीस वर्ष से भी अधिक अन्तर था। मिस कपूर ने जब विवाह हेतु स्पष्ट रूप से अपनी अस्वीकृति प्रकट की, तो वह क्रोधित हो उठा। एक दिन मिस कपूर के कार्यालय जा पहुँचा और धमकी दी कि यदि उसने विवाह नहीं किया, तो वह, उसे उठाकर ले जायेगा और अपनी रखैल

बनाकर रखेगा। उस गुण्डे की प्रथम पत्नी, उसको छोड़कर कई वर्ष पूर्व ही जा चुकी थी। मिस कपूर ने कुछ ऐसा कह दिया, जो उससे सहन नहीं हुआ। कार्यालय में सैकड़ों लोगों के समक्ष, उसने पहली बार, मिस कपूर को दो-चार थप्पड़ मारे और बलपूर्वक उसको रौंदा। कार्यालय में किसी का साहस मिस कपूर को छुड़वाने का नहीं हुआ। सबके सामने धमकी देता हुआ, वह गुण्डा हँसता हुआ चला गया। इस प्रकरण के पश्चात् मिस कपूर हमारे पास आयी थीं। उन्होंने विलापयुक्त नेत्रों और कंठ के साथ पूरा वृत्तान्त सुनाया। हमने उन्हें कुछ मंत्र अनुष्ठान करने का परामर्श दिया। उन्हीं दिनों उनके पिता का अल्पायु में ही आकस्मिक निधन हो गया। मिस कपूर अनुष्ठान न कर सकीं और न ही किसी आचार्य द्वारा सम्पन्न करा सकीं। पिता के कार्यालय का दायित्व मिस कपूर ने संभाला।

कुछ दिनों के उपरान्त फिर उस गुण्डे की धमकियाँ आने लगीं। मिस कपूर एक साहसी, निर्भीक कन्या थीं। वह गुण्डे की धमकियों के पीछे वास्तविकता को न समझ सकीं। जब बार-बार धमकी के उपरान्त भी मिस कपूर पर कोई विशेष अन्तर न पड़ा और वह नियमित रूप से कार्यालय आती रहीं, तो एक दिन उसी गुण्डे ने बलपूर्वक उनके कार्यालय में प्रवेश करके, सैकड़ों लोगों की उपस्थिति में पिस्टल की नोंक पर मिस कपूर के वस्त्रों को तार-तार कर दिया। उसकी अस्मिता का ही नहीं, बल्कि उसके हृदय, तन और मन का भी बलात्कार हुआ उस दिन। निर्वसना मिस कपूर रक्त में डूबी देर रात तक यूँ ही पड़ी रहीं। आत्महत्या करने के विकल्प को उसने अन्तिम रूप दे दिया। तभी मिस कपूर की माता हमारे पास आयीं और विलाप करने लगीं। उस गुण्डे से पुलिस भी डरती थी। एफ.आई.आर. करवायी गयी, जिसके फलस्वरूप वह गुण्डा आग बबूला हो गया। उसी समय पुनः मिस कपूर के घर पहुँचा और पुनः पुनः उसकी अस्मिता को खण्डित किया। अब मिस कपूर इतनी भयाक्रान्त हो गई थीं कि उसका सारा साहस भय में रूपांतरित हो गया था। वह बिल्कुल चुप सी हो गई थी। वह किसी से कुछ बोलती नहीं थी। बस अपनी फटी-फटी आँखों से देखती रहती। रातभर यूँ ही कुर्सी पर बैठी रहती। अब किसी में साहस नहीं था कि पुनः एफ.आई.आर. कराने का विचार भी करे। हमें भी सब कुछ बताया गया।

हम मिस कपूर के घर गये। हमें देखकर मिस कपूर रुदन में डूब गयी। वह उसके साथ हुए अत्याचार, अनाचार तथा बलात्कार की कथा कह रहा था। उसकी आँखों से अश्रु नहीं, बल्कि रक्त निकल रहा था। दो घण्टे बीत गये, परन्तु हमारे बार-बार प्रयास करने पर भी मिस कपूर के न आँसू थमे और न ही रुदन रुका। हम भी पूरी तरह से प्रकम्पित और विचलित हो उठे। हमारी चेतना अनियंत्रित हो उठी। मिस कपूर को हम पुत्री तुल्य समझते थे। हमने उनके परिवार के समस्त सदस्यों के समक्ष घोषणा की, कि माता जगदम्बा नहीं चाहतीं कि यह गुण्डा अपनी दानवीय पैशाचिक गतिविधियों तथा कार्यकलाप से दुर्गन्धयुक्त करे। हमने उसी समय शत्रुनाश के अनुष्ठान की व्यवस्था की। तीन आचार्यों ने नवम्बर-दिसम्बर, 1996 में अनुष्ठान सम्पादित किया। अनुष्ठान की सफलता हेतु, हमारे सभी आचार्यगण पूर्णतः आश्वस्त थे।

सम्भवतः जनवरी, 1997 की 19 तारीख को वह गुण्डा मिस कपूर को उसके कार्यालय से अपने साथ लेकर सीढ़ी से उतर रहा था। मिस कपूर इस बार कुछ भी बिना बोले, उसके साथ चलने के लिए विवश थीं। वह डरी, सहमी उसके साथ सीढ़ी से उतर रही थीं, तभी दनादन गोलियाँ

चलने लगीं। चालीस राउण्ड गोली उस गुण्डे पर चलाई गई और वहीं उसकी मृत्यु हो गई। बाद में ज्ञात हुआ कि श्री प्रकाश शुक्ला ने ही उस गुण्डे की हत्या आपसी कलह के कारण की थी। मारण प्रयोग की सफलता देखकर मिस कपूर और उनका समस्त परिवार हमारे पास आकर पैरों में नत-मस्तक होकर हर्षोल्लास के कारण आनन्दित हो उठा। मिस कपूर की प्रसन्नता की कोई सीमा नहीं थी। हमने वचन दिया था कि अब यह गुण्डा जीवित नहीं रहेगा। हमारा वचन माँ भगवती की अनुकम्पा से पूरा हुआ। हमने इस अनुष्ठान में किन मंत्रों का उपयोग किया, इसका उल्लेख जान-बूझकर यहाँ नहीं किया है, ताकि उन मंत्रों का दुरुपयोग किसी निर्दोष प्राणी के विपरीत न किया जा सके। चार अवसरों पर हमें इसी तरह के मारण प्रयोगों का आश्रय लेने के लिये विवश होना पड़ा और सभी में सफलता प्राप्त हुई। कभी तीन दिन में, तो कभी तीन सप्ताह में। माता का मंत्र प्रयोग कदापि निष्फल नहीं जाता, यदि प्रयोग का चुनाव मंत्र का विश्लेषण करने के उपरान्त किया जाये तथा अनुकूल व त्वरित फलप्रदाता मंत्र के चयन के उपरान्त ही अनुष्ठान सम्पादित किया जाये।

अभिमंत्रित शक्ति द्वारा चुनाव में सफलता

मा. लालजी टंडन, भूतपूर्व प्रधानमंत्री मा. श्री अटल बिहारी वाजपेयी के परममित्र हैं तथा भारतीय जनता पार्टी में अपना प्रमुख स्थान रखते हैं। वह मुख्यमंत्री पद के प्रत्याशी रहे हैं। यहाँ विचित्र संयोग यह है कि श्री लालजी टंडन विधान सभा का चुनाव अनेक वर्षों से लड़ते रहे, परन्तु विजयश्री अर्जित करने में असफल रहे। कभी भी वह जीत नहीं सके। वह सदा विधान परिषद के द्वारा चुने जाने के उपरान्त ही विधायक बन सके। उस चुनाव में मा. लालजी टंडन के परम सहयोगी तथा उनके मित्र संजय रस्तोगी तथा उनके ज्येष्ठ पुत्र हमारे पास पधारे तथा उन्होंने मा. लालजी टंडन की चुनाव में विजय प्राप्ति हेतु निवेदन किया। योग्यता तथा प्रतिभा होने के उपरान्त भी जातिवाद की राजनीति ने उनके आत्मविश्वास को आशंका की परिधि में सीमित कर दिया था। उनके चुनाव में जीतने हेतु शतचण्डी का पाठ योग्य, अनुभवी और विद्वान आचार्यों द्वारा यथेष्ट सम्पुट द्वारा सम्पन्न कराया गया, जिसके फलस्वरूप अनेक वर्षों के उपरान्त श्री लालजी टंडन ने विधान सभा के चुनाव में विजयश्री अर्जित की।

मंत्र शक्ति द्वारा सुप्त चेतना पुनः जागृत

हमारी पुत्रवधू सुश्री शिल्पी का निवास स्थान जयपुर है। सुश्री शिल्पी की माताश्री श्रीमती शोभा व्यास, जो डिग्री कालेज में शिक्षिका के पद पर कार्यरत हैं, अपनी योग्यता, प्रतिभा और विद्वता के कारण अत्यधिक प्रशंसित हैं। उन्होंने हिन्दी में डाक्टरेट तथा एम.फिल. आदि की उपाधियां भी अर्जित की हैं। सन् 2005 के प्रारम्भ में, आयु के 47वें वर्ष में उन्हें क्लास रूम में सहसा आभास हुआ कि उनका दाहिना हाथ काम नहीं कर रहा है। जब उन्होंने किताब उठाने का प्रयास किया, तो वह असफल रहीं। उसी समय वह अपने निवास पर चली गयीं और अत्यधिक आतंकित तथा भयभीत हो गईं। उनके दाहिने हाथ में शक्ति नहीं थी तथा माँसपेशियाँ चेतनाविहीन हो गई थीं। स्पर्श का आभास तक न होता था। अनेक चिकित्सकों को दिखाया, परन्तु कोई लाभ

नहीं हुआ। उसी समय उनके लिये **"शूलेन पाहि नो देवि पाहि खड्गेन चाम्बिके। घण्टास्वनेन नः पाहि चापज्यानिःस्वनेन च।।"** तथा **"रोगानशेषानपहंसि तुष्टा रुष्टा तु कामान् सकलानभीष्टान्। त्वामाश्रितानां न विपन्नराणां त्वामाश्रिता ह्याश्रयतां प्रयान्ति।।"** इन मंत्रों द्वारा सम्पुटित दुर्गासप्तशती के 18 पाठ सम्पादित किये गये। बुध और शनि के वैदिक मंत्रों का यथेष्ट संख्या का जप, हवन, तर्पण, मार्जन आदि किया गया। हवन सम्पन्न करने के एक सप्ताह के भीतर उनके स्वास्थ्य में सुधार होने लगा तथा कुछ महीनों में ही वह पूरी तरह से स्वस्थ हो गईं।

उल्लेखनीय है कि कई महीनों तक एलोपैथिक, आयुर्वेदिक तथा होम्योपैथिक चिकित्सा की असफलता के उपरान्त ही श्री दुर्गासप्तशती के अनुष्ठान का सम्पादन किया गया तथा उसके पश्चात् ही उनके स्वास्थ्य में सुधार आना प्रारम्भ हुआ।

अध्यक्ष पद की अभिलाषा पूरी हुई

श्री ए.एन. भार्गव, उ.प्र. राज्य विद्युत परिषद में सदस्य के पद पर कार्यरत थे। उन्होंने हमसे पूछा कि वे चेयरमैन अर्थात् परिषद के अध्यक्ष कब बनेंगे? हमने उनके जन्मांग का भलीभाँति निरीक्षण करने के उपरान्त दूसरे दिन उन्हें बताया कि बाधक ग्रह अत्यन्त प्रबल हैं, अतः अध्यक्ष बनने की सम्भावना होने के उपरान्त भी कोई न कोई अवरोध उत्पन्न होगा तथा आप अध्यक्ष बनने से वंचित रह जायेंगे। हमारे इस कथन पर वह भयंकर आक्रोश से ग्रस्त हो गये। उनका चेहरा तमतमा उठा तथा तीव्र स्वर में हमारे ज्योतिष ज्ञान का उपहास उड़ाने लगे। यह स्वाभाविक भी था क्योंकि उन्हें अनेक ज्योतिर्विदों ने अध्यक्ष बननें हेतु भविष्यवाणी की थी। 31 अक्टूबर, 1976 को अध्यक्ष पद रिक्त हो रहा था तथा उस पर किसी अन्य अधिकारी को पदभार ग्रहण करना था। श्री भार्गव ने हमें बताया कि अनेक ज्योतिर्विदों ने उन्हें दृढ़ता के साथ आश्वस्त किया है कि वही 31 अक्टूबर, 1976 को अध्यक्ष पदभार ग्रहण करेंगे।

पुन हमें ज्ञात हुआ कि श्री भार्गव अध्यक्ष पद के लिए चुन लिये गये हैं तथा कल वह पदभार ग्रहण कर लेंगे। हमारे ज्योतिष ज्ञान को ही नहीं, बल्कि समस्त चेतना को एक धक्का सा लगा। हम स्तब्ध रह गये कि जो कथन हमने इतने सशक्त रूप से व्यक्त किया था वह मिथ्या सिद्ध हुआ। हमें स्पष्ट आभास होने लगा कि भार्गव साहब अध्यक्ष पद ग्रहण करने के उपरान्त सर्वप्रथम हमें ही निलम्बित करेंगे, क्योंकि उन्होंने तो पहले ही हमारे ज्योतिष कथन की पर्याप्त भर्त्सना की थी। हमने उसके उपरान्त अपने जन्मांग का निरीक्षण किया कि कहीं हमारे निलम्बन का योग तो नहीं है।

उस दिन हम सायंकाल को ही सो गए। कुछ भी कार्य करने की इच्छा नहीं हो रही थी। अगले दिन अर्थात् 1 नवम्बर को जब समाचार पत्र पर दृष्टि पड़ी, तो मोटे अक्षरों में बड़ा-बड़ा लिखा था "श्री. जी.डी. पन्त विद्युत परिषद के नये अध्यक्ष बने।" हमें संतोष हुआ कि हमारा भविष्य कथन सही सिद्ध हुआ और श्री ए.एन. भार्गव अध्यक्ष बनने से वंचित रह गये। 6 दिन पश्चात् श्री भार्गव ने पुनः हमसे सम्पर्क किया तथा कहा कि सभी की भविष्यवाणियाँ मिथ्या सिद्ध हो गयीं। हमें दुःख है कि हमने आपका उपहास उड़ाया तथा जैसा आपने बताया था कि अध्यक्ष

बनते-बनते पद से वंचित रह जायेंगे, वही हुआ। हमारी फाइल पर मुख्यमंत्री के हस्ताक्षर होने से पूर्व एक अन्य मंत्री ने कठोर विरोध प्रकट किया, जिसके कारण मेरे स्थान पर पन्त साहब को अध्यक्ष बनाया गया। हमारी सेवानिवृत्ति में अब मात्र 6 महीने का समय शेष है। हम अध्यक्ष अवश्य बनना चाहते हैं, यदि इसका कोई उपाय हो, तो बताओ। कितना भी कठिन उपाय होगा, हम अवश्य करेंगे।

हमने उन्हें श्री दुर्गासप्तशती के 13वें अध्याय के 17वें और 20वें मंत्र तथा 12वें अध्याय के 29वें मंत्र के सम्पुटित दुर्गा सप्तशती के अनुष्ठान का परामर्श दिया। यह मंत्र अग्रांकित हैं:-

ततो वव्रे नृपो राज्यमविभ्रंश्यन्यजन्मनि।
अत्रैव च निजं राज्यं हतशत्रुबलं बलात्।। (13/17)

स्वल्पैरहोभिर्नृपते स्वं राज्यं प्राप्स्यते भवान्। (13/20)

स्मरन्ममैतच्चरितं नरो मुच्येत संकटात्।
मम प्रभावात्सिंहाद्या दस्यवो वैरिणस्तथा।। (12/29)

इन मंत्रों में प्रत्येक का सम्पुट लगाकर दुर्गा सप्तशती के 18-18 सम्पुट पाठ सम्पन्न किये गये। इसके अतिरिक्त कुछ ग्रहबाधा हेतु हमने अन्य अनुष्ठान भी प्रतिपादित किये, जिसके फलस्वरूप श्री जी.डी. पन्त 3 महीने उपरान्त ही अध्यक्ष पद से हट गये तथा श्री ए.एन. भार्गव अध्यक्ष बने। वे अत्यन्त हर्षित और उल्लासित थे क्योंकि उनकी मनोकामना पूर्ण हो चुकी थी। वह अवकाश प्राप्ति से पूर्व अध्यक्ष बनने हेतु अत्यन्त व्यग्र थे। श्री दुर्गासप्तशती के अनुष्ठान के प्रभाव से वे भी चमत्कृत रह गये। वह जब तक अध्यक्ष पद पर रहे, लगभग प्रत्येक दिन हमें उनके साथ एक अथवा दो घण्टे व्यतीत करने पड़ते तथा वह हर महत्त्वपूर्ण कार्य हमसे पूछकर करते। उपयुक्त मुहूर्त तथा समय पर कार्य करने के कारण तीन महीने के भीतर ही उन्हें अभूतपूर्व सफलता प्राप्त हुई। उसी समयांतर में विद्युत उत्पादन के सभी पूर्व कीर्तिमान ध्वस्त हो गये तथा उन्होंने अधिकतम विद्युत का उत्पादन करके नया कीर्तिमान स्थापित किया। यह घटना तथा माता जगदम्बा में उनकी आस्था से अनेक अधिकारी आश्चर्यचकित थे। उनमें से अनेक ने अपनी पदोन्नति हेतु हमसे सम्पर्क किया, जिनमें से दो विद्युत परिषद के अध्यक्ष बने तथा शेष को भी पदोन्नतियां प्राप्त हुईं।

चार पुत्रियों के उपरान्त पुत्र जन्म

हमारे एक परिचित हैं, जिनके पुत्र की प्रतीक्षा में चार पुत्रियां हो गईं। अनेक ज्योतिर्विदों के परामर्श तथा उनके बताये हुए पुत्र प्राप्ति के उपायों का अनुसरण करने के उपरान्त वह अपना साहस और धैर्य खो चुके थे। हमने उन्हें परामर्श दिया कि आप श्री दुर्गासप्तशती के 11वें अध्याय के मंत्र **"नन्दगोप गृहे जाता यशोदागर्भसम्भवा ततस्तौ नाशयिष्यामि विन्ध्याचलनिवासिनी"** मंत्र का जप करें तथा इस मंत्र के 36 सम्पुट पाठ शरद नवरात्रों में योग्य आचार्यों द्वारा सम्पादित करायें तथा आपकी पत्नी और आप **"ॐ ह्रां ह्रीं ह्रूं पुत्र कुरु कुरु स्वाहा"** मंत्र के 3 माला

जप प्रतिदिन स्वयं करें। हमने उन्हें पुत्र शिशु के गर्भस्थ होने के उपयुक्त समय का भी संकेत दिया। उसी समयांतर में उन्हें पुत्ररत्न की प्राप्ति हुई।

संकल्प की अवहेलना और पुनः वचन की संपूर्ति

माँ जगदम्बा के, चकित कर देने वाले, एक प्रसंग का विवरण देना अनिवार्य प्रतीत होता है। 14-01-1997 को हमारे साथ एक ऐसी घटना घटी, जिसके फलस्वरूप श्री नीरज गर्ग, जो हमारे अभिन्न थे तथा जिनके साथ प्रतिदिन सम्पर्क होता था और परम आत्मीय भी थे, सहसा हमसे इतना रुष्ट हो गये, जिसकी कोई सीमा न थी। उनके आक्रोश का कारण था उनका भ्रम, जिसे उन्होंने अपने प्रति विश्वासघात समझा। हमने बार-बार उन्हें सच्चाई से अवगत कराने का प्रयास किया, परन्तु हमारे मध्य मतभेद की दीवार नहीं, बल्कि पहाड़ खड़ा हो गया था। जब सब प्रयास विफल हो गये, तो मुझे माता जगदम्बा के विंध्यवासिनी रूप का स्मरण हो आया। आर्तस्वर से विलाप करते हुए हमने मां विंध्यवासिनी का ध्यान करके उनसे बार-बार प्रार्थना की, विनती तथा अर्चना की कि नीरज गर्ग तथा हमारे मध्य इतनी भयानक कड़वाहट का अविलम्ब अन्त कर दो। हम अविलम्ब विंध्याचल आकर आपके दर्शन करेंगे। हर समय केवल माता का ही ध्यान बना रहता तथा हमारा आहत हृदय उन्हें ही स्मरण करके इस विश्वास से जीवित रहता कि मां अवश्य कुछ न कुछ व्यवस्था करके सब यथावत् कर देंगी। हमने माता की प्रसन्नता हेतु तथा अपने और नीरज गर्ग के मध्य सभी प्रकार की भेदभावना समाप्त करने हेतु श्री दुर्गा सप्तशती के अग्रांकित मंत्रों का पाठ किया -

ॐ ज्ञानिनामपि चेतांसि देवी भगवती हि सा।
बलादाकृष्य मोहाय महामाया प्रयच्छति।।

शरणागतदीनार्तपरित्राणपरायणे।
सर्वस्यार्तिहरे देवि नारायणि नमोऽस्तु ते।।

सर्वाबाधाप्रशमनं त्रैलोक्यस्याखिलेश्वरि।
एवमेव त्वया कार्यमस्मद्वैरिविनाशनम्।।

14 जनवरी के अपराह्न से रात तक तथा रात से प्रातः तक तथा प्रातःकाल से हम अगले दिन अपराह्न तक बिना विश्राम किये, बिना किसी थकान का अनुभव किये इन मंत्रों का पारायण करते रहे। अगले दिन हमने श्री नीरज गर्ग को फोन करके उनसे सम्पर्क करने की इच्छा व्यक्त की। वह आ गये और 15-20 मिनट के मध्य उनसे जो वार्ता हुई, उनकी वाणी से जो विषतुल्य आरोप तथा लांछन उद्घाटित हो रहे थे वह अमृतवाणी में परिवर्तित हो गये। उनके भ्रम का शमन हुआ तथा वह हमारे गले लग गये और अश्रुपूरित स्वर में क्षमा याचना करने लगे।

यहाँ उल्लेखनीय तथ्य यह है कि हम विंध्याचल माँ विंध्यवासिनी के दर्शन करने के महत्त्व को भूल गये। समस्त प्रबुद्ध पाठकों को यह जानकर विश्वास नहीं होगा कि अगले वर्ष 14-01-1998 को उसी तरह की घटना पुनः नीरज गर्ग तथा हमारे मध्य घटी और इस बार हमारे

और उनके मध्य मात्र मतभेद नहीं, बल्कि युद्ध की स्थिति ने जन्म ले लिया। हमें अपनी त्रुटि का ध्यान आया कि हम माँ विंध्यवासिनी के दर्शन करने नहीं गये, जिसके फलस्वरूप वही घटना, उसी तरह की कठोर तथा कड़वे सम्बन्धों की संरचना पुनः हुई है परन्तु अब पश्चाताप से क्या होता। हमसे भारी पाप हुआ था। माता के समक्ष संकल्प लिया था तथा उस संकल्प को पूरा नहीं किया था तथा संकल्प पूरा न करने के पीछे कोई भी कारण, उद्देश्य तक न था। मात्र यह हमारा प्रमाद व आलस्य था। 14-01-1998 को हुई इस घटना ने हमारी आँखें खोल दीं तथा ऐसा बहुत कुछ हमारे हृदय तथा मन में जागृत हुआ, जिसके प्रति हम सम्भवतः उतने आस्थावान नहीं थे। पुनः माता से अपनी भूल के लिए क्षमा याचना की। एक बार पुनः जीवनदान देने की अभ्यर्थना तथा अर्चना करके हमने विनती की, कि यदि इस बार हमसे कोई भी भूल हो, तो इससे भी कठोर दण्ड दीजियेगा, परन्तु मात्र एक बार क्षमा कर दीजिये तथा हमारे और नीरज गर्ग के मध्य सम्बन्धों को यथावत् कर दीजिये।

हमारे आश्चर्य की सीमा न थी कि नीरज गर्ग का फोन हमारे पास आया, परन्तु उस समय हम अपने घर में उपस्थित नहीं थे बल्कि एक दुर्गा जी के मंदिर में बैठकर आराधना कर रहे थे। श्रीदुर्गा सप्तशती के अनेक मंत्रों की साधना के साथ **"नन्दगोप गृहे जाता यशोदा गर्भ सम्भवा ततस्तौ नाशयिष्यामि विन्ध्याचल निवासिनी"** मंत्र की निरन्तर उपासना करता रहा। इसके अतिरिक्त **"शरणागतदीनार्तपरित्राणपरायणे सर्वस्यार्तिहरे देवि नारायणि नमोऽस्तु ते।"** तथा **"यं यं चिन्तयते कामं तं तं प्राप्नोति निश्चितम्। परमैश्वर्यमतुलं प्राप्स्यते भूतले पुमान्।।"** मंत्र का जप हम करते रहे।

जब हम अपने निवास पर पहुँचे, तो ज्ञात हुआ कि नीरज गर्ग का फोन आया था। हमें यह समझने में किंचित विलम्ब न हुआ कि माता विंध्यवासिनी का आशीर्वाद हमें प्राप्त हो चुका है। हमने उसी समय विंध्याचल जाने का निर्णय किया। जब तक विंध्याचल जाने की व्यवस्था होती, उससे पूर्व हम सीधे नीरज गर्ग के निवास पर पहुँचे, तो वह हमारे पैरों में गिरकर बार-बार क्षमा प्रार्थना करने लगे तथा कहने लगे कि ऐसा बार-बार क्यों होता है? कोई ऐसा अनुष्ठान कीजिए कि हमारे मध्य पुनः इस तरह का मतभेद न उत्पन्न हो। माता विंध्यवासिनी के आशीर्वाद और कृपा से पुनः सब कुछ यथावत हो गया था।

सायंकाल का समय था। हम कार द्वारा इलाहाबाद पहुँचे। रात को इलाहाबाद में ही रुके तथा प्रातः माता विंध्यवासिनी के दर्शन का सुख प्राप्त किया। सोने की नथ उनके चरणों में अर्पित की। उनका प्रसाद चढ़ाकर प्रसादामृत ग्रहण किया। उनका फूलों तथा नवीन वस्त्रों से पूरा श्रृंगार कराया तथा अत्यन्त हर्षोल्लास का आभास किया। माँ विंध्यवासिनी ने अनेक अवसरों पर हमारी समस्याओं का समाधान किया है तथा हमें कठिन क्षणों से उबारा है। जब समस्त द्वार बन्द हो गये, तो उन्होंने नवीन द्वार का निर्माण किया है। माँ विंध्यवासिनी में अटूट आस्था और श्री दुर्गासप्तशती के उपयुक्त मंत्रों के जप से समस्त कार्यों की सिद्धि होती है। हमारे साथ ऐसा कम से कम 20-21 बार हुआ है जब हम किसी उलझन या ऐसी समस्या के अधीन हो गए कि हमारे सामने अंधकार ही अंधकार था। उसी पल माँ विंध्यवासिनी का स्मरण हो आया और उन्होंने हमें प्रगति और प्रकाश के पथ पर प्रशस्त करने का मार्ग दिखाया। हमें चिंतामुक्त किया तथा जिस

तरह से हमारी रक्त वाहिनियों में लहू लगभग जम सा गया था उसे पुनः यथावत् प्रवाहित करके हमें अपार हर्ष और उल्लास से अभिहित किया।

मृत संतान तथा तीव्र ज्वर से त्राण

हमारे एक सहयोगी कार्यकर्ता श्री चन्द्रमोहन श्रीवास्तव, जो इस समय पुलिस आयुक्त विभाग में अभियन्ता के पद पर कार्यरत हैं, के कई पुत्रियों के जन्म के उपरान्त उपरोक्त परिहार का गम्भीर अनुसरण करने के उपरान्त पुत्र हुआ। पुत्र जन्म के पश्चात् हमने उनसे बार-बार आग्रह किया कि आप अपनी पत्नी को 16 से 18 रत्ती के वजन का एक देशी मूंगा दाहिने हाथ की अनामिका में मंगलवार के दिन धारण करा दें, परन्तु उन्होंने हमारे परामर्श पर ध्यान नहीं दिया। अगली बार जब उनकी पत्नी गर्भवती हुई, तब हमने उनसे पुनः मूंगा धारण कराने का आग्रह किया। अपनी व्यस्तता तथा कुछ विवशता के कारण अंततः मूंगा धारण करने की स्थिति नहीं उत्पन्न हुई। उनकी पत्नी के गर्भ में ही शिशु की मृत्यु हो गई तथा उन्हें महानगर में स्थित फातिमा अस्पताल में चिकित्सा हेतु भर्ती होना पड़ा, परन्तु उन्हें 104 डिग्री से भी अधिक ज्वर था। फातिमा अस्पताल की उच्चस्थ तथा मुख्य चिकित्सिका ने उनकी पत्नी को क्वीनमेरी अस्पताल में ले जाकर चिकित्सा कराने का परामर्श दिया। क्योंकि इतने तीव्र ज्वर में शल्यक्रिया करके 5 महीने के मृत शिशु को बाहर निकालना अत्यन्त भययुक्त कार्य था। प्राणों की भी चिंता थी। उस समय क्वीन मेरी अस्पताल में डा. कुट्टी शीर्षस्थ पद पर कार्यरत थीं। उनकी योग्यता तथा अनुभव पूरे भारतवर्ष में विख्यात है। उन्होंने भी असमर्थता व्यक्त की। 5-6 दिन व्यतीत हो गये, परन्तु ज्वर कम होने का नाम ही नहीं ले रहा था। श्री श्रीवास्तव हमारे पास आने में अत्यन्त संकोच कर रहे थे क्योंकि बार-बार आग्रह करने पर भी उन्होंने हमारे परामर्श का अनुसरण नहीं किया था। जब डा. कुट्टी ने भी अपनी असमर्थता व्यक्त की, तथा कहा कि भगवान से प्रार्थना कीजिए, तो श्री श्रीवास्तव अत्यधिक व्यथित हो उठे तथा सीधे हमारे पास पहुँचे। उनकी आँखें लाल थीं तथा उनमें आँसू भरे हुये थे। जब उन्होंने अपनी सारी व्यथा व्यक्त की, तो हमने उसी समय उन्हें कुछ मंत्र स्वयं जपने का परामर्श दिया तथा उनकी पत्नी के लिए भी जप हेतु मंत्र दिये और श्री दुर्गासप्तशती का अनुष्ठान उसी समय प्रारम्भ करा दिया, जो 24 घण्टे चलता रहा तथा हमने अपनी ऊँगली से मूंगा उतारकर उन्हें देते हुए कहा कि इसे अविलम्ब अपनी पत्नी को धारण करा दीजिए। हमारी अँगूठी ढीली होगी, इसलिए इसमें धागा बांधकर किसी भी तरह अभी उन्हें अँगूठी धारण करा दीजिए। उन्होंने शब्दशः ऐसा ही किया। सभी को आश्चर्य हुआ कि मात्र 24 घण्टे व्यतीत हुये थे कि उनकी पत्नी का ज्वर उतर गया तथा ज्वर उतरते ही मृत बालक स्वंतः ही बाहर आ गया। किसी शल्यक्रिया की भी आवश्यकता नहीं पड़ी। उनकी पत्नी को दूसरा जीवन मिला था।

मंत्र शक्ति के चमत्कार अनेक हैं। सहस्रों ऐसे दम्पति हैं, जो संततिविहीन थे अथवा संतान जन्म में अनेक अवरोधों से संघर्ष कर रहे थे। अनेक प्रकार की चिकित्साओं के उपरांत भी वह माता-पिता बनने में असफल रहे थे। मंत्रजप के प्रभाव और माँ दुर्गा की असीम कृपा से उनके संतान हुई। जिनके पुत्र नहीं था, उन्हें पुत्र प्राप्त हुआ तथा जिनके पुत्रियाँ नहीं थीं उनके घर में लक्ष्मी

ने भी जन्म लिया। इस सबका उल्लेख इतने विस्तार में यहाँ पर किया जाना सम्भव नहीं है।

बगलामुखी मंत्र अनुष्ठान द्वारा शत्रुवत कर्मचारी विवश

हमारे परम मित्र श्री राजीव शर्मा, जो मेसर्स ज्ञान पैकेजिंग के सर्वस्व हैं, को हमारे भविष्य कथन पर बहुत विश्वास था। 1988 में जब श्री राजीव शर्मा पहली बार हमारे पास आये थे, तो अत्यधिक व्यग्र तथा व्यथित थे। उन्होंने व्यवसाय की दिशा पूछी। वह जे.के. की नौकरी छोड़कर निजी व्यवसाय करने के उद्देश्य से आये थे। हमने उन्हें पालीथीन लैमिनेशन तथा प्लास्टिक से सम्बन्धित व्यवसाय करने का परामर्श दिया। उन्होंने बैंक से लोन लेकर जगदीशपुर में ज्ञान पैकेजिंग के नाम से एक उद्योग की स्थापना की। वह स्वयं मंत्र जप करने लगे तथा अनेक दुर्गा सप्तशती के संपुट मंत्रों के अनुष्ठान अपने निवास पर ही हमारे संरक्षण में सम्पन्न कराये। उन्हें लाभ हुआ तथा धीरे-धीरे वह एक बड़े और सफल उद्योगपति बन गये। व्यवसाय में सभी प्रकार के होने वाले व्यय के पश्चात् भी उन्हें प्रत्येक माह 50 से 60 लाख रुपये तक की आय होने लगी। वह अत्यधिक प्रसन्न और अत्यन्त संतुष्ट थे।

उसी समय जगदीशपुर की फैक्ट्री में बी.के. सिंह नाम का एक प्रबंधक था, जिसने धीरे-धीरे अनेक उपयोगी प्रपत्र, लेख, आलेख तथा अभिलेख अपने पास ब्लैकमेलिंग करने के विचार से एकत्र करना शुरू कर दिया। तीन वर्षों में उसने अनेक ऐसे पत्र एकत्र कर लिये, जिनके आयकर अथवा बिक्री कर विभाग में दे देने पर श्री राजीव शर्मा के ऊपर विपत्ति का पहाड़ टूट पड़ता। आबकारी कर, बिक्री कर तथा आयकर को ध्यान में रखते हुए सभी उद्योगपतियों की सारी आय श्वेत नहीं होती। कुछ न कुछ कार्य तो नम्बर दो का होता ही है। वही प्रपत्र श्री राजीव शर्मा की विपत्ति का कारण थे तथा उन्हें किंचित सन्देह तक न था कि श्री बी.के. सिंह, जो उनके समक्ष इतना सरल तथा शालीन दिखाई देता है, वह उनकी पीठ में छुरा भोंकने की तैयारी कर रहा है।

बी.के. सिंह अपने वेतन को लेकर आये दिन श्री राजीव शर्मा के उद्योग छोड़ देने की धमकी देता। दो हजार रुपये से प्रारम्भ करके बीस हजार रुपये मासिक तक वेतन मिलने के उपरान्त भी बी.के. सिंह संतुष्ट न हुआ। उसके पास ब्लैकमेलिंग के लिये इतना सामान था, जिसको लेकर वह अत्यधिक उत्साहित था। एक दिन जब श्री राजीव शर्मा ने बीस हजार रुपये के ऊपर वेतन वृद्धि के लिए मना कर दिया, तो वह सहसा नौकरी छोड़कर अपने घर इलाहाबाद चला गया। इलाहाबाद पहुँचकर उसने श्री राजीव शर्मा को ब्लैकमेलिंग की धमकी दी और कहा कि उसकी मांग पूरी न करने पर वह सारे प्रपत्र पुलिस, आयकर, बिक्रीकर, आबकारी कर विभाग में दे देगा।

श्री राजीव शर्मा घबरा गये और घबराने की बात भी थी। वह मेरे पास आये और इस विपत्ति से रक्षा का मार्ग जानना चाहा। श्री दुर्गासप्तशती, बगलामुखी तथा लांगुलास्त्र शत्रुंजय स्तोत्र के निर्दिष्ट संख्या के पाठ, योग्य आचार्यों द्वारा सम्पादित किये गये, मंत्र शक्ति का चमत्कार इस तथ्य से अत्यधिक स्पष्ट होता है कि अनुष्ठानों के सम्पन्न होने के उपरान्त जब श्री राजीव जी अपनी कार से अपने कुछ सहयोगियों को लेकर इलाहाबाद पुलिस थाने की ओर यह ज्ञात करने जा रहे थे कि कहीं बी.के. सिंह ने थाने में कुछ कागज दे तो नहीं दिये हैं, उसी समय उन्हें रास्ते में स्कूटर से आता हुआ बी.के. सिंह दिख गया। उसने अपने स्कूटर पर सामने की ओर एक

वी.आई.पी. बैग रखा हुआ था जिसमें सभी कागज और उनकी फोटोप्रतियां थीं। बी.के. सिंह ने स्वप्न में भी नहीं सोचा होगा कि श्री राजीव शर्मा उसे इस तरह से घेर लेंगे। जैसे ही श्री राजीव की कार उसके पास जाकर रुकी, वह स्तब्ध रह गया। उसको चारों ओर से घेर लिया गया था। उससे वी.आई.पी. बैग छीन लिया गया तथा प्रसन्नता का विषय यह था कि उस बैग में सारे प्रपत्र, अभिलेख आदि रखे हुये थे। उसी में से एक फाइल निकालकर वह पुलिस थाने में देने जा रहा था। श्री राजीव शर्मा ने बी.के. सिंह से कुछ नहीं कहा तथा वह बैग लेकर सीधे लखनऊ आये और बैकुण्ठ धाम पर जाकर उन सभी अवांछित प्रपत्रों को एक जलती हुई चिता में डालकर ध्वस्त कर दिया। वह सभी कागज जो उनकी सारी प्रतिष्ठा और समृद्धि का अन्त कर सकते थे, को उन्होंने जलाकर राख में परिवर्तित कर दिया था।

मंत्र जप तथा उपयुक्त अनुष्ठान के सम्पादन का प्रतिफल किस तरह से साधक अथवा अनुष्ठानकर्ता को प्राप्त होता है, इस उदाहरण से स्पष्ट हो जाता है।

मंत्र शक्ति द्वारा कारागार से मुक्ति

रुड़की में हमारे परिचित सुन्दर लाल जी के पुत्र का विवाह 1993 में असाधारण रूपवती कन्या के साथ धूमधाम से सम्पन्न हुआ। सभी कन्या को देखकर, उसपर मुग्ध हो गये तथा सुन्दर लाल जी के भाग्य को सराहने लगे। विवाह के कुछ ही समय पश्चात् वह गर्भस्थ हुई तथा एक वर्ष के भीतर एक पुत्री का जन्म हुआ। सुन्दर लाल जी की पौत्री 24 दिन की थी कि सहसा उनकी पुत्रवधू छाया रात्रि के अन्धेरे में घर छोड़कर कहीं चली गयी तथा जाने से पूर्व अपने सभी आभूषण उतारकर वहीं पड़ी एक मेज पर रख गयी। घर से निकलते समय छाया ने बस शरीर पर केवल वस्त्र ही धारण किये थे। न कोई धन लिया, न ही आभूषण तथा न ही कोई अन्य मूल्यवान वस्तु। सभी ने सोचा कि उसके पति ने उसके ऊपर भीषण अत्याचार करके उसे दारुण दुखों से प्रताड़त किया है तथा यह अनाचार जब असहनीय हो गया, तो छाया घर छोड़कर चली गयी है। अपराह्न होते-होते यह समाचार छाया के माता पिता तक पहुँच गया। उन्होंने छाया के पति तथा परिवार के विरुद्ध प्राथमिकी रिपोर्ट लिखवाई, जिसके फलस्वरूप पूरे परिवार को कारागार के कठोर अंधेरे में ढकेल दिया गया। सुन्दर लाल जी अत्यन्त धार्मिक और सरल व्यक्ति हैं। उनकी आयु 70 वर्ष के ऊपर थी। वह और उनकी पत्नी अनेक व्याधियों से ग्रसित थे तथा उन्हें कारागार की दारुण व्यथा सहने के लिए विवश होना पड़ा। इन सभी के विरुद्ध गैर-जमानती वारन्ट था। न्यायालय में भी जमानत प्राप्ति के सभी प्रयास विफल हो गये। श्री सुन्दर लाल जी के छोटे भाई लखनऊ में मुख्य अभियन्ता के पद पर कार्यरत थे। उन्होंने हमसे सम्पर्क किया। हमने कारागार मुक्ति हेतु अग्रांकित मंत्र के सम्पुट पाठ सम्पन्न कराने का परामर्श दियाः

राज्ञा क्रुद्धेन चाज्ञप्तो वध्यो बन्धगतोऽपि वा।
आघूर्णितो वा वातेन स्थितः पोते महार्णवे।।

(अध्याय 12/27)

योग्य आचार्यों द्वारा पूरे विधिविधान सहित श्रीदुर्गासप्तशती के सम्पुट पाठ तदनुसार हवन, तर्पण आदि सम्पन्न किए गए। इसी अवधि में रुड़की से निकलने वाली नहर में नारी का एक शव प्राप्त हुआ। छाया के माता-पिता ने उस शव की पहचान की, कि यह उनकी पुत्री का ही शव है। जब यह तथ्य सुन्दर लाल जी के परिवार को ज्ञात हुआ, तो वह अत्यधिक भयभीत हो गये तथा सम्भावित दण्ड की कल्पना से भी वह प्रकम्पित हो उठे। उनके नेत्रों से बहने वाली अश्रुधारा रुकने का नाम ही नहीं लेती थी। जो अपराध उन्होंने नहीं किया, उसका दण्ड उन्हें मिल रहा था। इसी अवधि में उस नारी शव का पोस्टमार्टम किया गया, जिसकी छाया के माता-पिता तथा सम्बन्धियों ने पहचान की थी। पोस्टमार्टम करने पर ज्ञात हुआ कि उसके गर्भ में पाँच मास का शिशु था। यह असम्भव था कि वह छाया थी, क्योंकि छाया ने एक मास पूर्व ही पुत्री को जन्म दिया था। छाया के माता-पिता को ज्ञात था कि छाया ने आत्महत्या नहीं की है बल्कि आत्महत्या की ओर संदेह प्रकट होने हेतु उपक्रम किया है। उन्हें ज्ञात था कि छाया विवाह से पूर्व एक युवक से अत्यधिक प्रेम करती थी तथा उसी से विवाह करना चाहती थी, परन्तु वैश्य कन्या होने के कारण दलित वर्ग से सम्बन्धित उस युवक के साथ विवाह करने की अनुमति, सहमति प्राप्त करने के सभी प्रयास विफल हो गये, तब छाया का विवाह सुन्दर लाल जी के यशस्वी परिवार में हुआ। छाया को उस परिवार में पुत्री की भाँति सराहा गया तथा उसे सभी प्रकार का सुख मिला। उसने इस सुख और विश्वास का अवांछित लाभ उठाया तथा वह छुप-छुप कर अपने प्रेमी युवक के साथ मिलती रही और बातें करती रही। छाया को प्रतीक्षा थी कि कब वह शिशु को जन्म दे तथा परिवार से निकलकर अपने प्रेमी युवक के साथ पलायन कर जाए। उसने किया भी यही था। उस रात उसने आत्महत्या का उपक्रम करने के उपरान्त अपने प्रेमी युवक के साथ रुड़की के बाहर जाने की व्यवस्था पहले ही कर रखी थी। इधर छाया के पति, सास, ससुर आदि सभी लोग कारागार की दुर्गन्ध में श्वाँस लेने के लिए विवश थे। शव की पहचान तथा चक्रव्यूह में फँसे सुन्दर लाल जी के परिवार के विषय को जब न्यायालय में उजागर किया गया, तो सुन्दर लाल जी का परिवार बन्धनमुक्त हो गया।

उल्लेखनीय है कि दुर्गासप्तशती के सम्पुट पाठ के तीसरे दिन ही सभी लोग कारागार से मुक्त हो गए तथा उन पर लगे सभी आरोप और लांछन भी निराधार होने के कारण निरस्त हो गए। श्रीदुर्गासप्तशती के मंत्रों के सम्पुट का प्रतिफल था यह। यदि नारी का शव न प्राप्त होता या नारी के पाँच माह का गर्भ न होता, तो न जाने सुन्दर लाल जी के परिवार को, वृद्ध माता-पिता को कितनी यातना सहन करनी पड़ती।

इसी तरह से अनेक उदाहरण प्रस्तुत किये जा सकते हैं जिनमें असत्य आरोप तथा लांछन के कारण बन्दी व्यक्ति कारागार से मुक्त हुए हैं तथा उनकी धूमिल छवि पुनः उज्जवल हुई है।

श्रीदुर्गासप्तशती के सम्पुट पाठ से अपराधी हुआ आतंकित

देहरादून में चूने के व्यवसाय में अत्यन्त ख्यातिप्राप्त व्यापारी श्री राजीव पाण्डे सभी ओर से निराश होकर हमारे पास यह जानने के उद्देश्य से पहुँचे कि उनके जन्मांग में किन ग्रहों के कारण, वह व्यापार में निरन्तर अवनति की ओर अग्रसर हो रहे हैं तथा कब वह इन

विपरीत स्थितियों से मुक्ति प्राप्त कर सकेंगे। कब उनका जीवन पुनः पूर्ववत् प्रगति की ओर प्रशस्त होगा।

उनके जन्मांग क़ा अध्ययन, मनन, चिन्तन करने के उपरान्त हमनें अपना सन्देह व्यक्त किया कि आपके ऊपर कुछ अभिचार कर्म आपके शत्रुओं ने कराए हैं, जिसके कारण निरन्तर हानि हो रही है तथा आपका समस्त परिवार पूरी तरह से क्षुब्ध और चिंतित है। अनेक प्रकार के कष्ट और अभावों ने आपके जीवन को आक्रान्त कर रखा है। उनके कथन पर हमने दो आचार्यों को देहरादून भेजने की व्यवस्था कर दी और उन पर श्री दुर्गासप्तशती के अग्रांकित मंत्रों के सम्पुट पाठ करने का परामर्श दिया :

ज्वालाकरालमत्युग्रमशेषासुरसूदनम्।
त्रिशूलं पातु नो भीतेर्भद्रकालि नमोऽस्तु ते।। (अध्याय 11/26।।)

मम वैरिवशं यातः कान् भोगानुपलप्स्यते।
ये ममानुगता नित्यं प्रसादधनभोजनैः।। (अध्याय 1/14।।)

क्षणेन तन्महासैन्यमसुराणां तथाम्बिका।
निन्ये क्षयं यथा वह्निस्तृणदारुमहाचयम्।। (अध्याय 2/67।।)

गर्ज गर्ज क्षणं मूढ मधु यावत्पिबाम्यहम्।
मया त्वयि हतेऽत्रैव गर्जिष्यन्त्याशु देवताः।। (अध्याय 3/38।।)

आचार्य कौशल किशोर बाजपेई तथा आचार्य अशोक तिवारी ने पूरी निष्ठा, मनोयोग तथा संकल्प के साथ उपरोक्त सम्पुट मंत्रों का प्रयोग करके श्री दुर्गासप्तशती के पाठ, तदन्तर दशांश हवन, तर्पण आदि प्रतिपादित किये। जिस समय सम्पुट पाठ का क्रम गतिमान था उस समय श्री राजीव पाण्डे के प्रबन्धक की दशा बिगड़ने लगी। उस पर अपार कष्ट का प्रारम्भ हुआ। वह बार-बार श्री राजीव पाण्डे के घर आते और कहते कि उन्हें उन दिनों बहुत ही भयानक स्वप्न आते हैं। लाल वस्त्रों में लिपटी हुई कोई नारी उनका गला दबाने लगती है तथा उन्हें ऐसा प्रतीत होता है कि जैसे यह नारी उनके प्राण ले लेगी। जब राजीव पाण्डे उनसे पूछते कि क्या आपने मेरे अथवा मेरे परिवार के ऊपर कोई अभिचार कर्म करवाया है, तो वह अस्वीकार कर देते। झूठी कस्में खाते और अपनी स्वामिभक्ति को सिद्ध करने के लिए हरसम्भव प्रयास करते। वास्तविकता यह थी, कि वही प्रबन्धक महोदय, जिन पर श्री राजीव पाण्डे ईश्वर की तरह विश्वास करते थे, उनके यहाँ चतुरता के साथ चोरी कर रहे थे और उनके परिवार तथा राजीव पाण्डे जी पर अनेक कष्टदायक अभिचार कर्म करवा रहे थे। श्री दुर्गासप्तशती के इन सम्पुट पाठों के पूर्ण होने के उपरान्त उनका यथोचित हवन, तर्पण, मार्जन आदि सम्पन्न किया गया तथा उसी समय प्रबन्धक के निधन की सूचना भी प्राप्त हुई। माता जगदम्बा ने इन मंत्रों के प्रभाव से श्री राजीव पाण्डे के बैरी का विनाश कर दिया।

शत्रु से सम्बन्धित अनेक प्रयोगों के सम्पादन से आश्चर्यजनक सफलता प्राप्त हुई है। जो साधक सम्पुट पाठ आचार्यों द्वारा सम्पन्न करा सकने में असमर्थ हैं, उन्हें श्री दुर्गासप्तशती के सम्बद्ध श्लोकों का मंत्रात्मक विधान का अनुकरण करना चाहिए, जिसका हमने इस रचना में उल्लेख किया है।

विवाह के सात वर्ष उपरान्त संतति की प्राप्ति

आचार्य कौशल किशोर बाजपेई हमारे वरिष्ठ कर्मकाण्डी आचार्य हैं, जिन्होंने नैमिषारण्य से आचार्य की उपाधि प्राप्त की है। संस्कृत तथा कर्मकाण्ड के श्रेष्ठ विद्वान कौशल किशोर बाजपेई का विवाह 01.06.1989 को हुआ था। संततिहीनता से सम्बन्धित अनेक सफल अनुष्ठान उन्होंने सम्पादित किये थे परन्तु उन्हें संतति की प्रतीक्षा थी। सात वर्ष का समय व्यतीत हो जाने के उपरान्त पण्डित जी ने हमारे द्वारा अपने जन्मांग का अवलोकन कराया। संतान सम्बन्धी समस्या के समाधान हेतु हमने उन्हें जो परामर्श दिया, उसका उन्होंने पूरी श्रद्धा और मनोयोग के साथ अनुसरण किया। फलतः उनकी पत्नी गर्भवती हुई तथा 31 नवम्बर, 1996 को पुत्री रत्न की प्राप्ति हुई। तत्पश्चात् एक पुत्र और पुत्री का जन्म हुआ। संप्रति पण्डित जी दाम्पत्य साहचर्य की सुखद अनुभूति करते हैं तथा पूर्णतः चिंतामुक्त हैं। पूरी एकाग्रता के साथ अनुष्ठान सम्पन्न करने में उनकी गहन अभिरुचि है ताकि संकल्पित अभीष्ट की संसिद्धि हो तथा उन्हें भी साधना का संतोष प्राप्त हो।

विवाह के आठ वर्ष उपरान्त संतति की प्राप्ति

श्री विक्रम सिंह नेत्र चिकित्सक हैं। उन्होंने अखिल भारतीय आयुर्विज्ञान संस्थान (ऐम्स) से नेत्र विशेषज्ञ होने का प्रमाण पत्र प्राप्त किया है। उनकी धर्मपत्नी स्त्री रोग विशेषज्ञ हैं। विवाह के आठ वर्ष उपरान्त भी वह संतानहीनता के कारण अप्रसन्न रहती थीं। उन्होंने हमसे सम्पर्क किया तथा अत्यन्त निष्ठा के साथ संतति प्राप्ति से संदर्भित साधना में संलग्न हो गईं। वह हमारे पास सितम्बर, 2003 में परामर्श हेतु आई थीं तथा 9 अक्टूबर, 2004 को उन्होंने एक स्वस्थ पुत्र को जन्म दिया। अब उनका परिवार अत्यन्त आनन्दित और आह्लादित है।

मंत्र शक्ति द्वारा हृदय परिवर्तन

श्री धीरेन्द्र अस्थाना निर्माण कार्य से सम्बन्धित, लखनऊ के एक बड़े व्यवसायी हैं जिनका निवास गोखले मार्ग पर है। जिस भवन में वह रहते हैं, उसे क्रय करना चाहते थे परन्तु भवन की स्वामिनी, उन्हें या किसी को भी यह भवन बेचने के लिए तैयार नहीं थीं। प्रथम तल पर धीरेन्द्र रहते थे। अधिकांश समय भवन की स्वामिनी विदेशों में अपनी संतानों के साथ रहती थीं। उनके पास अपार धन, सम्पत्ति, सम्पदा थी। जब धीरेन्द्र ने, उनसे भवन विक्रय करने का बार-बार अनुरोध किया तो उन्होंने आक्रोश व्यक्त किया। धीरेन्द्र और उनकी पत्नी निराश हो गए। जब भी गृह स्वामिनी लखनऊ आतीं, धीरेन्द्र और उनकी पत्नी, उनसे मिलते और वही अनुरोध दोहराते, परन्तु असफलता ही हाथ लगती। वह अपने जीवित रहते यह भवन नहीं बेचेंगीं, उनका यह निर्णय

अटल था। धीरेन्द्र और उनकी पत्नी, हमारे पास, इस समस्या के समाधान हेतु पधारे। हमने, उन्हें वांछा कल्पलता स्तोत्र तथा श्री दुर्गासप्तशती के कतिपय अनुष्ठान सम्पादित कराने का परामर्श दिया। धीरेन्द्र धनवान व्यक्ति हैं और मितव्ययी भी, परन्तु अनुष्ठान के सम्पादन में उन्होंने किंचित भी कृपणता नहीं की। पूरे मनोयोग के साथ अनुष्ठान सम्पन्न कराया। यज्ञ आदि भी पति-पत्नी ने साथ-साथ किया। भवन प्राप्त करने की उनकी आकांक्षा और भी अधिक बलवती हो उठी।

अगली बार, जब गृह स्वामिनी लखनऊ आयीं, तो फिर धीरेन्द्र और उनकी पत्नी उनसे मिलने गये। भवन के विक्रय हेतु चर्चा करने का साहस, पति-पत्नी में अब शेष नहीं था। गृह स्वामिनी लगभग एक मास वहीं रहीं। लखनऊ से प्रस्थान करते समय, उन्होंने स्वयं धीरेन्द्र और उनकी पत्नी को बुलाया और भवन विक्रय हेतु अपनी स्वीकृति प्रदान कर दी। इससे भी अधिक आश्चर्य इस बात का हुआ कि उन्हें वह विशाल भवन मात्र पचहत्तर लाख में मिल गया, जबकि उसका मूल्य सवा करोड़ रुपये से भी अधिक था। मंत्र शक्ति का चमत्कार देखकर धीरेन्द्र और उनकी पत्नी की आस्था में अपार वृद्धि हुई। वह चमत्कृत हैं कि जिस भवन को गृह स्वामिनी सवा करोड़ में भी बेचने के लिए तैयार नहीं थीं, वह उन्होंने लगभग आधे मूल्य में, उन्हें कैसे दे दिया? सम्प्रति, पति-पत्नी गोखले मार्ग स्थित इस सुन्दर भवन में आनन्द और आह्लादपूर्ण जीवन व्यतीत कर रहे हैं।

मंत्र आराधना के पश्चात् पुनर्विवाह

श्री संजीव तिवारी अत्यन्त आकर्षक, रूपवान, लम्बे कद के अत्यन्त गौरवर्ण के सुंदर, सुगठित तन के उच्च शिक्षित युवक हैं जिनकी रक्तिम आभा तथा स्तंभित कर देने वाले सौन्दर्य से प्रभावित हुए बिना कोई नहीं रह सकता। उनके माता-पिता ने 23.06.1999 को उनका विवाह एक रूपवती, लम्बे कद की चिकित्सिका के साथ धूमधाम से सम्पन्न किया। माता-पिता ने तथाकथित पण्डितों द्वारा उन दोनों के जन्मांगों का मिलान भी कराया, परन्तु वास्तव में जन्मांगों के मिलान में अनेक कमियाँ थीं जिन पर पण्डितों ने विचार नहीं किया। यह पण्डितों के ज्ञान के अभाव के कारण ही हुआ। उनकी धर्मपत्नी सुश्री रागिनी को इस विवाह के पश्चात् तब बहुत आश्चर्य हुआ, जब वह पति के सामीप्य से निरन्तर वंचित रहने लगी। उन्हें सब कुछ विचित्र लगता तथा उनके मन में अपने दाम्पत्य जीवन के प्रति एक भय व्याप्त रहता था।

20.11.2003 को संजीव ने रागिनी से पार्थक्य प्राप्त कर लिया। दोनों ही अमेरिका में रहकर अपने-अपने व्यवसायों में संलग्न थे। अमेरिका में पार्थक्य से सम्बन्धित औपचारिकताएं सम्भवतः बहुत कम हैं, इसलिए संजीव को पार्थक्य प्राप्त करने में किंचित अवरोध नहीं हुआ। रागिनी का जीवन आँसुओं से भर गया। अपने भोलेपन के कारण वह यह नहीं समझ पाई कि पार्थक्य वास्तविकता थी या एक उपक्रम मात्र था। उसकी आत्मा चीख उठी, जब उसे ज्ञात हुआ कि विवाह से पूर्व ही संजीव का किसी मिस इंडिया के साथ सम्बन्ध था। उसके अद्भुत रूप ने संजीव को गुप्त रूप से उसके साथ 15.01.2004 को गंधर्व विवाह करने के लिए विवश कर दिया।

उल्लेखनीय है कि पहली पत्नी रागिनी से लगभग दो महीने पूर्व 20.11.2003 को सम्बन्ध विच्छेद किया। भारत में रह रहे संजीव के पिता को जब यह ज्ञात हुआ कि उनके लाडले पुत्र ने उनकी बहू के साथ सम्बन्ध विच्छेद करके दूसरा विवाह कर लिया है, तो वह अत्यन्त चिंतित और व्यथित हुए तथा अविलम्ब अमेरिका के लिए चल पड़े। श्री तिवारी तथा उनकी पत्नी ने वहाँ जो कुछ देखा, वह अविश्वसनीय था। उन्होंने अमेरिका से ही हमसे सम्पर्क किया तथा अपनी व्यथा का पूरा वृत्तान्त सुनाया। वह चाहते थे कि मिस इंडिया, जो संजीव की दूसरी पत्नी हो चुकी थी, उसका संजीव त्याग करके पहली पत्नी रागिनी को सम्मान सहित वापस लेकर आए। मंत्र शक्ति पर उनकी अत्यधिक आस्था थी, परन्तु वह इस तथ्य से अपरिचित थे कि यह एक दुष्कर मंत्र साधना के उपरान्त ही सम्भव था। तिवारी जी एक संवेदनशील व्यक्ति थे, जो कलकत्ता विद्युत परिषद के उच्चतम पद पर रह चुके थे। हम उनकी व्यथा की कथा सुनकर द्रवित हो गए तथा उन्हें इस दिशा में प्रयास करने हेतु आश्वस्त किया। विशाल अनुष्ठान आयोजित किया गया, जो हमारे निर्देशन में छह महीने तक चार आचार्यों के सहयोग से सम्पन्न हुआ। इसके फलस्वरूप संजीव के हृदय में दूसरी पत्नी के प्रति उच्चाटन तथा विद्वेषण की स्थिति उत्पन्न हुई। उन्हें दूसरी पत्नी के नैतिक मूल्यों पर आघात का भी संज्ञान हुआ तथा जब उन्होंने देखा कि उनकी दूसरी पत्नी उनके लिए समर्पण की भावना से कोसों दूर है, उनका मन विचलित हो उठा। उत्तरोत्तर उनका यह विश्वास प्रगाढ़ होता गया कि उन्हें दूसरी पत्नी का त्याग कर देना चाहिए।

30.03.2006 को उन्होंने दूसरी पत्नी को 45 लाख रुपये देकर उससे छुटकारा पाया। इस बार सम्बन्ध विच्छेद के बाद संजीव सचमुच प्रसन्न थे, क्योंकि उन्हें बार-बार यह आभास हो रहा था कि उन्होंने अपनी पहली पत्नी का परित्याग करके बहुत बड़ी भूल की है। दूसरी पत्नी से पार्थक्य के उपरान्त उन्होंने रागिनी के साथ पुनः विवाह किया तथा अब दोनों सुखमय दाम्पत्य जीवन व्यतीत कर रहे हैं। यह मंत्र शक्ति का ही चमत्कार है जिसके प्रभाव से दूसरी पत्नी के साथ सम्बन्ध विच्छेद हुआ तथा पुनः पहली पत्नी के साथ विवाह सम्पन्न हो सका तथा उन दोनों के मध्य के सभी अंर्तद्वन्द्व तथा मतभेद समाप्त हो गए। संजीव और रागिनी सुखद दाम्पत्य जीवन का उपभोग करते हुए नित्य मंत्र जप करने हेतु प्रेरित और आंदोलित हुए। मंत्र शक्ति के उपयोग से पूर्व आवश्यक है, उपयुक्त तथा अनुकूल मंत्र का चयन, तभी अभीष्ट की संसिद्धि सम्भव है।

आचार्य गोविन्द शास्त्री जी के दुर्गा सप्तशती पर स्वानुभव

मेरे अपने अनुभव के आधार पर मैं विश्वासपूर्वक कहता हूँ कि इस युग में सप्तशती से अधिक सद्यः फलदायी और अमोघ कोई अन्य ग्रन्थ नहीं है। इसके नित्य पारायण से सर्वसिद्धि होती है। इसमें परमेश्वरी के समस्त रूपों का समावेश है। कन्याकुमारी के विग्रह के अभिषेक के समय इन चर्मचक्षुओं ने सप्तशती में वर्णित सारे स्वरूपों को व्यक्त होते देखने का सौभाग्य इस देह को मिला, कृतकृत्य हो गया।

जीवन के संधिकाल- तीन चार वर्ष के नास्तिक -सारी मर्यादाओं की उपेक्षा करके स्वैराचार में रमने वाले छब्बीस से अट्ठाईस वर्ष के वयःकाल में जो कुछ अभ्यास पड़ गया था, वह अत्यन्त मोहक था। नगर की चकाचौंध मन पर इस तरह हावी हो गई थी कि नित्यकर्म भी एक भार एवं

मन का अभ्यास बन कर रह गया था। भोगाभिमुख मन ने जागतिक विषयों को ही परम मान लिया था। ऐसे में उस वातावरण से छिन्न करके गाँव के एकान्त में पटक देना उस करुणावती का ही विधान था और उस व्यस्तता विहीन जीवन और धूल उड़ने वाले गाँव में समय काटना समस्या बन गया था। यही खीझ अन्तःप्रेरणा बन कर सप्तशती के नित्य पारायण में परिणत हो गई। शनैः शनैः वे सारे अभ्यास कहाँ छूट गये, पता ही नहीं चला। माँ के रूप दर्शन और उसकी कृपा का विलास देखने में मन इस तरह रमता गया कि ये सारे सांसारिक उपादान अपना आकर्षण खोते गये। यह परिवर्तन आवश्यक भी था और स्वाभाविक भी। सच, उसकी कार्यशैली बड़ी विचित्र है, उसकी कृपा विलक्षण है।

आवश्यकता नहीं पर विवशता ने वह सब भी करा दिया जो नहीं करना चाहता था। अपने निजी जीवन में कभी भी कोई काम्य प्रयोग करने का विचार नहीं आया। प्रथम तो जीवन में कोई अभाव रहा नहीं दूसरे, जो चाहता रहा वह अनायास सुलभ होता रहा, इसलिए काम्य अथवा नैमित्तिक प्रयोग करने की आवश्यकता हुई ही नहीं।

सन् 1985 में मेरे ज्येष्ठ पुत्र के मस्तक व्रण (ब्रेन ट्यूमर) हुआ। पहले वह पहचान में नहीं आया। तीन वर्ष बाद उसकी आशंका की गई। असह्य सर दर्द से पीड़ित वह छटपटाता रहता, बाल नोचने लगता। धीरे-धीरे दर्दनाशक दवाओं का भी कोई प्रभाव नहीं रहा। एक ही विकल्प था- मद्रास के अपोलो हास्पिटल में जाँच और उपचार कराना। इससे पहले माँ सर्वेश्वरी के चरणों में प्रार्थना करना आवश्यक मान कर विंध्याचल में शतचण्डी आयोजन करने की प्रेरणा हुई। यद्यपि पूर्णाहुति के दिन यज्ञवेदी पर ही संकेत आ गये थे, परन्तु उन पर विशेष विचार न करके विंध्यवासिनी पीठ के आनन्द में भीगा रहा और धनंजय को मद्रास भेज दिया। ई.एम.आई. टेस्ट देखकर डाक्टर चकित। ट्यूमर अपने आप फ्यूज हो गया था शेष रह गया था- छिछड़ा। डाक्टर ने दवा बता दी और तीन महीने में दवा के सेवन से यदि वह समाप्त नहीं होता है तो आपरेशन करके निकाल दिया जाएगा। यह निर्णय दे दिया।

मैंने एलोपैथिक दवा लेने से मना कर दिया- यह सोचकर कि इन ऐलोपैथिक औषधियों के पश्चात्वर्ती प्रभाव बहुत घातक होते हैं। केवल परमेश्वरी की कृपा ही परमौषधि है, उसी पर भरोसा करना ठीक रहेगा। चार महीने बाद फिर जाँच कराने जाना था पर नहीं भेजा। वर्ष बीतते न बीतते, वह फिर वैसी ही वेदना से विकल होने लगा, फिर विंध्यवासिनी के श्रीचरणों में वही शतचण्डी। वहीं अपोलो में जाँच कराने मैं स्वयं ले गया। इस बार फिर चमत्कार छिछड़े का वह अंश भी लुप्त हो गया। माँ की इस महिमा पर विभोर होने का अवसर, जीवन की धन्यता के क्षण।

ऐसा ही एक और प्रसंग।

मेरे अति निकटस्थ एक व्यक्ति से नाराज होकर कस्बे का दुर्दान्त अपराधी उनकी हत्या करने के लिये आमादा हो गया। वे अपनी रक्षा के लिये बन्दूकधारी अंगरक्षक रखने लगे। पर भय और आशंका से त्रस्त रहने के कारण सामान्य स्वतन्त्रता खो देना बहुत कष्टकर था। उनके इस संकट का निवारण करने के लिये कामाख्यापीठ पर शतचण्डी का आयोजन रखा। मैं विधि-विधानपूर्वक कार्यक्रम सम्पन्न करके निश्चिन्त। वे यह आयोजन करके आये और तीन

सप्ताह में ही वह बदमाश किसी दूसरे बदमाश के साथ मुठभेड़ में मारा गया। कुछ समय बाद उसका भाई भी ऐसे ही हादसे में मार दिया गया।

ऐसे एक नहीं अनेक प्रसंग हैं, जिनमें सप्तशती एक अमोघ अस्त्र के रूप में सारे मनोरथों को पूर्ण करने वाली कल्पलता सिद्ध हुई है।

नैमित्तिक प्रयोग करते समय यह ध्यान रखना चाहिए कि उनके विधि-विधान एवं उच्चारण में कोई दोष नहीं रहे, अन्यथा वे प्रयोग निष्फल रह जायेंगे। उग्र प्रयोगों में हुई त्रुटि कर्ता को हानि भी पहुँचा सकती है। दूसरे व्यक्ति से कराने पर ठीक तरह से परख लिया जाय कि वह उस अनुष्ठान की पद्धति पूरी तरह जानता है। अच्छा तो यह रहे कि देवता के जिस रूप का अनुष्ठान किया जा रहा है उसके उपासक से ही प्रयोग कराया जाय। हनुमान के अनुष्ठान में त्रुटि रहने पर भी कोई क्षति नहीं होती, बशर्ते कि कर्ता में भक्तिभाव प्रबल हो और हनुमान के किसी उग्र रूप का आराधक न हो। ऐसी ही व्यवस्था भगवान् राम के प्रयोगों में है। राम प्रजावत्सल थे, प्रजा के हितसाधक थे इसलिये उनके प्रयोग में किंचित् त्रुटि होने पर भी कोई क्षति नहीं होती। दुर्गा, काली, भैरव जैसे उग्र रूपों के अनुष्ठान में प्रमाद या त्रुटि प्रतिक्रिया कर देती है।

एक बार मध्यप्रदेश शासन में उच्चपद पर कार्य कर रहे सज्जन को पदमुक्त कर दिया गया। अपील करने का समय भी निकल गया। ऐसी स्थिति से निपटने के लिये उन्होंने पीताम्बरा का प्रयोग इकत्तीस दिन तक करने का संकल्प लिया। अज्ञान के कारण प्रयोग में होने वाली त्रुटि के फलस्वरूप पन्द्रहवें दिन गले में कष्ट हुआ। इस पर भी वे करते रहे, तो बीसवें दिन गला ही रुक गया। बड़ी कठिनता से वह ठीक हो सका।

ऐसे सैकड़ों वर-कन्या हैं जिनके विवाह में निरन्तर अवरोध उत्पन्न हो रहे थे। गम्भीर प्रयास के उपरान्त भी विवाह सम्पन्न नहीं हो पा रहा था। कई अवसरों पर वरीक्षा अथवा फलदान आदि के उपरान्त भी कन्याएँ विवाह से वंचित रह गयीं और वरमाला उनके हाथों में ही मुरझा गयी। विवाह के उपरान्त होने वाली बाधाओं के संदर्भ में हमने अग्रांकित मंत्र से श्रीदुर्गासप्तशती के सम्पुटित पाठ का परामर्श दिया तथा जिन्होंने भी इस परामर्श का अनुसरण किया, तीन-चार मास के भीतर ही कन्या का विवाह सम्पन्न हुआ। नवरात्र में किए गए इन अनुष्ठानों के विधिवत् प्रतिपादन के उपरान्त अगले नवरात्र आने से पूर्व ही कन्या का विवाह निश्चित होकर सम्पन्न हुआ :

"ॐ कात्यायनि महामाये महायोगिन्यधीश्वरि।
नन्दगोपसुतं देवि! पतिं मे कुरुते नमः।।"

"हे गौरि शंकरार्धाङ्गि यथा त्वं शंकरप्रिया।
तथा मां कुरु कल्याणि कान्तकान्तां सुदुर्लभाम्।।"

इसी प्रकार से कुछ युवक ऐसे थे, जो रूपवान, प्रतिभावान, उच्चपद पर प्रतिष्ठित तथा श्रेष्ठ कुल से सम्बद्ध थे तथा उनके योग्य वधू उन्हें प्राप्त नहीं हो रही थी। वर्षों बीत गये तथा उपयुक्त और मनोनुकूल वधू से वंचित रहे। ऐसी स्थिति में अग्रांकित मंत्रों का उपयोग करके श्रीदुर्गासप्तशती के सम्पुटित पाठ सम्पादित किये गए, जिसके फलस्वरूप अगली नवरात्र से पूर्व अथवा छः महीने के भीतर ही इन युवकों का विवाह मनोनुकूल, रूपवती, पति-परायणा, विदुषी तथा योग्य कन्या के साथ सम्पन्न हुआ :

पत्नीं मनोरमा देहि मनोवृत्तानुसारिणीम्।
तारिणीं दुर्गसंसारसागरस्य कुलोद्भवाम्।।

उल्लेखनीय है कि इन मंत्रों का तथा श्रीदुर्गासप्तशती का प्रयोग नवरात्र में अधिक तथा शीघ्र फल प्रदान करता है। यदि नवरात्र का समय उपलब्ध न हो, तो किसी भी उपयुक्त मुहूर्त में, जब गोचर का चन्द्रमा, जन्मकालीन चन्द्रमा से तृतीय, षष्ठ, सप्तम, दशम, अथवा एकादश भाव में हो तथा उन ग्रहों की स्थितियों के अनुरूप श्रेष्ठ लग्न में प्रारंभ करना चाहिए, जिसके फलस्वरूप सप्तशती के पारायण तथा सम्पुटित पाठ का प्रतिफल छः माह के भीतर ही प्राप्त हो जाता है। आस्था, निष्ठा और श्रद्धा की अनिवार्यता प्रयोग की सफलता की संसिद्धि है, इसका सदैव ध्यान रखना चाहिए।

यहाँ पर हमने प्रबुद्ध पाठकों हेतु कतिपय उदाहरणों द्वारा श्री दुर्गासप्तशती के अनुष्ठान के फलस्वरूप समस्याओं के समाधान का उल्लेख किया है। विश्वास सर्वोपरि है अतः पूरी आस्था के साथ किसी भी समस्या के समाधान हेतु जब भी मांता जगदम्बा श्री दुर्गादेवी के प्रीति और प्रसन्नता हेतु श्री दुर्गासप्तशती का अनुष्ठान सम्पादित किया जायेगा, तो सभी प्रकार के कष्टों, अवरोधों, समस्याओं, चिंताओं, व्यथाओं, व्यग्रताओं आदि का उपयुक्त समाधान शीघ्र होगा, इसमें किंचित सन्देह नहीं।

हमने संततिहीनता से आक्रान्त अनेक दम्पतियों के जन्मांगों का विश्लेषण उदाहरण तथा समाधान सम्बन्धी सत्य तथ्य तथा तत्संबंधी साधनाएं अपनी लोकप्रिय कृति **संतान सुख : सर्वांग चिंतन** में सम्पादित किये हैं। मंत्र शक्ति के प्रभाव से अनेक दम्पति, जो संततिविहीन थे, उन्हें साधना के उपरान्त पुत्र अथवा पुत्री रत्न की प्राप्ति हुई। उल्लेखनीय है कि अनुकूल मंत्र चयन अति अनिवार्य है जिसका उल्लेख हमने अपनी मंत्र सम्बन्धित समस्त कृतियों में विस्तार में किया है।

वैवाहिक विलम्ब की समस्या भी इस युग में चिंता का विषय है। हमने अपनी प्रथम पुस्तक **वैवाहिक विलम्ब के विविध आयाम एवं मंत्र** की संरचना इसी समस्या से आक्रान्त होने के उपरान्त 1988 में की थी। इस पुस्तक की रचना के उपरान्त सहस्त्रों कन्याओं की विवाह सम्बन्धी समस्या का समाधान मंत्र शक्ति द्वारा सम्भव हुआ, जिसने हमारे अनुभव में प्रचुर वृद्धि भी की। सारगर्भित अध्ययन, अनुभव, अनुसंधान को हमने पुनः अपनी आगामी शोधपरक कृति **विवाह विमर्श** में लेखनबद्ध किया है ताकि वैवाहिक विलम्ब से आक्रान्त युवक और युवतियाँ अधिक से अधिक लाभान्वित होकर सुखद वैवाहिक जीवन का आनन्द प्राप्त कर सकें।

मंत्र विज्ञान के विविध आयामों पर हमने अनेक लोकप्रिय कृतियों की संरचना की है जिनके अन्यान्य संस्करण भी प्रकाशित हो चुके हैं। मंत्र शक्ति के चमत्कार को विज्ञान अंधविश्वास कहकर शक्ति का तिरस्कार करता है। वही सत्य पुनः दोहराना उपयुक्त प्रतीत होता है कि जहाँ तक हमारी दृष्टि और ज्ञान पहुँच पाता है, उसी को हम विज्ञान समझ सकने में समर्थ हैं परन्तु जहाँ हमारा चिन्तन असफल और अवरुद्ध हो जाता है उसे हम अंधविश्वास कहकर ईश्वर के अस्तित्व तथा आस्था के समक्ष प्रश्नचिह्न उपस्थित करने में किंचित् संकोच नहीं अनुभव करते हैं।

उपरिवर्णित घटनाएं प्रकृति के अलक्षित नियम और कार्यकारण भाव के आधार पर घटित होने वाली थीं। अब कुछेक वे घटनाएं प्रस्तुत हैं जो प्राकृत होकर विद्युत के निगेटिव रूप की तरह होती हैं। भारत में शक्ति की पूजा माया, प्रकृति, शक्ति आदि रूपों में होती रही है। उसकी ऋणात्मकता और धनात्मकता, विधेकता और निषेधकता अथवा नकारात्मकता और सकारात्मकता भी देवत्व के रूप में कई रूपों, आख्यानों और नामों से जानी जाती रही है।

इन्द्रियगम्य संसार में जिस तरह अनेक आयाम हैं उसी तरह सूक्ष्म संसार में भी अनेक स्तर हैं। ये सारे स्तर तत्त्वों की प्रकट शक्ति और उनके संयोग के अनुपात के कारण हैं। तत्त्व अपने गुण या तन्मात्रा को ग्रहण करता है, किन्तु उनमें दूसरे तत्त्वों की उपस्थिति अनिवार्य रूप से रहती है। व्यक्ति के यंत्र में अथवा वनस्पतियों की शारीरिक संरचना में इन तत्त्वों का अनुपात भिन्न स्वरूप का रहता है, इसलिए इनका रूप ही नहीं बदलता, इनकी आवश्यकता भी बदलती है, इनकी क्षमता भी बदलती है। मनुष्य तत्त्व निर्मित संसार में एक संतुलित देह है। इसकी अपनी स्वतंत्रता और परतंत्रता है पर यह प्रकृति के निर्माण की अद्भुत एवं अद्वितीय कृति नहीं है। इससे श्रेष्ठ पितर और देवलोक के वासी हैं, पर वे भोगलोकी हैं, उनमें कर्म करने की स्वतंत्रता नहीं है इसलिए वे श्रेष्ठ रहकर भी मुक्त नहीं माने जा सकते अन्यथा ऐन्द्रिय एवं अनुभूति शक्ति के आधार पर वे मनुष्य से अधिक श्रेष्ठ हैं।

आपकी आँख और पुस्तक के इस पृष्ठ के मध्य भी अनेकों वस्तुएं हैं। सम्भव है उनमें कोई समूचा व्यक्ति भी हो किन्तु आपके मध्य में अवरोधक बनकर नहीं आते, इसलिए आपको ज्ञात नहीं हो पाता। अत्यन्त सूक्ष्म अणु, त्रसरेणु, आपकी दृष्टि को व्यापकता में कोई रुकावट नहीं डाल रहे या वे इतने सूक्ष्म हैं कि आपकी आँख उन्हें पकड़ नहीं पा रही, इसलिए आप अबाध रूप से पढ़ते चले जा रहे हैं। कोई आश्चर्य नहीं कि जिन पंक्तियों को आप पढ़ रहे हैं, उनके और आंखों के मध्य एक पूरा व्यक्ति आकर खड़ा हो गया हो अथवा गुजर गया हो? उसको विश्वास नहीं हो रहा होगा, किन्तु यह सत्य है। वह व्यक्ति न आपको देख रहा है, न कोई दीवार बनकर प्रकट हो रहा है। इसलिए आप उसे मानने के लिए तैयार नहीं। यदि आपकी आँख के आगे शक्तिशाली माइक्रोस्कोप लगा दिया जाए, तो सम्भवतः ये पंक्तियां मीलों दूर हो जाएं और आपको अनेक ऐसे पदार्थ दीख जाएं, जिनकी बहुलता देखकर आप स्तब्ध रह जाएं। यदि तांत्रिक विधि से तैयार किया हुआ कोई काजल आपकी आंख में आंज दिया जाए, तो वे अदृश्य आत्माएं भी दिखने लग जाएं, जो इस समय नहीं दिख रहीं और यह सब इसी तरह सम्भव है जिस तरह प्रकाश-प्रकाश की शक्ति क्षीण नहीं करता, अवरोध नहीं बनता। दो टार्चों का प्रकाश एकदूसरे को काटते हुए पास हो सकता है, अवरोध नहीं करता। एक ही कमरे में अनेक पंखे चलते रह सकते

हैं, अनेक बल्ब जलते रह सकते हैं, बिना किसी प्रकार का अवरोध उत्पन्न किए, क्योंकि वे सजातीय हैं, उनमें एक-दूसरे की शक्ति का शोषण करने की क्षमता अवश्य है, पर स्थूलता नहीं है इसलिए वे गतिरोध भी उत्पन्न नहीं करते।

स्थूल पदार्थ गतिरोध उत्पन्न करते हैं। गतिरोध की मात्रा भी उन पदार्थों के अणुओं की सघनता पर निर्भर करती है। यही कारण है कि सूक्ष्म त्रसरेणु और अणु उपस्थित रहकर भी नेत्रों की क्रिया में बाधक नहीं बनते। मनुष्य में पार्थिव अंश और जलीय अंश अधिक रहता है, इसलिए वह अवरोध भी बनता है और अवरुद्ध भी होता है। इसके विपरीत मानवेत्तर योनियों में यह तत्त्व नहीं रहते (बिल्कुल आभास मात्र रहते हैं) यदि हम उनको गोली भी मारें या लाठी से आघात करें, तो उन पर कोई प्रभाव नहीं पड़ेगा। गोली ठोस है इसलिए ठोस पर ही प्रभाव करती है। ऐसे ही पानी या प्रकाश भी उनके लिए व्यर्थ है। इस व्यवस्था की वास्तविकता को जानने हेतु विज्ञान प्रयत्नशील है क्योंकि इसके अनेक प्रमाण विज्ञान को समय-समय पर प्राप्त होते रहते हैं।

यह कृति मंत्र शक्ति के आधारभूत तथ्य एवं सत्य प्रभाव पर आधारित है। मंत्र शक्ति के स्तम्भित कर देने वाले अनेक चमत्कार हमने समय-समय पर अनुभव किए हैं तथा जिन्होंने उत्तरोत्तर हमारी आस्था को प्रबलता प्रदान की है। जैसे-जैसे हमारी आस्था में वृद्धि हुई, वैसे ही मंत्र शक्ति तथा साधना की संसिद्धि के कारण वह बलवती भी हुई जिसके अनेक उदाहरण यहाँ प्रस्तुत करने का उद्देश्य प्रबुद्ध पाठकों के विश्वास को सुदृढ़ता प्रदान करके विश्वास का सकारात्मक स्वरूप प्रदर्शित करना है।

माँ जगदम्बा की आराधना, चमत्कृत कर देती है। इस सत्य तथ्य से वे अपरिचित हैं जिनका दुर्भाग्य उनके सान्निध्य का परित्याग नहीं करता। जिनके हृदय में आस्था, निष्ठा और श्रद्धा का सुदीप प्रज्वलित है, सफलता उनके मस्तक पर मलयागिरि चन्दन की आभा की भाँति स्पष्ट परिलक्षित होती है। चमत्कार भी उन्हीं के साथ होता है जो ईश्वर के किसी भी स्वरूप की साधना को हृदयंगम करके अनुष्ठान, मंत्र जप तथा आराधना को किसी भी रूप में आयोजित करते हैं।

इच्छन्ति देवाः सुन्वन्तं न स्वप्नाय स्पृहयन्ति।
यन्ति प्रमादमतन्द्राः।।

श्रेष्ठता और ऐश्वर्य सदैव पुरुषार्थी को मिलता है, आलसी व्यक्ति का कोई भी सम्मान नहीं करता। सुख प्राप्ति के लिए आलस्य रहित होना अनिवार्य है।

●

अध्याय 2 सर्वजन सम्मोहक शाबर एवं अन्य वशीकरण मंत्र

हम अपने दैनिक जीवन में विभिन्न प्रकार की ध्वनियाँ श्रवण करते रहते हैं। उनकी शक्ति एवं प्रतिक्रिया हमें तत्काल सम्बोधित कर देती है। निरर्थक अथवा सार्थक शब्द की ध्वनि पर हम विशेष ध्यान देते हैं, परन्तु यह हमारी एकांगी चेतना है। वस्तुतः हम जाने-अनजाने, चाहे-अनचाहे सभी प्रकार की ध्वनियों से प्रभावित होते रहते हैं।उदाहरण के रूप में हम वाद्य-ध्वनियों को देखें-ढोलक, नगाड़ा, सितार, मृदंग, मँजीरा, बाँसुरी और तबला-हारमोनियम सबकी ध्वनि एक अलग प्रभाव (तुष्टि अथवा विरक्ति) की सम्पुष्टि करती है।पारस्परिक-सम्भाषण में भी हम किसी की मधुर वाणी से अतिशय आनन्दित होते हैं और किसी का घोर कर्कश स्वर मन में उसके प्रति वितृष्णा उत्पन्न कर देता है।

मन्त्रों की ध्वनि इससे कहीं अधिक प्रभावशाली, सूक्ष्मस्पर्शी, संवेदनशील, वातावरण एवं मानसिकता में परिवर्तन उत्पन्न करने वाली सिद्ध होती है।किसी देवता की विस्तृत स्तुति, जो प्रभाव नहीं उत्पन्न कर पाती, एक लघु मन्त्र, तत्काल प्रभाव प्रदर्शित कर देता है। उदाहरण के रूप में हनुमान चालीसा पढ़ने के स्थान पर **ॐ हं हनुमते नमः** के 11 मन्त्रों का जप कहीं अधिक प्रभावशाली और लाभप्रद सिद्ध होता है। इसी प्रकार से सुन्दरकाण्ड के पाठ का विकल्प **ॐ हं हनुमते नमः** मन्त्र का 108 बार जप का प्रतिपादन है।ऋषि, मुनि-महर्षियों एवं मनीषियों द्वारा मन्त्रों की संरचना से पूर्व उनकी प्रतिध्वनि पर वर्षों तक अनुसंधान एवं शोधसाधना सम्पन्न करने के उपरान्त, अनेक परीक्षणों की सफलता के पश्चात् पूर्णतः आश्वस्त होकर ही उन्होंने भिन्न-भिन्न उद्देश्यों की पूर्ति के लिए, विविध मन्त्रों का सृजन किया और लोकहितार्थ उनकी प्रयोग-विधि का उल्लेख किया।

मन्त्र के अनेक प्रकार हैं। उन्हीं में एक वर्ग है, शाबर मन्त्रों का। शाबर-मन्त्रों की उत्पत्ति, प्रामाणिकता, प्रभावशीलता और ग्राह्यता पर मतभेद है परन्तु यह स्वीकार करने के लिए सभी विवश हैं कि शाबर मन्त्रों में अद्भुत चमत्कारी प्रभाव सन्निहित है।

2.1 शाबर मंत्र : सृष्टि एवं रहस्य

शाबर मन्त्र क्या है ? शाबर मन्त्रों की विशेषता क्या है ? इन मन्त्रों का प्रचलन कब से प्रारंभ हुआ? ऐसे अनेक अनसुलझे प्रश्नों का सही समाधान जिज्ञासु पाठकों को, इस पुस्तक के माध्यम से सर्वप्रथम प्राप्त होगा, ऐसी प्रबल सदाशा है। प्रबुद्ध पाठक प्रायः सन्देह उत्पन्न करते हैं कि अनेक प्रयास करने पर भी मन्त्र सिद्ध क्यों नहीं होते? दीक्षा से साधना मार्ग प्रशस्त तथा प्रकाशित होता है।

तंत्र के चार प्रकार हैं- कौल, सिद्धान्त, चीन और शाबर। कौलाचार मुक्ति मार्ग है, सिद्धान्ताचार उसकी पूर्व भूमिका है। चीनाचार तंत्र की प्रादेशिक विधा है और शाबर भी। शाबर का प्रतीक अर्थ होता है ग्राम्य, अपरिष्कृत।

शाबर मन्त्रों के प्रणेता भगवान् शंकर हैं। भगवान् शंकर ने शबर, किरात तथा भील का वेश धारण करके कठोर तपस्या की थी। पर्वतों में विचरण करने वाली पार्वती जी ने अनेक बार भीलनी का वेश धारण किया था। भगवान् शंकर के ही अंशावतार श्री हनुमान जी से संबंधित सभी दोहे-चौपाइयों की गिनती, सिद्ध शाबर-मन्त्रों में होती है। इसके अतिरिक्त जैन सम्प्रदाय में महावीर स्वामी, मुस्लिम सम्प्रदाय में मेमदापीर के नाम से भी कई शाबर मन्त्र प्रचलित हैं। इस रचना में ऐसे अनेक प्रसिद्ध और प्रचलित मन्त्रों का संकलन किया गया है। अनेक प्राचीन पाण्डुलिपियों के अतिरिक्त कल्याण के विशेषांकों एवं अन्य ग्रंथों से भी सामग्री का संयोजन किया गया है।

प्राचीन लोकमान्यता के अनुसार 'शबर ऋषि' द्वारा प्रणीत सभी मन्त्र 'शाबर मन्त्र' से शब्दांकित किए जाते हैं। शबर ऋषि किस काल में हुए? कब हुए? शाबर मन्त्रों का प्रचलन कब (किस काल) से प्रारम्भ हुआ, इसका उल्लेख नहीं प्राप्त होता।

ब्राह्मण ग्रंथों में ऐतरेय ब्राह्मण (अध्याय 7-18-2) में यह आख्यान उपलब्ध है कि विश्वामित्र ऋषि के ज्येष्ठ पुत्र के शाप से आंध्र, पुण्ड्र, शबर, पुलिन्द एवं मूतिब आदि म्लेच्छ कहलाने लगे। ये लोग दक्षिण भारत में पेन्नार नदी के प्रदेश में रहते थे। महाभारत में 95/38 के अनुसार यह पहले क्षत्रिय थे, किन्तु बाद में हीन आचरण के कारण म्लेच्छ बन गए। महाभारत युद्ध में ये कौरवों के पक्ष में उपस्थित थे, जहाँ सात्यकि ने इनका संहार किया।

शबर एक जातिसूचक शब्द भी है। प्राचीन चरित्रकोश के अनुसार, शबर जाति को 'दक्षिण पथवरसिन' कहा गया है। प्राचीन काल में जंगल में रहने वाले अनपढ़, अविकसित समाज तथा भील जाति के लोगों को शबर कहते थे। एक कथा प्रसिद्ध है कि शबरी नामक भीलनी के जूठे बेर भगवान् श्रीराम ने ग्रहण किये थे। लोकमान्यता के अनुसार, जंगली तथा ग्रामीण क्षेत्रों में बोलचाल की भाषा में प्रचलित मंत्र ही शाबर मन्त्र कहलाते हैं।

यजुर्वेद एवं अथर्ववेद के कई कांड अनेक प्रकार के अभिचार, वशीकरण, मारण, उच्चाटन, आकर्षण, विद्वेषण एवं चमत्कारिक मन्त्रों से कृत-कृत्य हुए हैं। इन वैदिक मन्त्रों की प्रभावोत्पादक क्षमता एवं शक्ति को अस्वीकार नहीं किया जा सकता एवं इन वैदिक मन्त्रों का एक पृथक् विज्ञान और विधान है जिसके लिए मन्त्र विज्ञान के समस्त अंगों एवं सूक्ष्मतत्त्वों का परिज्ञान अनिवार्य है। अपूर्ण ज्ञान के आधार पर वैदिक मन्त्रों से सम्बन्धित अनुष्ठान के संपादन करने का विचार त्याग करके शाबर मन्त्रों का आश्रय लेना ही हितकर है।

मन्त्रयुक्त औषधियों में भी चमत्कार होता है। शाबर मन्त्रों के प्रयोग में व्याकरण तथा भाषा की अशुद्धियों का उतना अधिक महत्त्व नहीं। शाबर मन्त्रों में आत्मबल तथा उद्‌देश्य के प्रति निष्ठा एवं एकाग्रता की ही प्रधानता है। अतः शाबर मन्त्र की सविधि साधना द्वारा समस्त प्रयोजनों की संसिद्धि संभव है। बस अनिवार्यता है, इस विषय के सम्यक् ज्ञान एवं अनुसरण के विधान के परिज्ञान की, जो इस कृति का वैशिष्ट्य है।

शाबर मन्त्रों के प्रति हमारी आस्था सन् 1979 से है जब हमने अग्रांकित शाबर मन्त्र के उपयोग का परामर्श एक ऐसे व्यवसायी को दिया था, जिसने स्वर्णाभूषण की अपनी दुकान एक वीरान स्थल पर स्थापित की थी और जिसके आसपास किसी भी वस्तु की कोई अन्य दुकान नहीं थी। एक दस फिट के कक्ष में दस-बीस हजार के आभूषण सजाए हुए थे। वह व्यक्ति करता भी क्या। उसके पिता के निधन के पश्चात् उसके भाईयों ने उसके अंश की सम्पत्ति पर भी अपना अधिकार कर लिया था और कनिष्ठ होने के कारण उसका, घर से निष्कासन कर दिया था। अपनी पत्नी और दो पुत्रों के साथ निवास को त्याग करने के लिए उसे विवश कर दिया गया। पत्नी के पास जो आभूषण थे, उसे बेंच कर उसने ऐसे स्थल पर स्वर्णाभूषण की दुकान खोली, जहाँ पर उसे अल्प किराया ही पर्याप्त हो। दूसरी ओर उसके जीविकोपार्जन का भी प्रश्न था। तभी उसका सम्पर्क हमसे हुआ और हमने अग्रांकित शाबर मन्त्र का जप करने का परामर्श दिया-

भँवरवीर तू चेला मेरा, खोल दुकान, कहा कर मेरा।
उठे जो डण्डी, बिके जो माल, भँवरवीर सोखे नहीं जाय।।

इस स्वर्ण व्यापारी ने इस मन्त्र का जप और प्रयोग पूरी श्रद्धा एवं आकंठ आस्था के साथ किया। कुछ ही महीनों में वह वीरान स्थल, जहाँ उसकी स्वर्णाभूषण की दुकान थी, जगमगाने लगा। वहाँ आगंतुकों की भीड़ लग गयी। जैसे-जैसे व्यवसाय बढ़ा, वैसे-वैसे वह व्यक्ति इस मन्त्र के जप की संख्या में वृद्धि करता गया। अपने कठोर परिश्रम और शाबर मन्त्र जप के आधार पर आज उस व्यक्ति की स्वर्णाभूषण की कई विशाल दुकानें तथा अनेक बहुमंजिले भवन हैं। अब उस वीरान स्थल पर स्वर्णाभूषण के विशाल व्यवसाय की व्यवस्था स्पष्ट दृष्टिगत होती है। दस-बारह सोने की दुकानों के कारण वह क्षेत्र गोल्ड मार्केट के नाम से प्रसिद्ध है।

तब से हमने अनेक शाबर मन्त्रों का जप करने का परामर्श अनेक जिज्ञासु आगन्तुकों को समय-समय पर प्रदान किया। उन्हें शीघ्र ही आश्चर्यजनक सफलता प्राप्त हुई। वशीकरण के प्रयोग से लेकर वित्त एवं वृत्ति के प्रयोगों ने अपना फल प्रदर्शित करके साधकों को चमत्कृत कर दिया। हमें यह स्वीकार करने में किंचित् भी संकोच नहीं है कि हमारी गति और ज्ञान, मूल रूप से ज्योतिष विज्ञान में हैं परन्तु परिहार के प्रकार तथा अनुष्ठान विधान के संज्ञान के अभाव में, ज्योतिष विज्ञान की सम्पूर्णता संदिग्ध है।

हमने अपने 35 वर्ष के, ज्योतिष विज्ञान के अध्ययन, अनुभव अनुसंधान के साधना काल में ग्रहदोष एवं विविध समस्याओं के समाधान हेतु तभी शाबर मन्त्रों का उपयोग किया, जब शास्त्रीय मन्त्र प्रयोग का मार्ग संशयात्मक प्रतीत हुआ तो हमारे द्वारा प्रयुक्त सभी शाबर मन्त्र प्रयोगों की सफलता ने हमें चमत्कृत कर दिया।

इस अध्याय के अक्षर-अक्षर में प्रवाहित अविरल सुधा-धारा में अद्भुत मंत्रशक्ति सन्निहित है, जिसका प्रत्यक्ष अनुभव अनगिनत साधकों ने समय-समय पर किया है। मन्त्र संदर्शन की रचना प्रक्रिया में भगवती की अनुपम अनुकम्पा ने हमारे शाबर शास्त्र की सृष्टि से सम्बन्धित निर्दिष्ट दिशा को दृष्टि प्रदान की है।

शाबर तंत्र, तंत्र लोक-प्रचलित ग्रामीण संस्करण है। वे ऐसे शक्ति-सम्पन्न साधक थे जिनकी

सशक्त वाणी अथवा शब्दों का अनुसरण अर्थ करता था। दूसरे शब्दों में, परिणाम ऋषि-वाणी के अनुसार घटित होता था। इसीलिए किसी महाकवि ने कहा है-

"ऋषीणां पुनराद्यानां वाचमर्थोऽनुधावति"

शाबर-तंत्र का आधार, इन्हीं साधकों, ऋषियों एवं मुनियों की सिद्ध शाब्दिक शक्ति ही है।शास्त्र के समानान्तर, शास्त्रेतर पद्धति भी गतिशील रही है, हर क्षेत्र में, हर युग में। इसे शास्त्र के बराबर सम्मान और मान्यता नहीं मिलती, किन्तु उपयोगिता की दृष्टि से इसमें कोई न्यूनता नहीं रहती। यही सिद्धान्त तंत्र के क्षेत्र में भी घटित होता है। शाबर तंत्र, तंत्र के परिष्कृत रूप की महत्ता को प्राप्त नहीं कर सका, तो वह तंत्र की पद्धति और परिभाषा में ठीक बैठ गया। इसलिए जन-कल्याण के लिए इस शाबरी तंत्र का प्रचार, सिद्ध सम्प्रदाय के तपस्वियों और साधकों द्वारा किया गया। आज भी देश में ही नहीं, संसार के अधिकांश क्षेत्रों में इस तंत्र का प्रचार-प्रसार और प्रभाव है। वे असभ्य जातियाँ जिनका शिक्षा से दूर का भी सम्बन्ध नहीं है, व आदिवासी कबीले, जो शास्त्रीय पद्धतियों से परिचित नहीं हैं, उनके पास शाबरतंत्र का सिद्ध विधान एवं अद्भुत रहस्य मिल जायेगा।

काला जादू के नाम से जो रहस्यमयी विधा और विद्या, असोम के आदिवासी कबीलों में उपलब्ध है, उसी का देश, काल, पात्र के अनुसार परिवर्तित रूप अफ्रीका की जनजातियों तक विस्तृत है। विडम्बना यह है कि हमारा अहंकार और दंभ, उनके असभ्य क्षेत्र को अछूत मानता है।माना उन लोगों के पास अंधविश्वास अधिक है, फिर भी उस समग्र में कुछ ऐसा तत्त्व है, जो रोमांचक भी है और अमोघ भी। शाबर तंत्र के उद्‌भव की निश्चित तिथि बतलाना असंभव है, तो भी इतना निर्विवाद रूप से कहा जा सकता है कि मछन्दरनाथ और गोरखनाथ के पश्चात् इस तंत्र का एक प्रामाणिक स्वरूप निर्धारित हुआ। गुजरात में प्रवाहित होने वाली साबरमती नदी, साबर जाति की शरणस्थली रही होगी। शबर, कोल, किरात, ये जंगली जातियाँ हैं। कह नहीं सकते कि कोल और शबर नाम से विख्यात पुरुष इनके गोत्र-प्रवर्तक रहे हों? यों भारतीय शालीनता में व्यक्ति अपने नाम से किसी शाखा या पद्धति का प्रचार करने में कम ही विश्वास रखता है, तदपि इस संभावना को स्वीकार किया जा सकता है कि शबर और कोल नाम से कोई सिद्धपुरुष तंत्राचार के प्रवर्तक रहे हों।

भले ही इन पुरुषों की ऐतिहासिकता में सन्देह हो सकता है, किन्तु इन जनजातियों के कुलाचार में एक प्रकार का मुक्त भाव और विश्वास प्रमुख रूप से रहा है और यही एक ऐसा आधार हो सकता है, जिसने तंत्र की इस पद्धति को, इन जातियों में जनप्रिय बनाया। वामाचार में कौल एक आचार विशेष का नाम है, जिसे कौलाचार कहते हैं और ये कौल आदरणीय हुआ करते हैं। शाबर मंत्रों के बारे में किंवदन्ती है कि वामाचारपरायण साधक जब सिद्धपीठ में साधना करते समय आत्मलीन होने की स्थिति में रहते हैं, तो उस समय वे लोग जो कुछ भी बोलते हैं, वह इतना निर्दोष होता है कि उसे मंत्र की श्रेणी में मान लिया जाता है।

ऊपरी दृष्टि में, मंत्र भी एक शब्द ही है, किन्तु उसमें शक्तिनिक्षेपण करने के लिए किसी ऋषि और प्राणवत्ता के लिए, किसी देवता का आधार हुआ ही करता है। इन अनघड़ (औघड़) मंत्रों के देवता हनुमान, भैरव, क़ाली जैसे हैं और उपदेष्टा ऋषि के रूप में गोरखनाथ, सुलेमान

जैसे सिद्ध पुरुष हैं। कई मंत्रों में इनका नाम बोला जाता है और किसी में केवल गुरु के नाम से ही काम चल जाता है।

मारण-मोहन आदि षट्कर्मों की छह देवियाँ अथवा शक्तियाँ मानी जाती हैं और किसी भी कर्म के करने से पहले उनकी पूजा और जप करने के बाद ही मूल-मंत्र की साधना करने का विधान है। तंत्र-शास्त्र के अन्तर्गत आने वाले मंत्रों का क्षेत्र बहुत विस्तृत है। शाबर तंत्र और मंत्रों का क्षेत्र भी उनकी विविधता के कारण कम नहीं है।

गोरखनाथ, मछन्दरनाथ जैसे सिद्धों ने हमारे ऊपर उपकार किया है कि उन्होंने इस गूढ़ और जटिल विज्ञान को साधारण व्यक्ति के लिए उपयोगी स्वरूप दे दिया। साधारण व्यक्ति का अर्थ व्यक्ति की साधारणता से तो है ही साथ ही मोहन, स्तम्भन जैसे सामान्य कर्मों से भी है। शाबर मंत्रों का रूप विविध भी है और विचित्र भी। विविध इसलिए कि एक मंत्र में अनेक शैलियों का समावेश मिल सकता है और विचित्र इसलिए कि इसमें शुद्ध बीज मंत्रों के साथ विशुद्ध ग्रामीण भाषा की शब्दाबली रहती है।

कई मंत्रों की रचना देखकर हमें ऐसा प्रतीत होता है, जैसे बच्चों को प्रसन्न करने के लिए कोई बाल गीत या बाल कविता रची गई हो, किन्तु उसका प्रभाव असाधारण रूप से पड़ता है, उसके फल में किसी प्रकार का सन्देह नहीं होता है। उदाहरण के लिए एक मंत्र प्रस्तुत है-

"घी घी रानी चोयटी, रात्यूं सिट्टा मोरती,
मामू चड भाणज्ये आयो, खेती करो रे ऊं ऊं ऊं।।"

इस मंत्र में चोयटी का अर्थ चोर होता है और घी घी एक कीड़ा होता है जो बाजरे में लगा करता है। ग्राम में रहने वाला साधारण (अपठित) किसान, बाजरे में घी घी कीड़ा लग जाने पर किसी शनिवार या रविवार की रात्रि में पानी का पलीता बनाकर उसे जलाते हुए हाथ में रखकर खेत की परिक्रमा करता हुआ इस मंत्र को बोलता है। किसानों का कहना है कि ऐसा करने से 'घी' 'घी' या तो मर जाती है या बाजरे को खाना बन्द कर देती है। आज के लोग इस बात में विश्वास करते हैं या नहीं करते, किन्तु शेखावटी (राजस्थान का विभाग) में आज भी बुजुर्गवारों में इस या ऐसे अन्य टोटकों के ज्ञाता और इसे प्रयोग करते हुए भी मिल जायेंगे।

शाबर मंत्र में संस्कृत, प्राकृत और क्षेत्रीय भाषाओं का प्रयोग भी मिलता है, किन्हीं मंत्रों में संस्कृत और मलयालम, कन्नड़, गुजराती या तमिल भाषाओं का मिश्रित रूप भी मिलेगा, तो किसी में शुद्ध क्षेत्रीय भाषा का ग्राम्यत्व विधान, शैली और कल्पना भी मिल जायेगी। राजस्थान में, मारवाड़ी भाषा के शाबर मंत्रों का प्रचलन है। संभव है असम, गुजरात और दक्षिणी भारत में उनकी क्षेत्रीय भाषा में शाबर मंत्र रचे गये हों और प्रयोग किये जाते हों।

जिस प्रकार ट्रांजिस्टराइज्ड रेडियो में किसी बाह्य उपकरण की आवश्यकता नहीं रहती (क्योंकि एरियल उसके भीतर ही लगा रहता है) उसी प्रकार शाबर मंत्रों में विनियोग की और

विनियोग में वर्णन किये जाने वाले पाँचों अंगों (ऋषि, छन्द, देवता, बीज, शक्ति) की आवश्यकता नहीं रहती, क्योंकि ऋषि और देवता का वर्णन मंत्र में ही रहता है, बीज भी वहाँ विस्तृत रूप में मंत्र में ही निर्दिष्ट रहता है, छन्द, उसमें तुकान्तता के रूप में रहता है और शक्ति, उसमें युग-प्रवाह के रूप में सहज भाव से रहती ही है। आशय यह है कि पृथक् रूप से किसी भी अवयव या तत्त्व की आवश्यकता नहीं, मंत्र ही अपने आप में सम्पूर्ण है।

शाबर मंत्रों का विश्लेषण करने पर यह तथ्य प्रकट रूप से सामने आता है कि इनमें श्रद्धा ही प्राण है और इसी के विस्तार एवं दृढ़ता से शाबर तंत्र अपना प्रभाव एवं फल दिखाता है। शबर जाति स्वभाव से क्रूर हो सकती है, क्योंकि उसमें सामर्थ्य और बल रहता है। इसके साथ ही यह भी स्वाभाविक है कि वह एक बार विश्वास करने के बाद च्युत नहीं होती। रामायणकालीन शबरी की अप्रतिम आस्था हमारे सामने सजीव प्रमाण है। इस आस्था और भावना को प्राण मानने पर ही उसे विभिन्न भाषाओं का रूप दिया जा सकता है तथा उनको, मंत्रों की श्रेणी में स्थापित किया जा सकता है।

शाबर मंत्रों में आस्था का दूसरा प्रभाव, सौगंध के रूप में उपयोग में आता है। उस युग को व्यतीत हुए अधिक समय नहीं हुआ, जब सौगंध एक अन्तिम और अमोघ बाण रहा करती थी। सामन्तशाही युग में हमारे छोटे-से कस्बे में कोई व्यक्ति अनधिकृत निर्माण करता था या किसी की भूमि पर कोई अन्य, अधिकार करने लगता, तो गाँव के ठाकुर की या गाय की सौगंध दिलाने पर रुक जाया करता था। आज भी न्यायालय में गीता की शपथ लेकर वक्तव्य की अभिव्यक्ति देने की प्रथा है। अधिकांश व्यक्ति अपनी बात का विश्वास दिलाने के लिए सौगंध, आज भी, लिया करते हैं।

यह उस समय की बात है जब बावरिया (एक जरायम पेशा जन-जाति) भी सौगंध नहीं तोड़ता था। विश्वासघात की भी एक सीमा होती थी। वर्तमान में स्थिति बदल गई है, किन्तु इन मंत्रों में जिन देवों की सौगंध दिलाई जाती है, वे वर्तमान में भी वैसे ही हैं, उस पर आधुनिक युग के अविश्वास का कोई प्रभाव नहीं पड़ा है। हमारे व्यवहार में शपथ की यह परम्परा शाबर तंत्रों के अनुकरण पर आई हो, तो भी आश्चर्य की बात नहीं। वेदमंत्रों में, पौराणिक मंत्रों में और तंत्र के शास्त्रीय मंत्रों में शपथ नाम की कोई वस्तु नहीं है और न उस युग में इतना अविश्वास ही था कि शपथ जैसी प्रक्रिया का प्रचलन होता। लगता है शाबर तंत्र के प्रवर्तक मनीषियों ने व्यक्ति की अशक्ति और विवशता को समझकर ही इस अशास्त्रीय एवं ग्राम्य-पद्धति का प्रचार किया। यह शपथ, आत्मसम्मान के रूप में दिलाई जाती है, जिसमें घोरतम दुष्कृत्य या शाप देने जैसी स्थितियों का उल्लेख होता है। जैसे हनुमान को शपथ दिलाई जाये कि या तो मेरा यह कार्य कर देना अन्यथा अंजनी माता की शैया पर पाँव धरेगा (इतना बड़ा पाप लगेगा) ले भैरव ! मेरे इस कार्य को सम्पूर्ण कर देना अन्यथा धोबी की नाँद में कंकर हो जाएगा।

एक साधक, अपने आराध्य देवता के साथ इस प्रकार का व्यवहार नहीं करता, करना भी नहीं चाहिए, किन्तु एक अबोध बालक क्रोध में आकर हठ कर बैठता है तथा अपने माता-पिता को अपशब्द कह जाता है। बालक के दुराग्रह पर माता-पिता क्षुब्ध नहीं होते, क्योंकि वे बालक से वात्सल्य भाव रखते हैं और बालक को उनका ही संरक्षण होता है। शाबर मंत्र का साधक भी

इसी बालसुलभ सरलता और विश्वास की अवस्था को प्राप्त करता है। तभी उसे इन मंत्रों की साधना करने का अधिकार मिलता है। अटूट और अन्ध आस्था के अभाव में, ये मंत्र सिद्ध नहीं हो सकते।

अघोरी या औघड़ के नाम से प्रसिद्ध संत, शाबर तंत्र के ही प्रतीक नहीं होते। शास्त्रीय पद्धति से आनन्दमार्गी साधना करते हुए वे निःस्पृह अवस्था को प्राप्त कर लेते हैं, दिक् और काल जैसे आयाम उनके लिए समाप्त हो जाते हैं, तमोगुण और तामसिक देव (काली, भैरव, बेताल) उनके उपास्य रहते हैं, इसलिए श्मशान उनका मन्दिर और पिशाच उनके दास बने रहते हैं। शाबर मार्ग आचार-व्यवहार में गुह्य और घृणित को नहीं मानता। असम प्रदेश की कामाख्या देवी शाबर मंत्रों की सार्वभौम शक्ति हैं और कन्या के प्रथम रजस्वला होने पर उनके रज से युक्त कपास उनका सर्वप्रिय नैवेद्य है। शाबरी पद्धति वामाचार की शास्त्रीय शैली उतनी उत्कट और उत्कृष्ट नहीं है, न उतनी व्यापक ही है, फिर भी यह उससे मिलती-जुलती अवश्य है।

जहाँ इसके मंत्रों में ही बीज, शक्ति आदि का समावेश रहता है, वहाँ इस साधना में सामान्य शुद्धि के अतिरिक्त कोई और सावधानी रखने की अपेक्षा नहीं रहती। एक प्रकार से ये समाजवादी साधना के प्रतीक हैं। जाति, वर्ण या दूसरी व्यवस्थाएँ इन मंत्रों के साधन में विचारणीय नहीं होती, यहाँ तक कि स्त्रियाँ भी इन मंत्रों को सिद्ध कर सकती हैं।

युग के वातावरण के अनुसार देवताओं के रूप और क्षमता का निश्चय किया जाता है। अनेकरूपा प्रकृति के लिए यह स्वाभाविक बात है कि वह अपने पर्यावरण के अनुरूप अधिक बल और दीर्घ जीवन देती है। समय का धर्म, परिवर्तन है और परिवर्तन एक चक्रगति है। संसार का बाह्य ही नहीं, आभ्यन्तर भी परिवर्तित होता है। पदार्थ में संधानित परमाणुओं की आन्तरिक संरचना में एक नैसर्गिक गति होती रहती है। प्रकृति की गतिधर्मिता से कोई वस्तु अप्रभावित नहीं रहती है।

एक युग था जब व्यक्ति निर्मल था, छल-प्रपंच उसमें नहीं था, बालक की भाँति वह निर्दोष और सरल था। ब्रह्मा और विष्णु जैसे प्रतीक उस युग में सार्थक भी थे और सप्राण भी, किन्तु विकास के साथ व्यक्ति की मनोवृत्ति में सन्देह, स्वार्थ, अविश्वास, दंभ, अहंकार जैसी वृत्तियों का उदय हुआ। वास्तव में विकास, परिवर्तन की ही एक अवस्था है। मानसिक निर्मलता में व्यक्ति पवित्रता में विकसित था, किन्तु चक्रगति के अनुसार मानसिक प्रदूषण के साथ उसकी दैहिक शक्ति पर एक आवरण विस्तृत होने लगा। आज का व्यक्ति प्रदर्शन में जितना विश्वास करता है उतना वास्तविकता पर नहीं, क्योंकि उसकी दृष्टि आत्यन्तिक रूप से बहिर्मुखी हो चुकी है। दैहिक बल और छल की शक्ति की उपासना करने में उसे आनन्द आता है।

इससे अधिक आश्चर्य और उपयुक्त विवेचन का प्रमाण क्या होगा कि वर्तमान युग का मानव प्रेत और पिशाच की साधना करने के लिए व्यग्र है, जबकि किसी युग में, ये साधना में विघ्न और अवरोध माने जाते थे। यों, वर्तमान समय में भी जिन व्यक्तियों को आत्मसाधना की उत्कण्ठा होती है वे इन प्रलोभनों में कोई अभिरुचि नहीं रखते, किन्तु युगधर्म और जनरुचि में आ रहे परिवर्तन का परिचय तो इनसे मिल ही जाता है। व्यक्ति की रुचि में आया यह परिवर्तन न आकस्मिक है न अस्वाभाविक। दैहिक दृष्टि और जड़वादी चिन्तन के विकास के ये लक्षण हैं।

देह और आत्मा का यह क्रमिक संघर्ष प्राकृतिक घटना है। शक्ति अपने मूल रूप में अविकृत है, किन्तु उसकी अभिव्यंजना के प्रकार, आयाम और माध्यम परिवर्तित हो जाते हैं।

इस युग में आये परिवर्तन का ही यह प्रभाव है कि व्यक्ति अपने स्वार्थों और आवेशों तक सीमित होकर रह गया है। ये आधुनिक युग के व्यक्ति को चरम सिद्धि का प्रतीक लग सकते हैं, क्योंकि उसकी दृष्टि संकुचित हो चुकी है, किन्तु वास्तव में ऐसा है नहीं। दृष्टि के संकोच और आवेशों के सीमित विश्व ने व्यक्ति को, शक्ति के साधारण अभिव्यंजकों तक संकुचित कर दिया है। व्यक्ति के इस शक्ति-संकोच के कारण वर्तमान में तांत्रिक मंत्रों की साधना दुरूह हो गई, इसलिए उन मंत्रों के समग्र में से एक तत्त्व लेकर शाबर तंत्र का परिवर्तन हुआ। एक चित्रकार जिस प्रकार किसी भी व्यक्ति के एक अंग को चित्रित कर समूचे व्यक्तित्व का परिचय दे देता है, उसी भाँति शाबर मंत्र भी एक श्रद्धा तत्त्व को लेकर मंत्र की सार्थकता सिद्ध कर देते हैं। व्यक्ति का समग्र स्वरूप जिन साधकों को रुचता है, वे शास्त्रीय मंत्रों की साधना करते हैं। कुछ मंत्र इस प्रकार के होते हैं कि उनकी साधना खण्डित हो जाने पर या उसके साधन में कुछ त्रुटि विद्यमान होने पर किसी प्रकार के अनिष्ट की संभावना नहीं होती। परन्तु मंत्रजप के खण्डित होने पर य त्रुटिपूर्ण जप करने पर मंत्र सिद्ध नहीं होता एवं तत् सम्बन्धी अभीष्ट की संसिद्धि अपूर्ण ही रह जाती है। तथा किसी प्रकार की विषमता या अनिष्ट नहीं प्रारूपित होता है।

शाबर तंत्र हमें ज्ञान की उच्च भूमिका नहीं देता, न वह मुक्ति का माध्यम बनता है। प्रेत-बाधा शान्त करने में जहाँ शास्त्रीय प्रयोग शीघ्र या विश्वस्त कार्य नहीं कर पाता, वहाँ शाबर मंत्र, अच्छा और पूर्ण कार्य करते हैं। उच्चाटन (चौकी बैठाने) और मारण में भी शाबर मंत्र प्रभावी कार्य करते हैं।

मुसलमानी (शाबर) मंत्रों की साधना में जुम्मेरात और जुम्मा (गुरुवार और शुक्रवार) को वरीयता दी गयी है। पश्चिम की ओर मुख कर मंत्रजप को, लोबान की धूप देने को और शीरणी चढ़ाने को केवल मुस्लिम विश्वास और साधना पद्धति के रूप में महत्त्व दिया गया है। साधक चाहे किसी भी धर्म का हो, मुस्लिम मंत्रों की साधना करते समय उन व्यवस्थाओं को स्वीकार किये बिना, सफलता नहीं मिलती।

शाबर मंत्रों की सबसे बड़ी विशेषता यह है कि यह सरलता से सिद्ध हो जाते हैं, इसके साथ ही विषमता यह है कि अनेक बार इनको साधते समय भयानक दृश्य उपस्थित होते हैं। विचित्र प्रकार की कर्कश ध्वनियाँ सुनाई देने लगती हैं, भयभीत करने वाली आकृतियाँ दिखने लगती हैं, इसलिए इस साधना में धैर्य और साहस आवश्यक है। ऐसी घटनाएँ शास्त्रीय प्रयोग में नहीं होती हैं।

शाबर मंत्रों की शास्त्रीयता पर विचार करना व्यर्थ है। उनकी उपयोगिता और महत्त्व पर ध्यान देने की आवश्यकता होती है। ज्ञान एक सतत प्रवाहित होने वाली सरिता है और जहाँ समाज में असामाजिक व्यक्ति रहते हैं, वहाँ निश्छल भाव से समाज का हित सोचने वाले कुछ व्यक्ति भी रहते हैं। शास्त्रीय और वैदिक किन्तु शिवोक्त मंत्रों की परम्परा जब अवरुद्ध हो गई या जब जीवन की विधियाँ इतनी कठोर हो गईं कि व्यक्ति धर्मकृत्यों और अनुष्ठान जैसी साधना के लिए

समय नहीं निकाल पाता, तो मंत्रों का क्षेत्र संकुचित होने लगा और उत्तरोत्तर वह, कतिपय परिवारों की ही सम्पत्ति बन गया।

इनके साधन के दिनों में ब्रह्मचर्य और शाकाहार जैसी मर्यादा का पालन किया जाता है, तो अति उत्तम है, अन्यथा मंत्रजप करते समय स्वच्छ होकर बैठने की आवश्यकता है। वर्तमान में इस विधा और विद्या को पुनर्जीवित करने की आवश्यकता है। इसको, परीक्षण द्वारा पुष्ट करने की और प्रचारित करने की आवश्यकता है। मंत्रों के स्वरूप को देखकर उपेक्षा करने से कार्य नहीं चलेगा। यह हमारे ही देश की विद्या है, हमारे पूर्व पुरुषों की धरोहर है और इसे सुरक्षित रखना हमारा पवित्र कर्तव्य है।

दैहिक और मानसिक रोगों का निवारण करने के लिए यदि हम कोई मंत्र सिद्ध कर लें, या किसी अन्य विपत्ति को दूर करने वाला मंत्र हमें सिद्ध हो, तो उसके प्रयोग से हम परोपकार का पुण्य तो लेते ही हैं, इसके साथ ही तीव्र प्रभाव करने वाली औषधियों के दुष्प्रभाव से भी व्यक्तियों को सावधान कराते हैं।

लोक-प्रिय **'शाबर'** मन्त्र सम्पूर्ण भारत में बिखरे हुए हैं। शाबर मन्त्रों की प्रामाणिकता, उपयोगिता और विशिष्टता हेतु अग्रांकित श्लोक, जो 'पुरश्चर्यार्णव' के पृष्ठ 611 पर मेरु-तन्त्र में उद्धृत है, के अध्ययन से शाबर मन्त्र के पुरश्चरण की विधि का ज्ञान प्राप्त होता है -

अथ शाबर - मन्त्राणां, पुरश्चरणमुच्यते -

काम-रूपाख्य-देशे तु, कामाख्या यत्र देवता।
काम-शैलोऽस्ति यत्रासौ, काम-पीठं तदुच्यते।।
तत्र संलेख्य मन्त्रं हि, षंशोपरि यथा-क्रमम्।
गुरूणां वाचनीयः स, स्वयं पश्चात् पठेन्मनुम्।।
गुरोरभावे तस्यैव, मूले शैलस्य पर्वणि।
लिखित्वा प्रपठेन्मन्त्रं, काम-पीठं गुरुर्मतः।।
अथवा योगिनी-शैले, दक्षिणस्यां विथि ध्रुवम्।
योगाम्बा यत्र देवी सा, लिखित्वा प्रपठेन्मनुम्।।
ज्वालामुखी समीपे वा, हिंगुलायाः समीपतः।
लिखित्वा प्रपठेन्मन्त्रं, नान्यथैव प्रसिद्ध्यति।
मुख्यतः स्त्री-समीपे हि, काम-पीठे मनु-ग्रहः।
अथवा सर्व-देशेषु, मन्त्र-ग्रहणमुच्यते।।
ताल-पत्रे मनुं वक्ष्ये, पूर्ण-कुम्भे निधापयेत्।
भास्करं च गुरुं ध्यात्वा, वाचयेत् त्रिगुरुं रविः।।
एतावता शाबर-मन्त्राणां विधि-वद् ग्रहणगेव पुरश्चरणमित्युक्तम्।

इसी प्रकार **'आगम-रहस्य'**, उत्तरार्द्ध के पृष्ठ 361 पर देखें -

अथ शाबर-मन्त्राणां, जागृतिं शृणु पार्वति
कांस्य-भाजनमानीय, शुद्धं भस्मादिभिः कृतम्।
प्रजपेद् रवि-रात्रौ तु, यामे यामे शताष्टकम्।।
खादिर्या ताडयेद् यष्ट्या, कांस्य-पात्रं वदेदिति।
जाग्रतो भव मन्त्रस्य, भावयाऽद्य तुरीयके।।
यामे दद्याद् बलिं कास्या, मन्त्रजं भैरवस्य तु।
कुक्कुटं चान्य-देवेषु, स्फोटयेन्नारिकेलकम्।।

मन्त्रस्य भावयेति। यद् देशीय - भाषात्मकः शाबर - मन्त्रस्तद्-देशीय-भाषयैव मन्त्रं सम्बोध्य 'त्वं जाग्रतं भव' इति वदेदित्यर्थः।

इस अध्याय को शाबर मंत्र शास्त्र की कीर्ति के अनुरूप ही **'सर्व-मान्य'** एवं सर्वोपयोगी बनाने का प्रयास किया गया है। इसके लिए **'संस्कृत विश्वविद्यालय, वाराणसी'** के संग्रहालय से प्राप्त पाण्डुलिपियों का भी उपयोग, इस अध्याय की विषयवस्तु में किया गया है। यह हर्ष का विषय है कि **सम्पूर्णानन्द संस्कृत विश्वविद्यालय, वाराणसी** के सौजन्य से प्राप्त **'शाबर तन्त्रम्'** नामक 'पाण्डुलिपि' का प्रकाशन हो चुका है। यह दुर्लभ कृति सम्वत् 1941 विक्रमी अर्थात् लगभग 122 वर्ष पूर्व लिखी गयी थी जिसके लिपिकार 'पं. विनायक धर द्विवेदी' हैं।

शाबर-मंत्र जागृति विधान

शाबर मंत्र तो अनेक स्थलों पर उद्धृत हैं परन्तु शाबर मंत्र करने का विधान सम्बन्धी संज्ञान भी अनिवार्य है। शाबर मंत्र शीघ्र फल तो अवश्य प्रदान करते हैं परन्तु उनका उपयोग तभी सम्भव है जब इन मंत्रों को चेतन किया जाए अर्थात् इन मंत्रों को जागृत करके चेतना युक्त किया जाए।

तांबे या कांसे का ऐसा पात्र लिया जाना चाहिए जिसका धरातल समतल हो और आकार में सामान्य रूप में अत्यन्त लघु न हो। शुभमुहूर्त में शाबर मंत्र जागृति से सम्बन्धित प्रक्रिया सम्पादित की जानी चाहिए। पात्र के तल पर मंत्र से सम्बन्धित विषय के अनुसार कुमकुम अथवा यज्ञ की भस्म बिखेर दें। अनुकूल मुहूर्त में एक दिन पूर्व निवेदन करके अनार के वृक्ष से एक डंडी तोड़कर लायें। इस डंडी को कलम के आकार और अनुपात का बना लें। तत्पश्चात् सम्बन्धित शाबर मंत्र को कांसे के पात्र के तल पर प्रसारित कुमकुम या भस्म के ऊपर मंत्र लिखें। इस प्रयोग में किसी प्रकार की स्याही का प्रयोग नहीं किया जाता है। बिखरे हुए कुमकुम पर अनार की कलम से लिखने से मंत्र पृथक् रूप से बिना स्याही के प्रयोग किये हुए लिखा जाता है। रात्रि के समय इसी मंत्र का जंप 108 बार करने का विधान है। यदि लग्न स्थायी हो अर्थात् वृष, सिंह, वृश्चिक अथवा कुम्भ हो, तो प्रयोग के प्रभाव के स्थायित्व का विस्तार होता है। ध्यान रहे कि पात्र में अनार की कलम से लिखे हुए मंत्र के समक्ष आसन पर बैठकर मंत्र जप उत्तराभिमुख अथवा पूर्वाभिमुख होकर करना चाहिए। 108 बार मंत्र पढ़ लेने के पश्चात् खदिर, अखरोट, अथवा खैर

की लकड़ी से उस पात्र पर ध्वनि उत्पन्न करनी चाहिए जिसके तल पर प्रसारित सिंदूर के ऊपर शाबर मंत्र अंकित किया गया है।

सात्त्विक मंत्र का उपयोग सात्त्विक कार्यों की संसिद्धि हेतु किया जाता है, जिसके लिए उपरोक्त प्रक्रिया के उपरांत नारियल की बलि प्रदान किये जाने का विधान है। काली अथवा भैरव देवता से सम्बन्धित मंत्र का जप किया जाए तो कुक्कुट की बलि दी जानी चाहिए। शाबर मंत्र सिद्धि हेतु उस देश या स्थान के देवता की विशेष पूजा कर अनुमति प्राप्त कर लेनी चाहिए। कामरूप देश में कामाख्या पीठ या कामदेश पर्वत पर यंत्र लिखें। गुरूमुख से सुनकर स्वयं मंत्र पढ़ें। गुरू के अभाव में दक्षिण दिशा मे योगिनी का आवाहन करके मंत्र लिखें। वहाँ योगाम्बा विराजमान रहती हैं। दक्षिण दिशा में मुँह कर मंत्र लिखें। ज्वालामुखी या हिङ्गुलाज देवी के समीप मंत्र लिखें, शाक्त मंत्रों में स्त्री समीप को भी कामपीठ माना है। मंत्र ग्रहण हेतु मंत्र को भोजपत्र या तालपत्र पर लिखकर कुंभ में स्थापित करें। सूर्य व गुरू का स्मरण कर पूजा कर मंत्र निकालकर तीन बार पढ़ें। पश्चात् कामनासिद्धि पर्यन्त निर्देशानुसार मंत्र जपे।

गोरखनाथ गायत्री का जप करें

ॐ गुरु जी सत नाम आदेश। गुरु जी को आदेश। ॐकार शिवरूपी मध्याह्ने हंसरूपी संध्यायां साधुरूपी हंस परमहंस दो अक्षर गुरु तो गोरख काया तो गायत्री। ॐ ब्रह्म, सोहं शक्ति, शून्य माता, अवगत पिता, विहङ्गम जात, अभय पन्थ, सूक्ष्म वेद, असंख्या शाखा अनन्त प्रवर, निरञ्जन गौत्र, त्रिकुटी क्षेत्र, जुगति जोग जल स्वरूप, रुद्र वर्ण सर्व देवः ध्यायते। आये श्री शुम्भुजति गुरु गोरखनाथ। ॐ सोऽहं तत्पुरुषाय विद्महे शिव गोरक्षाय धीमहि तन्नो गोरक्षः प्रचोदयात्। ॐ इतना गोरख गायत्री जाप संपूर्ण भया। गंगा गोदावरी त्र्यम्बक क्षेत्र कोलांचल अनुपान शिला पर सिद्धासन बैठ, नवनाथ चौरासी सिद्ध अनन्त कोटि सिद्ध मध्ये श्री शंभुजति गुरु गोरखनाथजी कथ, पढ, जप के सुनाया। सिद्धो गुरुवरो आदेश आदेश।

इस मंत्र के जप से सभी विघ्न दूर होते हैं। गोरखनाथ कृपा से मंत्र जागृत हो जाते हैं।

2. **गुरु सठ गुरु सठ गुरु है वीर, गुरु साहब सुमरेरौं बडी भांत, सिंगी टोरों बन कहां, मन नाऊँ करतार, सकल गुरु की हर भजे घट्‌ य पाकर उठ जाग, चेत सम्हार श्री परमहंस।**

सावधानियाँ

सम्बन्धित मंत्र को ही सर्वोपरि मानकर दृढ़ आस्था से जप करें। जप करते समय रक्षा रेखा अवश्य खींचे। रक्षा रेखा पानी से अथवा कोयले अथवा अन्य धातु से खींचे। यदि भूमि पर बैठे हैं तो किसी काष्ठ अथवा अपनी अंगुलि से ही पृथ्वी पर रेखा खींचे। रक्षा रेखा समय रक्षा मंत्र भी पढ़ें।

उल्लेखनीय है कि यहाँ पर जिस साधना का उल्लेख किया गया है वह शाबर मंत्रों से सम्बन्धित है। कतिपय साधक कुछ सुगम साधनाओं की संसिद्धि हेतु प्रयासरत रहते हैं। इन साधनाओं की सहायता से अनेक समस्याओं का समाधान संभव होता है तथा अनेक अभिलाषाओं की सम्पूर्ति सुगमता से साकार स्वरूप में प्रारूपित हो जाती है।

हमारा प्रबल अनुरोध है कि इस तरह के सभी प्रयोग स्वतः सिद्ध करने का प्रयास नहीं करना चाहिए। गुरू के संरक्षण और निर्देशन में ही इन साधनाओं का सम्पादन करना उपर्युक्त है। यहाँ पर शाबर मंत्रों से सम्बन्धित अनेक प्रयोग वशीकरण साधनाएँ, सम्मोहन सम्बन्धित आराधनाएँ, उच्चाटन, स्तम्भन, विकर्षण आदि से सम्बन्धित परिहार, मंत्र, जप, विधान आदि उद्धृत किये जा रहे हैं, जिनका सशक्त एवं सतर्क अनुसरण अभीष्ट की संसिद्धि करता है।

वशीकरण विधान

यह किसी व्यक्ति को बलात् अपनी ओर आकर्षित करने की प्रक्रिया है। किसी के रूप और यौवन पर मुग्ध होकर, उसे अपने अधीन करने के विधान को ही, वशीकरण नाम से शब्दांकित किया जाता है। वशीकरण हेतु मंत्र, तंत्र एवं यंत्र शास्त्र में, अनेक व्यवस्थायें हैं। दुर्गासप्तशती में भी बलपूर्वक मोहित करने की अनुमति प्रदान की गई है। तभी तो अग्रांकित मंत्र का जप एवं सम्पुट का विधान है।

ॐ ज्ञानिनामपि चेतांसि देवी भगवती हि सा।
बलादाकृष्य मोहाय महामाया प्रयच्छति।।

अनेक मंत्र शास्त्रों में, वशीकरण हेतु विभिन्न व्यवस्थायें हैं, जिनका उपयोग अपेक्षा और आवश्यकता के अनुरूप करना ही उपयुक्त होता है। विभिन्न पारम्परिक वशीकरण व्यवस्थाओं के अतिरिक्त, कुछ अन्य महत्त्वपूर्ण अनुभूत विधानों का उल्लेख यहाँ किया जा रहा है परन्तु उपयोग से पूर्व वशीकरण के औचित्य और अनिवार्यता पर गम्भीरतापूर्वक विचार कर लेना उपयुक्त है। इन मंत्रों का उपयोग गुप्त रूप से सतर्कतापूर्वक संयमित साधना के रूप में सम्पादित किया जाना चाहिए।

आकर्षण को दो भागों में विभाजित किया जा सकता है . एक पक्षीय आकर्षण एवं परस्पर आकर्षण। परस्पर आकर्षण को प्रेम शब्द से व्याख्यायित किया जाता है। यदि पुरुष के जन्मांग में पंचम भाव पर सप्तमेश, नवमेश, लग्नेश, शुक्र अथवा मंगल का प्रभाव होगा तो प्रेम की उत्पत्ति होती है। सप्तमेश, पंचमेश और नवमेश के मध्य सम्बन्ध, दृष्टि अथवा युति हो तो भी प्रेम सम्बन्धों की सुदृढ़ता तथा प्रेम विवाह की स्थिति का निर्माण होता है। जहाँ पर पुरुष का शुक्र हो उसी राशि में यदि बालिका का मंगल स्थित हो तो परस्पर आकर्षण स्वतः ही होने लगता है। प्रथम दृष्टि का प्रेम इसी को कहते हैं। समान राशि समान लग्न से सम्बन्धित युवक व युवती के मध्य परस्पर आकर्षण उत्पन्न होता है जब दोनों के राशीश अथवा लग्नेश के मध्य किसी प्रकार के सम्बन्ध की संरचना हो रही हो। युवक एवं युवती की राशियाँ अथवा लग्न एक-दूसरे के विपरीत अथवा सम-सप्तक हो तो भी आकर्षण का अभ्युदय होता है। यदि युवती के लग्नेश की राशि,

युवक की लग्न नवांश लग्न अथवा चन्द्र राशि हो तथा सप्तमेश अथवा मंगल से सम्बन्ध निर्मित हो रहा हो तो भी बलात् आकर्षण के कारण युवक और युवती के मध्य सामीप्य स्थापित होता है। इसी तरह यदि पंचम भाव में शनि या राहु संस्थित हों अथवा पंचम भाव या पंचमेश शनि अथवा राहु द्वारा पापाक्रान्त हो तो असहनीय प्रेम भी विवाह में रूपान्तरित नहीं हो पाता। इसी प्रकार से युवक के जन्मांग में शुक्र एवं युवती के जन्मांग में मंगल आकर्षण को जन्म देते हैं जिनके साथ उनके शुक्र अथवा मंगल तथा सप्तमेश, पंचमेश अथवा नवमेश के मध्य समान समीकरण का निर्माण होता है, उनके मध्य परस्पर प्रेम की सृष्टि होती है।

प्रेम ऐसी मानसिक स्थिति है जिसके उत्पन्न होने के उपरान्त समस्त विश्व का साम्राज्य भी अस्वीकार किया जा सकता है। वशीकरण पूर्णतः भिन्न मानसिक व्याकुलता है जिसके अधीन होकर व्यक्ति दूसरे व्यक्ति को अपने वश में करने हेतु विवश हो जाता है, उसके लिए वह नाना प्रकार की व्यवस्थायें करता है।

प्रेम-प्रसंग में प्रकृति और प्रवृत्ति की पूर्णतः अवहेलना की जाती है। प्रकृति जब दो व्यक्तियों के मिलन में किसी प्रकार का अवरोध नहीं उत्पन्न करती, तो सामाजिक सिद्धान्त और खोखली परम्परायें, प्रतिष्ठा के आधारहीन आदर्श प्रकृति के विपरीत दो प्रेम करने वालों को पृथक् करने हेतु पूर्णतः प्रयासरत होते हैं। मानव द्वारा स्थापित मान्यतायें और विधान, कुण्ठा और करुणा की ही उत्पत्ति करता है। प्रेम के आवेग के अधीन होकर असहय वेदना, उन्हें विद्रोह हेतु विवश कर देती है और कदाचित् यह विद्रोह अपराध का आकार भी प्राप्त कर लेता है।

मंत्र तंत्र द्वारा वशीकरण सम्भव है परन्तु प्रेम की उत्पत्ति तो स्वतः ही होती है। तंत्र तो युवक और युवती के मध्य दैहिक सम्बन्धों को यज्ञ की संज्ञा प्रदान करता है। यह एक ऐसा यज्ञ है जो उन्हें, आत्मसाक्षात्कार कराकर सम्पूर्णता प्रदान करता है। व्यास का कथन है कि वही पुण्य है जिससे किसी को सुख और आनन्द प्राप्त हो तथा वही पाप है जिसके करने से किसी को दैहिक या मानसिक आघात पहुँचे। इस कथन के अनुसार प्रेमयुगल के मिलन में सहयोग प्रदान करना पुण्य की परिधि के अन्तर्गत आता है।

प्रेम की उत्पत्ति की प्राकृतिक व्यवस्था से हमारे ऋषि-मुनि भलीभाँति परिचित थे और वे उस विवशता से भी अनभिज्ञ नहीं थे जिसमें एक पक्ष प्रेम के वशीभूत होकर विह्वल हो उठता है और दूसरा पक्ष उदासीन अथवा कठोर होकर, उसकी उपेक्षा करता रहता है। आकर्षण, सम्मोहन एवं वशीकरण की व्यवस्थायें ऐसी परिस्थितियों में सम्पादित की जाने वाली विवशतायें और व्यवस्थायें हैं। सिद्धान्त रूप में, हम किसी भी युवती के सम्मोहन अथवा वशीकरण से सम्बन्धित व्यवस्थाओं के व्यवहारीकरण के पक्ष में नहीं हैं। क्योंकि इससे दूसरे पक्ष को बलात् अपनी इच्छा के अनुरुप चलने हेतु विवश किया जाता है। वशीकरण की व्यवस्था तन को नहीं मन को मोहित करके वशीकरण हेतु बाध्य कर देती है। इस व्यवस्था का सम्बन्ध मन और हृदय से है अतः इसे पूर्णतः अमानवीय कहना भी हमें, उपयुक्त नहीं प्रतीत होता परन्तु यह स्वाभाविक प्रेम न होकर आरोपित प्रेम ही रहता है। मन पर किसी का वश नहीं होता। एक बार जिसके लिए व्याकुल हो उठता है, उसे बलात् आकर्षित करने हेतु वशीकरण से सम्बन्धित प्रयोगों का सविधि सम्पादन करने के लिए भी आतुर हो उठता है। सामान्यतयः सामान्य परिस्थितियों में सम्मोहन अथवा

वशीकरण प्रयोग नहीं करना चाहिए परन्तु जब प्राणों पर आ बने और प्रेमरोग असाध्य हो जाय तो प्राण रक्षा के लिए ही इन प्रयोगों, अनुष्ठानों और व्यवस्थाओं की शरण लेनी चाहिए।

शास्त्रों में तांत्रिक और शाबर अनेक वशीकरण प्रयोगों का उल्लेख उपलब्ध है परन्तु जब यह व्यवस्थायें विफल होने लगती हैं तो समस्या उत्पन्न हो जाती है। परिस्थिति का समग्र परिपेक्ष पर विचार करने से प्रतीत होता है कि जिस युवती को लेकर विषमता उत्पन्न हो रही है, उसका स्वतन्त्र अस्तित्व नहीं रहता। प्रेम के तिरस्कृत हो जाने पर, मन में विरोध का अंकुर, वृक्ष का आकार ग्रहण कर लेता है। ऐसी परिस्थिति में उग्र प्रयोग का अनुकरण ही कामना की सिद्धि करके मनोनुकूल फल प्रदान करता है। ऐसी स्थिति में मंत्र संख्या का चार गुना जप करना अनिवार्य हो जाता है। तभी युवती के हृदय में प्रेम का बीजारोपण सम्भव होता है।

वशीकरण, सम्मोहन और आकर्षण से सम्बन्धित व्यवस्थायें अधिकांशतः शीघ्र सिद्धप्रद होती हैं परन्तु प्रायः अनुकूल प्रेम सम्बन्ध, अन्य व्यक्तियों के हस्तक्षेप के कारण, जब प्रतिकूल दिशा अथवा विरुद्ध गति प्राप्त कर लेते हैं तो वहाँ दुगुना प्रभाव उत्पन्न करने वाले प्रयोगों का सम्पादन अनिवार्य हो जाता है।

वशीकरण को अनेक शाखाओं में विभाजित किया जा सकता है। किसी रूपवती युवती का वशीकरण, किसी रूपवान युवक को अपनी ओर आकर्षित करना, अपने पति को वश में करना, राज्याधिकारी को वश में करना, सर्वलोक वशीकरण प्रयोग, पत्नी वशीकरण प्रयोग, राजवशीकरण प्रयोग, शत्रु वशीकरण, विश्व वशीकरण, सर्वजन वशीकरण, कामिनी वशीकरण, त्रैलोक्य वशीकरण मंत्र, मित्र वशीकरण, सर्व वशीकरण, एवं मनोनुकूल व्यक्ति का वशीकरण,

वशीकरण मंत्रादि का उपयोग, किसी युवती के, सौन्दर्य के प्रति उपजती नकारात्मक मानसिकता के फलस्वरुप, अनियन्त्रित कुण्ठाओं का ग्रास बनाने हेतु कदापि नहीं करना चाहिए। प्रेम के वशीभूत होकर, मन की व्याकुलता और अकुलाहट के अधीन होने पर ही वशीकरण व्यवस्थाओं का उपयोग करना हितकर होता है। युवा मन में सम्बन्धों के प्रति जिज्ञासा स्वाभाविक है जिसके विचार से पूर्व सात्विक प्रेम के अंकुर के बीजारोपण के उपरान्त पल्लवित एवं पुष्पित हो जाने के पश्चात् ही किया जाना उपयुक्त है। आकर्षण से सम्बन्धित अभीष्ट की संसिद्धि के पश्चात् भी मंत्र प्रयोग करते रहना ही उचित और अपेक्षित होता है, ताकि बलपूर्वक उत्पन्न किया जाने वाला सम्मोहन, उत्तरोत्तर वास्तविक प्रेम की अंतरंग भावनाओं से रोमांचित्त, आनन्दित एवं उल्लासित हो जाय।

इन विभिन्न शाखाओं में विभाजित वशीकरण हेतु, हमारे शास्त्रों में अनेक मंत्र प्रयोग, तन्त्र साधनाएँ शाबर मंत्र प्रयोग, यन्त्र निर्माण तथा सुगम सांकेतिक साधनाओं की व्यवस्था है जिनका सम्यक् संज्ञान यहाँ प्रस्तुत किया जा रहा है। वशीकरण से सम्बन्धित अनेक प्रयोग विभिन्न शास्त्रों में व्याख्यायित हैं। जिनका उल्लेख अग्रांकित है, किस स्थल पर किन स्थितियों में कौन सा प्रयोग, मंत्र, अनुष्ठान शीघ्र फलप्रदाता सिद्ध होगा। इसके संज्ञान हेतु इससे सम्बन्धित अन्य पुस्तकों के सिद्धान्त पक्ष का अध्ययन करना उपयुक्त एवं लाभप्रद सिद्ध होगा। वशीकरण के निमित्त की जाने वाली अन्यान्य साधनाएँ अग्रांकित हैं।

वशीकरण उदाहरण

उदाहरण-1

हमारी आयु इक्कीस वर्ष की थी। विवाह के एक आयोजन में एक असीम और अद्वितीय सुन्दरी कन्या के कारण, हमें अपमान, अवहेलना और उपेक्षा के असहनीय दंश सहने के लिए विवश होना पड़ा। आयु के उस मोड़ पर युवक और युवती के मध्य आकर्षण एक प्राकृतिक मानव प्रवृत्ति है। विवाह के उस आयोजन में, एक सर्वांग सुन्दरी भी उपस्थित थी। दुबली-पतली लम्बे कद की ललाम सौन्दर्य से रसिक्त यौवन और रक्ताभ आभा से युक्त चारुप्रिया के रूप को देखकर हम स्तब्ध रह गए। ऐसा अद्‌भुत सौन्दर्य इससे पूर्व, हमनें कभी भी नहीं देखा था। हमारे साथ-साथ वहाँ पर उपस्थित अनेक युवा प्रौढ़ एवं वृद्ध उस कन्या के रमणीयता पर आसक्त होने हेतु विवश थे। हम उस रूपसी के सुगठित सौन्दर्य के आकर्षक अनुपात ने, हमारे हृदय को भी आन्दोलित कर दिया। उसे भलीभाँति निकट से देख पाने हेतु, हम व्याकुल एवं विचलित हो उठे।

प्रारम्भ से ही हमें भविष्य कथन हेतु हस्त रेखाओं के अध्ययन में रुचि थी। उस समय, अपने हस्त-रेखा ज्ञान का उपयोग करना हमें उपयुक्त प्रतीत हुआ। पास पड़ी एक कुर्सी पर बैठकर एक सामान्य सी कन्या का हाथ देखने का उपक्रम किया। देखते-देखते हमारे चारों ओर अनेक बालिकायें एकत्र हो गयीं। सभी ने अपना हाथ बढ़ा दिया। हम हर्षित थे और उल्लासित भी कि रूप की समस्त परिभाषाओं को लज्जित करने वाली वह अनिन्द्य सौन्दर्य साम्राज्ञी, भी हमारे पास आकर एक कुर्सी पर बैठ गई। वहाँ पर नौ-दस बालिकायें एकत्र हो गयीं और उपयुक्त अवसर की प्रतीक्षा करने लगीं। हमारे हृदय को चीरते हुए एक स्वर, एक फुसफुसाहट ने हमें अत्यधिक व्यथित कर दिया। रूप के साथ अभिमान का भी समन्वय हुआ था, वह सर्वश्रेष्ठ सुन्दरी, अपने साथ बैठी हुई बालिका से कह रही थी, "ही इज ट्राइंग टू एप्रोच मी थ्रू प्रापर चैनल" हम दुःखी हो गए। यह तथ्य सत्य होने के उपरान्त भी तीक्ष्ण और कटु था। उसने हमारे हृदय पर कठोर प्रहार किया। स्वाभिमानवश, हम उठ खड़े हुए और "बस अब और नहीं देख सकेंगे" कह कर हम धीरे से वहाँ से चले गए। विवाह का आयोजन देखने की इच्छा भी शून्य हो गयी। ललाम सौन्दर्य से परिपूर्ण, जिस कन्या के नाम से भी हम अपरिचित थे उसके तीव्र आघात के फलस्वरूप, हमारी कल्पना शून्य हो गयी और साँसें जम गयीं बर्फ की शीतल शिलाओं के मध्य। विवाह का आयोजन त्याग करके बाहर जाते समय, एक बार उस कन्या के असहनीय सौन्दर्य ने, हमें उससे बात करने के लिए विवश कर दिया। तभी हम उसके पास गए और बोले, "आप हमें अपना हाथ दिखाना चाहती थीं न ! आइये उधर बरामदे में बैठकर आपका हाथ देख लें।" उस श्रेष्ठ सुन्दरी का मुखमण्डल हमें देखकर आक्रोश के कारण लाल हो गया। उसके नेत्रों से ज्वाला प्रस्फुटित होने लगी। वह चिढ़कर बोली, "हाउ कुड यू डेयर टू टॉक मी। गेट आउट फ्राम हियर। आई हेट पर्सन्स लाइक यू।" हम स्तब्ध रह गए और काँपने लगे। उसी पल हम तीव्रता के साथ वहाँ से चले गए। मार्ग में उस रूपवती यौवना के विषयुक्त बातों के तीर हमारे मन और मस्तिष्क को लहुलुहान करते रहे। सारी रात हम सड़कों पर टहलते रहे विषाद व्याप्त हृदय से विलाप करते रहे। प्रतिशोध की ज्वाला ने हमें अत्यधिक व्याकुल कर दिया। कई दिन बीत गए। उस निर्मल

सौन्दर्य की सुधा से संयुक्त बालिका के लिए हमारे हृदय में सहप्रेम अंकुरित हो उठा। अत्यन्त विचित्र स्थिति थी एक ओर अपमान के विषैले घूँट और दूसरी ओर प्रेम का अभ्युदय, आकर्षण की सृष्टि, सम्मोहन की दृष्टि ने हमें चेतनाशून्य कर दिया। क्षुधा, और तृष्णा का विलय हो गया। हम अपने गुरुवर श्रद्धेय आचार्य नरेन्द्र नारायण द्विवेदी की शरण में पहुँचे और उन्हें पूरा वृत्तान्त सुनाया। वह भी क्षुब्ध हो उठे परन्तु मेरी दशा देखकर उनके हृदय में भी करुणा जागृत हुई। उन्होंने हमें अग्रांकित मंत्र 11 अथवा 28 माला करने का परामर्श दिया। मन्त्र में रिक्त स्थान पर कन्या के नाम का उच्चारण किया जाना है, यह भी बताया।

ॐ नमो देव भगवते त्रिलोचनं
त्रिपुर देवी........वशं कुरु कुरु स्वाहा

हमारे हृदय में आकर्षण की ज्वाला अर्थात् उसके प्रति चाहत में सहसा अप्रत्याशित विस्तार होने लगा। अपमान को भुलाकर, उस कन्या को अपने वश में करने की चाहत बलवती हो उठी। उस दिन रोहिणी नक्षत्र था, मैंने निवास पर जाकर पूर्णतः शुद्ध मन और तन से इस मन्त्र का जप प्रारम्भ किया। जप से पूर्व देवाधिदेव महादेव का संगोपांग पूजन किया। तदोपरान्त उस रूप सम्पदा का नाम लेकर संकल्प, करने के उपरान्त मंत्र जप प्रारम्भ किया। मध्यान्ह से रात्रि हो गई परन्तु थकान का किंचित् भी आभास न था। 28 माला करते-करते रात्रि के अन्धकार में भी हमारे हृदय में अथाह विश्वास, आशा, आकांक्षा, अपेक्षा का प्रकाश व्याप्त होने लगा। पूरे मनोयोग के साथ इस मंत्र का जप प्रातःकाल ब्रह्ममुहूर्त में करने लगे। यह मंत्र हमारी प्राथमिकता बन गया। उस समय बस एक ही आकांक्षा शेष थी कि उस अभिमानी, रूपमती कन्या पर इस वशीकरण मंत्र का अनुकूल प्रभाव हो जाये।

मंत्र जप करते चालीस दिन व्यतीत हो गए। चाहत में भी वृद्धि होने लगी। बयालिसवाँ दिन था जब हम लोकनाथ से अपने निवास पर लौट रहे थे, हमारा हृदय आंदोलित था और संशय भी हो रहा था कि चालीस दिन की अवधि तो पूरी हो चुकी है। उस कन्या को तो हमारा नाम भी नहीं ज्ञात है भला हमें कैसे ज्ञात होगा इस मंत्र का प्रभाव? ऐसा चिन्तन करते-करते हम घर पहुँच गए। हमारी जन्मदात्री पूज्य माताश्री ने हमें तीव्र स्वर में पुकारा। माताश्री के पास जो कुछ हमने देखा, उससे हम स्तम्भित और अवाक् रह गए। हमारे प्रेम के व्योम पर आच्छादित सर्वाधिक प्रज्वलित प्रदीप नक्षत्र के रूप में वह विश्वसुन्दरी हमारी माताश्री के साथ बैठी हुई थी और हमें देखकर वह मुस्कुरा उठी। हमें अपने नेत्रों पर विश्वास नहीं हो पा रहा था। सहमते हुए हम थोड़ी दूर पर दीवान के ऊपर बैठ गए। हमारी माताश्री बोलीं, "तुझसे मिलने के लिए, पिंकी बड़ी देर से प्रतीक्षा कर रही है इसका नाम तो चारुप्रिया है पर सब इसे पिंकी नाम से जानते और सम्बोधित करते हैं।" माताश्री ने कुछ पल रुककर पुनः कहा, "तुम इससे बातें करो, मैं बेल का शरबत बनाकर लाती हूँ चाय तो ये पीती नहीं है।" इतना कहकर माताश्री वहाँ से उठकर किचन में चलीं गई। हम मौन थे उसकी ओर देखने तक का साहस नहीं जुटा पा रहे थे। कुछ पल यूँ ही व्यतीत हो गए तभी चारूप्रिया हँसते हुए बोली, "आप मुझसे बहुत नाराज हैं न ! मैने विवाह समारोह में, आपका कितना अपमान किया था। मुझे क्षमा कर दीजिए, प्लीज। उसके लिए मुझे बहुत दण्ड प्राप्त हो चुका है। आप को यह जानकर आश्चर्य होगा कि उस दिन के पश्चात् मैं एक दिन भी

ठीक से सो नहीं पाई। हर समय यही विचार आता था कि आप तो मेरा हाथ देखना चाहते थे फिर मैंने आपको इतना अपमानित क्यों किया, इतना बुरा भला क्यों कहा।'' इतना कहते-कहते उसके विशाल नेत्रों में गोल-गोल काली पुतलियाँ आँसुओं में डबडबाने लगीं। हम तब भी मौन थे जैसे हमारी चेतना विलुप्त हो गयी थी। कुछ समझ में नहीं आ रहा था कि ये सब कुछ क्या और कैसे हो रहा है। रूंधे हुए कंठ से हाथ जोड़ते हुए चारूप्रिया पुनः बोली,'' मुझे क्षमा कर दीजिए, मुझे क्षमा कर दीजिए प्लीज और क्षमा न कर सकें तो दण्ड दीजिए, प्रताड़ित कीजिए या अपमानित कीजिए, बार-बार मुझ पर क्रोध कीजिये। परन्तु यों चुप मत रहिए। मैं अपने किये पर बहुत लज्जित हूँ। आपसे अकेले मिलकर कुछ बात करना चाहती हँ। पता नहीं क्यों हर समय आपकी स्मृति मुझे व्याकुल करती रहती है। कोई कार्य करने की इच्छा नहीं करती। आपकी ओर से मन हटाने के सभी प्रयास विफल हो जाते हैं। पता नहीं मुझे क्या होता जा रहा है। कभी-कभी तो मुझे अपने भीतर प्रेम की सी अनुभूति होती है। आपका व्यक्तित्व, प्रतिभा और ज्ञान तथा उसे व्यक्त करने हेतु आपका वाक्य कौशल देखकर मैं नत-मस्तक हूँ और बहुत प्रभावित भी हूँ। जिस प्रकार से आप उन लड़कियों का हाथ देखकर उनका भविष्य कथन कह रहे थे, उसे देखकर मुझ पर गहरा प्रभाव हुआ था। जब आप मेरा हाथ देखे बिना उठकर चले गए तो मैं अपना मानसिक संतुलन खो बैठी और बाद में अनचाहे अनजाने ही आपका अपमान करने का दुःसाहस कर बैठी। सच मानिये मैं वैसी लड़की नहीं हूँ।''

चारूप्रिया की बातें सुनकर हमारा साहस पुनः लौट आया और हमनें कहा, ''आपको तो मेरा नाम और पता भी नहीं मालूम था, आप यहाँ किस तरह आयीं? आपको यहाँ देखकर मुझे आश्चर्य हो रहा है।'' चारूप्रिया ने मुस्कुराते हुए कहा, ''झूठ बोलकर इलाहाबाद आयी हूँ कि सहेली की सगाई है। निशा जिसके विवाह में आप आये थे उसी की छोटी बहन संगीता से मैंने आपके नाम व पते के बारे में पूछा। उसे भी बहुत आश्चर्य हुआ था। विश्वास कीजिए मेरा सारा घमण्ड उसी दिन चूर-चूर हो गया था। जब आप मेरा हाथ देखे बिना उठ गये थे। मैं कल्पना भी नहीं कर सकती थी कि कोई युवक मेरे सामने से इस तरह से उठकर चल देगा। तभी एक तमाचा सा पड़ा था मेरे मुँह पर कि अपनी सुन्दरता का इतना अहंकार क्यों करती हो। अब तो मेरा कायाकल्प हो गया है। अब मैं वह पिंकी नहीं रही जिसने आपका अपमान किया था। मुझे क्षमा कर दीजिए। हो सके तो मुझे गले से लगा लीजिए। मेरे स्पर्श से ही आपको ज्ञात हो जायेगा कि मैं तीव्र ज्वर के कारण तप रही हूँ। आप सोच रहे होंगे कि कितनी निर्लज्ज हूँ। परन्तु सच तो ये है कि मैं विवश होकर ही ऐसा कह रही हूँ। जब मैं आपको अपनी व्यथा की करुण कथा सुनाऊँगी, तो आपको मेरे ऊपर विश्वास हो जायेगा।'' इतना कहकर चारूप्रिया अत्यन्त व्याकुलता के साथ, हमें देखते हुए, हमारे उत्तर की प्रतीक्षा करने लगी। हम समझ चुके थे कि यह वशीकरण मंत्र का ही प्रभाव है। हमने धीरे से कहा-''आप बहुत ही अच्छी और सुन्दर हैं आपके लिए हमारे हृदय में बहुत ऊँचा स्थान है। उस दिन आपको देखकर हम स्तब्ध रह गए थे कि इस पृथ्वी पर क्या इतना अधिक सौन्दर्य भी सम्भव है। जब आपने फुसफसा कर अपनी सहेली से कुछ कहा तो हमारे हृदय में उपजता उल्लास, व्यथापूर्ण संत्रास में रूपांतरित हो गया और तभी हम वहाँ से उठ गए थे। आप चाहें तो कल 10 बजे हम कम्पनी गार्डन में आपकी प्रतीक्षा करेंगे। तब तक हमारी माताश्री शरबत लेकर आ गयीं। कुछ देर पश्चात् चारूप्रिया चली गयी। अगले दिन कम्पनी

गार्डन में जब हम वहाँ पहुँचे तब वह पहले से ही वहाँ उपस्थित थी। दिन के 10 बजे से लेकर सायंकाल तक वह हमारे साथ ही कम्पनी गार्डन में इधर-उधर घूमती रही। चारूप्रिया ने हमें अपनी व्याकुलता के विषय में बताया। जिस दिन से हमनें मन्त्र जप प्रारम्भ किया था, उसी दिन से वह व्याकुल होने लगी थी और यह व्याकुलता मंत्र जप की संख्या के साथ-साथ निरन्तर बढ़ती चली गयी। चालीस दिन में वशीकरण मंत्र के प्रभाव ने उसे इलाहाबाद आने के लिए विवश कर दिया। हमारे समक्ष चारूप्रिया ने अपने हृदय में उद्दीप्त होती हुई प्रेम भावना भी व्यक्त कर दी। तीन दिन तक चारूप्रिया इलाहाबाद में ही रही और पूरे दिन वह हमारे साथ ही रहती थी। आधे समय वह विलाप करती रहती थी कि वहाँ से वापस बरेली लौटना उसकी ऐसी विवशता है जिसके लिए उसकी अस्वीकृति अथवा असहमति, उसके प्रति माता-पिता के हृदय में संशय उत्पन्न कर देगी। हमने उसे वापस लौट जाने की बार-बार सौगंध दी। नेत्रों से प्रवाहित होती हुई अश्रुधारा के साथ उसने हमसे विदा ली। अपने विवाह से पूर्व चारूप्रिया हमसे सदा पत्राचार करती रही। हमारा विवाह सम्भव न था इसलिए नैतिक आदर्शों और मर्यादा के मूल्यों का हमने सदा सम्मान किया।

वशीकरण मंत्र का यह ज्वलंत उदाहरण हमारे जीवन की महत्त्वपूर्ण घटना है जिसने हमें मंत्र शास्त्र की ओर आकर्षित किया। अनेक युवक-युवतियों को हमने वशीकरण व्यवस्था का विस्तृत ज्ञान प्रदान किया और सभी को आश्चर्यजनक लाभ हुआ। सभी को उनके प्रेम का प्रभावयुक्त प्रतिउत्तर प्राप्त हुआ।

उदाहरण–2

एक युवक, जिसकी आयु 32 वर्ष की थी, हमारे पास आया और बोला, "मेरे हृदय में एक सिन्धी लड़की के लिए असीमित चाहत सहसा उत्पन्न हो गयी है। हर समय मैं उसी के विषय में सोचता रहता हूँ। उस कन्या की आयु 18 वर्ष है। वह उससे लगभग 15 वर्ष छोटी है। गौरवर्ण, रक्तिम आभा तथा अप्रतिम सौन्दर्य की प्रतिमूर्ति वह कन्या मेरी ओर घृणा से देखती है। जब भी मैं उसके मार्ग में पड़ जाता हूँ, वह अपना मार्ग परिवर्तित कर लेती है तथा उसके मुँह पर ऐसे भाव आते हैं कि जैसे मुझे देखकर उसका सुख, चैन, हर्ष और उल्लास विचलित हो गया हो। वह मुझसे घृणा करती है तथा मैं उस कन्या से विवाह करना चाहता हूँ। अभी तो वह इण्टरमीडिएट में पढ़ रही है। कोई ऐसा उपाय बताइये, जिसके सम्पादन से यह रूपवती बालिका मेरे वशीभूत होकर मुझसे विवाह के लिए अपनी अनुमति प्रदान कर दे।"

हमें उस युवक के वक्तव्य पर सुगमता से विश्वास नहीं हुआ। हमने उसे एक सप्ताह बाद आने को कहा, परन्तु वह प्रतिदिन हमारे निवास आता तथा बार-बार यही विनती करता कि "मेरी रक्षा कीजिए, अन्यथा यह व्याकुलता, बेचैनी अथवा तिलमिलाहट मुझे मार डालेगी। मैं सारी रात जागता रहता हूँ, बैंक में भी काम में भयानक त्रुटियाँ होती हैं। हर पल उसी कन्या का चेहरा मेरी आँखों में घूमता रहता है। मुझ पर कृपा कीजिए।"

इस युवक के हृदय में प्रेम की ज्वाला धधक रही थी जबकि जिस कन्या के प्रति उसके मन में इतनी चाहत थी, वह इस युवक से घृणा करती थी, चिढ़ती थी तथा किसी मूल्य पर भी उससे बात तक करने के लिए सहमत नहीं थी। कन्या रूप और यौवन का सागर थी। आकर्षण

की प्रतिमूर्ति थी तथा सौन्दर्य की परिभाषा थी जबकि युवक साँवले रंग का, दुबला पतला, अत्यन्त साधारण व्यक्ति था। उसको देखकर एक विकर्षण सा उत्पन्न होता था। कन्या सिन्धी थी, युवक अनुसूचित जाति तथा एक विपन्न परिवार से सम्बद्ध था और कन्या एक प्रतिष्ठित व्यवसायी की पुत्री थी। एक-दूसरे के प्रतिकूल परिस्थितियाँ तथा पारिवारिक समीकरण होने पर किस प्रकार से उसके मध्य प्रेम की सृष्टि हो, वह कन्या कैसे इस युवक की ओर आकर्षित हो तथा इसके वश में हो, यह एक गम्भीर समस्या थी। हमने उस युवक के प्रेम की सत्यता का निरीक्षण करके उसे कुछ वशीकरण प्रयोग करने का परामर्श प्रदान किया, जो उस युवक ने पूसी आस्था, भावना तथा विश्वास के साथ सम्पन्न किया। कुछ ही समय पश्चात् वह असाधारण रूप की साम्राज्ञी कन्या, जिससे विवाह हेतु न जाने कितने युवक व्याकुल थे, वह इस अत्यन्त साधारण युवक की ओर आकृष्ट हो गयी। वशीकरण प्रयोग ने आश्चर्यजनक प्रभाव दिखाया। घृणा, प्रेम में रूपांतरित हो गयी। युवक का संतप्त तथा व्याकुल हृदय प्रेम से आह्लादित हो उठा। अंततः इस अनुसूचित जाति के अत्यन्त सामान्य तथा विपन्न परिवार से सम्बद्ध युवक का विवाह उससे 15 वर्ष छोटी गौर तथा ललाम वर्ण की उस रूपवती कन्या के साथ सम्पन्न हुआ। अनेक बाधाएँ आईं, परन्तु मन्त्र जप की शक्ति से उन बाधाओं का भी शमन हुआ। सम्प्रति दोनों सुखद दाम्पत्य जीवन व्यतीत कर रहे हैं।

उदाहरण–3

वशीकरण, आकर्षण, सम्मोहन आदि से सम्बन्धित प्रयोगों के अनेक प्रकार और विधान होते हैं। कतिपय साधनाएँ, सिद्धि प्राप्त करने के उपरान्त सुगमता से की जा सकती हैं जिसका त्वरित प्रभाव आश्चर्य चकित करने वाला होता है। एक तांत्रिक महोदय, हमारे पास आये और अपनी सिद्धियों की चर्चा की। अनुभवी और योग्य होने के उपरान्त भी, वह अर्थाभाव से पीड़ित थे। हमने पंडित दयाशंकर त्रिपाठी जी से पूछा कि सम्मोहन प्रयोग के विषय में वह क्या जानते हैं। उन्होंने पूरे विश्वास के साथ उत्तर दिया, **"प्रत्यक्षम् किं प्रमाणम्"**, आप किसी का नाम बताइये, जिसे मोहित करना हो। हमने कहा कि नीरज अग्रवाल और हमारे मध्य, कटुता और घृणा की भावना उत्पन्न हो गई है। पहले वह हमारा बहुत आदर सम्मान करते थे और हम भी उनसे अत्यन्त आत्मीय भाव से स्नेह करते थे। उन्हें संशय हुआ कि उनकी पत्नी, हमसे इतना अधिक प्रभावित हो गई है कि वह प्रभाव, आसक्ति में परिवर्तित हो गया है। इसी संशय से ग्रस्त होकर, रस्सी को सर्प समझने वाली भ्रान्ति और संशय से ग्रस्त हो गए है। पूर्व छह मास से भी अधिक समय से हमारा उनसे कोई सम्पर्क नहीं है। हमें इससे बहुत दुःख और आन्तरिक पीड़ा पहुँची है। कोई सम्मोहन प्रयोग करना परिणाम प्रदान करेगा अथवा नहीं। पं दयाशंकर त्रिपाठी ने नेत्र बन्द किये। एक कागज पर 'नीरज अग्रवाल' लिखा और उस कागज को चार पर्त करके, लाल धागे से बांधा। हमारे निवास के सामने, कच्ची मिट्टी में उसे गाड़ दिया। हम कुछ समझ नहीं पाये। पंडित जी, इधर-उधर की बातें करते रहे। आधा घण्टा व्यतीत हो गया। तभी कालबेल बजी। हमने, उठकर दरवाजा खोला। हम यह देखकर स्तब्ध रह गए कि दरवाजे पर 'नीरज अग्रवाल' खड़े थे। हमारे मुँह से सहसा निकला, "आप"? एक दो पल मौन रहने के उपरान्त वह बोले,

"मुझे क्षमा कर दीजिए, मैं बहुत गन्दा आदमी हूँ मुझे सजा दीजिए। मैं अपने किये पर बहुत पश्चात्ताप कर रहा हूँ। बस एक बार मेरे सिर पर अपना हाथ रख दीजिए।" इतना कहते कहते नीरज हमारे पैरों में अपना सिर रखकर विलाप करने लगे। हमने उन्हें उठाकर गले से लगा लिया। उसके उपरान्त, सम्मोहन, समीप्य में परिवर्तित हो गया। पं. दयाशंकर त्रिपाठी की सम्मोहन प्रयोग से सम्बन्धित सिद्धि देखकर, हम आश्चर्यचकित थे। वशीकरण से सम्बन्धित सिद्धि प्राप्त करने के उपरान्त ही इस प्रकार के त्वरित फल प्रदाता सम्मोहन अथवा वशीकरण प्रयोगों का सफलतापूर्वक किया जा सकना संभव है।

उदाहरण–4

उसका नाम मारिया था। बहरीन में रहकर, स्टेनोग्राफर की नौकरी एयरलाइन्स में करती थी। प्रेम विवाह असफल हो चुका था। सम्बन्ध विच्छेद के कारण, उसे अपना जीवन निरर्थक प्रतीत होने लगा था। मारिया जिस अधिकारी के अधीनस्थ कार्य करती थी, वह युवा, रूपवान, ऊर्जावान, सक्रिय चेतना से अभिपूरित था। उसकी ओर मारिया आकर्षित हुई परन्तु वह उसे जरासा भी पसन्द नहीं करता था। यहाँ तक कि डिक्टेशन लेने के लिए भी उसे नहीं बुलाता था। मारिया साँवले वर्ण की थी जबकि अधिकारी गौरवर्ण का छह फुट कद का लम्बा, आकर्षक और प्रभावशाली युवक था। मारिया अपनी भावनाओं को व्यक्त करने का साहस भी नहीं कर पाती थी। प्रेमाभिभूत होकर मारिया गंभीर रूप से अवसाद की स्थिति से ग्रस्त हो गई। हमारे विषय में सुनकर, उसने बहरीन से हमें फोन किया और अपनी मानसिक व्यथा के विषय में विस्तार से बताया। वृत्तान्त करते समय मारिया रह-रहकर रोने लगती। एक समस्या हिन्दी या संस्कृत के मंत्र के शुद्ध उच्चारण की थी। मारिया की मानसिक स्थिति का आभास हमें, हो चुका था। हमने उसे वशीकरण की मांत्रिक व्यवस्था के विषय में बताया तो वह प्रसन्नता से उछल पडी और बोली, "मंत्र कितना भी कठिन क्यों न हो, वह कुछ समय तक अभ्यास करके शुद्ध उच्चारण करने में सफलता प्राप्त कर सकेगी।" हमने उसके जन्मांग के आधार पर उसे वशीकरण प्रयोग का विस्तृत विधान, अंग्रेजी में लिखकर भेज दिया। दस दिन के भीतर ही मारिया शुद्ध उच्चारण करने में समर्थ हो गई। पूरे विश्वास, निष्ठा, श्रद्धा और समर्पण के साथ, मारिया ने अपने अधिकारी को अपनी ओर आकृष्ट करने हेतु वशीकरण मंत्र का जप प्रारम्भ किया। दो महीने भी व्यतीत नहीं हुए थे कि अधिकारी की प्रतिकूलता, अनुकूलता में परिवर्तित हो गई और वह इतनी बढ़ी कि अधिकारी, मारिया से विवाह करने के लिए व्याकुल हो उठा। उन दोनों के मध्य गहरे प्रेम सम्बन्ध स्थापित हो गए। कुछ समय पश्चात्, मारिया की छोटी बहन ने भी मुझसे वशीकरण प्रयोग प्राप्त करने हेतु बार-बार अनुरोध किया। उसका उपयोग करने वाला, एक विदेशी सहसा, उसका त्याग करके चला गया था। सात वर्ष व्यतीत होने के उपरान्त भी, उसके प्रेमी ने एक फोन तक नहीं किया। उसकी बहन नीलोफर ने, किसी अन्य के साथ विवाह कदापि न करने का दृढ़ संकल्प कर लिया था। वशीकरण मंत्र के प्रयोग से, सात वर्ष के उपरान्त, उसका तथाकथित प्रेम वापस लौट आया। कुछ समय पश्चात् दोनों के प्रेम की परिणति, विवाह में परिवर्तित हो गई। वशीकरण मंत्र व्यवस्था की उपयोगिता तथा प्रभावशीलता, इस शास्त्र को विज्ञान की संज्ञा प्रदान करने हेतु पर्याप्त है परन्तु

प्रत्येक स्थिति में मंत्र उपयुक्त एवं प्रभावशाली मंत्र का चयन एक कला है जिसके लिए पर्याप्त अध्ययन एवं अनुभव अनिवार्य है।

उदाहरण–5

अनिल की अध्ययन करने में बहुत अधिक रूचि थी। आई.आई.टी. की प्रतियोगिता में उसे सफलता प्राप्त हो गई थी परन्तु उसके पिता की आर्थिक स्थिति अत्यन्त सोचनीय थी। बीस हजार रुपये के अभाव में उसके पिता ने आई आई टी में उसे प्रवेश दिला पाने में अपनी असमर्थता प्रकट करते हुए कहा कि वह कहीं छोटी-मोटी नौकरी कर ले। इण्टरमीडिएट पास युवक को कोई महत्त्वपूर्ण नौकरी नहीं मिल पायी। पाँच सौ से हजार रुपये वेतन पर किसी दुकान पर काम करना उसकी बाध्यता थी। अनिल अत्यन्त क्षुब्ध था कि अर्थाभाव के कारण ही, उसका अध्ययन अवरुद्ध हो गया। वह कर भी क्या सकता था। इन्जीनियरिंग की पाँच वर्ष की शिक्षा के लिए पर्याप्त धन की अनिवार्यता को अस्वीकारा नहीं जा सकता था।

अनिल ने स्टेशनरी की दुकान पर नौकरी कर ली थी। अभी नौकरी करते हुए, उसे एक सप्ताह भी व्यतीत नहीं हुआ था, कि दीपा, कुछ क्रय करने के उद्देश्य से स्टेशनरी की दुकान पर पहुँची। अनिल का दैहिक और मानसिक आकर्षण देखकर दीपा ने उससे, उसके नौकरी करने की विवशता का वास्तविक कारण जानना चाहा। इन्जीनियरिंग में चयन की बात सुनकर, दीपा स्तब्ध रह गई और बिना कुछ बोले चली गई। दीपा के पिता मुख्य अभियन्ता थे। ऊपरी आय भी बहुत थी। दीपा ने अपने पिता के तीस हजार रुपये चोरी कर लिए। अगले दिन अनिल से मिलने, वह पुनः स्टेशनरी की दुकान पर गई और अनिल को तीस हजार रुपये दे दिये। पहले अनिल ने अस्वीकार किया परन्तु दीपा का आग्रह और अपने भविष्य के उत्थान हेतु एक मात्र आश्रय देखकर, उसने दीपा द्वारा प्राप्त सहायता स्वीकार कर ली। दीपा ने कई अवसरों पर, उसे आर्थिक सहयोग प्रदान किया।

पाँच वर्ष पश्चात् अनिल मैकेनिकल इन्जीनियरिंग में आई.आई.टी. में, शीर्षस्थ स्थान प्राप्त करने में सफल हो गया। अनिल का व्यक्तित्व पर्याप्त प्रभावशाली था।दीपा से उसका सम्पर्क, अब बहुत ही कम हो गया था। दीपा रूप, यौवन, प्रतिभा तथा समृद्धि का संगम थी। उसका विवाह एक आई.पी.एस अधिकारी के साथ तय हो चुका था। दीपा ने अनिल की सहायता न की होती तो वह किसी दुकान पर साधारण सी नौकरी आजीविका हेतु, करने को विवश हो जाता। 1978 में पाँच हजार की नौकरी का बहुत महत्त्व था। दीपा के रूप लावण्य पर, अनिल मुग्ध हो गया था और उससे विवाह करने का स्वप्न देखने लगा था। जिस विभाग में दीपा के पिता मुख्य अभियन्ता थे, उसी विभाग में अनिल के पिता चौकीदार के पद पर कार्यरत थे। दोनों परिवारों के मध्य की असमानता तथा दीपा के उपकार के कारण, अनिल की अभिलाषा, उसके मन मस्तिष्क तक ही सीमित थी। उन्हीं दिनों अनिल का सम्पर्क हमसे हुआ।

अत्यन्त संकोच और लज्जा के साथ, अनिल ने अपने मन की बात हमें बतायी और दीपा की सगाई का भी वृतान्त बताया। अनिल ने कहा कि उसका विवाह यदि दीपा से नहीं होगा, तो वह जीवनपर्यन्त विवाह नहीं करेगा। बड़ी विचित्र स्थिति थी। एक ओर दीपा और अनिल के परिवार

की असाधारण असमानता। दूसरी ओर दीपा की सगाई एक आई.पी.एस. अधिकारी के साथ हो जाना। तीसरी सच्चाई अनिल के प्रति दीपा की उदासीनता और चौथी वास्तविकता यह थी कि अनिल ने अपनी अभिलाषा, चाहत और व्याकुलता का किंचित् आभास भी दीपा को नहीं होने दिया था। वह मन ही मन उसके लिए अधीर और व्याकुल रहता था। दीपा ने अनिल की सहायता की थी, और उसी सहायता के कारण, अनिल के हृदय में प्रेम का बीज अंकुरित हो चुका था।

हमने अनिल के हृदय में उपजते प्रेम की सत्यता देखकर, उसे सम्मोहन प्रयोग करने का परामर्श प्रदान किया। चार घण्टे से भी अधिक समय तक अनिल प्रतिदिन मंत्र जप, पूरी एकाग्रता और आस्था के साथ करता। दीपा के विवाह का अब लगभग एक ही मास शेष था। एक दिन अनिल दस हजार रुपये, लेकर दीपा को वापस देने के लिए, उससे मिलने गया और बोला कि आपके इतने बड़े सहयोग के कारण ही आज मैं इन्जीनियर बन सका अन्यथा, अपने पिता की तरह कहीं चपरासी होता। मैं जीवनपर्यन्त आपका, यह उपकार नहीं भूल पाऊँगा। धीरे-धीरे मैं आपके रुपये लौटाने का प्रयास करूँगा। आप तो साक्षात् देवी हैं दीपा जी! मैं तो आपके चरणों की धूल को अपने मस्तक का तिलक बनाकर भी अपने को धन्य समझूँगा। मेरे जीवन को आपने ऐसी दिशा प्रदान की है कि मैं समाज में सम्मान के साथ साँस ले सकता हूँ। प्रत्येक दिन प्रातः से सायं तक में आपका ही स्मरण करता रहता हूँ। एक पल के लिए भी आपको विस्मृत नहीं करता। अपने पावन चरणों में मुझे धूल के बराबर स्थान प्रदान कर दीजिए। मुझे अनुमति दे दीजिए कि मैं आपके चरणों का स्पर्श कर सकूँ। इतना कहकर अनिल ने दीपा के पैरों पर अपना सिर रख दिया और विलाप करने लगा। उपकार से कहीं अधिक वह उसका प्यार था जो शब्दों से व्यक्त न होकर आँसुओं द्वारा व्यक्त हो रहा था। दीपा अभी तक बिल्कुल मौन थी परन्तु उसे यह समझने में कठिनाई या भ्रान्ति नहीं हुई कि अनिल उससे असीमित प्यार करने लगा है और अपने आप पर नियन्त्रण नहीं रख पा रहा है। दीपा ने, अनिल के सिर को ऊपर उठाया और खड़े होने के लिए कहा। अनिल ने जैसे ही सिर ऊपर किया तो दीपा ने देखा कि उसका पूरा चेहरा गीला था, और कमीज आँसुओं से भीग चुकी थी। दीपा ने अनिल को गले से लगा लिया। अनिल के आँसू देखकर दीपा भी भाव-विह्वल हो चुकी थी। दीपा के नेत्रों में भी जल भर आया और बोली, 'आई लव यू अनिल' पर तुम जानते हो, एक महीने बाद ही मेरा विवाह होने वाला है। तुम बहुत अच्छे लड़के हो। जहाँ रहोगे, वहीं तुम्हारे साथ मेरा प्यार भी रहेगा। रुपये लौटाने की बात फिर कभी मत कहना। मैंने तुम्हारी सहायता की थी, तुम्हें उधार नहीं दिया था। इतना कहकर दीपा ने अपने आँसू पोंछ लिए। सम्मोहन और वशीकरण प्रयोग का पूरा प्रभाव दीपा पर हो चुका था। दो दिन बाद दीपा ने अनिल से पुनः मिलकर अपनी आकांक्षा व्यक्त की कि वह उसके साथ, बिना किसी को बताये भाग जाना चाहती है। पूरे दिन अनिल और दीपा बात करते रहे। अनिल ने बार-बार ऐसा करने के लिए मना भी किया परन्तु दीपा के प्रति अथाह प्यार के कारण, उसके आग्रह को स्वीकार लिया और निर्णय किया कि चाहे प्राण ही चले जाये, वह वही करेगा, जो दीपा जी कह रहीं हैं।

अनिल और दीपा, पूर्व नियोजित योजना के अनुसार बिना किसी सूचना के घर से साथ-साथ भाग गए। उसके बाद बहुत कुछ हुआ परन्तु दीपा के पिता ने अनिल के साथ ही अन्त में दीपा का विवाह सम्पन्न कर दिया। दोनों सुखमय दाम्पत्य जीवन व्यतीत कर रहे हैं। सम्मोहन

मंत्र का प्रभाव आज भी दीपा के हृदय को आनन्दित और आह्लादित करता है। हमारे ऋषियों ने जिस मंत्र व्यवस्था का निर्माण किया है, वह कितनी जीवन्त और प्रभावशाली है, इसके सहस्त्रों उदाहरण प्रस्तुत किये जा सकते हैं।

उदाहरण–6

अनुराधा का अल्हड़ यौवन अनियंत्रित हो गया था। कितने ही युवा हृदयों को उसकी एक आहट की प्रतीक्षा रहती थी। वह सदा मुस्कराती रहती कभी राकेश उससे विवाह करना चाहता था परन्तु अनुराधा ने अपनी सहमति नहीं प्रदान की। फिर दिवाकर और उसके पश्चात् सौमित्र के साथ उसके प्रेम प्रसंगों की चर्चा थी। सभी उससे विवाह करना चाहते थे। उसका सौन्दर्य था ही ऐसा जो भी उसे देखता उस पर मुग्ध हो जाता। लम्बा कद, चाँद सा श्वेत वर्ण, रक्ताभ रसित अधर, गोल्डन फ्रेम का चश्मा भी उस पर बहुत अच्छा लगता था। उसे युवकों के हृदय के साथ प्रेम का उपक्रम करना रुचिकर लगने लगा था कितने ही रूपवान, धनवान, यशवान, कुलीन युवकों ने अपना हृदय निकाल कर उसके कदमों में रख दिया पर उसने पहले उन्हें गले से लगाया फिर ठुकरा दिया। तभी एक दिन सहसा सौमित्र की दृष्टि उस पर पड़ी, उसका हृदय भी अनुराधा कासाहचर्य पाने हेतु व्याकुल हो उठा परन्तु सौमित्र के पास न तो रूप था न ही धन, उसका अधिक साँवला वर्ण भी प्रायः विकर्षण ही उत्पन्न करता था। उसे ज्ञात था कि अनुराधा के समक्ष अपने प्रेम प्रसंग रखने का प्रतिउत्तर अपमान अथवा तमाचा होगा। किसी के प्रति आसक्ति जीवन के समस्त उल्लास एवं उत्साह का विनाश कर देती है। उसी वर्ष अनुराधा प्रथम श्रेणी में उत्तीर्ण हुई, और सौमित्र भी उत्तीर्ण हो गया। लखनऊ विश्वविद्यालय में उस वर्ष स्नातक की परीक्षा में तीन ही छात्र असफल हुए थे, जिसमे सौमित्र ने सबसे कम अंक प्राप्त किये थे। हाईस्कूल एवं इण्टरमीडिएट में प्रथम श्रेणी एवं विशेष उन्नति प्राप्त करने वाला यह युवक इतने कम अंक प्राप्त करके भी लज्जित नहीं था क्योंकि उसका कारण उसे ज्ञात था। महीनों से उसकी दाढ़ी बढ़ी हुई थी, हँसना तो जैसे वह भूल ही गया था, एक दिन सौमित्र की माता उसे हमारे पास लेकर आयी वह सौमित्र की इस दशा के कारण बहुत व्यथित एवं चिंतित थी। सौमित्र ने जब बताया कि उसकी यह दशा, ऐसे प्रेमरोग के कारण हुई है जिसमें सम्बन्धित बालिका को यह ज्ञात भी नहीं है कि वह उसे इतना चाहता है। सौमित्र में इतना साहस भी नहीं था कि वह अनुराधा के समक्ष अपने प्रेम को अभिव्यक्त कर सके, हमने उसे अनुराधा के वशीकरण हेतु कुछ व्यवस्थाएँ सम्पन्न करने का परामर्श दिया। सौमित्र दिनभर उन मंत्रों का जप करता रहता, हमने जितनी संख्या बतायी थी उससे आठ गुना अधिक मंत्र जप प्रतिदिन करता, मंत्र ने चमत्कार दिखाया, एक दिन अनुराधा हमारे पास अपनी एक सहेली के साथ आयी और हमसे पूछने लगी कि वह किससे विवाह करे, वह सफेद मोटरसाइकिल वाले राकेश के साथ या सेक्रेटरी के बेटे के साथ या बैंक में कार्य करने वाले प्रोवेशन आफिसर दिवाकर के साथ या फिर ---- हमने हँसते हुए कहा कि स्वयंवर रचा लो उसके पश्चात् जो अधिक रुचे उसी के गले में वरमाला डाल दो। क्या तुम्हें विश्वास है कि इनमें से कोई भी तुम्हें सच्चा व सात्विक प्यार करता है, कोई भी नहीं। सभी युवक तुम्हारे रूप और यौवन के लावण्य पर आकर्षित हैं। सौमित्र नाम का एक लड़का है जिसके पास न रूप है न धन परन्तु तुम्हें सच्चा प्यार करता है। इसीलिए वह इस वर्ष परीक्षा में असफल भी हो गया, अनुराधा

ने ठहाका लगाते हुए कहा हाय रे? इतना काला बेकार लड़का क्या कहूँ मैं------वह तो मेरी नफरत के योग्य भी नहीं है। हमने फिर कहा तभी तो वह आज तक तुम्हारे प्रति अपने प्यार को अभिव्यक्त नहीं कर पाया है। कितनी भाग्यहीन हो तुम सोने और पीतल का अन्तर भी नहीं समझ पाती हो, हम तुम्हे किसी प्रकार का परामर्श नहीं देना चाहते तुम जाओं यहाँ से। लगभग एक सप्ताह पश्चात् सौमित्र ने हमसे सम्पर्क किया और बताया कि अनुराधा ने उसके समक्ष स्वयं प्रेम प्रस्ताव रखा है। उसे तो अपने भाग्य पर विश्वास ही नहीं हो रहा था। हमारे साथ-साथ सौमित्र भी वशीकरण मंत्र के प्रभाव के कारण अत्यधिक चमत्कृत थे। एक वर्ष के पश्चात् अनुराधा ने सौमित्र से विवाह कर लिया, जो युवक अपने प्रेम को अभिव्यक्त कर सकने में भी समर्थ न हो, उसका विवाह उसी कन्या के साथ सम्पन्न हो जाये जो उसके लिए स्वप्न में भी सम्भव न हो तो इसे भला वशीकरण मंत्र के चमत्कार के अतिरिक्त क्या कहना चाहिए?

उदाहरण–7

अनिकेत विवाहित था और तीन बच्चों का पिता भी था। उसका साँचे में ढला हुआ देह, सभी को प्रभावित करता था। अपने मित्र की पत्नी संजना पर वह इतना मोहित हो गया कि उसे अपने वश में करने की अनेक योजनाएं बना डालीं। संजना के रूप-रंग तथा रसिक्त यौवन की चर्चा पूरे शहर में थी। करोड़पति परिवार की गृहलक्ष्मी और वधू थी वह। जब, सभी योजनाएँ विफल हो गईं, तब अनिकेत हमारे पास आये। हमने उनकी व्यथा सुनी, परन्तु उनकी सहायता कर सकने में अपनी असमर्थता व्यक्त की। अनिकेत निराश होकर वापस चला गया। वाराणसीमें देवेन्द्र नामक एक तांत्रिक ने उन्हें इस संदर्भ में अनेक बार ठगा और बाद में अन्तर्ध्यान हो गया। अनिकेत लखनऊ का एक यशस्वी व्यवसायी था। संजना के प्रति मोहित हो जाना, उसके पतन का कारण बनता जा रहा था। तभी ज्ञात हुआ कि संजना अपने पति के दुर्व्यवहार से अत्यधिक आतंकित और भयभीत थी। उसका पति एक खत्री कन्या से प्रेमाबद्ध था। अगली बार अनिकेत को हम पहचान ही नहीं सके। उसका मुख कान्तिहीन हो चुका था। उसके स्वर में उत्साहहीनता और उदासी का भाव स्पष्ट रूप से अभिव्यक्त हो रहा था। हमनें अनिकेत की दशा देखकर, उसे वशीकरण मंत्र का जप करने का परामर्श दिया, जो उसने पूरे मनोयोग, आस्था और विश्वास के साथ किया। कुछ ही समय में मंत्र का प्रभाव स्पष्ट रूप से परिलक्षित हुआ। संजना और अनिकेत के मध्य प्रेम सम्बन्धों की संरचना हो गई। जब भी अवसर प्राप्त होता, संजना और अनिकेत लांग-ड्राइव पर निकल जाते। प्रेमाभिभूत होकर, उन दोनों में सामीप्य की स्थिति भी स्थापित होती। एक दिन कुकरैल फारेस्ट के सुनसान मार्ग पर अनिकेत ने कार ड्राइव करते हुए संजना को गले से लगा लिया। संजना भी प्रेमालिंगन में अपनी सुध-बुध गँवा बैठी और अधिक सामीप्य हेतु प्रयास करने लगी। कार का संतुलन अव्यवस्थित हो गया। अनिकेत और संजना कार के साथ दुर्घटनाग्रस्त हो गए और भयानक गहरी खाई में कार गिर पड़ी। प्रेम करने वालों की सहायता, ईश्वर भी करता है। दुर्घटनाकाल में अनिकेत ने संजना को इतना कसकर अपने बाहुपाश में जकड़ लिया कि उन्हें विशेष शारीरिक आघात नहीं पहुँचा। कार पूरी तरह ध्वस्त हो गई। परन्तु उनके प्रेम रहस्य पर से आवरण नहीं उठा। आठ वर्ष का समय व्यतीत हो चुका है। अनिकेत आज

भी वशीकरण मंत्र का जप प्रत्येक दिन सम्पन्न करने के उपरान्त ही कोई कार्य करता है। संजना और अनिकेत अब भी एक-दूसरे के प्रति प्रेमभाव से अभिभूत हैं।

2.2 वशीकरण हेतु शाबर मन्त्र

मन्त्रों का चयन करना एक कला है जो ज्ञान तथा अनुभव की सलिला में अवगाहन करने के उपरान्त ही उपलब्ध होता है। ऐसे अनेक मन्त्र प्रयोग हैं जिनके समुचित उपयोग से सुगमता साथ ही सम्मोहन, वशीकरण आदि सम्भव है। हमने अनेक ऐसे समुपयुक्त युवक तथा कन्याओं को मन्त्र जप प्रस्तावित किये हैं जिनके जप से उनका प्रेम इन्द्रधनुषी रंगों में निरन्तर विहँसित, विकसित, विस्तृत तथा प्रारूपित हुआ। जिन पत्नियों ने सम्मोहन प्रयोग किये, उनके पति जो दूसरी नारी के प्रति आसक्त थे, उनके पास पुनः वापस आ गये तथा अपनी त्रुटि हेतु पश्चात्ताप के लिए विवश हुए। बाद में सुखमय दाम्पत्य जीवन व्यतीत करने लगे। इन मन्त्रों का जप पूरे मनोयोग के साथ करना चाहिए, ताकि वांछित बालिका अथवा युवक का वशीकरण उपयुक्त दिशा में हो। प्रेम करने वाला व्यक्ति विवाह करने के लिए उन्मत्त होता है, इसी भावना के साथ वशीभूत होकर इन वशीकरण प्रयोगों को सम्पादित करना चाहिए। मात्र किसी मानसिक अथवा दैहिक संतुष्टि हेतु इन मंत्रों का जप करना उपयुक्त नहीं है। न ही ऐसी किसी अभिलाषा की सम्पूर्ति हेतु हम वशीकरण मन्त्र के जप के पक्ष में हैं। वशीकरण के अनेक प्रयोग अग्रांकित हैं जिन्हें अपनी रुचि तथा आस्था के अनुरूप सम्पन्न करें, तो वशीकरण, सम्भोहन से अभीष्ट फल प्राप्त होगा।

1. पुरुष वशीकरण हेतु शाबर एवं अन्य मन्त्र

1. मन्त्रः- **ॐ मोसमोन सरोवर माहि पानी। जल की जोगणी, पाताल का नाग। जिसको लगाऊँ, उससे लाग। न सूता सुख, न बैठा सुख। फिर-फिर देखे, हमारा मुख। शब्द साचा, पिण्ड काचा। फुरो मन्त्र, ईश्वरी वाचा।**

विधिः- पहले धन-त्रयोदशी, काली चौदस चतुर्दशी और दिवाली इन तीन पर्व-दिनों में उक्त मन्त्र का 125 माला जप विधिवत् करे। बाद में नित्य जप का स्मरण करता रहे। जब आवश्यकता हो, तब प्रयोग करे। प्रयोग में साध्य या साध्या का चित्र अपने सामने रखे। चित्र के अभाव में मिट्टी का पुतला बनाकर 'प्राण-प्रतिष्ठा रखे। 'प्राण-प्रतिष्ठा' स्वयं न कर सके, तो किसी योग्य ब्राह्मण से कराए। फिर 7 कङ्कड़ ले और प्रत्येक कङ्कड के ऊपर उक्त मन्त्र 21 बार पढ़कर सामने रखे हुए चित्र या पुतले पर फेंके। ऐसा 3 तीन दिन करे। साध्य का आकर्षण होगा और वह पास आएगा, किन्तु उसे जाने दे। उसे बुलाने का प्रयास बार-बार न करे अन्यथा स्वयं को भी कष्ट होगा। 'प्रयोग' के बारे में उससे बात न करे, न ही दूसरो से चर्चा करे।

2. मन्त्रः- **ॐ झां झां झां। हां हां हां। हैं हैं हैं।**

विधिः- दिवाली की रात्रि, 'ग्रहण'- काल या उत्तम योग में उक्त मन्त्र का 50 माला 'जप' करे। मन्त्र सिद्ध हो जाएगा। 'जप' के साथ-साथ प्रचलित द्रव्यों से 'होम' भी करे। अपने इष्ट-देव के सामने धूप, दीप आदि रखकर जप करे। बाद में जब किसी को बुलाना हो, तब उसका चित्र सामने रखे। चित्र के अभाव में उसका नाम लिखकर अपने सामने रखे। उसकी प्रबल स्मृति के साथ 500 बार उक्त मन्त्र का जप करे। जप करते समय उससे तन्मय होने की भावना करे। इच्छित व्यक्ति आपके पास आ जाएगा। प्रयोग केवल शुभ कार्य से ही करे। दुरुपयोग करने से सिद्धि जाएगी और कष्ट भी होगा। जब इच्छित व्यक्ति पास आए, तब उसके साथ उचित वाणी एवं सभ्य व्यवहार करे। कार्य पूर्ण होने के बाद प्रयोग-स्मृति समाप्ति करे, अन्यथा साधक का पतन हो जाएगा।

3. मन्त्रः- **ॐ नमो भगवते रुद्राणि चामुण्डानि .... मम वश्यं कुरु कुरु स्वाहा।**

विधिः- रिक्त स्थान में जिसका वशीकरण करना हो, उसका नाम जोड़े किन्तु इसके पूर्व मन्त्र-सिद्ध करने के लिए बिना नाम का जो मन्त्र पूर्व में दिया गया है, उसे ही जपे। प्रयोग के समय नाम जोड़कर जप करे। मन्त्र सिद्धि के लिए धूप-दीप-फल-फूल-नैवेद्य से पूजन करे और इष्ट-देवी के सम्मुख बैठकर 'जप' करे। यम-नियम का पालन करे।

दिवाली, होली या ग्रहण-काल से प्रयोगारम्भ करे। सवा लाख जप करे। यदि न कर सके, तो कम-से-कम 12,500 जप करे, अन्यथा कार्य-सिद्धि नहीं होगी। प्रचलित द्रव्यों से आहुति भी दे।

जिस व्यक्ति को वश में करना हो, उसका नाम जोड़कर मन्त्र-जप करे और उसके सामने फूँक दे। यदि वह सामने न हो, तो उसकी दिशा में, उसके घर के सामने, उसके व्यापार-स्थान के सामने फूँक करता रहे। कितना भी बलवान हो, वश में आ जाएगा। तब समय का महत्त्व समझकर जो कार्य हो, उसे पूरा करे। मन्त्र को स्मरण करते रहें। दुरुपयोग कदापि न करे।

4. मन्त्रः- **ॐ नं नां निं नीं नुं नूं नें नैं नों नौं नं (.............) आकर्षय स्वाहा।**

विधिः- यह मातृका-आकर्षण-वशीकरण-शाबर-मन्त्र है। रिक्त स्थान में जिसका आकर्षण या वशीकरण करना हो, उसका नाम जोड़कर मन्त्र सिद्धि करे। दिवाली की रात को 11 माला जप करे और 1 माला और जप करके प्रचलित द्रव्यों से आहुति दे। बाद में प्रयोग करे।

प्रयोग में उदुम्बर वृक्ष की 7 अंगुल प्रमाण की एक टहनी लाए। टहनी के ऊपर गेरू से साध्य या साध्या का नाम लिखे। साध्य या साध्या के घर जाकर उसके घर की दिवाल में वह टहनी रख दे। यदि सम्भव न हो, तो घर के छप्पर के ऊपर या घर के अगल-बगल की दिवाल में रखे अथवा उसके रास्ते में गड्ढा खोदकर जमीन में रख दे। थोड़े ही दिनों में साध्य या साध्या पास आएँगे। मन-मुटाव दूर कर अपना कार्य पूरा करे। सदुपयोग की भावना से करे अन्यथा कार्य नहीं होगा।

5. मन्त्रः- **जय हनुमन्ता। तेज चलन्ता। शहर-गाँव, मर-घट में रमन्ता। भैरू साथ**

उमिया कुं नमन्ता। मेरे वश में अमुक लावन्ता। नमु हनुमन्त बजरङ्ग बल-वीरा, ध्यान धरूँ हिरदे में धीरा।

विधिः- सरोवर या तालाब, जहाँ आँक का वृक्ष हो, वहाँ बैठे और शनिवार से शुक्रवार-एक सप्ताह में 100 माला जप करे। प्रति-दिन यथा शक्ति हनुमत् -पूजन करे और पूजन के अन्त में लौंग सहित पान-बीड़ा हनुमान जी को चढ़ाए। बाद में वह पान-बीड़ा स्वयं खा जाए। इस प्रकार 7 दिन करने से मन्त्र सिद्ध हो जाएगा। फिर प्रयोग करे।

प्रयोग में जो शनिवार आए, उसकी शाम को चिता की भस्म, तालाब की मिट्टी, चौराहे की धूल लाए। इनके ऊपर 7 दिन तक नित्य 111 बार जप कर अभिमन्त्रित करे। शनि से शुक्र का यह दूसरा क्रम हो जाएगा। इसके बाद तीसरा शनिवार आए, तब सूर्योदय के पहले उक्त तीन चीजें तालाब में विसर्जित कर दे। मन्त्र को स्मरण करते रहें। अमुक के स्थान पर जिस साध्य या साध्या का नाम दूसरे क्रम में लिया जाएगा, वह साधक के पास आ जाएगा। सदुपयोग की भावना से प्रयोग करे। दुरुपयोग की भावना होने पर मन्त्र-देह में स्थित मन्त्र-देव रुष्ठ हो जाएँगे और प्रयोग करने वाले को दुःख-कष्ट होगा।

विशेष-विधिः- साधक के पास जब रोगी आए, तब उसके शरीर की लम्बाई के बराबर एक धागा ले। धागे के सात गुना करके बराबर लम्बाई पर गाँठ लगाए। अन्त में एक गाँठ मन्त्र बोलकर लगाए। 7 गाँठ लगाए। फिर उसे रोगी के गले में पहना दे। मर्तुजा अली के नाम से बच्चों को सवा सेर मिठाई बाँटे या बँटवाए।

साधक को पहले पर्व-काल या ग्रहण में मन्त्र को सिद्ध कर लेना चाहिए। उसके बाद गण्डा देवे। मन्त्र का स्मरण बराबर करना चाहिए। रोगियों के कष्ट की शीघ्र शान्ति के लिए यह उत्तम प्रयोग है। यथा शक्ति परमार्थ करे।

मंत्र जप विधानः- शाबर मंत्र जप विधान अत्यन्त सुगम है जिसमें उत्कीलन, विनियोग आदि की अनिवार्यता नहीं है। शाबर मंत्र का जप अनुकूल मुहूर्त में पूरी निष्ठा और श्रद्धा के साथ सम्पन्न करने का विधान है। शाबर मंत्र पहले सिद्ध कर लेना चाहिए फिर आवश्यकतानुसार उसका प्रयोग करना चाहिए। मंत्र सिद्ध करने के उपरान्त उस मंत्र का पुनः जप करना चाहिए।

यहाँ पर जो शाबर-वशीकरण मंत्र उद्धृत किये जा रहे हैं, उन मंत्रों के जप का प्रारम्भ मंगलवार या रविवार के दिन जन्मांग के आधार पर अनुकूल नक्षत्र आने पर करना चाहिएं। यदि जन्मांग न हो तो सर्वार्थसिद्धि योग, रविपुष्ययोग, दीपावली पर्व, होली पर्व तथा ग्रहण कांल में वशीकरण हेतु शाबर मंत्रों की 11 माला जप करके एक बार में किसी एक मंत्र को सिद्ध कर लेना चाहिए। मंत्र सिद्ध हो जाने पर जिसका वशीकरण करना हो उसके वशीकरणार्थ विधि-विधान सहित संकल्प लेना चाहिए तथा संकल्प में संदर्भित व्यक्ति के नाम का उच्चारण किया जाना चाहिए। मंत्र जप करते समय उस व्यक्ति की ओर से ध्यान केन्द्रित करना चाहिए और यह विचार करने का प्रयास करना चाहिए कि वह युवक अथवा युवती हमारी ओर आकर्षित अथवा सम्मोहित हो रहा है।

<u>मन्त्रः-6</u> **ॐ ह्रीं क्लीं आमुकं आकर्षय मम् वश्यं कुरू स्वाहा।**

<u>विधिः-</u> कुंकुम, केशर तथा चन्दन का घोल मिश्रित कर एक भोजपत्र के ऊपर एक गुड़िया का चित्र बनाते हैं। तत्पश्चात् किसी शुभ दिन तथा नक्षत्र व तिथि पर षोडशोपचार से पूजा करते हैं। तथा उससे यश प्राप्ति के लिए प्रार्थना करते हैं और कत्थे की लकड़ी से हवन कर निम्न मन्त्र से कनेर पुष्प, गूगल तथा घी की 108 बार आहुति देते हैं। इससे स्त्री, पुरुष सभी वश में हो जाते हैं। मन्त्र में अमुक के स्थान पर जिसको वश में करना हो उसका नाम लेना चाहिए।

<u>मन्त्रः-7</u> **ॐ नमो फूल सुगन्धा। फूल ही बांधूँ सात समुद्रा। अहो फूल झटियारा, चौंसठ जोगिनी खरा प्यारा। ए फूल ए दिन पाऊँ, सूती सुवासिनी सेजी बुलाऊँ। मुआ मड़ा मसान जगाऊँ, हाक करी उचाट लाऊँ। गलिहट मेरे पगे लगाऊँ। देखूँ गोरा भैरव ! तेरी शक्ति। मेरी भक्ति, गुरू की शक्ति। फुरो मन्त्र, ईश्वरो वाचा।।**

<u>विधिः-</u> होली के एक दिन पूर्व जिस स्थान पर होली जलती हो, शाम को होलिका को हल्दी-चावल से निमन्त्रण दे आए और दूसरे दिन होली जलने पर 108 बार मन्त्र जपते हुए सिन्दूर और गूगल से होली में हवन करे। फिर जब भी, किसी भी फूल पर 1 बार मन्त्र पढ़कर जिस स्त्री या पुरुष को सुँघाएँगे, वह वशीभूत होगा।

<u>मन्त्रः-8</u> **हाथ पसारूँ, मुख मलूँ, काची मछली खाऊँ, आठ पहर चौंसठ घड़ी जग मोह घर जाऊँ।**

<u>विधिः-</u> किसी शुभ शनिवार से जप आरम्भ करे। सात शनिवार तथा सात रविवार - दोनों दिन उक्त मन्त्र को रात्रि में 101 बार जपें। जप के समय गूगल की धूप, दीपक तथा प्रसाद रखें। इस प्रकार सात सप्ताह की साधना से मन्त्र सिद्ध हो जाता है। बाद में अभीष्ट व्यक्ति को, उक्त मन्त्र से सात बार अभिमन्त्रित पान खिला दें। वह वशीभूत हो जाएगा।

<u>मन्त्रः-9</u> **'ॐ मों ड्रों' अथवा 'ॐ मो ड्रों'**

<u>विधिः-</u> (1) प्रातः-काल, बिना किसी से बोले किसी एक मन्त्र का मन में 'सङ्कल्प' कर 500 'जप' करे। फिर जिस व्यक्ति को बुलाना चाहे, उसका स्मरण करे अथवा जिस व्यक्ति से जो काम लेना हो, उस कार्य का स्मरण करे। एक दिन में सफल न हो, तो नित्य-क्रम से 'जप' करता रहे! कुछ ही दिनों में सफलता प्राप्त होगी।

(2) एक 'कलश' में जल भरकर, उक्त मन्त्र का 500 'जप' करे। फिर जल पर उक्त मन्त्र से फूँक देकर उससे अपना मुँह धोये तथा कुल्ला करे। मुँह धोते समय, कुल्ला करते समय जिसको बुलाना हो, उसका स्मरण करता रहे। थोड़े दिन नित्य इसी क्रम से करने पर सफलता मिलेगी। लौटे हुए व्यक्ति के प्रति 'क्रोध' कभी न करे। शान्ति, प्रेम, सद्-व्यवहार से रहे।

मन्त्रः-10 **तेल सों मे तेल, राजा-परजा पावै मेल। कछुक पानी, मसक ब्यान। छः सौ बीर, मेरे पाय लगाव। हाथ खड्ग, फूलों की माला। जानि बिजानै, गोरख जानैं। मेरी गति को कहै न कोय। हाथ पछानो, मुख धोऊँ। सुमिरो निरञ्जन देव, हनुमन्त यती। हमारी पति राखो। मोहिनी-दोहनी दोनों बहिन आव। मोहनी रावल चलै। मुख बोले, तो जिह्वा मोहूँ, आस मोहूँ, पास मोहूँ। सब संसार में निकलूँ, टीका देय ललाट। आवे तो नाहिं, पकड़ बाँध ले आवै, दुहाई अञ्जनी के पूत की। दुहाई गुरू गोरखनाथ की। दुहाई निरञ्जन भगवान् की। मेरी भक्ति, गुरू की शक्ति। फुरो मन्त्र, ईश्वरो वाचा।**

विधिः- एक थाली में 11 दीपक जलाए। 'दीपावली' की रात में, भोज-पत्र पर सिन्दूर से इस मन्त्र को लिखे। फिर पञ्चोपचार पूजन कर मन्त्र का 108 बार जप करे। आवश्यकतानुसार साध्य व्यक्ति की ओर मुँह कर तीन बार इस मन्त्र को जपने से वह मोहित हो जाएगा।

मन्त्र :-11 **ॐ नमो आदेश गुरू को। राजा मोहूँ परजा मोहूँ। मोहूँ ब्राह्मण बणिया। हनुमन्त-रूप में जगत् मोहूँ, जो रामचन्द्र पर मणिया। गुरू की शक्ति, मेरी भक्ति। फुरो मन्त्र, ईश्वरो वाचा।**

विधिः- 21 दिन तक नित्य उक्त मन्त्र का 1000 'जप' करे। अपने इष्ट-देव को धूप-दीप-पुष्प-नैवेद्य आदि से प्रसन्न करे। भगवान् श्री रामचन्द्र जी का ध्यान कर स्मरण करे। 22 वें दिन से नित्य 11 माला जप करे। प्रयोग हेतु घर से बाहर जाए, चौराहे की धूल उठाकर, उसके ऊपर 21 बार उक्त मन्त्र पढ़े और अपने मस्तक पर उसकी एक बिन्दी लगा ले। यह बिन्दी देखने वाले वशीभूत होंगे। गलत कार्यों में इस प्रयोग का दुरुपयोग नहीं करना चाहिए।

मन्त्रः-12 **काला कलुआ, चौसठ वीर ताल भागी तोर। जहाँ को भेजूँ, वहीं को जाए। मास मघा को शब्द बन जाए। अपना मारा आप दिखाए। चलत बाण मारूँ। लट भूट बाण मारूँ। मार-मार कलुवा तेरी आ:स। चार चौमुखा दिया न जाए। मारूँ वादी की छाती। इतना काम मेरा न करो, तुझको माता का दूध पीना हराम है।**

विधिः- ग्रहण-काल या पर्व-काल में गुग्गुल की धूनी देकर उक्त मन्त्र का 108 'जप' करे। बाद में 'मन्त्र' स्मरण करता रहे। आवश्यकता पड़ने पर 'प्रयोग' करना चाहिए।

जिसका वशीकरण करना हो, उसके पाँव की धूल उठा ले। उसको 3 या 7 बार उक्त मन्त्र से अभिमन्त्रित करे। फिर उस साध्य पर युक्ति से फेंक दे। पैर की धूल लेना और अभिमन्त्रित करके फेंकना यह युक्ति का कार्य है। इसका उचित प्रबन्ध कर लेना चाहिए।

मन्त्रः-13 **हथेली में हनुमन्त बसे, भैरू बसे कपार।**
नरसिंह की मोहिनी, मोहे सब संसार।
मोहन रे मोहन्ती वीर, सब वीरन में तेरा सीर।
सबकी नजर बाँध दे, तेल सिन्दूर चढ़ाऊँ तुझे।
तेल सिन्दूर कहाँ से आया? कैलास-पर्वत से आया।
कौन लाया, अञ्जनी का हनुमन्त, गौरी का गनेश लाया।
काला, गोरा, तोतला - तीनों बसे कपार।
बिन्दा तेल सिन्दूर का, दुश्मन गया पाताल।
दुहाई कमिया सिन्दूर की, हमें देख शीतल हो जाए।
सत्य नाम, आदेश गुरू की। सत्‌गुरू, सत्‌ कबीर।

विधिः- आसाम के 'काम-रूप कामाख्या' - क्षेत्र में 'कामीया सिन्दूर' पाया जाता है। इसे प्राप्त कर लगातार सात रविवार तक उक्त मन्त्र का 108 बार जप करे। इससे मन्त्र सिद्ध हो जाएगा। प्रयोग के समय 'कामिया सिन्दूर' पर 7 बार उक्त मन्त्र पढ़कर अपने माथे पर टीका लगाए। 'टीका' लगाकर जहाँ जाएँगे, सभी वशीभूत होंगे।

मन्त्रः-14 **ॐ नमो तिलक ईश्वर, तिलक महेश्वर, तिलक जय विजय-कार। तिलक काठी मैं निकलूँ घर से, मोहे सकल संसार। शब्द साचा, पिण्ड काचा। स्फुरो मन्त्र, ईश्वरो वाचा।**

विधिः- शाबर विधि से ग्रहण काल में उक्त मन्त्र का 1000 बार जप करने से मन्त्र सिद्धि होती है। बाद में चन्दन, केसर, कस्तूरी, गोरोचन और कपूर के मिश्रण में स्वच्छ जल या गुलाब जल या गंगा जल डालकर चन्दन की तरह घोटे और 108 बार उक्त मन्त्र का जप करे। इस तरह करने से उक्त वस्तुओं का अभिमन्त्रण हो जाएगा। जब घर से बाहर जाए, तब उसी से तिलक करके जाए। 'तिलक देखने वालो का मोहन होगा। सबके साथ सद्‌ व्यवहार व सद्‌ वाणी करे इससे चारों ओर मान मिलेगा, बातें मान्य होंगी, सब लोग प्रसन्न रहेंगे। 'मोहन' का असर अल्प समयावधि तक होता ही है।

रामा पति यन्त्र

रामा यन्त्र अत्यन्त प्रभावयुक्त होता है। इसका प्रयोग युवतियों के लिए ठीक 'ललिता यन्त्र की' भाँति किये जाने का विधान है जो आगे दिया गया है। किसी महीने की शुक्ल त्रयोदशी

को रात्रि के समय उत्तराभिमुख होकर इस यंत्र की संरचना करनी चाहिए। यन्त्र संरचनापूर्ण हो जाने के उपरान्त धूप-दीप, पुष्प नैवेद्य आदि से उसकी पूजा करनी चाहिए। यन्त्र-रचना के दिन से प्रारम्भ करके तीन दिन तक अथवा पन्द्रह दिन तक, या फिर पूरे एक महीने तक अग्रांकित मन्त्र का जप करना चाहिए। जप के समय प्रिय प्रेमी या पति पर ध्यान केन्द्रित करना अनिवार्य है।

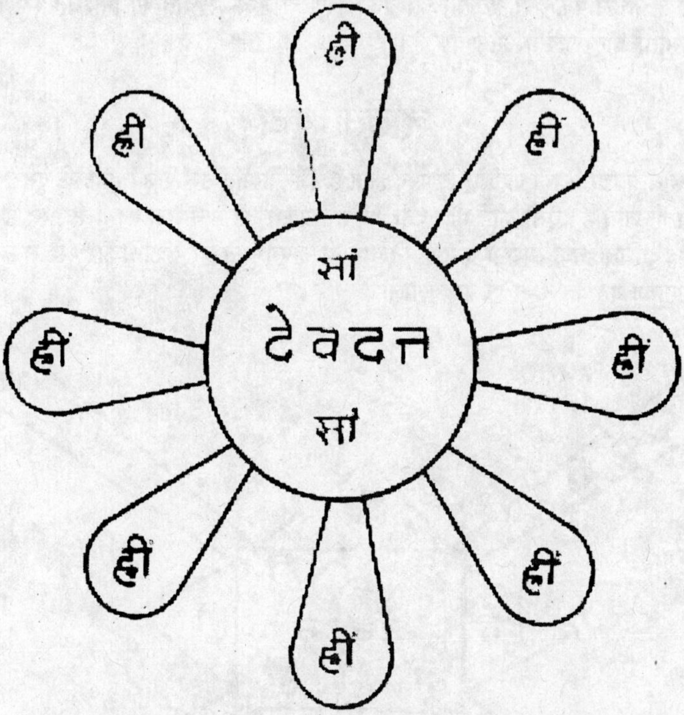

इस यन्त्र की रचना के लिए पूर्व उल्लेखित सामग्री होनी चाहिए। सर्वप्रथम भोजपत्र और स्याही। प्रारम्भ मे यन्त्र लिखकर तीन दिन तक उसकी पूजा की जाए, बाद में चौथे दिन तीन सुहागिन स्त्रियों को भोजन कराया जाए। यदि एक महीने तक पूजा करके, चतुर्दशी के दिन समापन किया जाए तो विशेष प्रभाव होता है। प्रयोग की समाप्ति पर सुहागिन युवतियों को भोजन कराना चाहिए। भोजन कराने के पूर्व उनकी ससम्मान पूजा की जाए और साथ में दिया हुआ मन्त्रोचार भी किया जाए यही मन्त्र प्रतिदिन 108 बार जपना चाहिए। मन्त्र केवल एक ही बार लिखा जाता है, अन्तर उसकी पूजा-अवधि का है। जितनी श्रद्धा और सुविधा हो उतने समय तक पूजा करना ही लाभप्रद होता है।

रामा यन्त्र की रचना सरल है। इसका विधि-विधान भी सरल है। कोई भी महिला इसकी साधना कर सकती है। मन्त्र इस प्रकार है-

अनंग बल्लभे देवि त्वं मे संप्रियतामिति।
एवं प्रियं महावश्यं वतुँ ते स्मर बल्लभे।।

यन्त्र की रचना करके उसकी विधान सहित पूजा की जाए, जप और पूजन के उपरांत भोजपत्र पर लिखे हुए यंत्र को चाँदी के कवच में 8 तह में लपेटकर लाल कच्चे धागे से रखें और उसे मोम से अच्छी प्रकार से बंद कर दें। यंत्र धारण करने के पश्चात् भी निश्चित रूप से मंत्र की एक माला नित्य जपना आवश्यक है।

ललिता यन्त्र

यह यन्त्र उन स्त्रियों के लिए लाभप्रद होता है, जिनके पति उनकी उपेक्षा करके दूसरी युवती के वश में हो जाते हैं। ऐसी कोई भी युवती, जो इस प्रकार की मानसिक वेदना से ग्रस्त हो, यदि विधि और शुचितापूर्वक साधना करे तो निश्चय ही अपने पति पर एकाधिकार रख सकती है। पति-वशीकरण का यह बहुत ही प्रभावशाली यन्त्र है।

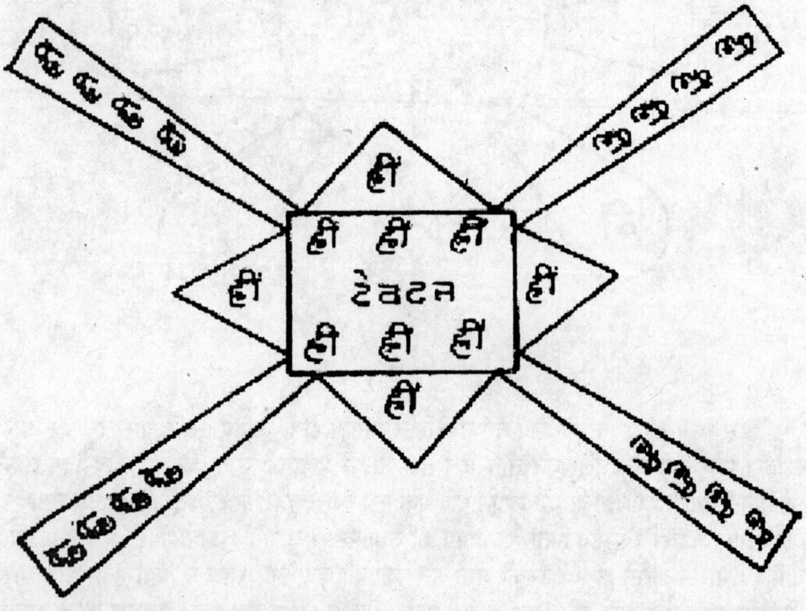

इस यन्त्र के प्रभाव से उनका पति अन्य युवतियों से विरक्त होकर उन पर आसक्त होता है। पति वशीकरण के लिए यह यन्त्र अमोघ अस्त्र की भांति है।

इस यन्त्र का साधन-विधान इस प्रकार है कि जिस युवती को साधना करनी हो वह दिनभर शुद्ध रहकर रात्रि में इस अनुष्ठान को प्रारम्भ करे। इस अनुष्ठान के लिए शुक्लपक्ष की त्रयोदशी की रात्रि सर्वश्रेष्ठ मानी जाती है। मास कोई भी हो, शुक्ल त्रयोदशी की रात्रि में उत्तर की ओर

मुंह करके इसकी रचना और पूजा की जाती है। यन्त्र लेखन में भोजपत्र. और कस्तूरी, कुंकुम, गोरोचन की स्याही का प्रयोग किया जाता है।

यन्त्र की संरचना करने के उपरान्त पञ्चोपचार से उसकी पूजा करनी चाहिए। पूजा में स्वच्छ नए वस्त्र, नैवेद्य और पुष्प आदि का प्रयोग आवश्यक है। सात दिन तक प्रतिदिन पूजा करके, सातवें दिन सात ब्राह्मणों अथवा कन्याओं अथवा सुहागिन स्त्रियों को भोजन कराकर दक्षिणा देने का विधान है। इसके उपरांत निम्नांकित मंत्र को सस्वर उच्चारण करते हुए यंत्र-शक्ति पर पूर्ण विश्वास के साथ उसे प्रणाम करना चाहिए और प्रार्थना करनी चाहिए कि हे ललिताम्बा! मेरी मनोकामना पूर्ण करें तथा मेरे पति को मेरे वश में कर दें।

शंकरस्य प्रिये देवि ललिते प्रियतामिति।
रूपदेहि, यशोदेहि, सौभाग्यं देहि वांछितम।।

ललिता यन्त्र को लाल कपड़े में लपेटकर लाल धागे में पिरोकर कंठ में धारण कर लेना चाहिए।

यदि युवती यन्त्र को धारण करने के पश्चात् प्रतिदिन नियमित रूप से उक्त मन्त्र का 108 बार जप करती रहे तो यन्त्र के प्रभाव में स्थायित्व के साथ-साथ वृद्धि होती है।

अन्य वशीकरण यन्त्र

विधिः- उक्त 'यन्त्र' को शुक्रवार के दिन शुक्र की होरा में, लाल चन्दन द्वारा अनार की लेखनी से 108 की संख्या में लिखे। तत्पश्चात् गन्ध-अक्षतादि द्वारा पूजा कर इन्हें नदी में बहा दे। अगले दिन शनिवार को, शुक्र की होरा में, इस 'यन्त्र' को प्रयोग के लिए भोज-पत्र पर अनार की लेखनी से लाल चन्दन द्वारा लिखे। 'यन्त्र' एक ही लिखना है और 'देवदत्त' के स्थान पर साध्य व्यक्ति का नाम लिखे।

रुं तुं रुं	रुं तुं रुं	रुं तुं रुं
रुं तुं रुं	देवदत्त वशय स्वाहा	रुं तुं रुं
रुं तुं रुं	रुं तुं रुं	रुं तुं रुं

घी व शहद में इस 'यन्त्र' को तीन रात्रि तक स्थापित करे, तो साध्य व्यक्ति वशीभूत हो जाएगा।

मंत्र प्रयोग

गृहस्थ जीवन को सुखी एवं सम्पन्न बनाने तथा अपने सौभाग्य की रक्षा के लिए स्त्रिया नित्य प्रति इन मन्त्रों का 11 बार पाठ करें तथा भगवान् शिव और पार्वती, विष्णु और लक्ष्मी जी, राधाकृष्ण अथवा सीताराम के युगल स्वरूप की पूजा करें-

ॐ इमा नारीरविधवाः सुपत्नीराञ्जनेन सर्पिषा संस्पृशन्ताम् ।नश्रवो
अनमीवा सुरत्ना आरोहन्तु जनयो योनिमग्रे ।।1।।
व्याकरोमि हविषाहमेतौ तौ ब्राह्मण व्यहं कल्पयामि।
स्वधां पितृभ्यो अजरा कृणोमि दीर्घेणायुषा समिमान्त्सृजामि।।2।।

किसी कारण वश यदि पति-पत्नी में वैमनस्य उत्पन्न हो गया हो तो दिए गए मन्त्रों का 21 बार नित्य पाठ करने से उनके मध्य सामंजस्य स्थापित होता है और पति-पत्नी सुखमय दाम्पत्य जीवन व्यतीत करने लगते हैं।

ॐ यथा नकुलो विच्छिद्य सन्दधात्यहि पुनः।
एवा कामस्य विच्छिनं सन्धेहि वीर्यावतिः।।1।।
अक्ष्यौ नौ मधुसङ्काशे अनीकं नौ समञ्जनम्।
अन्तः कृणुष्व मां हृदि मन इन्नौ सहासति।।2।।

पति वशीकरण मन्त्र

ओम् काम मालिनी ठः ठः स्वाहा।।

इस मन्त्र को पहले एक हजार आठ बार जाप करके सिद्ध कर लें, तत्पश्चात् आवश्यकता के समय निम्न प्रकार प्रयोग करें।

मछली के पित्ते में गोरोचन मिला कर, सात बार मन्त्र पढ़ मस्तक पर लगाने से पति वश में हो जाता है।

पति वशीकरण तंत्र

जिस स्त्री का पति अनुकूल न हो अथवा पर स्त्री के प्रति आसक्त रहता हो तो उस दुःख से मूक्ति पाने के लिए नीचे लिखे मन्त्र का जप करके इसी मन्त्र से अभिमंत्रित वस्त्र धारण करें-

ॐ अभित्वामनुजातेन दधामि मम वासना।
यथा सो मम केवलो नान्यासां कीर्तयाश्च न।।

(अथर्ववेद 6। 37)

मन्त्र- **।। ॐ ह्रीं भोगप्रदा भैरवी मातंगी, अमुकं वशमानाय स्वाहा ।।**

प्रयोग विधिः- किसी स्त्री का पति दुराचारी हो या उसको दुख देता हो, तो इस प्रयोग को सम्पन्न करना चाहिए। पति वशीकरण का यह सर्वश्रेष्ठ प्रयोग है। किसी भी शुक्रवार को रात्रि में अपने सामने किसी पात्र में हत्था जोड़ी रख दें और उसके नीचे सिंदूर बिछा दें, फिर तेल का दीपक जलाकर मन्त्र का जप प्रारम्भ करें, मन्त्र में जहां अमुकं शब्द है, वहां पति के नाम का उच्चारण करें। दस दिनों में दस हजार मन्त्र जप पूरा करने पर हत्था जोड़ी के नीचे या पास में सिंदूर बिछा हुआ होता है, वह उसके कपड़े में लगा दें तो ऐसा करते ही पति वश में हो जाता है और पत्नी का कहना मानता है तथा पत्नी के अनुकूल व्यवहार करता है। मंत्र जप में लाल हकीक की माला, लाल आसन का उपयोग करना चाहिए। यह मंत्र मूँगे की माला से भी किया जा सकता है। मंत्र जप के समय युवती को उत्तराभिमुख होना चाहिए। युवती को हत्था जोड़ी सदा अपने पास गुप्त रूप से रखना चाहिए। उसका ज्ञान पति को नहीं होना चाहिए। जब भी आवश्यकता अनुभव हो, अभिमंत्रित सिंदूर का उपयोग सतर्कतापूर्वक करना चाहिए।

1. पत्नी यदि निम्न मन्त्र से अभिमन्त्रित वस्त्र धारण करती है तो उसका पति उसकी ओर आकर्षित होता है और वह किसी अन्य स्त्री का ध्यान नहीं करता-

नभि त्वा मनुजातेन दधामि मम वासनां।
यथासो मम केवलो नान्यसा कीर्तियाश्चन।।1।।

2. शंखपुष्पी नामक औषधि को निम्न मन्त्रों से अभिमन्त्रित करके यदि पत्नी सेवन करती है तो उसका पति उसकी ओर आकर्षित होता है। पति के किसी अन्य स्त्री के साथ बढ़ रहे वासनात्मक सम्बन्ध समाप्त हो जाएंगे।

इद खनामि भेषजं मांपश्यमभिरोरुदम्।
परायतो निवतनमायतः प्रदिनन्दनम्।।1।।

येना निचक्र आसुरीन्द्र देबेव्यस्परि।
तेना नि कुर्वे त्वामहं यथा तेऽसानि सुप्रियः।।2।।

प्रतीची विश्वान् दैवान् ता त्वाच्छावदामसि।।3।।

अहं वदामि तत् त्वं सभायामह त्व वद।
ममेदसस्त्वं केवलो नान्यासा कीर्तियाश्चन।।4।।

यदि वासि तिरोजन यदि वा नद्य स्तरः।
इयं य दह्यं त्वामोषविधर्वतुदध्वेव त्यानयत्।।5।।

युवक वशीकरण शाबर मंत्र

पति द्वारा उपेक्षित स्त्रियाँ निम्न सरल मन्त्र की एक माला प्रतिदिन जपें तथा तीन बार सिन्दूर पर पढ़कर अपने मस्तक पर उसकी बिन्दी लगाएँ।

मंत्रः-1 **ॐ नमो आदेश गुरु को सिन्दूर कमिया सिन्दूर नाम तेरी पत्नी। कामक्ष्या सिर तेरी उत्पत्ति सिन्दूर पढ़ि लगावे बिन्दी हो वश होवे निर्बुद्धि। ॐ महादेव की शक्ति गुरु की भक्ति। कामरूप कामख्या माई की दुहाई। आदेश हाड़ी दासी चंढी मन लाव निकार न हो तो पिता महादेव बाम पाद जाप लगे।**

गृहणियों को चाहिए कि मंत्र जप तथा प्रयोग के समय के स्थान पर अपना नाम तथा अमुक स्थान पर पति का नाम डालें।

मंत्रः-2 **"ओम् सत्यनाम आदेश गुरु को लौंग लौंग मेरा भाई इन्हीं लौंग ने शक्ति चलाई पहली लौंग राती माती दूजी लौंग जोबन माती तीजी लौंग अंग मरोड़े चौथी लौंग दोऊ कर जोड़े चारों लौंम जो मेरी खाय..... के पास से ......के पास आ जाय गुरु की शक्ति मेरी भक्ति फुरो मंत्र ईश्वरी वाचा"**

इस शाबर मंत्र से दुहरा काम होता है किसी अनपेक्षित व्यक्ति से बने सम्बन्धों को दूर करके अपनी ओर आकर्षित करना अथवा किसी और के लिए भी प्रयोग कर लेना। पहले खाली स्थान में वह स्त्री जिसके प्रभाव में है उसका नाम लिया जाय। पति के पास है तो पति का, पिता के, माता के या भाई के संरक्षण एवं प्रभाव में है, तो उसका नाम लिया जायगा।

विधानः- मंत्र को सिद्ध करने के लिए शनिवार से प्रयोग प्रारम्भ करना चाहिए। अच्छा रहे जिस पर प्रयोग करना हो, उनका नाम भी बोल दिया जाय। प्रतिरात्रि इक्कीस दिन तक इस मंत्र की एक माला जपे इक्कीस दिन तक जपने से मंत्र सिद्ध हो जाता है, फिर चार लौंग लेकर उनको एक सौ आठ बार जपकर अभिमंत्रित करे। ये लौंग अभीष्ट व्यक्ति को किसी भी वस्तु में किसी के भी हाथ से या स्वयं खिला दे।

युवक वशीकरण मंत्र

भारत की नारी सदैव से ही पति के अत्याचारों को सहन करती आयी है। प्रायः दहेज की कमी अथवा उसकी रूप-माधुरी की कमी के कारण पतियों का व्यवहार उग्र, उपेक्षापूर्ण होता रहा है। कभी-कभी नव-विवाहिताओं को ऐसे क्रूर-नराधम पुरुषों द्वारा जलाकर या गला-घोंटकर मारते हुए भी देखा गया है।

प्रायः ऐसे भी उदाहरण सामने आए हैं कि सुन्दर पत्नी के होते हुए भी पति को अन्य स्त्रियों

में लिप्त होते देखा गया है। अतः यदि किसी नारी का जीवन ऐसी ही विषमताओं से आच्छादित या दुखपूर्ण बन गया हो, तो वह निम्न सरलतम तांत्रिक प्रणालियों का प्रयोग कर पति से स्वाभाविक-आकर्षण और प्रेम प्राप्त कर सकती है। निःसन्देह मंत्रभेद की किसी क्रिया को छुपाया नहीं गया है।

मन्त्रः- **नमो महा-यक्षिणि पति मे वश्यम् कुरू कुरू स्वाहा।**

विधानः- किसी शुभ मुहूर्त, पर्व अथवा रविवार को लाल साड़ी आदि वस्त्र धारणकर, लाल आसन पर बैठकर, पूर्व की ओर मुख कर तथा गुगल अथवा धूप जलाकर उपरोक्त मंत्र की सात से ग्यारह दिनों में दस हजार संख्या में जप करें। तत्पश्चात् प्रतिदिन एक माला जपें। पति की दृष्टि में नारी चन्द्रमुखी ही नहीं सर्वगुण सम्पन्न प्रतीत होगी।

वशीकरण पान

मन्त्र- **हरे पान, हरियाले पान। चिकनी सुपारी, श्वेत खैर। दाहिने कर चूना, मोहि लेय। पान हाथ में देय, हाथ रस लेय। पेट दे, पेठ रस लेय। श्री नरसिंह वीर ! तुम्हारी शक्ति, मेरी भक्ति। फुरो मन्त्र, ईश्वर महादेव की बाचा।**

विधिः- मन्त्र को 21 बार पढ़कर जिसे पान खिलाएँगे, वही वश में होगा।

युवक-आकर्षण-मन्त्र

1. ॐ नमो आदि-रूपाय 'अमुक' आकर्षण कुरु कुरु स्वाहा।

विधिः- काले धतूरे के पत्तों का रस और गोरोचन को मिलाकर सफेद कनेर की कलम से भोज-पत्र पर मन्त्र को लिखे। खैर-सार के अङ्गारों में तपाए, तो कोई व्यक्ति यदि एक सौ कोस दूर भी चला गया हो, तो वापस आ जाएगा। 'अमुक' स्थान पर अभीष्ट व्यक्ति का नाम बोले। वही नाम भोज-पत्र पर भी लिखे।

2. ॐ नमो काल-संहाराय ह्रीं हूं फट् 'अमुक' आकर्षण स्वाहा।

विधिः- उक्त मन्त्र का जप 108 बार नित्य करे। 'अमुक' के स्थान पर जिसे बुलाना हो, उसका नाम ले। थोड़े ही दिनों में वह व्यक्ति मन्त्र-जप-कर्ता से मिलने आएगा।

पति या पत्नी-वशीकरण-मन्त्रों से यह मन्त्र भिन्न है। उक्त मन्त्र से किसी भी पुरुष का, वह कोई भी हो, आकर्षित होता है।

सिन्दूर मन्त्र

ओम् नमो आदेश गुरु को सिन्दूर कीमया सिन्दूर नाम तेरी पत्ती। कामाख्या सिर पर तेरी उत्पत्ती। सिन्दूर पढ़ि असुकी लगावें बिन्दी हो वश अमुक होके निर्बुद्धी। ओंम् महादेवी की शक्ति गुरु की भक्ति कामाख्या माई की दुहाई आदेश हाड़ी दासी चण्डी की, अमुक मन लाव निकार न तो पिता महादेव वाम पाद जाय लगे।।

इस मन्त्र को पहले दस हजार बार जाप करके सिद्ध कर लें और आवश्यकता के समय सरसों के तेल में मालती के पुष्प ड़ाल दें और कुछ दिनों में यह फूल जायें, तब एक सौ आठ बार मन्त्र पढ़ योनि में लगा पति समागम करें, तो पति वश में हो जाता है।

पति वशीकरण मन्त्र

1. ॐ नमो महायक्षिण्यै मम पति में वश्यं कुरु कुरु स्वाहा

यह मंत्र एक लाख बार जप करने से सिद्ध हो जाता है। पति को वश में करने के लिए प्रतिदिन 108 बार जप करने से पतिदेव निश्चय ही पत्नी के वशीभूत हो जाते हैं।

2. ॐ नमो महायक्षिणी मम पति वश्य मानय कुरु कुरु स्वाहा।

इस मंत्र को पहले एक हजार बार जप कर सिद्ध कर लेना चाहिए। तत्पश्चात् आवश्यकता पड़ने पर स्त्री, बृहस्पतिवार के दिन केले का रस, सिन्दूर और अपनी योनि का रक्त मिला कर सात बार उपरोक्त मन्त्र से अभिमन्त्रित कर मस्तक पर बिन्दी लगाने से पत्थर दिल वाला पति भी वश में हो जाता है। अथवा

अनार के फूल-फल-पत्र व जड़ को सफेद सरसों के साथ पीसकर उपरोक्त मन्त्र से अभिमन्त्रित कर अपनी योनि में लेप करके पति के साथ सहवास करने से पति हमेशा-हमेशा के लिए वशीभूत हो जाता है।

3. ॐ ह्रीं श्रीं क्रीं थिरिं ठः ठः अमुकं वशं करोनि।

यह मन्त्र दस हजार बार जप करने से सिद्ध हो जाता है। प्रयोग करते समय शुक्ल पक्ष की प्रथमा तिथि को गौरैया पक्षी के माँस को मन्त्र से अभिमंत्रित कर थोड़ा सा पान में रखकर पति को खिलाने से वह पत्नी से एक क्षण के लिए भी दूर नहीं रहना चाहता।

2. स्त्री वशीकरण हेतु शाबर एवं अन्य मन्त्र

आधुनिक युग में बलात् आकर्षण करना कितना उपयुक्त है अथवा कितना अनुचित? यह पृथक् प्रश्न है परन्तु शास्त्रों में ऐसे अनेक मन्त्र प्रयोग दिये गए हैं जिनके उपयुक्त जप तथा सघन

साधना की सहायता से वशीकरण या सम्मोहन सम्भव है। कामदेव मन्त्र निम्नांकित है जो वशीकरण हेतु अनेक अवसर पर शीघ्र फलप्रदाता सिद्ध हुआ है-

हमारे मन में उठने वाली कामेच्छा या शारीरिक आसक्ति पर कामदेव का प्रभाव होता है। किसी का आकर्षण अथवा सम्मोहन करने के लिए इस मन्त्र का प्रयोग करना चाहिए, विशेषतः स्त्रीवर्ग के सम्मोहन के लिए।

"मद मद मद मादय मादय खिल ह्रीं............नाम्नी............स्वरूपां स्वाहा"

विधि

इस मन्त्र में दो जगह खाली स्थान हैं, पहले स्थान पर उसका नाम बोला जायेगा, दूसरे में हम जैसा सम्बन्ध रखना चाहते हैं वैसा बोला जायेगा। जैसे किसी का नाम दीक्षा है, तो दीक्षा नाम्नी वशीकरण करना चाहे, तो वशीकृत स्वरूपां उससे विवाह करना चाहते हों, तो पत्नी स्वरूपां बोलेंगे। पहले इस मन्त्र का दस हजार जप करना होगा, जिससे यह सिद्ध हो जाय। सिद्ध करने के लिए जप करते समय दोनों स्थानों पर अमुक शब्द जोड़ा जायगा। दस हजार जप करने से यह मन्त्र कार्य करने योग्य हो जाता है।

मन्त्र साधना करने पर मन्त्र के स्वरूप भूत अथवा अधिष्ठाता देवता का ध्यान किया जाता है। इस मन्त्र के देवता कामदेव हैं। उनका ध्यान करने के लिए आगे लिखा श्लोक एवं उसमें वर्णित रूप का चिन्तन करना चाहिए।

कनकरुचिरमूर्तिः कुन्दपुष्पाकृतिर्वै,
युवतिहृदयमध्ये निश्चिता दत्तदृष्टिः।
इति मनसि मनोजं ध्याययेद यो जपस्थो
वशयति च समस्तं भूतलं मन्त्र सिद्धः।।

दस हजार जप से इसका एक पुरश्चरण हो जाता है। जप के बाद लाल सुगन्धित फूलों का एक हजार आहुति से हवन करने पर पुरश्चरण सम्पूर्ण होता है। इस प्रकार सिद्ध किये मन्त्र का आवश्यकता पड़ने पर प्रयोग करने से अभीष्ट फल प्राप्त होता है। इस प्रयोग में सारे कार्य बायें हाथ से किये जाते हैं। जप भी बायें हाथ से, कामदेव का पूजन भी बायें हाथ से और हवन करते समय आहुति भी बायें हाथ से ही दी जाती है।

इस विषय में कहा गया है-

शतशत परिजापात् स्यादयं सिद्धिदाता
दशदश कुसुमानाँ लोहितानां च होमात्
इह तु सकल कार्यं वामहस्तेन कार्यम्
उपदिशति समासाज्ज्योतिरीश स्वरूपा।।

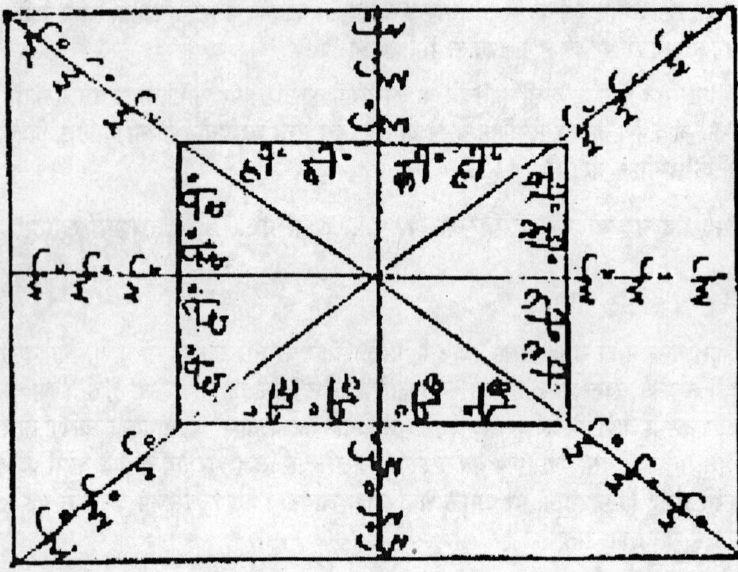

इस यंत्र को अष्टगंध से भोजपत्र पर लिख रोली, पुष्प, धूप, दीप और प्रसाद से पूजन करके अपने आसन के नीचे रख लें। भोजन करने के बाद जूठे चावलों को एक हाथ में लेकर-

"ओं नमो उच्छिष्ट चाण्डालिनि पच पच भंज भंज मोहे मोहे मम....... वश्यां कुरु कुरु स्वाहा"

इस मन्त्र को सौ बार पढ़ तत्पश्चात् उन चावलों को रख दें। यह क्रिया दस दिन तक दोहरायें। इस प्रकार दस दिन के एकत्रित चावलों को हाथ में लेकर उन पर सात बार यह मन्त्र पढ़ कर वे चावल उसे खाने के लिए दें या उसके घर में फेंक दें।

इस मन्त्र को सिद्ध करने के लिए पूजित यन्त्र साधक नीचे दबाकर साधना करता रहे। दस हजार मन्त्र जप से पुरश्चरण सम्पूर्ण हो जाता है। पुरश्चरण करते समय खाली स्थान पर अगुकी बोलता रहे और पुरश्चरण के पश्चात् जिस पर प्रयोग करना हो, उसके नाम पर अनुस्वार लगाकर जप करे। यह प्रयोग दस दिन तक उसी आसन पर बैठ कर करें, जिसके नीचे पूजित यन्त्र रखा हुआ है, तो भी कोई आपत्ति नहीं।

अन्य मंत्र 1.

"ओम् सत्यनाम आदेश गुरु को लौंग लौंग मेरा भाई इन्हीं लौंग ने शक्ति चलाई पहली लौंग राती माती दूजी लौंग जोबन माती तीजी लौंग अंग मरोड़े चौथी लौंग दोऊ कर जोड़े चारों लौंग जो मेरी खाय......................के पास से ....के पास आ जाय गुरु की शक्ति मेरी भक्ति फुरो मंत्र ईश्वरी वाचा।"

इस शाबर मंत्र से दोहरा काम होता है। किसी अनपेक्षित व्यक्ति से बने सम्बन्धों को दूर करके अपनी ओर आकर्षित करना अथवा किसी और के लिए भी प्रयोग कर लेना। पहले खाली स्थान में वह स्त्री जिसके प्रभाव में है उसका नाम लिया जाय। पति के पास है तो पति का, पिता के, माता के या भाई के संरक्षण एवं प्रभाव में है तो उसका नाम लिया जायेगा।

विधान- मन्त्र को सिद्ध करने के लिए शनिवार से प्रयोग प्रारम्भ करना चाहिए। अच्छा रहे जिस पर प्रयोग करना हो, उनका नाम भी बोल दिया जाय। प्रति रात्रि इक्कीस दिन तक इस मन्त्र की एक माला जपे। इक्कीस दिन तक जपने से मन्त्र सिद्ध हो जाता है तत्पश्चात् चार लौंग लेकर उनको एक सौ आठ बार जपकर अभिमंत्रित करे। यह लौंग अभीष्ट व्यक्ति को किसी भी चीज में, किसी के भी हाथ से या स्वयं खिला दे।

2.

मन्त्र- **"कामरूप कामाख्या माई वहीं से वाने शक्ति चलाई अमुक की बेटी अमुक की लुगाई अमुक के भग में काम जगा के विह्वलि बना के अमुक के पास न आवे जब तक भग पानी बन्द न करावे अमुकी के मदन महल में अमुक को काम न जाय घोर घोर घोर मचाय मचाय के न शिकारी बुलाय ना कराये तो कामाख्या न कहाये आन कामदेव की यति शिव शंकर की आदेश गुरु अमरा को।"**

इस मंत्र में छः स्थान पर अमुक शब्द आया है। मन्त्र की साधना करते समय अमुक शब्द ही बोलना है। सिद्ध हो जाने पर प्रसंग में जिस तरह की आवश्यकता हो, उसी का नाम बोल देना होगा। किसी कुमारी पर करना है तो अमुक की लुगाई ही बोला जायेगा, यदि विवाहित है तो उसके पति का नाम बोला जायेगा। इनमें क्रमशः पहले अमुक में पिता का नाम दूसरे में पति का, तीसरे में उसका, चौथे में जिसके साथ उसका सम्बन्ध करना है उसका नाम (साधक स्वयं ही किसी पर कर रहा हो तो अपना नाम बोले) पाँचवे में उस स्त्री का नाम और छठे में उस व्यक्ति का नाम, जिसके साथ उसे सम्बन्ध करना है।

विधि : नवरात्र में रात भर जाग कर इस मन्त्र का जप करके सिद्ध कर लें। नवरात्र पश्चात् फिर जप करता रहें। जिस स्त्री पर प्रयोग करना हो, उसकी कल्पना करके एक भाला लाकर उसका शृंगार करें और इस मन्त्र का जप करें। तीन दिन तक नित्य भाले का शृंगार करके सामने रखकर इस मन्त्र का जप करता रहे, मन्त्र के प्रभाव से वह स्त्री स्वयं पहल करेगी।

इस प्रयोग में विशेषता यह है कि यह किसी अन्य व्यक्ति के लिए भी किया जा सकता है।

मानिनी यन्त्र

मजीठ, लाख और हल्दी को पानी में पीसकर स्याही बनाएं। इस स्याही से भोजपत्र पर सामने दिया गया यन्त्र लिखें। यह समस्त कार्य रात में किया जाता है। जिस स्त्री पर (यह रूठकर मान कर रही है) प्रयोग करना है उसके पैर की मिट्टी लाकर उससे एक स्त्री की मूर्त्ति बनाएं।

यन्त्र की पंचोपचार पूजा करके उसे मूर्त्ति के गुप्तांग (योनि) में स्थापित कर दें। इसके पश्चात् उस मूर्त्ति को कहीं एकान्त स्थान में ले जाकर रख देना चाहिए।

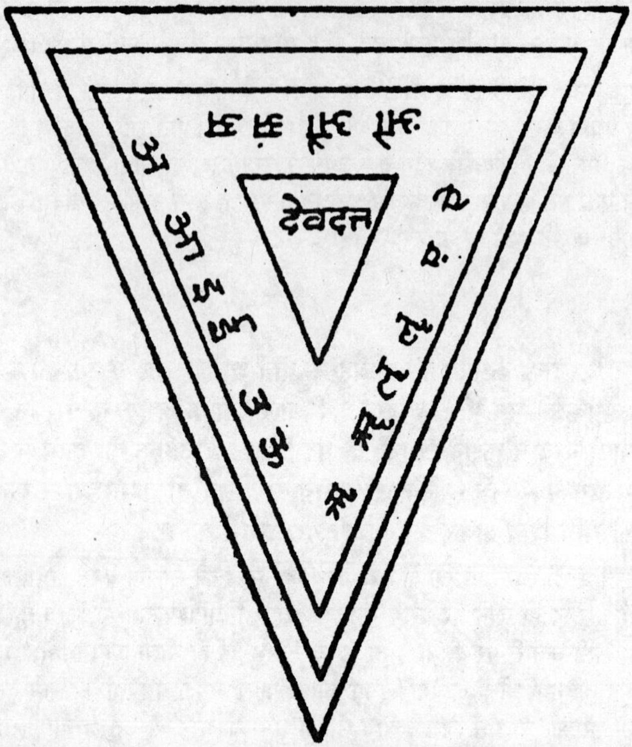

यन्त्र लिखते सयम देवदत्त के स्थान पर उस स्त्री का नाम लिखा जाना चाहिए, जिसको वशीभूत करना हो।

1. ॐ नमो फूल-फूल की वारी-वारी, चौसठि नारी दरबार-यारी, नारसिंह शक्ति तुम्हारी। यो फूल सूँघै, सो दास हमारी। मेरी भक्ति, गुरु की शक्ति। फुरो मन्त्र, ईश्वरो वाचा।

2. ॐ आदेश गुरु को। हाँथ पकरि मुख मलूँ। कच्ची मछरी खाउँ। आठ पहर बत्तीस घरी। जगमोहन मेरा नाम। और देखै, जरै, मरै। मोहि देखे पाइन परे। मेरी भक्ति, गुरु की शक्ति। फुरो मन्त्र, ईश्वरो वाचा।

3. ॐ आदेश गुरु को। लवङ्गे सराई, लवङ्गा भैरव। तहाँ जो जाइ पढ़िकै लवङ्ग। देउगा हाँथ पाइ परै। डिठी लागे सात घर। तन पीठी, लवङ्ग डीठी। चतौल लैना भरि, तुरन्त परे लवङ्ग। भैरो प्रकट फुरै। मेरी भक्ति, आदेश गुरु को, अ क्षा भू टां हुं फट्।

4. ॐ दक्षिण देश वीर हनुमन्त चला। एक जटा आकाश, एक जटा पाताल। बाँएं हाँथ गदा, दाहिने हाँथ छड़ी। गर्जन्ता चलै, घोरन्ता चलै, नदी-नाला सोखन्ता चलै। चलै भोहड़ा नारसिंह। आदि-भैरव, काल भैरव, भूरा-भैरव, सेत भैरव, सवा लक्ष लैकै वीर चलै। चौसठि योगिनी चले। चौरासी लक्ष क्षेत्रपाल चले। जलथे तुलसी चले। महादेवनी कन्या चले। तुरत चले। तुरत न चलै, तौ सती सीतानी सेज पग देइ। रामचन्द्र की पूजा पाइ करि ठेलै। जो तुरत न चलै, तौ मेरी भक्ति। गुरु की शक्ति, फुरो मन्त्र, ईश्वरो वाचा।

5. आदेश गुरू को। सम्मोह भैरव, मोहनी वेश, हाँथ पाश, सिद्ध-सिद्ध को आदेश। राजा मोहुँ, प्रजा मोहु, मोहु ब्राह्मण-वाणियों चारो खूँट। पृथ्वी मोहु, समीप सम्मोह। भैरव जानिए मेरी भक्ति, गुरु की शक्ति, फुरो मन्त्र, ईश्वरो वाचा।

6. ॐ भैरवो देवो ! नगर मोहु, राजा मोहु, नगर-नायक मोहु, देव मोहु। श्री भैरव की शक्ति। फुरो मन्त्र, ईश्वरो वाचा।

7. ॐ आदेश गुरू को। पानी खेलै, पानी दौड़ै, विष का पानी। भैरव खासा, मारी हासा। हाँथ धरो राजा-रानी। पानी ते यारी, पानी की क्वारी। पानी को सागर। हाँथ पानी की झारी। पानी मारो, फूको, हरो। इन्द्र-देव की रानी। अजय-पाल जोगी, जल-केलि-नाथ भोगी। मेरी भक्ति, गुरु की शक्ति। फुरो मन्त्र, ईश्वरो वाचा।

8. ॐ आदेश गुरू को। पानी को प्यासा, आया पानी तमासा। पानी बैठे, पानी दौड़ै, पानी बोले, पानी खेले, पानी जाले। जल-केलि-नाथ हाँथ मले। तहाँ होइ अःगी। पानी आवन्ता, वन्ता। इसमाइल रानी। शत्रु तोड़ो, आकाश फोड़ो, ब्रह्म-विष्णु को गाड़ो, सब देवता को छोड़ो, भक्तन को पाउ न छोड़ो। मेरी भक्ति, गुरु की शक्ति। फुरो मन्त्र, ईश्वरो वाचा।

9. ॐ नमो कैलाश पर्वत पर गौरा देई। जे मन माहे चाहूँ, ते आवै धाई। मेरी भक्ति, गुरु गोरख-नाथ की शक्ति। फुरो मन्त्र, ईश्वरो वाचा।

10. ॐ कामरू देश। तेकर फूल बिनै लोना चमारिनि। यो वास फूल की आवै वास, तो अमुकी आवे हमारे पास। मेरी भक्ति, गुरु की शक्ति। फुरो मंत्र, ईश्वरो वाचा।

11. ॐ मोहनी जोहनी दोनों बहिन। चलगे मोहनी कबरू के देश। चलत में हाट में, वाट में, मोहै कुवना पनिहारिन। मोहै सिंहासन चढ़ि कै राजा। मोहै डोला चढ़िकै रानी। मोहै से मोहन मोहनी, अमुक को अमुकी के वश कर (या अमुकी को मेरे वश कर या अमुक को मेरे वश कर)। मोहनी रोम-रोम भीजि जाय। दोहाई ईश्वर महा-देव की। दोहाई गौरा पार्वती माता की। दोहाई नैना जोगिन की। दोहाई सत-गुरु के। बन्दौं पाउ।

12. नोना नोन बजाड़ा। नोन अवसि नून है गुनवन्ता। हाला जावा तावा, जल में डारै। मच्छली वाछै। गाई देइ पियावै वाछ। स्त्री को देह, तो लागै साथ। ईश्वर महादेव गौरा पार्वती की दोहाई। सतगुरु के बन्दौं पाव।

13. या उस्ताज, बैठ पास। उस्ताज की लकड़ी, भगीरथ ने पकड़ी। उस्ताज पीर मददत गीर, मदद करने वाला अल्लाह तू ही है। लोंगा-लोंग सलाई। लोंग-लोंग ने दी नाहर, उसके नाम तन-मन लगे सारी रात। उसे नाम बैठे चैन न उसे चैन, बिन देखे मेरे नैन दुहाई। बुलले गुरु की दुहाई। अञ्जनी के जाये की दुहाई। हनुमान दुहाई। हजरत सुलेमान पैगम्बर के तख्त की दुहाई। जो इन दच सेटल के जा, नौ-नौ देवी चमारी के नरक-कुण्ड में पड़े।

14. बिस्मिल्लाह कर बैठिए, बिस्मिल्लाह कर बोल। बिस्मिल्लाह कुञ्जी कुरान की, जो चाहे सो खोल। धरती माता तू बड़ी, तुझसे बड़ा ख़ुदाय। पीर-पैगम्बर औलिया, सब तुझमें रहे समाएँ। डाली-से-डाली झुकी, झुका झुका फूल-से-फूल। नर बन्दे तू क्यों नहीं झुकता, झुक गए नबी रसूल। गिरा पसीना नूर का, हुआ चमेली फूल। गुन्द-गुन्द लावने मालिनी पहिरे नबी रसूल।

उपरोक्त शाबर मंत्र जप करने का विधान का ध्यान अवश्य रखना चाहिए हमने शाबर तंत्र : सृष्टि एवं रहस्य शीर्षक के अन्तर्गत पृष्ठ सं-47 पर विस्तार से विवेचित एवं व्याख्यायित किया है। हमारा परामर्श है कि किसी भी शाबर मंत्र का जप करने के पूर्व उसके विषय में जान लेना अनिवार्य होता है। मंत्र को जागृत करने के बाद ही मंत्र जप करने से उसके फल प्राप्त होने में सन्देह नहीं होता है।

1. ॐ आदेस गुरू को। सम्मोहु भैरव, मोहिनी वेश। हाथ पाश-सिद्ध, सिद्ध को आदेस। राजा मोहु प्रजा मोहु, मोहु ब्राह्मण वाणिए। चारि खूँट पृथी मोहु। समीप सम्मोह-भैरव जानिए। मेरी भक्ति, गुरू की शक्ति। फुरो मन्त्र, ईश्वरोवाच।।

2. ॐ भैरवी देवो-देवो। नगर मोहूँ, राजा मोहूँ, नगर-नायक मोहूँ। श्रीभैरव की शक्ति, फुरो मन्त्र, ईश्वरोवाच।।

3. अरे, काम-पर्वत-शिखरे-वास ! कामिनी-लम्पट, कामिनी-चोर ! जनि जाहि कामिनी के पास। महा-देव की आज्ञा।।

4. चलु-चलु कामा, चलु वासुकी की आज्ञा। शीघ्र चलु। जो चोर नार गल चाँपि आँधरो करु।।

5. ॐ नमो पयन के पूत ! वज्राङ्गी, वज्र की गोली, श्रीराम की दोहाई। श्रीराम की आज्ञा असत्य जाय।।

6. ॐ श्रीं सीता को चोरी करी। कंसाहु परिहारै, कोटि दोइ वज्र-हात धरी। वज्र चालु लकरी, हनुमन्त वीर की शक्ति फूरे।।

7. अरे जल-जलि, पाथाइ लोकाई। भूत-प्रेत बाँधि लो। नाही भूँत बाँधि, प्रेत बाँधो, डाईनी बाँधो, योगिनी बाँधो, दोचरा बाँधो, चनरा बाँधो। घर पस घरे, देवता बाँधो। पकर मारि ग्राम-देवता बाँधो। बाँध रे बाबा ! जल-जलिया जल परे, परे च्यारि-दास मढिया। हर आज्ञा, श्री रामेर आज्ञा। बाँध रे बाप, मोर हनुमान, बेगि बाँध-बाँध-बाँध।।

8. ॐ तैल थम्भो, ताई थम्भो। अग्नि-पूत वैश्वानर थम्भो। पार्वती का वार थम्भो। महा-देवेर खर्पर थम्भो। थम्भो मोरी सिद्धि। गुरू कै पावु शरण। काँउरू तोरी विद्या, नोना चमाइनि, पावु शरण। काँउरू तोरी विद्या, नोना चमाइनि, तोरे पावु शरण। हात में फोरा, न आवै, सो मन्त्र। तेल थम्भो, तेल ताइ वैसन्दर थम्भो। जरहि ते कटाभार तेल बाँधो, न उड़े, जो पाकै, सो बैठे।।

9. काली नागिनि किलि। तिन पाक, थिन उपकन्थि। सर्व-रूपाग्नि होयाग्नि। मेरी सिद्धि, गुरू का पाउ जान।।

10. ॐ नमः श्वेत देवी। आथमजा आश्रगष्टा सुसिद्धा भजाहि। राजा मोहुँ, प्रजा मोहुँ, सभ नगरी की जीव जन्तु मोहुँ। चौबारे बैठा राणी मोहुँ। हात लेइ दण्ड, ई निगड करौ पलँग। श्रीसूर्य-देव ! तुम शरण, तुह्र तरण। तर-बतर पल बियाई। जरी फुरू-फुरू श्वेत-देवी ईश्वरोवाचा।। आकाश बाँधौ, पाताल बाँधौ। ज्या खाँडे की धार बाँधौ। देखो, शक्ति कामाक्षा देवी। वार कण्ठ, हिन-हिन हि ॐ खण्ड-खण्ड धारिणि स्वाहा।

11. ॐ श्लीं गभस्ति-भैरयाय, सकल-शत्रु-संहारकाय, वरदाय, अशेष-शक्ति-दायिने, शृङ्खला-चूर्णि-करणाय, भक्तानन्ददाय नव कोटि-सिद्धि-भैरवाय, प्रज्वलितार्च्चि-स्वरूप हुं मम शुभं कुरु स्वाहा।।

12. अगिनि जरसि, पर जरसि। किह हासि सागपसर के थाँभौ। पानी पन्थ भै, जासि काउरू कामता के विद्या। नोना जोगिनि कै दुहाई।।

13. ॐ ह्रीं पुछ-जिनानं, ॐ अहि जिनानं। पर-मोहे जिनानं। अनन्तोहि जिनानं। सा नूं केवलानं भवत्थ केवलीनं भवत्थ, केवलीनं अभवत्थ। केवलीनं नभो स्वाहा।।

14. आरे भेलाई, उच्छिष्ट-चाण्डाली। खनि मारे कपारी। ऊचा अनलं करसि, राणीं के सजाव वठसि। फुरो मन्त्र, ईश्वरोवाच।।

15. अस्म-सार विजौ-सार, सार-धार बन्धौ सात बार। नागी ऐ तीन पहरे चीर-रक्ष्या करे रे। श्रीगोरखराउ अनवन मन्तुर रणी धा रहा। हनुमन्त सूलं-पानि राजा विक्रमादित्य की रक्षा। मोरी सिद्धि, गुरू का पाउ जानि।।

16. ॐ नमो कावरू देश, कामाक्षा वाणी। तहाँ बैठे इस्माइल योगी। इस्माइल योगी की भुरकी मति। अति बली मेरी भक्ति, गुरू की शक्ति, फुरो मन्त्र, गोरक्ष की वाचा।।

17. ॐ नमो रुद्र, पाक-रुद्र। सकुतथी दुर होइ जाय। मेरी भक्ति, गुरू की शक्ति। फुरो मन्त्र, रुद्र वाचा।।

18. ॐ नमो कैलास पर्वत, गौरा दे माई। जे मन माहे चाहुँ, ते आवै धाई। मेरी भक्ति, गुरू की शक्ति। फुरो मन्त्र, गौरा देवी की वाचा।।

19. कावरू देश, कामाख्या चण्डी। तहाँ बसे भरम, दोउ भाई। देखत पुरुष भरमन्थाई, राजा गोरख की यह दुहाई। मेरी भक्ति, गुरू की शक्ति। फुरो मन्त्र, गोरख की खरी यह दुहाई।।

20. कायरू देस, कामक्षा बारी। तेकर फूल बोने नोना चमारी। जो बास फुलहिं, आवै बास, तस हस अमुका आवै पास। गुरू की शक्ति, मेरी भक्ति। फुरो मन्त्र, ईश्वरोवाच।।

21. ॐ दीठि झारों, मूठी झारो। खीलो धरती, खीलो आकास। खीलो मीर, बदरी की दास। खीलो घाट-वाट, जी जाए। खीलो मातु-पिता, जी आए। मेरी भक्ति, गुरू की शक्ति। फुरो मन्त्र ईश्वरोवाच।।

22. ॐ नमो फूली फूल की बारी। बीनी चौसष्ठि नारी, दाखनी पारी। नारसिंह शक्ति तुम्हारी। जे फूल सूँघे, दास हमारी।।

23. कामरू देस ते आइल चण्डी। ते दीन्ह बेल कै खण्डी। बेल कै खण्डी, मुह लावौ तु बँधो। नारसिंह दुवारे पै सौ, शत्र करौ बिलार। मोहि सिद्ध गुरू कै पाउ।।

24. जग-मोहिनी, जग-मोहिनी। जग-मोहिनी, तेइ मोहिनी बड़े भाव तै ले। मोहो सीगरो गाँवु। चन्द्र मोहि लो, सूर्य मोहि लो। हाट मोहि लेउ। पवन मोहि लेउ। पाणी मोहि लेउ। एक वचन गावो, श्रीमहा-देव की आज्ञा।।

25. मोहिनि-मोहिनि कही। मोहिनि तीनिप नाउ। पहिलेह मोहो राजा, प्रजा पाछे मोहुं। सगरो गाँउ मोंहु। मोरी सिद्ध-गुरू कै पाउ जान।।

।। इति श्रीगोरक्ष-सिद्धि-हरणे दत्तात्रेय-सिद्धि-सोपाने शाबर-तन्त्रम्।।

अन्य सरल मन्त्र

1. मन्त्रः- **ॐ मोहिनी- मोहिनी कहाँ चली, हरखु राई कां मचली। फलानी के पास चली। औरों के देखे जल बले, मुझे देखे पाँव पड़े। मेरी भक्ति, गुरु की शक्ति। फुरो मन्त्र, ईश्वरो वाचा। बे माता की आज्ञा।**

विधिः- किसी भी कृष्ण पक्ष में रविवार के दिन उपवास करे। सन्ध्या समय गुड़ का शरबत साधक स्वयं बनाकर पिए। रात्रि में 10 बजे के बाद किसी एकान्त स्थान पर जाए, जहाँ वृक्ष हों। वृक्ष के नीचे बैठकर उक्त मन्त्र का 10 माला जप करे। अथवा, 1000 बार जप करे। 'मूँगे की माला से जप करे। जप के समय धूप दीप भी रखे।

बाद में जब प्रयोग करने जाए, तब स्नान करके जाए। स्वच्छ वस्त्र पहने। ऊनी आसन पर बैठकर जप करे। लकडी के पाटे के ऊपर धूप-दीप रखकर एक पान, एक पेड़ा, 7 लौंग, 7 इलायची और एक अच्छी बड़ी सुपारी का भोग लगाए। सभी सामग्री सामने रखकर उक्त मन्त्र की 10 माला जप करे अथवा 1000 बार जप करे। जप पूर्ण होने पर पेड़ा व पान प्रसाद-स्वरूप स्वयं ग्रहण करे और इलायची लौंग सुपारी घर लेकर वापस आए। उनका चूर्ण बनाए। उसके ऊपर पुनः 21 बार मन्त्र पढ़कर अभिमन्त्रित करे। अभिमन्त्रण के समय जिस स्त्री का मोहन करना हो, 'फलानी' के स्थान पर उस स्त्री का नाम लेकर मन्त्र जप करे। ऐसे ही यदि पुरुष का मोहन करना हो, 'फलानी के पास चली' न बोलकर 'फलाने के पास चला' ऐसा परिवर्तन करके मन्त्र जपे। 'फलाने' के स्थान पर 'पुरुष' का नाम लेकर पढ़े। अभिमन्त्रित चूर्ण को 'साध्या' या 'साध्य' को युक्ति से खिलाए या उनके ऊपर फेंके। कुछ दिनो में 'साध्या' अथवा 'साध्य' पास आएगा। उससे जो काम लेना हो, वह पूरा करे। बाद में छोड़ दे। 'प्रयोग' बार-बार न करे। 'मोहन-विद्या' का दुरुपयोग न करे।

2. मन्त्रः- **मोहन-मोहन क्या करे? मोहन मेरा नाम! भीत पर तो देवी खड़ी। मोहों सारा गाँव, राजा मोहों, प्रजा मोहों गणपत राय। तैंतीस कोटि देवता मोहों। नर लोग कहाँ जाए? दुहाई ईश्वर महा-देव, गौरा पार्वती, नैना योगिनी, कामरू कमक्षा की।**

विधिः- दशहरे के दिन से नित्य एक माला का जप दस दिन तक करे। जप-काल में 'घी-गुग्गुल-कपूर' से धूनी दे, तो मन्त्र सिद्ध होता है।

'गोरोचन' को उक्त मन्त्र से सात बार अभिमन्त्रित कर तिलक लगाएँ। तब जिस व्यक्ति के पास जाएँगे, वह मोहित होगा। 'फूल' को अभिमन्त्रित कर जिसे सुँघाया जाएगा, वह मोहित होगा। सभा को मोहित करना हो, तो मन्त्र पढ़कर चारों ओर फूँक मारें- सभी मोहित होंगे।

3. मन्त्रः- **ओम् नमः ह्रीं ठं ठः स्वाहा।**

यह मन्त्र मंगलवार के दिन दस हजार बार जाप कर सिद्ध कर लें, तत्पश्चात् जब प्रयोग करना हो, तो चूहे के बिल की मिट्टी सरसों तथा बिनौला हाथ में लें। तीन बार मन्त्र पढ़ कर जिसके कपड़ों पर डाल देंगे, वह अवश्य आकर्षित होगा।

4. मन्त्रः- **ओम् हुँ ओम् हुं ह्रीं।।**

जिस व्यक्ति को आकर्षित करना हो, उसका ध्यान कर पन्द्रह दिन तक नित्य इस मन्त्र का जाप करें, तो कैसा ही पत्थर दिल प्राणी हो, अवश्य आकर्षित होगा।

5. मन्त्रः- **ओम् हों ह्रीं ह्रां नमः।।**

इस मन्त्र को भी पूर्व मन्त्र की ही भाँति नित्य दस हजार बार पन्द्रह दिन तक जाप करें, तो अवश्य आकर्षित होगा।

6. मन्त्रः- **ओम् नमः भगवते रुद्राय सदृष्टि लींपना हर स्वाहा कंसासुर की दुहाई।।**

इस मन्त्र का जाप मंगलवार से प्रारम्भ कर दस मंगल तक निरन्तर नित्य बारह बार मन्त्र जाप दशांश हवन कर ब्राह्मण को भोजन कराएँ और जब प्रयोग करना हो, तब सरसों बिनौला और चूहे के बिल की मिट्टी लेकर तीन बार मन्त्र पढ़े, जिसके वस्त्रों पर डालेंगे, वह अवश्य ही आकर्षित होगा।

7. मन्त्रः- **ओम् ह्रीं ह्रीं कालि कालि स्वाहा।**

इस मन्त्र को किसी तिराहे जहाँ से तीन दिशाओं को मार्ग जाता हो पर आसीन हो लाख बार जाप करके सिद्ध कर लें, तत्पश्चात् जब आपको प्रयोग करना हो, तो इच्छित स्त्री पुरुष पर एक सौ आठ बार मन्त्र पढ़ कर फूँक मार दें, तो कैसा ही हृदयहीन व्यक्ति क्यों न हो, आपके वश में हो जायेगा।

8. मन्त्रः- **ॐ नमो भगवती पुर-पुर देशनि पुराधिपतये सर्व जगदभयंरिच्छीमे ॐ रांग र रीं क्ला वालो सल्पञ्च काम-बाण सर्वश्री समस्त नर-नारी-गणं मम वश्यमानय मानय स्वाहा।**

विधिः- पहले आश्विन नवरात्र को अष्टमी के दिन उक्त मन्त्र का 10 हजार जप करे। फिर नित्य मन्त्र का स्मरण-जप यथा-शक्ति करता रहे। प्रयोग के समय साधक अपनी मूँछ मरोड़ते हुए साध्य पर अपनी दृष्टि स्थिर करे। सद्-कार्यों में ही प्रयोग करे।

गणपति वशीकरण यन्त्र

भोजपत्र पर जाती काष्ठ की कलम से हाथीमद, अनामिका-रक्त, यावक रस तथा गोरोचन से बनी स्याही द्वारा निम्नलिखित यन्त्र की संरचना करके काली मिट्टी से बनायी गयी गणेश की प्रतिमा के पेट में यह यन्त्र रखकर षोडशोपचार विधि से पूजा करते हुए, कहना चाहिए-

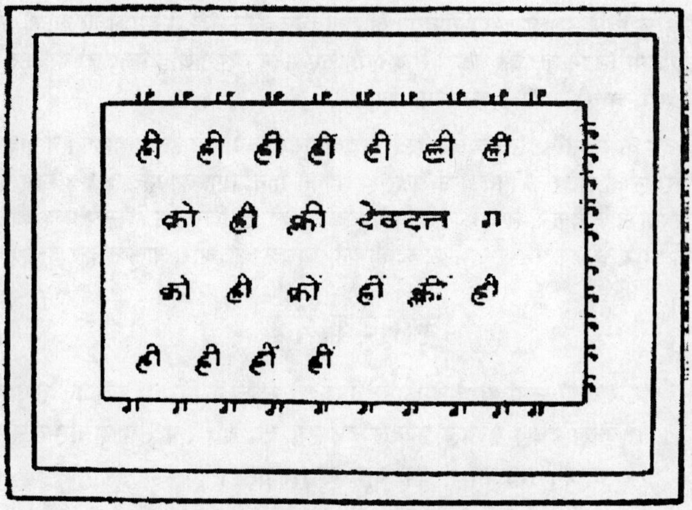

देव देव गणाध्यक्ष सुरासुर नमस्कृतः।
(देवदत्तं) महावश्यं यावज्जीवं कुरु प्रभो।।

इस मंत्र का एक लाख जप करने से सम्मोहन साधना सिद्ध होती है।

ध्यान रहे कि मन्त्र तथा यन्त्र दोनों में (देवदत्त) के स्थान पर उस व्यक्ति का नाम लिखना चाहिए जिसको वशीभूत करने के लिए यन्त्र की रचना की गयी है।

राकेश्वरी यन्त्र

यह एक और अत्यन्त प्रभावी वशीकरण यन्त्र है। राकेश्वरी यन्त्र। इसकी साधना करके किसी भी व्यक्ति (स्त्री अथवा पुरुष) को वशीभूत किया जा सकता है। अब यह साधक के विवेक पर है कि वह अभिचार कर्म के लिए यह साधना करे अथवा पुष्टि कर्म के लिए।

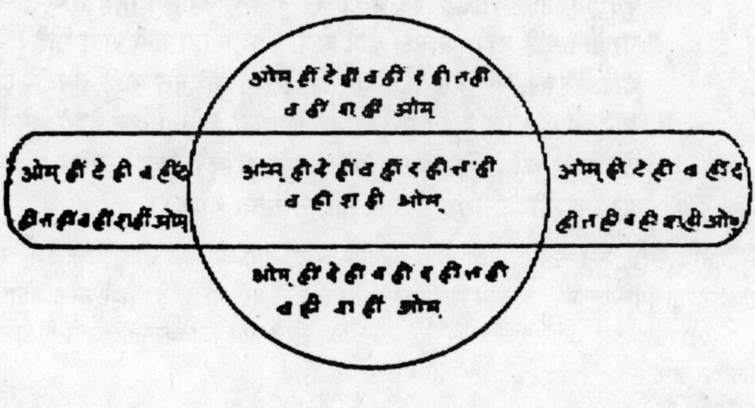

निर्माण विधि- भोजपत्र पर सर्परक्त और गोरोचन की स्याही से इसको लिखकर, कामदेव की काष्ठप्रतिमा (मदन वृक्ष की लकड़ी से बनायी जाए-मदन वृक्ष अर्थात् मैलफल) बनाकर उसके हृदय में इस यन्त्र को स्थापित कर दिया जाए।

देवदत्त के स्थान पर उस व्यक्ति (स्त्री अथवा पुरुष) का नाम होना चाहिए। नामाक्षरों की संख्यानुसार प्रत्येक अक्षर के साथ बीज अक्षर ह्रीं संयुक्त रहना चाहिए। मूर्त्ति के वक्ष भाग में यन्त्र स्थापित करके लाल चन्दन, लाल फूल से विधिपूर्वक उसकी 21 दिन तक निरन्तर पूजा की जाए। ऐसा करने से यन्त्र का प्रभाव अभीष्ट व्यक्ति को, साधक की ओर आकृष्ट कर देता है।

कामदेव मंत्र

"क्लीं नमो भगवते कामदेवाय श्री सर्वजन प्रियाय सर्वजनं संमोहनाय ज्वल ज्वल प्रज्वल प्रज्वल हन हन वद वद तप तप समोहय समोहय सर्वजनं सर्वजनं मे वशं कुरु कुरु स्वाहा।"

प्रथम इक्कीस हजार जप करने से सिद्ध हो जाता है। इसके बाद इस मंत्र से अभिमंत्रित पान, फूल, खाद्य पदार्थ आदि कुछ भी दिया जाये वह वशीभूत रहता है। यदि एक बार में अपेक्षित प्रभाव न दिखे तो बार-बार करना चाहिए। यह प्रयोग युवक द्वारा युवती पर और युवती द्वारा युवक पर किया जा सकता है।

शाबर मन्त्र

1. मन्त्रः- **रैंजेखुरा सिर हिरवै लाये। मेरी लीला को जग मोहे। जप मोहे देवी काल। नरसिंह की आस्ति नरसिंह, नये ठग मोहिनी। हाट गोहे, बाट गोहे, वीरे वीवान गोहे, भैया बन्धु मोहे, वैरी दुश्मन मोहे, रूठो भाखता यो काल मोहे। वैरी शत्रु देहरी बैठ बात बनाई। बाट सिंहा है निर्मल कला, कामती की विधि। भीष्म की गदा की दुहाई। नरसिंह तेरे मन्त्र की शक्ति। आई नरसिंह बैठ-बैठ। वर नाल बाट हरे। मोहे ठाकुर, मोहे परजा। मोहे मही, पालकी बैठो राजा मोहे, पीढ़ा बैठी रानी मोहे। बैरी देख जरै मरै, मोहे देख ठौठा करै। पाई लगे घरी पल माँहीं, हनुवीर आप पाइन-पाइन तर डार। मेरी भक्ति, गुरू की शक्ति। अब देखों हनुवीर, तेरे मन्त्र की शक्ति। वाचा छोड़, कुवाचा करै, कुम्भी-नरक में पापी परै। हनुवीर नरसिंह मोहनी रही, न सत्या गह्यो।।**

विधिः- (1) स्त्री के बायें तथा पुरुष के दायें पैर के नीचे को धूल तथा श्मशान की राख सात बार अभिमन्त्रित कर, स्त्री के सिर पर तथा पुरुष के पैरों पर छोड़े। वशीकरण होगा।

(2) सात बार अभिमन्त्रित की हुई कोई भी खाने-पीने की वस्तु खिलाने-पिलाने से वशीकरण होगा।

2. मन्त्रः- **कहे कमिख्या सुनहु ललजार जर ! पेड़ पात सब तुमरो मलिनौ, पाल पात जराय के भस्मत कीनो। पुन वह क्षार महा-देव ने लई। अब सबको प्रतिष्ठा भई। ग्रह-विचार बेगे तुम आए, जिमि क्षार लगावो धाए। छिन इक में बस होय हमारे, तन-मन ते पग परत विचारे। मेरी भगत, गुरू की सकत। फुरै मन्त्र, ईश्वरो वाचा।**

विधिः- वशीकरण हेतु प्रशस्त दिन, तिथि तथा नक्षत्र देखकर, लाजवन्ती का पौधा लाकर, उसे सुखाकर, जलाकर भस्म बनावे। इस भस्म को सात बार मन्त्रित कर जिसे लगा दिया जाएगा, वह वशीभूत होगा, चाहे स्त्री हो या पुरुष। पौधा जलाते समय मन्त्र का लगातार जप करते रहें।

कामराज यन्त्र

यद्यपि पत्नी के अतिरिक्त किसी अन्य युवती से मानसिक अथवा दैहिक सम्पर्क स्थापित करना अनैतिक है, अपराध है; किन्तु कभी-कभी शारीरिक सम्पर्क न होने पर भी, स्नेह और सामीप्य का सुख इतनी प्रबल तृष्णा उत्पन्न कर देता है कि व्यक्ति उस स्त्री विशेष के वियोग में, उससे दूर रहकर स्वयं को बड़े कष्ट में अनुभव करता है। ऐसी स्थिति से त्राण पाने के लिए कामराज यन्त्र की साधना करने का विधान है। यह वशीकरण हेतु प्रबल प्रयोग है जिससे बांछित युवती का सामीप्य प्राप्त होता है। यन्त्र का स्वरूप और विधान अग्रांकित है।

कामराज यन्त्र को भोजपत्र पर लिखना चाहिए। स्याही के लिए गोरोचन, कुंकुम, श्रीखण्ड और कस्तूरी का प्रयोग करें। जाती वृक्ष की कलम द्वारा यह यन्त्र लिखकर उसे मदन वृक्ष की लकड़ी से बनी स्त्री प्रतिमा हृदय स्थान में रख दें।

यन्त्र-सज्जित उस काष्ठ प्रतिमा का रात्रि के प्रथम पहर में पूजन करना चाहिए। पञ्चोपचार पूजन के पश्चात् इस मन्त्र का जप करना चाहिए।

कामोऽनंगः पंचशराः कन्दर्पो मीन केतनः।
श्री विष्णुतनयोदेवः प्रसन्नो भवतु प्रभो।।

इस यन्त्र और मन्त्र के प्रभाव से उस स्त्री का सामीप्य प्राप्त हो जाएगा, जिसका नाम यन्त्र में लिखकर (देवदत्त के स्थान पर स्त्री का नाम लिखा जाता है) अनुष्ठान किया गया है।

ध्यान रहे कि अपहरण, व्यभिचार, ठगी आदि की भावना से की गई यन्त्र-साधना निष्फल होती है, यह सब पातक कर्म कहे गए हैं अतः यन्त्र-प्रभाव की निष्फलता के साथ-साथ पातक कर्म के कारण कष्ट भी प्राप्त होता है।

युवती वशीकरण मंत्र

मन्त्रः-1 **"ॐ ऐं भगभुगे भगनि भगोदरि भगमाले भगावहे भगगुह्ये भगयोनि भगनिपातिनि सर्वभगवशंकरि भगरूपे नित्यक्लिन्ने भगस्वरूपे सर्वभगानि**

मह्यानय वरदे रेते सुरेते भगक्लिन्ने क्लिन्नद्रवे क्लेदय द्रावयः अमोघे भगविच्चे क्षोभय क्षोभय सर्वसतवान् भगश्वरि ऐं ब्लूँ जं ब्लूँ मे ब्लूँ मौं ब्लूँ हें ब्लूँ हें क्लिन्ने सर्वाणि भगानि मे वशमानय स्त्री हरल्बें ह्रीं भगमालिनी स्वाहा।"

यद्यपि यह भगमालिनी मंत्र बड़ा माला-मंत्र है तथा इसके ऋषि देवता आदि का उल्लेख न मिलने से न्यास विनियोगादि नहीं है। कामाक्षी अथवा योनि स्वरूपा का ध्यान कर इस मंत्र की एक माला एकाग्र मन से जपने से वशीकरण होता है। वशीकरण में इस मंत्र का अद्भुत प्रभाव देखने में आया है, किन्तु सामाजिक मर्यादा का और अपने चरित्र का ध्यान रखते हुए इस मंत्र का जप करने से ठीक रहता है।

तांत्रिक दर्शन और पद्धति प्रयोग से एक रूप हो जाने के कारण हमारे जैसे दूसरे लोग स्त्री-पुरुष के सम्बन्धों को उदार दृष्टि से नहीं देखते, उनके समागम को भी वे एक उदात्त साधन के रूप में मानते हैं--निश्चित है ऐसी स्थिति में आकर्षण या वशीकरण का कोई प्रयोग नहीं करना पड़ता। तीव्र इच्छा ही पर्याप्त रहती है- तदापि सामाजिक मूल्यों और नैतिकता के मानदण्डों का उल्लंघन करना उचित नहीं रहता।

अनेक बार ऐसे प्रसंग सामने आते हैं, जहाँ समाज की स्थापित मान्यता और कसौटी पर खरे उतरने के बाद भी विवाह जैसा सम्बन्ध नहीं जुड़ पाता है और स्नेह का अंकुर एक विशाल वृक्ष की तरह जड़ जमा जाता है, अथवा कुल, वय व धर्म से संगत, लड़की माता-पिता की सहमति के विरुद्ध विवाह में अभिरुचि नहीं रखती, ऐसी स्थिति में ये प्रयोग जीवन को सुखी बना सकते हैं, फिर आकर्षण या वशीकरण केवल शारीरिक सम्पर्क साधन के लिए ही नहीं किया जाता।

मन्त्रः-2 **"ऐं पिं स्थां क्लीं काम पिशाचिनी शीघ्रं....(जिस पर किया जाये उस महिला का नाम) ग्राहय ग्राहय कामेन मम रूपेण वश्वैः विदारय विदारय द्रावय, द्रावय स्नेहेन बंधय बंधय ॐ श्रीं फट्।"**

पहले इस मंत्र के बीस हजार जप करने से इसका पुरश्चरण हो जाता है। पुरश्चरण से यह मंत्र सिद्ध हो जाता है, फिर जिस पर यह प्रयोग करना हो उस व्यक्ति का चित्र कल्पना में रखकर रात में सोते समय ग्यारह सौ मंत्र प्रतिरात्रि जपने से शीघ्र ही वशीकरण हो जाता है।

विश्वावसु मंत्र

मन्त्रः- **"विश्वावसुनाम गंधवः कन्यानामधिपतिः सुरूपां सालंकरां कन्यां देहि नमः तस्मै विश्वावसवे स्वाहा।"**

विश्वावसु गंधर्व का ध्यान कर लाल रंग का आसन बिछाकर उत्तर दिशा की ओर मुख करके बैठ जायें। दस हजार जप करने पर इसका पुरश्चरण हो जाता है। संभव हो तो पुरश्चरण के समय ही शाल की लकड़ी की एक खूंटी या एक कील साधक की अँगुलों के नाप से ग्यारह अंगुल की अपने सामने रख ले और ग्यारह माला प्रतिदिन के क्रम से ग्यारह दिन जपता रहे, उसी

कील को अभीष्ट युवती के घर में डाल दे। स्मरण रहे इस प्रयोग को शनि, रवि, मंगलवार से प्रारम्भ नहीं किया जाना चाहिए। सोमवार, बृहस्पति को होते हैं। इसलिए सोमवार उत्तम रहता है। शुक्रवार को प्रारम्भ करने से ग्यारह दिन सोमवार को होते हैं इसलिए प्रारम्भ और समापन दोनों अच्छे रहते हैं। यह भी ध्यान रखना चाहिए कि यह मंत्र कुमारी युवतियों पर ही किया जाता है, विवाहिता स्त्रियों पर नहीं।

यदि पहले इस मंत्र को सिद्ध करना हो, तो ग्यारह दिन में दस हजार (दस दिन तक सौ माला प्रतिदिन और शेष ग्यारहवें दिन) जप कर लेने से पुरश्चरण हो जाता है। फिर जिस दिन काम हो उस दिन शाल की ग्यारह अंगुल कील पर ग्यारह सौ मंत्र जप कर अभीष्ट युवती के घर में डाल दें।

उपयोगी शाबर मन्त्र

मन्त्रः-1 **धूल-धूल - तू धूल की रानी, जगमोहन सुन मोर बानी। जल से धुला आन पढूँ, तब पार्वती वरदान धूलि पड़ि। दू अमुकी अङ्ग, जो जलती आती उमङ्ग, उसका मन लावे निकाल, हमारी वश्यता करे स्वीकार।।**

विधिः- सिद्धि हेतु 'होली' की रात्रि में 11 माला जप करे। प्रयोग के समय साध्या के बाएँ पैर की मिट्टी लेकर उसे उक्त मन्त्र से 21 बार अभिमन्त्रित करे। मन्त्र में 'अमुकी'- शब्द के स्थान पर साध्या का नाम कहे। फिर एक चुटकी मिट्टी साध्या के सिर पर सावधानी-पूर्वक डाले।

मन्त्रः-2 **ॐ नमो आदेश गुरु का, धूली-धूली विकट चाँदनी पर मारु धूली। फिर दिवाना महल तजे, घर - दुआर तजे, ठाठा भरतार तजे। देवी-दिवानी एक सठी फलवान, तू नरसिंह वीर ! अमुकी को उठाय ला। फुरो मन्त्र, ईश्वरो वाचा।।**

विधिः- 'सिद्धि' हेतु किसी शनिवार से उक्त मन्त्र का जप प्रारम्भ करे। जप 21 दिन तक करे। जिस स्त्री की मृत्यु शनिवार को हुई हो, श्मशान क्रिया के पश्चात् उसके पैर की ओर का अङ्गार (कोयला) लाए तथा चौराहे की चुटकी भर धूल लेकर उसमें कोयले को पीसकर मिलाए। फिर उक्त मन्त्र से उसे 7 बार अभिमन्त्रित कर युक्ति-पूर्वक साध्या के शरीर पर डाले।

मन्त्रः-3 **ॐ नमः धूली धूलेश्वरी, मातु प्रमेश्वरी, चन्नती जय इनारन। चोप भरे छार-छारते में हटे, देता घर-बार, करे तो मशान लौटे। जीवे तो पाव लौटे। वचन बाँधी। अमुकी को धाई लाव, मातु धूलेश्वरी। फुरो मन्त्र, ईश्वरो वाचा। ठः ठः स्वाहा।।**

विधिः- सिद्धि हेतु शनिवार (केवल शनिवार-शनिवार को) उक्त मन्त्र 144 बार जपे। 144 की संख्या को ध्यान में रखे, कम या ज्यादा न जपे। अन्तिम 7वें शनिवार को जप कर, 'रविवार' के दिन जो स्त्री मरे व जिसका रविवार को ही दाह-कर्म हो, उसकी चिता से तीन चुटकी राख लेकर उसमें चौराहे की थोड़ी धूल मिलाए। फिर उसे उक्त मन्त्र से अभिमन्त्रित कर 'साध्या' पर डाले। मन्त्र में 'अमुकी' के स्थान पर साध्या का नाम ले।

मन्त्रः-4 धूलः-

धूल-धूल तू धूल की रानी। जग - मोहन, सुन मेरी बानी। जल से धुला आन पढ़ूँ, तब पारबती के वरदान। धूलि पढ़ दूँ, अमुकी अङ्ग आकर रहें फलाने सङ्ग। मेरी आन, मेरे गुरू की आन। ईश्वर गौरा पार्वती महा-देव की दुहाई।।

मन्त्रः-5 धूल-

सोहनी-मोहनी दोऊ बहनी, अगली छोड़ पिछली को धावे। ठग मोहे, ठाकुर मोहे। मोहे पूरे पनिहार। राजा मोहे, दरबार मोहे। पाँय पड़ी जजीर। यह त्रिया हमें मोहे। दुहाई वीर मसान की। आन कामरू कामक्षा देवी की।।

विधिः- साध्या के बायें पैर के नीचे की धूल और श्मशान की राख 7 बार अभिमन्त्रित कर उसके सिर पर छोड़े। वशीभूत होगी।

मन्त्रः-6 सरसों -

ॐ कामरू देश कामाक्षा देवी, जहाँ बसे इस्मायल योगी। चल रे सरसों कामरू जाई, जहाँ बैठी बुढ़िया छुतारी माई। भेजूँ सरसों उसके खप्पर, कर रे सरसों, अमुकी को वश कर। न करे तो गुरू गोरखनाथ, बङ्गाल खण्ड, कामरू कामाक्षा देवी, इस्माइल योगी लजाए।।

विधिः- 21 बार अभिमन्त्रित सरसों जिसे मारी जाएँगी, वह स्त्री वशीभूत होगी।

मन्त्रः-7 मिठाई-

सोहनी-मोहनी दोऊ बहनी, दोनों पनिया जाए। इन्द्र मोहे, इन्द्रासन मोहे। बैठ पाताल वासुकि कन्या मोहे, हाथ धरे हाथ जस पावे। पेटे जाय, तो सब ही रस खावे। मोह के मेरे पास न लाए, तो राजा वासुकि की कन्या न कहाए। मेरी आन, मेरे गुरू की आन। ईश्वर गौरा पार्वती, महा-देव की दुहाई।।

विधिः- मिठाई को 21 बार अभिमन्त्रित कर जिसे खिला दिया जाए, वह स्त्री मोहित होकर साधक के पास आ जाती है।

मन्त्रः-8 "ॐ नमो आदेश माता - पिता - गुरु को। जुहार विद्या को नमस्कार। कामरु-देश कमछा - देवि की फूलो वाड़ी, दुदि नारसिंग बैठौ जाई। क्या-क्या काम करन्ति आई? भोवर जैसी उड़ाई ल्यावो, घट जैसी रिडन्ति ल्यावो, बिल्ली जैसी रामन्ति लावो, कुता जैसी न्युलाई ल्यावो,

गाई जैसी हुङ्करति लावो, बैहेल जैसौ डूकर्तो लावो, भैसा जैसी फुकरन्ति लावो, धरती जैसी पलटाई लावो, ठिङ्गाल भैरो ठिङ्गाल लावो, मोहि ल्याविर, मोहि माही, मेरा वत्रा पग-तल नहीं ल्यावेगे, तो कमंछा देवि! तुमारी आण, दुदि नारसिंग! तुमारी आण।

सिन्दुर-तिलक-चन्दन घट को भाणो, चषकि माटी गाका-जोड़ को वोठ का ठुका पात-समेत डाल को चलो, ऐ तु कजलाई सात बेर मन्त्रणो फुल गुलाबी-हजारि मन्त्री देषा दिणु और चिज सिर में डालणाकि फुल में भरी दे, षाई की सुन्दाई दिणू। मेरी भगती, गुरु की सगति। फुर मन्त्रो, ईश्वरोवाचः। ॐ ऐं आसुरि ऐं प्रत्यक्षे ऐं परोक्षे ऐं मां विदु धरती तान्हन ने म्म सर्वार्थ-साधनं कुरु-कुरु स्वाहाः।

ऐं मन्त्र लेवि को वभूत मन्त्रनौ 101 बेर सत्रू का सिर में डालणा।"

कामाख्या देवी - **ॐ कामरू देश कामाख्या देवी, तहाँ बैठा इस्माइल जोगी। इस्माइल जोगी दिए चार पान। एक पान सों राती माती। दूजे पान सों बिरह सँजोती। तीजे पान सों अङ्ग मरोड़े। चौथे पान सों दोऊ कर जोड़े। चारों पान जो मेरे खाय, मेरे पास से कहूँ न जाय। ठाढ़े सुख न बैठे सुख, फिर-फिर देखे मेरा मुख। कामरू कामाख्या की आज्ञा फुरै, इन वचनों की सिद्धि पड़ै। ठः ठः ठः ठः ठः ठः।**

विधिः- नित्य 108 जप 21 दिन तक करके सिद्ध करें। फिर रविवार के दिन 4 पान लेकर प्रत्येक पर 3-3 बार मन्त्र पढ़ें और चारों पानों का एक बीड़ा बनाकर खिला दें। 'साध्या' का वशीकरण होगा।

मन्त्रः-9 **हरे पान, हरयाले पान। चिकनी सुपारी, स्वेत खेर। दाहिने कर चूना, मोहि लेह पान। हाथ दे हाथ, रस लेय। पेट दे पेट, रस लेह। श्री नारसिंह वीर ! थारी शक्ति, मेरी भक्ति। फुरो मन्त्र, ईश्वर महा-देवी की वाचा।**

विधिः- 21 बार उक्त मन्त्र से अभिमन्त्रित पान 'साध्य' को खिलाने से वह वश में होगा।

मन्त्रः-10 **हरा बगीचा कँचना, महोवे का पान। कलुआ वीर का पहला मन्त्र। हनूमान मैदान, जोगिनी जा। जिसको मैं कहूँ, उसको पकड़ के ला। कवाड़ देश, बङ्गाल का इलम साँचा। गुरू की शक्ति, मेरी भक्ति। चलो मन्त्र ईश्वरी वाचा।।**

विधिः- धूपबत्ती सुलगाकर 100 दाने की माला से 25000 जप करने पर मन्त्र सिद्ध होगा।

फिर किसी कङ्कड़ पर 7 बार मन्त्र पढ़कर जिस स्त्री को बुलाना हो, उसके मार्ग में पीछे से आगे की तरफ इस्र प्रकार फेंके कि कङ्कड़ स्त्री के बाजू से निकलकर आगे गिरे। जहाँ वह कङ्कड़ गिरेगा, स्त्री उसके आगे नहीं जा सकेगी। लौटकर साधक के पीछे-पीछे चली जाएगी।

लोना चमारिन

मन्त्रः-11 **कामरू देश कामाख्या देवी, जहाँ बसे इस्माइल जोगी इस्माइल जोगी की लगी फुलवारी, जे के फूल चुनै लोना चमारिन। जो लेय इस फूल की बास, उसकी जान हमारे पास। घर छोड़, घर-आँगन छोड़, छोड़ै कुमुम्ब मोह-लाज। दुहाई लोना चमारिन की।।**

विधि- (अ)- 7 बार अभिमन्त्रित पुष्प सुँघाने या मारने से वशीकरण होता है।

(ब) पीपल के वृक्ष के नीचे जो मन्दिर हो, वहाँ जाकर जिसका मन्दिर हो, उसे सिन्दूर आदि चढ़ावे और एक नारियल चढ़ाए। पूजन में सात फूल चमेली के अवश्य हों, फिर एक फूल पर 121 बार मन्त्र पढ़कर जिसे मार दिया जाएगा, वह स्त्री वशीभूत होकर साधक के पीछे-पीछे चली आएगी। यह क्रिया प्रत्येक प्रयोग के समय करनी होगी।

करुआ वीर

मन्त्रः-12 **कारा करुआ, आवन वीर। सब तिरियों में तेरा शरीर। हालठ की मिट्टी, पैर की छाल। पकड़ के मारो मङ्गलवार। मङ्गलवार कियो सिङ्गार। अब न देखोगे घर की बार। घर छोड़े, घराना छोड़े। छोड़े घर का कन्त। आवे तो आवे, नहीं वीर वेताल की लात छाती में घावे। मेरी आन, मेरे गुरू की आन। ईश्वर गौरा पार्वती महा-देव की दुहाई।।**

विधिः- मरघट की राख और स्त्री के बाँए पैर के नीचे की धूल को लेकर उक्त मन्त्र से तीन बार अभिमन्त्रित कर मंगलवार के दिन उसी स्त्री के सिर पर छिड़क दें, तो वह वशीभूत होगी।

मन्त्रः-13 **खरी सुपारी, टाम नगारी। राजा परजा, खरी पियारी। मन्त्र पढ़ लगाऊ, तो रहिया कलेजा लावे दौड़, जीवित चाटै पग-तली। मूवे सेवे मसान या शब्द की मारी, न लावे तो जयी हनुमन्त की आन। शब्द साँचा, पिण्ड काँचा। फुरो मन्त्र, ईश्वरो वाचा।।**

विधिः- पहले 'सूर्य या चन्द्र-ग्रहण' में 3 माला जप करे। फिर सामान्य दिनों में 'शनिवार' से जप प्रारम्भ करे तथा नित्य 21 दिन तक एक माला जप करे। प्रयोग के समय सुपारी पर उक्त मन्त्र सात बार पढ़कर फूँक मारे और साध्या को खाने के लिए दे।

मन्त्रः-14 **ॐ नमः कपाल-रुद्राय, सर्व-लोक-वशङ्कराय, अनाथा-याप्रतिहत-बल-वीर्य-पराक्रम-प्रभवाय हा हा, हे हे, पच पच, मारय मारय, कपट कपट, काट, सर्व-कर्म कीर, अमुकं मे वशमानय स्वाहा।**

विधिः- एक लाख जप करने से उक्त मन्त्र सिद्ध होता है।

तिलक-मन्त्र प्रयोग

कई व्यक्ति हीन व्यक्तित्व की भावना से ग्रसित होते हैं। ऐसे व्यक्ति प्रायः यह कहते हैं कि उनकी कोई नहीं सुनता। अथवा कुछ व्यक्ति ऐसे होते हैं, जिनका व्यक्तित्व तो आकर्षक होता है, किन्तु वे किसी से अपना कार्य करवा नहीं पाते। ऐसे लोगों के लिए प्रस्तुत 'तिलक'-प्रयोग अत्यन्त लाभकारी है। इस प्रयोग को एक जैन मुनि ने अपने गृहस्थ सेवक को बताया था। मैंने उसी गृहस्थ सेवक से इसे प्राप्त किया।

मन्त्रः- **ॐ नमो तारा त्रिपुरा तोटला तीनों बसें कपाल।**
अमृत - टीका मैं करूँ, शत्रु जाय पयाल।

विधिः- पहले उक्त मन्त्र का होली, दीपावली या ग्रहण-काल में प्रतिदिन 2 माला 'जप' करे। बाद में 'प्रयोग' के समय 21 माला 'जप' करे और मन्त्र में जहाँ 'शत्रु'-शब्द लिखा है, उससे पहले साध्य के नाम का उच्चारण करे। 'प्रयोग' के समय अपनी हथेली पर अपना थूक लेकर 'जप' करे और 'जप' के बाद उससे अपने माथे पर 'तिलक' कर ले। 'तिलक' लगाकर साध्य व्यक्ति के पास जाने पर सभी कार्य सफल होंगे। अनैतिक कार्यों में यह 'प्रयोग' कदापि न करे।

वशीकरण मन्त्र

मन्त्रः-1 **झाऊ नदी-मध्य से लाए।**
जब कहीं पुष्य नक्षत्र सुहाए।।
बाको तिलक करे सिर जोई।
जहाँ जाय, स्त्री वश होई।।

1. बेल-पत्र, बिजौरा, नमक, इन तीनों को बकरी के दूध में पीस कर मस्तक पर तिलक करे। तिलक देखने वाला वश में होगा।
2. घी-ग्वार की जड़ में भाँग के बीज मिलाकर पीसे। उससे तिलक करे, तो वशीकरण होगा।
3. बट-वृक्ष की छाल को पानी में घिस कर उसमें भस्म मिलाकर उसका तिलक लगाए।
4. ब्रह्म-दण्डी, बच और कूट का चूर्ण बनाकर, उसे पान में रख कर, रविवार के दिन जिसे खिलाएँगे, वह वश में होगा।
5. शनिवार के दिन एक पुतली बना कर उसके पेट पर 'साध्य' का नाम लिखे। 108 बार

निम्न मन्त्र उस पुतली पर पढ़े। हर मन्त्र-जप पर एक फूँक पुतली पर मारे। पुतली को 'साध्य' को दिखाए। पुतली को अपनी छाती से लगाए रखे। 'साध्य' का वशीकरण होगा।

मन्त्रः-2 **ॐ चामुण्डे ज्वल-ज्वल प्रज्वल-प्रज्वल स्वाहा।।**

विधिः- जिसे देखकर उक्त मन्त्र मन-ही-मन जपा जाए, वह आकर्षित होता है। अच्छा होगा कि पहले मन्त्र का दस हजार जप कर ले, जिससे मन्त्र पूर्ण जागृत हो जाए।

मन्त्रः-3 **"ॐ नमो बाप सलेमान ! सभा पूरी बैठा, तिहा स्त्री पुकारने लागी-अहो अहो, बाप सलेमान! देखूँ तेरी सकत। बाबा आजम क लिङ्गनी, ॐ ठ ठ ल्याव-ल्याव, वेग-वेग पुर, मन-इच्छित पाँवु। ॐ ह्रीं गलीं स्वाहा।"**

विधिः- गुरुवार की रात्रि में स्नान कर, सफेद वस्त्र पहन, सफेद पुष्प-माला गले में पहने। फिर श्वेत पुष्प, घी का दीपक, लोबान, धूप से पूजा कर उक्त मन्त्र का सात हजार जप करे। उठते समय पञ्चामृत से होम करे, तो कार्य सिद्ध होगा।

मन्त्रः-4 **ओं मूलि-मूलि महा-मूलि रक्ष रक्ष, सर्वासां क्षेत्रये परेभ्या स्वाहा।**

विधिः- नाग-केसर, चिरौंजी, तगर, कमल-केसर, बच, जटा-मासी - इन सबका चूर्ण कर उक्त मन्त्र से अपने अङ्ग को धूनी दे। फिर जिस स्त्री के पास जाए, वही वश में होगा।

मन्त्रः-5 **ॐ ह्रीं चामुण्डे! ज्वल ज्वल, प्रज्वल प्रज्वल, स्वाहा।**

विधिः- उक्त मन्त्र का एक लाख जप कर सिद्ध करे। प्रयोग से पूर्व एक माला जप करे, तो 'साध्य' का आकर्षण होगा।

मन्त्रः-6 **ओम् ह्रीं नमः**

विधिः- यह मन्त्र एक सप्ताह तक नित्य लाल वस्त्र तथा कुकुंम की माला पहन कर एक हजार बार जाप करने से साधारण स्त्री को क्या स्वर्ग की देवांगना भी आकर्षित हो साधक के समीप खिंची चली आती है।

मन्त्रः-7 **ओम् क्षो ह्रीं ह्रीं आं हां स्वाहा।**

विधिः- यह मन्त्र भी उपरोक्त विधि से लाल कपड़ों में पहन कुकुंम की माला गले में पहन कर एक सप्ताह तक नित्य दस हजार बार जाप करने से मनवांछित स्त्री आकर्षित हो खिंची चली आती है।

मन्त्रः-8 **ॐ नमः क्षिप्र-कामिनी अमुकीं मे वशमानय स्वाहा।**

विधिः- पहले पर्व काल आदि में मन्त्र का जप कर मन्त्र सिद्ध करे। बाद में नित्य 7 बार उक्त मन्त्र का जप कर अपना मुँह धोए। इससे स्व-पत्नी पति के वश में रहेगी। ऐसा कुछ दिनों तक करते रहना चाहिए। अन्य सभी कार्य सूझ-बूझ के साथ करे।

मन्त्रः-9 **ॐ ऐं भग-भुगे भगनि भगोदरि भग-माले भगावहे भग-गुह्ये भग-योने भग-निपातिनि सर्व-भग-वशंकरि भग-रूपे नित्य-क्लिन्ने भग-स्वरूपे सर्व-भगानि मह्यानय वरदे रेते सुरेते भग-क्लिन्ने क्लिन्नद्रवे क्लेदय द्रावय अमोघे भग-विच्चे क्षोभय-क्षोभय सर्व-सत्वान् भगेश्वरि! ऐं ब्लूँ जँ ब्लूँ में ब्लूँ मौं ब्लूँ हें ब्लूँ हें क्लिन्ने सर्वाणि भगानि मे वश-मानय स्त्रीं हरल्बें ह्रीं भग-मालिनि स्वाहा।।**

विधिः- नित्य 108 'जप' करे।

मन्त्रः-10 **"ॐ श्री सीर सिन्दुर कन्या कुँवारी मन-पियारी, चौस्ट जोगीणी मोडे अगास अस्त्री पुर्य मिलाए सङ्गा। काली गङ्गा से तो पाट छोडि दे। गोरी मैति सौरासी वाट चली आ गोरी। हमारी वाट तोहि जन लागो। दोसरी जगा की माया औ चाट-चलाई अमुक बोलाई आकुँड़ी। जैसी रीडति आकूल जैसी धलकन्तिः स्वाय। जैसी बलकन्ति आ, पौन जैसी सरकन्ति आ। जोहि-मोहि मेरा पिण्ड पैतला भया सरा। नङ्करि न आवे, तो हणुमन्ता वीर तेरी आण पड़े। जैसे काम त्वीले रामचन्द्र की सुदारो, तैशो काम मेरा नि सुदारो, तो माता अञ्जनीऽ चली हात लावै। सवा सेर का रोटा न पावै। राजा रामचन्द्र को आरुगन नि पावै। चलो मन्त्र, ईश्वरो वाचः।"**

मन्त्रः-11 **काली चले, कपला चले, कलवा चले अलोप। इन तीनों के बीच मौहम्मद वीर चले। बैठी हो, तो चीरु मारें। खड़ी हो, तो चीख मारें। चलो मेरे मन्तरों। मेरे गुरु का मन्त्र साँचा, पिण्ड काँचा। दुहाई गोरख बङ्गाला की।**

विधिः- किसी विशेष पर्व पर उक्त मन्त्र को 1008 बार जपे। जब प्रयोग करना हो, तो साध्य स्त्री का ध्यान करके शुद्ध इत्र को मन्त्र से 108 बार अभिमन्त्रित करके तीन रात्रि तक चावलों की ढेरी में रखे। तीन रात्रि के पश्चात् इत्र को चावलों से निकालकर पुनः 108 बार मन्त्र से अभिमन्त्रित करे। अपने वस्त्रों में इस इत्र को लगाकर साध्य स्त्री के पास जाए, तो वह आकर्षित होगी। यह इत्र एक बार के प्रयोग में काम करेगा, दूसरे प्रयोग के लिए पुनः वही क्रिया करे।

मन्त्रः-12 **ॐ चामुण्डे! जय जय, स्तम्भय स्तम्भय, मोहय मोहय, सर्वस्त्वायै स्वाहा।**

विधिः- 21 बार उक्त मन्त्र से अभिमन्त्रित पुष्प देने पर 'साध्य' वश में होगा।

मन्त्रः-13 **ॐ कुम्भनी स्वाहा।**

विधिः- एक हजार बार जप करने से ही यह मंत्र सिद्ध हो जाता है। प्रयोग की आवश्यकता

होने पर गुलाब का फूल 108 बार मन्त्र पढ़कर मन्त्रित कर लेते हैं। तत्पश्चात् जिस किसी भी स्त्री को सुघायें, वही वश में हो जाती है।

मन्त्रः-14 **ॐ चिमि चिमि स्वाहा।**

विधिः- यह मन्त्र दस हजार बार जपने से सिद्ध हो जाता है। आवश्यक होने पर प्रातः उठकर मुँह धोकर सात चूल्लू पानी सात बार मंत्र से अभिमन्त्रित कर जिस स्त्री का नाम लेकर पिया जाय वही स्त्री वश में हो जाती है।

मन्त्रः-15 **ओम् चामुण्डे तरऊ वतु अमुकाय कर्षय आकर्षय स्वाहा।**

यह महामन्त्र इक्कीस दिवस तक तीनों समय की सन्ध्या अवधि में नित्य एकं हजार बार जपने से सिद्ध हो जाता है। इसकी प्रयोग विधि निम्न प्रकार है-

1. काले साँप की केंचुल का चूर्ण अग्नि में डाल इस मन्त्र का जाप कर उसका धुआँ अपने अंग प्रत्यंग पर लेने से कैसी ही रूपवती गर्विता कामिनी हो, अवश्य आकर्षित होती है।
2. उत्तर की ओर मुख कर लाल चन्दन से लाल कपड़े पर यह मन्त्र लिख विधानपूर्वक पूजा करें और तत्पश्चात् उसे पृथ्वी में गाड़ इक्कीस दिवस तक नित्य चावल के धोवन से उसे सींचते हुए इक्कीस बार मन्त्र जाप करें (अमुकाय के स्थान पर उस स्त्री का नाम उच्चारण करें) तो उर्वशी के समान रूपगर्विता कामिनी भी खिंची चली आती है।

कामिनी महामन्त्र

मन्त्रः- **ॐ नमो आदेश श्री गुरु को यह गुड़ राती यह गुड़ माती यह गुड़ आवे पड़ती। जो माँगू वही पाऊँ सोवत तिरिया को जगाय लाऊँ। चल अगिया बैताल अमुक हृदय पैठ घलावै चाल निशि लो चैन न दिन को सूख, घूम फिर ताके मुख। जब मकड़ा मकड़ से टले तो माथ फार दो टूक हो पड़े। माला कलवा काली एक कलवा सोइ धाय चाटे मेरा तलवा आँख के पान कवारी इसे धन और यौवन सो खरी पियारी रेन रंग गुड़ में लसे शीघ्र "अमुको" आवे फलाना पास हनुमन्त जी की शक्ति फुरो मन्त्र ईश्वरोवाच।**

इस मन्त्र को शनिवार से प्रारम्भ करके दूसरे शनिवार तक नित्य इक्कीस बार मन्त्र जाप, विधिवत् हनुमान जी की पूजा करे, तो यह सिद्ध हो जायेगी और जब प्रयोग करना हो, तो थोड़े से गुड़ में अपनी अनामिका ऊँगली का रक्त मिला इक्कीस बार मन्त्र पढ़ वह गुड़ जिस स्त्री को खिला दें, वह तन मन से मोहित हो जायेगी।

नारी मोहनी मन्त्र

मन्त्रः-1 **नमो आदेश गुरु को। आदेश जुधरा माता को नमस्कार। आकाश की मोहिनी, पाताल की जोगनी। जा री मोहनी ! अमुकी को मोहि ला, बेठी को उठाई ला, सोती को जगाई ला, रूठी को मनाई ला, अल्लहड़ को मनाई ला, नटखट को मनाई ला, न माननेवाली को मनाई ला, वीर मोहि ला, चक्रसि सी रिटाई ला, भँवर सी घुमाई ला, कुहड़ी सी उड़ाई ला, वीर मोहि ला। हेल्दी-खेल्दी अमुक के वश में करि जा। न करे, तो अष्ट-भैरव की आन। दुहाई नौ लाख चौरासी सिद्धों की, दुहाई चन्द्र-सूरज-पवन-पानी की। मेरी भक्ति, गुरु की शक्ति, फुरो मन्त्र, ईश्वरोवाच।**

विधिः- ग्रहण-काल, होली, दशहरा या दीपावली में उक्त मन्त्र का जप 1008 बार करे। सुगन्धित सामग्री द्वारा दशांश हवन करे। मन्त्र सिद्ध हो जाएगा। जब प्रयोग करना हो, तो मन्त्र का 108 बार जप करे। साध्य स्त्री का ध्यान करते हुए 'अमुकी' - शब्द के स्थान में उसका नाम ले और जिस पुरुष से उस स्त्री का मोहन करना है, 'अमुक'- शब्द के स्थान पर उस पुरुष का नाम ले। जप के बाद चुटकी भर सिन्दूर में इसी मन्त्र को पढ़कर फूँक मारे। साध्य स्त्री के शरीर की पीठ में अथवा सिर में गिराने से स्त्री मोहित हो जाएगी।

अथवा शुक्रवार की रात्रि में शमशान जाकर इत्र, राई, सिन्दूर व धतूरे के बीजों को एक साथ मिलाकर उक्त मन्त्र से चिता पर 108 आहुतियाँ दे। साध्य स्त्री का ध्यान करे। पूर्वोक्त विधि से 'अमुकी' - 'अमुक' - शब्द के स्थान पर दोनों का नाम ले।

मन्त्रः-2 **सोहनी-मोहनी-वेशवा इन तीनों का नाम। नङ्गर दोहरै बैठ कै, मोहुँ पराई नार। इसी नगर का राजा मोहूँ, उसकी मोहूँ नार। हाट मोहूँ, बाजार मोहूँ और मोहूँ कमजात। बावन वीर लङ्का को जाओ, लङ्का सै सोरण को लाओ। आगे कलवा पीछे वीर, जातेई मोहुँ 'फलानी' का शरीर। सोती हो सोती को जगा ला, चलती हो चलती को बुला ला। बैठी हो बैठी को उठा ला। धड़ मोहूँ, धोलागढ़ मोहूँ और मोहूँ धरती अक्कास। चलती बार 'फलानी' के पाऊँ मोहूँ, लगी नूर मोहम्मद की आन।**

विधिः- किसी पर्व-काल जैसे होली, दीपावली, दशहरा, ग्रहण-काल, शबेरात व ईद के दिन में सामने धूप, दीप, नैवेद्य, फल-फूल व जल का लोटा रखकर 108 बार उक्त मन्त्र का जप करे। इससे मन्त्र सिद्ध हो जाएगा। 'ग्रहण-काल' में फल-फूल व नैवेद्य न रखे। इस मन्त्र से स्त्री-पुरुष दोनों को वश में किया जा सकता है। जिस स्त्री या पुरुष को वश में करना हो, तो 'फलानी' के स्थान पर उसी का नाम ले। इस मन्त्र से 21 बार फूल, धूल व पीली या लाल सरसों को अभिमंत्रित करके साध्य को मारे या किसी भी युक्ति से उसके शरीर से छुआ दे, तो साध्य वश में होगा।

सिद्ध कामाख्या मंत्र

मन्त्रः-1 **"आ चनदा की चाँदनी, होकर उन्मादिनी। सतगुरु की है पुकार। मान-मान मानिनी।। तुझे कामाक्षा की आन, छोड़ हठः चीर घटा-पट। आ जा नदी के किनार, गा ले प्रीति रागिनी।। ॐ नमः कामाक्षाय अं कं चं टं तं पं यं शं ह्रीं क्रीं श्रीं फट् स्वाहा।।"**

विधिः- किसी पूर्णिमा की रात को नदी के किनारे, एकान्त स्थान में पूर्व की ओर मुख करके आसन पर बैठे। 108 बार उक्त मंत्र पढ़कर एक फूल नदी में डाल दे। इस क्रिया से यह मंत्र सिद्ध हो जाएगा, फिर जब चाहे, इस मंत्र से अभिमंत्रित फूल या रूमाल आदि कोई भी सुहावनी वस्तु, किसी भी युक्ति से साध्या के हाथ में दे। साध्या मोहित होकर उसकी आज्ञानुवर्तिनी बन जायेगी।

मन्त्रः-2 **तन मोहूँ, मन मोहूँ। मोहूँ सकल शरीर। झीन्दा शाह मदार की मोहिनी मोहूँ। मदद पीर वस्तगीर।**

विधिः- किसी भी मास के शुक्ल पक्ष में, कमर तक पानी में खड़े रहकर 14 दिन में उक्त मन्त्र का सवा लाख 'जप' करे। इससे 'मन्त्र सिद्धि' हो जाएगी। फिर 'प्रयोग' करे। पानी में अधो-वस्त्र पहनकर खड़ा हो।

जब प्रयोग करना हो, तब एक चुटकी मिट्टी ले और उसके ऊपर उक्त मन्त्र 7 बार पढ़कर फूंके। फिर साध्य या साध्या के ऊपर इस मिट्टी को युक्ति से डाल दे। यदि फेंकने में असफल रहे, तो युक्ति से साध्य या साध्या के हाथ में दे देवे। मुँह पश्चिम की ओर रहे। 'माला' कोई भी ले सकते हैं।

मन्त्रः-3 **"झं हां हां हें है"**

यह पाँच अक्षरों का बीज मंत्र है। किसी सोमवार व अनुकूल नक्षत्र देखकर इस मंत्र का प्रयोग प्रारम्भ करना चाहिए। प्रतिदिन इक्यावन माला के क्रम से इक्कीस दिन तक जप करने से मंत्र सिद्ध हो जाता है। सिद्ध हो जाने के बाद किसी भी खाने-पीने की वस्तु को हाथ में लेकर एक माला एक सौ आठ बार जपकर जिसको वह वस्तु खिलाई जायेगी वह आकर्षित होगा। किसी परदेश वासी व्यक्ति के वस्त्र, चित्र या अन्य किसी वस्तु पर यह प्रयोग करने से अथवा किसी भी खाने की वस्तु को अभिमन्त्रित करके उस चित्र के मुँह में लगाते रहने से भी आकर्षण हो जाता है। जो युवतियाँ अपने अभीष्ट युवक से विवाह करना चाहती हैं, किन्तु किसी कारणवश वह युवक विमुख है-ऐसी स्थिति में स्त्रियों को भी यह लाभप्रद रहा करता है।

मन्त्रः-4

आकर्षणः होवल्लजी खलकुश् शमा वातो वलअर्द फीसित्तते अय्याम।।

विधिः- स्त्री के बाँए पैर के नीचे की मिट्टी लेकर नए सफेद कपड़े में बाँधकर अपने दाहिने

पैर में इस प्रकार बाँधे कि पोटली नीचे दबाई जा सके। फिर उस पैर को जोर से जमीन पर जमाकर इस प्रकार की मिट्टी की पोटली पर दबाव पड़े उपर्युक्त आयत मन्त्र को पढ़ते रहें। घण्टे-दो-घण्टे में वह स्त्री आ जाएगी। यह प्रयोग रविवार या मंगलवार को करे।

दूसरी विधि यह है कि स्त्री के बाँयें पैर के नीचे की मिट्टी पर 121 बार मन्त्र पढ़कर आग में डाल दें। इससे उसके हृदय में दाह उत्पन्न होगी और वह आएगी।

मन्त्रः-5 **बिस्मिल्लाहिर्रिहमानिर्रहीम।।**

विधिः- मुँह में दूध भरकर उक्त मन्त्र 786 बार पढ़ें। फिर वह दूध उगलकर किसी पदार्थ में मिलाकर जिस स्त्री को खिला-पिला दिया जाए, वह आजीवन वश में रहेगी।

मन्त्रः-6 **अल्लाह बीच हथेली के मुहम्मद बीच कपार।**
उसका नाम मोहनी जगत् मोहे संसार।
मोह करे जो मोर मार उसे मेरे बायें पोत वार डार।
जो न माने मुहम्मद पैगम्बर की आन।
उस पर मुहम्मद मेरा रसूलिल्लाह।।

यह मन्त्र भी इस्लामी है। इसको शनिवार से प्रारम्भ कर अगले शनिवार तक नित्य धूप, दीप, लोबान, सुलगा कर एक बार जाप कर सिद्ध कर लें, तत्पश्चात् जब प्रयोग करना हो पैरों तले की मिट्टी उठाकर, सात बार मन्त्र पढ़ जिस स्त्री के शीश पर डालें, वह मोहित हो जायेगी।

तांत्रिक प्रयोग

सुनारों के यहाँ तोलने के काम आने वाली गुंजा (चिरमी) लाल रंग की होती है वैसी ही सफेद और आती है। जहाँ वह सफेद चिरमी हो, उसकी जड़ रविवार पुष्य नक्षत्र को ले आये। जिस दिन जड़ लेने जाए स्नान करके पवित्र होकर जाए तथा रास्ते में किसी से बोले नहीं, उस वृक्ष को पहले दिन जाकर निमंत्रण दे आये। जड़ को अपने वीर्य में भावना देकर जिस किसी को भी खिला दें, वह वश में हो जाता है।

चित्र द्वारा वशीकरण

जिस व्यक्ति का वशीकरण करना हो और यदि उसका चित्र सुलभ हो सके तो स्वच्छ होकर पालथी मारकर बैठ जाए। सामने उस व्यक्ति का चित्र रख ले। प्राणायाम द्वारा मन को एकाग्र करने की चेष्टा करे, फिर विचारों को केन्द्रित कर ले। पूरे विश्वास के साथ यह भावना रखे कि यह व्यक्ति वश में आ रहा है, आना पड़ेगा। मन में ही उस चित्र को सम्बोधित करता हुआ बार-बार दोहराये कि मैं तुम पर अनुरक्त हूँ आओ ! हम दोनों एक-दूसरे के मित्र बन जाए। धीरे-धीरे चित्र के द्वारा ही संकेत मिलने लगेंगे और जब अनुकूल संकेत मिलने लगें तो यह मान लेना चाहिए कि प्रयोग सफल रहा है और व्यवहार में भी यह जाहिर हो जाएगा कि वह व्यक्ति आपकी और झुकने लगा है।

सर्वजन सम्मोहन शाबर एवं अन्य मन्त्र

मंत्र 1

ओम् नमो महाबल महा पराक्रम शस्त्र विद्या विशारद 'अमुकस्य' भुजबलं बंधय दृष्टि स्तम्भय स्तम्भय अंगानि धूनय धूनय पातय पातय महीतले हुँ।।

इस मन्त्र को पहले दस हजार बार जाप करके सिद्ध कर लें, तत्पश्चात् जब प्रयोग करना हो, तो लटजीरा वृक्ष की पत्तियों का रस निकाल कर उक्त मन्त्र से अभिमंत्रित कर अस्त्र-शस्त्र पर लेप करें, तो युद्ध भूमि में शत्रु देखते ही मोहित हो जायेगा।

विशेष : अमुक शब्द के स्थान पर शत्रु का नाम उच्चारण करें।

मंत्र 2

ॐ उड्डा महेश्वराय सर्व जगन्मोहनाय अं आं इं ईं उं ऊं ऋं ॠं फट् स्वाहा।।

इस मंत्र को प्रथम एक लाख बार जाप करके सिद्ध करें, तत्पश्चात् जब प्रयोग करना हो तो-

पान की जड़ को जल में पीसकर सात बार उक्त मन्त्र से अभिमन्त्रित कर मस्तक पर तिलक लगाने से देखने वाले मोहित हो जाते हैं।

मंत्र 3

ॐ नमः कामाक्षाय महा-शक्ति-रूपाय 'अमुकस्य'
आकर्षण कुरु कुरु, ह्रीं क्रीं श्रीं फट् स्वाहा।

विधिः पहले उक्त महा-मन्त्र को सिद्ध करे। सिद्ध करने के लिए पाँच-मुखी और सात-मुखी बिल्व-पत्र एकत्रित करे। पाँच-मुखी बिल्व-पत्र कम से कम 5 एकत्रित करे, अधिक हों, तो अति उत्तम। इनके अतिरिक्त 1108 तीन पत्तीवाले बिल्व पत्र लाए। सबको गङ्गा जल से धोकर पवित्र करे। इसके बाद मिट्टी के 1000 शिव-लिङ्ग तैयार कर एक बार उक्त मन्त्र पढ़कर एक बिल्व पत्र शिव-लिङ्ग पर चढ़ाए। इस प्रकार 108 बार मन्त्र पढ़कर 1108 तीन-मुखी बिल्व-पत्र चढ़ाए। पाँच मुखी बिल्व पत्र जितने हों, उन्हें उक्त मन्त्र पाँच-पाँच बार पढ़कर चढाए। सात-मुखी बिल्व पत्रों को सात-सात बार मन्त्र पढ़कर चढ़ाए। इसके बाद सभी का विसर्जन करे। इससे मन्त्र सिद्ध हो जाएगा।

मन्त्र सिद्ध कर लेने के बाद किसी भी चतुर्दशी के दिन काले धतूरे के रस में गोरोचन मिलाकर, श्वेत कनेर की टहनी की लेखनी से भोज-पत्र पर 'साध्य' के नाम के साथ उपर्युक्त मन्त्र को लिखे। 'साध्य' आकर्षित होगा।

मंत्र 4 **ॐ नमः भगवते रुद्रग्य, ॐ नमः जगदम्बिके आकर्षण - कारिणी। कामाक्षाय अं कं चं टं तं पं यं शं ह्रीं क्रीं श्रीं आकर्षण कुरु कुरु स्वाहा।**

विधिः उक्त मन्त्र को सिद्ध करने के लिए 'एक चतुर्दशी' से दूसरी 'चतुर्दशी' तक नित्य 108 बार जपे। इसके बाद अपनी कनिष्ठिका अँगुली के रक्त से गृद्ध के पङ्ख की लेखनी द्वारा, भोज-पत्र पर 'साध्य' के नाम के साथ उक्त मन्त्र को लिखे और तकिए के नीचे उसे रखकर सो जाए। 'साध्य' आकर्षित होकर रात्रि में स्वप्न में मिलेगा और कुछ ही दिनों के अन्दर यदि वह सात समुद्र पार भी होगा, तो आकर्षित होकर उसके पास चला आएगा।

मंत्र 5 **ॐ नमः कामाक्षाय ह्रीं ठं ठः स्वाहा।**

विधिः उक्त मन्त्र का जप मंगलवार से प्रारम्भ करे। जब दस हजार जप पूर्ण हो जाए, तब होम करे। फिर चूहे के बिल की मिट्टी में उल्टा सरसों और बिनौले मिलाकर उक्त मन्त्र 108 बार पढ़कर, जिसके शरीर पर छींटा जाएगा, वह आकर्षित होगा।

मंत्र 6

रुद्र मंत्र - **"ॐ ह्रीं ठः ठः स्वाहा"**

यह पहला मंत्र है।

दूसरा मंत्र - **"ॐ नमो भगवते रुद्राय रादृष्टि लंपिना हरः स्वाहा दुहाई कंसासुर की जूट-जूट फुरो मंत्र ईश्वरो वाचा।"**

पहला बीज मंत्र है। दूसरा मंत्र संस्कृत व प्राकृत (मिश्रित साबर) मंत्र है।

विधि- मंगलवार से यह प्रयोग प्रारम्भ किया जाता है। छह अक्षर वाले रुद्र मंत्र की दस माला या एक हजार जप करें। फिर इकतालीस अक्षर वाले दूसरे मंत्र को इक्कीस बार जपने से दस दिन में यह प्रयोग सम्पन्न हो जाता है। ग्यारहवें दिन मंत्र का दशांश हवन, हवन का दशांश तर्पण, मार्जन और तर्पण का दशांश ब्राह्मण भोजन कराकर परीक्षा कर लें।

परीक्षा की विधि इस प्रकार है- किसी सरकण्डे, पतले बांस या किसी ऐसी लकड़ी को जो नीचे से जुड़ी, लेकिन ऊपर से भिन्न रहे, दो व्यक्ति पकड़ लें। जिस व्यक्ति ने इस मंत्र को सिद्ध किया है वह बिनौले, सरसों और चूहे के बिल की मिट्टी - इन तीनों चीजों को एकत्र करके मंत्रसाधित मंत्र को पढ़कर उन सरकण्डे की फांक-जिसे दो व्यक्तियों ने पकड़ रखा है-पर फेंककर मारें यदि वे दोनों फांकें उनके हाथ से निकलकर मिल जाती हैं तो मंत्र सिद्ध हो गया- यह जान लेना चाहिए।

इस परीक्षा में सफलतापूर्वक सिद्ध हो जाने के बाद साधक जिस भी किसी पर आकर्षण करना चाहे, उसके वस्त्र या चित्र पर सरसों, बिनौला व चूहे के बिल की मिट्टी को अभिमन्त्रित

कर मारने से आकर्षण होता है। इस प्रयोग को उन व्यक्तियों पर भी किया जा सकता है, जो घर से रुष्ट होकर चले जाते हैं।

मन्त्रः-7 **"ॐ नमः कामाख्यादेव्यै अमुकीं मे वशं कुरु कुरु स्वाहा।"**

इस मन्त्र की सिद्धि एवं प्रयोग सिद्धि का विधान इस प्रकार है-

एकलक्षजपादस्य सिद्धिर्भवति नान्यथा।
अष्टोत्तरशत जपं चास्य प्रयोगार्थ सदा भवेत्।।

एक लाख बार इस मन्त्र के जप करने से सिद्धि हो जाती है। यह सत्य है और जब प्रयोग करना हो तो एक सौ आठ बार जप करके प्रयोग करे।

मन्त्रः-8 **ॐ झां झां झां हां हां हां हें हें स्वाहा**

इस मन्त्र का केवल एक सहस्र जप करने पर किसी वस्तु और मनुष्य का भी आकर्षण हो जाता है। यदि एक सहस्र जपने पर कार्य सिद्ध न हो तो जब तक सिद्धि न मिले तब तक इसका जप करने का विधान है।

मन्त्रः-9 **ॐ नमो, हयलूण, सुहावय लूण, अईसा लूण, मसाणां हमां पाया। अमुकादिद अमुख खाय-तरुवा चाटत जनम जाए।**

विधिः- उक्त मन्त्र से इक्कीस बार अभिमन्त्रित नमक को खिलाने से वशीकरण होता है।

मन्त्रः-10 **पीर ! मैं नाथ-पीर, तूं नाथ ! जिस्को खिलाऊँ, तिसको वश करना। फुरो मन्त्र - ईश्वरो वाचा।**

विधिः- ग्रहण-काल में नाभि-पर्यन्त जलाशय में खड़े होकर, एक सुपारी को उक्त मन्त्र से सात बार अभिमन्त्रित करे और फिर निगल जाए। जब वह सुपारी मल के साथ निकले, तब उसे जल से धोकर दूध से धोए और 108 बार उक्त मन्त्र पढ़कर उसे गुग्गुल की धूनी दे। तदुपरान्त उस सुपारी का एक टुकड़ा साध्य को खिलाए।

मन्त्रः-11 **ॐ नमो। काला कलुवा, काली रात, तिसकी पुतली माँझी रात, काला कलुवा, घाट-वाट सोती को जगाए ल्याके, बैठी को उठाय ल्याव, खड़ी को चलाय ल्याव, वेगी धर ल्याव। मोहिनी, जोगिनी ! चल राजा को ठाँव। अमुकी के तन में चटपटी लगाव। जियाले तोड़, जो कोई खाय हमारी इलायची, कभी न छोड़ै हमारा साथ। घर को तजै, बहेर को तजै, घर के साँई को तजै। हमें तज और कने जाए, तो छाती फाड़ तुरंत मर जाए। सत्य गुरू आदेश। गुरू की शक्ति, मेरी भक्ति। फुरो मन्त्र-ईश्वरो वाचा। ईश्वर महा-देव की वाचा से टरै, तो कुम्भी नरक में पड़ै।**

विधिः- शुभ तिथि-काल में इक्कीस दिन लगातार जप कर उक्त मन्त्र को सिद्ध कर ले। फिर उसके द्वारा अभिमन्त्रित इलायची साध्य को खिलाए।

मन्त्रः-12 **हथेली में हनुमन्त बरौ, भेरूं बसै कपाल। नारसिंह की मोहिनी, मोहा सब संसार। मोहन रे मोहन्ता वीर, सब वीरन में तेरा सीर। सबकी दृष्टि बाँधि दे। तोहि तेल, सिन्दूर चढ़ाऊँ। तोहि तेल, सिन्दूर कहाँ से आया? कैलास-पर्वत से आया। कौन ल्याया? अञ्जनी का हनुमन्त, गौरी का गणेश ल्याआ। काला-गोरा-तोतल-तीनूँ बसैं कपाल। बिन्दा तेल सिन्दूर का-दुश्मन गया पताल। दुहाई कामियाँ सिन्दूर की, हमें देख सीतल हो जाए। मेरी भक्ति, गुरू की शक्ति। फुरो मन्त्र-ईश्वरी वाचा। सत्य नाम आदेश गुरू का।**

विधिः- रविवार को भगवान् नृसिंह का षोडशोपचार-पूजन करके एक सौ इक्कीस बार उक्त मन्त्र पढ़े। इस प्रकार सात रविवारों से करे। मन्त्र जप के समय तेल का दीपक जलाए, लोबान की धूप दे और नैवेद्य-स्वरूप लड्डू चढ़ाए। ऐसा करने से मन्त्र सिद्ध हो जाता है। सिद्ध मन्त्र से सिन्दूर को अभिमन्त्रित कर मस्तक में बिन्दी के रूप में लगाए। इससे उच्च-से-उच्च इच्छित व्यक्ति का क्रोध शान्त हो जाता है। और वह अनुकूल हो जाता है।

मन्त्रः-13 **ॐ नमो। कोटि वज्र पर शिला, तापर बैठें शोषा वीर। ताके साथ नव-नाथ बैठे। चौरासी सिद्ध बैठे। ठः ठः ठः। ह्रीं ह्रीं। आगच्छ मत्-समीपे त्वरमानय। त्रैलोक्य-पर्यन्तान् भूतांनामकान् शीघ्रमानय। हूँ फट् ॐ पः पः।**

विधिः- किसी शुभ दिन में सायंकाल तीर्थ-स्थान में, पश्चिम-मुख बैठ कर 108 बार काले ऊन से गूँथी माला में उक्त मन्त्र का जप करे। फिर रात्रि में 108 बार जप करे। जप के आदि और अन्त में तीर्थ की बलि अर्पित करे। दशांश होम करे, तो मन्त्र सिद्ध होगा।

मन्त्र सिद्ध करने के बाद जिस कामना की पूर्ति करनी हो, उसका संकल्प कर उक्त विधि के अनुसार उक्त सिद्ध मन्त्र का सात दिनों तक जप करे, तो उच्च-से-उच्च अधिकारी वशीभूत होकर मनोनुकूल कार्य करेगा। चौदह दिनों तक उक्त विधि से जप करने से सभी इच्छाएँ पूर्ण होती हैं।

हवन-सामग्रीः-

1. विभीतक, 2. धतूरे का फल, 3. चिञ्चिणी या सिहोर के पत्ते

4. कपित्थ अर्थात् कैथे का गूदा - इनमें से किसी एक वस्तु में घी मिलाकर उसकी आहुतियों द्वारा हवन करना चाहिए।

जप-संख्या प्रतिदिन 1000 या 10,000 तक करके उसकी दशांश आहुतियाँ देने से अधिकाधिक फल की प्राप्ति होती है।

मन्त्रः-14 **ओंम् मों ड्रों।**

यह मन्त्र निराहार अवस्था में एक हजार आठ बार जाप कर सिद्ध कर लें और जब प्रयोग करना हो, तो जिसे वश में करना हो, उसका ध्यान कर पाँच सौ बार जाप करें, तो बन्धु-बांधव, मित्र, स्त्री, राजा, मन्त्री, आदि सभी वश में हो जाते हैं।

मन्त्रः-15 **ओंम् चिटि चाण्डाली महा चाण्डाली अमुकं में वश मानय स्वाहा।**

इस मन्त्र को सात दिवस तक अविराम जाप करके सिद्ध कर लें और आवश्यकता के समय निम्न प्रकार का प्रयोग करें।

यह मन्त्र बेल के काँटें की लेखनी बना तालपत्र पर लिखें और उक्त तालपत्र को दूध में पकायें, तत्पश्चात् उक्त तालपत्र को तीन दिन पर्यन्त कीचड़ में गाड़ दें और दिन बीतने पर निकाल कर जिस स्थान पर दुर्गा पूजा महोत्सव होता हो, वहाँ के मण्डप द्वार पर गाड़ देने से इच्छित व्यक्ति वश में हो जाता है।

मन्त्रः-16 **ॐ नमो आदेश गुरु को। राजा मोहूँ, प्रजा मोहूँ, ब्राह्मण बनिया। हनुमन्त-रूप से जगत मोहूँ, तो रामचन्द्र पर मनिया। गुरू की शक्ति, मेरी भक्ति। फुरो मन्त्र, ईश्वरो वाचा।**

विधिः- पूर्वोक्त श्री राम जी का ध्यान करे। 21 दिनों तक प्रतिदिन 121 बार जप करे। फिर गाँव के चौराहे पर जाकर चुटकी भर धूल ले। उसे 7 बार अभिमन्त्रित कर उससे माथे पर बिन्दी लगाए। सभी लोग देखते ही वश में होंगे।

मन्त्रः-17 **हेरो सरसुआ फेरो बहिनी, जब देखों तो बाँस के रहनी, नथे बैल बनियन बँधो, परके तेल माथे पे लगाऊ रहिया, मोहनी धुँआ धरनी, जरवा**

जोहनी मैया मोहनी, कहाँ की मोहनी, भेड़ा-घाट की मोहनी, लग जाय री मोहनी, उस्ताज मोहनी, चल रे मोहनिया। फिर जहाँ फटकारों, तहाँ वचन न परे खाली। जैसे लवाई गाय अपने बच्छा के लानै दौरे, वैसे मेरे लाने मनख दौरे। उसका का मोह, तरुआ मोहो, पिंडरी मोहो जाँघ मोहो, करीय मोहो, छतियाँ मोहो, छींकन की नाक मोहो, देखन की आँख मोहो, माथे की चँदिया मोहो। सिर पै बैठ पकर ला, जेर बन्द कर ला मेरे पास, जब मैं जानों ठीक, गुरू की दुहाई।।

विधिः- ढाई पाव आटे के रोट का मलीदा, लङ्गोट, चमीटा, नारियल और गाँजे की चुङ्गी (चिलम) से सिद्ध बाबा की पूजा करके जपे। नित्य 108 बार जप 49 दिनों तक करे, तो सिद्ध हो। फिर खाने-पीने की वस्तु 7 बार मन्त्र पढ़कर, खाने-पीने में दें, तो वशीकरण हो।

विकट मन्त्र

मन्त्रः-1 **चल, चली चल। नारे चल, खोरे चल। अगाड़ी चल, पिछाड़ी चल। जिस पर मैं कहूँ, उस पर चल। कवाड़ बेस, बङ्गाल का इलम साँचा। गुरू की शक्ति, मेरी भक्ति। चलो मन्त्र, ईश्वरी वाचा।।**

विधिः- होली या दीवाली पर ऊदबत्ती और कपूर जलाकर 121 बार पढ़ने से सिद्ध होगा। फिर खाने-पीने की किसी भी वस्तु को सात बार अभिमन्त्रित कर खिलाने-पिलाने से वशीकरण होगा।

मन्त्रः-2 **कामरू खण्ड कामाक्षा देवी, जहाँ बसै इस्माइल जोगी। इस्माइल जोगी फूल चढ़ावै। एक फूल हँसै, एक फूल बिहँसै। एक फूल बैहा नारसिङ्ग बसै। जो लेय इस फूल की बास, सो उठ चलै हमारे साथ। जो ना उठ चले हमारे साथ, आधी रात कलेजा फटे। गुरू की शक्ति, मेरी भक्ति। फुरौ मन्त्र, ईश्वरी वाचा।।**

विधिः- सात बार अभिमन्त्रित पुष्प सुँघाने से वशीकरण होता है। पहले घी की आहुति देकर 108 बार जप कर सिद्ध कर लें।

मन्त्रः-3 **ॐ नमः कट विकट घोर-रूपिणी स्वाहा।।**

विधिः- भोजन करते समय, चावल को सात बार उक्त मन्त्र से अभिमन्त्रित कर, जिस व्यक्ति का नाम लेकर खाएँगे, वह वशीभूत होगा। 'प्रयोग' सात दिन तक करे।

मन्त्रः-4 **ॐ वश्य-मुखी राज-मुखी स्वाहा।।**

विधिः- उक्त मन्त्र से जल अभिमन्त्रित कर उससे मुँह धो ले। ऐसा सात बार करे। नित्य प्रातः काल भी किया जा सकता है। इससे सभी देखने वाले वशीभूत होंगे।

मन्त्रः-5 **ॐ राज-मुखि वश्य-मुखि स्वाहा।।**

विधिः- प्रातःकाल स्नान के पूर्व शय्या पर बैठकर, बाएँ हाथ में तेल लेकर उक्त मन्त्र को तीन बार पढ़कर अभिमन्त्रित करे। फिर दाहिने हाथ की अनामिका से तेल माथे पर लगा ले। तत्पश्चात् स्नान करे। इससे सभी देखने वाले वशीभूत होंगे।

सुपारी मोहन मन्त्र

मन्त्रः-1 **ॐ नमो देव देवेश्वर महारये ठं ठं स्वाहा।।**

इस मन्त्र को पहले दस हजार बार जाप करके सिद्ध कर लें, तत्पश्चात् जब प्रयोग करना हो, तो एक सुपारी लें, एक सौ आठ बार मन्त्र पढ़ जिसको खिला दें, वही मोहित हो जायेगा।

मन्त्रः-2 **ॐ नमो गुरु का आदेश पीर में नाथ प्रीत में माथ जिसे खिलाऊँ तिसे मोहित करूँ फुरो मन्त्र ईश्वरो वाचा।**

इस मन्त्र को सूर्यग्रहण के समय कमर तक जल में तालाब के अन्दर खड़े होकर सात बार मन्त्र पढ़कर एक खड़ी सुपारी निगल जाएँ और यह सुपारी जब पाखाने द्वारा पेट से बाहर आये तो उसको लेकर जल से साफ कर तत्पश्चात् दूध से स्वच्छ कर सात बार मन्त्र पढ़ जिसको भी खिलाएँ, वह कैसा भी पत्थर दिल क्यों न हो, अवश्य ही मोहित हो जायेगा।

मन्त्रः-3 **खरी सुपारी टामनगारी, राजा-प्रजा खीर पियारी, मन्त्र पढ़कर लगाऊँ, तो रही या कलेजा लावे तोड़, जीवत चाटे पगथली, मूवे सेवे मसान, या शब्द की यारी न लावे, तो जती हनुमान की आज्ञा न माने। शब्द साँचा, पिण्ड काचा, फुरो मन्त्र ईश्वरो वाचा।**

अथवा

ॐ देव नमो हरय ठं ठं स्वाहा।

विधिः- सूर्य-ग्रहण के दिन स्नानादि कर 7 समूची सुपारियों को धोकर पास में रखें तथा आसन पर बैठकर गूगल की धूनी और घी के दीपक से उनकी पूजा करें। इसके बाद 108 बार उक्त मन्त्र का जप करें।

यदि **'ग्रहण'** का दिन न मिले, तो **'रवि-पुष्य-योग'** से 21 दिनों तक नित्य सुपारियों की पूजा तथा 108 बार मन्त्र का जप करें। इस क्रिया से सुपारियाँ मन्त्र-शक्ति से सम्पन्न हो जाएँगी। बाद में जब यह सुपारी 7 बार मन्त्र पढ़कर जिसे खिलाई जाएँगी, वही मोहित होकर वश में हो जाएगा।

मन्त्रः-4 **ॐ नमः उर्वशी सुपारी काम निगारी।**
शुचि राजा प्रजा रहे सब पियारी।
अमुकी को अमुक को मन्त्र पढ़ हृदय लगाऊँ।
उठता-बैठता निज दास-दासी बनाऊँ।
मरे पर उसकी जान लाए मशान।
वश न होवे तो हनुमन्त की आन।

विधिः- साध्य या साध्या का नाम लेकर, सुपारी सामने रखकर, सूर्य-ग्रहण में इस मन्त्र का एक सहस्र 'जप' करे। धूप-दीप भी करे। 'प्रयोग' करते समय वही सुपारी सामने रखकर 7 बार उक्त मन्त्र पढ़कर फूँक दे। सुपारी साध्य को युति से खिला दें जो लोग सुपारी नहीं खाते, उनके ऊपर इत्र अथवा फूल अथवा इलायची लवङ्ग इत्यादि का प्रयोग करे।

मन्त्रः-5 **ॐ नमो भगवते वासुदेवाय त्रिलोचनाय त्रिपुर-वाहनाय 'अमुकं' मम वश्यं कुरु-कुरु स्वाहा।**

विधिः- सिद्ध-योग में उक्त मन्त्र की 1 से 10 माला 'जप' करे। बाद में सुपारी को अभिमन्त्रित करके जिसका वशीकरण करना हो, उसको खिलाए। दुरुपयोग न करे, अन्यथा स्वयं को कष्ट होगा। 'अमुक' के स्थान पर साध्य का नाम ले।

मन्त्रः-6 **ॐ नमो आदेश गुरु। कामरू देश, कामाख्या देवी। जहाँ बसे इस्माइल योगी। इस्माइल योगी ने दीन्हीं एक लौंग राती-माती। दूजी लौंग दिखावे राती। तीजी लौंग रहे थहराय। चौथी लौंग मिलावे आय। नहिं आवे तो कुआँ बावडी धार फिरे रण्डी, कुआँ बावडी छिटक मरे। ॐ नमो आदेश गुरु को। मेरी भक्ति, गुरु की शक्ति। फुरो मन्त्र, ईश्वरो वाचा।**

विधिः- 'ग्रहण' की रात में, चार लौंग चार दिशाओं में रखे। बीच में चौमुखा दीपक जलाए। अच्छी 'धूप' करे। सुगन्धित फूलों की माला चढ़ाए। यथा-शक्ति भोग लगाए। उक्त मन्त्र का 10 माला 'जप' करे। बाद में 7 बार उक्त मन्त्र से अभिमन्त्रित करके लौंग साध्य को खिलाए।

मन्त्रः-7 **कच्ची सुपारी, बँगला पान। कत्था-चूना, वीर मसान। जै तू खाए हमारे हाथ का पान, कटे कलेजा, तजे प्राण। दोहाई हो चमारिन की, छू।**

विधिः- उक्त मन्त्र की सिद्धि ग्रहण में करे। प्रयोग में पान पर सात बार मन्त्र पढ़कर फूँके और अभीष्ट व्यक्ति कों खिला दे, तो उसका वशीकरण होगा।

मन्त्रः-8 **ॐ नमो कट-कट-कट घोर-रूपिणी अमुकं मे वशमानय स्वाहा।**

विधिः- ग्रहण-काल में उक्त मन्त्र को 10 माला 'जप' करके सिद्ध करे। बाद में प्रयोग करे। रविवार को जब साधक स्वयं अन्न-भोजन करने को बैठे, तब भोजन सामग्री को अभिमन्त्रित करके स्वयं भोजन करे। भोजन करते-करते भोजन-समय में उसका नाम लेता जाए, जिसको वश में करना हो। 'अमुक' के स्थान पर नाम जोड़कर अभिमन्त्रित करे। खाते समय भी उसकी स्मृति बार-बार करे, तो वह व्यक्ति अवश्य आएगा। उसका स्वागत करके मन-चाहा कार्य करे। दुरुपयोग न करे, अन्यथा कष्ट होगा।

खाने-पीने की सामग्री से सर्वजन वशीकरण

मन्त्रः-1 **क्लीं ऐं सौं ह्रीं श्रीं ग्लौं हुम्। सकल जगन्मोहिनी मदनोन्मादिनी, क्लीं एहि-एहि क्लीं-क्लीं सम्मोहय। बुद्धिं नाशय-नाशय, नाशय जीव-मोहिनी, लागो मोह जिनु-जिनु जावे मकरे। तो मोह, आदि-शक्ति को आस, राज-मन्त्रथ की आन फुरो। आगम मल्यों, मेरी भक्ति, गुरु की शक्ति। ईश्वर तेरी वाचा।**

विधिः- शाबर-मन्त्र की विधि से उक्त मन्त्र का 1 हजार जप करे। अथवा अन्य विधि से 10 हजार जप करे। मन्त्र-विधि के बाद खाने-पीने की वस्तुओं को 21 बार उक्त मन्त्र पढ़कर अभिमन्त्रित करे। बाद में उन वस्तुओं को साध्य या साध्या को खिलाए-पिलाए। इस मन्त्र द्वारा एक व्यक्ति एवं जन-समूह का वशीकरण होता है।

मन्त्रः-2 **ॐ नमो गुड़-गुड़, रे तू गुड़-गुड़। तामडा मशान केलि करन्ता जा। उसका देग उमा सब हर्षे। हमारी आस खसम को देखे। जलै-बलै हमको देवै। सकि रुचलै। चालि-चालि रे कालिका के पूत, जोगी-जङ्गम और अव-धूत। सोती होय जगाय लाव, बैठी होय उठाय लाव। न लावै, तो माता कालिका की शय्या पर पाँव धरै। शब्द साँचा, पिण्ड काचा। फुरो मन्त्र, ईश्वरो वाचा। सत्य नाम आदेश गुरु का।**

विधिः- अर्कवार (रविवार) के दिन एक पैसा भर गुड़ श्मशान में लेकर जाए। साथ में तेल और 'बाकला' ले। भैरव का पूजन करे। साध्य को गुड़ खिलाए।

फूल-मोहिनी मन्त्र

मन्त्रः- ॐ नमो आदेश गुरू को। एक फूल, फूल भर दोना, चौंसठ जोगनी ने मिल किया टोना। फूल-फूल वह फूल न जानी, हनुमन्त वीर घेर-घेर दे आनी। जो सूँघे इस फूल की बास, उसका जी प्राण रहे हमारी पास। सूती होय, तो जगाइ लाव, बैठी होय, तो उठाइ लाव। और देखे, जरे-बरे। मोहे देख, मेरे पायन परे। मेरी भक्ति, गुरू की शक्ति। फुरो मन्त्र, ईश्वरो वाचा। वाचा वाची से टरे, कुम्भी नरक में परे।

विधिः- अच्छी तरह से जले, उतने प्रमाण से एक घी का दिया जलाए। दीप का विधि-वत् पूजन करे। नित्य मन्त्र का 144 बार 'जप' करे। इस प्रकार 21 दिन तक करने से मन्त्र सिद्ध होगा। बाद में सोमवार के दिन इस मन्त्र को किसी भी फूल पर 21 बार पढ़कर फूँके। फूँकने के बाद साध्य को सुँघाए या सूँघने को दे। साध्य, मन ही मन आपके प्रति मोहित होगा। अच्छे कार्यो में इस मन्त्र का प्रयोग करे। बाद में प्रयोग छोड़ दे, केवल मन्त्र का स्मरण करता रहे। आवश्यकता पड़ने पर ही प्रयोग करे, अन्यथा सिद्धि नष्ट हो जाएगी।

मोहिनी मन्त्र

मन्त्रः-1 ॐ नमो आदेश गुरू को। या गुड़ राती, या गुड़ माती। या गुड़ आवै, पायां पड़ती। जो माँगू, श्यो जन पाऊँ। सूती तिरिया, जगाय लयाऊँ। चलि रे अगिया बैताल, फलानी के पेट चलावे। झाल रात्रि को चैन, न दिन को सुख। फिर-फिर जोवे, हमारा मुख। जै मकड़ी-मकड़ी सैट ले, सीस काट दो टूक हो पड़ै। काला कलुआ काली रात। कलुआ चाली, आधी रात। चाल-चाल रे काला कलुवा। सोधन चाटे हमारा तलुआ। आक के पात बसे कवारी, धन जीवन सों खरी पियारी। रेवरगत गुड़ करे गिरास, अमुकी आवे फलाना पास। मेरी भक्ति, हनुवन्त जती की शक्ति। फुरो मन्त्र, ईश्वरो वाचा।

विशेषः 'मन्त्र' में जहाँ फँलानी, फलाना अथवा अमुकी शब्द आए, वहाँ साध्य या साध्या का नाम ले।

विधिः- आवश्यकतानुसार गुड़ लेकर साधक अपनी अनामिका अँगुली का रक्त उसमें मिला दे। फिर उस गुड़ को उक्त मन्त्र से 21 बार पढ़कर साध्य को युक्ति से खिला दे। अथवा शरबत बनाकर पिला दे। यहाँ यह उल्लेखनीय है कि प्रयोग की सिद्धि एवं क्रिया के बीच का अन्तर जितना कम होता है, 'प्रयोग' उतना ही सफल होता है।

मन्त्रः-2 जल मोहूँ, थल मोहूँ, जङ्गल की हिरणी मोहूँ। बाट-चलत, बटोही मोहूँ। कचहरी बैठा, राजा मोहूँ। पीढ़ी बैठी, रानी मोहूँ। मोहनी मेरा नाम, मोहूँ

जग-संसार। तरा तरीला तोतला, तीनों बसें कपाल। दस्तक। दस्तक दे दी मात के, दुश्मन करूँ पालाल। मेरी भक्ति, गुरू की शक्ति। फुरो मन्त्र, ईश्वरो वाचा।

विधिः- किसी शनिवार से 'मन्त्र' जप प्रारम्भ करे। 11 दिन तक प्रति-दिन 144 बार मन्त्र का जप करे। 'मन्त्र'-जप करते-करते यज्ञ-कुण्ड में 'गुग्गल का होम करे। 'दीपक' जलाए। पूजा में बताशे, फूल-फल इत्यादि चढ़ाए। 11 दिन के बाद मन्त्र चैतन्य होने पर 'प्रयोग' करे।

जब प्रयोग करे तब आवश्यकतानुसार मिठाई को इस मन्त्र से 21 बार अभिमन्त्रित करे। मिठाई साध्य को खिलाए। शेष मिठाई प्रसाद की तरह बाँट दे। शुभ कार्य में ही मन्त्र का प्रयोग करे। तभी अन्य लोग भी सहयोग देंगे। शेष तो साधक की सूझ-बूझ पर निर्भर है। सभी के साथ 'प्रेम'- 'मीठी-वाणी' का व्यवहार करे, तो सफलता निश्चित हो जाती है।

यदि साधक अपनी हथेली पर उक्त मन्त्र से फूँक दे और फिर अपने मुँह पर हथेली फिराने के बाद घर से बाहर जाए, तो सभी लोग उससे आकर्षित होंगे। विशेष सफलता-प्राप्ति के लिए भावात्मक एकता स्थापित करना आवश्यक है। इसके द्वारा मन-मुटाव, आपसी झगड़े का समाधान भी सम्भव है। शुभ-करण की भावना से जन-समूह को समुचित दिशा में बदलने के लिए भी यह 'प्रयोग' एक अचूक उपाय है।

मन्त्रः-3 **ॐ नमः पदमनी, अञ्जन मेरा नाम। इस नगरी में जाय मोहूँ, सब गाँव मोहूँ। राज करत राजा मोहूँ, फर्स में बैठा पञ्च मोहूँ। पन-घट की पनिहारी मोहूँ। इस नगरी में छत्तीस पवनियाँ मोहूँ। जो ही कोई मार-मार करता आवे, नारसिंह वाम-पद अंगुष्ठ-त्तट धरे और घर लावे। मेरी भक्ति, गुरू की शक्ति। स्फुरो मन्त्र, ईश्वरी वाचा।**

विधिः- पहले नृसिंह देवता की यथोचित पूजा करे। छवि या प्रतिमा न होने पर, प्रतीक रखकर पूजन सम्पन्न करे। तांबे के यज्ञ-कुण्ड में, गुग्गल-पान-सुपारी-शर्करा इत्यादि घृत-मिश्रित हव्य से साक्षात् अग्नि-देव को आहुति देवे। सात दिन तक 108 बाद मन्त्र जप कर आहुतियाँ दे। इस प्रकार मन्त्र-सिद्धि होने के बाद 'प्रयोग' करे। प्रयोग की विधियाँ, यथा -

(1) चन्दन का बुरादा और जीरे के चूर्ण को मिलाकर रुई की बत्ती बनाए। फिर तेल या घृत के दीपक में वह बत्ती जलाए। मन्त्र का स्मरण करते रहें। दिये के ऊपर एक बड़ा ढँकना धुआँ सोखने के लिए रख ले। धुआँ लगा हुआ ढँकना अपने पास सुरक्षित रखे। इसी धुएँ का अञ्जन के रूप में प्रयोग कर, मन्त्र-स्मरण कर साधक जहाँ-जहाँ जाएगा, वहाँ-वहाँ उसका प्रभाव दृष्टि-गोचर होगा।

(2) अच्छी जगह से प्राप्त रुई की बत्ती में उंगा की जड़ को लपेट कर काजल पाड़े। काजल वाला बर्तन अपने पास रखे। मन्त्र का स्मरण करके अञ्जन लगाए अथवा काजल वाले बर्तन में जल भरकर स्वयं पिये, तो साधक साध्य को सम्मोहित कर सकता है।

मन्त्रः-4 **ॐ नमो मन-मोहिनी। रानी चली सैर को, मस्तक धर तेल का दीप। जल मोहूँ, स्थल मोहूँ, सब जगत् मोहूँ। और मोहूँ मोहिनी, जो शैया बैठी गौहरे दरबार। गौरा पार्वती की दुहाई। लौना चमार की दुहाई फीरें, नहिं तो हनुमन्त की आन फीरे। गुरू की शक्ति, मेरी भक्ति। चलो मन्त्र, ईश्वरी वाचा।**

विधिः- पहले मन्त्र कण्ठस्थ कर ले। फिर चमेली का तेल कहाँ मिलता है, यह ज्ञात कर ले और 'दीपावली' को अपने गाँव या शहर के पास, नदी-तट या सागर-तट पर प्रयोग करने की व्यवस्था कर ले। नरक चतुर्दशी या दीपावली की सन्ध्या को चमेली का तेल लाए। उसे लेकर नदी या सागर-तट पर जाए। वहाँ अपनी दृष्टि को स्थिर करके, तेल के ऊपर मन्त्र पढ़कर फूँक लगाए। 220 बार मन्त्रोच्चारण कर तेल पर फूँके। फिर घर वापिस आ जाए। मन्त्र-स्मरण सात दिन यथा-मति-शक्ति करता रहे। आवश्यकता होने पर, मन्त्र स्मरण करके तेल का टीका लगाकर बाहर जाए। जो देखेगा, वह आकर्षित होगा। नौकरी, परीक्षा, भाषण, इण्टरव्यू आदि में इस 'प्रयोग' के सुन्दर परिणाम दिखाई देते हैं। धोखा देने, दुर्भावना की दृष्टि से इस 'प्रयोग' का दुरुपयोग नहीं करना चाहिए। अपना सभी कार्य सहज भाव से करते हुए नित्य 'मन्त्र' - जप करता रहे। श्रद्धा और संयम के प्रति भी सजग रहे।

मन्त्रः-5 **ओमृ नमः पद्मनी अंजन मेरा नाम इस नगरी मेकं जाय मोहूँ। सर्व ग्राम मोहूं राज करन्तारा मोहूँ। फर्श पे बैठाय मोहूँ पनिघट पनिहारिनी मोहूँ। इस नगरी के छत्तीस पवनिया मोहूँ। जो कोई मार मार करन्त आवे उसे नरसिंह वीर बाम पद अंगूठा तर धरे और घेर लावे मेरी भक्ति गुरु की शक्ति फुरो मन्त्र ईश्वरो वाचा।**

इस मन्त्र को शनिवार या रविवार की रात्रि में नरसिंह देव की विधिवत् पूजा कर गुग्गुल जलावें तथा सुपारी, घी, शक्कर, पान आदि अर्पित कर एक सौ आठ बार मन्त्र जाप कर हवन करके सिद्ध कर लें तथा जब प्रयोग करना हो, तब चन्दन बन रुई में लटजीरा के संयोग से बत्ती बना काजल पार ले और उस काजल को सात बार मन्त्र पढ़ आँख में लगाने से सकल नगरवासी मोहित होते हैं।

सौमित्र मन्त्र

मन्त्रः-1 **वीनोन तरयोध सरक्ता सतोत विष्टाँग।**
रक्त चन्दन लिप्तांग भक्तानांच शुभ प्रदम।।

गाय के गोबर से त्रिकोणाकार चौका लगाकर उसके तीनों कोनों पर कुंकुम की रेखा खींचें और बीच में जिसको वश में करना हो, उसका नाम लिख सिन्दूर लगाकर एकाग्रता पूर्वक दस हजार बार मन्त्र जाप करके हवन करें, तो सौमित्र वश में हो जाता है।

मन्त्रः-2

(1) **ओम् नमो भगवते श्रीसूर्याय हीं सहस्र-किरणाय ऐं अतुल-बल-पराक्रमाय नव-ग्रह-दश-दिक्-पाल-लक्ष्मी-देव-वाय, धर्म-कर्म-सहितायै 'अमुक' नाथय नाथय, मोहय मोहय, आकर्षय आकर्षय, दासानुदासं कुरु कुरु, वश कुरु कुरु स्वाहा।**

(2) **ऐं पिन्स्थां कलीं काम-पिशाचिनी शिघ्रं 'अमुक' ग्राह्य, कामेन मम रूपेण वश्वैः विदारय विदारय, द्रावय द्रावय, प्रेम-पाशे बन्धय बन्धय, ॐ श्रीं फट्।**

विधिः- सूर्य-देव का ध्यान करते हुए मन्त्र-संख्या 1 का 108 बार जप प्रतिदिन 9 दिन तक करने से 'आकर्षण' का कार्य सफल होता है। मन्त्र-संख्या - 2 को पहले 20 हजार जप कर सिद्ध कर ले। प्रयोग के समय 'साध्य' के नाम का स्मरण करते हुए प्रतिदिन 108 बार जपने से 'वशीकरण' हो जाता है।

मन्त्रः-3 **(क) ॐ कं हां हूं** **(ख) ॐ स्त्रीं स्त्रीं फट्**

विधिः- पहले दिन किसी एक मन्त्र का 1100 'जप' कर 'हवन' करे। फिर नित्य 1 माला 'जप' कर घर से बाहर जाए। बाहर जाते समय भी 'मन्त्र' का स्मरण करता रहे। सभी मिलने वाले 'जप'-कर्त्ता के प्रति आकर्षित और अनुकूल होंगे। युक्ति से कार्य करे। इन मन्त्रों का 'जप' निर्दोष है; सदुपयोग ही करे।

मन्त्रः-4 **ओम् नमो चामुण्ड जय जय वश्य मानय जय जय सर्वं सत्वा नमः स्वाहा।।**

इस मन्त्र को एक लाख बार जाप कर सिद्ध कर लेने के बाद रविवार के दिन गुलाब का फूल सात बार मन्त्र पढ़ कर जिसे दें, वह वश में हो जाता है।

मन्त्रः-5 **ओम् नमो भगवती मातंगेश्वरी सर्व मन रंजनि सर्वषां महा तगे कुवरी के नन्द नन्द जिवहे जिवहे सर्व जगत वश्य मानय स्वाहा।**

इस मन्त्र को दस हजार जाप कर सिद्ध कर लेने के बाद वशीकरण के लिए निम्न प्रकार प्रयोग करें :-

1. चन्द्र ग्रहण के अवसर पर सफेद विष्णुकान्ता की जड़ लाकर तीन बार मन्त्र पढ़ आँख में अंजन की तरह आँजने से देखने वाले सभी लोग वश में होते हैं।
2. शुक्ल पक्ष की त्रयोदशी को सफेद घुंघुची की जड़ लाकर सात बार मन्त्र से अभिमन्त्रित कर जिसको भी खिला दें, वह तन मन से साधक के वश में हो जाता है।

<u>मन्त्रः-</u> **ओम सर्व लोक वश कराय कुरु कुरु स्वाहा।।**

इस मन्त्र को प्रथम एक सौ आठ बार जाप कर सिद्ध कर लें और जब प्रयोग करना हो, तो निम्न प्रकार करें-

1. लटजीरा के बीज काली गाय के दूध में पीस कर सात बार मन्त्र पढ़ मस्तक पर तिलक लगाएँ तो देखने वाले वश में हो जाते हैं।
2. नागर मोथा, हरताल, कुंकुम, कूट और मैनसिल को अनामिका नामक ऊँगली के रक्त से पीस सात बार मन्त्र पढ़ मस्तक पर तिलक लगायें तो जो व्यक्ति तिलक को देखे वह वश में हो जाता है।

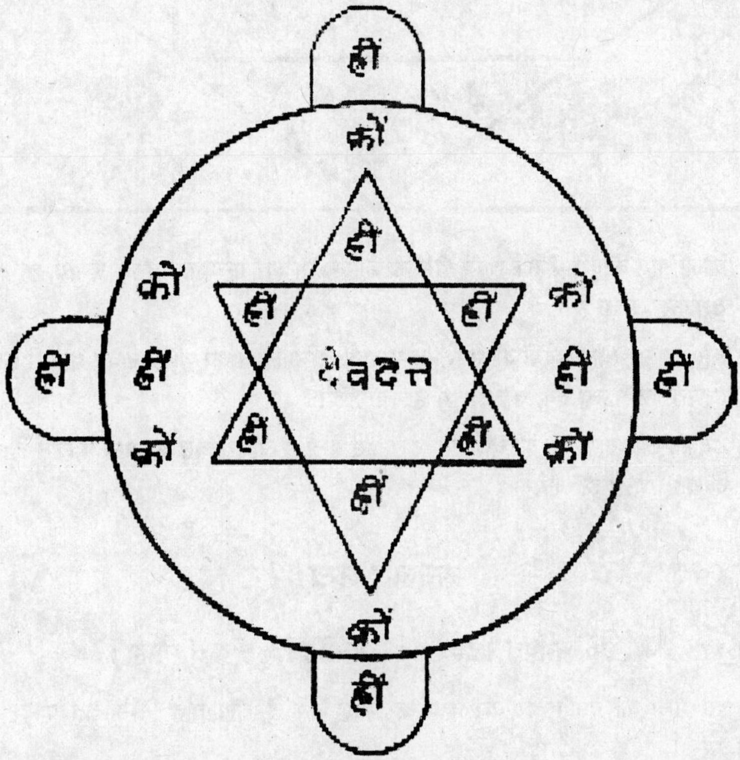

3. बरगद की जड़ जल में घिसकर सात बार मन्त्र से अभिमन्त्रित कर तिलक लगाने से देखने वाला वश में हो जाता है
4. सफेद मदार (आक) के फूल छाया में सुखाकर काली गाय के दूध में पीस इक्कीस बार मन्त्र मस्तक पर तिलक लगाने से उत्तम वशीकरण होता है।

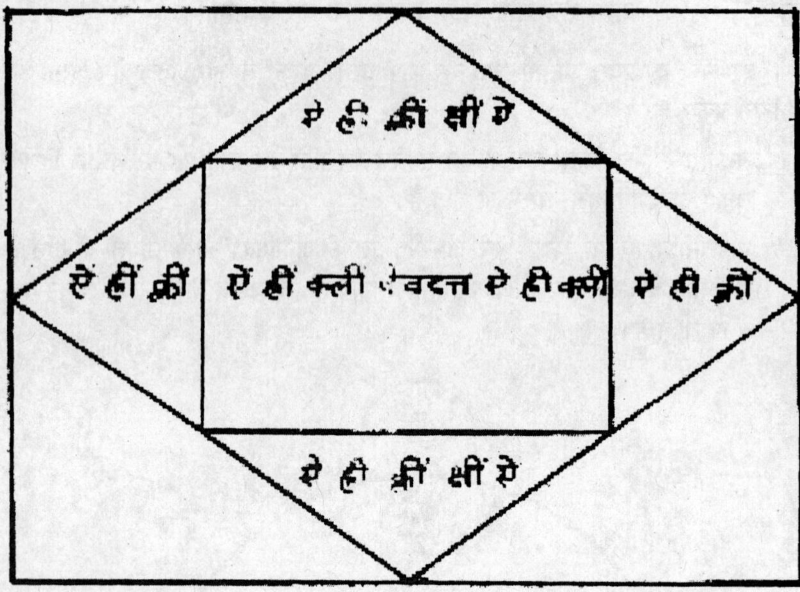

5. काली गाय के दूध में सफेद दूब पीस करके इक्कीस बार मन्त्र पढ़ तिलक लगायें, तो स्त्री वशीकरण होता है।

6. छाया में सुखायी सहदेवी को उपरोक्त मन्त्र से अभिमन्त्रित कर चूर्ण बनाकर पान में जिस व्यक्ति को खिला देंगे, वह वश में हो जाता है।

7. बचकूठ और ब्रह्मदण्डी का चूर्ण बराबर लें, इस मन्त्र से अभिमन्त्रित कर पान में जिसे खिला दें, वह वश में हो जायेगा।

सर्वजन मन्त्र

मन्त्रः-1 **ॐ नमो भगवते रुद्राय सर्व जगन्मोहनं कुरु कुरु स्वाहा।**

इस मन्त्र को दस हजार बार जाप कर सिद्ध कर लें, तत्पश्चात् निम्नांकित प्रकार से प्रयोग करें-

(1) गोरोचन सिन्दूर तथा केशर को आँवले के रस से पीस करके उक्त मन्त्र से अभिमन्त्रित कर मस्तक पर तिलक लगाने से सभी लोग मोहित होते हैं।

(2) कड़ुई तुम्बी तोरई के बीजों का तेल निकलवा करके उसमें कपड़े की बत्ती बना काजल बना उक्त मन्त्र से अभिमन्त्रित कर आँखों में लगाने से प्राणी मात्र सम्मोहित होते हैं।

मन्त्रः-2 ॐ नमो भगवते कामदेवाय यस्य यस्य दृश्यो भवामि
यश्च यश्च मम मुखं पश्यति तं तं मोहयतु स्वाहा।।

इस मन्त्र को एक हजार बार जप कर सिद्ध कर लेने के बाद जब प्रयोग करना हो, तो निम्नांकित प्रयोग करें-

1. गोरोचन असगन्ध तथा हरताल को समभाग लेकर केले के रस में पीस सात बार मन्त्र जाप कर अभिमन्त्रित कर तिलक लगाने से समस्त प्राणी मात्र सम्मोहित हो जाते हैं।
2. सफेद मदार (आक) की जड़ को सफेद चंन्दन के साथ घिसकर सात बार मन्त्र जाप का मस्तक पर तिलक लगाने से अमोध सम्मोहन होता है।
3. अनार के पाँचों अंग (फल, फूल, जड़, पत्ते, छाल) सफेद-घुंघची के साथ पीस कर इक्कीस बार मन्त्र जाप कर तिलक लगाने से समस्त प्राणी मोहित होते हैं।
4. कपूर तथा मैनसिल केले के रस से पीस कर उपरोक्त मन्त्र से अभिमन्त्रित कर तिलक लगाएँ तो सब लोग मोहित होंगे।
5. गोरोचन कुंकुम तथा सिन्दूर को धात्री के रस के सहयोग से पीसकर उपरोक्त मन्त्र से अभिमन्त्रित कर तिलक लगाने से जगत के समस्त प्राणी मोहित हो जाते हैं।
6. शंखाहुली सिस्रा तथा राई (आसुरी) को सफेद रंगवाली गाय के दूध के संयोग से अभिमन्त्रित कर तन में लेप करके गर्म जल से स्नान कर केशर का तिलक लगा जहाँ भी जायें, वहाँ के समस्त प्राणी मोहित होते हैं।
7. तुलसी के बीजों को सहदेई के रस में पीस करके मन्त्र से अभिमन्त्रित करके तिलक लगाने से समस्त लोग सम्मोहित होते हैं।

लुप्त व्यक्ति का स्वगृह आगमन

मन्त्रः- ॐ नमो भगवते रुद्राय ए दृष्टि लेखि नाहरः स्वाहा।
दुहाई कंसासुर की जूट-जूट। फुरो मन्त्र, ईश्वरो वाचा।

विधिः- उक्त मन्त्र का दस हजार जप कर पहले सिद्ध कर ले। फिर बिनौला, पीली सरसों तथा चूहे की बिल की मिट्टी मिलाकर उक्त मन्त्र से अभिमन्त्रित करे और एक सरकण्डे को बीच से चीरकर, दो लोगों को अलग-अलग सीध में जोर से पकड़े रहने को कहे तथा मध्य में मन्त्र पढ़ते हुए मारे। यदि सरकण्डा आपस में लचककर जुड़ जाए, तब समझे कि मन्त्र सिद्ध हो गया है। लापता व्यक्ति के कपड़े अथवा चित्र पर इस मन्त्र का प्रयोग करने से वह व्यक्ति शीघ्र ही वापस आ जाता है। यदि व्यक्ति विदेश में हो, तो भी आ जाएगा अथवा खोए हुए व्यक्ति के चित्र पर मध्य रात्रि को उस खोए हुए व्यक्ति की प्राण-प्रतिष्ठा कर मन्त्र-जप करने से खोया हुआ वह व्यक्ति यदि जीवित होगा, तो शीघ्र ही वापस आ जाएगा।

वशीकरण तन्त्र

यद्यपि आकर्षण और वशीकरण को भी कुछ विद्वानों ने अभिचार साधना में परगणित किया है, परन्तु ये अपेक्षाकृत सौम्य हैं--मारक या घातक नहीं। साथ ही, इनका प्रयोग शुभ, शान्ति-कर्मों के लिए भी किया जाता है। अतः हम यहाँ इस प्रकार की साधना के भी कुछ अन्य प्रयोग प्रस्तुत कर रहे हैं, ताकि जिज्ञासु पाठकों को कुण्ठा न हो।

सर्वप्रथम किसी शुभ मुहूर्त में, प्रारम्भ करके मूँगों की माला द्वारा निम्नलिखित मन्त्र का 12,500 जप पूरा करें। तत्पश्चात् प्रयोज्य वस्तु की आवश्यकता होने पर इसी मंत्र से 21 बार प्रभावित करके उपयोग में लायें।

1. मन्त्रः- **'ॐ सर्व लोक वशं कराय कुरु कुरु स्वाहा।'**

- ग्वारपाठे की जड़ और भाँग के बीज पीसकर बनाया गया लेप माथे पर तिलक की भाँति लगाने से वशीकरण का प्रभाव उत्पन्न होता है।
- गूलर की जड़ को घिसकर माथे पर तिलक की भाँति लगाने से वशीकरण होता है।
- पान के रस में सिन्दूर और सफेद बच पीसकर बनाये लेप का तिलक वशीकरण-प्रभाव की सृष्टि करता है।
- पुनर्नवा बूटी की जड़ रविपुष्य योग के दिन लाकर, दाहिनी भुजा पर धारण करें, तो वशीकरण होता है।
- गोरोचन व सहदेवी का तिलक भी वशीकरण प्रभाव उत्पन्न करता है।

2. मन्त्रः- **'ॐ नमो आदि रूपाय........(नाम).........आकर्षण कुरु-कुरु स्वाहा।'**

मन्त्र-जप के समय (नाम) वाले स्थान पर सम्बन्धित-व्यक्ति का नाम उच्चारण करें।

इस मन्त्र को किसी शुभ योग में 12,500 जपकर सिद्ध कर लें, तत्पश्चात् प्रयोज्य वस्तु पर 21 बार पढ़ें। यह क्रिया आकर्षण-प्रयोगों को शक्ति प्रदान करती है।

काले धतूरे के पत्तों का रस निकालें और उसमें गोरोचन घोलकर, सफेद कनेर की कलम से भोजपत्र पर अभीष्ट व्यक्ति का नाम लिखें। खैर (कत्था) की लकड़ी की आग पर वह पत्र तपायें और साथ ही, उक्त मन्त्र की एक माला जप करें। इस तन्त्र के प्रभाव से वह व्यक्ति साधक के पास आ जायेगा। दूरस्थ व्यक्ति को बुलाने का यह उत्तम उपाय है।

3. आदिरूप मंत्र-**"ॐ नमः आदिरूपाय---स्यः आकर्षण कुरु कुरु स्वाहा"**

रिक्त स्थान में अभीष्ट व्यक्ति का नाम लिया जायेगा इस मंत्र को गौरोचन और केसर से मनुष्य की खोपड़ी पर लिखकर खैर की लकड़ी के अंगारे पर सुबह-शाम और दोपहर में तपायें तपाते समय इस मंत्र का जप करता रहे।

हनुमद्-मन्त्र-यन्त्र

मन्त्रः-1 **ॐ अमुक-नाम्ना ॐ नमो वायु-सूनवे झटिति आकर्षय-आकर्षय स्वाहा।**

विधिः- द्वादश-दल-कमल जैसा 'यन्त्र' लिखकर उसके मध्य में, जहाँ पराग रहता है, उक्त मन्त्र को लिखे। बारह दलों में क्रमशः निम्न मन्त्र लिखे -

1. हनुमते नमः, 2. अञ्जनी-सूनवे नमः, 3. वायु-पुत्राय नमः,
4. महा-बलाय नमः, 5. श्रीरामेष्टाय नमः, 6. फाल्गुन-संखाय नमः,
7. पिङ्गाक्षाय नमः, 8. अमित-विक्रमाय नमः, 9. उदधि-क्रमणाय नमः,
10. सीता-शोक-विनाशकाय नमः, 11. लक्ष्मण-प्राण-दाय नमः और
12. दश-मुख-दर्प-हराय नमः

1. केसर, 2. कस्तूरी, 3. गोरोचन, 4. रक्त-चन्दन, 5. श्वेत चन्दन
6. अम्बर, 7. कर्पूर और 8. तुलसी की जड़

इन आठ वस्तुओं को घिस या पीसकर स्याही बनाएँ। उसी से उक्त यन्त्र बनाएँ और प्राण-प्रतिष्ठा करें। 'अमुक' के स्थान पर 'साध्य' का नाम लिखे और उक्त मन्त्र का 11000 जप करें। ब्रह्मचर्य का पालन करें। जप लाल चन्दन या तुलसी की माला से करें। षोडशोपचार-पूजन करें। आकर्षण हेतु अति प्रभावकारी है।

आकर्षण हेतु हनुमान प्रयोग

मन्त्रः-2 **"ॐ हरि मर्कट मर्कटाय लुं लुं लुं लुं लुं .... आकर्षितं सकल सम्पत्कराय हरि मर्कट मर्कटाय ॐ।"**

प्रयोग विधिः- इस मंत्र का 125000 जप करने से यह मन्त्र सिद्ध हो जाता है। साध्य अर्थात् जिसका आकर्षण करना हो उसका चित्र सामने रखकर आकर्षण करें तो प्राणी तीन दिन में वापस आ जाता है। उल्लेखनीय है कि जिनके जन्मांग में मंगल प्रबल हो, लग्नेश अथवा पंचमेश हो या मंगल आत्माकारक हो, तो इस मंत्र को करने से शीघ्र फल प्राप्त होता है एवं अभीष्ट की संसिद्धि होती है।

हनुमान प्रयोग

मन्त्रः-3 **ॐ नमो हनुमते ऊर्ध्वमुखाय हयग्रीवाय रुं रुं रुं रुं रुं रुद्रमूर्तये.... प्रयोजन निर्वाहकाय स्वाहा।'**

प्रयोग विधिः- इस मन्त्र को 125000 जप कर साध्य व्यक्ति पैर की मिट्टी लेकर 27 बार मन्त्र पढ़े और मिट्टी को उसके अंग से स्पर्श कर दे तो प्राणी साधक के वशीभूत हो जाएगा। ध्यान रहे कि हनुमत् साधना उग्र रूप धारण कर सकती है। पूरी शुद्धता, पवित्रता और श्रद्धा के साथ उपयुक्त मंत्र का निर्दिष्ट संख्या के अनुरूप जप करने से यह मन्त्र सिद्ध हो जाता है।

एक बार सिद्धि प्राप्त कर लेने पर किसी भी व्यक्ति को वश में करने के लिए इस मंत्र को, उस व्यक्ति का ध्यान करके 27 बार जप करना चाहिए।

मालिक को वश में करने का मंत्र

मन्त्रः- ॐ छुं छुं छां छां डः।

सूर्यग्रहण के दिन लाल गुंजे की माला से नदी के किनारे अञ्जन अथवा पीपल के पेड़ के नीचे कुश के आसन पर बैठकर उपरोक्त मन्त्र का जप करने से मालिक वश में आ जाता है। मन्त्र 1008 बार करना चाहिए।

देवी मंत्र द्वारा वशीकरण

वशीकरण के लिए दुर्गा सप्तशती का-

ज्ञानिनामपि चेतांसि, देवी भगवती ही सा।
बलादाकृष्य मोहाय, महामाया प्रयच्छति।।

मंत्र अचूक है। प्रयोग करने से पहले भगवती त्रिपुर सुन्दरी का ध्यान करें उनका पंचोपचार पूजन करके अपना मनोरथ निवेदित कर देना चाहिए। जिस व्यक्ति का वशीकरण करना हो उस व्यक्ति की मूर्ति अपने मन में कल्पित कर लें और उसी को सुनाकर इस मंत्र का जप करें। प्रतिदिन पाँच से ग्यारह माला जपने से कार्यसिद्धि और मंत्र सिद्धि हो जाती है। एक बार मंत्र सिद्ध होने पर दुबारा प्रयोग करने पर इतना श्रम नहीं करना पड़ेगा। वशीकरण में लाल रंग के फूल और आसन अच्छे रहते हैं।

दुर्गा सप्तशती

शुभ दिन देखकर अथवा चैत्र और आश्विन के नवरात्रों में दुर्गासप्तशती का पाठ करें। धूप-दीप जब तक पाठ करें तब तक चलता रहे। प्रत्येक श्लोक के आदि और अंत में ऊपर लिखे श्लोक का सम्पुट लगाकर पवित्रता और श्रद्धा सहित नौ दिन तक पारायण करें। नवें दिन नौ कुमारिकाओं का पूजन करके उनको भोजन कराकर लाल वस्त्र दें। नौ दिन तक पूर्ण ब्रह्मचर्य से रहें, सात्विक भोजन करे, धरती पर शयन करें और उक्त मंत्र की एक सौ आठ आहुति देकर हवन करें। हवन में अष्टांग हवन की सामग्री ली जाए।

बिना मंत्र के वशीकरण

व्यक्ति रात को सोते समय, हाथ-पांव धोकर उत्तर की ओर सिर करके सो जाए। अपने शरीर को बिल्कुल ढीला छोड़ दें और गहरी श्वास ले। उस समय केवल श्वासों की गति में ही ध्यान केन्द्रित रहे। पाँच-सात श्वास लेने के बाद जब चित्त स्थिर हो जाए तो अपने इष्ट देवता

का स्मरण करे, उनको प्रणाम करे और प्रयोग में सफलता देने की याचना करे। यदि उनके नाम याद हों तो ग्यारह या इक्कीस बार जप ले। अब जिस व्यक्ति का वशीकरण करना हो उसकी कल्पना करे और इतना ध्यानस्थ होकर सोचे कि जैसे वह व्यक्ति सामने खड़ा है और उसकी बात सुन रहा है। उस काल्पनिक मूर्ति को वह पूरे विश्वास और अधिकार भरे स्वर में कहे-मैं तुमसे प्रेम करता हूँ, तुम्हें भी प्रेम करना पड़ेगा, मैं तुम्हें मन से चाहता हूँ, तुम्हें भी मुझे चाहना पड़ेगा, मैं तुम पर निछावर हूँ। ये वाक्य निरन्तर चार-पाँच दिन तक कहने पर उस व्यक्ति की आकृति पर इसके प्रभाव लक्षित होने लगेंगे अर्थात् जब उसकी कल्पना की जाएगी तो प्रसन्नता के, नाराजगी के, तटस्थता के भाव उसके चेहरे पर प्रकट होने लगेंगे। यदि उस व्यक्ति के मुख पर नाराजगी के या तटस्थता के चिन्ह प्रकट हों तो उसे प्रसन्न करने के लिए प्रेम की भीख माँगी जाए। जिस दिन कल्पना की मूर्ति प्रसन्न दिखने लगेगी उसी दिन से उस व्यक्ति के मन में प्रेम का अंकुर फूटने लगेगा।

कतिपय सुगम यन्त्र

जैसा कि प्रारम्भ में लिखा गया है, केवल शान्तिकर और पुष्टिकर्म ही करणीय माने गए है; शेष वशीकरण, उच्चाटन, मारण आदि को अभिचार की श्रेणी में रखकर गर्हित कर्म घोषित किया गया है।

तब भी संसार में केवल आदर्शवाद से निर्वाह नही हो पाता। यहां यथार्थ के अनुसार व्यक्ति को अपना मार्ग बनाना पड़ता है। ऐसी स्थिति में सिद्धान्तों की उपेक्षा करके व्यावहारिकता का अवलम्ब लेना अनिवार्य हो जाता है। ऐसी परिस्थिति में यन्त्र-तन्त्र के अन्तर्गत साधक को अभिचार कर्म करने की एक विवशता घेर लेती है और अन्ततः वह इसी में अपना कल्याण समझकर पूरी आस्था और सामर्थ्य के साथ संलग्न हो जाता है।

इस अध्याय में विभिन्न प्रकार के यन्त्रों का विवरण दिया जा रहा हैं। इन स्फुट यन्त्रों में कुछ शान्तिपरक हैं, कुछ वश्य हैं और कुछ इन दोनों के मध्य सेतु की भांति हैं- दोनों परस्पर मिलाते हैं।

ह्रीं	ह्रीं	ह्रीं	ह्रीं
ह्रीं	देवदत्तस्य	मेव	ह्रीं
ह्रीं	ह्रीं	ह्रीं	ह्रीं

राजा या राजकर्मचारी यदि अनुकूल रहे तो बड़ा सुख मिलता है। उन्हें अनुकूल बनाने के लिए यह यन्त्र बनाकर इसकी साधना करने से इष्टलाभ प्राप्त हो सकता है।

यन्त्र रचना करते समय 'देवदत्त' स्थान पर उस व्यक्ति (राजा या राजकर्मचारी) का नाम लिखना चाहिए।

भोजपत्र पर रोचना, कुंकुम तथा श्रीखण्ड की स्याही और अनार की कलम से यह यन्त्र

लिखकर विधिवत् पूजन किया जाता है। षोड्शोपचार पूजन के बाद कुमारी कन्याओं और ब्राह्मणों को भोजन कराना चाहिए।

स्मरण रहे कि पूजन के समय, यन्त्र की बीच लिखे हुए मन्त्र को 108 बार (एक माला) जप लेना अतिआवश्यक है। इसके उपरान्त जब कभी आवश्यकता हो, उस अधिकारी के पास जाए। उस समय उपर्युक्त यन्त्र को मुट्ठी में लिए रहना चाहिए किन्तु भोजपत्र कटा-फटा न हो, यन्त्र के सम्बन्ध में मन में कोई दुविधा-भ्रम न हो। कारण कि श्रद्धा और विश्वास तन्त्र-साधना के मुख्य अंग हैं। इनके अभाव में कोई भी आध्यात्मिक साधना सफल नहीं हो सकती है।

राज्याधिकारी वशीकरण मन्त्र

मन्त्रः-1 **ॐ ह्रीं णमो भगवओ ॐ पासनाहस्स**
थंभय सव्वाओ ई ई जिणाणए मा इह,
अहि हवंतु, ॐ ह्रीं क्षूं क्षीं क्षः स्वाहा।

विधि- इस मन्त्र का सम्पूर्ण जप 12,500 है। सर्वप्रथम साधक को इस मन्त्र को सिद्ध कर लेना चाहिए, तत्पश्चात् प्रयोग सार्थक होता है। यह साधक पर निर्भर है कि वह भाव में तथा एकाग्र होकर, प्रत्येक दिन कितने मन्त्रों का जप कर लेता है। अभीष्ट संख्या पूर्ण हो जाने के उपरान्त मन्त्र सिद्ध हो जाता है। जब मन्त्र सिद्ध हो जाए तब सफेद पुष्प को उपरोक्त मन्त्र से ही 108 बार अभिसिक्त करके जिस राज्याधिकारी-पदाधिकारी को सुंघायेंगे, वह वश में हो जाएगा, फिर वह वही करेगा, जो आप कराना चाहेंगे।

मन्त्रः-2 **ॐ ह्रीं सः भोजराज वशंकरि (अमुकं) में वशं कुरु ह्रीं स्वाहा।**

11 हजार जप द्वारा पुरश्चरण करके तदोपरान्त कार्य के समय 1 माला जप कर रोली, गोरोचन, कपूर और लाल चन्दन मिश्रित तिलक करें।

मन्त्रः-3 **ॐ ह्रीं श्रीं कीर्तिकौमुदि वागीश्वरि प्रसन्नवरदे कीर्तिमुखमन्दिरे स्वाहा।**

मन्त्रः-4 **ॐ नमो आदेश गुरु का। जल बाँधूँ, बारा-बन बाँधूँ, शिव-पुत्र प्रचण्ड बाँधूँ। राजा काई-करनी, आसन छोड़ो। मुझ वैष्णव देवी आसनों, चन्दन ललाट टीको काढ़ि, सिंह-वर्ण कहाऊँ और करूँ सैई चालत में बन्ध्वान। गौरी-पार्वती-सन्ध्या। गुरु की शक्ति, मेरी भक्ति। फुरो मन्त्र, ईश्वरी वाचा।**

विधिः- धूप-दीप-नैवेद्य के सहित माता पार्वती का ध्यान कर शनिवार से 21 दिनों तक नित्य 122 बार जप से मन्त्र सिद्ध हो जाएगा। तब कुंकुम-चन्दन-गोरोचन को गाय के दूध में पीसकर मंत्र से अभिमन्त्रित कर तिलक लगाए। 'तिलक' देखकर अधिकारी वशीभूत होकर अनुकूल हो जाएगा।

मन्त्रः-5 **"ॐ नमो प्रजापत्यै नृपति-मन मोहन सर्वं सेद्धय नमः। कामाक्षात अं कं चं टं तं पं यं शं ह्रीं क्रीं श्रीं फट् स्वाहा।।"**

विधिः- शुक्ल पञ्चमी की रात्रि में 'चन्दन-काष्ठ' के पीढ़े पर बैठकर उक्त मन्त्र का 108 बार जप करे। जप करते समय श्री कामाक्षा देवी का ध्यान करता रहे, तो यह मन्त्र सिद्ध हो जाएगा। जिस अधिकारी के गले में उक्त मंत्र से अभिमन्त्रित फूलों की माला पहनाएँगे, वह मोहित हो जाएगा।

कार्तवीर्यार्जुन मन्त्र

मन्त्रः-1 **ॐ नमो भगवते श्री कार्तवीर्यार्जुनाय सर्वदुष्टांतकाय तपोबल पराक्रम परिपालित सप्तद्विपाय सर्वराजन्य-चूड़ामणिये महाशक्तिमते सहस्रबाहवे हुं फट्।**

इस मन्त्र का दस हजार जप करने पर सिद्धि प्राप्त होती है।

मन्त्रः-2 **ओम् नमो भास्कराय त्रिलोकात्मने अमुकं महीपति में वश्यं कुरु कुरु स्वाहा।**

इस मन्त्र को मात्र एक हजार आठ बार जाप करके सिद्ध कर लें और आवश्यकता के समय कपूर चन्दन और तुलसी की पत्ती गोदुग्ध में घिसकर उपरोक्त मन्त्र से अभिमन्त्रित करके मस्तक पर तिलक लगा, राजसभा में जायें तो राजा वश में हो जायेगा और साधक की इच्छानुसार कार्य करेगा।

शाबर मंत्र

यह मंत्र नृसिंह के मन्दिर में या नृसिंह की मूर्ति अथवा चित्र के आगे सिद्ध किया जाता है। इस मंत्र के देवता नृसिंह हैं। स्मरण रहे, शाबर मंत्रों में विनियोग, न्यास आदि का प्रयोग नहीं होता। गोरखनाथ इनके स्वयं सिद्ध गुरु हैं इसलिए प्रयोग करने से पहले इनका स्मरण कर लेना उपयुक्त रहता है।

इस प्रयोग में सिन्दूर सिद्ध की जाती है। उस सिन्दूर का तिलक कर व्यक्ति, किसी भी राज्याधिकारी के पास जायेगा, वह सम्मानित करेगा और निर्दिष्ट कार्य में सहयोग करेगा।

यह मंत्र नृसिंह के मंदिर में या मूर्ति पर किया जाता है। मंत्र जपने से पहले मूर्ति का पूजन करें। तेल का (तिल्ली के या सरसों के) दीपक जलाया जाता है, धूप में लोबान का प्रयोग होगा और लड्डू का प्रसाद चढ़ाया जायेगा। रविवार से प्रारम्भ करके प्रत्येक रविवार को-सात रविवार तक करने से सात रविवार में यह प्रयोग पूर्ण हो जाता है। फिर जिस दिन किसी से मिलना हो, उस दिन सिन्दूर को एक सौ इक्कीस बार अभिमंत्रित कर टीका लगा लें।

मन्त्रः- **"हथेली में हनुमंत बसे भैरू बसे कपार, नरसिंह की मोहिनी, मोहे सब संसार, मोहन रे माहंता वीर सब वीरन में तेरा सीर सबकी दृष्टि बांधि,**

तेल सिन्दूर चढ़ाऊं तोहि, तेल सिन्दूर कहां से आया कैलास पर्वत से आया, कौन लाया अंजनि का हनुमंत गौरी का गणेश लाया काला गोरा तोतला। तीन बसे कपाल बिन्दा तेल सिन्दूर का दुश्मन गया पताल दुहाई कीमिया सिन्दूर की हमें देख शीतल हो जाए मेरी भक्ति गुरु की शक्ति फुरो मंत्र ईश्वरी वाचा सत्यनाम आदेश गुरु को।।"

इसमें तिलक करने के लिए कीमिया-सिन्दूर का प्रयोग अधिक प्रभावशाली रहता है, क्योंकि कीमिया सिन्दूर स्वभाव से ही स्तम्भन करने वाली हैं। इस मंत्र के एक सौ इक्कीस जप करने होते हैं।

मुसलमानी मंत्र

यह मंत्र यद्यपि नरसिंह के साबर मंत्र से अधिक समय लेने वाला है, किन्तु मंत्र-साधना में यह सुविदित तथ्य है कि जिस मंत्र में अधिक जप होंगे, वह उतना ही प्रभावशाली रहेगा।

मंत्रः- **"बिस्मिल्ला-हदाना कुलु अल्ला ! हयगाना दिल है सख तुम हो दाना हमारे बीच फलाने को करो दीवाना।"**

इस फलाने की जगह उस व्यक्ति का नाम लिया जाता है जिससे काम है। मंत्र सिद्ध करते समय अगर किसी का नाम न लिया जाये, तो भी कोई बात नहीं। किन्तु बाद में जब किसी पर प्रयोग करना हो तो उसका नाम लिया जाये।

विधिः- शुक्रवार के दिन से प्रारम्भ करें। गिनकर इक्कीस बिनौले लें और प्रत्येक बिनौले पर इक्कीस मंत्र पढ़कर आग में होम कर दें, ऐसा इक्कीस दिन तक कर लेने से मंत्र सिद्ध हो जाता है। मंत्र सिद्ध होने के बाद जिस व्यक्ति पर यह प्रयोग करना हो, वह कितना भी नाराज अथवा क्रोधी क्यों न हो, उसका नाम लेकर मंत्र में फलाने की जगह इकतालीस बिनौले लेकर प्रत्येक बिनौले पर इकतालीस मंत्र पढ़कर अर्धरात्रि में होमने से तीन दिन में वशीभूत हो जाता है।

जिन व्यक्तियों का विवाह नहीं होता है या जो व्यक्ति किसी महिला विशेष से विवाह करना चाहते हैं और वह महिला किसी कारण से सहमत नहीं हो रही हो उसके लिए यह मंत्र लाभदायक रहता है।

सभा-मोहक सुरमा

मन्त्रः-1 **कालू मुख धोएँ, करूँ सलाम। मेरी आँखों में सुरमा बसे। जो देखें, सो पायन पड़ें। दुहाई गउसल आजम - दस्त-गीर की छूः छूः छूः।**

विधिः- सवा लाख गेहूँ पर मन्त्र पढ़े। आटा पिसाए। कढ़ाई में घृत, शक्कर मिलाकर हलुआ बनाए। 'गोसुल आजम दस्त-गीर' की नमाज दिलाकर हलवे को स्वयं ही भोग लगाए। जब सभा में जाए, तब उक्त मन्त्र से अभिमन्त्रित 'सुरमा' आँखों में लगाकर जाए, तो सारी सभा वश में हो जायेगी।

ध्यान रहे कि एक-एक दाने पर एक-एक बार मन्त्र जपना है। सुरमे की शीशी का मुँह खोलकर जप-स्थान में रख ले और उक्त विधि पूर्ण करने के बाद सुरमे को अभिमन्त्रित करके आँखों में लगाए। तब सभा में जाए। जो-जो देखेंगे, वे सभी वश में रहेंगे। वर्तमान युग में कोर्ट -कचहरी में या किसी सभा को सम्बोधित करने यदि जाए या कोई महत्त्व का कार्य करने जाए, तब सुरमा लगाकर ही जाए। कभी कोई शङ्का-समाधान करने जाए, तब भी ऐसा करे। सुरमे के प्रभाव से लोग सद्-भाव और सद्-व्यवहार करेंगे। 'गोसुल आजम दस्त-गीर की नमाज' क्या है, यह किसी मस्जिद में जाकर किसी बुजुर्ग या ज्ञानी मौलाना से जान ले। गेहूँ के सवा लाख दानों पर साढ़े बारह हजार जप करे, तब कार्य होगा।

मन्त्रः-2 **"गङ्गा किनार की पीली-पीली माटी। चन्दन के रूप में बिके हाटी-हाटी।। तुझे गङ्गा की कसम, तुझे कामाक्षा की दोहाई। मान ले सत-गुरु की बात, दिखा दे करामात। खींच जादू का कमान, चला दे मोहन बान। मोहे जन-जन के प्राण, तुझे गङ्गा की आन। नमः कामाक्षाय अं कं चं टं तं पं यं शं ह्रीं क्रीं श्रीं फट् स्वाहा।।"**

विधिः- जिस दिन सभा को मोहित करना हो, उस दिन उषाकाल में नित्य-कर्मों से निपट कर 'गङ्गोट' (गङ्गा की मिट्टी) का चन्दन गङ्गा जल में घिस ले और उसे 108 बार उक्त मन्त्र से अभिमन्त्रित करे। फिर श्री कामाक्षा देवी का ध्यान कर उस चन्दन को ललाट (मस्तक) में लगा कर सभा में जाए, तो सभा के सभी लोग जप-कर्ता की बातों पर मुग्ध हो जाएँगे।

शत्रु-मोहन मन्त्र

मन्त्रः- **"चन्द्र-शत्रु राहू पर, विष्णु का चले चक्र। भागे भयभीत शत्रु, देखे जब चन्द्र वक्र। दोहाई कामाक्षा देवी की, फूँक-फूँक मोहन-मन्त्र। मोह-मोह-शत्रु मोह, सत्य तन्त्र-मन्त्र-यन्त्र।। तुझे शङ्कर की आन, सत-गुरु का कहना मान। नमः कामाक्षाय अं कं चं टं तं पं यं शं क्रीं श्रीं फट् स्वाहा।।"**

विधिः- 'चन्द्र-ग्रहण' या 'सूर्य-ग्रहण' के समय बारहों मास बहने वाली किसी नदी के किनारे, कमर भर जल में पूर्व की ओर मुख करके खड़ा हो जाए। जब तक ग्रहण लगा रहे, श्री कामाक्षा देवी का ध्यान करते हुए उक्त मन्त्र का पाठ करता रहे।

कार्य सिद्धि जैन मन्त्र

ॐ नमो भगवते ह्रीं श्रीं पद्मावती मम कार्यं कुरु-कुरु स्वाहा।

इस मन्त्र को इक्कीस बार पढ़कर, अभीष्ट वस्तु लिख करके जाएं तो राजा व उच्चाधिकारी वश में हो जाता है।

2.3 परिशिष्ट

भगवती गौरी

'गौरी' के आठ नाम प्रसिद्ध है- 1. पार्वती, 2. ललिता, 3. गौरी, 4. गायत्री, 5. शाङ्करी, 6. शिवा, 7. उमा, 8. सती। इन नामों से 'गौरी-तृतीया-व्रत' में पूजा की जाती है। यह व्रत चैत्र, भाद्र और माघ के शुक्लपक्ष की तृतीया को किया जाता है। 'गौरी-तपो-व्रत' का अनुष्ठान महिलाएं मार्गशीर्ष की अमावस्या से प्रारम्भ करती हैं और मार्गशीर्ष पूर्णिमा को इसका उद्यापन करती है। यह तप 16 वर्षों तक किया जाता है। इसमें अर्द्ध-रात्रि के समय शिव-पार्वती के पूजन का विधान है। चैत्र मास की तृतीया, चतुर्थी या पञ्चमी को 'गौरी-विवाह' मनाने की प्रथा है। आश्विन से चार महीने तक 'गौरी-व्रत' किया जाता है। इस व्रत को करने वाला दुग्ध या दुग्ध की बनी वस्तुएं दधि, घृत आदि और गन्ने का रस ग्रहण नहीं करता, अपितु इन्हीं वस्तुओं को किसी पात्र में रखकर उसका दान करता है। दान के समय वह कहता है- **'गौरी प्रसीदतु माम्'**।

उक्त विधि से विस्तृत विवरण 'हिन्दू धर्मकोश' के पृष्ठ 254-55 में मिलता है। उल्लेखनीय है कि केदारनाथ मन्दिर के आठ मील नीचे 'गौरी-कुण्ड' की बड़ी ख्याति है। गौरी-गणेश की पूजा सभी धार्मिक अनुष्ठानों में अनिवार्य रूप से सम्पन्न होती है। महादेव शिव से गौरी का विशेष सम्बन्ध है, इसी से प्रस्तुत कोष के भगवान् में उनके अंग-मन्त्रों के अन्तर्गत पृष्ठ 89 में गौरी के मन्त्र दिए गए हैं। यहाँ कुछ अन्य मन्त्र प्रस्तुत हैं।

1. चतुरक्षरः **माया-वीजं समुद्धरेत्, ङेऽन्तां भवानीमुच्चार्य**
नमः शेषे प्रकीर्तयेत्- ह्रीं भवान्यै नमः।
ऋष्यादि षोडशाक्षर-मन्त्र-वत्।

2. षोडशाक्षरः **ह्रीं गौरि रुद्र-दयिते योगेश्वरि-पदं वदेत्, हुं फट् स्वाहा षोडशार्णो**
गौरी-मन्त्र उदाहृतः - **ह्रीं गौरि रुद्र-दयिते योगेश्वरि हुं फट् स्वाहा**

'मेरु-तन्त्र'। ऋषि अज, छन्द अनुष्टुप्, देवता गौरी। 'ह्रां, ह्रीं' इत्यादि से षडङ्ग-न्यास।

ध्यान-

हेमाभां बिभ्रतीं दोर्भिर्दर्पणाञ्जन-साधने, पाशांकुशौ सर्व-भूषां तां गौरीं सर्वदा स्मरेत्।

पुरश्चर्यार्णव', में एक लाख जप कर घृत से दशांश होम करें।

'पुरश्चर्यार्णव', पृष्ठ 708 के उद्धार में एक पाठान्तर है- उदाहृतः : प्रकीर्तितः। ध्यान में भी दो पाठान्तर हैं- (1) सर्व-भूषां : दिव्य-भूषां, (2) तां गौरी सर्वदा स्मरेत् : गौरी देवीमुपास्महे।

3. ऊन-विंशाक्षरः **कांक्षित-स्त्री-वशंङ्करि सुभगे च पृथग् द्वयं, स्त्री स्वाहेत्यून-विंशार्णः कांक्षित स्त्री-वशङ्करि सुभगे पृथक्-पृथक् स्त्री स्वाहा।**

वहीं। ऋष्यादि और न्यासादि षोडशोक्षर - मन्त्र - वत्। मन्त्र के शत बार जप से वशीकरण होता है।

4. एक-षष्ट्यक्षर ब्रह्म-श्री गौरी : देखें प्रस्तुत कोष, पृष्ठ 89 में 'गौरी' का मन्त्र-3। 'मेरुतन्त्र' में उद्धार भिन्न शब्दों में दिया है- **माया नमश्च ब्रह्मश्री-राजिते राज-पूजिते, जये च विजयेगौरी गान्धारी त्रि-भुवेति च। न-वशङ्करि चेत्युक्त्वा सर्व-लोक- वशङ्करि, सर्व-स्त्री पुरुषेत्युक्त्वा सर्व-लोक-वशं करि। पद वदेत् सुदु द्वे द्वेहीं स्वाहा भू-रसार्ण-वान्**

मूल 'मन्त्र-कोष में यही मन्त्र संकलित रहा है किन्तु उसमें दो पाठान्तर हैं- (1) जय-विजयेः जये विजये, (2) सुसु दुदु घेघे बाबा : मृदुर्घोर-राबे। इस प्रकार वहाँ 59 अक्षरों का मन्त्र दिया है।

यहाँ ऋषि ब्रह्मा, छन्द निवृत्त, देवता गौरी बताए है। ध्यान भी भिन्न दिया है-

पूर्ण-चन्द्र-लसन्मौलिं बन्धु-जीवारुणाङ्किकां,
पाशांकुश-धरां त्र्यक्षां शुक-पुष्प-विराजिताम्।
शोण-लेपां जगद्-वन्द्यां कुसुम्भारुण-वस्त्रिकाम्।।

5. सप्त-चत्वारिंशाक्षर राजमुखी गौरी : प्रस्तुत कोष, पृष्ठ 89, मन्त्र 2। 'मेरु - तन्त्र' में उद्धार- **राज-मुखि राजाधि-मुखि वश्य-मुखोति च, शाक्ति-श्री-काम-बीजानि देवि-देवि समुच्चरेत्। महा-देवीति देवाधि-देवि सर्व-जनस्य च, मुखं मम वशं चेति कुरु-युग्माग्नि-गेहिनी।**

'मेरु-तन्त्र' के उक्त उद्धार से 47 अक्षरों का मन्त्र प्रस्तुत होता है। वहीं लिखा है कि इसके आदि में 'ह्स्रैं' जोड़ने से यह 48 अक्षर का मन्त्र बन जाता है, जैसा कि इस 'कोष' के पृष्ठ 89 पर प्रकाशित है। उसमें केवल इतना अन्तर है कि वहाँ 'व्यरूं' है, जब कि यहाँ उसके स्थान पर 'ॐ' का निर्देश है।

त्रैलोक्यमोहन कवच

सम्मोहन से सम्बन्धित अत्यन्त प्रसिद्ध, प्रतिष्ठित, प्रशंसित एवं प्रभावशाली कवच को त्रैलोक्यमोहन कवच से नामांकित किया गया है। इस कवच के नाम से ही इसकी सार्थकता, व्यापकता तथा सम्मोहन से सम्बन्धित सम्यकता का संज्ञान हो जाता है। इस कवच के महत्व तथा प्रभाव क्षेत्र की विस्तृत व्याख्या तो इसी कवच के शब्दार्थ में सन्निहित है।

महेश्वरी अर्थात् पार्वती जी के समक्ष भगवान शिव ने अत्यन्त गुप्त त्रैलोक्यमोहन कवच, प्रथम बार उद्घाटित किया था। इससे पूर्व यह कवच भगवान शिव ने पूर्णतः गुप्त रखा था।

त्रैलोक्यमोहन कवच का फल

त्रैलोक्यमोहन कवच का पाठ करने वाले साधक का तन वज्र के समान कठोर हो जाता है। ऐसा साधक समस्त व्याधियों, विपत्तियों, विपदाओं एवं विविध विनाशात्मक विवृत्तियों से पूर्णतः मुक्त हो जाता है। त्रैलोक्यमोहन कवच को अपने मन में प्रतिष्ठित करके सघन प्रज्ज्वलित अग्नि, नदी, पर्वत, सागर, राजद्वार, वन, चोर तथा व्याघ्रयुक्त मार्ग पर सुगमता से विचरण कर सकना संभव है। त्रैलोक्यमोहन कवच के महात्म्य एवं प्रभाव के विषय में कहा गया है कि इस अत्यन्त दुर्लभ कवच को साध लेने वाला भक्त, रात्रि में निर्भय होकर कहीं भी विचरण कर सकता है। इसका पाठ एक बार प्रतिदिन करने से पापों का नाश होता है, तीन पाठ सम्पन्न करने से आयु प्राप्त होती है। अल्पायु व्यक्ति पूर्णायु प्राप्त करने में सफल होता है। इस महान कवच की एक सौ आवृत्ति द्वारा सर्वसिद्धि प्राप्त होती है तथा एक हजार आवृत्ति से खेचरत्व प्राप्त करता है। इस असाध्य कवच का दस हजार पाठ करने से साधक, शिव के समान हो जाता है।

इस तरह त्रैलोक्यमोहन कवच का पाठ करने से साधक चार बार तीनों लोकों के लाभ से त्रैलोक्य विजयी हो जाता है। इस त्रैलोक्यमोहन कवच की असीम महिमा का वर्णन भगवान शंकर ने स्वयं पार्वती जी से किया है और इस कवच के दुर्लभ, अलौकिक और अविश्वसनीय प्रताप को अग्रांकित श्लोकों में आबद्ध किया गया है।

देव्युवाच -

महायोगिन्महाकाल करुणाम्बुनिधे शिव।
षोढान्यासः श्रुतस्त्वत्तो महासिद्धिर्महाफल।। 1।।
यत्नेन विधृतश्चापि मया भक्तिप्रवीणया।
त्रैलोक्यमोहनं नाम कवचं मेऽधुना वद।। 2।।
कवचत्वेन यद् देवी शिव।यादात् स्वयं मुदा।
तत् कीदृशं हि भविता तत्र कौतूहलं मम।। 3।।
यदि प्रसन्नोऽसि मयि तदेदं वद सुव्रत।
सर्वस्मादधिकं ह्येतत् त्वयैव समुदीरितम्।। 4।।

त्रैलोक्यमोहन कवच-वर्णन- देवी ने कहा- हे महायोगिन्! हे महाकाल! हे करुणानिधे! हे शिव! मैंने आपसे महासिद्धि और महाफल को प्रदान करने वाले षोढान्यास को सुना। भक्तिप्रवीण मैंने प्रयत्नपूर्वक उसका धारण भी कर लिया। अब आप मुझे त्रैलोक्यमोहन कवच का उपदेश दीजिये। जिसको कि देवी ने प्रसन्न होकर स्वयं शिव को दिया। वह किस प्रकार का है? इस विषय में मुझे कौतूहल हो रहा है। हे सुव्रत! यदि आप मुझ पर प्रसन्न हैं तो उसे मुझको बतलाइये।

आपने ही इसको सर्वाधिक महत्त्वपूर्ण कहा है और आप उसको प्रतिदिन धारण करते है; इसलिये मेरा आग्रह हुआ है।। 1-5।।

महाकाल उवाच-

नित्यमामुञ्चसि त्वं च जातो मम तदाग्रहः।
ममैव दोषो देवेशि महांस्ते नाणुरप्यहो।। 5।।
यत्पूर्वमेव पुरतस्तव तस्या भिदा कृता।
नो चेत् किमर्थमप्राक्षीरतो निन्दे स्वमात्मना।। 6।।
मम चेतस्यभूदित्थं त्वयेदं विस्मृतं भवेत्।
न विस्मरन्त्युक्तगुप्तं स्त्रियो हीति श्रुतिप्रथाः।। 7।।
त्वं हि सर्वोत्तमा स्त्रीणां कथं नैव स्मरिष्यसि।
अतः परमिदं गोप्यं मया त्वत्तः कथं भवेत्।। 8।।
शरीरार्द्धं च भवसि कथमात्मनि गोपनम्।
तस्मात् तव प्रवक्ष्यामि नो चेत् (द्रक्ष्यसि) मां कथम्।। 9।।

महाकाल ने कहा- हे देवेशि! इसमें मेरा ही बहुत बड़ा दोष है। तुम्हारा दोष रञ्चमात्र भी नहीं है जो मैंने पहले तुम्हारे सामने उसका अभेद किया (अर्थात् उसको तुमसे छिपाये रखा) अन्यथा तुम मुझसे पूछती ही क्यों। इसलिये मैं स्वयं अपने से अपनी ही निन्दा कर रहा हूँ। मेरे मन में यह बात आयी कि सम्भवतः तुम इसे भूल गयी होगी। किन्तु उक्त गुप्त बात को श्रुतिपरम्परा वाली स्त्रियाँ कभी नहीं भूलतीं, यह निश्चित है। फिर तुम तो स्त्रियों में सर्वोत्तम हो तो क्यों नहीं स्मरण करोगी। इसलिये यह परम गोपनीय (कवच) तुमसे मैं किस प्रकार छिपा सकता हूँ। तुम मेरी शरीरार्द्ध हो। अपने से ही इसे किस प्रकार छिपाया जा सकता है। इसलिये मैं यह तुमको बतलाऊँगा अन्यथा तुम मुझे देखोगी कैसे। तुम्हारी श्रद्धा और भक्ति देखकर मेरे मन में विवक्षा हो रही है।। 5-10।।

त्रैलोक्यमोहनकवचस्य फलाभिधानम्

श्रद्धां भक्तिं तव प्रेक्ष्य विवक्षा मम जायते।
देवि नैतादृशाः काश्चित् सिद्धयः सन्ति भूतले।। 10।।
त्रैलोक्यमोहनेऽधीते या नैव स्युः करस्थिताः।
पुनरेकं मया प्रोच्यमानं देवि निशामय।। 11।।
कर्मानुरूपं जन्म स्याद् देहो जन्मनि जन्मनि।
देहे देहे तथा प्राणास्तथा सर्वेन्द्रियाणि च।। 12।।
तेषु तेषु धनं राज्यं भोगा रत्नं स्त्रियो गृहम्।
सर्वं नरस्य सुलभं न तु त्रैलोक्यमोहनम्।। 13।।

चिच्छेदिषूणां मूर्द्धानं सर्वस्वं ददतामपि।
राज्यं धनं स्त्रियः प्राणानुपढौकयतामपि।। 14।।
सर्वथा देवि नाख्येयं त्रिसत्यं ते ब्रवीम्यहम्।
शिष्यस्य सिद्धिः कथिते गुरोस्तु मरणं भवेत्।। 15।।
समासादुपदेशोऽयं मया ते समुदीरितः।
मृत्युर्न मम तस्मात्तु उपदेक्ष्यामि सुव्रते।। 16।।
लोभादन्ये ये प्रदद्युर्मृत्युवक्त्रं विशन्ति ते।
उपदेशं विना ये वै त्रैलोक्याकर्षणस्य हि।। 17।।
त्रैलोक्यमोहनं नाम पठन्ति कवचं त्विदम्।
सद्यस्ते मरणं यान्ति भक्षिता योगिनीगणैः।। 18।।

कवच का माहात्म्य- हे देवि! इस पृथ्वी पर ऐसी कोई सिद्धियाँ नहीं हैं जो त्रैलोक्यमोहन कवच के जानने पर करस्थ न हों। फिर मेरे द्वारा कहे जाने वाले इसको सुनो। कर्म के अनुरूप जन्म होता है। प्रत्येक जन्म में देह मिलती है। प्रत्येक देह में प्राण और इन्द्रियाँ होती हैं। उन इन्द्रियों के लिये धन, राज्य, भोग, रत्न, स्त्रियाँ, गृह आदि सब कुछ मनुष्य के लिये सुलभ है किन्तु त्रैलोक्यमोहन नहीं। शिर काटने की इच्छा वाले (अर्थात् आततायी, अथवा शिर काट कर समर्पण करने वाले भक्तों), सर्वस्व देने वाले, राज्य धन स्त्री प्राण को अर्पित करने वालों को भी हे देवि! (यह कवच) नहीं बतलाना चाहिये, यह मैं तुम्हें दृढ़ सत्य कह रहा हूँ। इसके बतलाये जाने पर शिष्य को तो सिद्धि मिल जाती है, किन्तु गुरु का मरण हो जाता है। यह मैंने संक्षेप में इसका माहात्म्य बतलाया। मेरी मृत्यु नहीं होती, इसलिये हे सुव्रते! तुमको इसका उपदेश करूँगा। जो अन्य लोग लोभवश इसका उपदेश करते हैं वे मृत्यु के मुख में चले जाते हैं और जो लोग त्रैलोक्याकर्षण के उपदेश के बिना इस त्रैलोक्यमोहन कवच का पाठ करते हैं वे शीघ्र ही योगिनियों के द्वारा भक्षित होकर मृत्यु को प्राप्त होते हैं।। 10-18।।

त्रैलोक्यमोहनकवचोपदेशः

उपदेक्ष्यामि तस्मात्त्वां बध्यतामञ्जलिः प्रिये।
सावधाना स्थिरा भूत्वा गदतोऽनुगदस्व मे।। 19।।
त्रैलोक्यमोहनस्यास्य कवचस्य महेश्वरि।
त्रिपुरारिः ऋषिः प्रोक्तो विराट् छन्द उदीरितम्।। 20।।
देवी (भगवती) कामकलाकाली प्रकीर्तिता।
फ्रें बीजं बीजमुद्दिष्टं कामार्णं कीलकं मतम्।। 21।।
योगिनी शक्तिरुद्दिष्टा डाकिनी तत्त्वमुच्यते।
विनियोगोऽस्य कथितः पुरुषार्थचतुष्टये।। 22।।
देवीकामकलाकालीप्रीत्यर्थे च विशेषतः।
शत्रुक्षयार्थे राज्याप्त्यै प्रयोगोऽस्य वरानने।। 23।।

त्रैलोक्यमोहन कवच- इस कारण हे प्रिये! मैं तुमको उपदेश दूँगा। हाथ जोड़ लो। स्थिर और सावधान होकर बोलते हुए मेरे पीछे बोलो। हे महेश्वरि! इस त्रैलोक्यमोहन कवच के ऋषि त्रिपुरारि हैं; छन्द विराट् हैं; भगवती कामकलाकाली देवता है; फ्रें बीज बीज है; काम बीज कीलक है, योगिनी शक्ति है; डाकिनी तत्त्व है। इसका विनियोग पुरुषार्थचतुष्टय के लिये और विशेष रूप से कामकलाकाली के प्रीत्यर्थ होता है। हे वरानने! इसका प्रयोग शत्रुनाश तथा राज्य प्राप्ति के लिये भी होता है।। 19-23।।

ॐ ऐं श्रीं क्लीं शिरः पातु फ्रें ह्रीं छ्रीं मदनातुरा।
स्त्रीं हूं क्षौं ह्रीं लं ललाटं पातु ख्फ्रें क्रौं करालि(नी)।। 24।।
आं हौं फ्रों क्षूँ मुखं पातु क्लूं ड्रं थ्रौं चण्डनायिका।
हूं त्रैं च्लूं मौः पातु दृशौ प्रीं ध्रीं क्ष्रीं जगदम्बिका।। 25।।
क्रूं खूं घ्रीं च्लीं पातु कर्णौ ज्रं प्लैं रुः सौं सुरेश्वरी।
गं प्रां ध्रीं थ्रीं हनू पातु अं आं इ ईं श्मशानिनी।। 26।।
जूं डुं ऐं औं भ्रुवौ पातु कं खं गं घं प्रमाथिनी।
चं छं जं झं पातु नासां टं ठं डं ढं भगाकुला।। 27।।
तं थं दं धं पात्वधरमोष्ठं पं फं रतिप्रिया।
बं भं यं रं पातु दन्तान् लं वं शं सं च कालिका।। 28।।
हं क्षं क्षं हं पातु जिह्वां सं शं वं लं रताकुला।
वं यं भं वं च चिबुकं पातु फं पं महेश्वरी।। 29।।
धं दं थं तं पातु कण्ठं ढं डं ठं टं भगप्रिया।
झं जं छं चं पातु कुक्षौ घं गं खं कं महाजटा।। 30।।
ह्सौः ह्स्ख्फ्रें पातु भुजौ क्ष्मूं म्रैं मदनमालिनी।
ङां ञीं णूं रक्षताज्जत्रू नैं मौं रक्तासवोन्मदा।। 31।।
हां हीं हूं पातु कक्षौ मे हैं हौं निधुवनप्रिया।
क्लां क्लीं क्लूं पातु हृदयं क्लैं क्लौं मुण्डावतंसिका।।32।।
श्रां श्रीं श्रूं रक्षतु करौ श्रैं श्रौं फेत्कारराविणी।
क्लां क्लीं क्लूं अङ्गुलीः पातु क्लैं क्लौं च नारवाहिनी।।33।।
च्रां च्रीं च्रूं पातु जठरं च्रैं च्रौं संहाररूपिणी।
छ्रां छ्रीं छ्रूं रक्षतान्नाभिं छ्रैं छ्रौं सिद्धिकरालिनी।। 34।।
स्त्रां स्त्रीं स्त्रूं रक्षतात् पार्श्वौ स्त्रैं स्त्रौं निर्वाणदायिनी।
फ्रां फ्रीं फ्रूं रक्षतात् पृष्ठं फ्रैं फ्रौं ज्ञानप्रकाशिनी।। 35।।
क्षां क्षीं क्षूं रक्षतु कटिं क्षैं क्षौं नृमुण्डमालिनी।
ग्लां ग्लीं ग्लूं रक्षतादूरू ग्लैं ग्लौं विजयदायिनी।। 36।।
ब्लां ब्लीं ब्लूं जानुनी पातु ब्लैं ब्लौं महिषमर्दिनी।
प्रां प्रीं प्रूं रक्षताज्जङ्घे प्रैं प्रौं मृत्युविनाशिनी।। 37।।

थ्रां थ्रीं थ्रूं चरणौ पातु थ्रैं थ्रौं संसारतारिणी।
ॐ फ्रें सिद्धिकरालि ह्रीं छ्रीं ह्रं स्त्रीं फ्रें नमः।। 38।।
सर्वसन्धिषु सर्वाङ्गं गुह्यकाली सदावतु।
ॐ फ्रें सिद्धिं ह्स्खफ्रें ह्सफ्रें ख्फ्रें करालि।
ख्फ्रें हस्ख्फ्रें हस्फ्रें फ्रें ॐ स्वाहा।। 39।।
रक्षताद् घोरचामुण्डा तु कलेवरं वहक्षमलवरयूं।
अव्यात् सदा भद्रकाली प्राणानेकादशेन्द्रियान्।। 40।।
ह्रीं श्रीं ॐ ख्फ्रें हस्ख्फ्रें ह्क्षम्लब्रयूं
न्क्ष्रीं नज्व्रीं स्त्रीं छ्रीं ख्फ्रें ठ्रीं घ्रीं नमः।
यत्रानुक्तस्थलं देहे यावत्तत्र च तिष्ठति।। 41।।
उक्तं वाऽप्यथवानुक्तं करालदशनावतु।
ॐ ऐं ह्रीं श्रीं क्लीं हूं स्त्रीं ध्रीं फ्रें क्षूं क्शौं ।। 42।।
क्रौं ग्लूं ख्फ्रें प्रीं ठ्रीं थ्रीं ट्रैं ब्लौं फट् नमः स्वाहा
सर्वमापादकेशाग्रं काली कामकलावतु।। 43।।

इसके बाद तत्तद बीजाक्षरों के साथ तत्तद् देवियों के द्वारा तत्तत् अङ्गों की रक्षा करने के लिये ही बतलाया गया है। अङ्गों और रक्षिका देवियों की तालिका निम्नलिखित है -

अङ्ग	रक्षिका देवी	अङ्ग	रक्षिका देवी
शिर	मदनातुरा	दोनों हाथ	फेत्काररराविणी
ललाट	करालिनी	अङ्गुलियाँ	नारवाहिनी
मुख	चण्डनायिका	जठर	संहाररूपिणी
आँखें	जगदम्बिका	नाभि	सिद्धिकरालिनी
दोनों कान	सुरेश्वरी	दोनों पार्श्व	निर्वाणदायिनी
ठुड्डी (जबड़ा)	श्मशानिनी	पीठ	ज्ञानप्रकाशिनी
दोनों भौंहें	प्रमाथिनी	कटि	नृमुण्डमालिनी
नासिका	भगाकुला	दोनों उरू	विजयदायिनी
दो अधर-ओष्ठ	रतिप्रिया	दोनों जानु	महिषमर्दिनी
दाँत	कालिका	दोनों जङ्घा	मृत्युविनाशिनी
जिह्वा	रताकुला	दोनों पैर	संसारतारिणी
चिबुक	महेश्वरी	समस्त सन्धियाँ	गुह्यकाली
कण्ठ	भगप्रिया	शरीर	घोरचामुण्डा
कुक्षि	महाजटा	प्राण, एकादश इन्द्रियाँ	भद्रकाली
दोनों भुजायें	मदनमालिनी	उक्त अनुक्त समस्त अवयव	करालदशना
दोनों जत्रु	रक्तासवोन्मदा	पैर से लेकर केशाग्र	कामकलाकाली

कक्ष (बगलें)	निधुवनप्रिया
हृदय	मुण्डावतंसिका

त्रैलोक्यमोहनकवचस्य फलश्रुतिः

एतत्ते सर्वमाख्यातं यन्मां त्वं परिपृच्छसि।
एतेन कवचेनैव यदा भवति गुण्ठितः।।44।।
वज्रात् सारतरं तस्य शरीरं जायते तदा।
शोकदुःखामयैर्मुक्तः सद्यो ह्यमरतां व्रजेत्।। 45।।
आमुच्यानेन देहं स्वं यत्र कुत्रापि गच्छतु।
युद्धे दावाग्निमध्ये च सरित्पर्वतसिन्धुषु।। 46।।
राजद्वारे च कान्तारे चौरव्याघ्राकुले पथि।
विवादे मरणे त्रासे महामारीगदादिषु।। 47।।
दुःस्वप्ने बन्धने घोरे भूतावेशग्रहोद्गतौ।
विचर त्वं हि रात्रौ च निर्भयेनान्तरात्मना।। 48।।
एकावृत्त्याघनाशः स्यात् त्रिवृत्त्या चायुराप्नुयात्।
शतावृत्त्या सर्वसिद्धिः सहस्रैः खेचरो भवेत्।। 49।।
वल्लभेऽयुतपाठेन शिव एव न संशयः।
किं वा देवि.... जानेः सत्यं सत्यं ब्रवीमि ते।। 50।।

त्रैलोक्यमोहन कवच का फल- जो तुम मुझसे पूछती हो, यह सब मैंने तुम्हें बतला दिया। जब इस कवच से मनुष्य गुण्ठित होता है तब उसका शरीर वज्र से भी कठोर हो जाता है। शोक-दुःख-रोग से मुक्त वह सद्यः अमर हो जाता है। अपने शरीर को इससे अवगुण्ठित कर तुम युद्ध, दावाग्नि के मध्य, नदी, पर्वत, समुद्र, राजद्वार, जंगल, चोर, व्याघ्र से भरे मार्ग में जहां कहीं भी जा सकती हो, विवाद, मरण, भय, महामारी, रोग आदि दुःस्वप्न, कारागार, भूत का आवेश, ग्रह का प्रकोप, रात्रि में सर्वत्र निर्भयमन से विचरण करो। मनुष्य एक बार पाठ करने से पापनाश तथा तीन बार के पाठ से आयु प्राप्त करता है। सौ आवृत्ति से सर्वसिद्धि और एक हजार आवृत्ति से खेचरत्व प्राप्त करता है। हे वल्लभे! दस हजार पाठ से. निःसन्देह शिव हो जाता है अथवा हे देवि! मैं तुमसे सत्य कह रहा हूँ।। 44-50।।

चतुस्त्रैलोक्यलाभेन त्रैलोक्यविजयी भवेत्।
त्रैलोक्याकर्षणो मन्त्रस्त्रैलोक्यविजयस्तदा।। 51।।
त्रैलोक्यमोहनं चैतत् त्रैलोक्यवशकृन्मनुः।
एतच्चतुष्टयं देवि संसारेष्वतिदुर्ल्लभम्।। 52।।
प्रसादात्कवचस्यास्य के सिद्धिं नैव लेभिरे।

संवर्ताद्याश्च ऋषयो मारुत्ताद्या महीभुजः।। 53।।
विशेषतस्तु भरतो लब्धवान् यच्छृणुष्व तत्।
जाह्नवीयमुनारेवाकावेरीगोमतीष्वयम् ।।54।।
सहस्रमश्वमेधानामेकैकत्राजहार हि।
याजयित्रे मातृपित्रे त्वेकैकस्मिन् महाक्रतौ।। 55।
सहस्रं यत्र पद्मानां कण्वायादात् सवर्म्मणाम्।
सप्तद्वीपवतीं पृथ्वीं जिगाय त्रिदिनेन यः।। 56।।
नवायुतं च वर्षाणां योऽजीवत् पृथिवीपतिः।
अव्याहतरथाध्वा यः स्वर्गपातालमीयिवान्।। 57।।
एवमन्योऽपि फलवानेतस्यैव प्रसादतः।
भक्तिश्रद्धापरायास्ते मयोक्तं परमेश्वरि।। 58।।

मनुष्य चार बार तीनों लोकों के लाभ से त्रैलोक्यविजयी हो जाता है। हे देवि! पहले त्रैलोक्याकर्षण मन्त्र फिर त्रैलोक्य की·विजय ततः त्रैलोक्यमोहन कवच और त्रैलोक्यवशीकरण मन्त्र--यह चार संसार में अत्यन्त दुर्लभ हैं। इस कवच की कृपा से किन लोगों ने सिद्धि नहीं प्राप्त की। संवर्त्त आदि ऋषिगण, मारुत आदि राजा लोग विशेष रूप से भरत ने जो प्राप्त किया उसको सुनो। इस भरत ने गङ्गा, यमुना, नर्मदा, कावेरी, गोमती के तटों पर एक-एक स्थान में एक-एक हजार अश्ववमेध यज्ञ किया। एक-एक यज्ञ में माता-पिता के यजमान होने पर कवच के सहित एक हजार स्वर्णकमल कण्व ऋषि को दिया। तीन दिन में उन्होंने सम्पूर्ण पृथ्वी जीत ली। यह राजा नौ हजार वर्षों तक जीवित रहा। बिना रुके रथवाला यह राजा स्वर्ग और पाताल में भी पहुँच गया। इसी प्रकार इसकी कृपा से अन्य व्यक्ति ने भी फल प्राप्त किया। हे परमेश्वरि! मैंने भक्ति और श्रद्धा से युक्त तुमको इसे बतलाया।। 51-58।।

कवचस्यास्य गोपनीयताभिधानम्

प्राणात्यये(ऽपि) नो वाच्यं त्वयान्यस्मै कदाचन।
देव्यदात् त्रिपुरघ्नाय स मां प्रादादहं तथा।। 59।।
तुभ्यं संवर्त्तऋषये प्रादां सत्यं ब्रवीमि ते।
संवर्त्तो दास्यति प्रीतो देवि दुर्वाससे त्विमम्।। 60।।
दत्तात्रेयाय स पुनरेवं लोके प्रतिष्ठितम्।
वक्त्राणां कोटिभिर्देवि वर्षाणामपि कोटिभिः।। 61।।
महिमा वर्णितुं शक्यः कवचस्यास्य नो मया।
पुनर्ब्रवीमि ते सत्यं मनो दत्वा निशामय।। 62।।
इदं न सिद्ध्यते देवि त्रैलोक्याकर्षणं विना।

ग्रहीत्रे तुष्यते देवी दात्रे कुप्यति तत्क्षणात्।
एतज् ज्ञात्वा यथाकर्तुमुचितं तत् करिष्यसि।।63।।

।। इत्यादिनाथविरचितायां पञ्चशतसाहस्र्यां महाकालसंहितायां
त्रैलोक्यविजयकवचवर्णनं।।

कवच की गोपनीयता- प्राणसङ्कट होने पर भी तुम इसको किसी को कभी मत बतलाना। देवी ने इसे शिव को बतलाया, उन्होंने मुझको, मैंने तुमको और संवर्त्त ऋषि को बतलाया। यह मैं तुमसे सत्य बतला रहा हूँ। हे देवि! संवर्त्त ऋषि प्रसन्न होकर इसे दुर्वासा ऋषि को प्रदान किये। उन्होंने दत्तात्रेय को प्रदान किया और उन्होंने (अन्य को)। इस प्रकार यह लोक में प्रतिष्ठित हुआ। हे देवि! करोड़ों मुखों से करोड़ों वर्षों में भी मैं इस कवच की महिमा का वर्णन नहीं कर सकता। पुनः तुमसे एक सत्य कह रहा हूँ, अब मन लगाकर सुनो। त्रैलोक्याकर्षण के बिना यह कवच सिद्ध नहीं होता। देवी (कामकला काली) मन्त्र के ग्रहीता के ऊपर तो प्रसन्न होती है किन्तु दाता के ऊपर उसी क्षण क्रुद्ध हो जाती है। यह जानकर जो करना उचित हो उसे ही तुम करना।।59-63।।

।। इस प्रकार श्रीमद् आदिनाथविरचित पचास हजार श्लोकों वाली
महाकालसंहिता के कामकलाकाली खण्ड के त्रैलोक्यविजयं कवचम्
नामक नवम पटल की हिन्दी व्याख्या उपरांकित है।।

रथः शरीरं पुरुषस्य राजन्नात्मा नियन्तेन्द्रियाण्यस्य चाश्वाः।
तैरप्रमत्तः कुशली सदश्वैर्दान्तैः सुखं याति रथीव धीरः।।

मनुष्य का शरीर रथ है, बुद्धि सारथि है और इंद्रियां इसके अश्व हैं। इनको वश में करके सावधान रहने वाला चतुर एवं धीर पुरुष नियन्त्रण में किये हुए अश्व से रथी की भाँति सुखपूर्वक यात्रा करता है।

अध्याय 3

व्यवसाय विस्तार एवं समृद्धि प्रसार

व्यवसाय की वृद्धि, वृत्ति की वृद्धि, व्यापार का विस्तार एक स्वाभाविक अपेक्षा और आवश्यकता है। अनुकूल मंत्र जप द्वारा इनका विकास और विस्तार संभव है। त्वरित फलप्रदाता अनुकूल मंत्र चयन का पृथक् संज्ञान है, जिसके आधार पर उपयुक्त मंत्र का चुनाव करके, जप अथवा अनुष्ठान सम्पादित करने से व्यवसाय में स्थायित्व और विस्तार होता है।

जीविकोपार्जन के अनेक माध्यम हैं, जिनमें से व्यापार तथा नौकरी सर्वाधिक सामान्य हैं। चिकित्सक, वकील, वैद्य, ज्योतिषी आदि का व्यवसाय, परामर्श से ही सम्बन्धित है तथा उनके परामर्श का मूल्य होता है। यदि परामर्शकर्ता उनके परामर्श हेतु न आये, तो उनके व्यवसाय में शिथिलता स्वतः ही उत्पन्न होगी। अतः परामर्श से सम्बन्धित व्यवसाय भी व्यापार के अन्तर्गत आते हैं। जहाँ तक सेवावृत्ति का प्रश्न है वह प्राचीनकाल में निषिद्ध समझा जाता था परन्तु आज के युग में सेवावृत्ति को सर्वश्रेष्ठ माना जाता है क्योंकि सेवावृत्ति द्वारा प्राप्त होने वाला वेतन तो प्राप्त होता ही है, उसमें काम हो अथवा न हो, परन्तु मासिक वेतन द्वारा नियमित व्यय में बाधा नहीं उत्पन्न होती है। सेवावृत्ति में पदोन्नति का समय पर होना अनिवार्य है। यदि ग्रह बाधा अथवा अशुभ ग्रहों की महादशा अथवा अंतर्दशा अथवा शनि की साढ़ेसाती का प्रभाव हो, तो उपयुक्त समय पर वांछित पदोन्नति तथा प्रगति अवरुद्ध होती है। जिन व्यक्तियों ने व्यावसायिक शैक्षिक योग्यता प्राप्त की है तथा उन्हें उपयुक्त पद अथवा नौकरी नहीं प्राप्त हो पा रही है, उन्हें अग्रांकित मन्त्र जप करने से अवश्य लाभ होता है। अनेक अवसरों पर इन मन्त्रों का श्रद्धापूर्वक उपयोग से जप आदि करने से अल्पकाल में ही शैक्षिक योग्यता के अनुकूल पद सुगमता से प्राप्त हो गया है।

जिन्हें व्यापार में सफलता नहीं मिल रही है अथवा जिनके यहाँ ग्राहक अथवा परामर्शकर्ता के पहुँचने में किसी न किसी प्रकार का व्यवधान उत्पन्न होता है, उन्हें व्यापार वृद्धि से सम्बन्धित मन्त्र जप निष्ठापूर्वक करना चाहिए। यदि किसी ने व्यापार को बाँध दिया है, जो आज के युग में असंभव नहीं है, उन्हें सम्बन्धित मन्त्र व्यवस्था का सविधि उपयोग अवश्य करना चाहिए। यदि मंत्र जप में व्यय होने वाले कुछ समय से व्यवसाय वृद्धि हो, व्यापार का विस्तार हो, समय पर पदोन्नति हो, प्रगति की गति तीव्र हो तथा अनुकूल दिशा का विस्तार हो, तो मंत्र जप से अधिक सुगम तथा हितकर विधान कोई अन्य नहीं हो सकता है। हमारा सशक्त परामर्श है कि व्यवसाय के प्रसार तथा विकास हेतु अग्रांकित मंत्र विद्या का सांगोपांग अध्ययन करके सविधि अनुसरण करना चाहिए। आवश्यकता पड़ने पर किसी योग्य आचार्य द्वारा यह प्रयोग संपादित करने चाहिए अथवा उनका परामर्श लेकर स्वयं सम्पन्न करना चाहिए।

जन्मांग में व्यवसाय का विचार मूलतः दशमभाव से किया जाता है। दशमेश किस राशि अथवा नवांश में स्थित है, उसके स्वामी द्वारा संचालित व्यवसाय, जातक को अनुकूल और

शीघ्रफल प्रदान करते हैं। यदि दशमभाव पापाक्रान्त हो तो व्यवसाय में व्यवधान उत्पन्न होते हैं तथा जातक प्रतिकूल व्यवसाय द्वारा जीवकोपार्जन करने के लिए विवश होता है। जन्मांग में प्रदर्शित व्यवसाय के प्रतिकूल व्यवसाय करने पर प्रगति, उन्नति, विस्तार-प्रसार, लाभ, आय आदि सभी कुछ अवरुद्ध हो उठते हैं। दशम भावस्थ ग्रह अथवा दशमेश के नक्षत्रों में कौन ग्रह संस्थित है, उनके द्वारा भी व्यवसाय का निर्धारण करना चाहिए।

दशमभाव के अतिरिक्त द्वितीय व एकादशभाव अर्थात् धन और लाभभाव द्वारा भी व्यवसाय का विचार करना चाहिए। धनभाव, धनेश, धनेश का नवांश और नक्षत्र तथा धनेश के नक्षत्र अथवा नवांश में संस्थित ग्रह, व्यवसाय की उपर्युक्त दिशा का संकेत करते हैं। इसीप्रकार से लाभस्थ ग्रह और लाभभाव पर भी विचार करना अपेक्षित है।

आत्माकारक ग्रह पर इसी भाँति विचार करना चाहिए। आत्माकारक ग्रह, जिस राशि नवांश और नक्षत्र में स्थित हो अथवा आत्मकारक ग्रह के नक्षत्र अथवा नवांश में जो ग्रह स्थित हो, उन पर विचार करना चाहिए।

कई ग्रह सम्मिलित रूप से व्यवसाय की दिशा निर्धारित करते हैं। सूर्य, मंगल, बृहस्पति चिकित्सा सम्बन्धी व्यवसाय के द्योतक हैं परन्तु उनका सम्बन्ध दशम, द्वितीय अथवा एकादशभाव के अतिरिक्त षष्ठभाव से किसी न किसी रूप में होना अनिवार्य है क्योंकि षष्ठभाव, व्याधि से संदर्भित भाव है। इसीप्रकार से चिकित्सा के व्यवसाय में वृश्चिक, धनु, मेष और सिंह राशि की भी महत्त्वपूर्ण भूमिका होती है। न्यास अथवा विधि सम्बन्धी व्यवसाय हेतु शुक्र, बुध और शनि तथा पंचमभाव पर विचार करना चाहिए। अभियन्ता के लिए, मंगल, बुध और शनि के साथ अष्टमभाव पर विचार करना हितकर होता है। भारतीय प्रशासनिक सेवा में सफलता प्राप्ति हेतु दोनों प्रकाश पुंज ग्रह सूर्य एवं चन्द्रमा, कारक शुक्र तथा कर्मनियन्त्रक ग्रहों के साथ दशम भाव व अष्टमभाव की प्रमुख भूमिका होती है। राजनीति के लिए सूर्य, मंगल और बृहस्पति के साथ कभी-कभी शनि भी पर्याप्त महत्त्वपूर्ण होते हैं। नौकरी के लिए षष्ठभाव पर ध्यान देना चाहिए। यदि लग्न अथवा दशमभाव से षष्ठभाव अथवा षष्ठेश का सम्बन्ध है तो नौकरी द्वारा जीविकोपार्जन होता है। यदि सप्तमभाव से दशमभाव अथवा लग्न या द्वितीयभाव का सम्बन्ध है तो व्यापार द्वारा धनोपार्जन और जीविकोपार्जन होता है। इसी तरह से विभिन्न व्यापारों के लिए विशिष्ट ग्रहों की भूमिका का संज्ञान आपेक्षित है। इसकी विस्तृत व्याख्या तथा विश्लेषण हमने अपनी अगामी कृति **'प्वाइन्टर्स टू प्रोफेशन'** में की है।

आजीविका अर्थात् व्यवसाय को अग्रांकित भागों में विभाजित किया जा सकता है-

1. नौकरी द्वारा आजीविका
2. व्यापार द्वारा आजीविका
3. कृषि द्वारा आजीविका
4. परामर्श द्वारा आजीविका
5. प्रवचन, उपदेश आदि द्वारा आजीविका
6. अभिनय द्वारा फिल्म अथवा टी.वी. द्वारा जीवकोपार्जन, नृत्य, संगीत आदि कलाओं द्वारा आजीविका।

7. पुस्तक लेखन, कविता संरचना आदि द्वारा जीविकोपार्जन।
8. भिक्षा-वृत्ति द्वारा जीविकोपार्जन।

व्यवसाय पर विचार करने हेतु, एक पृथक् ग्रन्थ की अनिवार्यता है। कतिपय मुख्य सूत्र का उल्लेख यहाँ पर उपयुक्त प्रतीत होता है। इन सूत्रों के आधार पर आजीविका निर्णय करने में सहायता प्राप्त होगी।

सामान्यतः दशम भावस्थ ग्रहों द्वारा आजीविका विचार करने की परम्परा है जो अत्यन्त अपूर्ण एवं भ्रामक है। दशमेश जिस ग्रह के नवांश में संस्थित हो, उस ग्रह द्वारा प्रदर्शित व्यवसाय करने का संकेत प्राप्त होता है। आत्माकारक ग्रह भी आजीविका निर्धारण में सहयोग प्रदान करता है। जिस ग्रह के अंश सर्वाधिक हों, उसे आत्मकारक ग्रह की संज्ञा प्रदान की जाती है। आत्मकारक ग्रह जिस ग्रह के नवांश में अवस्थित हो, उस ग्रह द्वारा संचालित व्यवसाय, आजीविका का साधन निर्मित करता है।

द्वितीयभाव अर्थात् धनभाव पर भी विचार करना चाहिए। व्यवसाय का लक्ष धन प्राप्त करना ही होता है। अतः द्वितीयभाव का स्वामी और द्वितीयेश जिस ग्रह के नवांश में स्थित हो, उसके बलाबल के आधार पर भी वृत्ति का निर्णय करना, ज्योतिष विज्ञान का स्वर्णिम सूत्र है। यदि द्वितीयेश और दशमेश में सम्बन्ध हो, दोनों में विनियोग परिवर्तन हो रहा हो या दोनों की युति दशम अथवा द्वितीयभाव में हो तो व्यवसाय का निर्धारण अत्यन्त सुगम हो जाता है। इन्हीं दोनों ग्रहों द्वारा व्यवसाय के क्षेत्र पर विचार करने से पूर्णतः सही परिणाम प्राप्त होते हैं। यदि कुम्भ लग्न हो तथा द्वितीयेश बृहस्पति दशमभाव में मंगल की राशि में संस्थित हो तथा दशमेश मंगल द्वितीय राशिगत हो, जिस पर बृहस्पति दृष्टिनिक्षेप भी कर रहा हो तो जातक चिकित्सक या वैज्ञानिक बनता है इसी प्रकार से अन्य ग्रहों की स्थिति भी विचारणीय होती है। द्वितीयेश के नवांश तथा नक्षत्र पर भी विचार करना चाहिए, द्वितीय भाव के साथ-साथ एकादश भावस्थ ग्रह और उनके नवांश तथा नक्षत्र पर भी विचार करना चाहिए। ज्योतिषी को यह भली प्रकार से ज्ञात होना चाहिए कि किन ग्रहों के प्रभाव से किस व्यवसाय विशेष में सफलता प्राप्त होती है।

यदि लग्नेश अथवा दशमेश का षष्ठ भाव से सम्बन्ध हो तो नौकरी द्वारा जीविकोपार्जन होता है यदि दशमेश और सप्तमेश का सम्बन्ध हो या सप्तमेश और एकादशेश के मध्य विनिमय-परिवर्तन अथवा युति हो तो जातक व्यापार द्वारा जीविकोपार्जन करता है, जो ग्रह बली है उसी ग्रह द्वारा नियन्त्रित व्यापार ही जीवकोपार्जन का आधार बनता है।

लाभेश, धनेश दशमेश तथा पंचमेश यदि षष्ठ, अष्टम या द्वादश भावगत हों तो भी दरिद्रयोग अथवा भिक्षुक योग का निर्माण होता है।

यदि उपरोक्त योग पापाक्रान्त हों, धन योग निर्बल हो, दशमभाव का स्वामी पापयुक्त हो तो व्यवसाय में बाधाएँ उत्पन्न होती हैं। वृत्ति अर्थात् जीविका एक विस्तृत विषय है जिसकी व्याख्या यहाँ सम्भव नहीं। उस पर विस्तृत विचार करने के उद्देश्य से एक पृथक् पुस्तक की संरचना की जा रही है।

यहाँ पर हम उन मंत्रों, स्तोत्रों और साधनाओं का उल्लेख कर रहे है जिनका श्रद्धापूर्वक अनुसरण करने से किसी भी प्रकार की आजीविका में उत्पन्न होने वाले व्यवधान का शमन होता है।

यहाँ हम व्यापार वृद्धि हेतु अनेक मन्त्र प्रयोगों का उल्लेख कर रहे हैं जिनके सम्पादन से व्यापार का विस्तार और लाभ में वृद्धि प्रारूपित होती है। नौकरी में पदोन्नति हेतु अधिकारियों की प्रसन्नता हेतु, आजीविका प्राप्त करने की कामना से किये जाने वाले अनेक मंत्र प्रयोग यहाँ दिए जा रहे हैं, जिन्हें अनुकूल मंत्र का चयन करने के उपरान्त ही सम्पन्न करना चाहिए।

3.1 व्यापार वृद्धि एवं मंत्र आराधना

व्यवसाय विस्तार

मंत्र- **ॐ पद्मावती पद्मनेत्रे लक्ष्मीदायिनी सर्व कार्य सिद्धि करि करि ॐ ह्रीं श्रीं पद्मावत्यै नमः।।**

प्रयोग- यह साधना किसी भी बुधवार से प्रारम्भ की जाती है। सामने मंत्रसिद्धि प्राण-प्रतिष्ठा युक्त श्रीयंत्र सफेद वस्त्र बिछाकर उस पर स्थापित कर दें और उसे जल से स्नान कराकर उस पर केसर लगा दें, इसके बाद अगरबत्ती व दीपक लगाकर उपरोक्त मंत्र का जप करें।

जब जप संख्या पूरी हो जाए, तो किसी एक कुँवारी कन्या को भोजन कराकर उसे यथोचित वस्त्र, भेंट आदि दें और फिर वह श्रीयंत्र अपनी दुकान में, गल्ले में या अपने घर के पूजा स्थान में रखें, तो जब तक वह श्रीयंत्र स्थापित रहेगा, तब तक घर में या व्यापार में ऋद्धि-सिद्धि बनी रहेगी।

वस्तुतः यह प्रयोग अत्यधिक अनुकूल है और इससे निरन्तर उन्नति होती रहती है। इस मंत्र का पुरश्चरण सवालाख मंत्र है। इस प्रयोग से शताधिक व्यवसायियों को अप्रत्याशित लाभ पहुँचा है। जो व्यापारी स्तब्ध हैं कि उनके समस्त प्रयासों के उपरान्त भी, उनके व्यापार में समुचित आय के अभाव में निरन्तर अवरोध उत्पन्न हो रहा है, उन्हें उपरोक्त पद्मावती मंत्र जप से अवश्य लाभ होगा।

व्यापार विस्तार

मन्त्रः- **नर्माय पुश्चलाँ हताय कारि यादसे शावल्यां ग्रामण्यं गणकमभिक्रोशकं तान्महसे वीणावादपाणिघ्नं तृणवध्मं तान्नृत्तायान वान्दाय तलवम्।।**

यह वैदिक मंत्र है अतः इसका उपयोग उन्हीं व्यक्तियों को करना चाहिए, जिनका संस्कृत का उच्चारण श्रेष्ठ है तथा जो पूर्ण शुद्धि तथा समर्पण की भावना तथा आस्था के साथ मंत्र जप करें।

मंत्र अनेक हैं और प्रत्येक मंत्र का उपयुक्त स्थान पर उपयोग परम लाभदायक व सफलता प्रदान करने वाला होता है। यह मंत्र व्यापार के विस्तार हेतु अत्यन्त उपयोगी है तथा इसका नियमित रूप से एक माला जप करना चाहिए।

वृत्ति विस्तार विधान

निम्नांकित **'महालक्ष्मी यंत्र'** व्यापारियों के लिए अत्यन्त लाभदायक प्रयोग है। इस स्वर्णिम प्रयोग को विधि-विधानपूर्वक सम्पन्न करने से माँ लक्ष्मी का वरदहस्त प्राप्त होता है और व्यापार/व्यवसाय/कारखाने/फैक्ट्री में उत्तरोत्तर प्रगति होने लगती है।

इस चमत्कारी यंत्र को रजत पत्र (चाँदी के पतरे) अथवा स्वर्ण पत्र पर उत्कीर्ण करवाकर किसी भी शुभ मुहूर्त में प्राण-प्रतिष्ठादि करके चैतन्य करने के पश्चात् गल्ले अथवा तिजोरी में स्थापित कर दें।

चाहें तो मात्र देशी घी मिले हुए सिन्दूर से इस यंत्र को व्यापार स्थल की किसी सामने की दीवार या तिजोरी पर निर्मित करके नित्य प्रति धूप-दीप दिखाकर पूजन किया करें।

16	9	4	5
3	6	15	10
13	12	1	8
2	7	14	11
।। ॐ ऐं ह्रीं श्रीं महालक्ष्यै नमः ।।			

यंत्र पूजन के उपरान्त यंत्र के नीचे अंकित 'महालक्ष्मी मन्त्र' की एक माला (108 बार) अवश्य जाप करें। इससे यंत्र सदैव चैतन्यवान बना रहेगा और सहज में धन प्राप्ति के साधन बनते चले जायेंगे।

पद्मावती साधना

जैन मत में पद्मावती की बड़ी महिमा बतायी गयी है। वैसे भी पद्मावती इस युग के लिए उपयोगी और शीध्र फलदायिनी मानी गयी हैं। प्रस्तुत मन्त्र मिश्रित शैली में है और जहाँ भाषा का प्रयोग हो जाता है वहाँ भाव की प्रबलता महत्त्वपूर्ण हो जाती है इसलिए।

मन्त्रः- **'पद्मावती पद्मांकुशी वज्र वज्रांकुशी प्रत्यक्षं भवति भवति।'**

विधि- किसी शुभ दिन अथवा दीपमालिका की रात्रि में चौका लगाकर जौ की ढेरी पर दीपक जलायें, पुष्प, अगरबत्ती एक रुई के फाहे में कमल का इत्र लगाकर समर्पित करें, प्रसाद चढ़ायें और इस मन्त्र की माला जपे। प्रथम रात्रि को इकतालीस माला जपे, बाद में पाँच या ग्यारह माला प्रतिदिन जपें, तो कुछ समय के बाद धन प्राप्ति होने लग जायेगी। यह जप मिट्टी के मन

के बना कर उन पर किया जाता है। यदि साधक निष्ठापूर्वक, तन्मय होकर इसका अनुष्ठान करता है तो भगवती पद्मावती का दर्शन भी मिल सकता है। यह तथ्य प्रत्यक्षं भवति से प्रकट होता है।

विक्रय में वृद्धि

मन्त्रः- **"ओं नमो चण्ड अलस्सुर स्वाहा।"**

विधि : जिस वृक्ष पर चमगादड़ रहते हैं, उस वृक्ष के आगे दीपक जला कर शनिवार के दिन शाम के समय रख आवें और उसे निमन्त्रण दे आवें कि मेरी कार्य सिद्धि के लिए आपको चलने के लिए विनम्रता पूर्वक प्रार्थना करता हूँ और आमन्त्रण देता हूँ फिर रविवार के दिन उस वृक्ष की एक डाल तोड़ लावें, किसी से बोले भी नहीं और घूम कर पीछे की ओर देखें भी नहीं।

घर पर आकर इस डाली को सामने रख कर ऊपर लिखे मन्त्र को पाँच सौ पाँच बार जपें। तब इसके कुछ पत्ते ले जाकर अपने पैर के नीचे या गद्दी के नीचे दबा कर बैठें। इसके प्रभाव से सामने वाला व्यक्ति दबा-सा रहता है।

विक्रय में संवर्धन

"भंवर वीर तू चेला मेरा, खोल दुकान कहा कर मेरा
उठे जो डण्डी बिके जो माल भंवर वीर सोखे नहीं जाय।"

रविवार के दिन हाथ में काले (साबुत) उड़द लेकर यह मन्त्र इक्कीस बार बोलकर दुकान में बिखेर दें। ऐसा चार रविवार करने से बिक्री में वृद्धि होती है। इन बिखरे हुए उड़दों को दूसरे दिन बुहारी निकालते समय उठाकर या तो चौराहे में डाल आयें या उठाकर एक पोटली में बाँधकर ऊँचे आले या ताक में रख दें। यह प्रयोग केवल रविवार को ही करना है।

व्यापार के बन्धन का निरस्तीकरण

मन्त्रः- **ॐ दक्षिण भैरवाय भूत-प्रेत बंध, तंत्र बंध, निग्रहनी,**
सर्व शत्रु संहारिणी कार्य सिद्धि कुरु कुरु स्वाहा।।

प्रयोग विधि - गोरोचन, कपूर काचरी, गुलाल और छार छबीला को समान मात्रा में लेकर, उन्हें पीसकर तथा आपस में मिलाकर एक मिश्रण तैयार कर लें। तत्पश्चात् इस मिश्रण को उपरोक्त मंत्र से एक सौ आठ बार अभिमंत्रित करें।

अब इस अभिमंत्रित मिश्रण को उपरोक्त मंत्र का ही निरन्तर जाप करते हुए प्रातः दुकान खोलने से पूर्व दुकान के सामने बिखेर कर दुकान खोल लें।

किसी भी रविवार से आरम्भ करके यह प्रयोग निरन्तर पाँच दिनों तक करना चाहिए। प्रतिदिन प्रयोग विधि एक समान ही रहेगी।

इस प्रयोग के प्रभाव से व्यापार पर किया गया बंधन दूर हो जाएगा और व्यापार निर्बाध गति से प्रशस्त होगा। लाभ में वृद्धि होगी तथा आगन्तुकों की संख्या में भी निरन्तर वृद्धि होगी। इस मन्त्र को प्रतिदिन एक सौ आठ करने मात्र से ही लाभ दृष्टिगत होता है।

व्यापार वृद्धि

इस प्रकार के प्रयोगों का प्रभाव उन स्थितियों में कम दिखाई देगा, जब काम को किसी ने बांध दिया हो। पहले हम इस प्रकार की बातों पर विश्वास नहीं करते थे कि दुकान या व्यापार को बाँध दिया जाता है, कारण कि हमारे विचार से ऐसा अनर्थ कौन करेगा कि पेट पर लात मारे, किन्तु जब ऐसे प्रकरण कई बार आये, तो विचार बदलना पड़ा। शाबर तन्त्र में इस प्रकार के प्रयोग हैं। यद्यपि यह स्तंभन का ही रूप है और स्तंभन शब्द के क्षेत्र और विस्तार को वे सब लोग जानते हैं जो गति को जानते हैं। शास्त्रीय प्रयोगों में स्तंभन शक्ति की प्रतीक वगला है और प्रकृति की शैली में यह तमो गुण की वृत्ति है। सिद्धान्त और सूत्र के अनुसार यह संभव है कि गति को स्तब्ध कर दिया जाये, चलते को रोक दिया जाय, पर इस प्रकार का क्रूर कर्म करना उनके ही लिए संभव है जो दया और मानवीय संवेदना से शून्य हैं। अस्तु! फिर भी इस प्रयोग को अथवा इस प्रकार के प्रयोगों को करके देख लिया जाये और तीन सप्ताह तक इसके फल प्रभाव को देखा जाय, इस पर भी यदि अपेक्षित परिणाम नहीं मिलते हैं तो पहले उस बन्धन को काटा जाये। इन किये गये बन्धों को काटने के प्रयोग यथावसर, अभी व्यापार वृद्धि के विषय में-

मन्त्र है -

शुक्ले शुक्ले महाशुक्ले कमलदलनिवासे श्री महलक्ष्म्यै नमो नमः लक्ष्मी माई सत्य की सवाई आवो माई करो हमारी भलाई न करो तो तुम्हें सात समुद्रों की दुहाई ऋद्धि सिद्धि खाओगी तो नौ नाथ चौरासी सिद्धों की दुहाई करो हमारी भलाई, ओ लक्ष्मी माई, मैं तुम्हारा भाई सँवार दो हमारा जीवन माई।

यह मिश्रित मन्त्र है। मिश्रित इस अर्थ में कि आधा शास्त्रीय और आधा भाषागत। पहले पच्चीस अक्षर वाले मन्त्र की एक सौ माला जपे, फिर दोनों मन्त्रों को मिला कर दश माला जपे, इस प्रकार पहले मन्त्र के दस हजार और सम्पूर्ण मन्त्र के एक हजार जप हो जायेंगे। इतने जप से दोनों का पुरश्चरण हो जायेगा।

ये जप लाल चन्दन, मूँगा या रुद्राक्ष की माला द्वारा सम्पन्न करें। आसन गुलाबी रंग का और मुख पश्चिम अथवा पूर्व की ओर बैठ कर पूजन आरम्भ करें। कमल पर बैठी, लक्ष्मी का चित्र लाकर उसका पूजन-गन्ध (रोली या केसर-चन्दन) पुष्प (लाल रंग के) दीपक, अगरबत्ती और प्रसाद अर्पित करके जप सम्पन्न करें। इतना जप एक दिन में नहीं हो सकता इसलिए सुविधानुसार इक्कीस, इकतीस या इकतालीस दिन में करने का विधान निर्धारित कर ले।

पुरश्चरण करने पर यह मान लिया जाता है कि मन्त्र प्राणवान् हो गया। इसके बाद शुभ दिन शुभ मुहूर्त्त में बरगद के छः पत्ते लाकर उन पर केशर-चन्दन से अनार की कलम से यह

मन्त्र लिखें। मन्त्र बड़ श्मशान में या शिव मन्दिर में उगा हुआ न हो। पत्ते लाने से पहले वाले दिन दीपक जलाकर बड़ की जड़ में रख आवें और यह प्रार्थना कर आयें कि "मेरे कार्य के लिए मैं आपके पत्र ले आऊँगा, आप मुझे मेरे कार्य में सफलता प्रदान करें।" तो अधिक लाभप्रद होगा।

इन मन्त्र लिखे पत्तों का पूजन-गन्ध, धूप, दीप, प्रसाद से करके इनको ऐसे स्थान पर रख दें, जहाँ से ये उड़े नहीं और सूख जायें। जब तक न सूखें, अगरबत्ती दिखाते रहें, सूखने पर इनको जलाकर राख कर लें।

इस राख को किसी डिबिया में भर कर रखें। प्रतिदिन प्रातः दुकान खोल कर गद्दी या आसन पर बैठकर सोलह बार इस मन्त्र को डिबिया सामने रख कर जपें, फिर इस राख का तिलक करें, थोड़ी सी गल्ले में भी डाल दें। इसके पश्चात् दुकान का कार्य-व्यवहार प्रारम्भ करें। यह कार्य बृहस्पतिवार या शुक्रवार से प्रारम्भ करें। जब काम ठीक से चलने लग जाये और राख बच जाय, तो डिबिया गल्ले में रख लें।

व्यवसाय वृद्धि यंत्रशक्ति

व्यापार-व्यवसाय में अभूतपूर्व वृद्धि एवम् धन प्राप्ति हेतु यह अत्यन्त सुप्रसिद्ध एवम् चमत्कारिक यंत्र है। यह यंत्र पनरिया (पन्द्रह का यंत्र) यंत्र, बीसा यंत्र तथा चौतींसा यंत्र की भाँति ही प्रभावशाली है। इसे **व्यापार वृद्धिकारक अड़सठिया यंत्र** कहा जाता है, क्योंकि इस यंत्र के कोष्ठकों में स्थापित अंकों को किसी भी कोण से योग करने पर कुल योग (68) ही प्राप्त होता है। यह 'अड़सठिया यंत्र' भी बीसा यंत्र की भाँति धन प्राप्ति में अत्यन्त सहायक होता है।

किसी भी रविपुष्य या गुरुपुष्य योग में इस यंत्र को महालक्ष्मी के पूजनोपरान्त दुकान/व्यापार स्थल के पवित्र स्थान पर (दृष्टिगत होता हुआ) अष्टगंध अथवा देशी घी मिले हुए सिंदूर से अंकित कर दें। चाहें तो इस यंत्र को रजतपत्र (चाँदी के पतरे) अथवा स्वर्ण पत्र पर उत्कीर्ण करवाकर दीपावली की रात्रि अथवा ग्रहण काल में सिद्ध करके लाल रंग के रेशम के कपड़े में लपेट कर सदैव अपने पास रखें।

2	28	8	30
16	22	10	20
26	4	32	6
24	14	28	12

इस अद्भुत तथा परम शक्तिशाली व्यापारवर्द्धक अड़सठिया यंत्र के चमत्कारी प्रभाव से व्यापार दिन-दूनी, रात-चौगुनी वृद्धि करने लगता है तथा जिस किसी भी व्यक्ति के पास मंत्र-सिद्ध चैतन्य यंत्र होगा, उसे कभी भी धन का अभाव नहीं रहेगा।

3.2 आजीविका, यश एवं पदोन्नति

जीवन की गति ही प्रगति है तथा प्रगति का पावन पथ ही प्रतिष्ठा है। प्रोन्नति के अभाव में जीवन का उल्लास और उत्साह, उमंग तथा ऊर्जा में शिथिलता का संचरण होता है तथा प्रगति और प्रतिष्ठापूर्ण प्रोन्नति, जीवन की प्रसन्नता है जो जीवन के समस्त प्रसंगों को अन्तरंग आनन्द और आह्लाद से अभिषिक्त करता है। जीवन में उत्पन्न होने वाले अवरोध प्रायः प्रगति और प्रोन्नति में व्यवधान उत्पन्न करते हैं, जिनके लिए क्रूर ग्रहों का प्रभाव उत्तरदायी होता है। जब कभी प्रगति अवरुद्ध हो या जीवन का हर्ष आतंकित हो उठे, तो बाधाओं के निवारण हेतु अग्रांकित मंत्रों के परिहार का अनुसरण लाभदायक सिद्ध होता है, परन्तु आवश्यक है कि जातक के जन्मांग में प्रतिष्ठा, प्रशंसा और प्रोन्नति को अभिषिक्त करने वाले ग्रहों का सम्यक् अध्ययन किया जाय तथा सम्बन्धित ग्रहों का यथोचित निर्दिष्ट संख्या के अनुरूप जप आदि स्वयं किया जाय अथवा योग्य आचार्य द्वारा सम्पन्न कराया जाय। जब भी क्रूर ग्रह विपत्ति अथवा आपत्ति के चक्रव्यूह की संरचना करते हैं, तब प्रथम आवश्यकता होती है ग्रहों के अशुभ प्रभाव का शमन और शान्ति की। ग्रहों का क्रूर प्रभाव तो प्रभु के अवतारों को भी वन में भटकने के लिए अथवा कारागार में जन्म लेने के लिए या दानवों के साथ युद्ध करने हेतु विवश करता है। उसे तो हम ईश्वर की लीला कहकर अपने आप को समझा लेते हैं, परन्तु यदि वह लीला है तो विश्वव्यापी सभ्यता के लिए एक सशक्त उदाहरण भी है कि जब ईश्वर भी ग्रहों की परिधि के बाहर नहीं, तो सामान्यजन को ग्रहों का अशुभ प्रभाव अवश्य आतंकित कर सकता है तथा ग्रहों का शुभफल हर्ष और आनन्द के साथ विविध उपलब्धियों विलासिता, सामाजिक सम्मान और प्रतिष्ठा आदि से अलंकृत भी करता है। ग्रह बाधाओं के शमन के उपरान्त विविध समीकरणों के सन्तुलन हेतु मंत्र परिहार का उपयोग, अन्यान्य कामनाओं को साकार स्वरूप प्रदान करता है। आवश्यकता है इस तथ्य के सम्यक् संज्ञान की कि किन स्थितियों में किस प्रकार का परिहार सम्पन्न किया जाय जो शीघ्र ही अभीष्ट की संसिद्धि करने वाला हो, इसका उपयुक्त ज्ञान अनिवार्य है। हमने अपनी मंत्र सम्बन्धित अनेक कृतियों में त्वरित मंत्रप्रदाता चयन विधान पर अनेक विस्तृत अध्यायों की संरचना की है, उनकी पुनरावृत्ति करना अनुपयुक्त प्रतीत होता है परन्तु उस ज्ञान के अभाव में मंत्र जप करना कई बार फलहीन सिद्ध होता है।

मनोकामना की संपूर्ति हेतु

1. अग्रांकित मंत्रों का सम्पुट लगाकर श्रीदुर्गा सप्तशती के 9, 18, 27 अथवा 36 पाठ किसी योग्य विद्वान्, अनुभवी आचार्य द्वारा सम्पन्न कराने चाहिए। यदि संभव न हो, तो स्वयं इन मंत्रों का जप प्रतिदिन कम से कम 108 बार तुलसी अथवा चंदन की माला से करना चाहिए-

    1. **सर्वाबाधाविनिर्मुक्तो धनधान्यसुतान्वितः।**
    मनुष्यो मत्प्रसादेन भविष्यति न संशयः।।

    2. **यं यं चिन्तयते कामं तं तं प्राप्नोति निश्चितम्।**
    परमैश्वर्यमतुलं प्राप्स्यते भूतले पुमान्।।

3. **सर्वाबाधाप्रशमनं त्रैलोक्यस्याखिलेश्वरि।**
एवमेव त्वया कार्यमस्मद्वैरिविनाशनम्।।

4. **सर्वबाधासु घोरासु वेदनाभ्यर्दितोऽपि वा।**
स्मरन्ममैतच्चरितं नरो मुच्येत संकटात्।।

2. इन मंत्रों से सम्बन्धित अनुष्ठान के उपरान्त श्री वाञ्छा कल्पलता के 125 अथवा 500 पाठ आचार्य द्वारा सम्पन्न कराने चाहिए। यह प्रयोग अत्यन्त सिद्ध हैं तथा मनोकामना की संसिद्धि होती है।

पदोन्नति प्राप्ति हेतु

उपरोक्त अनुष्ठान के साथ-साथ अग्रांकित मंत्रों का जप अथवा इन मंत्रों द्वारा संपुटित श्री दुर्गा सप्तशती के 9, 18, 27 अथवा 36 पाठ करने चाहिए।

1. **ततो वव्रे नृपो राज्यमविभ्रंश्यन्यजन्मनि।**
अत्रैव व निजं राज्यं हतशत्रुबलं बलात्।।

2. **स्वल्पैरहोभिर्नृपते स्वं राज्यं प्राप्स्यते भवान्।**
हत्वा रिपूनस्खलितं तव तत्र भविष्यति।। (13/20-21)

वैदिक मंत्र

कुलवागीश्वरी ध्यानम्

आगमांमृतमंजरीं दोर्भ्यां त्रिशूलसिधरां रक्ताभां
वह्निरुपिणिं अक्षसिंहासनगतां कुलवागीश्वरीं भजे।

कुलवागीश्वरी मन्त्र

ॐ क्लीं ह्रीं श्रीं हुं ऊं उषहस्ते कुलवागीश्वरी ऐं ठः ॐ ठः खीं ठः स्वाहा।

कुलवागीश्वरी माँ के मन्त्र जप मात्र से समस्त मनोभावों की प्राप्ति होती है, प्रत्येक व्यक्ति अपने कुल की वैभव वृद्धि में तत्पर रहता है। येन केन प्रकारेण कुल को सुखी एवं सम्पन्न बनाने में प्रयासरत रहता है परन्तु यह सोचने मात्र से सम्भव नही होता उसके लिए कठिन परिश्रम एवं अथक प्रयास करने के साथ ही माँ कुलवागीश्वरी का नियमित जप करना अत्यावश्यक है। समस्त मनोकामनाओं की संसिद्धि एवं व्यक्ति अपने कुल के ऐश्वर्य को प्राप्त करता है।

कुलवागीश्वरी माँ का मन्त्र जप दिन में तीन बार सुबह, दोपहर एवं सायं को षोडशोपचार विधि से करना चाहिए, जिससे सर्वकार्य की सिद्धि होती है एवं व्यक्ति कुलवागीश्वरी के ज्ञान प्रकाश से अपने कुल सहित दैदीप्यमान होता है।

इन्द्राक्षी ध्यानम्

मालास्यकुशपद्मयुग्मकधरां साहस्रनेत्रकरां
मत्तैरावण पृष्ठमां शशिमुखी त्रैलोक्यरक्षापराम्।
दोभिर्गीतरतां सरोजसदृषी ब्रह्मादिदैवेः स्तुतामिन्द्राक्षी
जनमातरं हृदि भजे कारूण्यचिद्रूपणीम्।।

इन्द्राक्षी मन्त्र

ॐ क्रीं क्रीं हुं हुं ग्लौं ह्रीं श्रीं ऐं इन्द्रक्षिवज्रहस्ते सीं ह्रीं ग्लौं
हुं हुं क्रीं क्रीं ॐ ऐं फट् स्वाहा।

नव विकसित कमल के आसन पर विराजमान हाथ में कमल पुष्प से शोभित अपने सहस्त्र नेत्रों से त्रिलोक का अवलोकन करती हुई चन्द्रमा के समान मुख वाली सम्पूर्ण जगत पर दृष्टिपात करने वाली, ब्रह्मादि देवों द्वारा पूजित कमल के समान स्वरूप वाली इन्द्राक्षी माँ दश महाविद्या में एक हैं।

धन, ऐश्वर्य, कीर्ति, यश, पराक्रम एवं ज्ञान को विकसित करने वाली माँ इन्द्राक्षी का षोडशोपचार से विधिपूर्वक पूजन करने से व्यक्ति विद्वता एवं यश को प्राप्त करता है एवं उसे समस्त कष्टों से मुक्ति मिलती है।

यश प्राप्ति के लिए अद्भुत मन्त्र

ॐ गिरावरगराटेषु हिरण्ये षु च गोषु च।
सुरायां सिच्यगानायां कीलाले मधु तन्मयि।।1।।

अश्विना सारघेण मा मधुनाङ् क्तं शुभस्पती।
यथा भर्गस्वतीं वाचयावदानि जनां अनु।।2।।

मयि वर्घो अथो यशोऽथो यज्ञस्य यत् पयः।
तन्मयि प्रजापतिर्दिवि धामिव दृंहतृ।।3।।

अथर्ववेद का अर्थ है- अथर्वों का वेद। अर्थात् अभिचार मन्त्रों से सम्बन्धित ज्ञान। यह पुरोहितों का द्योतक है जो झाड़-फूंक और अग्नि पूजा भी करते थे। 'अथर्ववेद' का एक प्राचीन नाम 'अथर्वाङ्गिरस' भी है। अर्थात् अथर्वों का ज्ञान और अङ्गिराओं का ज्ञान। अथर्वों के मन्त्र

शुभाचारों की ओर संकेत करते हैं तथा अङ्गिराओं के मन्त्र शत्रुओं के नाशक माने जाते हैं। इन मन्त्रों का नियमित पंचोपचार विधि से पूजन कर जप, हवन आदि करने से साधक की क्रियाविधि सम्यक संचालित होने लगती है। उससे समस्त जन अनुराग करते हैं एवं सर्वत्र आदर भाव बढ़ता है। यश एवं कीर्ति प्राप्ति के लिए यह सर्वथा उपयुक्त है।

यश-कीर्ति प्राप्ति का मन्त्र

ॐ ह्रीं ऐं ॐ जीं जीं गीं गीं चंदेसु
निम्मलयरा, आइच्चेसु अहियं पयासयरा
सागरवरंग भीरा, सिद्धा सिद्धिं मम
दिसंतु मनोवांछित पूरय पूरय स्वाहा।

प्रत्येक व्यक्ति को धन वैभव तथा पराक्रम की वृद्धि की अभिलाषा रहती है और इन्हें प्राप्त करने के लिए वह सम्पूर्ण जीवन प्रयासरत रहता है, परन्तु निरन्तर प्रयत्न करते हुए भी यह सौभाग्य सभी को नही प्राप्त होता है।

समस्त कष्टों से मुक्त होने के लिए निम्न मन्त्र का जप करना चाहिए। व्रत करके स्वच्छ आसन पर बैठकर यह मन्त्र दीपावली, नवरात्र एवं रविपुष्य नक्षत्र में षोडशोपचार द्वारा विधिपूर्वक पूजन करें चंदन की माला से 108 बार जप करना चाहिए। नियमित 11 बार मन्त्र का जप करके श्रद्धापूर्वक किए गए मन्त्रों के जप से समस्त मनोकामनाओं की संसिद्धि होती है।

दुर्गा का मन्त्र ज़प

बं मं, मं यं रं लं। (बीज मंत्र)

ॐ नमः बं मं मं यं रं लं चामुण्डाय फट् स्वाहा। (जप मंत्र)

विधि- दुर्गा समस्त विश्व की अधिष्ठात्री देवी हैं; सृष्टि का आदि और अन्त वही है, मन्त्रशक्ति को जाग्रत करके चेतना प्रदान करने की शक्ति श्री दुर्गा सप्तशती में सन्निहित है। इसमें निहितार्थ रहस्य को सम्यकता के साथ आत्मसात कर सकना कदाचित् ऋषियों और मुनियों के लिए भी सुगमता से सम्भव नहीं है माता दुर्गा ही क्रिया हैं वही कर्ता हैं वहीं कर्ता द्वारा क्रिया को सम्पादित करने का समर्थ प्रदान करती हैं। श्री दुर्गा सप्तशती पृथ्वी वासियों के लिए जगदम्बा का प्रसादामृत है जो ग्रन्थागार अवश्य है परन्तु उसे ग्रंथ समझ लेना भ्रांति है श्री दुर्गा सप्तशती के समस्त श्लोकों में अद्‌भुत शक्ति सन्निहित है जिसके उपयुक्त प्रयोग द्वारा असम्भव प्रतीत होने वाले अभीष्ठ भी सुगमता से सम्पन्न हो जाते हैं। मन्त्र जप करने के विधान का संज्ञान अनिवार्य है। दुर्गा की आराधना के लिए प्रातः काल का समय तो उपयुक्त है ही परन्तु मध्य रात्रि में दुर्गा का आनुष्ठान करने से उनकी शीघ्र प्रसन्नता के प्रति संदेह नही उत्पन्न होता है पूर्वोक्तलिखित मंत्रों का साविधि अनुष्ठान सम्पन्न करने से माता दुर्गा की प्रसन्नता असंदिग्ध है जिसका

प्रतिफल सुख, समृद्धि, सम्पत्ति, सम्पन्नता, सुयश, उन्नति, प्रगति एवं सभी प्रकार से कल्याण प्रदान करने वाला है।

माता दुर्गा का षोडशोपचार पूजन करने के उपरान्त अभीष्ठ की संपूर्ति का संकल्प लेकर एक, तीन, पांच, सात, नौ अथवा ग्यारह जप प्रतिदिन करें। अभीष्ठ की संसिद्धि असंदिग्ध है।

समस्त प्रकार के उत्थान के लिए

श्रीशं सर्वाभ्युदयिके कर्मण्याशु प्रकीर्तयेत्।

'श्री पति' लक्ष्मीपति समस्त सृष्टि के पालन कर्ता हैं उनकी महिमा का आदि अन्त नहीं है समस्त वेद, पुराण एवं ग्रन्थों में उनकी महिमा का विभिन्न रूपों में वर्णन किया गया है। सृष्टि का संचालन करने वाले और असृष्टि का नाश करने वाले 'धीश' समस्त देवों में पूज्य हैं।

श्रीपति ने विभिन्न रूपों को धारण करके दुष्टों (राक्षसों) का संहार किया है, जब कभी भी किसी भक्त पर कष्ट पड़ा है उसकी आर्त पुकार सुनकर वह शीघ्रातिशीघ्र कष्टों को दूर करते हैं।

इनके जप मात्र से समस्त बाधाओं का नाश एवं सुख समृद्धि की प्राप्ति होती है। श्रीपति का प्रतिदिन प्रातः काल स्नानादि करने के उपरान्त विधिवत् पूजन के उपरान्त 21 या 51 बार मन्त्र का जप करना चाहिए जिससे समस्त विघ्नों का नाश होता है एवं समस्त वैभव की प्राप्ति होती है।

श्री नारायण गायत्री मन्त्र जप

ॐ नारायणः विद्महे वासुदेवाय।
धीमहि तन्नो रामः प्रचोदयात्।

विधि- इस मन्त्र को नियमित निष्ठापूर्वक जप करने से जीवन में उन्नति के मार्ग प्रशस्त होते हैं।

आत्मोन्नतिकारक रुद्र-गायत्री

ॐ तत्पुरुषाय विद्महे, महादेवाय धीमहि तन्नो रुद्रः प्रचोदयात्।

देवाधिदेव महादेव रुद्र समस्त देवताओं में सर्वोच्च है उनकी कृपा से जातक आनन्दमय जीवन को प्राप्त होता है। सुख, समृद्धि, यश, कीर्ति एवं वैभव को प्रदान करने वाले भोले शंकर अत्यन्त सरल हैं।

सरलता एवं सौम्यता के लिए प्रसिद्ध भोले शंकर का एक रूप रुद्र का है। रुद्र के रूप में शिव अत्यन्त भयानक एवं क्रोधातुर दृष्टिगत होते हैं परन्तु यह तो उनके विभिन्न रूपों का वर्णन है शिव वास्तव में बहुत दानी एवं शान्त हैं, प्रत्येक व्यक्ति के हृदय में निवास करने

वाले शिव का जप आत्मोत्थान के लिए लाभकारी है, जो व्यक्ति आत्मसम्मान से रिक्त है एवं अपने को हीन भावनाओं से ग्रसित अनुभव करता है उसके लिए यह मन्त्र अत्यन्त उपयोगी है।

इसका नित्य जप करने से व्यक्ति समस्त बाधाओं से मुक्त होकर, सुख समृद्धि को प्राप्त करता है।

सौभाग्य के उदय हेतु

अहं भुवं वसुनः पूर्व्यसपतिरहं धनानि स जयामि शश्वतः।
मां हवन्ते पितरं न जन्तवोऽहं दाशषे विभजामि भोजनम्।।1।।

अहमिन्द्रो रोधो वक्षो अथर्वणास्त्रिताय गा अजनय महेरधि।
अहं दस्युभ्यः परि नृम्णमा ददे गोत्रा शिक्षन् दधीचे मातरिश्वने।।2।।

मह्यं त्वष्टा वज्रमतक्षयासं मयि देवासोऽवृजन्नपि क्रतुम्।
ममानीक सूर्यस्येव दुष्टरं मामार्यन्ति कृतेन कर्त्वेन च।।3।।

अहमेतं गव्ययमश्वव्यं पशुं पुराषिणं सायकेना हिरण्मयम्।
पुरु सहस्रा नि शिशामि दाशुषे यन्मा सोमास उक्थिनो अमान्दिषुः।।4।।

अहमिन्द्रो न परा जिग्य इद्धनं न मृत्यवेऽव तस्थे कदाचन।
सोममिन्मा सुन्वन्तो याचता वसु न मे पूरवः सख्ये रिपाथन।।5।।

अहमेताञ्छाश्वसतो द्वाद्वेन्द्रं ये वज्रं युधयेऽकृण्वत्।
आह्वयमानां अवहन्मनाहन दृलहा वदन्नमस्युन्नमस्विनः।।6।।

अभीदमेकमेको अस्मि निष्पालभी द्वा किमु त्रयः करन्ति।
खले न प्नर्षान् प्रति हन्मि भूरि किं मा निन्दन्तिशत्रवोऽनिन्द्राः।।7।।

अहं गुं गुभ्यो अतिथिग्वमिष्करमिषं न वृत्रतुरं विक्षु धारयम्।
यत् पर्णयघ्न उत वा करञ्जहे प्राहमहे वृत्रहत्ये अशुश्रवि।।8।।

प्र मे नमी साप्य इषे भुजे भुद्न वा मेषे संख्या कृणुत द्विता।
दिद्युं यदस्य समिथेषु मंहयमादिदेययं शंस्यसुक्थ्यं करम्।।9।।

प्र नेमस्मिन् ददृशे सोमो अन्तर्गोपा नेममाविरस्था कृणोति।
स तिग्मशृङ्गं वृषभ युयुत्सन् द्रुहस्तस्थौ बहुले वद्धो अन्तः।।10।।

आदित्यानां वसूनां रुद्रियाणां देवो देवानां न मिनामि दाम।
ते मा भ्रदाय शवसे ततक्षुरपराजितमस्तृतमषालहम्।।11।।

(ऋग्वेद 10/48/1-11)

इन मन्त्रों का 41 दिन पर्यन्त 108 बार पीपल वृक्ष के नीचे जप करने से वृत्ति, पापाचरण की बुद्धि, हीनभावना, चोरी आदि की वृत्ति, पाप, दोष तथा अल्पायु आदि दोष दूर हो जाते हैं तथा सौभाग्य का उदय होता है। संकल्प विनियोगादि वेदोक्त रीति से कर लेना चाहिए।

यजुर्वेद के मंगलकारक मन्त्र

ॐ उन्नतऽऋषभो वामनस्तऽऐन्द्रा वैष्णवाऽउन्नतः शितिबाहु शितिपृष्ठस्तऽऐन्द्रा बार्हस्पत्याः शुकरूपावाजिनाः कल्माषाऽअग्निमारुताः श्यामा पौष्णाः।

प्रगति पथ पर बढ़ने के लिए उपर्युक्त मन्त्र का जप करना अत्यन्त लाभकारी है। उन्नति के मार्ग को प्रशस्त करने वाले भगवान ऋषभ देव देवताओं के राजा इन्द्र, मैत्री स्वरूप वायुदेव एवं गुरुदेव बृहस्पति, रूप-सौन्दर्य की वृद्धि करने वाले शुक्रदेव, प्रज्ज्वलित अग्निदेव समस्त इच्छाओं की पूर्ण करें एवं प्रगति मार्ग में आने वाली बाधाओं को नष्ट कर सुख, समृद्धिवान बनाएं तथा सम्पूर्ण संसार का कल्याण हो। इस प्रकार पंचोपचार विधि से पूजन करके मन्त्र का जप करने से लाभ की प्राप्ति होती है तथा प्रगति पथ पर आने वाली बाधाओं का नाश होता है।

कल्याण प्राप्ति हेतु मन्त्र

ॐ यथेमां वाच कल्याणीमावदानि जनेब्भ्यः। ब्रह्मराजन्याब्भ्यां शूद्राय चार्याय च स्वाम चारणाय च। प्रियो देवानां दक्षिणार्य दातुरिह भूयासमयं मे कामःसृध्यतामुष मानो नमतु। (26/2) **अभि प्रवन्त समनेव योषाः कल्याणः स्मयमानासोऽअग्निम्। घृतस्यय धत्वा समिधो नसन्त ता जुषाणो हर्षति जातवदाः।।** (17/96)

इस मंत्र का 108 बार नित्य जप करने से सभी प्रकार का कल्याण होता है, समस्त अभीष्टों की संसिद्धि होती है तथा चिन्तायुक्त जीवन रूपान्तरित हो उठता है। चिन्तामुक्त जीवन में विपत्तियों का उत्तरोत्तर विलय हो जाता है। असफलता के अध्याय का अन्त होता है और सफलता के अध्याय का आरम्भ होता है। समस्त समस्याओं, आपदाओं, बाधाओं, अवरोधों आदि का समाधान होकर साधक, कल्याण पथ पर प्रशस्त होता है।

उपरांकित मंत्र प्रयोगों का अनुसरण करने से पूर्व मंत्र विद्या का सम्यक् संज्ञान तथा जप विधान का ज्ञान तथा अनुकूल मंत्र चयन का प्रावधान का सारभौमिक अनुसरण, अनुगमन, अनुपालन अनिवार्य है। उपरोक्त सभी मंत्रों का उपयुक्त उपयोग कल्याण पथ पर प्रशस्त करने हेतु पर्याप्त शक्तिशाली है तथा संदर्भित मंत्रों में प्रगति, प्रतिष्ठा, प्रोन्नति, प्रसन्नता आदि प्रदान

करने की शक्ति सन्निहित है। यह साधक के ज्ञान तथा अनुष्ठान सम्पादन की कला पर निर्भर करता है कि कौन किस मंत्र में सन्निहित शक्ति का उपयोग कर सकने में समर्थ है, अपने सामर्थ्य के अनुरूप ही साधक मंत्र शक्ति को जाग्रत करके उसके उपयोग द्वारा मनोकामनाओं की अभिपूर्ति कर सकने में सफल होता है। मंत्र शक्ति में निहितार्थ इस रहस्य को भली-भाँति समझ लेना लाभप्रद सिद्ध होता है।

अद्या ना देव सवितः प्रजावत्सावीः सौभगम्।
परा दुःष्वप्न्यं सुव।।

जो ईश्वर की आराधना के साथ-साथ पुरुषार्थ करते हैं, उनके दुःख और दारिद्र्य दूर होते हैं और ऐश्वर्य बढ़ता है।

गणपति उपासना

यह एक सफल प्रयोग है जो अत्यंत लाभकारी है।

"गं गणपतये नमः।"

बुधवार के दिन से या शुक्ल पक्ष या कृष्ण पक्ष की चतुर्थी से यह प्रयोग प्रारम्भ किया जाता है। घर में भगवान गणपति की प्रतिमा हो, तो उसका पंचोपचार पूजन करके मूँगे या लाल चन्दन की माला से ग्यारह माला प्रतिदिन के क्रम से जपें। चतुर्थी और बुधवार को भगवान के मन्दिर में जाकर प्रसाद चढ़ा आयें। इसके बाद मन में निरन्तर इस मन्त्र को जप करता रहे। मुँह बन्द करके करने से कोई शुद्धता की आवश्यकता नहीं है और इस जप की संख्या गिनने की आवश्यकता नहीं है।

पद्मावती प्रयोग

<u>मन्त्रः-</u> **"ओं नमो भगवती पद्मावत्यै ओ ह्रीं श्रीं पूर्वाय, दक्षिणाय पश्चिमाय उत्तराय अन्नपूर्णास्ति सर्वं मम वश्यं करोति स्वाहा।"**

यह प्राकृत मन्त्र है, यद्यपि संस्कृत में है फिर भी प्राकृत की श्रेणी में ही आता है इसलिए इसके ऋषि, छन्द, न्यास आदि नहीं हैं। इसे करने के लिए पुरश्चरण करने का निर्देश भी नहीं है।

<u>विधि :</u> प्रातःकाल शैय्या त्यागने के पश्चात् हाथ में पीली सरसों लेकर इस मन्त्र को एक सौ पाँच बार पढ़े और इन सरसों के दानों को कक्ष में, घर के आँगन आदि में चारों दिशाओं में बिखेर दें। कक्ष का आशय उस कक्ष से है जिसमें शयन किया था और जहाँ यह प्रयोग किया गया था। इन सरसों के दानों का यह विचार न करें कि बाद में ये पैरों में आयेंगें, क्योंकि प्रयोग करने के बाद ये निर्माल्य की तरह हो जाते हैं। हाँ, इतनी अधिक मात्रा में न हों कि प्रत्येक व्यक्ति की दृष्टि में आते रहें।

यंत्र शक्ति

यह मन्त्र लिखकर **'शिवाय नमः'** बोलता हुआ एक सौ आठ यंत्र लिखें। बिल्व पत्र शिवजी पर चढ़ाने से रोजगार मिलता है व्यापारी लोग भी यह प्रयोग करें, तो उनके व्यवसाय में लाभ होता है:-

श्रावण मास में लाल चन्दन से बेल पत्री पर -

वं	दं	वं	वं
पं	पं	पं	पं
दं	दं	दं	दं
लं	लं	लं	लं

नौकरी प्राप्त करने के लिए दूसरा यांत्रिक प्रयोग --

6	7	2
1	5	9
8	3	4

यह पन्द्रह का यंत्र है। इसे किसी भी महीने के शुक्ल पक्ष के पहले बृहस्पतिवार को कांसे के पत्ते पर अंकित कर लें तथा धूप, दीप, पुष्प, गंध, नैवेद्य से पूजन कर अपने पास रखें। स्मरण रहे दूषित हाथ न लगने दें। कण्ठ में धारण करना चाहिए।

शाबर मन्त्र

नित्य स्नान करके पूर्व दिशा की ओर मुख कर बैठ जायें, अगरबत्ती जलाकर अपने इष्टदेव का स्मरण कर -

**"काली कंकाली महाकाली मुख सुन्दर जिय व्याली चार वीर भैरव चौरासी
बता तो पूजूं मान मिठाई अब बोले काली की दुहाई।"**

इस मन्त्र को पहले सात बार, पुनः पचास बार जपें। इस प्रयोग में यद्यपि मन्त्र का जप 56 प्रतिदिन किया जाता है, कुछ दिन करने पर जीविका का स्रोत अवश्य मिल जाता है।

अधिकारी की अनुकूलता और प्रसन्नताप्रदाता मंत्रप्रयोग

ॐ क्लीं ज्ञानि नामयि चेतांसि देवि भगवति हि सा।
बलादकृष्य मोहाय महामाया प्रयच्छति क्लीं ॐ।।

कार्यालय में कार्य करने वालों के लिए यह समस्या अत्यधिक होती है कि उसके वरिष्ठ अधिकारी उनसे संतुष्ट नहीं रहते जिससे उनका प्रत्येक दिन निराशा एवं हताशा में व्यतीत होता है, जिसका दुष्प्रभाव उनके निजी जीवन पर भी पड़ता है और वह धन वैभव होने के उपरान्त भी अत्यन्त दुखी रहते है। इन समस्त दुखों से मुक्ति पाने के लिए एवं अपने वरिष्ठ अधिकारी को प्रसन्न रखने के लिए यह मन्त्र अत्यन्त लाभकारी है।

प्रातःकाल स्नानादि करने के उपरान्त षोडशोपचार से विधिपूर्वक पूजन कर चालीस दिन तक प्रतिदिन इक्कीस बार इस मन्त्र का जप करना चाहिए, जिससे अधिकारी मनोनुकूल व्यवहार करने लगते हैं तथा जातक के जीवन में प्रसन्नंता का समावेश होता है।

छिन्नमस्ता मन्त्र प्रयोग

पदोन्नति हेतु छिन्नमस्ता जो दस महाविद्या में एक है, की उपासना अत्यन्त शीघ्रफल प्रदान करने वाली है। इसकी विस्तृत विधि दस महाविद्या से सम्बन्धित पृथक् पुस्तक में देखनी चाहिए।

छिन्नमस्ता ध्यानम्

एणांकांशुपरेशभालफलकां बालार्ककोटिप्रभा
ज्वालाबद्धमहार्घररत्ननिचयां कंदर्पदपोज्जवलाम्
शूलाक्षांकुशपाशवेणुमुसलांभोजाभयान् बिभ्रती।
भक्तेष्टां छिन्नमस्तकां भगवती ध्यायेद् हृदब्जे सदा।।

छिन्नमस्ता गायत्री

ॐ विरोचन्यै विद्महे छिन्नमस्तायै धीमहि तन्नो देवीः प्रचोदयात्।

छिन्नमस्ता मन्त्र

ॐ ह्रीं श्रीं छ्रीं छिन्नमस्तके फट् स्वाहा।
ॐ श्रीं ह्रीं ह्रीं ऐं वज्रवैरोचनीयै ह्रीं ह्रीं फट् स्वाहा।

मस्तक विहीन माँ काली एक हाथ में फरशे को और एक हाथ में त्रिशूल को धारण किए हुए है, करोड़ों सूर्य के समान प्रकाशमान गले में मुण्डों की माला धारण कर भयंकर गर्जन करती हुई, सिर से पैरों तक रत्नों से सुशोभित बाघम्बर को धारण कर मांस मदिरा का भोजन करने वाली माँ छिन्नमस्ता अपने भक्तों के प्रति सदैव सहृदयी एवं उनके हृदय में विराजमान रहने वाली हैं।

भगवती छिन्नमस्ता का ध्यान एवं मन्त्र का नियमित जप करने से बन्धन, मोक्ष तथा राज्यकार्यों में सफलता मिलती है। इसका प्रतिदिन निरन्तर सवा लाख जप करके व्यक्ति विभिन्न बाधाओं से मुक्ति एवं इच्छित कार्यों में सफलता प्राप्त कर सकता है।

पीपल आराधना

भारतीय समाज में प्राकृतिक सम्पदा पूज्यनीय है, यहां पर वृक्षों, नदियों एवं पाषाणों को देवी-देवता के रूप में पूजा जाता है। श्रृद्धा एवं विश्वास के आधार पर यह मान्यताएं व्यक्ति को लाभ भी पहुंचाती हैं। इसी लिए वर्षों से यह परम्पराएं हमारे देश में चलती आ रही हैं।

इसी महत्व से पीपल के वृक्ष को भी मान्यता प्राप्त है एवं सुहागिन स्त्रियां इसकी पूजा करके अपने अखण्ड सौभाग्य की कामना करती हैं। विभिन्न इच्छाओं की पूर्ति के लिए प्रत्येक व्यक्ति अपने-अपने अनुसार पूजन अर्चन करता है। यदि कोई व्यक्ति बेरोजगार है और वह रोजगार प्राप्त करना चाहता है एवं अपनी जीविका का सही ढंग से निर्वहन करना चाहता है तो उसे निम्न मन्त्र का जप इस विधि अनुसार करना चाहिए।

जब साधक का चन्द्रमा बली हो तब रिक्ता तिथि (शनिवार को 4, 9 अथवा 14 तिथि होने पर) के एक दिन पूर्व, संध्या समय पीपल के वृक्ष को निमन्त्रण दे आए, फिर शनिवार को प्रातः सूर्योदय से पहले बन्दे को तोड़ लाए और तब से दूसरी रिक्ता तिथि तक बन्दे की नित्य पञ्चोपचार पूजा करे। फिर उस दिन नीचे लिखे मन्त्रों से अभिमन्त्रित कर धूप दे और ताबीज में रखकर धारण करे।

मूले ब्रह्मा त्वचि विष्णुः, शाखासु च महेश्वरः।
पत्रे पत्रे देवनाथो वृक्षराज ! नमोऽस्तु ते।।
वृक्षराज नमस्तुभ्यं महाकाय शिखाप्रिय।
सर्वकष्ट-विनाशाय देहि वान्दमनामयम्।।

3.3 विदेश यात्रा में अनुकूलता

अष्टलक्ष्मी शंख प्रयोग

प्रत्येक व्यक्ति की आकांक्षा होती है कि जीवन में एक बार विदेश यात्रा का स्वर्णिम अवसर प्राप्त हो जाए। किन्तु कुछ सौभाग्यशाली मनुष्य ही विदेश जा पाते हैं। पिछले कुछ वर्षों में शैक्षणिक, आर्थिक एवम् व्यावसायिक कारणों से तथा युवाओं में वैवाहिक कारण वश भी विदेश यात्रा की ओर रूझान बढ़ा है। यदि कोई व्यक्ति विदेश जाने का प्रबल इच्छुक हो, किंतु बार-बार बाधा उत्पन्न हो रही हो तो इस अद्‌भुत प्रयोग को विधिपूर्वक संपन्न करके स्वयं इसके प्रत्यक्ष चमत्कार, अनुभव करें।

सामग्री - प्रतिष्ठिादियुक्त, अष्टलक्ष्मी शंख, अष्टगंध (असली), गंगाजल, पुष्प, इत्र, धूप-अगरबत्ती, देशी घी का दीपक, लकड़ी का पट्टा, पीला वस्त्र, सवा किलो चावल।

धारणीय वस्त्र - पीले रंग की धोती।

माला - मंत्रसिद्धि चैतन्य 'लक्ष्मी माला'।

समय - रात्रि के समय।

आसन - पीला आसन।

दिशा - पश्चिम दिशा।

दिन - शुक्रवार (शुक्ल पक्ष)।

जप संख्या - 51000 हजार जप (इक्यावन हजार)

अवधि - इक्यावन दिन (51 दिन)।

मन्त्र- **ॐ अनंग बल्लभाये विदेश गमनाय मम कार्य सिद्धकार्ये नमः।।**

प्रयोग विधि- यह विचित्र प्रयोग किसी भी माह के शुक्ल पक्ष के प्रथम शुक्रवार से प्रारंभ किया जाता है। साधनाकाल के समय सात्विक आहार-विहार एवम् पूर्ण ब्रह्मचर्य का पालन करना आवश्यक है।

शुक्रवार को रात्रि के समय स्नान-ध्यान से पवित्र होकर स्वच्छ पीले रंग की धोती पहनें, तत्पश्चात् किसी एकांत स्वच्छ स्थान में पीला आसन बिछाकर, पश्चिम दिशा की ओर मुंह करके बैठ कर और अपने सामने लकड़ी के बाजोट (पाट्टे) पर पीला वस्त्र बिछाकर उस पर सवा किलो साबुत चावल रखकर उनके ऊपर प्राण-प्रतिष्ठादि युक्त 'अष्टलक्ष्मी शंख' को स्थापित करें। तत्पश्चात् इत्र, पुष्प, गंगाजल, धूप-अगरबत्ती से शंख का पूजन करें और शंख के ऊपर अष्टगंध से स्वास्तिक का चिन्ह बनाएँ। शंख के समक्ष शुद्ध देशी घी का दीपक प्रज्वलित करें और मन्त्रसिद्ध चैतन्य 'लक्ष्मी माला' से उक्त मन्त्र का श्रद्धापूर्वक जप आरम्भ कर दें। लगातार इक्यावन दिनों

तक प्रतिदिन दस माला (एक हजार बार) उक्त मन्त्र का श्रद्धापूर्वक जप करते रहें। प्रयोग समाप्ति के पश्चात् 52वें दिन प्रातः ब्रह्ममुहूत में सफेद वस्त्र में चावलों सहित 'अष्टलक्ष्मी शंख' को लपेटकर पोटली बना दें। इस पोटली को घर के पूजा स्थान में रख दें। तत्पश्चात् प्रतिदिन पूजा-स्थान में रखी हुई इस पोटली का सामान्य पूजनादि एवं दर्शन करते रहें। इस प्रकार से यह विचित्र प्रयोग विधिपूर्वक सम्पन्न हो जाता है।

महाकालेश्वर प्रयोग

देवादिदेव महादेव शिव जी का पूजन अपने आप में ही अत्यन्त महत्वपूर्ण है, महादेव शिव समस्त मनोकामनाओं की पूर्ति करने में तत्पर रहते हैं। शिव पूजन सामान्यतः शिवलिंग का किया जाता है, जिसमें पारद शिवलिंग अत्यन्त उपयुक्त है।

जातक का भाग्योदय नहीं हो रहा है एवं वह अत्यन्त हताश एवं निराश है, जीवन यापन का कोई माध्यम स्पष्ट नहीं है उस समय जातक महाकालेश्वर का महाशक्तिशाली प्रयोग करके शीघ्रातिशीघ्र सफलता को प्राप्त कर सकता है एवं विदेश जाकर भी भलीभांति जीवन यापन कर सकता है।

पारद शिवलिंग का पूजन अत्यधिक महत्वपूर्ण माना जाता है समस्त इच्छाओं की प्राप्ति एवं भाग्योदय के लिए श्रेष्ठ है।

सामग्री - देशी घी का दीपक, बिल्व पत्र, आक, धतूरे के पुष्प, पंचामृत, लकड़ी का बाजोट (पट्टा), गंगाजल, सफेद चंदन, मंत्रसिद्ध, 'पारद शिवलिंग, थाली, फल-फूल, दूध, धूप-अगरबत्ती इत्यादि।

माला - मंत्रसिद्धि चैतन्य 'महाकाल माला'।

धारणीय वस्त्र - पीले रंग की धोती।

आसन - काले रंग का ऊनी कम्बल का आसन।

दिशा - पश्चिम दिशा।

दिन - सोमवार (कृष्ण पक्ष)।

समय - प्रातःकाल।

जप संख्या - 21000 (इक्कीस हजार)

अवधि - इक्कीस दिन (21 दिन)

मन्त्र- **ॐ ह्रीं ॐ हुं सर्व पापत्मने सर्व दोष निवृत्तये हुं हुं हुं ॐ फट्।।**

यह प्रयोग किसी भी माह के कृष्णपक्ष के सोमवार से प्रारम्भ करना चाहिए। सर्वप्रथम स्नान-ध्यान से निवृत्त होकर लकड़ी के बाजोट (पट्टे) पर सफेद वस्त्र बिछाकर थाली रखें और सफेद चंदन से थालीं में 'ॐ नमः शिवाय' अंकित करके उस पर मंत्रसिद्ध चैतन्य 'पारद शिवलिंग'

स्थापित करें। अब शिवलिंग को पंचामृत एवम् गंगाजल से अभिषेक करके सफेद चंदन लगावें, आक, धतूरे के पुष्प, बिल्व पत्र अर्पित करें, धूप तथा देशी घी का दीपक प्रज्वलित करें। प्रयोग प्रारम्भ करने से पूर्व पीले रंग के वस्त्र अवश्य धारण कर लें।

शिवलिंग के समक्ष काले रंग का ऊनी कम्बल का आसन बिछाकर पश्चिम दिशा की ओर मुंह करके बैठ जाएँ तथा मंत्रसिद्ध चैतन्य 'महाकाल माला' से उपरोक्त मन्त्र का इक्कीस दिन में इक्कीस हजार मन्त्र जप सम्पन्न करें। प्रयोग समाप्ति के उपरांत, बाईसवें दिन 'पारद शिवलिंग' को घर के पूजा स्थल में स्थापित करे दें। 'महाकाल माला' को कण्ठ में धारण करें तथा शेष पूजन सामग्री को बहते जल में प्रवाहित कर दें। इस प्रकार से यह चमत्कारी प्रयोग भलीभांति सम्पन्न हो जाता है।

इस महाशक्तिशाली प्रयोग और त्रिलोकेशर भगवान महाकाल की कृपा से साधक की भाग्योन्नति के स्वर्णिम द्वार प्रशस्त हो जाते हैं और विदेश जाने की संभावनाएं स्वतः निर्मित होने लगती हैं तथा इसके विधिवत् धारण करने से व्यक्ति सुखी एवं सम्पन्न हो जाता है। समस्त कष्टों का निवारण करने वाले भगवान शिव की कृपादृष्टि जातक को लाभ पहुंचाती है।

गौरीशंकर रुद्राक्ष

लोक में रुद्राक्ष अपने आप में ही अत्यन्त महत्वपूर्ण है इसकी महानता अवर्णनीय है। कहा जाता है कि रुद्राक्ष भगवान शिव का ही अंश है। एक बार देवताओं की विजय से भगवान शिव अत्यन्त प्रसन्न हुए और हँसने लगे, हँसते समय उनकी आँखों से जो अश्रु धारा निकली वह पृथ्वी पर पड़कर बीज के रूप में परिवर्तित हो गयी और कालान्तर में वृक्ष बनकर उसके फल स्वरूप रुद्राक्ष प्राप्त हुआ। इस प्रकार रुद्राक्ष एक चमत्कारी शिव अंश माना जाता है।

रुद्राक्ष एक मुखी से इक्कीस मुखी तक होते हैं जिसमें एक मुखी रुद्राक्ष अत्यन्त दुर्लभ और महत्वपूर्ण है, गौरीशंकर रुद्राक्ष अत्यधिक चमत्कारी रुद्राक्ष है इसके विधिवत् पूजन और प्रयोग सिद्ध करने से व्यक्ति विदेश जाकर अपना सुदृढ़ जीवन व्यतीत कर सकता है एवं प्रचुर मात्रा में धन अर्जित कर सकता है। इस अद्भुत प्रयोग के करने से सुख, समृद्धि, धन, यश एवं शक्ति में वृद्धि होती है।

सामग्री - प्राण-प्रतिष्ठित असली गौरीशंकर रूद्राक्ष, घी का दीपक, धूप, लकड़ी का बाजोट, चांदी की तश्तरी, लाल रंग का वस्त्र, सफेद चंदन, जलपात्र, दूध की मिठाई इत्यादि।

माला - मंत्रसिद्धि चैतन्य 'रूद्राक्ष माला'।

धारणीय वस्त्र - लाल रंग की धोती।

आसन - लाल रंग का आसन।

दिशा - उत्तर दिशा।

दिन - सोमवार (पुष्य नक्षत्र)।

समय - प्रातः अथवा सायंकाल के समय।
जप संख्या - 10000 (दस हजार)
अवधि - पांच दिन (5 दिन)

मन्त्र- **ॐ पद्मावती पद्मनेत्रे ह्रीं श्रीं लक्ष्मी प्रदायिनी मम् सर्व कार्यसिद्धि कुरु-कुरु ॐ पद्मावत्यै नमो नमः।।**

प्रयोग विधि- जिस किसी सोमवार को पुष्य नक्षत्र हो उस दिन शुभ मुहूर्त में स्नान-ध्यान से पवित्र होकर घर के किसी एकांत स्थान में स्वच्छ लाल धोती धारण करके उत्तराभिमुख होकर लाल आसन पर बैठ जाएँ। लकड़ी के बाजोट पर लाल वस्त्र बिछाकर चांदी के पात्र में मन्त्रसिद्ध चैतन्य प्राण-प्रतिष्ठान युक्त 'गौरीशंकर रुद्राक्ष' (स्वर्ण जड़ित) को स्थापित करके पंचोपचार पूजनादि करें और सफेद चंदन का तिलक लगाकर दूध से बनी मिठाई का भोग लगावें। तत्पश्चात् मंत्रसिद्ध चैतन्य 'रुद्राक्ष माला' से उपरोक्त मंत्र का पांच दिनों में दस हजार जप पूर्ण कर लें। साधना काल के समय सात्विक आहार-विहार करें, सदैव स्वच्छ सफेद वस्त्र धारण करें तथा पूर्ण ब्रह्मचर्य का आवश्यक रूप से पालन करें। प्रयोग समाप्ति के पश्चात् 'स्वर्ण जड़ित गौरीशंकर रूद्राक्ष' को वर्णमाला पिरोकर कण्ठ में धारण कर लें और शेष पूजन सामग्री को बहते जल में प्रवाहित कर दें।इसके उपरान्त त्वरित प्रभाव दृष्टिगत होता है एवं गौरीशंकर की कृपा से सुख, सम्पन्नता प्राप्त होती है।

चौदहमुखी रुद्राक्ष

यदि साधक को विदेश गमन में बार बार बाधाओं का सामना करना पड़ रहा है तो उन समस्त बाधाओं के त्वरित निवारण हेतु इस चमत्कारी प्रयोग के द्वारा लाभ उठा सकते हैं।

सामग्री - मंत्रसिद्ध प्राण-प्रतिष्ठित असली चौदहमुखी रूद्राक्ष (स्वर्ण जड़ित टोपीदार), चांदी की तश्तरी, जलपात्र, पुष्प, इत्र, धूप, घी का दीपक, दूध की मिठाई इत्यादि।
माला - मंत्रसिद्धि चैतन्य 'रूद्राक्ष माला'।
आसन - लाल रंग का ऊनी कम्बल का आसन।
धारणीय वस्त्र - लाल रंग की धोती।
दिशा - उत्तर दिशा।
दिन - बृहस्पतिवार ।
समय - रात्रि दस बजे के पश्चात् ।
जप संख्या - 125000 जप (सवा लाख जप)
अवधि - पच्चीस दिन (25 दिन)।

मन्त्र- **ॐ श्रीं ॐ ह्रीं श्रीं ह्रीं कलीं श्रीं क्लीं वित्तेश्वराय नमो नमः।।**

प्रयोग विधि- सर्वप्रथम लकड़ी का बाजोट पर लाल वस्त्र बिछाकर चांदी के पात्र में मन्त्रसिद्ध चैतन्य प्राण-प्रतिष्ठादियुक्त्त स्वर्णजड़ित टोपीदार 'असली चौदहमुखी रूद्राक्ष' को स्थापित करें। इत्र, पुष्प, धूप, अगरबत्ती, शुद्ध देशी घी का दीपक और दूध की बनी मिठाई का भोग लगाकर रूद्राक्ष का पंचोपचार पूजनादि करें। लाल रंग के ऊनी कम्बल पर बैठकर मंत्रसिद्ध चैतन्य 'रूद्राक्ष माला' से उपरोक्त मन्त्र का पच्चीस दिनों में सवा लाख जप पूर्ण करें। छब्बीसवें दिन प्रयोग समाप्ति के पश्चात् 'चौदहमुखी रूद्राक्ष' को स्वर्ण की माला में पिरोकर अपने कण्ठ में धारण कर लें और शेष पूजन सामग्री को प्रातः ब्रह्ममुहूर्त में बहते हुए पानी में विसर्जित कर दें। साधना काल के समय सात्विक आहार-विहार और पूर्ण ब्रह्मचर्य का पालन करें अन्यथा साधना की सफलता संदिग्ध ही रहेगी।

व्यवधान का निदान

महायक्षिणी साधना-

यदि आप विदेश जाकर धन-सम्पत्ति और मान-सम्मान प्राप्त करना चाहते हैं किन्तु अनावश्यक बाधाएं विदेश जाने में व्यवधान उत्पन्न कर रही हो तो सर्वाधिक शक्तिशाली तांत्रिक प्रयोग 'महायक्षिणी साधना' को विधिपूर्वक सम्पन्न करके अपनी समस्त बाधाओं को स्वयं सम्पूर्ण रूप से नष्ट करें और सफल विदेश गमन करें।

सामग्री - मन्त्र सिद्ध प्राण-प्रतिष्ठादियुक्त 'दुर्लभ हत्था जोड़ी', तेल का दीपक, दूध की मिठाई, लोबान, धूप, साबुत लौंग का जोड़ा, लाल कनेर के पुष्प इत्यादि।

माला - मंत्रसिद्धि चैतन्य 'काली हकीक माला'।

धारणीय वस्त्र - लाल रंग की धोती।

दिशा - उत्तर दिशा।

दिन - शनिवार (पुष्य पक्ष)।

समय - रात्रि काल ग्यारह के पश्चात।

स्थान - बिल्व पत्र के वृक्ष के नीचे।

जप संख्या - 51000 (इक्यावन हजार)

अवधि - पच्चीस दिन (25 दिन)।

मन्त्र- **ॐ श्रीं क्लीं ह्रीं ऐं आं श्रीं महायक्षिणी सर्वैश्वर्य प्रदण्ई नमः।।**

प्रयोग विधि- कलियुग में यक्षिणी साधनाओं को शीघ्र प्रभावी और अचूक फलदायी माना गया है। इनमें भी 'महायक्षिणी साधना' को तो विद्वान तांत्रिकों व अघोरियों ने रामबाण औषधि के रूप में माना है। इस शक्तिशाली साधना के माध्यम से सर्व मनोकामना सिद्धि प्राप्त की जा सकती है।

किसी भी 'शनिपुष्य योग' में रात्रि ग्यारह बजे पश्चात् बिल्व पत्र के वृक्ष के नीचे बैठकर लकड़ी के बाजोट पर चांदी के पत्र में सिंदूर के ऊपर मन्त्रसिद्धि 'दुर्लभ हत्था जोड़ी' स्थापित करके लोबान, धूप और तेल का दीपक प्रज्वलित करें। कपूर, साबुत लौंग का जोड़ा, लाल कनेर के पुष्प, चांदी का सिक्का और दूध की मिठाई का भोग लगावें। तत्पश्चात् काले रंग के ऊनी कम्बल पर उत्तराभिमुख बैठकर मंत्रसिद्ध चैतन्य 'काली हकीक माला' से पच्चीस दिनों में उपरोक्त मन्त्र का इक्यावन हज़ार जप पूर्ण करें। प्रयोग समाप्ति के पश्चात् 'दुर्लभ हत्थाजोड़ी' को एक डिब्बे में रखकर सदैव अपने पास रखें तथा शेष पूजन सामग्री को लाल वस्त्र की पोटली में बांधकर किसी शमशान में फेंक कर पीछे मुड़कर देखे बिना वापस आ जायें।

बाधा निवारक एक अन्य प्रयोग

यदि साधक विदेश में अपना उज्जवल भविष्य निर्माण के प्रबल इच्छुक है और अनेकों प्रयासों में विफलता प्राप्त हो रही है तो इस महाशक्तिशाली प्रयोग को विधिपूर्वक सम्पन्न करने से चमत्कारी रूप से लाभ प्राप्त किए जा सकते हैं।

सामग्री - सौ ग्राम असली सिंदूर, तेल का दीपक, लोबान, धूप, लकड़ी का पट्टा, थाली, लाल रंग का वस्त्र, मिठाई का भोग, मंत्रसिद्ध प्राण-प्रतिष्ठित 'सियार सिंगी', पुराना सिक्का।

माला - मंत्रसिद्धि चैतन्य 'आकर्षण माला'।

आसन - काले रंग का ऊनी कम्बल का आसन।

धारणीय वस्त्र - लाल रंग की धोती।

दिशा - पश्चिम दिशा।

दिन - शनिवार ।

समय - अर्द्ध रात्रि के समय।

जप संख्या - 11000 (ग्यारह हजार)

अवधि - ग्यारह दिन (11 दिन)।

<u>मन्त्र-</u> **ॐ आकर्षय-आर्कषय स्वाहा।**

<u>प्रयोग विधि-</u> यह प्रयोग किसी भी शनिवार से प्रारंभ किया जा सकता है। सर्वप्रथम शनिवार की मध्यरात्रि में स्नान-ध्यानोपरांत स्वच्छ वस्त्र धारण कर किसी एकांत व पवित्र स्थान में एक लकड़ी का बाजोट रखकर उस पर लाल रंग का वस्त्र बिछाकर थाली रख दें। तत्पश्चात् थाली में सौ ग्राम असली (भारी) सिंदूर की ढेरी बिछाकर उस पर मंत्रसिद्ध प्राण-प्रतिष्ठित 'सियार सिंगी' स्थापित कर दें। धूप अगरबत्ती, लोबान तथा तिल के तेल का दीपक 'सियार सिंगी' के समक्ष प्रज्वलित करें **'सियार सिंगी'** का पंचोपचार पूजन करके मिठाई का भोग लगावें तथा पुराना सिक्का अथवा प्रचलित मुद्रा का कोई भी सिक्का चढ़ावें। इसके पश्चात् काले रंग के ऊनी कम्बल पर पश्चिम दिशा की ओर मुंह करके बैठ जाए और मन्त्रसिद्धि चैतन्य **'आकर्षण माला'**

से उपरोक्त मन्त्र का ग्यारह दिनों तक दस माला एक हजार बार श्रद्धापूर्वक जप करें।

इस प्रकार से ग्यारह दिनों में यह प्रयोग सम्पन्न हो जाता है। बारहवें दिन समस्त सामग्री को एक लाल रंग के वस्त्र में लपेटकर पोटली बांधकर ले इस पोटली को किसी निर्जन एकांत स्थान में जमीन में गाड़ दें तथा पीछे मुड़कर न देखें। घर वापस आ जाए यह प्रक्रिया मध्यरात्रि में ही सम्पन्न करनी चाहिए।

3.4 अर्थार्जन में अभिवृद्धि

जब व्यक्ति निरन्तर कार्यरत, श्रमरत तथा उद्योग में व्यस्त रहते हुए भी व्यापार या किसी भी व्यवसाय में सफल नही होता, लाभ की अपेक्षा हानि ही होती रहती है, अनेक प्रकार की बाधाएं, रुकावटें आती हैं तब दुर्भाग्य को समाप्त करने के लिए अथर्ववेद के अर्थोत्थापन विधि का प्रयोग करना चाहिए। अर्थोत्थापन कर्म में प्रथम तीन दिन अर्थोत्थापन गण के सूक्तों में आने वाले विघ्नों के शमन के लिए विनियोग पूर्वक जलावसेचन करके अर्थोत्थापनी ऋचाओं से उपस्थान किया जाता है। पुनः तीन दिनों तक हवनीय ऋचाओं से हवन किया जाता है। इस प्रकार कुल 6 दिनों में अर्थोत्थापन कर्म पूर्ण होता है। इस क्रिया से सोया हुआ भाग्य जग जाता है। सौभाग्य का उदय होता है। अर्थोपार्जन होने लगता है, वाणिज्य, व्यांपार, उद्योग, नौकरी जो भी कार्य किया जाए उसमें पूर्ण सफलता मिलती है।

विनियोग- ॐ अस्य अथर्ववेदस्य प्रथमकाण्डस्य त्रयस्त्रिंशत् सूक्तस्य शन्तातिः ऋषिः आपः देवता। त्रिष्टुप् छन्दः। अर्थोत्थापने विघ्ननिवारणे जलावसेचने च विनियोगः।

मन्त्र- **ॐ हिरण्यवर्णाः शुचयः पावका यासु जातः सविता यास्वग्निः।**
या अग्निं गर्भं दधिरे सुवर्णास्ता न आपः शंस्योना भवन्तु।।1।।

यासां राजा वरुणो याति मध्ये सत्यानृते अवपश्यन् जनानाम्।
या अग्निं गर्भं दधिरे सुवर्णास्ता न आपः शंस्योना भवन्तु।।2।।

यासां देवा दिवि कृण्वन्ति भक्षं या अन्तरिक्षे बहुधा भवन्ति।
या अग्निं गर्भं दधिरे सुवर्णास्ता न आपः शंस्योना भवन्तु।।3।।

शिवेन मा चक्षुषा पश्यतापः शिवया तन्वोप स्पृशत त्वचं मे।
घृतश्चुतः शुचयो याः पावकास्ता न आपः शंस्योना भवन्तु।।4।।

आहुति मन्त्र

विनियोग- ॐ अस्य अथर्ववेदस्य तृतीयकाण्डस्य पञ्चदशसूक्तस्य अथर्वा ऋषिः विश्वेदेवा इन्द्राग्नी देवते। त्रिष्टुप् अनुष्टुप् निचृतादि छन्दांसि। वाणिज्यार्थे व्यवसार्थे, प्नण्यकामार्थे हवने च विनियोगः।

हवन मन्त्र

ॐ इन्द्रमहं वणिजं चोदयामि स न ऐतु पुरएता नो अस्तु।
नुदन्नरातिं परिपन्थिनं मृगं स ईशानो धनदा अस्तु मह्यम्।।1।।

ये पन्थानो बहवो देवयाना अन्तरा द्यावा पृथिवी संचरन्ति।
ते मा जुषन्तां पयसा घृतेन यथा क्रीत्वा धन माहराणि।।2।।

इध्मेनाग्न इच्छमानो घृतेन जुहोमि हव्यं तरसे बलाय।
यावदीशे ब्रह्मणा वन्दमान इमां धियं शतसेयाय देवीम्।।3।।

इमामग्ने शरणिं मीमृषो नो यम्ध्वानमगाम दूरम्।
शुनं नो अस्तु प्रपणो विक्रयश्च प्रतिपणः फलिनं मा कृणोतु।
इदं हव्यं संविदानौ जुषेथां शुनं नो अस्तुचरितमुत्थितं च।।4।।

येन धनेन प्रपणं चरामि धनेन देवा धनमिच्छमानः।
तन्मे भूयो भवतु मा कनीयोऽग्ने सातघ्नो देवान्हविषा निषेध।।5।।

येम धनेन प्रपणं चरामि धनेन देवा धनमिच्छमानः।
तस्मिन्म इन्द्रो रुचिमा दधातु प्रजापतिः सविता सोमो अग्निः।।6।।

उप त्वा नमसा वयं होतर्वैश्वानर स्तुमः।
स नः प्रजास्वात्मसु गोषु प्राणेषु जागृहि।।7।।

विश्वाहा ते सद्मिद्भरेमाश्वायेव तिष्ठते जातवेदः।
रायस्पोषेण समिषा महन्तो मा ते अग्ने प्रतिवेशा रिषाम्।।8।।

लक्ष्मी के आगमन हेतु

ॐ सक्तुमिव तितउना पुनन्तो यत्र धीरा मनसो वाचमक्रत।
अत्रा सखाया सख्यानि जानते भद्रैषां लक्ष्मीर्निहिताधि वाचि।।

(ऋग्वेद 10/71/2)

इस मन्त्र का जप प्रतिदिन 108 बार पीपल वृक्ष के नीचे 41 दिन तक करने से पारिवारिक शाप तथा अपना एवं परिवार का दुर्भाग्य नष्ट हो जाता है एवं स्थिर लक्ष्मी का आगमन होता है।

<u>मंत्रः-</u> ॐ ह्रीं ह्रीं ह्रीं ह्रीं श्रीमेव कुरु-कुरु वांछितमेव ह्रीं ह्रीं नमः।

यदि व्यापार में निरन्तर हानि हो रही हो एवं व्यापाार बन्द करने की स्थिति आ गई हो, तो प्रस्तुत मन्त्र के 108 जप नित्य प्रातःकाल को 40 दिन तक करें। हानि दूर होकर व्यक्ति को लाभ होने लगेगा।

समृद्धि प्राप्ति हेतु

उपरांकित अनुष्ठान के साथ-साथ अग्रांकित मंत्रों का जप अथवा इन मंत्रों के संपुट द्वारा श्री दुर्गा सप्तशती के 9, 18, 27 अथवा 36 पाठ योग्य आचार्य द्वारा सम्पन्न कराने चाहिए।

1. दुर्गे स्मृता हरसि भीतिमशेषजन्तोः
स्वस्थैः स्मृता मतिमतीव शुभां ददासि।
दारिद्रयदुःखभयहारिणि का त्वदन्या
सर्वोपकारकरणाय सदाऽऽर्द्रचित्ता।।

2. ते सम्मता जनपदेषु धनानि तेषां
तेषां यशांसि न च सीदति धर्मवर्गः।
धन्यास्त एव निभृतात्मजभृत्यदारा
येषां सदाभ्युदयदा भवती प्रसन्ना।।

उपरोक्त मंत्रों के विधि-विधान सहित जप अथवा संपुटित पाठ से प्रगति में तीव्रता तथा समृद्धि में वृद्धि होती है। समस्त मनोकामनाओं की संसिद्धि के साथ-साथ हर्ष और उल्लास से हृदय आनन्दित होता है।

3.5 परिशिष्ट

वांछा कल्पलता

वांछा कल्पलता की आदि शंकराचार्य ने जन-कल्याणार्थ रचना की। इसके पाठ से सभी प्रकार की कामनाएँ, मनोवांछाएँ पूर्ण होती हैं। चुनाव में विजय प्राप्ति हेतु वांछा कल्पलता के 125 पाठ का पुरश्चरण किसी योग्य, अनुभवी आचार्य द्वारा सम्पन्न कराना लाभदायक सिद्ध होता है। संभावित बाधायें निर्मूल होती हैं तथा चुनाव में विजयश्री प्राप्त होती है। वांछा कल्पलता के पाठ के उपरान्त दशांश हवन, तर्पण, मार्जन करना अनिवार्य नहीं है।

विशिष्ट अभिलाषाओं की संपूर्ति हेतु यहाँ अनेक दुर्लभ प्रयोग अर्थात् मन्त्र, स्तोत्र, सूक्त आदि का उल्लेख किया गया है। यह सभी प्रयोग यदि सविधि सतर्कतापूर्वक प्रतिपादित किये जायें, तो अमोघ हैं अर्थात् इनका जप निष्फल नहीं होता है। किसी योग्य आचार्य अथवा अपने गुरु की शरण में जाकर प्रयोगों को सम्पन्न करने का विधान का संज्ञान अनिवार्य है। किस परिहार से हमें लाभ होगा अथवा किससे नहीं यह जानना भी आवश्यक है। इसे जानने के अनेक विधान

ज्योतिष शास्त्र की मंत्र विधा में वर्णित हैं तथा अनेक सम्बन्धित पुस्तकों में उनका उल्लेख है। इस पुस्तक की सीमा का ध्यान रखते हुए त्वरित फलप्रदाता अनुकूल मंत्र चयन अध्याय इस रचना में नहीं सम्मिलित किया जा रहा है। इस अध्याय में यदि आदिशंकराचार्य कृत वांछा कल्पलता का उल्लेख न किया जाये, तो यह अध्याय अपूर्ण ही प्रतीत होगा। समस्त मनोवांछाओं की संपूर्ति हेतु आदिशंकराचार्य ने वांछा कल्पलता स्तोत्र की रचना की है, जो अमोघ है तथा जिसकी सत्यता शताधिक अवसरों पर सिद्ध हुई है और आश्चर्यजनक प्रतिफल के कारण साधक के हृदय में वांछा कल्पलता के कदापि न निष्फल होने वाले प्रभाव के प्रति अथाह आस्था, विश्वास तथा श्रद्धा की उत्पत्ति हुई है और साधक के विश्वास में सदा संवर्धन भी हुआ है।

सर्वप्रथम वांछा कल्पलता का पाठ हमने अपनी प्रथम पुस्तक के प्रकाशन के अवसर पर सम्पन्न किया था। हमारी उत्कट अभिलाषा थी कि हमारी प्रथम कृति मेसर्स मोतीलाल बनारसीदास द्वारा प्रकाशित हो तथा प्रकाशनोपरान्त अत्यन्त लोकप्रिय, उपयोगी तथा सत्य सिद्ध हो। वांछा कल्पलता के 125 पाठ करने के उपरान्त अपनी कृति की पाण्डुलिपि मेसर्स मोतीलाल बनारसीदास के प्रकाशन की स्वीकृति हेतु प्रेषित की। एक पक्ष के अन्तराल में ही उनका सकारात्मक उत्तर प्राप्त हो गया। उन्होंने पुस्तक शीघ्र ही प्रकाशित की। अब तक जिसके अनेक संस्करण प्रकाशित हो चुके हैं जो इस कृति की उपयोगिता तथा लोकप्रियता का प्रमाण है। इस मनोभिलाषा की पूर्ति के उपरान्त हमने शताधिक अवसरों पर वांछा कल्पलता स्तोत्र के 125, 250 अथवा 500 पाठ कार्य विशेष के लिए योग्य विद्वान तथा अनुभवी आचार्यों द्वारा संपादित कराये तथा भगवान गणपति की अनुकंपा से समस्त कामनाएँ, मनोवांछाएँ, अभिलाषाएँ यथावत् पूर्ण हुईं। अनुष्ठान प्रारम्भ करने से पूर्व ही हमें यह विश्वास भी था कि अब कार्य की सिद्धि में संदेह नहीं, इसलिए वांछा कल्पलता का उल्लेख करना यहाँ अनिवार्य है।

यह एक विस्तृत स्तोत्र है जिसका उल्लेख ही यहाँ पर्याप्त है। वांछा कल्पलता की पृथक् पुस्तक की सहायता से इसका पाठ किया जाना चाहिए। यह एक लम्बा स्तोत्र है। रचना की पृष्ठ संख्या सीमा का ध्यान रखते हुए वांछा कल्पलता स्तोत्र यहाँ प्रकाशित किया जाना उपयुक्त नहीं प्रतीत हो रहा है ताकि अन्य मंत्रों के उल्लेख हेतु सीमा के संवर्द्धन की अनिवार्यता से रक्षा हो सके।

स्वल्पैरहोमिर्नृपते स्वं राज्यं प्राप्स्यते भवान्।
हत्वारिपुन स्खलितं तव तव भविष्यति।।

ततो वव्रे नृपो राज्यमविभ्रंश्यन्यजन्मनि।
अत्रैव व निजं राज्यं हतशत्रुबलं बलात्।।

यं यं चिन्तयते कामं तं तं प्राप्नोति निश्चितम्।
परमैश्वर्यमतुलं प्राप्स्यते भूतले पुमान्।।

सर्वाबाधाप्रशमनं त्रैलोक्यस्याखिलेश्वरि।
एवमेव त्वया कार्यमस्मद्वैरिविनाशनम्।।

सर्वबाधासु घोरासु वेदनाभ्यर्दितोऽपि वा।
स्मरन्ममैतच्चरितं नरो मुच्येत संकटात्।।

ते सम्मता जनपदेषु धनानि तेषां, तेषां यशांसि न च सीदति धर्मवर्गः।
धन्यास्त एव निभृतात्मजभृत्यदारा, येषां सदाभ्युदयदा भवती प्रसन्ना।।

उपरोक्त मंत्रों द्वारा दुर्गासप्तशती के 9, 18, 27 अथवा 36 सम्पुट पाठ, दशांश हवन, तर्पण, मार्जन, सहित करना चाहिए, जिसके करने से पदोन्नति में उत्पन्न होने वाले समस्त व्यवधान का निदान होता है, तथा साधक वांछित पद पर आरूढ़ होता है।

ईश्वरः सर्वभूतानां हृद्देशेर्जुन तिष्ठति।
भ्रामयन्सर्वभूतानि यंत्रारुढानि मायया।।

शरीर रूपी यंत्र में आरूढ़ हुए सम्पूर्ण प्राणियों को अंतर्यामी परमेश्वरी अपनी माया से उनके कर्मों के अनुसार भ्रमण कराता हुआ सब प्राणियों के हृदय में स्थित है।

●

अध्याय 4 सर्वसंकट नाशक मंत्र शक्ति

ज्ञान की अन्य विद्याओं की ही तरह ज्योतिष विज्ञान भी कई भ्रान्तियों व जटिलताओं से ग्रसित है। जिनका सरल स्पष्टीकरण होना है। 'बाधक' ग्रह भी एक ऐसा ही विषय है, जिसके सम्बन्ध में प्रचलित अनेक भ्रान्तियों को दूर करके उनका स्पष्टीकरण अनिवार्य है। आदरणीय डा. बी.वी. रामन ने भी ज्योतिष के विद्वानों द्वारा 'बाधक' ग्रह के सम्बन्ध में उनके विचारों, अनुभवों व शोधों को आमंत्रित किया था। उनके द्वारा सम्पादित ज्योतिष की शीर्षस्थ पत्रिका 'The Astrological Magazine' के स्तम्भों द्वारा अनेक प्रख्यात ज्योतिष विद्वानों ने समय-समय पर 'बाधक' ग्रहों के सम्बन्ध में अपने बहुमूल्य विचारों को व्यक्त किया है।

जातक पारिजात भाग-एक, अध्याय-दो के श्लोक संख्या 48 में आचार्य वैद्यनाथ ने 'बाधक' के विषय में उल्लिखित किया है -

क्रमाच्च रागद्विशरीरभानामुपान्त्य धर्मस्मरगास्तदीशाः।
खरेशमान्दिस्थितराशिनाथा ह्यतीव बाधाकरखेचराः स्युः।।

यदि चर लग्नों, यथा मेष, कर्क, तुला व मकर के सन्दर्भ में मन्दी या खरेश का कोई विस्थापक एकादश भाव का भी स्वामी हो या एकादश भाव में स्थित हो, तो वह ग्रह उस लग्न के लिए 'बाधक' होता है। इसी तरह द्विस्वभाव लग्न, जैसे- मिथुन, कन्या, धनु व मीन के सन्दर्भ में मन्दी व खरेश का विस्थापक यदि सप्तम का स्वामी या सप्तम भाव में स्थित हो, तो वह ग्रह इन लग्नों के लिए बाधक होता है। यदि मन्दी व खरेश का विस्थापक ग्रह नवम भाव का स्वामी हो या नवम भाव में स्थित हो, तो भी वह जीवन में बहुत सी बाधाएँ उत्पन्न करता है तथा उस ग्रह को भी 'बाधक' समझना चाहिए।

सामान्यतः हम मन्दी व खरेश के विस्थापक ग्रहों को उतना महत्त्व नहीं देते और द्विस्वभावीय स्थिर या चर लग्नों के लिए क्रमशः सप्तम, नवम और एकादश भावों को 'बाधक' स्थान मान लेते हैं। वस्तुतः इन भावों के स्वामी या इन भावों में स्थित ग्रह तभी बाधक होते हैं, यदि वे मन्दी या खरेश के विस्थापक भी हों। श्री वी. सुब्रामणियम शास्त्री ने इस श्लोक के अनुवाद में लिखा है कि सम्बन्धित ग्रह तभी 'बाधक' होगा, यदि वह उस राशि का स्वामी है जहां मन्दी व खरेश स्थित हैं। लग्न से ग्रहों की स्थिति या उनके स्वामित्व को बाधक ग्रह का आधार माना जाता है। मेरे विनम्र विचारों के अनुसार यह सही नहीं है। मान लें कि हमें सन्तान के विषय में विवेचना करनी है। इसके लिए पंचम भाव का विश्लेषण किया जाएगा। अब यदि लग्न मिथुन हो, तो पंचम भाव में तुला राशि होगी, जो कि एक चर राशि है। यदि मन्दी अष्टम भाव में स्थित है जिसका विस्थापक शनि, तृतीय भाव में सिंह राशि में स्थित है। यहाँ सिंह राशि पंचम भाव से एकादश है और शनि पंचम भाव से सम्बन्धित सन्तान विषयक संदर्भों में 'बाधक' ग्रह का कार्य

करेगा। यदि मन्दी तृतीय भाव में सिंह राशि में स्थित हो, तो सूर्य 'बाधक' का कार्य करेगा। इसी तरह वृश्चिक लग्न के लिए दशम भाव (सिंह) से सम्बन्धित विषयों में मंगल 'बाधक' होगा। यदि मन्दी व खरेश वृश्चिक या मेष में स्थित हों। यहां मेष, सिंह राशि, जो कि वृश्चिक लग्न के लिए दशम भाव है, से नवम है। यदि सिंह लग्न हो और मन्दी धनु राशि में पंचम भाव में स्थित हो, तो बृहस्पति, तृतीय भाव (तुला) सम्बन्धी विषयों के लिए 'बाधक' होगा। यदि वह लग्न में स्थित हो, क्योंकि तृतीय भाव से लग्न एकादश है। 'बाधक' ग्रह की दशा भुक्ति उस भाव, जिसके लिए वह ग्रह 'बाधक' है, से सम्बन्धित सन्दर्भो में अनेक बाधाएँ व विषमताएँ उत्पन्न करती हैं। 'बाधक' ग्रह विशेषतः उनकी दशा व भुक्ति में, कार्यो में बाधाएँ उत्पन्न करते हैं। विरोध की स्थितियाँ जन्म लेती हैं। सुख शान्ति में अवरोध उत्पन्न होते हैं और अनेकानेक प्रकारों से जीवन की खुशियाँ अवरुद्ध होती हैं।

हमारे विनम्र विचारों से भविष्य कथन में 'बाधक' ग्रहों का विचार करना पूरी तरह से निर्भर करने योग्य नहीं है। यदि हम 'बाधक' ग्रहों को अपने निर्णय में सम्मिलित न करें, तो अच्छे परिणाम प्राप्त हो सकते हैं। त्रिकोणों के स्वामी यदि केन्द्र में स्थित हो, तो शुभ परिणाम मिलते हैं और केन्द्र के स्वामी भी विशेषतः त्रिकोण में स्थित होने पर शुभ होते हैं। केन्द्र और त्रिकोण के स्वामी जिस भाव में स्थित हो, उससे सम्बन्धित विषयों में वृद्धि होती है। मान लें, वृश्चिक लग्न है तो नवम भाव, अर्थात् कर्क 'बाधक' स्थान होगा और चन्द्रमा 'बाधक' स्थान का स्वामी होने के कारण बाधिकापति होगा। इसका अभिप्राय यह हुआ कि चन्द्रमा की दशा बाधाकारक होगी। जबकि वृश्चिक लग्न के लिए चन्द्रमा सबसे शुभ ग्रह होता है।

उपरोक्त कारणों के अतिरिक्त अनेक ग्रह स्थितियाँ जीवन की प्रगति में बाधक सिद्ध होती हैं। जो कार्य सुगमता से बन जाना चाहिए, वह नहीं बनता अथवा प्रचुर श्रम समुचित दिशा की ओर करने के उपरान्त भी असफलता ही हाथ लगती है। कभी यह अवरोध धन से सम्बन्धित विषयों के प्रति पनपता है तो कभी सन्तान या फिर दाम्पत्य सुख, सन्तान सुख अथवा अन्य विसंगतियों और अवरोधों के कारण जीवन का हर्षोल्लास तथा आनन्द की अनेक सीमायें सीमित हो जाती हैं तथा उल्लास, उमंग और उत्साह शिथिल पड़ने लगता है। ऐसी स्थिति में ग्रह स्थितियों में जन्मांग में विद्यमान ग्रह स्थितियों का भलीभांति निरीक्षण करना चाहिए। सम्बन्धित ग्रहों की सम्यक शान्ति के उपरान्त भी यदि अवरोध का शमन न हो तथा परिस्थितियां विकराल रुप धारण कर लें, तो निम्नांकित अनुष्ठान करना चाहिए अथवा किसी योग्य, विद्वान और अनुभवी आचार्य द्वारा यह अनुष्ठान सम्पन्न कराना चाहिए। श्रीदुर्गा सप्तशती में अवरोध निवारण हेतु निम्नांकित मंत्रों का उल्लेख प्राप्त होता है जिनके प्रयोग से अवश्य ही बाधाओं का निराकरण होता है तथा सफलता में उत्पन्न होने वाले अवरोध का अन्त होता है। मनोवांछित फल प्राप्त होते हैं। अभीष्ट की पूर्ति होती है। इन मन्त्रों को सम्पुट के रूप में प्रयोग करके श्रीदुर्गा सप्तशती के 700 मन्त्रों का पाठ नियमित रूप से 9, 18, 27 अथवा 36 दिन करना चाहिए। तदोपरान्त दशांश हवन, तर्पण, मार्जन आदि करना चाहिए।

1. **सर्वाबाधाविनिर्मुक्तो धनधान्यसुतान्वितः।**
   मनुष्यो मत्प्रसादेन भविष्यति न संशयः।। (अध्याय-12, श्लोक-13)

2. **सर्वाबाधाप्रशमनं त्रैलोक्यस्याखिलेश्वरि।**
एवमेव त्वया कार्यमस्मद्वैरिविनाशनम्।। (अध्याय-11, श्लोक-39)

3. **सर्वबाधासु घोरासु वेदनाभ्यर्दितोपि वा।**
स्मरन् ममैत् चरितं नरो मुच्यते संकटात्।। (अध्याय-12, श्लोक-29)

4. **यं यं चिन्तयते कामं तं तं प्राप्नोति निश्चितम्।**
परमैश्वर्यमतुलं प्राप्स्यते भूतले पुमान्।। (अध्याय-13, श्लोक-44)

5. **शरणागतदीनार्तपरित्राणपरायणे।**
सर्वस्यार्तिहरे देवि नारायणि नमोऽस्तु ते।। (अध्याय-11, श्लोक-12)

6. **बभूवान्तर्हिता सद्यो भक्त्या ताभ्यामभिष्टुता।**
एवं देव्या वरं लब्ध्वा सुरथः क्षत्रियर्षभः।। (अध्याय-13, श्लोक-28)

7. **त्वमेव संध्या सावित्री त्वं देवि जननी परा।**
त्वयैतद्धार्यते विश्वं त्वयैतत्सृज्यते जगत्।। (अध्याय-1, श्लोक-75)

अचानक आयी हुई विपत्ति को दूर करने हेतु -

ॐ इत्थं यदा यदा बाधा दानवोत्था भविष्यति।
तदा तदावतीर्याहं करिष्याम्यरिसंक्षयम् ॐ ।। (अध्याय-11, श्लोक-55)

उपरोक्त मंत्रों द्वारा श्रीदुर्गा सप्तशती का संपुटित पाठ यदि संभव न हो सके, तो गणपति आराधना के पश्चात् षोडशोपचार से दुर्गा पूजन करना चाहिए। तत्पश्चात् उपरोक्त मंत्रों का निरन्तर जप करना चाहिए। अनादिकाल से यह अनुभव सिद्ध है कि इन मंत्रों के उपयोग से बाधाओं का शमन होता है तथा अभीष्ट की पूर्ति होती है।

एभिः स्तवैश्च मां नित्यं स्तोष्यते यः समाहितः।
तस्याहं सकलां बाधां नाशयिष्याम्यसंशयम्।। (अध्याय-12, श्लोक-2)

दुर्गा सप्तशती के द्वादश अध्याय का द्वितीय मंत्र समस्त बाधाओं के विनाश हेतु अत्यन्त उल्लेखनीय और प्रभावशाली है। इस मंत्र में माता जगदम्बा ने देवताओं से कहा है कि "देवताओं! जो एकाग्रचित्त होकर प्रतिदिन इन स्तुतियों से मेरा स्तवन करेगा, उसकी सारी बाधा मैं निश्चय ही दूर कर दूँगी।"

अत्यन्त कठोर बाधाओं, अवरोधों और समस्याओं से सम्बन्धित अथवा संभावित कष्ट हेतु उपरोक्त मंत्र का निरन्तर जप करना अत्यन्त उत्साहवर्द्धक परिणाम प्रदान करता है। इस मंत्र द्वारा दुर्गा सप्तशती के 700 मंत्रों को संपुटित करके 9, 18, 27 अथवा 36 पाठ किये जाने पर घोर से घोर अवरोध का अन्त निश्चित ही हो जाता है।

क्रोधाद्भवति सम्मोहः सम्मोहात्स्मृतिविभ्रमः।
स्मृतिभ्रंशाद् बुद्धिनाशो बुद्धिनाशात्प्रणश्यति।।

(कुजादोष/136)

समस्त ऋषियों ने क्रोध को सर्वनाश का मूल बताया है। क्रोधाग्नि की ज्वाला सभी कुछ ध्वस्त कर देती है। स्वाभिमान जब अभिमान का रूप ले लेता है तो क्रोध का अभ्युदय होता है। क्रोध में व्यक्ति को उचित और अनुचित का ध्यान नहीं रहता है। गीता में भगवान् श्रीकृष्ण ने कहा है कि "जो व्यक्ति मान और सम्मान को समान रूप से ग्रहण करता है, उससे मैं प्रसन्न रहता हूँ तथा जो व्यक्ति शत्रु और मित्र के साथ एक-सा व्यवहार करता है, मैं उससे प्रसन्न रहता हूँ, जो व्यक्ति स्तुति और निन्दा से न तो प्रसन्न होता है और न ही विचलित होता है, उससे मैं प्रसन्न होता हूँ।"

समः शत्रौ च मित्रे च तथा मानापमानयोः।
शीतोष्णसुखदुः खेषु समः सङ्गविवर्जितः।।

(गीता 12/18)

अर्थः- जो शत्रु मित्र में और मान अपमान में सम है तथा सर्दी, ऊष्मा और सुख-दुःखादि द्वन्द्वों में सम है और आसक्ति से रहित है।

तुल्यनिन्दास्तुतिर्मौनी सन्तुष्टो येन केनचित्।
अनिकेतः स्थिरमतिर्भक्तिमान्मे प्रियो नरः।।

(गीता 12/19)

अर्थः- जो निन्दा-स्तुति को समान समझने वाला, मननशील और जिस प्रकार से भी शरीर का निर्वाह होने में सदा ही सन्तुष्ट है और रहने के स्थान में ममता और आसक्ति से रहित है- वह स्थिर बुद्धि भक्तिमान् पुरुष मुझको प्रिय है।

अतः क्रोध विनाश का आधार मान कर क्रोध से बचने की चेष्टा करनी चाहिए। क्रोध का परिणाम था कौरवों की पराजय और कौरव कुल का सर्वनाश, महापराक्रमी रावण राज्य का अन्त और वर्तमान युग में क्रोध और अपमान की धधकती ज्वाला में हिटलर, नैपोलियन, सद्दाम हुसैन, इदी अमीन, ऐसे महायोद्धाओं का सर्वनाश, अतः क्रोध कदापि नहीं करना चाहिए यही मूल मंत्र है। क्रोध रक्षा हेतु अनेक व्यवस्थाएँ हमारे शास्त्रों में सन्निहित हैं, जिनका अनुसरण करने से व्यक्ति की क्रोधाग्नि में शीतलता का प्रादुर्भाव होता है तथा व्यक्ति सामान्य रूप से प्रसन्न चित्त जीवन व्यतीत करने में सफल होता है।

अनेक अवसर जीवन के समस्त हर्षोल्लास को खण्डित कर देते हैं तथा एक के पश्चात् अन्य अशुभ, अरिष्ट तथा अनिष्ट, व्यक्ति के जीवन को प्रकंपित कर देते हैं। कदाचित् आभास भी नहीं हो पाता कि पल भर में ही प्रकाशमय जीवन घोर अन्धकार में डूब जायेगा। अथक परिश्रम के उपरान्त भी निरन्तर असफलता प्राप्त होती रहती है। कष्टों से मुक्त होने हेतु सभी प्रयास विफल होते हैं तथा परिवार की वेदना जीवन को, आक्रान्त कर देती है। सबल चेष्टारत रहने के उपरान्त भी कष्टों की शृंखला कम होने के स्थान पर बढ़ती ही चली जाती है। ऐसी स्थिति में यह समझना

सुगम होगा कि पूर्वजन्म के किसी पाप के कारण निरन्तर वेदना सहन करने की विवशता है। जन्मांग के आधार पर इष्ट का चयन करने के पश्चात् किसी घोर अरिष्ट के समय इस अध्याय में अंकित, मंत्रों एवं स्तोत्रों से किसी अनुकूल मंत्र/स्तोत्र का चयन करके यथोचित जप या पाठ करने से कलह का विलय तथा संदर्भित कारणों का निवारण तो होता ही है साथ ही साधक उल्लास और प्रगतिपूर्ण जीवन व्यतीत करता है।

सभी प्रकार के अनिष्ट, अरिष्ट, अवरोध, अनाचार, आतंक, पीड़ा, असाध्य व्याधि, शत्रु भय आदि से मुक्ति प्राप्ति हेतु निम्नांकित स्तोत्र का पाठ करना अत्यन्त आश्चर्यजनक एवं फलदायी सिद्ध होता है।

4.1 पारिवारिक सुख शांति हेतु मंत्र

अरिष्ट शमन मंत्र

क्रतूयन्ति क्रतवो हत्सु धीतयो वेनन्ति वेनाः पतयन्त्या दिशः।
न मर्डिता विद्यते अन्य एभ्यो देवेषु मे अधि कामा भयं सत।।

(ऋग्वेद 10/64/2)

इस मन्त्र को पीपल के वृक्ष के नीचे बैठकर 11 दिन तक प्रतिदिन 1 हजार जप करने से दुर्भाग्यजन्य समस्त अरिष्टो का शमन होता है।

सर्वदोष नाशक रक्षा मन्त्र

ॐ ह्रीं श्रीं पार्श्वनाथाय, ह्रीं धरणेन्द्र पद्मावती सहिताय, आत्मचक्षु, परचक्षु, भूतचक्षु, डाकिनीचक्षु, सर्वलोग चक्षु, पितरचक्षु, आत्मकश-कश, हन-हन, दह-दह, पच-पच, ॐ फट् स्वाहा।

यह जैन यतियों द्वारा प्रदत्त दुर्लभ मन्त्र है। अचानक किसी प्रकार की हवा (नजर) लगने पर, अस्वस्थ होने पर, इस मन्त्र को जपता हुआ कुलवाणि करके, पिलावे और इस मन्त्र को इक्कीस बार पढ़े तो, सब प्रकार के दोष मिट जाते हैं।

मंगलप्रद मंत्र साधना

किसी शुभ मुहूर्त में सर्व मंगलप्रद साधना का प्रारम्भ करना चाहिए। इस साधना का महात्म्य एवं प्रभाव स्वयं सम्पन्न करने में सन्निहित है। अर्थात् यह साधना स्वयं करना ही उपयुक्त है। किसी आचार्य द्वारा सम्पन्न करने से इसका पूर्ण फल नहीं प्राप्त होता है। ये सर्वमंगल प्रदायक स्तोत्र अथर्वेद से उद्धृत है। और सभी प्रकार की मंगल कामनाओं की संसिद्धि करने वाला है।

इस स्तोत्र का 1 अथवा 3 पाठ अपने नित्य पूजा अनुष्ठान में सम्मिलित कर लेना चाहिए क्योंकि इसके निरन्तर पाठ से साधक के परिवार में हर्ष और उल्लास की सृष्टि होती है, विपदायें अनिष्टकारक स्थितियाँ, विपत्तियाँ, आपत्तियाँ तथा मिथ्या आरोप का स्वतः ही अन्त होता है। विवाहिता अथवा परिणीता के इस स्तोत्र के प्रतिदिन पाठ करने से अखण्ड सौभाग्य प्राप्त होने में कोई संशय नहीं रहता। पारिवारिक सुख के अतिरिक्त कौटुम्बिक सुख, संतति सुख और अर्थ लाभ में कोई अवरोध नहीं उत्पन्न होता। भगवान् गणेश का षोडशोपचार पूजन के उपरान्त सविधि संकल्प लेकर इस मंगलप्रदायक साधना का प्रारम्भ करना चाहिए। इस साधना में अन्यान्य देवी-देवताओं की आराधना अर्चना सम्यक् समर्पण के साथ सन्निहित है।

किसी भी प्रकार के अमंगल की मंगल में और प्रतिकूलता को अनुकूलता में परिवर्तित करने के लिए निम्न मन्त्रों का नित्य पाठ व हवन करें-

शं न इन्द्रांग्नी भवतामवीभिः शं न इन्द्रावरुणा दारातहव्या।
शमि द्रा सोमा सुविताय शयो शं न इन्द्रापूषणा वाजसातौ।।1।।

शं नो भग शमु नो शसो अस्तु मं नः पुरधिः शमु सन्तु रायः।
शं नः सत्यस्य शं सः शं नो अर्यमा पुरुजातौ अस्तुतु।।2।।

शं नो धाता शमु धर्ता नो अस्तु शं न उरूचीं भवतु स्वधीभिः।
शं रोदसी वृहती शं तो अद्रः शं नो देवान् सूहवानि सन्तु।।3।।

शं नो अग्निर्ज्योतिरनीको अस्तु शंनो मित्रावरुणावश्विना शम्।
शं नः सुकृतां सकृतानि सन्तु शं न इषिरो अभि पातु वातः।।4।।

शं नो द्यावापृथिवी पूर्वपूतौ शमन्तरिक्षं दृश्ये नो अस्तु।
शं नो औषधीर्वनिनो भवन्तु शं नो रजसस्पतिरस्तु जिष्णुः।।5।।

शं नो इन्द्रो वसुभिर्देवो वस्तु शमामित्तेभिर्वरुणः सुशंसः।
शं नो रुद्रो रुदर्भिर्जलाष शं नस्तत्वष्टा ग्नाभिरिह श्रृणोतु।।6।।

शं नो सोमो भवतु ब्रह्म शं नः शं नो ग्राबाण शमु सन्तु वज्ञाः।
शं नः स्वरूपां भितयो भवन्तु शं नः प्रस्वः शम्वस्तु वेदि।।7।।

शं नः सूर्य उरूचक्षा उदेतु शं नो भवन्तु प्रदिशश्चतस्रः।
शं नः पर्वता ध्रु वयोशंभवन्तु शं न सिन्धवः शम् सन्त्वाहः।।8।।

शं नो अदितिर्भवतुव्रयेभिः शं नो भवन्तु मरुतः स्वर्गाः।
शं नो विष्णुः शम्भु पूषा नो अस्तु नो भवित्र शम्ववस्तु वायुः।।9।।

शं नो देवः सविता त्रायमाणः शं भवन्तुषसो विमातीः।
शं नः पर्जन्यो भवनु प्रजाभ्यः क्षेत्रस्य पतिरस्तु शम्भुः।।10।।

शं नः सत्यस्य पतयो भवन्तु शं नो अर्चन्तः शमु सन्तु गावः।
शं न ऋभव सुकृतः सुहस्ताः शं नो भवन्तु पितरो हवेषु।।11।।

शं नो देवा विश्वेद्रेवा भवन्तु शं सरस्वतीं सह धीमिवस्तु।
शं शमभिषाचरातिषाच शं नोदिव्याः पार्थिवाशं नोअप्या।।12।।

शं नो अज एकपाक्ष देवो अस्तु शमहिर्वध्न्यः शं समुद्रः।
शं नो अपां नपात् पेरुरसतु शं पृश्निर्यवतु देबगोपाः।।13।।

आदित्या रुद्रो वसवौ जुषन्तामिदं ब्रह्मा क्रियमाण नवीयः।
शृण्वन्तु नो दिव्या पार्थिवासो गोजाता उत ये यियियासः।।14।।

ये देवातामृत्विजो यज्ञियासो तनोर्यजत्रा अमृतां ऋतज्ञाः।
ये नो रासन्ता मुरुगायमद्य यूयं पात स्वस्तिभिः सदा नः।।15।।

तददुतु मित्रावरुण तदग्ने योरस्मस्यमिदमस्तु शस्तम्।
अशोमहि गाधमुत प्रतिष्ठाँ नमो र्दिव बृहते सादनाय।।16।।

(अथर्ववेद)

माँ दशमयी बाला स्तोत्रम्

ॐ श्रीकाली बगलामुखी च ललिता धूमावती भैरवी।
मातङ्गी भुवनेश्वरी च कमला श्रीवज्र-वैरोचनी।।
तारा पूर्व-महा-पदेन कथिता विद्या स्वयं शम्भुना।
लीला-रूप-मयी च देश-दशधा बाला तु मां पातु सा।। 1।।

ॐ श्यामां श्याम-घनावभास-रुचिरां नीलालकाऽलंकृताम्।
बिम्बोष्ठीं बलि-शत्रु-वन्दित-पदां बालार्क-कोटि-प्रभाम्।।
त्रास-त्राण-कृपाण-मुण्ड-दधतीं भक्ताय दानोद्यताम्।
वन्दे संकट-नाशिनीं भगवतीं बालां स्वयं कालिकाम्।। 2।।

ॐ ब्रह्मास्त्रां सुमुखीं बकार-विभवां बालां बलाकी-निभां।
हस्त-न्यस्त-समस्त वैरि-रसनामन्ये दधानां गदाम्।।

पीतां भूषण-गन्ध-माल्य-रुचिरां पीताम्बराङ्गां वराम्।
वन्दे संकट-नाशिनीं भगवतीं बालां च वगलामुखीम्।।3।।

ॐ बालार्क-द्युति-भास्करां त्रिनयनां मन्द-स्मितां सन्मुखीं।
वामे पाश-धनुर्धरां सु-विभवां वाणं तथा दक्षिणे।।
पारावार-विहारिणीं पर-मयीं पद्मासने संस्थिताम्।
वन्दे संकट-नाशिनीं भगवतीं बालां स्वयं षोडशीम्।।4।।

ॐ दीर्घा दीर्घ-कुचामुदग्र-दशनां दुष्टच्छिदां देवताम्।
क्रव्यादां कुटिलेक्षणां च कुटिलां काक-ध्वजां क्षुत्कृशाम्।।
देवीं सूर्प-करां मलीन-वसनां तां पिप्पलादार्चिताम्।
बालां संकट-नाशिनीं भगवतीं ध्यायामि धूमावतीम्।।5।।

ॐ वीणा-वादन-तत्परां त्रि-नयनां मन्दस्मितां सन्मुखीम्।
वामे पाश-धनुर्धरां तु निकरे वाणं तथा दक्षिणे।।
पारावार-विहारिणीं पर-मयीं ब्रह्मासने संस्थिताम्।
वन्दे संकट-नाशिनीं भगवतीं मातङ्गिनीं बालिकाम्।।6।।

ॐ उद्यत्-सूर्य-निभां च इन्दु-मुकुटामिन्दीवरे संस्थिताम्।
हस्ते चारु-वराभयं च दधतीं पाशं तथा चांकुशम्।।
चित्रालंकृत-मस्तकां त्रि-नयनां ब्रह्मादिभिः सेविताम्।
वन्दे संकट-नाशिनीं च भुवनेशीमादि-बालां भजे।।7।।

ॐ देवीं काञ्चन-सन्निभां त्रि-नयनां फुल्लारविन्द-स्थिताम्।
बिभ्राणां वरमब्ज-युग्ममभयं हस्तैः किरीटोज्ज्वलाम्।।
प्रालेयाचल-सन्निभैश्च करिभिराषिञ्च्यमानां सदा।
बालां संकट-नाशिनीं भगवतीं लक्ष्मीं भजे चेन्दिराम्।।8।।

ॐ सच्छिन्नां स्व-शिरो-विकीर्ण-कुटिलां वामे करे बिभ्रतीं।
तृप्तास्य-स्व-शरीरजैश्च रुधिरैः सन्तर्पयन्तीं सखीम्।।
सद्-भक्ताय वर-प्रदान-निरतां प्रेतासनाध्यासिनीम्।
बालां संकट-नाशिनीं भगवतीं श्रीछिन्न-मस्तां भजे।।9।।

ॐ उग्रामेक-जटामनन्त-सुखदां दूर्वा-दलाभामजाम्।
कर्त्री-खड्ग-कपाल-नील-कमलान् हस्तैर्वहन्तीं शिवाम्।।
कण्ठे मुण्ड-स्रजां कराल-वदनां कञ्जासने संस्थिताम्।
वन्दे संकट-नाशिनीं भगवतीं बालां स्वयं तारिणीम्।। 10।।

मुखे श्रीमातङ्गी तदनु किल तारा च नयने।
तदन्तरगा काली भृकुटि-सदने भैरवि परा।।
कटौ छिन्ना धूमावती जय कुचेन्दी कमलजा।
पदांशे ब्रह्मास्त्रा जयति किल बाला दश-मयी।।11।।

विराजन् मन्दार-द्रुम-कुसुम-हारस्तन-तटो।
परित्रास-त्राणा स्फटिक-गुटिका पुस्तक-वरा।।
गले रेखास्तिस्रो गमक-गति-गीतैक-निपुणा।
सदा पीता हाला जयति किल बाला दश-मयी।।12।।

।। मेरु-तन्त्रे श्रीदश-मयी बाला त्रिपुर-सुन्दरी स्तोत्रम्।।

विष्णु मन्त्र-जाप

ॐ लं लं लं यं नमः स्वाहा। (बीज मन्त्र)
ॐ विष्णुयाय नमः। (वैष्णव मन्त्र)
राऽऽऽऽऽऽम्। (राम मन्त्र)
ॐ सूर्याय नमः। (सूर्य मन्त्र)

विधि- विष्णु का प्रिय रंग सुनहरा है। इनकी तरंगें भी सुनहरी हैं; पर विभिन्न तरंगों पर इनका रंग बदल जाता है। सूर्य पर यह ताम्रवर्णी सुनहरा है। पर अन्य तरंगों पर कहीं यह सिन्दूरी आभा से युक्त है, तो कहीं नीली आभा से। इनकी पूजा पीले फल, कपड़े, आसन, फूल, केशर, चंदन, तुलसीदल आदि से की जाती है। इनके लिए हृदय में ध्यान लगाना चाहिए।

विष्णु की पूजा-अर्चना प्रातःकाल (उषाकाल से सूर्योदय तक) करनी चाहिए। उगते हुए सूर्य को देखकर 108 बार विष्णु मन्त्र का जप नियमित 31 दिनों तक करना चाहिए। आक की लकड़ी की समिधा में घी, खीर, दूध, मिष्ठान, चावल, दूध, हल्दी आदि का हवन करना चाहिए। पीले फल, फूल, धागे, वस्त्र आदि का प्रयोग करना चाहिए। साधक इनकी नियमित पूजा भी कर सकते हैं।

विष्णु मन्त्र-जप करने से साधक को अपार लाभ होता है। इसकी सबलता प्रत्येक प्रकार की शक्ति प्रदान करती है।

ब्रह्मा मन्त्र-जाप

ॐ ब्रं हं मं यं सं प्रजापति स्वाहा। (बीज मन्त्र)

ॐ नमः प्रजापति ब्रह्म देवाय नमः। (जप मन्त्र)

<u>विधि-</u> ब्रह्मा की पूजा या इनका जप रात के तीसरे प्रहर से प्रातःकाल तक के वक्त में करना चाहिए। इसमें केले का पत्ता, उसके थम्ब, केला, मधु, घी, हल्दी, जनेऊ, पीतवस्त्र, पीत आसन, गूलर की लकड़ी की चौकी या आम की चौकी, धूप, गुग्गुल आदि का प्रयोग किया जाता है। ब्रह्मा को बहुत से लोग आदिदेव मानते है, पर यह एक भ्रम है। ब्रह्मा की उत्पत्ति विष्णु से होती है। ब्रह्मा के लिए एक साथ मिलकर हवन एवं मन्त्र जाप करना भी उचित है। इसे ही प्रजापति का यज्ञ कहते हैं।

ब्रह्मा का स्थान नाभि के मूल में होता है। बहुत से लोग इसे शरीर या आकृति का केन्द्र मानते हैं, परन्तु यह केन्द्र के नीचे का बिन्दु है और वाममार्ग में यहीं लक्ष्मी का निवास माना जाता है।

ब्रह्मा का जाप नियमित 111 बार 111 दिन तक करना चाहिए। इससे स्वास्थ्य, आयु, शारीरिक सबलता, यश, कीर्ति, धन आदि की प्राप्ति होती है। इनकी नियमित पूजा करने से धन-वैभव की कमी नहीं रहती। ब्रह्मा जी संतान एवं शरीर की रक्षा करके उनका पोषण करते हैं, इसलिए ही इन्हें प्रजापति कहा जाता है।

अनन्त मन्त्र जाप

ॐ लं लं लं यं नमः स्वाहा। (बीज मन्त्र)

ॐ श्री अनन्ताय नमः।

<u>विधि-</u> 'श्री अनन्त' की पूजा पीले या सुनहरे वस्त्रों, आसन से की जाती है। पीले रंग के धागे, हल्दी, केसर, कुमकुम, चंदन, रोली, मधु, घी, पीले फूल, कमर गद्धा, खीर, आक की लकड़ी, आम की लकड़ी, गाय का गोबर, पांचों प्रकार के नमक, केला, पपीता, आम के फल, ईख के टुकड़े आदि से हवन करना चाहिए।

श्री अनन्त की पूजा ब्रह्ममुहूर्त में करनी चाहिए। सूर्योदय से पूर्व का समय भी उपयुक्त है। वैसे यह पूजा सूर्य की रोशनी में 12 बजे से पूर्व भी की जा सकती है।

श्री अनन्त पूजा में 11880 मन्त्रों का जप अपेक्षित है। पूजा-अर्जना करके 108 मन्त्र 108 दिन तक जप करने से श्री अनन्त भगवान प्रसन्न होते हैं और इससे आयु, स्वास्थ्य, तेज, कान्ति, पराक्रम आदि की वृद्धि होती है।

वामन मन्त्र-जप

ॐ श्री वामन देवाय नमः।

विधि- वामनरूप विष्णु भी 'श्री' के ही एक रूप हैं। इनका स्थान ब्रह्मण्ड के नाभिक का केन्द्र है। जीव में हृदय के मध्य में इनका निवास है। पीत वस्त्रधारी संन्यासी रूप विष्णु की छवि को ध्यान में रखकर इनकी पूजा विष्णु की पूजा के समान करना चाहिए। भगवान वामन की पूजा-अर्जना प्रातःकाल (सूर्योदय से उषाकाल तक) करनी चाहिए। उगते हुए सूर्य को देखकर 108 मन्त्र का जप नियमित 31 दिन तक करना चाहिए। इनके जप से भी आयु, स्वास्थ्य, तेज, कान्ति, पराक्रम, आदि की वृद्धि होती है।

बाधा-शान्ति मन्त्र

ॐ क्लीं सर्वबाधा प्रशमनं त्रैलोक्यस्याखिलेश्वरी।
एवमेव त्वया कार्यमस्मद्वैरि विनाशनम् क्लीं नमः।।

विधि- प्रातःकाल स्नानादि से निवृत्त होकर किसी एकांत कमरे में बैठकर इस मन्त्र का जप प्रतिदिन करें। इस मन्त्र की सिद्धि 1100 जप के पश्चात् प्राप्त होती है। साधक ढीले कपड़े पहनकर पूर्व मुख की ओर निष्ठा भाव से मन्त्र का जप करे। धूप-दीप सामने जलते रहना चाहिए। इसके लिए समय निर्धारित है। अर्थात् 21 दिन में इस जप की पूर्णाहुति आवश्यक है। यदि साधक निर्धारित समय में जाप पूर्ण कर लेता है तो उसकी समस्त बाधाओं का नाश हो जाता है।

भुवनेश्वरी मन्त्र जप

ॐ हर त्रिपुर हर भवानी बाला, राजा प्रजा मोहिनी,
सर्व शत्रु विध्वंसिनी मम चिन्तितं फलं देहि-देहि
भुवनेश्वरी स्वाहा।

विधि- देवी भुवनेश्वरी अपने नामानुसार समस्त लोक की अधीश्वरी हैं। यह भी दुर्गाजी का एक प्रतिरूप है। यह देवी साधक की प्रत्येक कामना पूरी कर देती हैं। इनका जप भी दुर्गा मन्त्र जप की तरह ही करना चाहिए। यदि साधक मन्त्र-जप में माला का उपयोग करना चाहें तो धन समृद्धि के लिए रेशम की माला, आपदा-संकट निवारण के लिए लाल चंदन की माला, शत्रु-दमन के लिए हल्दी की माला, विद्या, ज्ञान, बुद्धि के लिए स्फटिक की माला तथा समस्त प्रयोजनों के लिए रुद्राक्ष की माला का प्रयोग करें।

कृष्ण साधना से संकट मुक्ति

हा कृष्ण द्वारकावासिन् क्वासि यादवनन्दन।
आपद्भिः परिभूतां मां त्रायस्वाशु जनार्दन।।
हा कृष्ण द्वारकावासिन् क्वासि यादवनन्दन।
कौरवैः परिभूतां मां किं न त्रायसि केशव।।

बड़े से बड़े संकट से मुक्त होने के लिए उपरोक्त दोनों मन्त्रों को 32 हजार जप करना चाहिए।

हे कृष्ण द्वारकावासिन् क्वासि यादवनन्दन।
आपद्भिः परिभूतां मां त्रायस्वाशुजनार्दन।।

उपरोक्त मन्त्र का प्रतिदिन कम से कम 108 बार स्वयं जप करना चाहिए। अनुष्ठान करने के लिए इस मन्त्र का 51000 जप तथा दशांश के लिए 5100 आहुतियाँ या जप मानी गई हैं। जप के बाद सम्भव है स्वप्न में आदेश हो। इस मन्त्र की सफल साधना से विपत्तियों का नाश होता है।

पैंसठिए यन्त्र की स्थापना

इस पैंसठिए यन्त्र का जो स्तोत्र आठ श्लोक का बताया है उसका पाठ करते हुए जिन तीर्थंकर का नाम आए उनकी संख्या का अंक लिखने से पैंसठिया यंत्र तैयार हो जाता है, इस यन्त्र का महात्म्य भी बहुत है।

22	3	9	15	16
14	20	21	2	8
1	7	13	19	25
18	24	5	6	12
10	11	17	23	4

इस यन्त्र को बताए गए यन्त्र के विधानानुसार ही तैयार करना चाहिए। जिस घर में ऐसे यन्त्र की स्थापना पूजा हुआ करती है, उस घर में आनन्दमंगल रहा करता है। जो मनुष्य इस यन्त्र की आराधना करते हैं उनको प्रत्येक प्रकार के सुख मिलते हैं, और जिस मकान में स्थापना की हो वहाँ भूत, प्रेत पिशाच का भय नहीं होता, हुआ हो तो नष्ट हो जाता है। इस यंत्र का जितना आदर करेंगे उतना ही अधिक सुख पा सकेंगे। इस यन्त्र को अपने पास

रखना हो तो भोजपत्र पर तैयार करके रखना चाहिए। ऐसे यन्त्र शुद्ध अष्टगंध से लिखने से लाभ देते हैं।

पंचदशी प्रयोग

'पञ्च-दशी-यन्त्र' महा-त्रिपुर-सुन्दरी का स्वरूप है। **'पञ्च-दशी-यन्त्र'** के प्रयोग-कर्ता को चाहिए कि पहले **'गुरू'** से आज्ञा लेकर **'यन्त्र'** को किस प्रकार लिखा जाता है, यह समझे। फिर शुभ मुहूर्त्त में **'यन्त्र-लेखन'** करे। **'यन्त्र-लेखन'** के पूर्व निम्न प्रकार से **विनियोग, ऋष्यादि-न्यास, ध्यान, मन्त्र-जप** करे-

विनियोग- ॐ अस्य श्रीपञ्च-दशी-मन्त्रस्य श्रीदक्षिणामूर्तिः ऋषिः, पंक्तिश्छन्दः, श्री त्रिपुरा-देवता, मम इह जन्मनि अमुक-कामना सिद्धये एतावत्-संख्यक-यन्त्र-पूजन-पूर्वक जपे विनियोगः।

ऋष्यादि-न्यास- ॐ श्रीदक्षिणा-मूर्ति-ऋषये नमः शिरसि, पंक्तिश्छन्दसे नमः मुखे, श्रीत्रिपुरा-देवतायै नमः हृदि, मम इह जन्मनि अमुक-कामना-सिद्धये एतावत्-संख्यक-यन्त्र-पूजन-पूर्वक जपे विनियोगाय नमः सर्वाङ्गेषु।

ध्यान- **ॐ बालार्क-द्युति-तेजसां त्रिनयनां रक्ताम्बरोल्लासिनीम्।**
नाना-भूषण-भूषितां सुविमलां रत्नासने संस्थिताम्।।
हस्तैः पाश-धनुः शृणिं सुरुचिरं पद्मं मुदा बिभ्रतीम्।
श्रीचक्र-स्थित-सुन्दरीं त्रि-जगतामाधार-भूतां भजे।।

उक्त प्रकार से **'ध्यान'** कर **'यन्त्र'** का पञ्चोपचारों से पूजन करे। फिर यथा - संख्या मन्त्र का 'जप' करे। **'यन्त्र'** के अंगों के पूजन इस प्रकार हैं-

ॐ एक-परमात्मने नमः ('1' अंक का)
ॐ द्वाभ्यामश्विनी-कुमाराभ्यां नमः ('2' अंक का)
ॐ त्रिभ्यो ब्रह्म-विष्णु-रुद्रेभ्यो नमः ('3' अंक का)
ॐ चतुर्भ्यो वेदेभ्यो नमः ('4' अंक का)
ॐ पञ्चभ्यः पृथिव्यादि-भूतेभ्यो नमः ('5' अंक का)
ॐ षड्भ्यः ऋतुभ्यो नमः ('6' अंक का)
ॐ सप्तभ्यो मुनिभ्यो नमः ('7' अंक का)
ॐ अष्टभ्यो वसुभ्यो नमः ('8' अंक का)
नवभ्यो निधिभ्यो नमः ('9' अंक का)

8	1	6
3	5	7
4	9	2

'यन्त्र' के अंकों का पूजन करने के बाद **'यन्त्र'** की पुनः पूजा करे और **'बलि'** दे।

<u>बलि-मन्त्र-</u> **'ॐ श्रीं ऐं ह्रीं पञ्चदश्यै स्वाहा।'**

अन्त में ब्राह्मणों को भोजन-दक्षिणा देकर उनसे आशीर्वाद ले। इस प्रकार करने से **'यन्त्र'** सिद्ध हो जाता है। बाद में, 'अनिष्ट-निवारण', मनोकामना-पूर्ति हेतु 'प्रयोग' करे।

'सम्मोहन' के लिए **'लाल-रंग'** से, **'वशीकरण'** के लिए **'गोरोचन'** से, **'सर्वाकर्षण'** के लिए **'कस्तूरी'** से, **'स्तम्भन'** के लिए **'हल्दी'** से, देवता के दर्शन के लिए **'केशर'** से **'यन्त्र'** लिखना चाहिए। **'शान्ति'** के लिए **'चन्दन'** से **'यन्त्र'** लिखना चाहिए।

श्रीराम-बीसा-यन्त्र

अमावस्या, पूर्णिमा, मंगलवार, रविवार अथवा शनिवार को इस यन्त्र को भोज-पत्र पर अष्ट-गन्ध के चूर्ण और अनार की टहनी से लिखें। नित्य 'पूजन' करें और 'यन्त्र-गायत्री का 'जप' करें। इससे सर्व-कार्य-सिद्धि होती है।

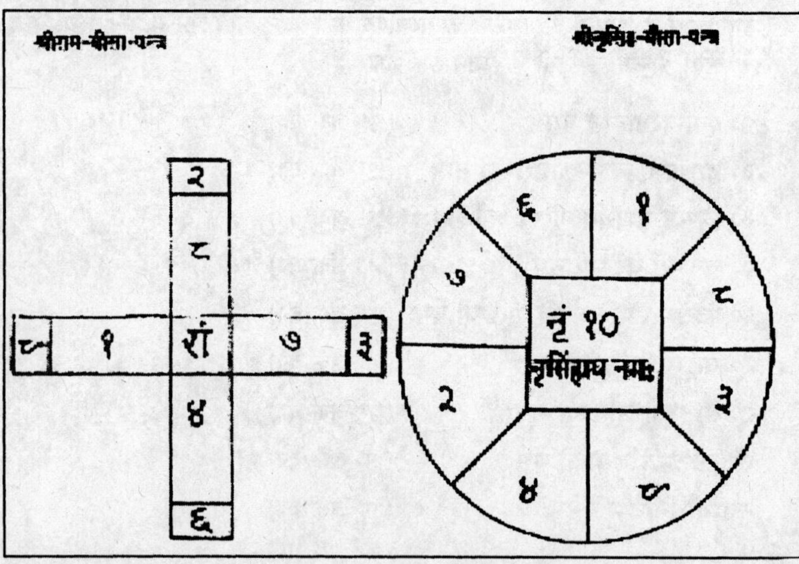

सर्व-कामना-सिद्धि-यन्त्र

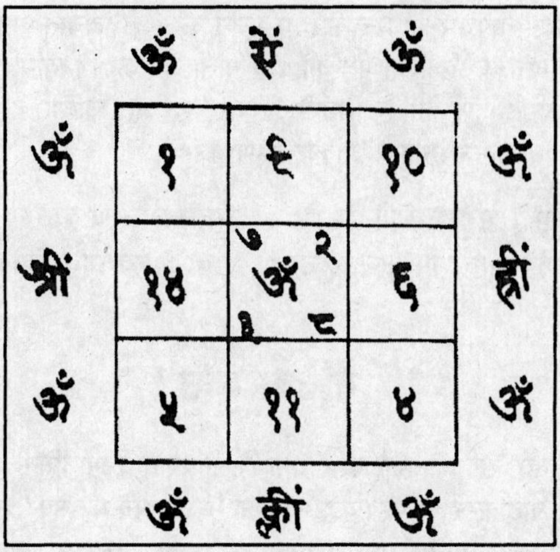

भोजपत्र पर रक्त चन्दन से निम्नलिखित 'बीसा-यन्त्र' लिखें। 'यन्त्र' के भावार्थ का ध्यान करते हुए प्रतिदिन निश्चित समय पर पञ्चोपचारों से पूजन करें। ऐसा करने से सभी कामनाएं, मनोरथ पूर्ण होंगे।

ॐ, ऐं, ह्रीं, क्लीं, श्रीं, का भावार्थ जानने के लिए 'मुमुक्षु मार्ग' (रहस्योद्घाटन-खण्ड), देखना चाहिए। अंक 1-जीव-ब्रह्म के एकत्व का बोधक है। 10-अनन्त का बोधक है। 9-नव-निधि का। 14-चौदह भुवनों का बोधक है। 7-व्याहृतियों का। 2-अन्तर्बाह्य जगत का बोधक है। 3-त्रि-गुणात्मक सृष्टि का। 8-अष्टधा प्रकृति का बोधक है। 6-षड् विकार का। 5-पञ्च-भूतों का बोधक है। 11-एकादश इन्द्रियों का और अंक 4 चारों पुरुषार्थ (धर्म, अर्थ, काम और मोक्ष) का द्योतक है।

अभीष्ट कामना सिद्धि साधना

गणेशजी का पंचोपचार या षोडशोपचार पूजन करने के पश्चात् अपने अभीष्ट की पूर्ति हेतु संकल्प लें, तदोपरान्त अग्रांकित मंत्र की पाँच माला जप करें। नियमित रूप से इस मंत्र का जप करने से मनोकामना पूर्ण होती है, जितनी अधिक श्रद्धा और विश्वास के साथ मंत्र जप किया जाय, उतनी ही शीघ्र कामना साकार आकार ग्रहण करेंगी।

ॐ इष्टो यज्ञो भृगुभिराशीदाँसुभिः। तस्य नऽइष्टस्य प्रतिस्य द्रविणे हागमेः।
इष्टोऽ अग्निराहुत-पिपतुंनऽइष्टठं० हविः। स्वगेदवेब्भ्यो नमः।।1।।

(यजुर्वेद 18/56-57)

वैदिक मन्त्र

संकट के समय, रोगग्रस्त होने पर अथवा किसी प्रकार के मानसिक व्यथा में बजरंग बाण के कम से कम 11 पाठ करने चाहिए। युद्ध में, यात्रा में और भय में इसका पाठ महान् लाभकारक होता है। प्रत्येक भारतीय सैनिक या गैर-सैनिक इस अमोघ अस्त्र को अपने हृदय में, कण्ठ में एवं वाणी में रखें। इससे अवश्य ही उस संकटकाल में विजयी होंगे।

किसी प्रकार के असाध्य रोग में रोगी के निकट गूगल की धूप देकर इसका पाठ लगातार करते रहना चाहिए। बेसन के लड्डू 5, अड़उल के फूल 5 और सिन्दूर से हनुमान जी की पूजा करते प्रतिदिन 15 पाठ करने से मनोकामना पूरी होती है। जिनको रात्रि में निद्रा नहीं आती है वे रात में बार-बार पाठ करें।

मंगलवार और शनिवार को अवश्य पाठ करना चाहिए।

इन्टरव्यू और परीक्षा में पाठ करने से सफलता प्राप्त होती है। बाजार में यह बजरंग बाण शुद्ध नहीं मिलता है, बहुत अशुद्धियाँ हैं। अतः यह शुद्ध करके प्रकाशित किया जाता है। बहुत प्राचीन हस्तलिखित प्रति से पाठ लिया गया है। संकटनाश के लिए अमोघ बाण है।

बजरंग बाण

निश्चय प्रेम प्रतीत ते, विनय करें सनमान।
तेहि के कारज सकल शुभ, सिद्ध करें हनुमान।।

जय हनुमन्त सन्त हितकारी। सुन लीजै प्रभु अरज हमारी।।
जन के काज विलम्ब न कीजे। आतुर दौरि महा सुख दीजे।।
जैसे कूदि सिन्धु महि पारा। सुरसा बदन पैठि विस्तारा।।
आगे जाई लंकिनी रोका। मारेहु लात गई सुर लोका।।

जाय विभीषण को सुख दीन्हा। सीता निरखि परमपद लीन्हा।।
बाग उजारि सिन्धु महँ बोरा। अति आतुर यम कातर तोरा।।
अक्षय कुमार को मार संहारा। लूम लपेट लंक को जारा।।
लाह समान लंक जरि गई। जय जय ध्वनि सुरपुर में भई।।
अब विलम्ब केहि कारन स्वामी। कृपा करहु उर अन्तर्यामी।।
जय जय लक्ष्मण प्राण के दाता। आतुर होय दुख करहु निपाता।।
जै गिरिधर जै जै सुख सागर। सुर समूह समरथ भट नागर।।
ओं हनु हनु हनु हनुमन्त हठीले। बैरिहिं मारु वज्र की कीले।।
गदा बज्र लै बैरिहि मारो। महाराज प्रभु दास उबारो।।
ऊँकार हँकार महाप्रभु धावो। बज्र गदा हनु विलम्ब न लावो।।
ओं ह्रीं ह्रीं ह्रीं हनुमान कपीशा। ओं हुँ हुँ हुँ हनु अरि उर शीशा।।
सत्य होहु हरि शपथ पाय के। राम दूत धरु मारु धाय के।।
जय जय जय हनुमन्त अगाधा। दुःख पावत जन केहि अपराधा।।
पूजा जप तप नेम अचारा। नहीं जानत हों दास तुम्हारा।।
बन उपवन मग, गिरि गृह माँही। तुम्हरे बल हम डरपत नाहीं।।
पाँय परौं कर जोरि मनावौं। यहि अवसर अब केहि गोहरावौं।।
जय अन्जनि कुमार बलवन्ता। शंकर सुवन वीरं हनुमन्ता।।
बदन कराल काल कुल घातक। राम सहाय सदा प्रति पालक।।
भूत प्रेत पिशाच निशाचर। अग्नि बैताल काल मारी मर।।
इन्हें मारु तोहि शपथ राम की। राखु नाथ मर्याद नाम की।।
जनक सुता हरि दास कहावो। ताकी शपथ विलम्ब न लावो।।
जै जै जै धुनि होत अकाशा। सुमिरत होत दुसह दुख नाशा।।
चरण शरण कर जोरि मनावौं। यहि अवसर अब केहि गोहरावौं।।
उठु उठु चलु तोहि राम दोहाई। पांय परौं कर जोरि मनाई।।
ओं चं चं चं चं चपल चलंता। ओं हनु हनु हनु हनु हनुमन्ता।।
ओं हँ हँ हांक देत कपि चंचल। ओं सं सं सहमि पराने खल दल।।
अपने जन को तुरत उबारो। सुमिरत होय आनन्द हमारो।।
यह बजरंग बाण जेहि मारे। ताहि कहौ फिर कौन उबारे।।
पाठ करैं बजरंग बाण की। हनुमत रक्षा करैं प्राण की।।
यह बजरंग बाण जो जापै। ताते भूत प्रेत सब कांपै।।
धूप देय अरु जपै हमेशा। ताके तन नहिं रहै क्लेशा।।

प्रेम प्रतीतहि कपि भजै, सदा धरै उर ध्यान।
तेहि के कारज सकल शुभ, सिद्ध करैं हनुमान।।

मंगल संसिद्धि साधना

उपरोक्त विधान के आधार पर ही अग्रांकित मंत्र का जप करने से सभी प्रकार का मंगल सिद्ध होता है।

ॐ असौ यस्त्राम्रोऽतरुण उत वभ्रुः सुमङ्गलः
ये चन रुद्राऽअभित्तो दिक्षु श्रियाः सहस्रशोऽवैशाँ हेऽऽईसहे। (16/1)

कोऽसि कतमोऽसि कस्मै त्वा काय त्वा।
सुश्लोक सुमङ्गल सत्य राजन्।। (20/4) यजुर्वेद

यदि आप आर्थिक, मानसिक अथवा शारीरिक विपदाओं से ग्रसित हैं तो निम्नलिखित दस मंत्रों में से किसी एक का जप करके कठिनाइयों से मुक्ति पा सकते हैं।

मंत्र-1 : **काली कराली च मनोजवा च,**
सुलोहिता या च सुधूम्रवर्णा।
सुलिंगिनी विश्वरुची च देवि,
लेलायमाना इति सप्त जिह्वा।।

विधि - काली देवी का चित्र लगाकर 108 बार मंत्र का 45 दिनों तक जाप करें। मानसिक क्लेश, शत्रुओं के भय आदि से मुक्ति मिल जाएगी।

मंत्र-2 : **ॐ ह्रीं क्रीं मे स्वाहा।**

विधि - इस मंत्र का एक लाख पच्चीस हजार बार जाप करने से अनेक प्रकार के मानसिक, शारीरिक, आर्थिक कष्टों से मुक्ति मिल जाएगी।

मंत्र-3 : **ॐ श्रीं क्लीं ह्रीं सप्तशति चण्डिके उत्कीलनं कुरु कुरु स्वाहा।**

विधि - दुर्गा जी का चित्र लगाकर दीप एवं पुष्प चढ़ाकर 108 बार मंत्र का जाप 45 दिनों तक करने से सब प्रकार की परेशानियों से मुक्ति मिल जाएगी।

मंत्र-4 : **ॐ ऐं ह्रीं क्लीं चामुण्डायै विच्चै।**

विधि - प्रातःकाल स्नान करके दुर्गा जी के चित्र पर पुष्प चढ़ायें। दीप जलाकर एक लाख पच्चीस हजार मंत्र का जाप करें। अनेक मानसिक एवं शारीरिक कष्टों से मुक्ति मिल जाएगी।

मंत्र-5 : **ॐ हं हनुमते आंजनेयाय महाबलाय नमः**
ॐ आंजनेयाय महाबलाय हुं फट्।

विधि - प्रातःकाल स्नान करके हनुमान जी के सम्मुख पुष्प चढ़ाकर एवं दीप जलाकर 108 बार मंत्र का जाप 45 दिनों तक करें। अनेक प्रकार के संकटों से मुक्ति मिल जाएगी।

मंत्र-6 : **ॐ ऐं ह्रीं श्रीं नमो भगवते हनुमते मम कार्येषु ज्वल ज्वल**
प्रज्वल असाध्यं साधय मां रक्ष रक्ष सर्वदुष्टेभ्यो हुं फट् स्वाहा।

विधि - प्रातःकाल स्नान करके स्वच्छ वस्त्र धारण करके हनुमान जी के चित्र पर लाल पुष्प चढ़ायें तथा दीप जला दें। 108 बार मंत्र का जप 45 दिनों तक करने से अनेक प्रकार के कष्टों एवं मानसिक परेशानियों से मुक्ति मिल जाएगी।

मंत्र-7 : **ॐ कार्पण्यदोषोपहत स्वभावः, पृच्छामि त्वां धर्मसम्मूढचेताः।**
यच्छ्रेयः स्यान्निश्चितं ब्रुहि तन्मे, शिष्यस्तेऽहं शाधि मां त्वां प्रपन्नम्।।

विधि - जिस कक्ष में पूजन प्रारम्भ करना हो, उसमें भगवान कृष्ण का सुन्दर चित्र लगा लें। चित्र पर पुष्प, दीप या अगरबत्ती जलाएँ। 12,500 मंत्र जाप 12 दिनों में करें। कैसा भी संकट आ गया हो, मुक्ति मिल जाएगी।

मंत्र-8 : **कुर्वीत तन्मना भूत्वा अनन्ताच्युतकीर्तनम्।**

विधि - अकारण व्यय या धन-हानि शुभ कार्यो में हो गया है और आप संकट अनुभव कर रहे हैं, ऐसी स्थिति में सवा लाख मंत्र का जाप करें। आर्थिक संकट से मुक्ति मिल जाएगी।

मंत्र-9 : **नमः सर्वनिवासाय सर्वशक्तियुताय ते।**
ममाभीष्टं कुरुष्वाशु शरणागतवत्सल।।

विधि - इस मंत्र का सवा लाख जप करें। ऐसा करने से बड़े से बड़े संकट से मुक्ति मिल जाएगी।

मंत्र-10 : **बलभद्रं समृद्ध्यर्थं सर्वकर्मणि संस्मरेत्।**

विधि - इस मंत्र का सवा लाख जाप करें। ग्यारह हजार आहुतियाँ दें। आ गये संकट से मुक्ति मिल जाएगी। चाहे वह संकट शारीरिक, पारिवारिक, व्यावसायिक, सामाजिक हो अथवा प्राकृतिक, राजदण्ड का क्यों न हो। सभी प्रकार के संकटों से मुक्ति के लिए इस मंत्र का जाप किया जा सकता है।

प्रेत-बाधा शमन

व्यक्ति की मृत्यु के उपरान्त पुनः जन्म लेने का प्रावधान सर्वविदित है। यदि दूसरी योनि में भी जाना है तो वह भी सुनिश्चित हैं। ऐसी मान्यता है कि मृत्यु के उपरान्त तथा पुनर्जन्म से पूर्व, व्यक्ति की आत्मा जब तक उसे दूसरा जन्म न प्राप्त हो जाये, तब तक उसकी प्रतीक्षा करती है। इस प्रतीक्षा की अवधि में आत्मा, प्रेत-योनि में विचरण करती है। श्रेष्ठ आत्माओं का आचरण भी श्रेष्ठ होता है परन्तु दुष्ट व्यक्ति की आत्माओं का भटकाव जब प्रेत-योनि में होता है तो वह विविध व्यवधान, विसंगतियाँ, व्यतिक्रम तथा विकृतियाँ उत्पन्न करती हैं, जिनसे लोग भयभीत हो उठते हैं। ऐसी आत्माओं को बहुत समय तक प्रेत-योनि में निवास करना पड़ता है। उन्हें अन्य लोगों को कष्ट पहुँचाने में अत्यधिक आनन्द आता है। ये आत्मायें कदाचित् किसी के भी शरीर में सुगमता से प्रवेश प्राप्त कर लेती हैं और उसकी गतिविधियों तथा क्रियाकलापों को बहुत अंश तक नियंत्रित भी करती हैं। ऐसी ही दुष्ट आत्माओं के रक्षा के प्रयोजन से अनेक शास्त्रों में उपयुक्त परिहार हमारे ऋषि-मुनियों ने, हमारे कल्याणार्थ प्रस्तुत किये हैं जिनका उल्लेख इस अध्याय में किया जाना तर्कसंगत है।

वैज्ञानिकों एवं विद्वान् व्यक्तियों का अभिमत है कि भूत-प्रेत या आत्मा के भटकाव, ऐसी कोई स्थिति नहीं होती। विज्ञान तो पुनर्जन्म को भी नहीं स्वीकारता। जो कुछ विज्ञान की समझ के बाहर है उसे वह अंधविश्वास कहकर, मिथ्या सिद्ध करने का प्रयास करता है। प्रेत-योनि की विश्वसनीयता वैज्ञानिकों के लिए भले ही संदिग्ध हो परन्तु इस विषय पर अनेक अनुसंधानकर्ताओं ने अदृश्य आत्माओं के अस्तित्व को प्रमाणित करने में सफलता प्राप्त की है। यद्यपि यह एक पृथक् विषय है, तथापि मृत्यु-उपरांत आत्माओं के भटकाव और उनके प्रेत-योनि में निवास करने की सत्यता की संसिद्धि अवश्य की जानी चाहिए। जब ये सच विज्ञान के दर्पण में प्रदर्शित किया जा सकेगा तो हमारा विज्ञान भी उसे स्वीकार कर लेगा। यदि हमारे वैज्ञानिक इस दिशा में कार्य करें तो अवश्य ही उन्हें अभूतपूर्व सफलता प्राप्त होगी। यहाँ सौन्दर्य-लहरी में उल्लिखित तथा अन्य शास्त्रीय ग्रंथों में व्याख्यायित साधनायें अंकित करने की चेष्टा की जा रही है जो अदृश्य आत्माओं द्वारा उत्पन्न की गयी व्यथाओं, वेदनाओं तथा विकृतियों से मुक्ति प्राप्त करने में सहायक सिद्ध होती हैं परन्तु इन साधनाओं का अभ्यास किसी योग्य गुरु के संरक्षण में प्राप्त करना चाहिए। अदृश्य दृष्ट आत्माओं कृत उत्पात और व्यवधान से सम्बन्धित कतिपय महत्त्वपूर्ण साधनायें अग्रांकित हैं।

नृसिंह मन्त्र

मन्त्र- **'ॐ नमो नृसिंहाय हिरण्यकशिपु-वक्षःस्थल-विदारणाय त्रिभुवन-व्यापकाय, भूत-प्रेत-पिशाच-डाकिनी-कुलोन्मूलनाय स्तम्भोद्भवाय समस्त दोषान् हर हर, विदार-विदार पच पच हन हन कम्पय-कम्पय मथ-मथ, ह्रीं ह्रीं, फट् फट् ठः ठः एह्येहि रुद्र आज्ञापयति स्वाहा।'**

इस मंत्र का जप सायंकाल करने का विधान है, जब न दिन हो और न रात्रि हो। गोधूलि बेला में इस मंत्र का जप करने से सभी प्रकार की प्रेत-बाधाओं का अंत होता है। यह अनुभव सिद्ध है।

अदृश्य दुष्ट आत्माओं द्वारा किये गए विकृति उत्पात तथा हानि से रक्षा प्राप्त करने हेतु अनेक मंत्र-तंत्र-यंत्र साधनाओं का विधान है जिसका विस्तृत विश्लेषण करने हेतु पृथक् पुस्तक की संरचना अनिवार्य है।

खड्गरावण प्रयोग

खड्गरावण प्रयोग प्रेतबाधा शमन हेतु अत्यन्त उल्लेखनीय और विश्वसनीय साधना है, इसकी सविधि साधना से निरन्तर कष्ट प्रदान करने वाली दुष्ट आत्मायें निवास छोड़कर अन्यत्र चली जाती हैं। इस प्रयोग को शत्रु शमन हेतु भी सम्पादित करने का प्रावधान है। प्रेतात्मा से निवृत्ति प्रदान करने हेतु शास्त्रीय विधान है, जिसका विनियोग, षडंगन्यास, ध्यान आदि सहित साधना सम्पादित करने से कष्ट प्रदान करने वाली दुष्ट आत्माओं से मुक्ति प्राप्त होती है। प्रबल शत्रु हताहत अथवा पराजित होकर क्षमा याचना करने के लिए विवश हो जाते हैं।

खड्गरावण पूजा मंत्र - **ॐ भूताधिपतये स्वाहा।**

विनियोग : ॐ अस्य श्री खड्ग रावण मंत्रस्य रावण ऋषिः अमित छन्द खड्गरावण देवता "खौ" बीजं सर्वशत्रु विघ्नक्षयार्थे जपे विनियोगः।

ॐ खां	ईशानाय नमः	मस्तके	पूर्वमुखे।
ॐ खीं	तत्पुरुषाय नमः	हृदये	दक्षिणमुखे।
ॐ खूं	अघोराय नमः	गुह्ये	पश्चिममुखे।
ॐ खैं	वामदेवाय नमः	पादयौ	उत्तरमुखे।
ॐ खौं	सद्योजाताय नमः	सर्वांगे	उर्ध्वमुखे।

षड्गन्यास-	ॐ खां	अंगुष्ठाभ्यां नमः	हृदयाय नमः
	ॐ खीं	तर्जनीभ्यां नमः	शिरसे स्वाहा
	ॐ खूं	मध्यमाभ्यां नमः	शिखाये वषट्
	ॐ खैं	अनामिकाभ्यां	कवचाय हुँ
	ॐ खौं	कनिष्ठिकाभ्यां नमः	नेत्रत्रयाय वौषट
	ॐ खः	करतलपृष्ठाभ्यां नमः	अस्त्राय फट्

ध्यानम्- **घण्टा कपाल सृणि मुण्ड कृपाण, खेट खट्वाङ्ग शूल डमरुनभयं दधानम।**
रक्ताङ्गमिन्दु शकलाभरणं त्रिनेत्रं, पञ्चाननाब्जमरुणां शुक मीडे।।

ॐ नमः पशुपतये। ॐ नमो भूताधिपतये। ॐ नमो रुद्राय। ॐ नमो खड्ग-रावण विहरविहर सरसर नृत्य नृत्य श्मशान भस्मार्चित शरीराय घण्टाकपाल मालादि धराय व्याघ्र चर्म परिधानाय शशाङ्क-कृतशेखराय कृष्ण सर्प यज्ञोपवीतिने चल चल वल्गु अनिवर्त्त कपालिने हन हन

भूतान् त्रासय त्रासय कट कट रुद्र! अंकुशेन् शमय प्रवेशय आवेशय आवेशय चण्डासि धराधिपति रुद्र ज्ञापय स्वाहा।।

अघोरास्त्र मंत्र प्रयोग

रामायण, महाभारत काल में इन दिव्यास्त्रों का प्रयोग हुआ था। सामान्य स्थिति में अश्वशांति, गजशांति, महामारी, राजकीय उपद्रव, प्रेत, शत्रुबाधा, असामयिक गर्भपात एवं शांति हेतु किये जाने का विधान है। अघोरास्त्र प्रयोग दुष्ट-आत्माओं से मुक्ति प्राप्ति हेतु सविधि सम्पन्न करने से शीघ्र लाभ होता है। इस प्रयोग का साधन तब करना उपयुक्त है जब सम्बन्धित दुष्ट आत्मायें अत्यन्त निम्न कोटि की क्रिया करें। कहीं पर सहसा मल-मूत्र अथवा दुर्गंध प्रतीत होने लगे तब अघोरास्त्र मंत्र प्रयोग करना चाहिए।

हमने स्वयं इस प्रयोग को एक व्यक्ति जो अभिचार के कारण अर्द्धविक्षिप्त एवं दो माह से अनिद्राग्रस्त था, के लिए अपने निरीक्षण में सम्पादित कराया, उसके बाद आश्चर्यजनक सफलता प्राप्त हुई।

इसके साथ में शिवपूजा, ईशानादि देवों का पूजन करना चाहिए। शारदा तिलक व अग्निपुराण में विधान है। ईशानादि मंत्र एवं पाशुपतास्त्र प्रयोग आगे दिए गए हैं ।

अघोरास्त्र (विनियोग)- ऊँ अस्त्र श्री अघोरात्र मंत्रस्य, अघोर ऋषिः, त्रिष्टुप् छन्दः, अघोरुद्र देवता, ह ल (व्यंजन वर्ण) बीजं, स्वराः शक्तिं। पद्मपादाचार्य के मत से "हुँ" बीजं, "ह्रीं" शक्तिं सर्वोपद्रव शमनार्थे जप विनियोगः।

षडङ्गन्यास-(मन्त्र)

ह्रीं स्फुर स्फुर प्रस्फुर प्रस्फुर घोर घोर तर तनुरूप चट चट प्रचट प्रचट कह कह वम वम

करन्यास

अंगु. नमः

तर्ज. नमः

मध्य. नमः

अना. नमः

कनि. नमः

षडङ्गन्यास

हृदयाय नमः

शिरसे स्वाहा

शिखायै वषट

कवचाय हुँ

नेत्रत्रयाय वौषट्

बन्ध बन्ध घातय घातय हुँ फट् करतल. पृष्ठाभ्यामः नमः अस्त्राय फट

ध्यान-

स्जल घनसमाभं भीम दंष्ट्रं त्रिनेत्रं, भुजगधरमघोरं रक्त वस्त्राङ्ग रागाम्। परशु डमरू खड़गान् खेटकं वाण चापौ, त्रिशिखि नरकपाले बिभ्रतं भावयामि।।

मन्त्र- **ह्रीं स्फुर स्फुर प्रस्फुर प्रस्फुर घोर घोर तनुरूप चट चट प्रचट प्रचट कह कह वम वम बन्ध बन्ध घातय घातय हुँ फट्।।**

हिंसक जीवों से रक्षा हेतु

रात्री व्यख्यदायती पुरुत्रा देव्यक्षभिः।
विश्वा अंधि श्रियोऽधित।।

(ऋग्वेद 10/127/1)

इस मन्त्र का प्रतिदिन 108 बार पीपल वृक्ष के नीचे रात में जपने से भूत प्रेत की बाधा, सांप आदि विषैले जन्तु तथा हिंसक जीवों का भय दूर हो जाता है। प्रतिदिन मन्त्र जप पूरा करके पीली सरसों अभिमन्त्रित करके घर के भीतर एवं बाहर चारों ओर बिखेर दे। यह क्रिया 40 दिन पर्यन्त करनी चाहिए।

ऐहिकं प्राक्तनं वापि कर्म यदूचितं स्फुरत।
पौरुषोऽसौ परो यत्नो न कदाचन निष्फलः।।

पुनर्जन्म और इस जन्म में किये हुए कर्म, फल रूप में अवश्य प्रदान करते हैं। व्यक्ति का कृत्य फलहीन नहीं होता।

4.2 शत्रु संकट शमन

शत्रु संकट से संदर्भित सामग्री, उस जनसमुदाय के संताप को विनष्ट करने की मूल प्रेरणा से शब्दांकित है, जो शत्रुभय, आतंक, अनाचार, विध्वंस वैर की पंचाग्नि में ऊष्मा में तप रहा है। समकालीन समाज में निरन्तर प्रखर प्रतिद्वन्द्विता, प्रतिशोध तथा प्रतिस्पर्धा ने सामंजस्य संतोष सहिष्णुता को हतप्रभ कर दिया है। फलतः अत्यन्त सामान्य एवं उपेक्षणीय संदर्भो के कारण भी व्यक्तियों में भीषण शत्रुता का सूत्रपात हो जाता है।

यह एक कटु सत्य है कि पारस्परिक सहयोग पर आधारित सामाजिक व्यवस्था का यह दुर्भाग्य है कि प्रत्येक व्यक्ति किसी न किसी प्रकार की शत्रुता के व्यामोह में आबद्ध है। इसलिए सकारात्मक प्रवृत्तियाँ, उद्यात् चेतना धरातल का परित्यागकर, विनाश को आमंत्रित कर रही है। इस विध्वंस का महाताण्डव समस्त विश्व में प्रदर्शित हो रहा है। प्रायः समस्त राजनीति का अपराधीकरण एवं उससे उत्पन्न अमानवीय कृत्य, किसी भी सहृदय को संज्ञा विरहित कर देते हैं। आतंकवाद, शत्रुता का वह समानान्तर स्वरूप है जिसने विश्व को वीभत्स विकृतियों और विस्फोटों से विध्वंस के कगार पर ला खड़ा किया है। इस आतंकवाद ने निरीह निर्दोष निर्विकार नागरिको से लेकर, सर्वोच्च सत्ताधीशों को मृत्यु का ग्रास बनाया है। इस राष्ट्र के राष्ट्रपिता, प्रधानमंत्री के समतुल्य महान् विभूतियाँ भी जिस प्रकार, आतंकवाद का ग्रास बने, उसका स्मरण भी मानवता को विचलित व्यथित कर देता है।

शत्रुभय से आक्रान्त व्यक्ति ही शत्रुपीड़ा के वेदना के वास्तविक आभास से परिचित हो सकता है। शत्रु संकट से संदर्भित भय व्यक्ति को प्रत्येक पल प्रकम्पित करता है। शत्रुभय और मृत्युभय लगभग एक दूसरे के समानान्तर संत्रास उत्पन्न करने वाली स्थितियाँ हैं।

कई बार व्यक्ति का स्वाभिमान, मिथ्या अभिमान में रूपान्तरित हो उठता है और यदाकदा उस अभिमान पर आघात होने से, विरोधात्मक गतिविधियाँ जन्म लेती हैं जिसका परिणाम द्वन्द अथवा दुराचार से आक्रान्त प्रतिशोधात्मक तथा प्रतिरोधात्मक प्रतिक्रिया होती है, जो कुछ समय पश्चात् प्रायः शत्रुता में रूपान्तरित हो उठती है। शत्रुता का भय, मृत्युप्रद स्थितियाँ भी उत्पन्न करता है। शत्रुता का स्वरूप, जब हिंसा में रूपान्तरित होने के लिए समस्त सामाजिक सीमाओं का उल्लंघन करता है तो मंत्र शक्ति का ही आश्रय, व्यक्ति की रक्षा कर सकने में समर्थ होता है।

हमारे ऋषि-महर्षियों ने, उसी काल में, इसकी परिकल्पना की थी। आधुनिकता की चकाचौंध की भागदौड़ में प्रायः पराजय ही प्राणियों का लक्ष्य होगा। पराजय से उत्पन्न होता है प्रतिशोध प्रतिद्वन्द्विता, प्रतिस्पर्धा तथा प्रतिरोध जो कालान्तर में शत्रुता के आकार में साकार हो उठता है।

वर्तमान युग में अपराध ने एक उद्योग का स्वरूप प्राप्त कर लिया है। दिन-प्रतिदिन परिवर्द्धित लालसाओं एवं क्षुद्र स्पर्द्धाओं ने इस उद्योग को विकराल किया है। मुद्राराक्षस ने इसे मायावी शक्तियाँ प्रदान की हैं। विभिन्न प्रकार की शत्रुताओं ने इसे विध्वंस के निरंतर अवसर प्रदान किये हैं। स्थिति निश्चितरूपेण चिन्तनीय है।

दार्शनिक दृष्टि से विचार करें तो ज्ञात होता है कि शत्रुता एक मूल मानवीय भाव हैं। विभिन्न युग में इसके रूप एवं संस्करण परिवर्तित-परिवर्द्धित होते रहे हैं। राम-रावण के मध्य युद्ध का हाहाकार हो, पांडवों-कौरवों के मध्य कुरुक्षेत्र का क्रन्दन हो, मुगल शासनकाल में अकबर-सलीम, शाहजहाँ-औरंगजेब, औरंगजेब-दाराशिकोह के मध्य विलाप करते मानवीय सम्बन्ध हों, गगनचुम्बी ज्वालाओं में आत्माहुतियाँ देती शत्रुओं को भी स्तब्ध कर देनी वाली राजपूत ललनायें हों, दक्षिण अफ्रीका में रंगभेद के नाम पर श्वेतचर्मियों के क्रूरकर्म हों, साम्प्रदायिक विद्वेष के अस्त्रों-शस्त्रों से 'हिन्दुस्तान-पाकिस्तान' नामक खण्डों में विभक्त अखण्ड आर्यावर्त हो, श्रीलंका में लिट्टे के बर्बर कृत्यों से भरे चिट्ठे हों, सोवियत संघ का अंग भंग हो, हाथ भर भूमि-मुट्ठी भर मुद्रा के लिए पिता को चिता तक घसीटने वाले आत्मज हों, तनिक सी बात पर सहोदर का उदर विदीर्ण करने वाले कलियुगी राम-लक्ष्मण हों, मन्मथ-मद मोहित क्षणों में पति की दुर्गति एवं परपुरुष के साथ रति का आयोजन करती आधुनिकायें हों, अग्नि की साक्षी में सम्पन्न विवाह को मर्यादाओं का शवविच्छेदन करते पति-परमेश्वर हों, अर्थात् युग-स्थान व्यक्ति कोई हो शत्रुत्व का संत्रास शाश्वत है।

हमने प्रायः उन आराधनाओं को ही सम्मिलित किया है जो हमारी लोकप्रिय कृति 'शत्रु शमन' में व्याख्यायित नहीं हैं। शत्रुशमन में मूलतः शत्रुञ्जय श्रीहनुमान, वैरिविनाशिनी बगलामुखी, दुर्गतिनाशिनी दुर्गा, कष्टनष्टकारिणी काली, भूतभावनावतार भैरव, से संदर्भित आराधना, अनुष्ठान की विस्तृत व्याख्या की गई है। साथ ही, साधना का स्वास्थ्य संगत उपयुक्त साधना का विधान भी प्रस्तुत किया गया है।

शत्रुञ्जय से संदर्भित अन्य साधनायें यहां उद्धृत करने की चेष्टा की गई है, जिससे पाठकगण अवश्य लाभान्वित होंगे। शत्रुता से आक्रांत पाठकों और साधकों के लिए विविध व्यवधानों तथा विरोधियों, विकृतियों तथा व्यथाओं को विनष्ट करने का मार्ग प्रशस्त करेगा। शत्रु संकट के अंत की अनुभूति, एक प्रकार से पराजय पर विजय प्राप्त करने के सुख के समान उल्लास प्रदायक और हर्ष प्रदायक सिद्ध होती है। यहां पर जिन मंत्रों और स्तोत्रों को उद्धृत किया गया है वह शत्रुतापूर्ण सम्बंधों को सामान्य अथवा प्रेमपूर्ण सम्बन्धों में परिवर्तित करने वाली हैं।

आधारभूत परिकल्पना यह है कि नानाप्रकार के रिपुजनित कष्टों के निवारणार्थ सम्यक् एवं शीघ्र फलदायक शाबर-मंत्र प्रयोगों की व्यवस्थित प्रस्तुति से जन-समुदाय लाभान्वित हो।

इसीलिए इसमें अत्यन्त सरल प्रयोगों का वर्णन है जो पर्याप्त प्रशिक्षित जातकों अथवा सिद्धाचार्यों द्वारा ही करणीय हैं तो अत्यन्त सुगम मन्त्रोपचारों का भी सम्यक् समावेश है जिन्हें श्रद्धावान् सरलमना व्यक्ति भी व्यवहार के धरातल पर अंगीकार कर सकता है। श्रद्धा-विश्वास निश्चित रूपेण सुफल प्रदान करते हैं।

शत्रु से रक्षा

विरोधी लोग जब हर प्रकार से हानि पहुँचाने में व्यस्त हों, तब अपनी शक्ति व सहयोगियों पर भी पूरा भरोसा न रह गया हो और असुरक्षा की सी स्थिति का आभास हो रहा हो तो संरक्षण

सूक्त का नित्य निरन्तर पाठ करना चाहिए। इससे सुरक्षा के वातावरण का सृजन होता है। पाठ के बाद हवन भी होना चाहिए।

मन्त्र इस प्रकार हैं-

रक्षासां भग्गोऽसिं निरस्त ग्वं रक्षऽइदमह ग्वं रक्षोऽभितिष्ठामीदमह ग्वं रक्षोऽववाधऽइदमह ग्वं रक्षोऽमं तमो नयामि धृतेन द्यावापृथिवी प्रोर्णुवाथां वायो वे स्तोकानमग्निराज्मस्य वेतु स्वाहाकृतेऽऊर्व्वनभसं मारुतं गच्छतम्।।1।।

रक्षोहणं बलगहनंवैष्णावोमिदमहं तं बयलगुत्किरामि यं मे निष्ठयो यसमात्यो निचखानेदमहं तं बलगमुत्किरामि यं मे समानो यमसमानो निचखानेदमहं तं बलगमुत्किरामि य मे सबन्धर्यमसबन्धुनिचखानेदमहं तं बलगमुत्किरामि यं मे सजातो यमसजातो चिचखातोकृत्याङ्किरामि।।2।।

रक्षोहणो वो बलगहनः प्रोक्षामि वैष्णवात्रक्षोहणो वो वलगहनोऽवनयामि वैष्णावानृक्षोहणो वो बलगहगोऽवस्तुणामि वैष्णवानृक्षणो वां बलगहनाऽउपदधामि वैष्णावी रक्षोहणै वां बलगहनो पयूहामि वैष्णवमास वैष्णवा स्य।।3।।

आयुर्विश्वायुः परि पातु त्वा पूषा त्वा पातु प्रपथे पुरस्तात्।
यत्रासते सुकृतो यत्र त ईयुस्तत्र त्वा देवः सविता दधातु।।4।।

आयुश्च रूप च नाम च कीर्शिच प्राणश्चापानश्च चक्षुश्च श्रोत्रं च।।5।।

आयुषायुः कृतां जीवायुष्मान् जीव मामृथाः।
प्राणेनात्मत्वतां जीव मृत्योरुदगा वशम्।।6।।

आयुषे त्वा वर्चसे त्वोजसे च बलाय च
यथा हिरणा तेजसा विभासाषि जनां अनु।।7।।

आयुषोऽसि प्रतरणं विप्रँ भेषजमुच्यसे तदाञ्जन
त्वं शताते शमापो अभय कृतम्।।8।।

आयुष्मतामायुऽकृतां प्राणेन जीव मा मृथाः।
व्यऽहं सर्वेण पाप्मना वि यक्ष्मेण समायुषा।।9।।

प्राण मामत् पर्यावृतो न मदन्यो भविष्यसि।
अपां गर्भमिव जीवसे प्राण वध्नामि त्वा मयि।।10।।

प्राण माहुर्मातरिश्वानं वातो हं प्राण उच्यते।
प्राणे ह भूतं भव्य च सर्वं प्रतिष्ठितम्।।11।।

प्राणापानौ ब्रीहियवावनड्वान प्राण उच्यते।
यवे ह प्राण अहितोऽपानो व्रीहिरुच्यते।।12।।

प्राणापानौ चक्षुः क्षोत्रमक्षितिश्च क्षितिश्च या।
उच्छिष्टाज्जज्ञिरे सर्वे दिवि देवा दिविश्रितः।।13।।

इदं पितृभ्यो नर्मोऽअ त्वद्य ये पूर्वासो यऽउपरासऽईयुः।
ये पार्थिवे रजस्या निषत्ता ये वा नूनं ग्वं सुवृजनासु विक्ष।।14।।

इस संरक्षण सूक्त का नित्य 11 बार पाठ करने से शत्रु किसी प्रकार की हानि पहुँचाने का प्रयास करे तो भी उसे असफलता ही प्राप्त होती है। आजकल पग-पग पर शत्रुतापूर्ण परिस्थितयाँ हमारी प्रतिक्षा करती रहती हैं। कब कौन सा आघात हमारे सन्तुलित मन और तन को विचलित कर देगा इसका पूर्वानुमान न भी हो तो भी शत्रु संरक्षण सूक्त का नित्य पाठ करने से शत्रु द्वारा सम्भावित हानि से रक्षा होती है। दैहिक आघात के अतिरिक्त मानसिक व्यथा के प्रति भी संशय नहीं उत्पन्न होता। इस संरक्षण सूक्त की शास्त्रों में प्रचुर प्रशंसा प्रतिष्ठित एवं व्याख्यायित है।

शत्रुभय से रक्षा हेतु अग्रांकित स्तोत्र का नित्य 11 बार पाठ करना चाहिए। पाठ से पूर्व दुर्गतिनाशिनी दुर्गा की आराधना के साथ षोडशोपचार पूजन करना चाहिए। इस स्तोत्र का नित्य 11 बार जाप करने से शत्रु का आक्रमण भी विफल हो जाता है और वह साधक के अनुकूल हो जाने हेतु प्रयास करता है। यह प्रयोग अनेक अवसरों पर परीक्षित एवं प्रशंसित हुआ है।

अग्निर्मा पातु वसुभिः पुरस्तात् तस्मिन् क्रमे तस्मिञ्छथे तां पुरप्रैमि।
स मा रक्षतु मा गोपायतु तस्मा आत्मानं परिददे स्वाहा।।1।।

वायुमन्तिरिक्षेणैतस्या दिशः पातु तस्मिन् क्रमे तस्मिञ्छये तां पुर प्रैमि।
स मा रक्षतु स मा गोपायतु यस्मा आत्मानं परिददे स्वाहा।।2।।

सोमो मा रुद्र दक्षिणा दिशः पातु तस्मिन् क्रमे तस्मिञ्छये तां पुरं प्रैमि।
स मा रक्षतु स मा गोपायतु तस्मा आत्मानं परिददे स्वाहा।।3।।

वरुणो तादित्व रेतस्य दिशः पातु तस्मिन् क्रमे तस्मिछये तां पुर प्रैमि।
स मा रक्षतु स मा गोपायतु तस्मा आत्मानं परिददे स्वाहा।।4।।

सूर्यो मा द्यावापृथिवींभ्यां प्रतीच्या दिशः पातु तस्मिन् क्रमे तस्मिञ्छये तां पुर प्रैमि।
स मा चक्षतु स मा गोपायतु तस्मा आत्मानं परिददे स्वाहा।।5।।

आपो मौषधीमतीरेतस्या दिशः पान्तु तासु क्रमे तासु श्रये तां पुर प्रैमि।
स मा रक्षन्तु ता मा गोपान्यते ताभ्य आत्मानं परिददे स्वाहा।।6।।

विश्वकर्मा मसप्तऋषिभिरुदीच्या निशः पातु तस्मिन् कृमे तस्मिञ्छये तां पुर प्रैमि।
स मा रक्षतु स मा गौपायतु तस्मा आत्मानं परिददे स्वाहा।।7।।

इन्द्रो मा मरुत्वानेतस्या दिशः पातु तस्मिन् क्रमे तस्मिछये तां पुर प्रैमि।
स मा रक्षतु स मा गोपायतु तस्मा आत्मानं परिददे स्वाहा।।8।।

प्रजापतिर्मा द्रजननवाल्सह प्रतिष्ठाया ध्रुवाया दिशः
पातु तस्मिन् क्रमे यस्मिञ्छये तां पुरं प्रैमि।
स मा रक्षतु स मा गोपायतु तस्मा आत्मानं परिददे स्वाहा।।9।।

बृहस्पतिर्मा विश्वेदेवैरूर्ध्या वा दिशः पातु यस्मिन् क्रमे तस्मिञ्छये तां पुर प्रैमि।
स मा रक्षतु स मा गोपयतु तस्मा आत्मानं परिददे स्वाहा।। 10।।
(अध्याय 19 । 17)

गोभिष्ट्वा पात्वृषभो वृषा स्धा पातु वाजिभिः।
वायुष्ट्वा ब्रह्मणा पात्विन्द्रस्त्वा पात्विन्द्रियैः।।1।।

सोमस्त्वोषधोभिर्नक्षत्रै पातु सूर्यः।
मादूभ्यस्त्वा चन्द्रो वृत्रहा वाताः प्राणन रक्षतु।।2।।

तिस्रोदिवस्तिस्रः पृथिवीस्त्रण्यन्तरिक्षाणि चतुरः समुद्रान्।
विवृतं स्तोमं निवृत आपआहस्तास्त्वारक्षन्तु त्रिवृतात्रिवृद्धिः।।3।।

त्रीन्नाकां स्रीन् समुदास्त्रीन् वैष्टपान्।
त्रीन् मातरिवनस्त्रीन्त्सूर्यान् गोपतृन् कल्पयामि ते।।4।।
(अध्याय 19। 26) अथर्ववेद

स्तोत्रपाठ के साथ-साथ दशांश हवन, तर्पण, मार्जन आदि भी समय-समय पर अग्निवास देखकर करते रहना चाहिए। मार्जन के उपरान्त ही किसी भी मंत्रजप अथवा स्तोत्रपाठ का फल प्राप्त होता है।

'पुरुष वृक्ष' पीपल और गायत्री सारोत्पन्न अत्यन्त बली खादिर वृक्ष के संयोग से निर्मित 'अश्वत्यमणि' को निम्न मन्त्रों से अभिमन्त्रित करके धारण करने पर शत्रुओं के मानसिक भावों में परिवर्तन होता है। वह प्रतिशोध लेने के स्थान पर मैत्री और अनुकूलता हेतु प्रयास करना प्रारम्भ करते हैं।

पुमान् पुंसः परिजातोऽश्वत्था खदिरादधि ।
स हन्तु शत्रून् मामकान् यानह द्वेष्मि ये च माम् ।।1।।

तानश्वत्थ निःशुणीहि शत्रून् वैबाध दोधतः ।
इन्द्रेण वृत्रघ्ना मेदी मित्रेण वरुणेन च ।।2।।

यथाश्वत्थ निरभनोऽतर्महत्यर्णवे ।
एवा तान्त्सर्वान्निर्भङ्ग्धि यानहं द्वेष्यिष्मि ये च माम् ।।3।।

यः सहमानश्चरसि सासहानइव ऋषभः ।
तेनाश्वत्थ त्वया वयं सपत्नान्त्सहिषी महि ।।4।।

सिनात्वेनान् निर्ऋतिमृत्योः पाशैरमोक्यैः ।
अश्वत्ध शत्रून् मामकान् यानहं च माम् ।।5।।

यथाश्वथ वानस्पत्यानारोहन् कृणुषेऽधरान् ।
एवा मे शत्रोर्मूर्धां विष्वग् भिन्द्धि सहस्व च ।।6।।

तेऽधराञ्चः प्रप्लव तां छिन्ना नौरिव बन्धनात ।
न वैबाधप्रणुत्तानां पुनरस्ति निर्वर्त्तनम् ।।7।।

प्रैणान् नुदे मनसा प्रचित्तेनोत ब्रह्मणा ।
प्रैणान् वृक्षस्य शाखायाश्वत्थस्य नुदामहे ।।8।।

(अध्याय 3। 6) अथर्ववेद

इस स्तोत्र का नित्य 11 बार पाठ, साधक को शत्रु सम्बन्धी समस्त विसंगतियों से मुक्त करता है तथा शत्रु मित्रवत होने की चेष्टा करने लगते हैं। प्रतिशोध के स्थान पर शत्रु सहयोग प्रदान करते हैं और बारम्बार क्षमायाचना करके पश्चात्ताप करते हैं। ध्यान रहे की पाठ का दशांश हवन, हवन का दशांश तर्पण, तर्पण का दशांश मार्जन, एवं मार्जन का दशांश ब्राह्मण भोजन करना आराधना का अनिवार्य अंग है, जिसके सम्पूर्ण न होने पर आराधना के सफल होने में संदेह की संभावना होती है।

शत्रु-मैत्री हेतु मंत्र साधना

जिन शक्तिशाली शत्रुओं से हानि की आशंङ्का हो और निरन्तर भय बना रहता हो, उन्हें वशीभूत करने के लिए निम्न मन्त्रों का प्रयोग लाभदायक रहता है प्रयोग करते समय यह भावना करें कि वह शत्रु हाथ जोड़े मैत्री की भिक्षा मांग रहा है और क्षमा याचना के लिए आतुर हैं। इस स्तोत्र के नियमित 5 अथवा 9 पाठ करने से शत्रु मित्रवत हो जाते हैं।

तन्त्सत्यौजाः प्रदहत्वग्निर्वेश्वानरो वृषा।
यो नो दुरस्याद् दिप्साच्चाथ यो नो अरातियात्।।1।।

यो नो दिप्सददिप्सतो दिप्सतो यश्च दिप्सति।
वैश्वानरस्य दंष्ट्रतोरग्नेरपि दधामि तम्।।2।।

य आगरे मृगयन्ते प्रतिक्रोशेऽमावास्ये।
क्रव्यादो अन्यान् दिप्सतः सर्वा स्न्सान्त्सहसा सहे।।3।।

सहे पिशाचान्त्सहमैषां द्रविणं वदे।
सर्वान् दुरस्यतो हन्मि सं म आकूतिर्ऋध्यताम्।।4।।

ये देवास्तेन हासन्ते सूर्येण मिमते जवम्।
नदीषु पर्वतेषु ये सं तैः पशुभिर्विदे।।5।।

तपनो अस्मि पिशाचानां व्योघ्रो गोमतामिव।
श्वानः सिंहमिव दृष्ट्वा ते न विन्दन्ते न्यञ्चनम्।।6।।

न पिशाचैः सं शक्नामि न स्तेनैर्न वनर्गुभिः।
पिशा वास्तस्मान्नश्यन्ति यमहं ग्राममाविशे।।7।।

यं ग्राममाविमत इदमुग्रं सहो मम।
पिशाचास्तस्मान्नश्यन्ति न पापमुप जानते।।8।।

ये मा क्रोधयन्ति लपिता हस्तिन मशकाइव।
तानहं मन्ये दुहिंताञ्जने अल्पशयूनिव।।9।।

अभि तं निर्ऋर्धत्तामश्वमिवाश्वाभिधान्या।
मल्वो यो मह्यं क्रुध्यति स उ पाशान्न मुच्यते।।10।।

(अध्याय 4। 35) अथर्ववेद

उपरोक्त मंत्रों के जप के उपरान्त दशांश हवन, तर्पण, मार्जन, ब्राह्मण भोजन सम्पन्न कराना अनिवार्य है।

शत्रु संकट समाधान हेतु अनेक मंत्र प्रयोग सन्निहित हैं जिनका विधि-विधान सहित पूजन करने के उपरान्त शत्रु मित्रवत होते हैं, विरोधी अनुकूल हो जाते हैं, और प्रतिद्वन्दीगण, प्रतिशोध भुलाकर सहयोग प्रदान करने हेतु प्रयास करते हैं।

अव मन्युरवायताव वाहू मनोयुजा।
पराशर त्वं तेषां पराञ्चं शुष्ममर्दयाधा नो रयिमा कृधि।।1।।

निर्हूंस्तेभ्यो नैर्हस्तं यं देवाः शरुमस्यथ।
वृश्चापि शत्रूणां बाहूननेन हविषाहम्।।2।।

इन्द्रश्चकार प्रथमं नैहैस्तसुरेभ्यः।
जयन्तु सत्वानो मम स्थिरेणेंद्रेण मेदिना।।3।।

(अध्याय 6। 65)

निर्हस्तः शत्रू रभिदासन्नस्तु ये सेनाभियु धमायन्त्यस्मान्।
समर्पयेन्द्र महता वधेन द्रान्वेषामघहारो विविद्धः।।1।।

आतन्वाना आयच्छन्तोऽस्यन्तो ये च धावथ।
निर्हस्ताः शत्रवः स्थनेद्रो वोऽद्य पराशरीत्।।2।।

निर्हस्ताः सन्तु शत्रवोऽङ्गैषां म्लापयामसि।
अथैषा मन्द्र वेदांसि शतशो वि भजामहै।।3।।

(अध्याय 6। 66) अथर्ववेद

इन मंत्रों के जप से पूर्व शत्रु के प्रति मैत्री भावना का ध्यान करना चाहिए। आराधना के समय शत्रुता को मित्रता में देखने की कल्पना करनी चाहिए। इन मंत्रों का एक लाख बार जप करने के उपरान्त दशांश हवन, तर्पण, मार्जन आदि करना सर्वश्रेष्ठ स्वीकार गया है। यदि सम्भव न हो तो प्रतिदिन एक माला जप अर्थात् 108 बार मंत्र का उच्चारण करना चाहिए। एक महीने में जितना जप हो उसका साथ ही साथ तर्पण, मार्जन आदि विधि-विधान सहित करते रहना चाहिए।

शत्रु स्तम्भन मणि

तिलक वृक्ष की मणि को निम्न मन्त्रों से अभिमन्त्रित करने पर भुजा पर धारण करें तो शत्रु भय से रक्षा होती है, शत्रु वशीभूत होता है, कृत्या अपने प्रयोग कर्ता पर ही आक्रमण करती है। इसके धारण कर्ता को देखते ही शत्रु पलायन करते हैं। इस मणि को शत्रु के उत्पीड़न, शरीर रक्षन और बल के लिए धारण करना चाहिए। अग्रांकित 22 मंत्रों से निर्मित स्तोत्र का पाठ करने से शत्रु स्तम्भित अथवा पराजित होता है तथा साधक को विजय प्राप्त होती है। शत्रु सम्बन्धी समस्त समस्याओं के लिए अद्भुत और त्वरित फलदायी साधना है।

अयं प्रतिसरो मणिर्वीरो वीराय वध्यते।
पीर्यवाग्त्सपत्न्हा शूरपाणः परिपाणः सुमंगलः।।1।।

अयं मणि सपत्नहा सुवीरः सहस्वान् वाजी सहमान उग्रः।
प्रत्यक् कृत्या दूषयन्नेति वीरः।।2।।

अनेनेन्द्रो मणिना वृत्रमहन्ननेनासुरान् पराभावयन्मनौषी।
अनेनाजयद् द्यावापृथिवी उभे इमे अनेनाजयत् प्रदिशश्चतस्रः।।3।।

अयं स्राक्त्यो मणिः प्रतीवर्तः प्रतिसरः।
ओजस्वान् विमृधो वशी सो अस्मान् पातु पर्वतः।।4।।

तदग्निराह तदु सोम आह वृहस्पतिः सविता तदिन्द्रः।
ते मे देवाः पुरोहिताः प्रतोचीः कृत्याः प्रतिसरैरजन्तु।।5।।

अन्तर्दधे द्यावापृथिवी उताहरुत सूर्यम्।
ते मे देवाः पुरोहिताः प्रतीचीः कृत्याः प्रतिसरैजन्तु।।6।।

ये स्राक्त्यं मणिं जना वर्माणिं कृण्वते।
सूर्य इव दिवमारुह्य वि कृत्वा वाघते वशा।।7।।

स्राक्त्येन मणिन ऋृषिणेव मनीषिणा।
अजैषं सर्वाः पृतना वि मृधो हन्मि रक्षसः।।8।।

याः कृत्वा आगिंरसीर्याः कृत्या आसुरीर्याः कृत्याः।
स्वयंक्रता उ या चान्येभिराभृताः।
उभायास्ता परा यन्तु परावतो नवतिं नाव्या अति।।9।।

अस्मै मणिं वर्म वघ्नन्तु देवा इन्द्रो विष्णुः सविता रुद्रो अनिंः।
प्रजापतिः परमेष्टौ विराड् वैश्वानर ऋषयश्च सर्वे।।10।।

उत्तमः अस्योषधीनामनङ् वाञ्जगतामिव व्याघ्रः श्वपदामिवः।
यमैच्छामाविदाम तं प्रतिस्पाशनमन्तितम्।।11।।

स इद् व्याघ्रो भवत्यथो सिंहो अथो वृषा।
अथो सपत्नकर्शनो यो विभर्तीमं मणिम्।।12।।

नैन ध्नन्त्तप्सरसा न गन्धर्वा न मर्त्याः।
सर्वा दिशो वि राजति यो विभर्तीमं मणिम्।।13।।

कश्यपस्त्वामसृजत कश्यपश्त्वा समैरयत्।
अबिभस्त्वेन्द्रो मानुषे विभ्रत् संश्रेषिणेऽजयत्।
मणिं सहस्रवीर्य वर्म देवा अकृण्वत।।14।।

यस्त्वा कृत्याभिर्यंस्त्वा दीक्षाभिर्यज्ञैस्त्वा जिघांसति।
प्रत्यक् त्वमिन्द्र तं जहि वज्रण शतपर्वणा।।15।।

अयमिद् वें प्रतीवत् ओस्वनत्संजोमणिः।
प्रजां धनं रक्षतु परिपाणः सुमंगलः।।16।।

असपत्न नो अधरादसपत्न न उत्तरात्।
इन्द्रासपत्नंनः पश्चाज्ज्योतिः शूर पुरस्कृधि।।17।।

वर्म मे द्यावापृथिवी वर्माहर्वर्म सूर्यः।
वर्म मे इन्द्रश्चाग्निश्च वर्म धाता दधातु मे।।18।।

ऐन्द्राग्नं वर्म बहुलं यदुग्रं धिश्वे देवा नाति विध्यन्ति सर्वे।
तन्मे तन्वं त्रायतां सर्वतो बृहदायुष्माञ्जरदष्टिर्यथासानि।।19।।

आ मारुक्षद् देवमणिर्मह्या अरिष्टतातये।
इमं मेथिमभिसविशध्व तनूपानं त्रिवरूथमेजसे।।20।।

अस्मिन्निन्द्रो वि दधातु नृम्णमिम देवासो अभिसविशध्वम्।
प्रीधायुत्वाय शतशारदायायुष्माञ्जरदष्टिवधासत्।।21।।

स्वस्तिदा विशां पतिर्वृत्रहा विमृधो वशी।
इन्द्रो वध्नातु ते मणिं जिगीवां अपराजितः सोमपा अभयंकरो वृषा।
स त्वा रक्षतु सर्वतो दिवा नक्तं च विश्वतः।।22।।

(अध्याय 8। 5) अथर्ववेद

इस स्तोत्र को शत्रु संदर्भित मंत्रों का शिरोमणि कहना उपर्युक्त है क्योंकि इसके फल की संसिद्धि में विलम्ब नहीं होता है। पूर्व की भाँति इस स्तोत्र का दशांश हवन, तर्पण, मार्जन आदि करना अनिवार्य है, उसके उपरान्त ही साधना की सिद्धि सम्भव होती है।

दुर्गति विनाशिनी दुर्गा पूजन

शत्रु को अथवा शत्रु समूह को पराजित करने अथवा उन्हें हताहत करने के लिए श्रीदुर्गासप्तशती के अनेक मंत्र अत्यधिक प्रभावशाली हैं, जो साधक स्तोत्र पाठ कर सकने में असमर्थ हों, उन्हें अपनी कामना के अनुकूल किसी भी मंत्र का जप प्रतिदिन करना चाहिए। ध्यान रहे कि इन मंत्रों का जप तुलसी माला या किसी अन्य माला पर किये जाने का विधान है। हमनें अपनी लोकप्रिय और प्रसिद्ध रचना शक्ति कुंज में श्री दुर्गासप्तशती से सम्बन्धित समस्त अनुष्ठानों का विधान विस्तार में प्रस्तुत किया है जो साधक शत्रुपीड़ा से आक्रान्त है तथा जिनका

जीवन शत्रुभय के कारण संतप्त है उन्हें शत्रु संत्रास से मुक्ति प्राप्त करने हेतु हमारी कृति **शत्रु शमन** का अध्ययन करके उपर्युक्त और उपयोगी साधनाओं का चयन एवं अनुकरण करना चाहिए। ताकि उन्हें शीघ्रातिशीघ्र शत्रु संकट से मुक्ति प्राप्त हो सके, ध्यान रहे कि कोई भी मंत्र जप या स्तोत्र पाठ से पूर्व संदर्भित देवता का षोडशोपचार पूजन करने के पश्चात्, संकल्प का उच्चारण करना चाहिए। तदनन्तर पूरे विश्वास के साथ मंत्र जप साधना करना ही लाभप्रद सिद्ध होता है। यदि पुरश्चरण विधि से जप सम्भव न हो तो कम से कम एक माला जप अर्थात् 108 बार मंत्र जप अवश्य करना चाहिए। पूजन विधान के अन्य सूक्ष्म एवं ज्ञातव्य तथ्य का उल्लेख हमनें मंत्र सम्बन्धी अपनी अन्य कृतियों में विस्तार में किया है।

हुंकार मंत्र प्रयोग

इत्युक्तः सोऽभ्यधावत्तामसुरो धूम्रलोचनः।
हुंकारेणैव तं भस्म सा चकाराम्बिका ततः।।6/13

देवी के द्वारा शत्रु के प्रति कहे गये उत्साहित वचनों को सुनकर, वह दैत्य सेनापति धूम्रलोचन अभिमान में अंधा होकर (जगदम्बा की ओर) दौड़ा, तब अम्बिका ने (कुछ क्रोधित होकर) 'हुं' शब्द जोर से उच्चारित किया तथा उस उच्चारण मात्र से वह महाशक्तिशाली दैत्य तत्काल उसी अवस्था में वहीं पर भस्मीभूत हो गया।

ध्यान- **भ्रकुटीकुटिलात्तस्या ललाटफलकादद्रुतम्,**
काली करालवदना विनिष्क्रान्तासिपाशिनी।
विचित्रखट्वाङ्गधरा नरमाला विभूषणा,
द्वीपिचर्मपरीधाना शुष्क मां साति भैरवा।।

दुष्ट शत्रुओं के प्रति क्रोध होने के कारण अम्बिका की भौंहें कुछ टेढी हो गईं तथा तत्काल उसी क्षण विकराल मुख वाली काली अम्बिका के तेज से प्रकट हुईं, जो कि तलवार और पाश लिए हुए थीं तथा विचित्र खट्वाङ्ग धारण किए और चीते के चर्म की साड़ी पहने, नरमुण्डों की माला से विभूषित थीं। वह चामुण्डा अत्यन्त रौद्र रूप में थीं। उनके शरीर पर वस्त्र नहीं थे तथा उनके शरीर का मांस भी सूख गया था, केवल हड्डियों का ढांचा शेष रह गया। ऐसी चामुण्डा निरन्तर जिह्वा लपलपाने के कारण अत्यन्त डरावनी प्रतीत हो रहीं हैं, उन्हें मैं भक्तिपूर्वक नमस्कार करता हूँ।

'हं' शब्द से शत्रु का नाश

उत्थाय च महासिंहं देवी चण्डमधावत।
गृहीत्वा चास्य केशेषु शिरस्तेनासिनाच्छिनत्।। 7/20

देवी ने बहुत बड़ी तलवार हाथ में लेकर 'हं' का उच्चारण करके चण्ड पर धावा किया और उसके केश पकड़कर उसी तलवार से उस राक्षस (चण्ड) का मस्तक काट डाला।

रक्तबीज वध नामक अष्टमोऽध्यायः, देवी-इन्द्राणी, वैष्णवी, शिवा, ब्रह्मणी, नारसिंही वाराही इत्यादि (उत्तर चरित्र)

ध्यान- **ॐ अरुणां करुणांतरङ्गिताक्षीं घृतपाशांकुशबाणचाप हस्ताम्।**
अणिमादिभिरावृतां मयूखै रहमित्येव विभावये भवानीम्।।

मैं अणिमा आदि सिद्धिमयी किरणों से आवृत भवानी का ध्यान करता हूं। जिनके शरीर का रंग लाल है, नेत्रों में करुणा बह रही है तथा हाथों में पाश, अंकुश, बाण और धनुष शोभा पाते हैं।

विशेष- देवताओं के अभ्युदय के लिए तथा असुरों के विनाश के लिए ब्रह्मा, शिव, कार्तिकेय, विष्णु, इन्द्र, वराह इत्यादि सभी देवों की पराक्रमी शक्तियां उनके शरीरों से निकल कर उन्हीं के तत्रूप, वाहन व आयुध के साथ, चामुण्डा के सहायतार्थ असुरों से युद्ध करने आईं। इस प्रकार से इस अध्याय में भिन्न-भिन्न देवताओं की शक्तियों को स्वीकार कर उन्हें नमस्कार किया है।

शत्रुनाशनम्

ऋषिवसिष्ठ, देवता-इन्द्र, छन्द-त्रिष्टुप्।

मंत्रः- **नि दर्ग इन्द्र श्नथिह्यमित्रानभि ये नो मर्तासो अमन्ति।**
आरे तं शंसं कृणुहि निनित्सोरा नो भर संभरणं वसूनाम्।।

(ऋग्वेद 7/25/2)

अर्थः- हे इन्द्र! युद्ध में जो शत्रु के मानव वीर हमारे सन्मुख खड़े रहकर, हमारा पराभव करना चाहते हैं, उन शत्रुओं का नाश कर तथा निंदा करने वाले शत्रु के उस प्रलाप को दूर कर और हमारे पास (सभी प्रकार के) धनों को भरपूर ले आओ।

ऋषि-प्रतिरथ, देवता-मरुत, छन्द-निच्यृदाषीत्रिष्टुप्।

मंत्रः- **असौयासेनामरुतः परेषामब्भ्यैति न ओजसास्पर्द्ध माना।**
तांगूहत तमसापव्रतेनयथामीऽअन्योऽअन्यन्नजानन्।।

(अ0 17/का0 47)

अर्थः- हे मरुतों! यह शत्रुओं की सेना हमारे बल से स्पर्धा करती हुई, हमारे सन्मुख आ खड़ी हुई है। इस सेना को कर्मरहित अन्धकार से इस प्रकार आच्छादित करो, जिससे इस शत्रुसेना के लोग आपस में अपनों को नहीं पहचानते हुए परस्पर अस्त्र चलाकर नष्ट हो जायें।

विशेषः- भारी मात्रा में शत्रु-समूह को प्राकृतिक प्रकोप द्वारा नष्ट करने हेतु यह प्रसिद्ध 'रुद्राष्टाध्यायी' का सर्वश्रेष्ठ मंत्र है, जिसमें अकेले 'न' की आवृत्ति 12 बार हुई है।

ऋषि-अथर्वा। देवता-अग्निः (एकावसानम्) 1-4 निचृद्विषमा गायत्री, भुरिग्विषमा।

मंत्रः- **अग्ने यत्ते तपस्तेन तं प्रति तप**
यो 3 स्मान्द्वेष्टि यं वयं द्विष्मः।

(का0 2/अ0 4/सू0 19)

अर्थः- हे अग्ने! तुममें जो संतापन शक्ति है, उसके सहित शत्रु को लक्ष्य कर दीप्त होओ, जो शत्रु हमारे विरुद्ध कृत्यादि कर्म करता है, उस विद्वेषी को पीड़ित करो।

अग्ने यत्ते हरस्तेन तं प्रति हर
यो 3 स्मान्द्वेष्टि यं वयं द्विष्मः।

(का0 2/अ0 4/सू0 19)

अर्थः- हे अग्ने! हमसे द्वेष रखने वाले या जिससे हम द्वेषं रखते हैं, उस शत्रु पर तुम अपने क्रोधरूप आयुध को चलाओ।

अग्ने यत्तेऽर्चिस्तेन तं प्रत्यर्च
यो 3 स्माद्वेष्टि यं वयं द्विष्मः।

(का0 2/अ0 4/सू0 19)

अर्थः- हे अग्ने! हमसे वैर करने वाले या जिससे हम वैर रखते हैं, उस शत्रु को अपने तेज से भस्म करो।

अग्ने यत्ते शोचिस्तेनं तं प्रति शोच
यो 3 स्मान्द्वेष्टि यं वयं द्विष्मः।

(का0 2/अ0 4/सू0 19)

अर्थः- अग्ने! हमसे ईर्ष्या करने वाले या जिससे हम द्वेष करते हैं, उन पर अपनी शोक देने वाली शक्ति का प्रयोग करो।

अग्ने यत्ते तेजस्तेन तमतेजसं कृणु
यो 3 स्मान्द्वेष्टि यं वयं द्विष्मः।

(का0 2/अ0 4/सू0 19)

अर्थः- हे अग्ने ! हमारे द्वेषी शत्रुओं पर दबाने वाले जाज्वल्यमान तेज को फेंककर उन्हें निस्तेज व बलहीन कर दो।

1-2 अथर्वा। ब्रह्मणस्पतिः, 2-3 सोमः। अनुष्टुप्।

यो 3 स्मान्ब्रह्मणस्पतेऽदेवो अभिमन्यते।
सर्वं तं रन्धयासि मे यजमानाय सुन्वते।

(का0 6/अ0 1/सू0 6)

अर्थः- हे ब्रह्मणस्पते ! देवताओं की भक्ति न करने वाला शत्रु यदि हमको वध योग्य माने तो उसे मेरे, सोम अभिषव करने वाले यजमान के वश में कर दो।

यो नः सोम सुशंसिनो दुःशंस आदिदेशति।
वज्रेणास्य मुखे जहि स संपिष्टो अपायति।

(का0 6/अ0 1/सू0 6)

अर्थः- हे सोम ! जो बुरे विचार वाला शत्रु हमारे सुन्दर विचारों का तिरस्कार करे, तुम उसके मुख पर वज्र-प्रहार करो, जिससे वह छिन्न-भिन्न होकर भाग जाये।

यो नः सोमाभिदासति सनाभिर्यश्च निष्ट्यः।
अप तस्य बलं तिर महीव द्यौर्वधत्मना।

(का0 6/अ0 1/सू0 6)

अर्थः- हे सोम ! जो हमारा नाश करना चाहता है अथवा जो शत्रु हमको संतापित करता है तुम उसके बल को द्युलोक द्वारा अशनि से संहार करने के समान नष्ट कर दो।

मंत्रः- **क्षणेन तन्महासैन्यमसुराणां तथाम्बिका**
निन्ये क्षयं यथा वह्निस्तृणदारुमहाचयम्।। 2/67

अर्थः- जिस प्रकार तृण और काष्ठ के ढेर को प्रज्वलित अग्नि कुछ ही क्षणों में भस्म कर देती है, ठीक उसी प्रकार से 18 भुजाओं वाली सुरौजोद्भव महालक्ष्मी ने असुरों की विशाल सेना को क्षण भर में नष्ट कर दिया। वही जगदम्बा मेरे शत्रु-समूह का यथाशीघ्र नाश करें।

ध्यानः- **एवमुक्त्वा समुत्पत्य साऽऽरूढा तं महासुरम्,**
पादेनाक्रम्य कण्ठे च शूलेनैनमताडयत्।
ततः सोऽपि पदाऽऽक्रान्तस्तया निजमुखात्ततः,
अर्धनिष्क्रान्त एवासीद् देव्या वीर्येण संवृतः।।

वह 18 भुजा वाली, त्रिनेत्रा, जगदम्बा उछलीं और उस महादैत्य (महिषासुर) के ऊपर चढ़ गईं तथा अपने पैर से उस दैत्य को दबाकर उन्होंने शूल से उसके कण्ठप्रदेश पर आघात किया। पैरों से दबा होने पर भी महिषासुर अपने मुख से (दैत्य के रूप से बाहर आने लगा) अभी आधे शरीर से ही बाहर निकल पाया था कि देवी ने अपने पराक्रम से उसे रोककर, तलवार से उसका मस्तक काट गिराया, ऐसी देवी को मैं नमस्कारपूर्वक स्मरण करता हूँ।

मंत्रः- **गर्ज गर्ज क्षणं मूढ, मधु यावत्पिबाम्यहम्।**
मया त्वयि हतेऽत्रैव, गर्जिष्यन्त्याशु देवताः।।3/38

अर्थः- 'वराहतंत्र' के अनुसार इस मंत्र के उच्चारण के साथ-साथ यज्ञाग्नि में शहद की आहुति देनी चाहिए। शत्रु के स्वरूप का ध्यान करते हुए इस मंत्र के सम्पुट पाठ करने से कैसा भी बलवान् शत्रु हो, परास्त हो जाता है।

ध्यानः- ॐ कालाभ्रामां कटाक्षैररिकुलभयदां मौलिबद्धेन्दुरेखां,
शङ्खंचक्रं कृपाणं त्रिशिखमपि करैरुद्वहन्तीं त्रिनेत्राम्।
सिंहस्कन्धाधिरूढां त्रिभुवनमखिलं तेजसा पूरयन्तीं,
ध्यायेद् दुर्गां जयाख्यां त्रिदशपरिवृतां सेवितां सिद्धिकामैः।।

काले बादलों के समान भरपूर शक्ति से सम्पन्न श्यामल आभा वाली, अपने कटाक्ष मात्र से शत्रु समूह को भय प्रदान करने वाली, मस्तक पर आबद्ध चन्द्र-कांति के कारण दिव्य तेज वाली, शंख, चक्र, तलवार व त्रिशूलादि दिव्य आयुधों को धारण करने वाली, तीन नेत्र वाली, सिंह पर आरूढ़ हुई, ब्रह्मा, विष्णु, महेशादि देवताओं से घिरी हुई, तीनों लोकों को अपने दिव्य तेज से परिपूर्ण करने वाली इस जया नामक दुर्गा का मैं ध्यान करता हूँ। जिस दुर्गा को इन्द्रादिक देवता अपनी कामनाओं की सिद्धि के लिए पूजते हैं, वह दुर्गा मेरे लिए भी फलदायी हो।

4.3 कतिपय विशिष्ट अनुष्ठान

अग्रांकित साधनाएँ पृथक्-पृथक् शक्तियों से सम्बन्धित हैं, जिनकी साधना द्वारा शत्रु सम्बन्धित समस्त विकृतियाँ एवं विभस्तता विनष्ट होती है। इन साधनाओं के सम्पादन से पूर्व संदर्भित देवी अथवा देवताओं के मंत्रों का षोडशोपचार पूजन करना उपयुक्त है। तदुपरान्त पूर्वाभिमुख अथवा उत्तराभिमुख होकर शत्रु को पराजित करने हेतु अथवा उसके विनाश के उद्देश्य से इन साधनाओं के साथ मंत्रजप करना चाहिए। ध्यान रहे कि अनुकूल साधना का चयन अनिवार्य है। जब तक साधना से संदर्भित मंत्र तथा देवता, साधक के जन्मांग के आधार पर उसके अनुकूल नहीं होंगे तब तक साधना फलदायी होने में संशय की सम्भावना विद्यमान रहेगी। यथा सम्भव अग्रांकित मंत्र संदर्भित अनुष्ठान किसी योग्य विद्वान् तथा अनुभवी आचार्य अथवा गुरु के निर्देशन में करना ही उपर्युक्त होता है।

शत्रु-पराजय

उदसौ सूर्यो अगादुदिदं मामकं वचः।
यथाहं शत्रुहोऽसान्यसपत्नः सपत्नहा।।
सपत्नक्षयणो वृषाभिराष्ट्रो विषा सहि।
यथाहमेषां वीराणां विराजानि जनस्य च।।

यह सूर्य ऊपर चला गया है, मेरा यह मन्त्र भी ऊपर गया है ताकि मैं शत्रु को मारने वाला, प्रतिद्वन्द्वी-रहित तथा प्रतिद्वन्द्वियों को मारने वाला होऊँ। प्रतिद्वन्द्वी को नष्ट करने वाला, प्रजाओं की इच्छा को पूरा करने वाला, राष्ट्र को सामर्थ्य से प्राप्त करने वाला तथा जीतने वाला होऊँ, ताकि मैं शत्रु पक्ष के वीरों का तथा अपने एवं पराए लोगों का शासक बन सकूँ।

अभिलाषी व्यक्तियों द्वारा इन मन्त्रों का बराबर 21 रविवार तक प्रयोग कराए गए तथा वे सभी प्रयोग 95 प्रतिशत सफल रहे। इस मन्त्र से सूर्य को नित्य अर्घ्य दिया जाता है तथा प्रति रविवार

को अर्घ्य में रक्तपुष डाला जाता है। अर्घ्य द्वारा विसर्जित जल से दक्षिण नासिका, दक्षिण नेत्र, दक्षिण कर्ण व दक्षिण भुजा को स्पर्शित किया जाता है। तत्पश्चात् पूर्व साक्षात्कारों के लिए जावें तो अवश्य सफलता मिलती है। यह वस्तुतः आत्मविश्वास बढ़ाने वाला मन्त्र है तथा दिन के 11 बजे से 3 तक इस मंत्र का विशिष्ट प्रभाव देखा गया है। प्रस्तुत मन्त्र 'राष्ट्रवर्द्धनम्' नामक सूक्त से उद्धृत है।

रामः परशुरामश्च नृसिंहो विष्णुरेव च।
विक्रमश्चैवमादीनि जप्यान्यरिजिगीषुभिः।।

शत्रुओं की जीतने की इच्छा होने पर राम', 'परशुराम', 'नृसिंह', 'विष्णु' और 'विक्रम' आदि नामों को जपना चाहिए।

मंत्र :- **अन्धकारे तमस्तीव्रे नरसिंहमनुस्मरेत्।**

डाकू तथा शत्रु से भय के समय 'नरसिंह' भगवान् के उपरांकित मंत्र का जप 1100 बार अर्थात् 11 माला करना चाहिए। इस मंत्र के जप से समस्त बाधाएँ और अवरोध स्वतः ही निर्मूल होते हैं और शत्रुभय तथा डाकूओं के उत्पात से मुक्ति प्राप्त होती है। यह साधना जब तक करनी चाहिए, जब तक अभीष्ट की संसिद्धि न हो। मंत्रजप के साथ-साथ दशांश हवन, तर्पण, मार्जन आदि करने का भी विधान है।

महाकाली मन्त्र

मन्त्रशास्त्र और तन्त्र विज्ञान में महाकाली और उसकी विद्याओं का अद्भुत विस्तार है। यहाँ महाकाली के मन्त्रों मे से केवल एक अनुभूत मन्त्र को दिया जा रहा है। इस मन्त्र का रात्रि में बारह बजे शुद्ध चित्त से केवल पचास बार जप करने से शत्रु अनुकूल हो जाते हैं। कार्य का विघ्न दूर होकर वह काम सफलतापूर्वक सम्पन्न होता है।

काली ध्यानम्

शूलाब्जपाशं कुशपद्महस्तां चतुर्भुजां धूम्रनिभां त्रिनेत्रं।
सिंहासनस्था धृतपीतवस्त्रां ध्यायेन्महेशीम् हृदि कालरात्रिम्।।

काली गायत्री-

ॐ कालिकायै विद्महे श्मशानवासिन्यै धीमहि तन्नो घोरा प्रचोदयात्।।

श्री काली मन्त्र-

ॐ ऐं ह्रीं क्लीं श्रीं कालीश्वरी सर्वजन मनोहारिणी सर्वमुख स्तम्भिनि सर्वराजवशंकरि सर्वदुष्टनिर्दलनि सर्वस्त्रीपुरुषकर्षिणि वधी शृंखलास्त्रोटय त्रोट्य सर्वशत्रून भंजय

भंजय द्वेषीन् निर्दलय निर्दलय सर्वान् स्तम्भय मोहनास्त्रेण द्वेषिणमुच्चाटय उच्चाटय सर्वं वशं कुरु कुरु स्वाहा। देहि देहि सर्वं कालरात्रि कामिनी गणेश्वर्यै नमः।।

कालाग्निरुद्र मन्त्र

मंत्रः- **ॐ श्रीं ह्रीं ऐं क्लीं ह्यौं सौं क्रौं क्रीं क्रौं क्लीं क्रौं क्रीं क्रीं क्रीं**
ॐ भूर्भुव स्वः श्री कालाग्निरूद्राय नमः।

विधि- नित्य प्रति जप करने से आयु वृद्धि होती है। स्वास्थ्य लाभ मिलता है। भगवान् रूद्र शत्रुओं पर विजय प्राप्त कर जप कर्त्ता की रक्षा करते हैं।

ज्वालामुखी ध्यानम्

मंत्रः- **ज्वालापरीतास्यसरोरूहां तां सरोजशंखासिगदाधरां च।**
सिंहासने स्थापितपादयुग्मां ज्वालामुखीं तां हृदये स्मरामि।।

ज्वालामुखी मन्त्र

इस मन्त्र का नित्य केवल एक माला जप करने से शत्रुओं पर विजय प्राप्त होती है।

मंत्रः- **ॐ ह्रीं श्रीं ज्वालामुखी ममसर्वशत्रुन् भक्षय भक्षय हुं फट् स्वाहा।**

1- **रं ह्रां रं ह्रीं रं ह्रूं रं ह्रें रे ह्रौ रं ह्रः रुद्रावताराय..........शत्रुसंहारणाय रं ह्रां रं ह्रीं रं ह्रूं रं ह्रें रं ह्रौं रं ह्रः फट स्वाहा ।"**

2- **"ॐ नमो हनुमते रुद्रावताराय पंचवदनाय................शत्रु भंजनाय रामदूताय हुं फट्।"**

भाड़ की बालू बिछाकर शत्रु का चित्र बनाकर बायें हाथ में जल लेकर उस चित्र पर डालकर बायें पैर से तीन बार पृथ्वी पर मारे। शत्रु अवश्य पराजित होगा।

शाबर मंत्र प्रयोग

शाबर मंत्र साधना से पूर्व शाबर मंत्र के विषय में संज्ञान आपेक्षित है जोकि प्रारम्भ में विस्तार से लिखित है। हमने अपनी लोकप्रिय कृति मंत्र मधुवन में शाबर मंत्र की विशद विवेचना की है।

4.4 मंत्र शक्ति एवं आरोपों से मुक्ति

बंधन से अभिषिक्त व्यक्ति प्रायः विक्षिप्त हो जाता है अथवा उसमें सन्निहित शक्ति एवं आत्मविश्वास अस्थिर हो उठता है। यदि बंधन युक्त व्यक्ति अपराध जगत् से सम्बन्धित नहीं है एवं अनायास आरोप से आक्रान्त होने पर आत्मघात सी स्थिति उत्पन्न हो जाती है। बन्धन तो सभी के लिए, दुर्दमनीय, दारुण दुःखों की व्यथा का करुण-क्रन्दन है जिससे मुक्त होने हेतु मंत्र-शक्ति और भगवत् आराधना के अतिरिक्त अन्य कोई मार्ग शेष नहीं है। अपराधियों के लिए कारागार और बंधन एक सामान्य स्थिति है परन्तु अचानक भावावेश में आकर जब व्यक्ति अपने को नियंत्रित न कर सके और उससे अनचाहे ही कोई दण्डनीय अपराध हो जाये तो वह क्या करे? कोई अपराधी है अथवा नहीं, इसे सिद्ध करना नितांत दुष्कर प्रक्रिया है। अपराध चाहे अनजाने अनचाहे ही हुआ हो, परन्तु दण्डनीय होता है। न्यायालय में अपराध सिद्ध हो जाने पर कारागार के दण्ड का भोग करना अनिवार्य होता है। बन्धन मुक्ति हेतु तथा अपराध और आरोप से सम्बन्धित समस्याओं के निदान हेतु इस अध्याय में अनेक साधनाएँ व्याख्यायित हैं, जिनको विधि-विधान के साथ सम्पन्न करने से समस्त बन्धन के संकट से मुक्ति प्राप्त होती है। इस स्थित में बगलामुखी स्तोत्र अत्यन्त शीघ्र फलप्रदाता तथा बन्धन से मुक्ति प्रदान कराने वाला सिद्ध होता है। बगलामुखी स्तोत्र एक विस्तृत विषय है जिसका स्तोत्र के साथ ही जप करने का विधान है। बगलामुखी मंत्र का एक लाख जप किया जाता है परन्तु साथ ही साथ स्तोत्र का पाठ भी सम्पन्न करना चाहिए। बगलामुखी स्तोत्र का विधिपूर्वक जप करने से कारागार और बन्धन से मुक्ति मिलती है। बगलामुखी मंत्र तीन प्रकार से पढ़ा जाता है।

ॐ हलीं बगलामुखी सर्वदुष्टानाम्
वाचं मुखं पदं स्तम्भय जिहवाम्
कीलय कीलय बुद्धिम नाशय
हलीं ॐ स्वाहा।

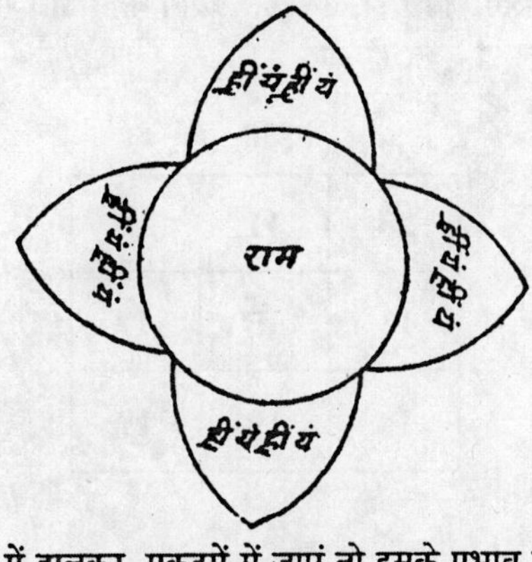

इस यन्त्र को दूध में डालकर, मुकदमें में जाएं तो इसके प्रभाव से मुकदमें में विजय प्राप्त हो जाएगी तथा न्यायाधीश यन्त्र-साधक के अनुकूल रह कर, अपना निर्णय देगा।

यंत्र शक्ति

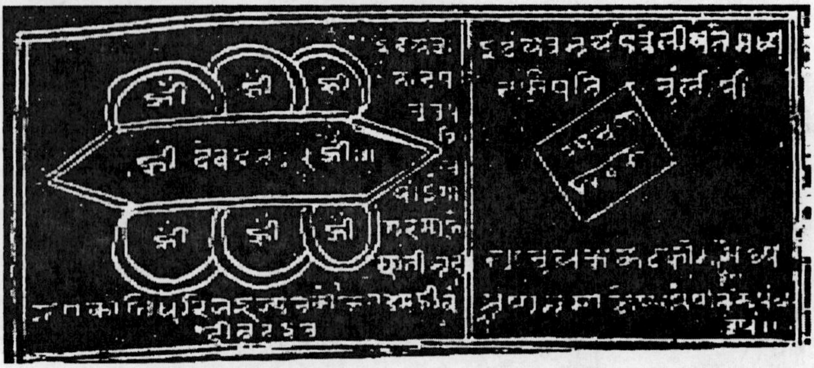

यह यन्त्र ताडपत्र पर लिखकर एक कलश में बन्द करके एकान्त में रख दें, कुछ दिनों में वह अपने आप ही उघड़ जाएगा और बन्दी मुक्त हो जाएगा। देवदत्त के स्थान पर बन्दी का नाम लिखना चाहिए।

बंधन मुक्ति

कदाचित् आपके किसी इष्ट मित्र या परिवार के किसी व्यक्ति को कारागार का दण्ड मिला हो और उससे मुक्ति पाने के आपके समस्त उपाय निष्फल हो चुके हों तो आप इस अद्भुत यन्त्र को भोजपत्र पर लिखकर आंटे में गूंथ कर गोलियां बना सरिता में डाल दें। इस प्रयोग के प्रभाव से दण्डित व्यक्ति या तथाकथित अपराधी को शीघ्र मुक्ति प्राप्त होती है। जिन व्यक्तियों की जमानत न होती हो और वह निर्दोष होने के उपरान्त भी, अशुभ ग्रहों के प्रभाव से कारागार में बन्दी बनकर रहने के लिए विवश हों, उन्हें इस प्रयोग के सविधि सम्पादन से जमानत प्राप्त हो जाती है और वे बन्धन से मुक्त हो जाते हैं।

786

38	11	16
13	15	17
14	19	12

विजयप्रद यंत्र व्यवस्था

भोजपत्र के ऊपर कुंकुम द्वारा दो रेखा मिश्रित एक चतुष्कोण यन्त्र खींचकर उसके चारों कोणों तथा चारों दिशाओं में कुल आठ कमल दलों की स्थापना करें। फिर यन्त्र के भीतर मध्य भाग में दो तिरछी रेखाओं की कल्पना कर, पहली रेखा में 'ह्रीं, मां, ह्रीं'--इन तीन बीजों को लिखकर, दूसरी रेखा में साध्य-व्यक्ति के नाम लिखें। फिर, दक्षिण दल में 'रोध' बीज नैऋत्य कोण में 'क्षं' बीज पश्चिम दल में 'स्तम्भ' बीज, वायव्य कोण में 'क्षं' बीज उत्तर दल में 'क्षोभ' बीज, ईशान कोण में 'क्षं' बीज, पूर्व दल में 'मोह' बीज तथा आग्नेय कोण में 'क्षं' बीज को लिखें।

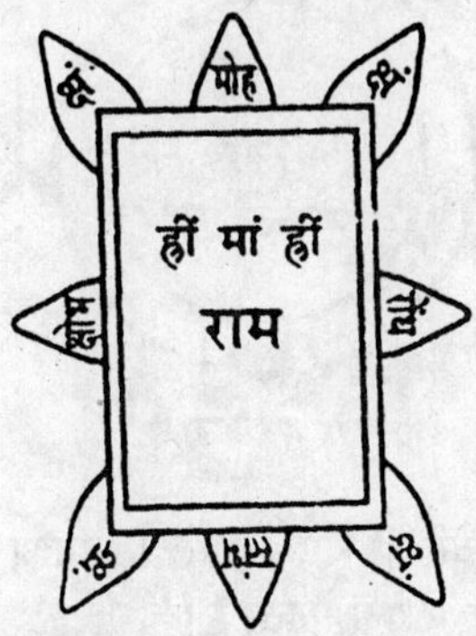

उक्त विधि से यन्त्र का जो स्वरूप तैयार होगा, उसे नीचे के चित्र में प्रदर्शित किया गया है। प्रदर्शित चित्र में जहां 'राम' शब्द लिखा है, वहां साध्य-व्यक्ति के नाम को लिखना चाहिए।

लेखनोपरान्त यन्त्र को शराब सम्पुट में रखकर धूप, दीप, नैवेद्य आदि से विधिपूर्वक पूजन तथा आठों दिशाओं में बलिदान आदि क्रियाओं को करके इन्द्रादि लोकपालों का पूजन करें तथा कुमारियों को भोजन कराएं।

जब तक कार्य सिद्ध न हो, तब तक उक्त विधि से यन्त्रराज का पूजनादि करते रहना चाहिए।

इस यन्त्र के प्रभाव से राजकुल में प्रतिष्ठा, उन्नति तथा विवाद (मुकदमा आदि) में विजय प्राप्त होती है।

बन्दी-मोचन यन्त्र

किसी भी बन्दी को जेल से मुक्ति दिलाने के लिए बन्दी-मोचन यन्त्र का प्रयोग करना चाहिए। विधि इस प्रकार है-

कपूर तथा कुंकुम द्वारा एक बड़े भोजपत्र के ऊपर आगे प्रदर्शित यन्त्र निर्मित कर गन्ध, पुष्पादि से विधिवत् पूजन करें।

प्रदर्शित यन्त्र के मध्यभाग में जहां 'राम' शब्द लिखा हुआ है, वहां बन्दी व्यक्ति का नाम लिखें।

यन्त्र का स्वरूप इस प्रकार है-

पूजनोपरान्त यन्त्र को त्रिलोह के ताबीज में बन्द करके साधक अपने कंठ अथवा दाईं भुजा में धारण कर ले तो साध्य बन्दी बन्धन से छूट जाता है। यदि किसी प्रकार बन्दी व्यक्ति को ही यह यन्त्र धारण करा दिया जाए तो वह बन्धन शीघ्र ही छूट जाएगा।

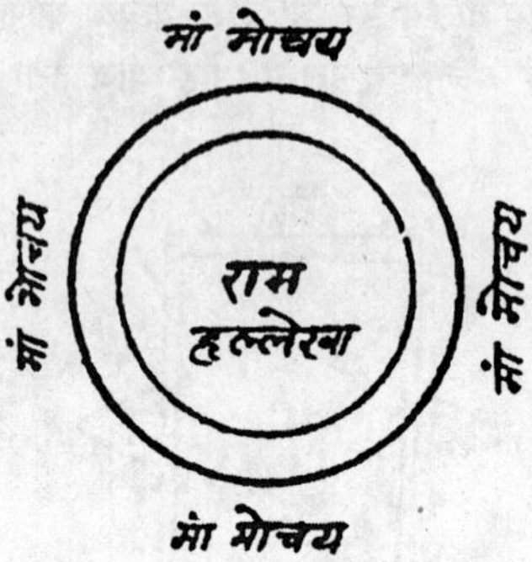

इस यन्त्र को जो व्यक्ति वैसे ही धारण करते हैं, उनका शरीर स्वस्थ बना रहता है तथा उन्हें कभी बन्धन का दुःख नहीं भोगना पड़ता है।

कारागार मुक्ति

त्वमस्मिन् कार्य निर्योगे प्रमाणं हरिसत्तम्।
हनुमन यत्नमास्थाय दुःख क्षय करोभव।।

उपरोक्त मन्त्र जप के लिए साधक को प्रातः काल सूर्योदय से पूर्व ही शैय्या त्याग कर नित्य क्रिया से निवृत हो जाना चाहिए तथा स्नानादि के उपरान्त स्वच्छ वस्त्र धारण कर किसी एकांत स्थान में हनुमान जी की प्रतिमा या चित्र श्रद्धापूर्वक स्थापित करना चाहिए। उसके पश्चात् लाल रंग की आसनी पर बैठकर धूप-दीप दिखाकर हनुमान जी को प्रणाम करना चाहिए एवं उसके पश्चात् मन्त्र का जप प्रारम्भ कर देना चाहिए। मन्त्र प्रतिदिन 108 बार एकाग्रचित होकर जपना चाहिए। साधक अपनी सुविधा के लिए तुलसी के 108 दाने की माला का भी प्रयोग कर सकते हैं। ऐसे इस मन्त्र की सिद्धि 90 दिनों के जप के पश्चात् प्राप्त होती है लेकिन कुछ ही दिनों के जप के उपरान्त लाभ दृष्टिगत होने लगता है। मन्त्र सिद्ध होने तक साधक को सम्पूर्ण रूप से नियम-निष्ठा तथा ब्रह्मचर्य का पालन करना चाहिए। मन्त्र सिद्ध हो जाने के उपरान्त भी प्रतिदिन 21 बार जप करते रहना चाहिए।

दासत्व से मुक्ति हेतु

यो मां जयति संग्रामे, यो मे दर्पं व्यपोहति।
यो मे प्रतिबलो लोके स मे भर्त्ता भविष्यति।।

हे माँ हम युद्ध में विजयी हो, हमारा अभिमान नष्ट हो हमारे बल और साहस की समस्त संसार में कीर्ति हो एवं हम अपने वर्तमान और भविष्य में सकारात्मक कार्य सम्पादित करें।

जगतजननी भगवती जगदम्बा देवताओं मे पूज्य, संसार में अनेकों नामों से विख्यात है। तथा इनके रूप भी भिन्न-भिन्न है। प्रस्तुत मन्त्र स्वयं दुर्गा जगदम्बा के मुख से उच्चारित है। इस मन्त्र में जगदम्बा का स्वाभिमान, शक्ति द्वारा शत्रु-मर्दन तथा विजय का उद्घोष तथा दृढ़ प्रतिज्ञा संयुक्त शक्ति के संदर्शन होते हैं।

विवाद निवृत्त हेतु मंत्र

अग्रांकित सात मंत्रों का यह प्रयोग न्यायालय में, अपराधी को निर्दोष सिद्ध करता है तथा विजय प्राप्त करने में सहायक सिद्ध होता है। दो पक्षों में जब द्वेष और कलह, जब समस्त सीमाओं का उल्लंघन करता है, सामाजिक आचारसंहिता ध्वस्त हो जाती है, मर्यादा नैतिक मूल्यों का वनवास हो जाता है और जब सभी मार्ग अवरुद्ध हो जाते हैं तब अग्रांकित मंत्रों के जप करने का विधान है, जो न्यायालय में पराजय को विजय में रूपान्तरित करते हैं, तथाकथित व्यक्ति निर्दोष सिद्ध होता है और उसे विजयश्री प्राप्त होती है।

सहृदयं सांमननस्यमविद्वेष कृणोमिं वः।
अन्यो अन्यमभि हर्यंत वत्सं जातमिवाध्न्या।।1।।

अनुव्रतः पितुः पुत्रो माता भवतु सैमनाः।
जाया पत्ये मधुमतीं वाचं वदतु शन्तिवाम्।।2।।

मा भ्राता भ्रातर द्विक्षन्मा स्वसारमुत स्वसा।
सम्यञ्चः सव्रता भूत्वा वाचं वदत भद्रया।।3।।

येन देवा न वियन्ति नो च विद्विषते मिथः।
तत् कृन्मो ब्रह्म वो गृहे सं ज्ञानं पुरुषेभ्यः।।4।।

ज्यायस्वन्ताश्चित्तिनो मा वि यौष्ट संराध्यन्तः सधुराश्चरन्तः।
अन्यौ अन्यस्मै वल्गु वदस्त एत, सध्रीचौनान् वः संगनसस्कृणोमि।।5।।

समानी प्रपः सह वोऽन्नभागः समाये योक्त्रै सह वो युनज्मि।
सम्यञ्चऽग्निं सपर्यतारा नाभिमिवाभितः।।6।।

सध्रीचीनात् वः संमनसस्कृणोम्येकश्नुष्ठीन्त्स वननेन् सर्वान्।
देवाइवामृत रक्षमाणाः सायंप्रातः सौमनसो वो अस्तु।।7।।

जब दो पक्षों में विवाद इस सीमा तक बढ़ गया हो कि किसी बड़े विस्फोट की आशंका हो, आपसी विद्वेष भाव को दूर करना हो, पुत्र पिता, पति पत्नी, भाई भाई, बहिन भाई में अनबन हो गई हो तो निम्न मन्त्रों का पाठ एवं हवन आदि दोनों पक्षों को प्रेम सूत्र में बांधते है और समान मन वाला बनाती है।

बन्दी मोचन मंत्र प्रयोग

कोई व्यक्ति ही नहीं, बल्कि कोई जीव-जन्तु, पशु-पक्षी बन्दी बनना पसन्द नहीं करता। कोई नहीं चाहता कि उसे किसी भी रूप में बन्दी बनना पड़े। बन्दी बनाया जाना एक दण्ड है जो किसी अपराध या पाप का तो प्रतिफल होता ही है परन्तु कभी-कभी बिना किसी अपराध या पाप के व्यक्ति को बन्दी बनने के लिए विवश होना पड़ता है। अनेक अवसरों पर अपराधी स्वतंत्र रूप से विचरण करता रहता है और उससे सम्बन्धित जन, सहयोगी, सम्बन्धी या परिवार को बन्दी बनने हेतु विवश कर दिया जाता है। षष्ठ भाव में पापग्रहों का क्रूर प्रभाव हो, तो व्यक्ति दण्डित होता है परन्तु षष्ठ भाव व अष्टम भाव में पापग्रहों की समान संख्या हो, तो व्यक्ति अपने किसी अपराध कृत्य हेतु बन्दी बनने के लिए विवश होता है। यदि शुभ ग्रह हों, तो व्यक्ति किसी अच्छे कार्य हेतु बन्दी बनाया जाता है। कभी सत्याग्रह के लिए, तो कभी क्रान्ति हेतु। इसी प्रकार से द्वितीय व द्वादश भावों में पाप ग्रह समान संख्या में विद्यमान हों, तो कारागार योग का निर्माण होता है। जब कोई व्यक्ति पापग्रहों के प्रभाव में होने के कारण प्रतिकूल दशा, अन्तर्दशा में बन्दी बनने हेतु विवश हो अथवा दण्डित किया जाय, तो बन्दी मोचन स्तोत्र का पाठ करने से बन्धन से मुक्ति प्राप्त होती है।

बन्दी मोचन स्तोत्र

विनियोग - ॐ अस्य बन्दी-मोचन-स्तोत्र-मन्त्रस्य श्रीकण्व ऋषिः। त्रिष्टुप् छन्दः। श्रीबन्दी-देवी देवता। ह्रीं बीजं। हूं कीलकं। मम बन्दी-मोचनार्थे जपे विनियोगः।

ऋष्यादि न्यास - श्रीकण्व-ऋषये नमः शिरसि। त्रिष्टफप्-छन्दसे नमः मुखे। श्रीबन्दी देवी-देवतायै नमः हृदि। ह्रीं बीजाय नमः गुह्ये। हूं कीलकाय नमः पादयोः। मम बन्दी-मोचनार्थे जपे विनियोगाय नमः सर्वांगे।

मंत्र - ॐ ह्रीं हूं बन्दी-दैव्यै नमः। (108 बार)।

बन्दी देव्यै नमस्कृत्य, वरदाभय -शोभिनीम्।
तदाज्ञां शरणं गच्छत्, शीघ्रं मोचं ददातु मे।।1।।

बन्दी कमल-पत्राक्षी, लौह-शृंखला-भंजिनीम्।
प्रसादं कुरु मे देवि शीघ्रं मोचं ददातु मे।।2।।

त्वं बन्दी त्वं महा-माया, त्वं दुर्गा त्वं सरस्वती।
त्वं देवी रजनी चैव, शीघ्रं मोचं ददातु मे।।3।।

संसार-तारिणी बन्दी, सर्व-काम-प्रदायिनी।
सर्व-लोकेश्वरी देवी, शीघ्रं मोचं ददातु मे।।4।।

त्वं ह्रीं त्वमीश्वरी देवि , ब्रह्माणी ब्रह्म-वादिनी।
त्वं वै कल्प-क्षयं कर्त्री, शीघ्रं मोचं ददातु मे।।5।।

देवी धात्री धरित्री च, धर्म-शास्त्रार्थ-भाषिणी।
दुःश्वासाम्ब-रागिणी देवि शीघ्रं मोचं ददातु मे।।6।।

नमोऽस्तु ते महा-लक्ष्मी, रत्न-कुण्डल-भूषिता।
शिवस्यार्धांगिनी चैव, शीघ्रं मोचं ददातु मे।।7।।

नमस्कृत्य महा-दुर्गां, भयात्तु तारिणीं शिवां।
महा-दुःख-हरां चैव, शीघ्रं मोचं ददातु मे।।8।।

फल-श्रुति इदं स्तोत्रं महा-पुण्यं, यः पठेन्नित्यमेव च।
सर्व-बन्ध-विनिर्मुक्तो, मोक्षं च लभते क्षणात्।।

हवन-विधि- कमल-गट्टा, गाय का घी, शुद्ध शहद, मिश्री, हल्दी एवं लाल चन्दन के चूर्ण को मिश्रित कर उससे 'जप'-संख्या का दशांश 'हवन' करना चाहिए।

न्यायालय में शत्रु की पराजय

वादिनः प्रशमं यान्तु विजयो में सदा भवेत्।

इस मन्त्र का जप भी उपरोक्त विधि से ही किया जाता है। 108 मन्त्र का जप प्रतिदिन 45 दिनों तक करने पर सिद्धि की प्राप्ति होती है। मन्त्र सिद्ध को जाने के पश्चात् मुकदमे के समय घर से निकलने के पूर्व 11 बार जप करना चाहिए तथा सुनवाई के समय मन-ही-मन 7 बार जप करके हनुमान जी को ध्यान लगाने से मनोकामना पूर्ण होती है।

अथवा

"ॐ नमः कनक पिंगे रौद्र कृपातरुदास्त्र धरनी तिष्ठ सरासर सत्वान मोहये भगवती सिधि धुजो इतिमीठे माये स्वाहा।"

विधि- यह मन्त्र दस हजार बार जपने पर सिद्धि होता है। यह मन्त्र को सिद्ध करने के उपरान्त मार्गशीर्ष (अगहन) मास की पूर्णिमा को मयूर-शिखा की जड़ को यत्नपूर्वक उखाड़ कर

इस मन्त्र से 108 बार अभिमंत्रित करके दाएं हाथ में बांध कर या मस्तक पर धारण करके न्यायालय मे जाने से मुकदमें में विजय प्राप्त होती है।

"हं हनुमते रुद्रात्मकाय हुं फट्।"

पवनपुत्र महावीर हनुमान समस्त कार्यों को सिद्ध करने वाले हैं, इनके स्मरण मात्र से भूत और पिशाचादि समीप नहीं आते हैं। समस्त रोगों एवं ज्वरों को नष्ट करने वाले महावीर जी का मन्त्र एक पैर पर खड़े होकर 125000 जप करने में निश्चित विजय-प्राप्ति होती है।

अथवा

ॐ क्रां क्रां क्रां धूम्रसारी बदाक्षं विजयति जयति ओं स्वाहा।

जिस त्रयोदशी को पुनर्वसु नक्षत्र हो तब सुरही के चर्मासन पर किसी सरिता के निकट मूंगे की माला से जप करे, तदन्तर यह मन्त्र सिद्धि हो जाता है और जब प्रयोग करना हो तो सात बार मन्त्र पढ़कर न्यायाधीश के सन्मुख जाने से मुकदमें में विजय अवश्य प्राप्त होती है।

यह प्रयोग आर्थिक उन्नति और भूमि सम्बन्धी कार्यों में सफलता प्राप्त करने के लिए किया जाता है। यदि साधक को जीवन में घर बनाने की इच्छा हो या उसका घर पूरा नहीं हो रहा हो अथवा जमीन सम्बन्धी कोई विवाद हो, तो इस मन्त्र का 10,000 जप करने से ही अनुकूलता प्राप्त होती है।

ॐ ग्लौं श्रीं अन्नं मह्यं मह्यं मे तेहन्नाधिपतये
ममान्नं प्रदापय स्वाहा श्रीं ग्लौं ॐ।

यह प्रयोग 'श्रीयंत्र' के सामने किया जाता है। यह श्रीयंत्र दिव्य मन्त्रसिद्ध प्राण-प्रतिष्ठित होना चाहिए और लाल वस्त्र पर इस श्रीयंत्र को स्थापित कर, उसके सामने अगरबत्ती व दीपक प्रज्ज्वलित कर इस मन्त्र की कमलगट्टे की माला से नित्य एक माला जप करें।

वस्तुतः यह मन्त्र महत्वपूर्ण है और 18 अक्षरों वाला यह मन्त्र जीवन में पूर्णता देने के लिए अनुकूल है।

शास्त्रों में लिखा है कि 10,000 मन्त्र जप से साधक को पूर्णता एवं अनुकूलता प्राप्त हो जाती है। 10,000 मन्त्र जप पूर्ण होने के बाद साधक अनुष्ठान समाप्त कर वसुधा माला को कहीं बहते जल में प्रवाहित कर दे एवं श्रीयन्त्र को अपने पूजन स्थान में रख दें।

विजयप्रदाता सिद्ध मन्त्र

ॐ नमो विश्व रूपाय (अमुकस्य)
(अमुकेन) विजयं कुरू कुरू स्वाहा।

विधि व लाभ- मन्त्र जपते समय मन्त्र में जहां 'अमुकस्य अमुकेन' ये शब्द आया है यहां पर जिस पर जिसको विजय प्राप्त करनी हो उनके नाम कहने चाहिए। यह मन्त्र केवल एक हजार आठ बार जपने से सिद्ध का प्रदाता है। मन्त्र से अभिमंत्रित करके सुदर्शन की जड़ को हाथ पर बांधने वाला समरांगण में विजयश्री प्राप्त करता है। अभिमंत्रित करने में एक सौ आठ बार अभिमंत्रित करके दाईं भुजा पर ताबीज बनाकर बांधने वाला बाद-विवाद न्यायालय में निश्चित ही जीतकर आता है।

शत्रुवशीकरण-यन्त्र (वृषभ यन्त्र)

मिट्टी का एक बैल बना कर पास में रख लें। फिर कुंकुम और गोरोचन से भोजपत्र पर यह यन्त्र लिखे और उसके नीचे जिसको वश में करना हो उसका नाम लिख कर यह यन्त्र लिखें- **ॐ नमो कुकुणा डाड पंढ पीड नाथि नाथः** अमुकं (नाम) **आणि माहरइ पाइ तलि घालि वेडइ वेगि वाप क्वंकुणाडाउतणी शक्ति फुरइं क्ष्म्वरयूं**। बाद में एक पुतला मिट्टी का बनाएं और उसको बैल के ऊपर बैठा दें। यन्त्र को धूप देकर बैल के पेट मे लपेट कर रख दें। किसी जीवित बैल के सिर के कुछ बाल लाकर बैल के सिर पर लगा दें। इस बैल सहित पुतले को किसी पटिए पर रखकर पूजा करें, धूप दें और 5 सेर चावल भेंट चढ़ाएं। लाल कनेर के पुष्प 108 लाकर ऊपर बताए हुए मन्त्र को बोलते हुए 1-1 फूल चढ़ाते जाएं। ऐसा करने से शत्रु अथवा जिसे चाहे वह वश में हो सकता है। चढ़ाए हुए चावल कुंवारी कन्या की पूजा करके उसे दक्षिणा सहित दे देवें।

शत्रुमारण-यन्त्र

'रत्न चिन्तामणि' के अनुसार यह यन्त्र काजल, नीम का रस विष और चिता की राख इन सब को मिला कर उससे कौए के पंख की लेखनी द्वारा किसी चौकोर पत्थर पर लिखकर श्मशान में चिता के नीचे रख दें। बाद में 108 बार प्रातः, मध्याह्न और सायंकाल के समय निम्नलिखित मन्त्र का जप करें- ॐ **(दुश्मन का नाम) मारय मारय फट् स्वाहा।** इससे शत्रु की मृत्यु हो जाती है। इसी प्रकार जपादि करने से शत्रु की सेना का भी निवारण होता है। प्रयोग के लिए कृष्णपक्ष की चतुर्दशी अथवा रविवार का दिन लेना चाहिए।

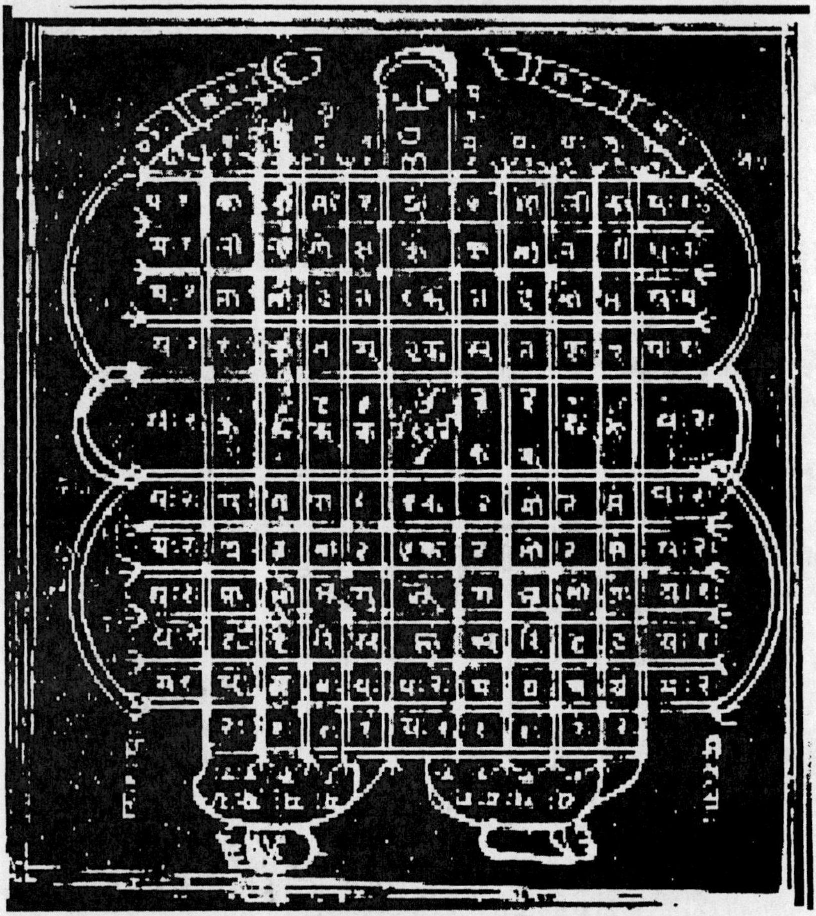

भुवनेश्वरी मंत्र साधना

ॐ ह्रीं श्रीं क्लीं भुवनेश्वर्यै नमः।

इस मन्त्र से जमीन-जायदाद, भवन सम्बन्धी दुःख दूर होते हैं। सवा लाख जप करें।

कण्टक यन्त्र

जब कोई विरोधी अथवा शत्रु व्यक्ति हानि पहुँचाने पर विवश हो जाय और बिना उसका दमन किये रक्षा का कोई मार्ग न हो, तब कण्टक यन्त्र की साधना की जाती है।

	इभ्य	
इभ्य	देवदत्त	इभ्य
	इभ्य	

यन्त्र-रचना का नियम यह है कि श्मशान की राख से आक के दो पत्तों पर यह यन्त्र लिखना चाहिए। लिखने के बाद दोनों पत्तों को एक-दूसरे के ऊपर रखकर काँटे से बींधना चाहिए। जब समूचा पत्ता बिंधकर छलनी जैसा हो जाय तब उसकी पूजा करके वहीं श्मशान में गाड़ देना चाहिए। दूसरे दिन अपने स्थान पर किसी ब्राह्मण को भोजन कराकर दक्षिणा दें।

इस कण्टक यन्त्र के प्रभाव से शत्रु का बल क्षीण हो जाएगा। वह अनेक प्रकार की समस्याओं में उलझकर परेशान होगा और उसकी समस्त उग्रता समाप्त हो जाएगी।

ध्यान रहे कि प्रत्येक प्रकार की यन्त्र-साधना, वह चाहे सात्विक हो अथवा अभिचार सम्बन्धी, अपने निर्दिष्ट मुहूर्त पर की जाय तभी फलप्रद होती है। इस पुस्तक के आरम्भ में लिख चुके हैं कि किस दिन, तिथि और नक्षत्र का कैसा प्रभाव रहता है। तदनुसार ही साधना का समय निश्चित करना चाहिए। समय का लघुतम अंश - क्षण, पल, विपल भी अत्यधिक महत्त्वपूर्ण होता है।

भौममनोरथं स्वर्गे स्वर्गे रम्यं च यत् पदम्।
प्राप्नोत्याराधिते विष्णुः निर्वाणमपि चौत्तमम।।

भगवान विष्णु की आराधना करने पर मनुष्य भूमंडल संबंधी समस्त मनोरथ, स्वर्ग, स्वर्ग से भी श्रेष्ठ ब्रह्मपद और परम निर्वाणपद भी प्राप्त कर लेता है।

4.5 अपहृत धन प्रश्न विचार

ज्योतिष विज्ञान की उपयोगिता पर बार-बार उसी तरह से प्रश्नचिह्न लगते रहे हैं, जिस तरह से सीता की पवित्रता के समक्ष प्रश्नचिह्न लगते रहे थे। सीता जी निष्कलंक थी, निरपराध थीं, निर्विकार थीं, परन्तु उन्हें अग्निपरीक्षा हेतु विवश होना पड़ा। और फिर भी, श्रीराम ऐसे मर्यादा पुरुषोत्तम ने प्रजा की आलोचना के कारण, निष्कलंक सीता जी को जीवन भर का वनवास दिया। आज ज्योतिष विज्ञान की उपयोगिता, सत्यता और सार्वभौमिकता आदि के बार-बार प्रमाणित और प्रतिष्ठित होने के उपरान्त भी, समाज के कुछ व्यक्ति उसके वैज्ञानिक आधार के समक्ष प्रश्नचिह्न लगाने में संकोच नहीं करते। ज्योतिष ने अपनी उपयोगिता को लाखों-करोड़ों बार सिद्ध किया है, फिर उसे उस प्रकार से देखना, ज्योतिष विज्ञान के उपहास उड़ाने के समान है। जिस तरह से ईश्वर के सर्वविद्यमान होने की सत्यता से हिरण्यकश्यप पूर्णतः अपरिचित था, परन्तु प्रह्लाद ने अपने पिता हिरण्यकश्यप को प्रभु की सार्वभौमिकता के दर्शन करा दिए। प्रह्लाद जितनी गहन आस्था किसी भी साधक अथवा आराधक के मन में हो, तो ईश्वर के दर्शन किसी भी वस्तु में कराये जा सकते हैं। उसी प्रकार से जब किसी के यहाँ चोरी हो जाय या किसी के घर का बालक, पति या पुत्र घर से अनायास ही लुप्त हो जाये, तो बड़ा से बड़ा व्यक्ति भी ज्योतिष की शरण प्राप्त करने हेतु विवश हो जाता है। चोरी हुई वस्तु किस स्थल पर रखी गयी है, किस प्रकार के व्यक्ति ने चुराया है? वह वस्तु कहाँ है? तथा चोर का नाम किस अक्षर से प्रारम्भ होता है? और कितने अक्षर का नाम है? आदि के विषय में शास्त्रसंगत कतिपय महत्त्वपूर्ण सूत्र अग्रांकित हैं। यह अनुभव सिद्ध है कि यदि इन सूत्रों को सतर्कतापूर्वक प्रयुक्त किया जाय, तो चोर और चोरी की गयी वस्तु से सम्बन्धित संज्ञान में त्रुटि की संभावना नहीं होती। शताधिक अवसरों पर इन सूत्रों का प्रयोग करके चोरी की गयी वस्तु को प्राप्त करने का मार्ग प्रशस्त हुआ है तथा चतुरचोर हेतु व्यूह संरचना फलीभूत हुई है।

मानवता को खण्ड-खण्ड करने वाला, नैतिक मूल्यों और मर्यादा को विदीर्ण करके अट्टहास करने वाला दुःशासन आज भी किसी न किसी रूप में जीवित है। अन्य की पत्नी का अपरहण करके उसके साथ अनाचार करने के पश्चात् हत्या जैसी प्रकम्पित कर देने वाली विकृत मानसिकता आज भी साँस ले रही है। कोमल, निर्मल बचपन भी आज सुरक्षित नहीं है। न जाने कब किसकी धन-लोलुपता बालक का अपहरण करके उसके प्राणों के मूल्यों को व्यवसाय के तराजू में तौलने लग जाये, न जाने वो कौन-सा क्षण हो, जब अपहरण किये गए व्यक्ति के मूल्य के समतुल्य राशि के अभाव में उसके प्राण ही छीन लिए जायें, निठारी काण्ड के दरिंदे आज भी जीवित हैं, जो सुकुमार, अबोध, निर्दोष, निर्मल बालिकाओं की निर्मम हत्या करके उनके साथ अनाचार कर और उनका भक्षण करने में भी हर्ष अनुभव करते हैं। कितने ही ऐसे दरिंदे और दानवी प्रकृति के वीभत्स, विकृत मानसिकता से आक्रान्त, हिंसक जन्तुओं से भी अधिक भयाबह और आदमखोर पुरुष ही नहीं, महिलायें भी समस्त संसार को प्रदूषित कर रही हैं। 2006 में दों महिलाओं का नग्न सत्य का, उस समय पटाक्षेप हुआ जब दर्जनों निर्दोष दुधमुहें बच्चों की हत्या का आरोपी पाये जाने के कारण उन्हें मृत्यु दण्ड प्रदान किया गया। रंगा, बिल्ला जैसे दरिंदे जिस समाज में

साँस लेते है वहाँ की वायु भी विषैली हो जाती है।

मानवता का अपराधीकरण हो चुका है, जिसको हमारे देश के संरक्षक नेताओं और अभिनेताओं के कवच ने कहीं छिपा रखा है। जहाँ उन्हें दण्ड का संताप अथवा भय विचलित नहीं करता। ऐसे अपराधियों से युक्त समाज में हम रहते आ रहे हैं, और हममें से किसी को भी उनकी गिद्धदृष्टि निग़ल सकती है। कभी अपहरण की राशि उन्हें प्राप्त हो जाने पर अपहरणकर्ता व्यक्ति को मुक्ति भी प्रदान कर देते हैं और कभी कोई मंत्र शास्त्र का प्रहार उन अपराधियों की आत्मा को झंझोर देता है। उनका अपराधी जीवन शुद्ध वायु में विचरण करने के लिए व्याकुल हो उठता है, और तभी तहसीलदार सिंह से लेकर मोहर सिंह और फूलन देवी ऐसे सहस्त्रों अपराधी आत्मसमर्पण को विवश हो जाते हैं। सामाजिक व्यवस्थाओं की समग्रता सुरक्षा विभाग की आतंकवादियों और अपराधियों को दंडित करने की चेष्टा बार-बार रद्द हो जाती है। ऐसी स्थिति में हमारे ऋषि-मुनियों और मनीषियों ने अन्यान्य मंत्र साधनाओं की सृष्टि की, जिनके सतर्क और सशक्त प्रयोग से अपराधी बन्दी बन जाता है, अपहरणकर्ता के चंगुल से व्यक्ति को मुक्ति प्राप्त होती है, चुराई गई सम्पत्ति पुनः मिल जाती है और अपृहित धन और सामग्री को लौटाने के लिए अपराधी विवश हो जाता है। चोर की चतुरता निष्फल हो जाती है और वह मंत्र द्वारा निर्मित चक्रव्यूह में फँसकर कारागार की ऊँची दीवारों के पीछे अपने अपराध का दण्ड भोगन के लिए विवश होता है। अपराधियों को मृत्यु दण्ड दिया जाना नैतिक है अथवा अनैतिक इसका निर्णय तो ईश्वर ही कर सकता है परन्तु जो निर्बोध बालिकाओं के साथ बलात्कार तथा तुतलाते बच्चों के साथ दुराचार करते हैं और करते ही जाते हैं, उनका जीवित रहना कहाँ तक न्यायसंगत है?

ऐसे चतुर चोर तथा अपराधियों को दण्डित करने हेतु तथा अपहरणकर्ता के चंगुल से मुक्ति प्राप्त करने की कामना अग्रांकित मंत्र और स्तोत्र की आराधना का आश्रय प्राप्त करने हेतु व्याकुल हैं। आवश्यकता है इन साधनाओं से सम्बन्धित ज्ञान की तथा उनके उपर्युक्त, उत्तम एवं सतर्क सम्पादन की, ताकि या तो अपराधी का हृदय परिवर्तन हो जाय, उनका कायाकल्प हो अतः उसे अपने किये गए अपराधों के कारण उचित दण्ड प्राप्त हो, धन, धान्य और सम्मान, समृद्धि, सम्पति, सामग्री आदि संदर्भित हानि की पुनः प्राप्ति हो मंत्रों द्वारा यह सम्भव है। यहाँ पर संकेत रूप में कुछ साधनाओं का उल्लेख किया जा रहा है जिनके सविधि अनुकरण से चतुर चोर और अपराधी और आतंकियों द्वारा दुष्कृत प्रकाशित होते है और धन-सामग्री और सन्मार्ग की पुनः प्राप्ति होती है। इन आराधनाओं की निरन्तर साधनाओं से साधक निष्कारक एवं निर्भीक जीवन व्यतीत करने में सफल होता है।

ग्रह-राशि-चन्द्रमा से निरुपण ज्ञान

प्रश्न कुण्डली में यदि सूर्य बली हो तो पूर्व दिशा में वस्तु धनादि है।

,,	,,	,,	चन्द्र	,,	,,	वायव्य	,,	,, ,,
,,	,,	,,	मंगल	,,	,,	दक्षिण	,,	,, ,,

”	”	”	बुध	”	”	उत्तर	”	” ”
”	”	”	बृहस्पति	”	”	ईशान	”	” ”
”	”	”	शुक्र	”	”	अग्निकोण	”	” ”
”	”	”	शनि	”	”	पश्चिम	”	” ”
”	”	”	राहु	”	”	नैॠत्यकोण	”	” ”

केन्द्रस्थ सबसे अधिक बली ग्रह द्वारा दिशा निरूपण करना चाहिए।

चन्द्रमा लग्न में हो तो पूर्व दिशा जाननी चाहिए।

”	दशम	”	दक्षिण	”	”
”	सप्तम	”	पश्चिम	”	”
”	चतुर्थ	”	उत्तर	”	”

यदि चन्द्रमा केन्द्र में न हो तो चन्द्रस्थितांश से भावांश में जो राशि हो उसकी दिशा उपदिशा और अग्नि-पृथ्वी वायु-जल इत्यादि तत्त्वों द्वारा प्रश्नोत्तर देना चाहिए।

मेष, सिंह, धनु लग्न से पूर्व दिशा में वृष, कन्या, मकर से दक्षिण दिशा में मिथुन, तुला, कुम्भ से पश्चिम दिशा में कर्क, वृश्चिक, मीन से उत्तर दिशा में।

यदि प्रथम नवांश से पाँच नवांश तक लग्न हो तो नष्ट वस्तु अपने ही स्थान पर उपर्युक्त प्रकार से निरूपित दिशा में ही है। और पाँचवें नवांश से आगे को जितने नवांश व्यतीत हो चुके हों उतने ही मील पर, उक्त प्रकार से निरूपित दिशा में नष्ट वस्तु पहुँच चुकी है बताना चाहिए। समय का तथा दूरी का विचार करके शेष नवांशों को चन्द्रमा के गत या भावी अंशों से गुणा करके गत दिवस, और गत दूरी स्पष्ट रूप से बतानी चाहिए।

चर राशियाँ मेष, कर्क, तुला, मकर लग्न में हों तो नष्ट वस्तु दूर चली गई है।

स्थिर राशियाँ वृष-सिंह-वृश्चिक-कुम्भ लग्न में हों तो अभी शहर, ग्राम, भवन में ही है।

द्विस्वभाव राशियाँ मिथुन, कन्या, धनु मीन लग्न में हों तो दोलायमान परिस्थिति में है।

अन्ध-लोचन रो. पु. उ. वि. पू. श्श. अ. इन नक्षत्रों में खोई वस्तु शीघ्र प्राप्त हो जाती है।

मन्द-लोचन मृ. अश्ले. ह. अनु. उ. पू. भ. इन नक्षत्रों में खोई वस्तु कष्ट से प्राप्त होती है।

मध्य लोचन आ. म. चि. ज्ये. श्र. उ. कृ. इन नक्षत्रों में खोई वस्तु दूर सुनाई पड़ती है।

सुलोचन पु. पू. स्वा. मू. ध. रे. रो. इन नक्षत्रों में खोई वस्तु कभी नहीं होती है।

मघा से उ. फा. तक खोई वस्तु पास ही दिखाई देती है, हस्त से धनिष्ठा तक दूर चली जाती है। शतभिषा से भरणी तक खोई वस्तु दिखाई नहीं देती कृतिका से अश्लेषा तक न दिखाई देती है न ही प्राप्त होती है।

जिस नक्षत्र में सूर्य हो उसके 9 नक्षत्र तक खोया पशु वन में होता है, 9 से 15 तक में खोया पशु मार्ग में आ रहा है। 15 से 22 में खोया पशु शीघ्र ही घर पा आना चाहता है। 22 से 24 तक खोया पशु वापस नहीं आता है। 24 से 27 तक खोया पशु मृत्यु को प्राप्त हो चुका है। इस प्रकार से नक्षत्र फलादेश पशु प्रश्न पर समझना चाहिए।

अपहृत धन का उपयुक्त संज्ञान

प्रश्न कुण्डली में चोर का स्थान सप्तम और उसके द्वारा अपहृत धन रखने का स्थान अष्टम भवन होता है।

यदि प्रश्न कुण्डली में लग्नेश, सप्तमस्थान में और सप्तमेश लग्न में हो तो या दोनों ग्रहों का इत्थशाल योग हो तो या चन्द्रमा और सप्तमेश दोनों ही अस्तगत हों तो चोर धन सहित पकड़ा जाता है। और लग्नगत सूर्य को सप्तमेश चन्द्रमा दृष्टिनिक्षेप करता हो तो चोरी का भेद नहीं मिलता। धनेश+सप्तमेश के अष्टम होने पर चोरी की वस्तु प्राप्त नहीं होती है।

यदि लग्नेश और चन्द्रमा दोनों ही लग्न में हों और केन्द्र शुभग्रह युक्त हों तो सभी अफवाहें सत्य होती हैं। शुभग्रहों के दृष्ट्युक्त होने पर सभी शुभ और पापग्रहों की दृष्टि-युति होने पर अशुभ बातें सत्य होती हैं। और लग्नेश के वक्री होने पर कोई भी बात सत्य नहीं होती है।

यदि अष्टमेश लग्न में हो तो चोर स्वयं ही धन दे जाता है। लग्नेश दशमेश का इत्थशाल हो तो चोर धन सहित पकड़ लिया जाता है। यदि सप्तमेश और राज्येश, राज्य स्थान में एकत्रित स्थित हों तो चोर पुलिस द्वारा पकड़ लिया जायगा।

यदि बलहीन लग्नेश दशम स्थान में हो तो चोरी का सामान पुलिस द्वारा बरामद कर लिया जाता है। और कुछ समय पश्चात् न्यायालय द्वारा प्राप्त होता है।

यदि लग्नेश सप्तमेश सहित लग्न में हो तो चोर घर ही में छिपा है या घर का ही कोई व्यक्ति चोर है। यदि सप्तमेश उच्च का हो तो चोर भी बड़ी चोरी करने वाला नामीचोर है।

मेषादि लग्न द्वारा चोर परिज्ञान

प्रश्न कुण्डली में यदि मेष लग्न हो तो ब्राह्मण चोर होता है। भूमिगत धन रखता है।

प्रश्न कुण्डली में यदि वृष लग्न हो तो क्षत्री चोर होता है। गोशाला भूमिगत धन रखता है।

प्रश्न कुण्डली में यदि मिथुन लग्न हो तो वैश्य चोर होता है। नृत्य, संगीतालय में भूमिगत धन रखता है।

प्रश्न कुण्डली में यदि कर्क लग्न हो तो शूद्र चोर होता है। जल समीप भूमिगत धन रखता है।

प्रश्न कुण्डली में यदि सिंह लग्न हो तो अन्त्यज चोर होता है। वन, वृक्ष भूमिगत धन रखता है।

प्रश्न कुण्डली में यदि कन्या लग्न हो तो स्त्री चोर होती है। चक्की ओखली भूमिगत धन रखती है।

प्रश्न कुण्डली में यदि तुला लग्न हो तो मित्र पुत्र चोर होता है। घर दुकान भूमिगत धन रखता है।

प्रश्न कुण्डली में यदि वृश्चिक लग्न हो तो नौकर चोर होता है। भूमिगत धन रखता है।

प्रश्न कुण्डली में यदि धनु लग्न हो तो भाई या स्त्री चोर होती है। भूमिगत धन रखती है।

प्रश्न कुण्डली में यदि मकर लग्न हो तो वैश्य चोर होता है। जल समीप भूमिगत धन रखता है।

प्रश्न कुण्डली में यदि कुम्भ लग्न हो तो चूहा चोर होता है। घड़े माट भूमिगत धन रखता है।

प्रश्न कुण्डली में यदि मीन लग्न हो तो पृथ्वी चोर होती है। घड़ौची जल समीप भूमिगत धन रखता है। अर्थात् मनुष्य स्वयं धन रखकर भूल जाता है।

यदि लग्न पर सूर्य-चन्द्रमा ही की दृष्टि हो तो घर का ही व्यक्ति चोर होता है यदि सप्तमेश उच्च या स्वगृहव होकर एकादश भाव या लाभस्थान में हो या पूर्णचन्द्रमा लाभस्थान में बृहस्पति से पूर्ण दृष्ट हो तो चोरी गई वस्तु शीघ्र प्राप्त हो जाती है। सप्तमेश के सप्तमस्थान पर ही होने पर या अपनी उच्च राशिगत पूर्णांश पर स्थित होने पर जिसने पहले भी कभी चोरी की हो वही चोर होता है।

सप्तमेश या सप्तम भावगत ग्रहों द्वारा चोर परिज्ञान

सप्तमेश या सप्तमस्थान में सूर्य हो तो - अपने ही भवन का कोई बड़ा व्यक्ति जैसे पिता, ताऊ, चाचा, पितामहादि में कोई चोर होता है।

सप्तमेश या सप्तमस्थान में चन्द्रमा हो तो - कोई सुन्दर-चेचक या मस्सादि दाग वाली कोई श्वेतवस्त्रा स्त्री चोर होती है।

सप्तमेश या सप्तमस्थान में मंगल हो तो - कोई भाई या भ्राता सम, वीर, हृष्ट-पुष्ट, सुन्दर व्यक्ति चोर होता है।

सप्तमेश या सप्तमस्थान में बुध हो तो - कोई अपना ही चपल-विनोदी छोटा भाई बन्धु, पुत्री-पुत्रादि में से कोई चोर होता है।

सप्तमेश या सप्तम स्थान में बृहस्पति हो तो - कोई अपना ही पुरोहित, आफिसर या कोई अवस्था या पदवी में या धनी व्यक्ति चोर होता है।

सप्तमेश या सप्तमस्थान में शुक्र हो तो - कोई पढ़ी-लिखी, आकर्षक, रंगीन वस्त्र धारण करने वाली, इत्रादि सुगन्धित पुष्प मालादि से रंजित स्त्री चोर है।

सप्तमेश या सप्तमस्थान में शनि हो तो - कोई नीच जाति का व्यक्ति, या नौकर कृष्ण वर्ण, लोहे कोयले से सम्बन्धित चोर होता है।

सप्तमेश या सप्तमस्थान में राहु हो तो - कोई वन में रहने वाला, लकड़ी, फूंस मिट्टी का कार्य करने वाला नीच, अन्त्यज, दाढ़ी-मूछ, केशधारी, व्यक्ति चोर होता है।

सप्तमेश या सप्तमस्थान में केतु हो तो - कोई वन में रहने वाला, लकड़ी, फूंस मिट्टी का कार्य करने वाला नीच, अन्त्यज, दाढ़ी-मूछ, केशधारी, व्यक्ति चोर होता है।

यदि सप्तमेश उच्च का लग्न या पराक्रम स्थान में अंशादि से बलवान स्थित हो तो कोई बाहरी प्रसिद्ध चोर द्वारा चोरी की गई है ऐसा समझना चाहिए।

उच्च का सप्तमेश यदि चतुर्थ भाव में हो तो अपनी ही माता या माता के समान स्त्री, जैसे- मौसी, मामी, ताई, चाची इत्यादि में से कोई चोर होता है।

सप्तमेश स्त्री-ग्रह का सप्तम में होना अपनी या अपने भाई, भतीजे, पुत्रादि की स्त्री का चोर होना प्रदर्शित करते हैं। इसी प्रकार पुरुष ग्रहों का स्वगृही सप्तम में होना अपने ही भवन के व्यक्तियों का चोरी करना प्रदर्शित करता है।

सूर्य या चन्द्रमा का मित्र दृष्टि से लग्न को दृष्टिनिक्षेप करना, मित्र को, शत्रुदृष्टि से दृष्टिनिक्षेप करना शत्रु को और समदृष्टि से दृष्टिनिक्षेप करना अपने पड़ोसी या अपने साथ रहने वाले या अपने समान व्यक्ति का चोरी करना प्रदर्शित करता है।

यदि लग्नेश और सप्तमेश का लग्न में इत्थशाल हो तो प्रश्नकर्ता स्वयं ही चोर होता है। और यदि दग्ध, अस्त सप्तमेश, लग्नेश से दृष्ट न हो तो चोर पकड़ा जाता है। यदि लग्नेश का सप्तमेश से इत्थशाल हो, लग्न हीनबल हो सप्तमेश की दृष्टि न हो तो, या लग्नेश दशमेश एक साथ केन्द्र त्रिकोण में हो तो पुलिस द्वारा चोरी का पता लग जाता है।

यदि लग्नेश, दशमेश का इत्थशाल हो तो पुलिस रिश्वत लेकर चोर को मुक्त कर देती है और यदि लग्नेश और धनेश एक ही स्थान में हों और कोई भी लग्न तथा धनस्थान को दृष्टिनिक्षेप न करता हो तो चोरी गई वस्तु प्राप्त नहीं होती है।

ग्रहों द्वारा चोर की अवस्था, स्थान तथा लिंगादि परिज्ञान

सूर्य - व्यक्ति वृद्ध होता है और उसके बैठने के स्थान में या पास ही चोरी का धन होता है।

चन्द्रमा - व्यक्ति युवा होता है और जलाशय या हाथ-पैर धोने या स्नानागार में चोरी का धन होता है।

मंगल - तरुण व्यक्ति होता है और अग्नि या चूल्हे, भट्टी, पजायादि में चोरी का धन भूमिगत होता है।

बुध - व्यक्ति शिशु होता है और किसी पुस्तक, खलिहान, सवारी, डोली आदि में चोरी का धन छिपा होता है।

बृहस्पति - मध्यावस्था का व्यक्ति होता है और देवस्थल, मन्दिर, मस्जिद, गुरुद्वारा, गिरजा, बागादि में चोरी का धन छिपा होता है, किसी धार्मिक या पूजा स्थल पर छिपा होता है।

शुक्र - व्यक्ति युवा होता है और शयनागार, रंगमंच, वेश्याघर, फर्नीचरादि के कमरे में चोरी का धन छिपा होता है।

शनि - व्यक्ति वृद्ध होता है और मलिन स्थान, नाली, कूड़ा डालने की जगह में चोरी का धन छिपा होता है।

इसके अतिरिक्त लग्नेश के नवांश से चोर की अवस्था, जाति तथा लग्न के द्रेष्काण से रूप, रंग आकृति, प्रकृति का विशेष वर्णन करना चाहिए और साथ चन्द्रमा की बाल्यावस्था, युवावस्था, वृद्धावस्था का पूर्ण रूप से ज्ञान प्राप्त करके चोर की अवस्था का प्रमाण प्राप्त कर लेना चाहिए, जो कि कामासक्त स्त्री-पुरुष के प्रश्न में विशेष रूप से वर्णित किया गया है। यदि सप्तमेश स्त्री ग्रह है तो चोरी करने वाली कोई स्त्री ही है और सप्तमेश के पुरुष ग्रह होने पर चोरी करने वाला कोई पुरुष ही है। शुभग्रह सप्तम या सप्तमेश हों तो चोर उच्चश्रेणी का होता है, अशुभ पापग्रहों से चोर निम्नश्रेणी का समझना चाहिए। प्रश्न समय यदि सूर्य या चन्द्रमा व्यय

स्थान में शुक्र से दृष्ट हों तो चोर काना होता है। षष्ठस्थान में पापग्रह अशुभराशि का हो तो चोर के मार से घाव हो जाता है।

ग्रह	स्त्री	पुरुष
सूर्य	प्रसूता स्त्री	सन्तानयुक्त पुरुष
चन्द्रमा	कुमारी कन्या	बालक
मंगल	विस्मय स्त्री	चिन्तायुक्त पुरुष
बुध	कुमारी कन्या	बालक
बृहस्पति	प्रसूता स्त्री	सन्ततिवान पुरुष
शुक्र	आश्चर्यमयी स्त्री	चिन्तित पुरुष
शनि	वृद्धा स्त्री	वृद्ध पुरुष

यदि सप्तमेश का मंगल से ईसराफ योग हो तो चोर प्रथम बार ही चोरी करने में पकड़ा जाएगा। यदि सप्तमेश शनि चन्द्रमा से दृष्ट हो तो चोर पाखंडी होता है। जब सप्तमेश शनि, बृहस्पति से पूर्ण दृष्ट हो तो किसी लोकविदित कुख्यात चोर द्वारा चोरी की गई है। ऐसा समझना चाहिए। सप्तमस्थ सप्तमेश मंगल को यदि चन्द्रमा दृष्टिनिक्षेप करता हो तो सेंध कमूल ताला-तिजोरी या जंजीर तोड़कर चोरी की गई है, ऐसा समझना चाहिए। सप्तमस्थ शुक्र यदि चन्द्रमा से दृष्ट हो तो कोई नया ही चोर, चोरी करने आया है जिसने पहले कभी चोरी नहीं की है ऐसा समझना चाहिए। इसी प्रकार यदि सप्तमस्थ सप्तमेश बुध; चन्द्र दृष्ट स्थित हो तो कोई पाखंडी, छलिया, ठग या किसी विनोदी बालक द्वारा चोरी की गई है। ऐसा जानना चाहिए।

प्रश्न कुंडली में यदि धनेश और लग्नेश पर दशमेश और पंचमेश की क्रमशः शुभदृष्टि हो तो पुलिस द्वारा चोर पकड़ लिया जाता है और चोरी गई वस्तु पुनः प्राप्त हो जाती है।

यदि लग्न या द्वितीयस्थान लग्नेश से दृष्ट न हो तो चोर के कबूल कर लेने पर भी धन की प्राप्ति नहीं होती है, साथ ही नवमेश या तृतीयेश के इत्थशाल होने पर धनेश दृष्ट धन, विदेश चला जाता है।

यदि चर राशि का चन्द्रमा लग्न में हो, या तृतीयस्थ, नवमस्थ ग्रह का धनेश के साथ इत्थशाल हो या धनेश, नवम या तृतीयभाव में स्थित हो तो भी धन बाहर चला जाता है।

यदि लग्न पर सूर्य चन्द्रमा की दृष्टि हो तो चोर समीप ही किसी बलवान् व्यक्ति के साथ है। यदि सपाप लग्नेश, सप्तमेश को दृष्टिनिक्षेप करता हो और सूर्य-चन्द्रमा तथा धनेश बलवान हों तो, या क्षीण चन्द्रमा लग्नेश से युक्त हो, सप्तमेश बलवान् हो तो, या सप्तमेश सूर्य से अष्टमस्थान में हो तो, या सप्तमस्थान लग्नेश से अदृश्य हो और बलवान चन्द्रमा पापाक्रान्त हो तो चोर ने सबके सम्मुख धन चुराया है।

अस्तगत सप्तमेश यदि केन्द्र में हो तो चोर की मृत्यु हो गई ऐसा समझना चाहिए और यदि सप्तमस्थान में पाप या क्रूरग्रह दशमेश मंगल से दृष्ट हों तो चोर पुलिस द्वारा प्रताड़ित किया जायगा।

यदि लग्नेश लग्न में हो, या लग्नेश सप्तमेश का योग चतुर्थ या सप्तम में हो और सूर्यचन्द्रमा अपने स्थान के नवांश में हो तो चोर अपने घर में निष्कण्टक रूप से पहुँच जाता है।

जो प्रश्न कुण्डली में चरराशि का चन्द्रमा हो तो चोर का कोई अपना भवन नहीं होता,

इधर-उधर घूमकर जीवन व्यतीत करने वाला होता है। स्थिर राशि का चन्द्रमा हो तो चोर उस भवन का रहने वाला है जिसका एक ही दरवाजा है (दरवाजे की दिशा भी चन्द्रमा द्वारा ही पूर्वोक्त प्रकार से ज्ञात कर लेनी चाहिए) द्विस्वभाव राशि पर यदि चन्द्रमा हो तो चोर के भवन में दो दरवाजे हैं जिनमें एक गुप्त दरवाजा है।

जब सप्तमेश या सप्तमस्थान ग्रह (इनमें जो भी बलवान हो) अपनी राशि को त्यागकर जिस समय दूसरी राशि पर जायगा तब या लग्न परिवर्तन के समय चोर अपने भवन की ओर या गाँव शहरादि की ओर चला जाता है। या लग्नेश वक्री होकर जिस समय अपनी राशि को त्यागता है उस समय चोर अपने पुर का प्रस्थान कर पहुँच जाता है।

यदि चरराशि पर सप्तमेश हो तो चोर भवन छोड़ चुका होता है। स्थिर राशि पर हो तो चोर अपने भवन में ही छिपा रहता है। द्विस्वभाव राशि पर सप्तमेश के होने पर चन्द्रमा द्वारा प्रदर्शित दिशा में अपने भवन की दिशा में चलता हुआ मिलेगा, ऐसा कहना चाहिए।

जो सप्तमस्थान में स्थिर राशि हो और शनि वहाँ स्थित हो तो कहना चाहिए कि चोर व्याधिग्रस्त है या पुलिस द्वारा घिरा हुआ प्रताड़ित है। और यदि अष्टमेश सप्तमस्थान में हीनबल हो तो चोर व्याधिग्रस्त होता है या मृत्यु को प्राप्त हो जाता है। और यदि सप्तमेश सिंह राशि या स्वल्प सन्तान राशि पर हो तो चोर अकेला ही चोरी करने आया था, मीन या मिथुन या बहुसन्तान वाली द्विस्वभाव राशि पर सप्तमेश हो तो चोरी के समय बहुत से चोर थे।

चोरी गये धन का लाभान्वित प्रश्न

जिसका धन चोरी चला गया है या खो गया है या किसी प्रकार भी नष्ट हो गया है, वह व्यक्ति लग्नेश कहलता है। जो वस्तु खो गई है उसको चन्द्रमा-सूर्य तथा वस्तु भावेश से विचार करना चाहिए और सप्तमेश या सप्तमस्थानगत ग्रह ही चोररूप है। ऐसा प्रश्न कुंडली से प्रश्न विचार करते समय समझना चाहिए।

प्रश्न कुंडली में चन्द्रमा जिस राशि पर हो, वही राशीश यदि चन्द्रमा को पूर्ण दृष्टि से दृष्टिनिक्षेप करता हो तो नष्ट धन की प्राप्ति हो जाती है।

यदि पूर्ण बली चन्द्रमा या क्षीणास्त चन्द्रमा सप्तम में हो तो चोरी गये धन की प्राप्ति हो जाती है। जो लग्नेश सप्तम में, सप्तमेश लग्न में हो तो; या लग्नेश, सप्तमेश का सप्तमस्थान में इत्थशाल हो तो; या लग्नेश का इत्थशाल हो तो, या तृतीयेश, नवमेश यदि सप्तमेश से इत्थशाल करते हों तो किसी दूसरे की सहायता से धन की प्राप्ति हो जाती है।

यदि पूर्णबली चन्द्रमा लग्न में हो और शुभ मित्रग्रहों द्वारा दृष्ट भी हो एकादशस्थानगत सौम्य ग्रह, मित्र शुभग्रहों से दृष्ट-युक्त हो और (5-6-7-8) स्थान भी शुभ राशिमय हो या शुभ दृष्टयुक्त हो तो; या धनेश, लग्नेश तथा चन्द्रमा का इत्थशाल, केन्द्रस्थ होने पर या लग्नस्थ धनेश, धन स्थानस्थ ग्रह से इत्थशाल करे तो गिरे नष्ट धन का लाभ हो जाता है।

यदि धनेश, अष्टमेश का इत्थशाल केन्द्रवर्ती हो तो, या ये दोनों ही ग्रह, लग्नेश और दशमेश से दृष्ट या युक्त होने पर चोर पकड़ा जाता है और धन की प्राप्ति हो जाती है।

प्रश्न कुण्डली में लग्नेश और सप्तमेश पापदृष्ट हों तो चोरी गये धन की प्राप्ति हो जाती है।

यदि लग्नस्थ चन्द्र पर बृहस्पति की दृष्टि हो तो चोरी गये धन की प्राप्ति हो जाती है।

यदि लग्नेश, सप्तमेश, लग्न, धन, या लाभ में हों तो चोरी गया धन प्राप्त हो जाता है।

यदि धनेश, रन्ध्रेश पर सुखेश की दृष्टि हो तो चोरी गया धन प्राप्त हो जाता है।

यदि लग्न और नवमस्थान में शुभग्रह हों तो सप्तम में पापग्रह हों तो चोरी गये धन का आधा भाग प्राप्त हो जाता है।

यदि चन्द्र लग्नेश सप्तम में पापदृष्ट युक्त हो तो चोरी गया धन आधा प्राप्त हो जाता है।

यदि लग्नेश सप्तमस्थ होकर सप्तमेश से मुथशिल योग करे तो चोरी गया धन आधा प्राप्त हो जाता है।

यदि लग्नेश दशमेश का मुथशिल योग हो या इत्थशाल योग हो तो चोरी गया धन आधा प्राप्त हो जाता है।

यदि धनेश अष्टमेश का मुथशिल योग हो तो चोरी गया धन आधा प्राप्त हो जाता है।

यदि प्रश्न कुण्डली में स्थिर राशि में लग्नगत अल्पांश शनि स्थित हो तो चोर को कारावास का दण्ड प्राप्त होता है। और यदि मंगल शनि का इत्थशाल हो तो पुलिस द्वारा दण्डित होता है। और यदि अष्टमस्थान में शनि मंगल हों या शनि की राशि मंगल से दृष्टयुक्त हो या मंगल की राशि शनि से दृष्टयुक्त हो या अष्टमेश से शनि मंगल का इत्थशाल योग दृष्ट हो तो चोर की पुलिस के उत्पीड़न से मृत्यु हो जाती है।

यदि सप्तमस्थ राशि या सप्तमेश का इत्थशाल योग दशमेश से हो या सप्तमस्थान या सप्तमेश शुभग्रहों से दृष्ट हो या दशमेश सूर्य से दृष्ट हो तो चोर न्यायालय द्वारा बरी हो जाता है।

चोरी गए धन के न मिलने वाले योग

प्रश्न कुण्डली में यदि लग्नेश सप्तम में और वक्री सप्तमेश लग्न में हो तो धन प्राप्त नहीं होता है।

यदि लग्न में राहु और अष्टमभाव में सूर्य हो तो धन प्राप्त नहीं होता है।

यदि (7 या 8) में मंगल हो तो धन प्राप्त नहीं होता है।

यदि चतुर्थस्थान में पापग्रह हों तो धन नहीं प्राप्त होता है।

यदि लग्नेश सप्तमभाव में हो तो धन नहीं प्राप्त होता है।

यदि धनेश (7 या 8) स्थान में हो तो धन नहीं प्राप्त होता है।

यदि मकर लग्न हो और (1 या 2) भाव शनि से अदृष्ट हो तो धन नहीं प्राप्त होता है।

यदि सप्तमस्थान में पूर्णबली चन्द्रमा निर्दोष हो तो धन नहीं प्राप्त होता है।

चोर का नाम जानने की रीति

प्रश्न कुण्डली में यदि चर राशि का लग्न या लग्न में चर राशि का नवांश हो तो चोर का दो अक्षर वाला नाम होता है। और यदि स्थिर राशि का लग्न या लग्न में स्थिर राशि का नवांश

हो तो चोर का नाम तीन या चार अक्षर वाला होता है। इसी प्रकार द्विस्वभाव राशि का लग्न हो तो चोर का तीन अक्षर का नाम होता है। और यदि लग्न में द्विस्वभाव राशि का नवांश हो तो चोर का नाम संयुक्ताक्षर (युग्म) तीन, पाँच, सात इत्यादि अक्षरों वाला होता है। यदि लग्न का पूर्व दल हो तो पाँच, पर दल हो तो तीन वर्ण वाला नाम होता है।

प्रश्न कुण्डली का चन्द्रमा जिस राशि पर हो, उस राशि के नक्षत्र गणनानुसार सर्वप्रथम; चरण का विचार कर ले ये सभी जानते हैं कि एक राशि के 2-1/4 सवा दो नक्षत्र होते हैं और प्रत्येक नक्षत्र में चार (4) चरण होते हैं। इनमें से प्रत्येक चरण एक अक्षर का प्रतीक होता है। उदाहरण के रूप में हम मेष राशि को लेते हैं। अश्विनी नक्षत्र के चार (4) चरण + भरणी के (4) चरण + कृतिका नक्षत्र का 1 चरण मिलकर मेष राशि बनती है। इसमें चू+चे+चो+ला अश्विनी; लि+लु+ले+लो भरणी; अ कृतिका है। अर्थात् इन सभी को संयुक्त करने पर (चू, चे, चो, ला, लि, लु, ले, लो, अ मेष) राशि बन गई। इसी प्रकार अन्य राशियों को भी समझना चाहिए। यहाँ हम पाठकों की सुविधा के लिए पूर्ण रूप से नामाक्षर राशिचक्र लिख रहे हैं।

चु	चे	चो	ला	लि	लु	ले	लो	अ					मेष
इ	उ	ए	ओ	व	वि	वु	वे	वो					वृष
क	कि	कु	घ	ङ	छ	के	को	ह					मिथुन
हि	हु	हे	हो	ड	डि	डु	डे	डो					कर्क
म	मि	मु	मे	मो	ट	टि	टु	टे					सिंह
टो	प	पि	पू	ष	ण	ठ	पे	पो					कन्या
र	रि	रु	रे	रो	त	ति	तु	ते					तुला
तो	न	नि	नु	ने	नो	या	यि	यू					वृश्चिक
ये	यो	भ	भि	भू	धा	फा	ढा	भे					धनु
भो	ज	जि	जु	जे	ख	खु	खो	गि	जो	खि	खे	ग	मकर
गु	गे	गो	स	सि	सु	से	सो	द					कुम्भ
दि	दु	थ	झ	ञ	दे	दो	च	चि					मीन

राशिचरण का विचार हो जाने पर उपर्युक्त राशिचक्र द्वारा चोर के नाम का प्रथम अक्षर ज्ञात किया जा सकता है। इसके अतिरिक्त प्रश्नलग्न इष्टकाल का भुक्त बना ले और प्रश्न लग्न नक्षत्र के चरण विचार ले, और जिस चरण में भुक्त मिले, नक्षत्र के उसी चरण का आद्याक्षर ही चोर के नाम का प्रथम अक्षर होता है इस प्रकार विचार कर बताना चाहिए।

<u>राशि द्रेष्कांण</u> - प्रत्येक राशि के तीन द्रेष्कांण होते हैं और प्रत्येक राशि 30 अंश की होती है। प्रत्येक राशि का प्रथम द्रेष्कांण अंशारम्भ से दशांश तक होता है (1 से 10 अंश तक होता है) द्वितीय द्रेष्काण (11 से 20) दशांश की समाप्ति से एकादश के आरम्भ होते ही प्रारम्भ हो जाता है और बीस अंश की समाप्ति पर समाप्त हो जाता है। इसीप्रकार तृतीय द्रेष्कांण 21 से 29 या 30 अंश तक जैसा कि पंचांग कहता हो बीस अंश की समाप्ति पर तुरन्त आरम्भ होकर 30 अंश तक रहता है। विषम या समराशि का प्रथम द्रेष्कांण (1-10 अंश तक) अपनी ही राशि पर रहता है जैसे मेष का प्रथम द्रेष्कांण मेष के दस अंश तक मेष पर ही रहेगा।

द्वितीय द्रेष्कांण (11 से 20 अंश तक) अपनी राशि से पाँचवीं पर जाकर प्रारम्भ होगा जैसे मेष के द्वितीय द्रेष्काण का प्रारम्भ मेष की पाँचवी राशि अर्थात् सिंह (5) से प्रारम्भ होगा। तृतीय द्रेष्कांण (20 से 30 अंश तक) अपनी राशि से नवीं (9) राशि पर जाकर प्रारम्भ होगा जैसे मेष के तृतीय द्रेष्कांण का प्रारम्भ मेष से नवीं राशि अर्थात् धन 9 राशि पर से आरम्भ होगा। इसी प्रकार समराशियों के द्रेष्कांण भी समझने चाहिए जैसे वृष का प्रथम द्रेष्कांण वृष पर और द्वितीय द्रेष्काण कन्या राशि पर और तृतीय द्रेष्काण मकर राशि से प्रारम्भ होकर मकर राशि पर ही रहेगा।

यदि प्रश्न लग्न विषम राशि का हो तो लग्नराशि प्रथम द्रेष्कांण से तीन (3) और द्वितीय द्रेष्काण से पाँच (5) और तृतीय द्रेष्कांण से सात (7) वर्णाक्षर चोर नाम के जानने चाहिए। इसीप्रकार समराशि द्रेष्काण से प्रथम में दो (2) द्वितीय में चार (4) और तृतीय द्रेष्कांण से छः (6) चोर नामाक्षर समझने चाहिए। यदि पूर्वोक्त द्रेष्काण, बली शुभग्रह से दृष्ट हो तो उक्त वर्णाक्षर बहुलता को प्राप्त होता है। किन्तु ध्यान रहे कि समराशि द्रेष्काण में समअक्षर और विषम राशि द्रेष्कांण में विषम अक्षर बहुलता को प्राप्त होता है। या अपने वर्ग से युक्त लग्न पर धनेश की दृष्टि हो तो मात्रा है अन्त में जिसके ऐसा नाम से एक अक्षर है।

नामाक्षर ग्रह वर्गेश्वर रूप में

अंवर्ग - अ, आ, इ, ई, उ, ऊ, ए, ऐ, ओ, औ, अं, अः का स्वामी सूर्य होता है।

कवर्ग - क	ख	ग	घ	ङ	"	मंगल	"
चवर्ग - च	छ	ज	झ	ञ	"	शुक्र	"
टवर्ग - ट	ठ	ड	ढ	ण	"	बुध	"
तवर्ग - त	थ	द	ध	न	"	बृहस्पति	"
पवर्ग - प	फ	ब	भ	म	"	शनि	"
यवर्ग - य	र	ल व श स ष ह क्ष त्र ज्ञ			"	चन्द्र होता है।	

केन्द्रवर्ती (1, 4, 7, 10) नवांशों के आद्याक्षर न्यूनाधिक भेद से क्रमपूर्वक जोड़ने से नामाक्षर वर्ण निकल आते हैं। निम्नांकित नवांशाक्षर चक्र से अंक ही रज्जूवेध से देखने पर वर्णाक्षरों की संख्या तथा वर्णों की उत्पत्ति प्रस्तार का क्रम नामाक्षर रूप में करते हैं।

नवांश वर्ण

नाम राशि	मेष	वृष	मिथुन	कर्क	सिंह	कन्या	तुला	वृश्चि.	धनु	मकर	कुंभ	मीन
प्रथम नवांशा.	क 1	प 1	झ 4	ल 3	ख 2	फ 2	ञ 5	ष 2	ग 3	ब 3	च 1	य 1
द्वितीय नवांशा.	च 1	फ 2	घ 4	इ 3	छ 2	ब 3	ङ 5	उ 5	ज 3	भ 4	क 1	ऐ 8
तृतीय नवांशा.	ट 1	थ 2	द 3	ट 1	ठ 2	द 3	ध 4	ठ 2	ड 3	घ 4	न 5	ड 3

चतुर्थ नवांशा.	य 1	ग 3	ब 3	च 1	ब 3	घ 4	भ 4	छ 2	स 3	ङ 5	म 5	ज 3
पंचम नवांशा.	अ 1	ज 3	भ 4	क 1	ई 4	झ 4	म 5	ख 2	ऊ 6	ञ 5	प 1	ग 3
षष्ठ नवांशा.	ठ 2	ड 3	ध 4	न 5	ड 3	ढ 4	न 5	त 1	ह 4	ण 5	त 1	य 2
सप्तम नवांशा.	छ 2	र 2	ङ 5	म 5	ज 3	श 1	क 1	प 1	झ 4	ह 4	ख 2	फ 2
अष्टम नवांशा.	ख 2	प 2	ञ 5	प 5	ग 3	उ 5	च 1	फ 2	घ 4	ए 7	छ 2	ब 3
नवम नवांशा.	त 2	ढ 4	ण 5	त 1	थ 2	ण 5	ट 1	थ 2	द 3	ट 1	ठ 2	द 3

यदि केन्द्रस्थ नवांश राशि में पापग्रह हो तो नवांश का हरण करते हैं अर्थात् अक्षर को नष्ट करते हैं और केन्द्रांश राशि के शुभग्रह, शुभदृष्ट हों तो निजी नवांश के तुल्य वर्ण को देता है। यदि अक्षरदा ग्रह उच्च का हो तो अपनी राशि अक्षर को द्वित्व (दुगुण) करता है। याद रहे कि विषम राशि ग्रह हो तो विषमाक्षर और समराशि ग्रह हो तो समाक्षर को द्वित्व करता है।

यदि अक्षरदा ग्रह उच्च का या स्वक्षेत्री होकर केन्द्र के पाँच नवांशों को दृष्टिनिक्षेप करता हो या उसके मध्य में स्थित हो तो संयुक्ताक्षर प्रदान करता है। बहुताक्षर नामावली होने पर आद्याक्षर और न्यूनाक्षर नामवाली होने पर अन्ताक्षर संयुक्त होता है।

बलवान शुभग्रह केन्द्र-त्रिकोण में शीर्षोदय (5, 6,7,8,11) राशि का हो तो अक्षरोपरि मात्रा प्रदान करता है पृष्टोदय राशि (1, 2, 4, 9, 10) का हो तो अधोमुख (नीचोन्मुख) और उभयोदय राशि (3, 12) का हो तो पार्श्वगत मात्रा प्रदान करता है।

शीर्षोदय मात्रायें : ए, ओ, अं। **पृष्टोदय मात्रायें** : उ, ऊ। **उभयोदय मात्रायें** : अ, इ, ये सभी मात्राएँ लघु हैं। इनकी सवर्ण मात्रायें दीर्घ जाननी चाहिए।

विषम द्रेष्कांण हो तो विषम और सम द्रेष्काण हो तो सम मात्रा होती है। यदि इष्ट दीर्घ राशि का हो तो दीर्घ और ह्रस्व राशि का हो तो ह्रस्व मात्रा होती है। पापग्रह केन्द्र त्रिकोण में मात्रा का हरण करते हैं और जो राशि नवांशेश निर्बली होकर नवांश में हो तो मात्रा का हरण करता है। यदि ये ही ऊर्ध्वाधिपति या निजी नवांशपति ग्रह से दृष्ट हो तो मात्रा नाश नहीं होती है। यदि निर्बली नवांशपति स्वक्षेत्री हो और बली होकर चतुर्थस्थान में हो तो 'ए' दसवें हो तो अनुस्वार ं, सातवें हो तो विसर्ग : और मकर से छः राशि (10, 11, 12, 1, 2, 3) में लघु और (4, 5, 6, 7, 8, 9) राशियों में दीर्घमात्रा नामबन्ध जोड़नी चाहिए। कहीं-कहीं केन्द्रबली राशि से भी मात्राबन्ध मानते हैं।

चोरी आदि में ग्रह से स्थान ज्ञान

सूर्य - यदि चतुर्थ हो तो अपनी ही शैय्या या शयनागार में वस्तु होती है।

चन्द्रमा - यदि चतुर्थ हो तो घडौंची या स्नानागार में वस्तु होती है।

मंगल - यदि चतुर्थ हो तो पशुशाला या कारीगरी पूर्ण स्थल में वस्तु होती है।

बुध - यदि चतुर्थ हो तो चित्रशाला, बैठक या पाठ्यशालादि में वस्तु होती है।

बृहस्पति - यदि चतुर्थ हो तो मन्दिर, पूजाघर, वृक्ष के समीप, तुलसी के पास होती है।

शुक्र - यदि चतुर्थ हो तो स्त्री की सेज या शयनागार में होती है।

शनि - यदि चतुर्थ हो तो अन्धेरे घर के कोने में वस्तु होती है।

स्त्री-संज्ञक राशियों में खेतादि की भूमि में और पुरुष संज्ञक में अनेक घर-भूमि तथा चौराहे में, चतुष्पाद संज्ञक राशियों में पशुशाला, गोशाला, अश्वशालादि में जलचर राशियों में, जल या जल के समीप स्थल में वस्तु प्राप्ति कहे।

प्रश्न समय यदि लग्न सूर्य से दृष्ट हो तो दिन में, चन्द्रमा से दृष्ट हो तो रात्रि में, शेष ग्रहों से उनके समयानुकूल ही वस्तु चोरी गई है। यदि चन्द्रमा द्वादश भाव में है, तो वस्तु व्यय हो चुकी है। निर्बल चन्द्रमा के द्वादश होने पर व्यय की गई वस्तु में से थोड़ी सी शेष रह गई है जो मिलेगी नहीं, ऐसा ज्योतिषी को समझकर प्रश्नकर्ता को कहना चाहिए।

चोरी आदि के लिए राशि स्थान

मेष - राशि में बकरा, भेड़ इत्यादि के रहने का स्थान।

वृष - राशि में गाय, बैल इत्यादि के रहने का स्थान।

मिथुन - राशि में श्मशान, मृगों की, गाने-बजाने की, सिनेमादि का स्थान।

कर्क - राशि में जल के समीप की भूमि।

सिंह - राशि में निर्जन वन में।

कन्या - राशि में नौका या जल के ऊपर स्नानागार में।

तुला - राशि में बाजार, चौराहा, सड़क, बाहरी द्वार के समीप।

वृश्चिक- राशि में चूहे, सर्पादि के बिल में।

धनु - राशि में पशुशाला, घुड़सालादि में।

मकर - राशि में जल के समीप, घड़ोंची, कुँआ, नल, जलाशय, नदी के समीप।

कुम्भ - राशि में कुम्हार के घर में या घड़े के अन्दर, या जल के समीप।

मीन - राशि में पानी के घड़े वर्तनादि में या मकर कुम्भ के समान जल के समीप।

चन्द्रमा से चोरी गई वस्तु का ज्ञान

मेष का चन्द्रमा - यदि मेष के प्रथम नवांश में हो तो चोरी गई वस्तु स्वर्ण-चाँदी से निर्मित हुई है। बृहस्पति-शुक्र से दृष्ट चन्द्रमा हो तो वही वस्तु रत्न जटित होती है।

वृष का चन्द्रमा - यदि वर्गोत्तम नवांश में हो तो आभूषण चोरी गया है। मंगल से चन्द्र दृष्ट होने पर लोहे या स्टील का पुट लगा हुआ और अतिचारी ग्रह से दृष्ट होने पर जार्ण वस्तु है।

मिथुन का चन्द्रमा - यदि वर्गोत्तम नवांश में हो तो जल से उत्पन्न वस्तु चोरी गई है।

कर्क का चन्द्रमा - यदि वर्गोत्तम नवांश में हो तो सोना या स्वर्ण वस्तु चोरी गई है।

सिंह का चन्द्रमा - यदि वर्गोत्तम नवांश में हो तो चाँदी की वस्तु, सूर्य से दृष्ट होने पर सोना या स्वर्ण वस्तु चोरी गई है, ऐसा समझना चाहिए।

कन्या का चन्द्रमा - यदि वर्गोत्तम नवांश में हो तो वस्त्र, काँसे का बर्तन, लोहादि वस्तु बुध से दृष्ट होने पर पत्थर, नग रत्न और शुक्र दृष्ट होनें पर वस्त्र है।

तुला का चन्द्रमा - यदि वर्गोत्तम नवांश में हो तो तोलने योग्य वस्तु, शुक्र दृष्ट होने पर गन्ध और वस्त्र (इत्र, सुगन्धित वस्तु कस्तूरी तेलादि) चोरी गए हैं।

वृश्चिक का चन्द्रमा - मंगल दृष्ट हो तो सोने चाँदी की वस्तुयें चोरी गई हैं।

धनु का चन्द्रमा - बृहस्पति से दृष्ट हो तो स्वर्ण आभूषण नगसहित चोरी गए हैं।

मकर का चन्द्रमा - हो तो कम चमकीला रत्न बृहस्पति दृष्ट होने पर नग युक्त स्वर्ण वस्तु चोरी गई है।

कुम्भ का चन्द्रमा - यदि सूर्य दृष्ट हो तो अँगूठी चोरी गई है ऐसा जानना चाहिए।

मीन का चन्द्रमा - हो तो काँच आदि की वस्तु है, बृहस्पति से चन्द्र के दृष्ट होने पर सच्चा मोती, स्वर्ण वस्तु के साथ चोरी गया है ऐसा जानना चाहिए।

प्रश्न करते समय यदि प्रश्न लग्न मंगल, बुध और बृहस्पति की राशि का हो, तो प्रश्नकर्ता के हृदय में दो प्रश्न होते हैं। शुक्र और शनि की राशि का लग्न होने पर अनेक प्रश्न होते हैं। कर्क और सिंह लग्न होने से एक ही प्रश्न होता है। यदि उपर्युक्त सभी लग्नों में सूर्य-चन्द्रमा एक साथ स्थित हों तो प्रश्नकर्ता के हृदय में एक ही प्रश्न होता है।

मूक प्रश्न में यदि लग्नेश या चन्द्रमा अपने नवांश या लग्न में या त्रिकोण (5, 9) स्थान में या अपनी नवांश राशि में स्थित होकर लग्न को पूर्ण दृष्टि से दृष्टिनिक्षेप करे तो धातु चिन्ता प्रश्नकर्ता के हृदय में होती है। और दूसरे के नवांश में स्थित होकर लग्न को दृष्टिनिक्षेप करे तो मूल चिन्ता होती है और यदि द्वितीय के नवांश में स्थित होकर लग्न में स्थित हो तो जीव चिन्ता होती है।

विषम लग्न में प्रथम नवांश से धातु, द्वितीय से जीव, तृतीय से मूल, चतुर्थ से धातु, पंचम से मूल, षष्ठ से जीव, सप्तम से धातु, अष्टम से मूल, नवम से जीव, प्रश्न समझना चाहिए। समराशि लग्न के होने पर (1, 4, 7) नवांश होने पर जीव, (2, 5, 8) नवांश होने पर मूल (3, 6, 9) नवांश होने पर धातु चिन्ता प्रश्नकर्ता के हृदय में है ऐसा समझना चाहिए।

यदि सूर्य मंगल केन्द्रस्थ बली हों तो धातु चिन्ता; बुध-शनि बली हों तो मूल चिन्ता और चन्द्रमा-बृहस्पति-शुक्र बली हों तो जीव चिन्ता प्रश्नकर्ता के हृदय में होती है।

यदि प्रश्न करते समय (1, 8, 5) लग्न हों और मंगल और सूर्य युक्त लग्न में हो या लग्न को दृष्टिनिक्षेप करते हों तो प्रश्नकर्ता के हृदय में धातु चिन्ता होती है। (3, 6, 11) लग्न हों और लग्न में बुध; शनि युक्त स्थित हो या दोनों पूर्ण दृष्टि से लग्न को दृष्टिनिक्षेप करते हों तो प्रश्नकर्ता के मन में मूल सम्बन्धी चिन्ता होती है और यदि (2, 4, 7, 9, 10, 12) में से कोई भी लग्न

हो, चन्द्र, बृहस्पति, शुक्र ये ग्रह लग्न में स्थित हों या लग्न को पूर्ण दृष्टि से दृष्टिनिक्षेप करते हों तो प्रश्नकर्ता के मन में जीव सम्बन्धी प्रश्न होता है। ऐसा जानना चाहिए।

लग्न और लग्नेश से जितनी दूरी पर चन्द्रमा हो उसी भाव सम्बन्धी चिन्ता प्रश्नकर्ता के मन में होती है। या चन्द्रमा से जितनी दूरी पर लग्नेश हो उतनी ही संख्या वाले भाव सम्बन्धी प्रश्न; प्रश्नकर्ता के हृदय में होते हैं।

यदि बलवान ग्रह का नवमांशेश लग्न में हो तो प्रश्नकर्ता को अपने शरीर की, द्वितीय हो तो धन या कुटुम्ब की, तृतीय हो तो यश या भाई-बहनों सम्बन्धी, चतुर्थ हो तो माता, भवन, कृषि, भूमि, तथा मित्र सम्बन्धी चिन्ता, पंचम हो तो सन्तान पुत्र तथा विद्या सम्बन्धी चिन्ता, षष्ठ भाव में हो तो मामा के कुटुम्ब या शत्रु सम्बन्धी, सप्तम में हो तो स्त्री सम्बन्धी, अष्टम में हो तो रोग, मृत्यु या अपहृत धन सम्बन्धी, नवम होने से धर्म या भाग्य सम्बन्धी, दशम होने से नौकरी, पिता गुरुजनादि सम्बन्धी; एकादश में हो तो व्यापार या भ्रातृ सम्बन्धी और यदि द्वादश हो तो रोग, मृत्यु, अपव्यय सम्बन्धी चिन्ता प्रश्नकर्ता को होती है।

यदि प्रश्न लग्न नवमांशेश चरराशि लग्न के होने पर (10, 11, 12) भाव में से किसी एक में भी बलवान स्थित हो तो प्रवासी की परिस्थिति जानने का प्रश्न होता है (7, 8, 9) में हो तो प्रवासी के सुखपूर्वक लौटने का प्रश्न होता है। जब कि नवमांशेश वक्री न होने पर पूर्वोक्त प्रकार से विपरीत होता है।

यदि सप्तम भाव में सूर्य-शुक्र वक्री होकर बली स्थित हों तो पर स्त्री सम्बन्धी, बृहस्पति बलवान वक्री हो तो अपनी स्त्री सम्बन्धी, बुध वक्री बली हो तो वेश्या सम्बन्धी, चन्द्रमा बलवान वक्री हो तो सुन्दर प्रेयसी सम्बन्धी, शनि बली-वक्री हो तो शूद्र (हीन जाति) स्त्री सम्बन्धी चिन्ता होती है।

बाल चन्द्र तथा बुध से क्वारी कन्या, सूर्य-बृहस्पति से प्रसूता, मंगल शुक्र से तीव्र स्वभाव तथा शनि से प्रौढ़ावस्था वाली स्त्री की चिन्ता कहे इसी प्रकार स्त्री प्रश्नकर्ता द्वारा पुरुष की अवस्था का प्रमाण कहना चाहिए।

यदि केन्द्रस्थ चन्द्र का शुभग्रह से इत्थशाल हो तो सुखपूर्वक, पापग्रह से मुथशिल योग होने पर झगड़े के साथ, सप्तम में हो तो पापग्रह क्लेश पूर्वक और लग्न में बृहस्पति, सप्तम शुक्र, चतुर्थ चन्द्रमा हो तो हास्यपूर्वक, लग्नेश सप्तमेश का शुभग्रहों से कम्बूल योग हो तो सुगन्धमय शैय्या पर; पाप कम्बूल हो तो दुर्गन्ध स्थान पर, उक्त ग्रह यदि स्वगृही उच्च के हों तो सुन्दर कमरे में, मित्र राशि के हों तो सामान्य कमरे में, चर लग्न में पराई स्त्री से स्थिर लग्न में अपनी स्त्री से, द्विस्वभाव लग्न में सम्बन्धी स्त्री से, केन्द्र में शनि हो तो रजस्वला से, दिवाबली लग्न से दिन में, रात्रि बली से रात में, सन्ध्या बली हो तो सन्ध्या को, द्विस्वभाव से किसी समय भी स्त्री-पुरुष सम्बन्ध कहा जा सकता है।

ॐ करालिनी स्वाहा ॐ कपालिनी स्वाहा चोर बंधय ठः ठः ठः।

यह मन्त्र 108 बार जप करने से सिद्धि होती है। प्रयोग के समय सात बार मन्त्र पढ़कर थोड़ी सी मिट्टी द्वार पर की भूमि में गाड़ दे तो भवन में चोर घुसने का भय नहीं रहता है।

धन सहित चोर पकड़ने का मन्त्र

ॐ धूमाजक हुँकार स्फटिका दह दह ॐ।

प्रयोग विधि- मंगलवार या रविवार के दिन कर्मटिका वृक्ष के नीचे मृगासन पर बैठ कर गांधूली की लकड़ी जलाय सरसों तथा गुग्गुल से उपरोक्त मन्त्र पढ़ते हुए हवन करने से चोरी किए धन सहित चोर वापस आ जाता है।

अथवा

ॐ करालिनी स्वाहा ॐ कपालिनी स्वाहा।
हौ ह्रीं ह्रीं ह्रीं चोर बंध ठ ठः ठः।

108 मन्त्र जप से सिद्धि कर लें। फिर सात बार मन्त्र का उच्चारण करके अभिमन्त्रित मिट्टी द्वार पर गाड़ दें तो चोर भय से रक्षा होती है।

ॐ नमो इन्द्राग्नि बन्य बान्धाय स्वाहा।

प्रयोग विधि- इस मन्त्र को भोजपत्र पर लिखकर सफेद मुर्गा के गले में बांध कर मुर्गा को किसी बड़े टोकरे के नीचे बन्द कर दें, फिर जिन व्यक्तियों के चोर होने की शंका हो उनका हाथ टोकरे पर धरावें। चोरे जैसे ही टोकरे पर हाथ धरेगा तब मुर्गा बोल पड़ेगा और चोर मिल जाएगा।

अथवा

हां ह्रीं हूं हौं हः ज्वां ज्वीं ज्वालामालिनी चोर कण्ठं ग्रहण-ग्रहण स्वाहा।

शनिवार रात्रि को चावल धोकर, इक्कीस बार इस मन्त्र द्वारा अभिषिक्त कर कोरी हांडी में डालें। रविवार को सुबह धूप देकर, इक्कीस बार मन्त्र पढ़कर चावल सन्देहास्पद व्यक्ति को खिला दें तो जो चोर होगा, उसके मुंह में से खून गिरने लगेगा।

सर्वे वेदा यत् पदमामनन्ति तपांसि सर्वाणि च यद् वदन्ति।
यदिच्छन्तो ब्रह्मचर्यं चरन्ति तत्ते पदं संग्रहेण ब्रवीम्योमित्येतत्।।

सभी वेदों ने जिस पद की महिमा गाई, तपस्वी लोगों ने तपस्या करके जिस शब्द का उच्चारण किया, उसी महत्त्वपूर्ण शक्ति को मैं तुम्हें साररूप में बताता हूँ। हे नचिकेता! वेदों का सार, तपस्वियों का वचन, ज्ञानियों का अनुभव **'ॐ इति एतत्'** केवल ॐ ही है।

4.6 परिशिष्ट

कार्तवीर्यार्जुन प्रयोग

कार्तवीर्यार्जुन स्तोत्र का पाठ उन समस्त समस्याओं के समाधान हेतु उपयोगी है जिसमें किसी प्रकार का अपहरण, चोरी, पलायन, लुप्त हो जाना अर्थात् खो जाने के कारण असहनीय चिन्ता सम्बन्धित वस्तु अथवा व्यक्ति के अभिभावकों अथवा स्वामी को हृदयविदीर्ण कर देती है। किसी का पुत्र परीक्षा में अनुत्तीर्ण होने पर सहसा घर से बिना किसी सूचना के भाग जाये, तो माता-पिता की क्या दशा होती है, यह सर्वविदित है। इसी प्रकार किसी बालक अथवा व्यक्ति का अपहरण हो जाने पर मानसिक उद्विग्नता, व्याकुलता तथा तनाव की कोई सीमा नहीं होती। ऐसी स्थिति में व्यक्ति कितना असहाय तथा असमर्थ होता है जिसे इस तरह की परिस्थिति का सामना करना पड़ा हो, वही उससे परिचित होता है। पुलिस के अन्वेषण की भी सीमाएँ जब ध्वस्त हो जायें तथा कोई भी सुराग न मिले, तो **कार्तवीर्यार्जुन एक उत्कृष्ट प्रयोग है**। कोई व्यक्ति अपने निवास में मूल्यवान सामग्री आभूषण अथवा धन छोड़कर कहीं बाहर भ्रमण हेतु अथवा किसी कार्यवश चला जाये तथा उसकी अनुपस्थिति में चोर घर की वस्तुएँ उठाकर ले जाये, तो कार्तवीर्यार्जुन के प्रयोग के फलस्वरूप चोरी गयी वस्तु प्राप्त हो जाती है।

एक सचिव महोदय का पुत्र, जो इस समय चिकित्सा से सम्बन्धित शिक्षा के अंतिम वर्ष में है, एक दिन सहसा लुप्त हो गया। लौटकर घर नहीं आया, तो परिवारजनों को चिन्ता हुई। तीन दिन व्यतीत होने के पश्चात् भी जब उस बालक के विषय में किसी प्रकार का भी संज्ञान न प्राप्त हो सका, तो उस बालक के अभिभावकों ने तथाकथित ज्योतिर्विदों की शरण ली, जिन्होंने उनका प्रचुर दोहन तो किया ही, साथ ही उन्हें अत्यधिक भयभीत भी कर दिया कि "उनके पुत्र का अपहरण हो गया है तथा पुत्र को इस समय अत्यधिक प्रताड़ित किया जा रहा है।" बालक के माता-पिता को तो ऐसा प्रतीत हुआ कि जैसे उनके प्राण ही निकल जायेंगे। दूसरे दिन कहीं से हमारे विषय में जानकर बालक के पिता मेरे पास आये। हमने बालक के शीघ्रातिशीघ्र लौट आने के लिए कार्तवीर्यार्जुन का प्रयोग संपादित कराया। चार दिन उपरान्त ही बालक घर लौट आया, परन्तु वह पूर्णतः शान्त तथा मौन था। किसी से कुछ भी न कहता था। किसी व्यक्तिगत कारण से बालक ने अपने माता-पिता से रुष्ट होकर पलायन के मार्ग का अनुसरण किया था।

कार्तवीर्यार्जुन स्तोत्र पाठ अनेक अवसरों पर चोरी गयी कार, आभूषण तथा अन्य मूल्यवान वस्तुओं की चोरी हो जाने पर प्रतिपादित कराया गया है जिनके फलस्वरूप चोरी की गयी वस्तुएँ पुनः प्राप्त हो गयी हैं या चोर घर में फेंक गया है या फिर किसी गुप्त स्थान पर छिपा कर वापस रख दी है। एक बार तो चोर ने चोरी किये गये आभूषण, गाय के गोबर के नीचे छिपा दिये थे तथा बाद में स्वयं ही निकाल कर दे दिये। इस प्रकार से किसी व्यक्ति के अपहरण की स्थिति में भी कार्तवीर्यार्जुन स्तोत्र का पाठ अत्यन्त उपयोगी तथा फलदायी सिद्ध होता है।

उल्लेखनीय है कि किसी वस्तु की चोरी हो जाने के 24 घण्टे के भीतर इस प्रयोग का प्रारम्भ

किया जाना चाहिए। चोरी गयी वस्तु बिकने से पूर्व, प्रयोग के प्रारम्भ करने से चोर की मनःस्थिति में परिवर्तन आता है अथवा वह चोरी करने के उपरान्त भयाक्रान्त हो उठता है तथा उसी भय, भ्रम, संशय, भ्रांति तथा किसी विपत्ति की आशंका से चोर चोरी की गयी वस्तु को शीघ्रातिशीघ्र वापस करने का प्रयास करता है अथवा चोर को ज्ञान हो जाता है। चोरी अथवा डकैती के उपरान्त कार्तवीर्यार्जुन का प्रयोग सम्पन्न कराने से चोर, डाकू, अपहरणकर्ता तथा सम्बन्धित अपराधीगण पुलिस की पकड़ में आ जाते हैं।

जैसा हम पौराणिक आख्यानों में पढ़ते हैं कि कृतवीर्य का पुत्र अर्जुन बहुत पराक्रमी था, उसके हजार हाथ थे, उसके राज्य में चोरी या परस्वहरण जैसे कृत्य नहीं होते थे। आजकल अशुचिता का प्रसार हो रहा है। अनेक लोग अपनी विवशता में ऋण लेते हैं और बाद में लौटाते नहीं। कुछ लोगों ने यह व्यवसाय ही बना लिया है। बिन माँगे मिलने वाला धन हमने किसी जन्म में दिया था और मांग कर लिया, धन यदि हम नहीं लौटाते हैं तो कालान्तर में किसी अन्य जन्म में लौटाना ही पड़ेगा। जिनके हाथ का दिया हुआ धन रुक जाता है या चोरी चला जाता है उसे वापस प्राप्त करने के लिए यह प्रयोग किया जाता है। कार्तवीर्यार्जुन का बीस अक्षर का मन्त्र इस प्रकार है-

"ओम् फ्रों च्रीं क्लीम् भ्रूम् आं ह्रीं क्रौं श्रीं हुम् फट् कार्तवीर्यार्जुनाय नमः

विनियोग :

अस्य श्री कार्तवीर्यार्जुनमंत्रस्य दत्तात्रेय ऋषिः अनुष्टुप् छन्दः कार्तवीर्यार्जुनो देवता ओम् बीजम् नमः शक्ति ममाभीष्ट प्राप्त्यर्थे जपे विनियोग अभीष्ट प्राप्त्यर्थे।

न्यास :

दत्तात्रेय ऋषये नमः शिरसि, अनुष्टप् छन्दसे नमः मुखे, कीर्तवीर्यार्जुनाय नमः हृदये, ओम् बीजाय नमः गुह्ये, नमः शक्तये नमः पादयोः, विनियोगाय नमः सर्वांगे।

करन्यास :

फां च्रां अंगुष्ठाभ्याम् नमः, क्लीं भ्रीं तर्जनीभ्यां नमः, हूं मध्यमाभ्यां नमः, क्रैं श्रैं अनामिकाभ्यां नमः, हुम फट् कनिष्ठकाभ्याम नमः कीर्तवीर्यार्जुनाय नमः करतलकरपृष्ठाभ्याम् नमः।

हृदयःदिषडंग न्यास :

फ्रां च्रां हृदयाय नमः, क्लीं भ्रीं शिरसे स्वाहा, हूं शिखायै वषट्, क्रैं श्रैं कवचाय हुम्, हुम् फट् अस्त्राय फट्, कीर्तवीर्यार्जुनाय नमः सर्वांगे।

व्यापक वर्णन्यास :

ओम् फ्रौं ओम् हृदये, ओं च्रीं ओं जठरे, ओं क्लीं ओं नाभौ, ओं भ्रूं ओं पुनः जठरे, ओं आं ओं गुह्ये, ओं ह्रीं ओं दक्षिण पादे, ओं क्रों ओं वामपादे, ओं श्रीं ओं सक्थिनि, ओं हुम् ओं जानुनि, ओं फं ओं जंघयोः, ओं कां ओं मस्तके, ओं तं ओं लटाटे, ओं वीं ओं भ्रुवोः ओं यांओं

श्रवणयोः ओं जुं ओं नेत्रयोः ओं नां ओं नासिका-याम्, ओं यं ओं मुखे, ओं नं ओं गले, ओं मं ओं स्कन्धे।

ध्यान- **उदयत् सूर्य सहस्रकान्ति रखिल क्षोणी धवैर्वन्दितो**
हस्तानां शतपंचकेन च दवच्चापा निषूंस्तावतः।
कंठे हाटक मालया परिवृतश्चक्रावतारो हरेः
पायात्स्यन्दनगोऽरुणाभवसनः श्री कीर्तवीर्यो नृपः।।

सामान्य पूजा विधि से हम परिचित हो गये हैं। यह पूजाविधि प्रत्येक प्रयोग में आवश्यक होती है। शास्त्रीय आदेशानुसार मंत्रोपासना में प्रतीक की पूजा अनिवार्य मानी जाती है। आजकल कागज पर छपे चित्रों का प्रचार है, मूर्तियाँ भी यत्र कुत्र प्रयोग में आती हैं। मूलतः यंत्र निर्मित करके उसकी पूजा करने तथा उस यंत्र को ही मंत्र का व्यक्त रूप मानने की परम्परा है। जिन यंत्रों के लिए विशेष निर्देश नहीं दिये गये हैं वहाँ चतुष्कोण के भीतर अष्टदल कमल में षट्कोण तथा षट्कोण में मूलमंत्र को लिखने का विधान है। षट्कोण का मध्य मंत्र का प्राण होता है, षट्कोण के छः कोण मंत्र के षडंग होते हैं, कमल के आठपत्र उसका परिवार होता है और चतुष्कोण दश दिशाएँ, दिक्पाल और उनके आयुध, वाहन आदि होते हैं। इन्हीं की पूजा होती है। सभी मंत्रों में दिक्पालों, उनके आयुधों आदि की पूजा समान रहती है। भीतर के अंगों आवरणों की पूजा में अन्तर हो जाता है, अंग पूजा का क्रम समान रहता है। यंत्र सोना, चाँदी, तांबा, भोजपत्र आदि पर लिखा जाता है, धातु पर उत्कीर्ण की पूजा अष्टगंध से की जाती है, यदि किसी यंत्र के लिखने के लिए विशेष गंध का उल्लेख न हो, तो अष्टगंध से लिखा जाता है। शिव, शक्ति और विष्णु के मंत्रों में उन देवताओं के लिए वर्णित अष्टगंध काम में ली जानी चाहिए। इस प्रकार की पूजा को आवरण कहते हैं। सामान्य पूजा पद्धति पहले लिख दी गयी है। इसमें सामान्य प्रारंभिक कृत्य करने के बाद नौ पीठ शक्तियों का पूजन करें। पूर्वादि दिशाओं में विमलायै नमः, उत्कर्षिण्यै नमः, ज्ञानायै नमः, क्रियायै नमः, योगायै नमः, प्रह्व्यै नमः, सत्यायै नमः, ईशानायै नमः, अनुग्रहायै नमः। हाथ में गंधाक्षत पुष्प लेकर ऊपर लिखे पद बोलते हुए क्रमशः पूर्व, आग्नेय, दक्षिण, नैऋत्य, पश्चिम, वायव्य, उत्तर, ईशान तथा मध्य में फेंक देने चाहिए, इसके बाद यंत्र को घी लगाकर, दूध एवं पानी से धोकर पुष्पादि के आसन पर स्थापित करें फिर ध्यान करें तथा आवरण पूजा करें।

प्रथम आवरण षट्कोणों का है। इसमें पहले कोणों में फिर साधक के सामने वाला कोण पूर्व एवं पीछे वाला पश्चिम इस प्रकार से पूजा करें। हृदयादि षडंग न्यास में लिखे मंत्रों से पूजा करें- पूजा करने का यही क्रम है कि रोली लगे और पुष्प मिले चावलों को तत्तत् कोणों पर चढ़ाया जाता है। मंत्र इस प्रकार से रहेंगें-- **फ्रां व्रां हृदयाय नमः।** आगे उन-उन अंगों का नाम लेकर श्रीपादुकां पूजयामि तर्पयामि नमः कहना चाहिए। इसके पश्चात् क्रमशः आठ पत्ते वाले कमल के पत्तों के अग्रभाग में पहले पूर्व, दक्षिण, पश्चिम, उत्तर, फिर आग्नेय, नैर्ऋत्य, वायव्य, ईशान कोण में (की तरफ) अवस्थित पद्म पत्रों से पूजन करें। पूर्व दिशा में अवस्थित पत्र में चोरमद विभंजकाय नमः कहकर गंधाक्षत पुष्प चढ़ावें, दक्षिण में मारीमद विभंजकाय नमः, पश्चिम में

अरिमद विभंजकाय नमः, उत्तर में दैत्यमद विभंजकाय नमः, तदन्तर आग्नेय कोण में दुःखनाशाय नमः नैर्ऋत्य में दुष्ट नाशनाय नमः वायव्य में दुरितनाशनाय नमः, ईशान में रोगनाशनाय नमः बोलता हुआ पूजा करें। इसी क्रम से इन्हीं कमल पत्रों में कीर्तवीर्यार्जुन की शक्तियों का पूजन क्षेमंकर्येनमः, वश्यकर्यैनमः श्रीकर्ये नमः, यशस्कर्यैनमः आयुष्कर्यैनमः प्रज्ञाकर्यैनमः, विद्याकर्यैनमः धनकर्यै नमः बोलते हुए गंध पुष्पाक्षत अर्पण करते हुए करें। इसके पश्चात् चतुष्कोण में दिक्पालों और आयुधों का पूजन करके स्थिर चित्त से पंचोपचार या षोडशोपचार से यंत्र पूजन करके मंत्र जप करें। एक लाख जप, दस हजार हवन (आहुति) तिल खीर से देने, एवं एक हजार संख्या में तर्पण करने से पुरश्चरण सम्पन्न हो जाता है। पुरश्चरण करने से मन्त्र सिद्ध हो जाता है। यद्यपि पुरश्चरण के लिए नियत इस संख्या में युग प्रभाव के अनुसार वृद्धि करने की व्यवस्था है तदपि जो साधक अन्य मन्त्रों का पुरश्चरण कर चुके हैं, जो आचार-व्यवहार में शुद्ध हैं, सत्वगुण संपन्न हैं उनके लिए यह संख्या पर्याप्त मानी जानी चाहिए। पुरश्चरण से साधित मन्त्र से जब कभी काम आ पड़े, तब काम लिया जाता है। इस मन्त्र से रोग नाश, पुत्र लाभ, शत्रुनाश, गतवस्तु या द्रव्य की पुनः प्राप्ति जैसे प्रयोजन सम्पन्न होते हैं। विधि यह है कि भूमि पर अष्टगंध से कार्तवीर्यार्जुन का यंत्र लिखकर उसमें शुद्ध पवित्र जल भर लें, फिर यंत्र की पूजा करके कुंभ में राजा कार्यवीर्य का आवाह्न करें तथा इस कुंभ को दाहिने हाथ से (दाहिना हाथ माला में व्यस्त हो, तो बायें हाथ से) स्पर्श करके एक हजार बार जप करे, जप सम्पन्न करके इस जल से साधक का अभिषेक करे, यदि स्वयं ही साधना कर रहा तो स्वयं उस मन्त्रपूत जल से स्नान करें। इस मन्त्र जप का दशांश हवन भिन्न-भिन्न प्रयोजनों के लिए भिन्न-भिन्न पदार्थों का किया जाता है। शत्रुशातन के लिए सरसों, लहसुन, बिनौले और अरीठे का हवन किया जाता है, स्तंभन के लिए धतूरे का, विद्वेषण के लिए नीम का, वशीकरण के लिए कमल का हवन किया जाता है। समिधाएँ उच्चाटन के लिए बहेड़े और खैर की अन्य में उन्हीं पदार्थों की लकड़ी समिधा के रूप में काम आती है। जौ का हवन करने से लक्ष्मी प्राप्ति, घी तिल का हवन करने से पाप नाश, तिल-चावल-लाजा का हवन करने से राजवशीकरण, मालकांगनी से स्त्री वशीकरण, गूगल से भूतवाधाशमन, पीपल-गूलर-बड़ और बिल्व की समिधाओं का हवन करने से आयुष्य, धन व पुत्र लाभ, सर्प की केंचुल-धतूरा और नमका हवन करने से चोर नाश गोरोचन और गाय के गोबर के उपलों में हवन करने से स्तंभन तथा शालि चावलों का हवन करने से भूमि प्राप्ति होती है। विजय प्राप्ति, चोरी गये या दूसरे से रोके गये द्रव्य को प्राप्त करने के लिए दूसरा मन्त्र, **'ओम् नमो भगवते श्री कार्तवीर्यार्जुन सर्वदुष्टान्तकाय तपोबलपराक्रमपरिपालित सप्तद्वीपाय सर्वराजन्य चूड़ागणये महाशक्तिमते सहस्रवाहवे हम् फट्।'**

न्यास- राजजन्य चक्रवर्तिने हृदयाय नमः, वीराय शिरसे स्वाहा, शूराय शिखायै वषट्, माहिष्मतीपतये कवचाय हुम्, रेवाम्बु परितृप्ताय नेत्रत्रयाय वौषट् कारागेह प्रवाधित दशास्याय अस्त्राय फट्।

प्राचीन ग्रन्थ में न्यास का यह विधान ही निर्दिष्ट है इसलिए संशय नहीं करना चाहिए। करन्यास भी इन्हीं पदों से कर लेना चाहिए। वर्णन्यास पहले वाले प्रयोग में जिस तरह दिया गया

है उसी तरह कर लिया जाय। यन्त्र निर्माण और उसका पूजन भी पूर्वोक्त रीति से ही किया जाना चाहिए।

ध्यान- सिच्यमानं युवतिभिः क्रीडन्तं नर्मदाजले, हस्तैर्जलौधं रुंधंतं ध्यायेन्मत्तं नृपोत्तमम्। इस मन्त्र का पुरश्चरण एक हजार जप से हो जाता है, शेष व्यवस्थाएँ पहले की तरह रहेंगीं। अन्य मन्त्र इस प्रकार हैं - "कार्तवीर्यार्जुनों नाम राजा बाहुसहस्रवान्, तस्य संस्मरणादेव हृतं नष्टं च लभ्यते।" यह मन्त्र चोरी गयी या दबायी वस्तु या द्रव्य फिर से प्राप्त करने के निमित्त अधिक सार्थक रहता है।

न्यास- कार्तवीर्यार्जुन नाम हृदयाय नमः, राजा बाहु सहस्रवान् शिरसे स्वाहा, तस्य संस्मरणादेव शिखायै वषट्, हृतं नष्टं च लभ्यते कवचाय हुम्, कार्तवीर्याजुनो नाम राजा बाहुसहस्रवान् तस्य संस्मरणादेव हृतं नष्टं च लभ्यते अस्त्राय फट्।

इन्हीं पदों से करन्यास कर लें, दूसरा मन्त्र इस प्रकार है --

"कार्तवीर्यः खलद्वेषी कृतवीर्य सुतोबली, सहस्रबाहुः शत्रुघ्नो रक्तवासाः धनुर्धरः, रक्तगंधो रक्तमाल्यो राजा स्मर्तुरभीष्टदः"

इसका न्यासादि कुछ नहीं है, यदि कोई इन बारह नामों को प्रतिदिन ग्यारह या इक्कीस बार पवित्र होकर पढ़ लिया करे, उसके यहाँ चोरी नहीं होगी, न उसका धन कोई दबा सकेगा-ऐसा तन्त्र शास्त्र का वचन है। कार्तवीर्यार्जुन के ऊपर लिखे मन्त्रों में से किसी भी मन्त्र का प्रयोग करने से पहले कार्तवीर्य गायत्री का जप कर लेना चाहिए। एक हजार से दस हजार तक जप करने का विधान है। यह साधक की पात्रता पर निर्भर है कि कितने जप करने से वह उपयुक्त स्थिति प्राप्त करेगा। कार्तवीर्य गायत्री **"ओम् कार्तवीर्याय विद्महे महावीर्याय धीमहि तन्नोर्जुनः प्रचोदयात्"** यदि कोई रात में सोने से पहले ऊपर वाले मन्त्र (कार्तवीर्य गायत्री नहीं) का जप करके, उसे प्रणाम करके सोये, तो चोर आदि का भय नहीं रहता है।

श्री गणपति मन्त्र

मंत्रः- ॐ गं गणपतये नमः।

इसका अनुष्ठान साढ़े बारह लाख मन्त्र जप से पूर्ण होता है। नित्य प्रति 5000 जप करने पर 250 दिनों में से पूर्ण किया जा सकता है। यदि इतने लम्बे समय तक जप साधना न की जा सके तो 5000 नित्य प्रति करते हुए कम से कम 25 दिन तो जप चलना ही चाहिए। तभी मन्त्र का प्रभाव परिलक्षित होता है। जप काल में ब्रह्मचर्य का पालन अनिवार्य है। जप से पूर्व गणपति का पूजन करना चाहिए। इससे सभी प्रकार के विघ्नों का नाश होता है और हर प्रकार की सिद्धि प्राप्त होती है।

विनायक मन्त्र

इस मन्त्र का छः मासों में छः लाख जप करने से सब कार्यों में सिद्धि प्राप्त होती है।

ॐ वक्रतुण्डाय हुँ।

गणपति ध्यानम्-

द्विचतुर्दशवर्णभूषितांग शशिसूर्याग्निविचोलनं सुरेशम्।
अहिभूषितकंठमक्षसूत्रम् भ्रमयेत्त हृदये गणेशम्।।

गणेश गायत्री-

ॐ एकदंत्ताय विद्महे वक्रतुण्डाय धीमहि
तन्नो दन्ती प्रचोदयात्।

गणपति मन्त्र-

इस मन्त्र का सवा लाख जप करें तो सर्वविघ्न दूर होकर सर्वविध मनोकामनाएँ पूरी होती हैं।

ॐ श्रीं ह्रीं क्लीं ग्लौं गं गणपतये।
वर वरद सर्वजन में वशमानय स्वाहा।

गणपति के तान्त्रिक मन्त्र

तन्त्रों में उच्छिष्ट गणपति के छः प्रकार के मन्त्र बताए गए है-

1. नवार्ण मन्त्र-

ॐ गं हस्ति पिशाचि लिखे स्वाहा।

2. द्वादशाक्षर मन्त्र-

ॐ ह्रीं गं हस्ति पिशाचि लिखे स्वाहा।

3. एकोनविंशत्र्यक्षर मन्त्र-

ॐ नमो उच्छिष्ट गणेशाय हस्ति पिशाचि लिखे स्वाहा।

4. सप्तत्रिशदक्षर मन्त्र-

**ॐ नमो भगवते एकदंष्ट्राय हस्तिमुखाय लम्बोदराय उच्छिष्ट महात्मने
आं क्रों ह्रीं गं घें घें स्वाहा।**

5. चत्वारिंशदशक्षर मन्त्र-

**ॐ नमों भगवते एकदंष्ट्राय हस्तिमुखाय लम्बोदराय उच्छिष्ट महात्मने
आं कौं ह्रीं गं घें घें उच्छिष्टाय स्वाहा।**

6. द्वात्रिंशदक्षर मन्त्र-

**ॐ हस्तिमुखाय लम्बोदराय उच्छिष्ट महात्मने
आं क्रौं ह्रीं क्लीं ह्रीं घें घें उच्छिष्टाय स्वाहा।**

7. एकत्रिंशदक्षर मन्त्र-

**ॐ नमो हस्तिमुखाय लम्बोदराय उच्छिष्ट महात्मने
क्रां क्रीं ह्रीं घें घें उच्छिष्टाय स्वाहा।**

इन मन्त्रों में से प्रथम मन्त्र का एक हजार और पाँचों में से किसी एक का पाँच सौ चालीस जप (पाँच माला) नित्य प्रति करें। फिर उसी मन्त्र से भोजन के समय प्रत्येक ग्रास ग्रहण करने से सर्वकामनाएँ पूर्ण हो जाती है।

संकट नाशक गजेन्द्र स्तोत्र

यह स्तोत्र भागवत महापुराण के अष्टम् स्कन्ध के तृतीय अध्याय में वर्णित है। इसकी कथा लोकविदित है। एक गजराज अपने परिवार सहित एक सरोवर के पास आया। वह इतना शक्तिशाली था कि वन के समस्त पशु उससे भयभीत हुए भागते थे। गजराज शक्ति के मद मे मतवाला होकर सरोवर में क्रीड़ा करने लगा। वह अपने बच्चों और हथिनियों को भी नहलाने और पानी पिलाने लगा। इतने में एक बलवान ग्राह ने गजराज का पैर पकड़ लिया। अपने पैर को छुड़ाने के लिए गजराज ने अपना शक्ति भर प्रयत्न किया परन्तु अनेकों प्रकार के उपायों को

अपनाने पर भी वह सफल न हो सका। परिवार का कोई भी सदस्य सहायता न कर सका। काफी समय व्यतीत होने पर भी कोई परिणाम न निकला। कभी ग्राह गजराज को खींचकर पानी में ले जाता, तो कभी गजराज ग्राह को खींचकर ऊपर ले आता। जब गजराज को यह अनुभव हुआ कि वह अपनी शक्ति से ग्राह से अपने को छुड़ाने में असमर्थ है तो उसके मन में विचार उत्पन्न हुआ कि इस ग्राह-रूपी पाश से छुड़ाने में केवल भगवान विष्णु ही समर्थ हैं। उसने श्री हरि की आर्त-भाव से स्तुति करनी आरम्भ की। गजेन्द्र की स्तुति पर भगवान आए और उन्होंने ग्राह का मुख सुदर्शन चक्र से काट दिया।

इसका भाव यह है कि जब तक व्यक्ति अपनी भौतिक शक्तियों पर निर्भर करता है और उनके मद में चूर रहता है, वह विपत्तियों से निवृत्त नहीं हो सकता। इसके विपरीत जब वह अपने को भगवान को समर्पित कर देता है तब भगवान उसको सभी संकटों से छुड़ा लेते हैं। अतः इस **'गजेन्द्र मोक्ष स्तोत्र'** का जो भी साधक आर्त भाव से पाठ करता है, उसके सारे संकट दूर हो जाते हैं, वह ऋणों से मुक्त हो जाता है। उसके दुःस्वप्नों का नाश हो जाता है। सार यह है कि इससे किसी भी समस्या का समाधान किया जा सकता है।

उत्तम साधकों में स्मरणीय पं. मदनमोहन मालवीय जी के अनुसार उनका अनुभव उल्लेखनीय है-- वे एक बार गांधी जी के साथ लंदन की गोलमेज कॉन्फ्रेंस में सम्मिलित हुए थे। गांधीजी के समक्ष ऐसी समस्या उत्पन्न हो गई कि जिसका कुछ भी समाधान नहीं हो पा रहा था। गांधीजी की स्वीकृति से मालवीय जी एकान्त में जाकर 'गजेन्द्र स्तोत्र' का पाठ करने लगे।

तीन पाठ समाप्त होने पर उनके मस्तिष्क में एक सुझाव आया जिससे सारी उलझन सुलझ गई।

इसी प्रकार एक बार दिल्ली में कांग्रेस की कार्यकारिणी के अधिवेशन में मतभेदों ने इतना उग्र रूप धारण कर लिया कि कांग्रेस के टूटने का भय उत्पन्न हो रहा था। किसी प्रकार का समाधान नहीं हो पा रहा था। दोपहर के भोजन के समय मालवीयजी ने गजेन्द्र स्तोत्र का आर्तभाव से पाठ किया। उनके मस्तिष्क में एक सुझाव आया जिसको सभी ने स्वीकार कर लिया और कांग्रेस टूटने से बच गई। मालवीय जी ने इसे ऋण-मुक्ति के लिए भी उपयोगी स्तोत्र माना है।

समस्याओं के समाधान के लिए जो भी साधक आर्त-भाव से इसका पाठ करता है, अनुकूल परिणाम ही निकलते हैं। स्तोत्र इस प्रकार है-

श्री शुक्र उवाच

एवं व्यवसितो बुद्ध्या समाधाय मनो हृदि।
जजाप परमं जाप्यं प्राग्जन्मन्यनुशिक्षितम्।।1।।

गजेन्द्र उवाच-

ॐ नमो भगवते तस्मै यत एतच्चिदात्मकम्।
पुरुषायदिग्विजाय परेशायाभिधीमहि।।2।।

यस्मिन्निदं यतश्चेद येनेदं यं इद स्वयम्।
द्यो स्माप्तरस्माच्च परस्तं प्रपद्यै स्वयभुवम्।।3।।

वः स्वात्मनीद जिनमाययार्पितं क्वचिद्विभातं क्व च ततिरोहितम्।
अविद्धदृक् साक्ष्युभयं तदीक्षते स आत्ममूलो वतु मां परात्पर।।4।।

कालेन पंचत्वमितेषु कृतस्नशो लोकेषु पालेषु च सर्वहेतेषु।
तमस्तदा सीद् गहनं गभीरं यस्तस्य पारे भिविराजतेविभुः।।5।।

न यस्य देवा ऋषयः पद विदुर्जन्तुः पुनः को हैति गन्तुमीरितुम्।
यथा नटस्याकृतिभिर्विचेष्टतो दुरत्ययानुक्रमणः स मावतु।।6।।

दिदृक्षवा यस्य पदं सुमंगल विमुक्तसंगा मुनयः सुसाधवः।
चरन्त्यलोकव्रतमव्रणं वने भूतात्मभूताः सुहृदः स मे गतिः।।7।।

न विद्यते यस्य च जन्म कर्म वा नामरूपे गुणदोष एव वा।
तथापि लोकाप्ययसम्भवाय यः स्वमायता तान्यनुकाल मृच्छति।।8।।

तस्मै नमः परेशाय ब्रह्मणे नन्तशक्तये।
अरूपमयोरूपाय नम आश्चर्यकर्मणे।।9।।

नम आत्मप्रदीपाय साक्षिणे परमात्मने।
नमो गिरां विदुराय मन श्चेतसामपि।।10।।

सत्वेत प्रतिलभ्याय नैष्कर्म्येण विपश्चिता।
नमः कैवल्यनाथाय निवार्णसुखसंविदे ।।11।।नमः शान्तयं धीराय
मूढ़ाय गुणधर्मिणे।
निर्विशेषाय साम्याय नमो ज्ञानधनाय च।।12।।

क्षेत्रज्ञाय नमस्तुभ्यं सर्वाध्यक्षाय साक्षिणे।
पुरुषायात्ममूलाय मूलप्रकृतये नमः ।।13।।

सर्वेन्द्रयगुणद्रर्ष्ट्रे सर्वप्रत्ययहेतवे।
अस्ताच्छाययोक्ताय सदाभासाय ते नमः ।।14।।

नमो नमस्ते खिलकारणाय निष्कारणायाद्भुकोरणाय ।
सर्वायमाम्नायमहाणवाय नमो पवर्गाय परायणाय।।15।।

गुणारणिच्छन्न चिदूष्मपाय तत्क्षोभविस्फूर्जितमानसाय।
नैष्कर्म्यभावेन विवर्जितागमस्वय-मप्रकाशायनमस्करोमि।।16।।

महाक्प्रपन्नपशुपाशविमोक्षणाय, मुक्ताय भूरिकरुणाय नमो ललाय।
स्वाशेन सर्वतनुभृन्मनसि प्रतीत, प्रत्यग्दृशे भगवते बृहते नमस्ते।।17।।

आत्मात्मजाप्तगृहविजनेषु सक्तै दुष्प्रापणाय गुणसंग विवर्जिताय।
मुक्तात्मभिः स्वहृदयेपरिभाविताय, ज्ञानात्मनेभगवते नमईश्वराय।।18।।

यं धर्मकामार्थ विमुक्तिकाम भजनत इष्टां गरिमापनुवन्ति।
किं त्वाशिषो रात्यपि देहमव्ययं करोतु मे दभ्रदयो विमोषणम्।।19।।

एकान्तिनो यस्य न कंचनार्थ वांछन्ति ये वै भगवन्प्रपन्नाः।
अत्यद्भुतं तच्चरितं सुमंगलं गायन्ति आनन्दसमुद्रमग्नाः।।20।।

तमक्षरं ब्रह्म परं परेशमव्यक्तमाध्यात्मिकरोगगम्यम्।
अतीन्द्रियं सूक्ष्ममिवातिदूरमपन्तमाघं परिपूर्णमीडे।।21।।

यस्य ब्रह्मादयो देवा वेदा लोकाश्चराचराः।
नामरूपविभेदन फलग्व्या च कलया कृताः।।22।।

ययार्चिषो ग्नेः सवितुर्गभस्तयो निर्यान्ति संयान्म्यसकृत् स्वरोचिषः।
तथा यतो यं गुणसम्प्रवाषो, बुद्धिर्मनः खानि शरीरमर्गाः।।23।।

स वै न देवासुरमर्त्यतिर्यङ् न स्त्री न षण्ढो न पुमान् न जन्तुः।
नायं गुणः कर्म न सन्न चासन् निषेधशेषो जयताशेषः।।24।।

जिजीविषे नाहमिहामुया किमन्तर्बहिश्चावृतयेभयोन्या।
इच्छामि कालेन यस्य विप्लवस्त-स्यात्मलोकावरणस्य मोक्षम्।।25।।

सो हं विश्वसृजं विश्वमविश्वं विश्ववदसन्।
विश्वात्मनमजं ब्रह्म प्रणतो स्मि पर पदम।।26।।

योगरन्धितकर्माणो हृदि योगविभाविते।
योगिनो यं प्रपश्यन्ति योगेशं तं नमो स्म्यहम्।।27।।

नमो नमस्तुभ्यमसह्यवेगशक्तित्रयायाखिलधीगुणाय।
प्रपष्पपालाय दुरन्तशक्तये कदिन्द्रियाणामनवाप्यवर्त्मने।।28।।

नायं वेद स्वमात्मनं यच्छकत्याधिया हतम्।
तं दुरत्ययमाहात्म्यं गवन्तमितो स्म्यहम्।।29।।

एवं गजेन्द्रमुपगवर्णितनिर्विशेषं ब्रह्मादयो विविधलिंगभिदाभिमानाः,
नैने यदोपसमृपुनिखिलात्मकत्वातु, तत्राखिलामरमयो हरिराविरासित्।।30।।

तं तद्वदात मुपलक्ष्य जगन्निवासः, स्तोत्र विशम्य दिवजैः सह संस्तुवद्भिः।
छन्दोमयेन गरुडेन समुह्यमान, श्चक्रायुधो भ्यगमदाशु यतो गजेन्द्रः।।31।।

सोन्तस्सर स्युरूबलेन गृहीत आर्तो, दृष्ट्वा गरुत्मति हरिं ख कृच्छो,-
उत्क्षिप्य साम्बुजकरं गिरमाह कृच्छोन्नारायणाखिलगुरो भगवान् नमस्ते।।32।।

तं वीक्ष्य पांडितमजः सहसावतीर्य सग्राहमाशुः सरसः कृषयोज्हार।
ग्राहाद् विपाटित मुखादरिणा गजेन्द्रं सम्पश्यतां हरिरमूमुश्रवदुस्त्रियाणाम्।।33।।

शिवजी का जाप-मन्त्र

ॐ नमः शिवाय।

विधि- इनका ध्यान एवं जप प्रातःकाल ब्रह्ममुहूर्त या रात्रि के तीसरे प्रहर से करना चाहिए। इनके जप के लिए शांति का वातावरण होना आवश्यक होता है। आसन नैर्ऋत्य कोण के जीर्ष पर लगाकर उसी ओर मुख करके बैठना चाहिए। धूप-दीप जलाकर शिव मन्त्र पढ़कर जगह को पवित्र सुरक्षित करके ध्यान लगाना चाहिए। ध्यान के पश्चात् 108 मन्त्रों से गाय के घी का हवन करना चाहिए। हवन में बेल की समिधा लगानी चाहिए। वैसे साधक जब तक चाहें, इनकी पूजा कर सकते हैं, किन्तु यदि ऐसा सम्भव नहीं हो, तो अनुष्ठान् के दिन से कम से कम 108 दिनों तक जप एवं ध्यान अवश्य लगाना चाहिए।

इनके ध्यान एवं जप से संसार का सब कुछ प्राप्त किया जा सकता है। शिव सब कर सकने में सक्षम हैं, उनसे ही सब उत्पन्न होते हैं और उन्हीं में सबका विलय हो जाता है। यह वह मूलतत्त्व है, जिससे ब्रह्मण्डीय पदार्थों का अस्तित्त्व बनता है; पर स्वयं इसका न कोई गुण है, न आकृति। यह भौतिकता से रिक्त (शून्य) तत्त्व है। प्रत्येक इकाई के बीच में शीर्ष पर शिव का निवास होता है। इसलिए इनकी वास्तविक पूजा शीर्ष (चांद) पर ध्यान लगाकर निर्विकार शून्य में स्थित होना है। यह अवस्था ध्यान में प्राप्त होती है और थोड़ी कठिन है लेकिन जो भी वहां ध्यान लगाकर मानसिक बल को केन्द्रित करके मन्त्र का जप करेगा या इन्हें स्मरण करेगा, उसे लाभ अवश्य होगा; क्योंकि प्रत्येक के शिव का शक्ति-स्तोत्र ब्रह्मण्डीय शिव से जुड़ा हुआ है।

शिवसूत्र मन्त्र

जिस समय आपत्तियाँ प्राप्त हों तो उस समय भगवान् शिव के डमरू से प्राप्त 14 सूत्रों को एक श्वास में बोलने का अभ्यास करके एक माला (108 मन्त्र) का जप प्रतिदिन करें। कैसा भी कठिन कार्य हो, शीघ्र सिद्धि प्राप्ति होती है-

शिव सूत्र रूप मन्त्र इस प्रकार है-

'अइउण्, ऋलृक्, एओङ्, ऐऔच्, हयवरट्, लण, ञमङ्णनम्, झभञ्, घढधश्, जबगडदश्, खछठथफ्, चटतव्, कपय्, शषसर् हल् ।'

इसी मन्त्र के अन्य प्रयोग इस प्रकार किए जाते है-

1. बिच्छू के काटने पर इन सूत्रों से झाड़ने पर विष उतर जाता है।
2. सर्प के काटने पर जिस व्यक्ति को सर्प ने काटा हो उसके कान में उच्च स्वर से इन सूत्रों का पाठ सुनाना चाहिए।
3. प्रेत का आवेश जिस व्यक्ति में आया हो, उस पर उपर्युक्त सूत्रों से अभिमन्त्रित जल से छींटे देने से आवेश छूट जाता है। तथा इन्हीं सूत्रों को भोजपत्र पर लिखकर गलें में बाँधने से अथवा बाहु पर बाँधने से प्रेतबाधा नष्ट हो जाती है।
4. ज्वर, तिजारी, चौथिया आदि में इन सूत्रों द्वारा झाड़ने-फूँकने से ज्वर शीघ्र छूट जाता है अथवा इन्हें पीपल के एक बड़े पत्ते पर लिखकर गले या हाथ पर बाँधने से भी ज्वर छूट जाते हैं।
5. उन्माद या मृगी आदि रोग से पीड़ित होने पर इन सूत्रों से झाड़ना चाहिए तथा प्रतिदिन जल को अभिमन्त्रित करके पिलाना चाहिए अथवा सफेद चन्दन से अनार की कलम द्वारा भोजपत्र पर लिखकर कवच के रूप में बाँधें।

विशेष- इनका जप एक श्वास में करने का अभ्यास होना चाहिए।

शिव जाप मन्त्र

ॐ नमः शिवाय।

ओऽऽऽऽऽऽम् गंगेय नमः।

हर हर गंगे (प्रातःकालीन)।

ॐ कं कं क्रं क्रिं क्रीं क्लीं फट् स्वाहा।

विधि- यह पूजा प्रातःकाल ब्रह्ममुहूर्त में या अर्द्धरात्रि में की जाती है। इन दोनों पूजा के उद्देश्य में अंतर है। एक में इसे शांत किया जाता है, दूसरे में इसे सक्रिय किया जाता है। प्रातःकालीन पूजा शांति के उद्देश्य से की जाती है। इससे काम, क्रोध, हिंसा, उत्तेजना, दुष्टता, उच्च रक्तचाप आदि का नाश होता है और शरीर में असीमित ऊर्जा की प्राप्ति होती है, जिसके चमत्कारिक परिणाम होते हैं। रात्रि की पूजा काम शक्ति बढ़ाने, निम्न रक्तचाप को उच्च करने, खून की कमी, लाल

कणों की कमी आदि को दूर करके स्वास्थ्य, सौन्दर्य युक्त सन्तान की प्राप्ति, पराक्रम, शत्रुजय, बंध्यापन, नपुंसकता आदि को दूर करने के लिए की जाती है। प्रातःकालीन पूजा में ठंडे सात्विक पदार्थों का उपयोग किया जाता है। रात्रिकालीन पूजा में तामसी पदार्थों का उपयोग होता है।

तामसी भाव वालों को रात्रिकालीन और निम्न रक्तचाप वालों को प्रातःकालीन पूजा नही करना चाहिए। स्त्रियों को शिवलिंग की पूजा एक प्रहर रात बीत जाने के बाद ही करनी चाहिए। दूसरे और तीसरे पहर तक यह समय रहता है।

प्रातःकालीन पूजा में पूर्व या उत्तर की ओर मुख करके बैठना चाहिए, रात्रिकालीन पूजा में दक्षिण या पश्चिम की ओर मुख करके। भूमि पर इसका स्थान ईशान कोण है। पूजा करते समय अपनी कमर की रीढ़ की हड्डी के जोड़ के मध्य में ध्यान लगाना चाहिए और वहां श्यामलिंग की कल्पना करना चाहिए। मानसिक बल से इस बिन्दु से प्राप्त ऊर्जा को ऊपर की ओर खींचकर मन्त्र-जाप करना चाहिए। मन्त्र-जाप 21 दिनों तक प्रतिदिन 108 बार करना चाहिए। मन्त्र-जाप पूरा होने पर इस पर बेलपत्र एवं जल अर्पण करके प्रणाम करना चाहिए और कुछ बेलपत्र प्रसाद के रूप में ले आना चाहिए तथा इसको दस ग्राम के लगभग पीसकर जल के साथ लेना चाहिए। साधक अपनी इच्छानुसार जब तक चाहें पूजा (मन्त्र-जाप) कर सकते हैं।

अश्म सूक्त

मानसिक निर्बलता के कारण ही प्रतिकूल परिस्थितियाँ घोर सङ्कट का रूप धारण कर लेती हैं और मन निराशा, चिन्ता, शोक व घबराहट के चक्रव्यूह में फंस जाता है। मन निर्बलता को दूर करने, उसमें दृढ़ता लाने, संघर्ष में प्रसन्नता अनुभव करने, कष्टों को धैर्य पूर्वक सहन करने और साहस के साथ उनसे संघर्ष करने के लिए अश्म सूक्त का पाठ चमत्कारी प्रभाव उत्पन्न करता है। पाठ के साथ हवन, तर्पण, मार्जन आदि विधि-विधान सहित सम्पन्न करना अनिवार्य है। अश्म सूक्त का एकाग्रचित्त होकर पाठ करने से मानसिक व्याधि या विकार से आक्रांत व्यक्ति ही लाभान्वित होता है, परन्तु अश्म सूक्त के पाठ के साथ-साथ पंचमेश, चन्द्रमा, बुध की जन्मांग में स्थिति पर विचार करना अपेक्षित है, जिन ग्रहों से युक्त अथवा दृष्ट होने के कारण पंचम भाव पर अशुभ प्रभाव पड़ रहा हो, उन ग्रहों से सम्बन्धित परिहार अश्म सूक्त से पूर्व सम्पन्न करना चाहिए। हमारा अनुभव और विश्वास यही है कि व्याधि के कारण का ज्ञान आवश्यक है जो जन्मांग में ग्रहों की स्थितियों का विश्लेषण करने से ज्ञात हो जाता है। ग्रहों का मंत्र जप, स्तोत्र आदि से सम्बन्धित परिहार के प्रतिपादन के पश्चात् व्याधि विशेष से सम्बन्धित मंत्र, सूक्त, स्तोत्र आदि का पाठ करना चाहिए।

सर्वप्रथम कलश स्थापना करके वरुण आदि देवताओं का आवाहन करें। उसके पश्चात् नवग्रह पूजन करें। तदनन्तर पापाक्रान्त ग्रहों की निर्दिष्ट संख्या के अनुसार उनके जप का पुरश्चरण सम्पन्न करें। जप के उपरान्त दशांश हवन, तर्पण, मार्जन आदि करें। सम्बन्धित ग्रहों का पुरश्चरण सम्पन्न हो जाने के उपरान्त अश्म सूक्त के 11000 पाठ करने का संकल्प उच्चारित करें। दाहिने हाथ में जल, चावल, पुष्प, मुद्रा ये तथा साबुत सुपारी लेकर संकल्प बोलने का विधान

है। उपयुक्त हो यदि संकल्प से सम्बन्धित सामग्री तांबे या कांसे के पात्र में दाहिने हाथ में रखकर संकल्प बोलें। पूजन प्रारम्भ करने से पूर्व घृत का दीपक प्रज्वलित करना पूजन का अनिवार्य अंग है जो पूजन काल में बुझना नहीं चाहिए।

अश्म सूक्त का 11,000 पाठ करने के उपरान्त दशांश हवन, तर्पण, मार्जन आदि विधि-विधान सहित सम्पन्न करें। तदनन्तर ब्राह्मण भोजन कराकर उनका आर्शीवाद प्राप्त करें।

मन्त्र इस प्रकार हैं--

अश्मवर्म मेऽसि यो मा घ्रुवाया दिशोऽधायुरभिदासात्।
एतत् स ऋच्छात्।।1।।

अश्मवर्म मेऽसि यो मोर्ध्वाया दिशोऽघायुरभिदासात्।
एतत् स ऋच्छात्।।2।।

अश्मवर्मं मेऽसियो मा दिशोमन्तर्देशेभ्योऽघायुरभिदासात्।
एतत् स ऋच्छात्।।3।।

अश्मन्वती रीयते सं रभध्वं वोरपध्वं प्र तरता सखायः।
अत्रा जहीन से असन् दुरेवा अनमीवानुत्तरेमाभि वाजान्।।4।।

अश्मवर्म मेऽसि यो मा दक्षिणाया दिशोऽघायुरभिदासात्।
एतत् स ऋच्छात्।।5।।

अश्मवर्म मेऽसि यो मा प्राच्या दिशोऽघायुरभिदासात्।
एतत् स ऋच्छात्।।6।।

अश्मवर्म ऽसि यो मा प्रतीच्या दिशोऽघायुरभिदासात्।
एतत् स ऋच्छात्।।7।।

अश्मवर्म मेऽसि यो मा मोदीच्या दिशोऽघायुरभिदासात्।
एतत् स ऋच्छात्।।8।।

इडऽएह्यदितऽएहि सरस्वत्येहि असावेह्यसावेह्यसावेहि।।9।।

इडाभिरग्निनोड्यः सोमो देवाऽअमर्त्यः।
अनुष्टुपछन्दऽइन्द्रियं पञ्चाविर्गोर्वयो दधुः।।10।।

इडाभिर्भक्षानाप्नोति सूक्तवाकेताशिषः शयुना
पत्नीसंयाजान्त्समिष्टय जुषास ग्वं स्थाम्।।11।।

इडामग्ने पुरुदँ्ं सूँसर्नि गोः शश्वत्तमँ्
हवमानाय साध स्यान्नः सूनुस्तनये।
विजावाग्ने सा ते सुमतिर्भूत्वस्ये।।12।।

इडायास्त्वा पदे वयं माभा पृथिव्याऽअधि।
जातवेदो निधीद्युग्ने हव्याय वोढवे।।13।।

इडेरन्ते हव्ये काम्ये चन्द्रे ज्योतेऽदिते सरस्वति महि विश्रुति।
एता तेऽअघ्न्ये नामानि देवेभ्यो मा सुकृत ब्रूतात्।।14।।

इदमापः प्रवहतावद्यं च मलं चयत्।
यच्चाभिदुद्रोहानृतं यच्च शेषेऽअभीरुणम्।
आपो मा तस्मादेनसः सवमानश्च मंञ्चतु।।15।।

शारघनुष्टुभऽऐडमैडान्मन्थी मन्थिनऽएकविँ्
शाऽएकविँ् शाद् वैराजं विश्वामित्र ऽऋषिः
प्रजापति गृहीतया त्वया श्रोत्रगृह्णामि प्रजाभ्यः।।16।।

पवमान सूक्त

सामान्य बुद्धि का व्यक्ति भौतिक उपलब्धियों को ही अपनी प्रगति का कीर्तिमान समझ कर अपनी गतिविधियों का संचालन करता है। इससे उसके मन में स्वार्थ की प्रवृत्ति बढ़ती रहती है। और वह छल, कपट, अपराध, झूठ व अन्य किसी भी प्रकार के अनुचित व भ्रष्ट उपायों को अपनाने में संकोच नहीं करता। उसकी बुद्धि का विकास इस प्रकार से होता है कि वह इन कुप्रवृत्तियों को बुरा भी नहीं मानता। आजकल तो अनेकों व्यक्ति इन्हें आवश्यक समझने लगे हैं। इससे सात्विक बुद्धि का ह्रास होता है और चरित्र का पतन होता है। ऐसा व्यक्ति भले ही कुछ भौतिक साधनों को एकत्रित कर ले परन्तु वह अपनी मानसिक सुख शान्ति को खो बैठता है। मानसिक सन्तोष तो विचारों और भावों की पवित्रता और शुद्धि से ही प्राप्त होता है। गीता की एक महान् विशेषता भावों की संशुद्धि के अद्वितीय मौलिक महत्व का मूल्याँकन है।

"भावसंशुद्धिरित्येतत् तपो मानसमुच्यते" (गीता 17/16)

विचारों की पवित्रता की स्थिरता के लिए निरन्तर आत्म परीक्षण की आवश्यकता रहती है प्रबन्ध प्रकाश (भाग 2, पृष्ठ 69) में कहा गया है-

"आत्म-परीक्षणं हि नाम मनुष्यस्य प्रथमं समुन्नतेर्मूलम् ।।"

"आत्म परीक्षण ही व्यक्ति की सच्ची प्रगति का मूल है।"

आत्म परीक्षण एक साधना है जिसमें अपने मानसिक रोगों, कुण्ठाओं प्रवृत्तियों व बुराईयों का मूल्याँकन किया जाता है और अपनी अपवित्रता व अशुद्धि को अनुभव करते हुए उन्हें दूर करने का प्रयत्न किया जाता है। मानव का सच्चा विकास उसके चरित्र गठन पर निर्भर करता है जो विचारों की पवित्रता से विकसित होता है। इसी लिए वेदों ने विचार शुद्धि पर पर्याप्त बल दिया है ताकि यदि व्यक्ति के पास पर्याप्त भौतिक साधन उपलब्ध हों या न हों फिर भी वह आशापूर्ण एवं सुखी जीवन व्यतीत कर सके क्योंकि मानसिक सुख शान्ति धन प्राप्ति अथवा भौतिक उपलब्धियों पर नहीं बल्कि स्पष्ट विचारों तथा मौलिक मूल्यों की श्रेष्ठता पर निर्भर करता है। हमारा परिचय, एक 32 वर्षीया युवती से हुआ जिसके रूप लावण्य की अद्भुत छवि ने अपार यश, धन, वैभव के साथ-साथ प्रचुर प्रशंसा भी प्रदान की। उसके पास न रूप कम था, न धन और न ही कोई ऐसी वस्तु थी जो उसे सुगमता से उपलब्ध न हो। फिर भी वह बहुत दुःखी थी। अंधेरे में अकेले बैठकर घण्टों विलाप करती रहती, सिसकती रहती। उसकी सहमी हुई भावनायें सहसा प्रकम्पित हो उठतीं और किसी अनजाने भय को भुला देने के प्रयास में वह रात से सुबह तक स्वयं को मदिरा में डुबो देती। कहने का तात्पर्य यह है कि मौलिक मूल्यों के हनन एवं ह्रास के कारण सुख, उल्लास, उत्साह, उमंग एवं ऊष्मा सब वर्फ की शीतल परतों के मध्य शून्य में विलीन हो गया।

अतः पवमान सूक्त के मन्त्रों में भी पवित्रता कीं उच्च भावनाएं ओत-प्रोत हैं। इस सूक्त के मन्त्रों में पाप वृत्ति की निवृत्ति, दरिद्रता से निवृत्ति, भावों की संशुद्धि और विचारों को पवित्र करने की अपार शक्ति है। यह पाप वृत्तियों के आक्रमण से रक्षा करते हैं और कवच जैसे सिद्ध होते हैं। जो साधक सिद्ध होते हैं। जो साधक निरन्तर प्रगति पथ पर बढ़ना चाहते है, उनके लिए नित्यप्रति पवमान सूक्त की साधना आवश्यक है क्योंकि आसुरी वृत्तियाँ निरन्तर घात में रहती हैं और कभी भी मन में स्वार्थ परता की भावना लाकर उसे अपवित्र कर सकती हैं। साधना में पाठ व हवन दोनों सम्मिलित हैं।

पवमान सूक्त के 9 पाठ प्रतिदिन करके 12 दिन में 108 पाठ का पुरश्चरण करने का विधान है। यदि कष्ट अधिक हो, तो पवमान सूक्त के 11 पाठ, 108 दिन तक प्रतिदिन करना अधिक लाभप्रद सिद्ध होता है। सभी प्रकार के कष्ट निर्मूल होते हैं। ध्यान रहे कि पाठ का दशांश हवन, तर्पण, मार्जन आदि इस अनुष्ठान के पुरश्चरण के आवश्यक अंग हैं।

मन्त्र इस प्रकार हैं-

पवमानः सुबर्जनः पवित्रेण विच।
षिर्ण, यः पोता स पुनातु माम्।।1।।

पुनन्तु मा देवजना पुनन्तु मनवो।
धियः, पुनन्तु विश्वआयवः।।2।।

जातवेदः पवित्रवत्पविश्रे पुनाहि मा।
शुक्रेण देव दीद्यदग्ने कृत्वा क्रतु ग्वंरनु।।3।।

यत्तें हवित्रमर्चिषि अग्ने वितत।
मन्तरा ब्रह्म तेन पुनीमहे।।4।।

उभाध्यां देव सवितः पवित्रेण।
सवे न च, इदं ब्रह्म पुनीमहे।।5।।

वैष्वदेवी पुनयीदेव्यागा द्यस्यै वह्वी स्तनुवो वीतपृष्टा।
तया मदन्त सधमाद्येषु दय ग्वंस्यामः षतयो रयीणाम्।।6।।

वैश्वानरो रश्मिभि र्मा पुनातु वातः प्राणेन शिरयो मयो भूः।
द्यावापृथिवी पयसा पयोभि ऋतावरी यज्ञिये मा
पुनीताम्।।7।इदनुत्तरात् स्वस्तस्य श्रोत्रँ सावँ शरच्छोत्र्यनुष्टुप्

बृहद्भिः सदितास्तृभिर्वर्षिष्ठैर्देव,
मन्मभिः, अग्नेदक्षैः पुनीहि मा।।8।।

येनदेवा अपनन्त येनाषो दिव्यङ्कषः।
तेन दिव्येन ब्रह्मणा इद ब्रह्मपुनीमहे।।9।।

यः पावमानीं रध्येति ऋषिभिः सम्भृतोरसः।
सर्व ग्वं स पूतमश्नाति श्वदितं मातरिंश्वनः।।10।।

पावमानीर्योऽध्येति ऋषिभिः सम्भृतोरसः।
तस्मै सरस्वती दुहे क्षीर ग्वं सर्पिर्मधूदकम्।।11।।

पावमानी स्वस्थ्यायनी सुदुधाहि पयस्वती।
ऋषिभिः सम्भृतो रसः ब्राह्मणेष्वमृतं हितम्।।12।।

पावमानीर्दिशन्तु न इमलोकमथो अमुम्।
कामान्समर्द्ध यन्तु नः, देवीर्देवैः सतावृताः।।13।।

पावमानीः स्वस्त्ययनी सुदुघाहि घृतच्युताः।
ऋषिभिः सम्भृतो रसः ब्राह्मणेष्ववृतं हितम्।।14।।

येन देवाः पवित्रेण, आत्मान पुनते सदा।
तेन सहस्रधारेण पावमान्य पुनन्तुमाम्।।15।।

प्राजापत्यं पवित्रं शतोद्या मग्वं हिरण्मयम्।
तेन ब्रह्मविदोवयं पूतं ब्रह्मपुनीमहे।।16।।

इन्द्रः सुनीविः सह मा पुनातु सोम स्वस्त्या वरूणः समीच्या।
यमोराजा प्रमृणाभिः पुनातु जातवेदो मोजयन्त्या पुनातु।।17।।

ॐ भूर्भुवः स्वः, तच्छंयो रावृणीमहे गातुं यज्ञाय, गातुं यज्ञपतये।
दैवी स्वस्तिरस्तु नः स्वस्तिर्मांनुषेभ्यः उर्ध्वं जिघातु भेषजं
शन्नोअस्तुद्विपदे शं चतुष्पदे।।18।।

ॐ शान्तिः शान्तिः शान्तिः।

बाह्म कान्ति सूक्त

नौकरी, व्यापार, मुकदमा, परीक्षा में असफलता, शत्रुओं की वृद्धि, पति-पत्नी, भाई के झगड़े के कारण मन में अशान्ति हो या सामाजिक, राष्ट्रीय अथवा अन्तर्राष्ट्रीय उलझनों के कारण उपद्रव व अशान्ति उत्पन्न हो रही हो तो बाह्म कान्ति सूक्त की साधना उत्तम फलदायी सिद्ध होती है। इसका नित्य पाठ अपेक्षित है। पाठ के साथ हवन, तर्पण, मार्जन आदि होना चाहिए। इन 24 मंत्रों के 1100 पाठ का पुरश्चरण करने से समस्त कामनाओं की संसिद्धि होती है, कष्ट दूर होते हैं, तथा विविध समस्याओं का समाधान प्राप्त होता है। यदि पुरश्चरण विधि से बाह्म कान्ति सूक्त का पाठ संभव न हो तो प्रतिदिन 1, 3, 5, 7, 9 अथवा 11 बार सूक्त पाठ करने से साधक की सभी प्रकार के कष्टों से रक्षा होती है, न्यायालय में विजय प्राप्त होती है, शत्रु पराजित होते हैं, परीक्षा में श्रेष्ठ अंक प्राप्त होते हैं, किसी प्रकार की कलह और विवाद में विजय प्राप्त होती है। किसी भी प्रकार के उपद्रव के कारण होने वाली अशांति, शांति में रूपान्तरित हो उठती है। यह एक उपयोगी सूक्त है जिसकी साधना सर्वजन हितकारी, परम जनउपयोगी सिद्ध होती है।

नमो वः पितरो यच्छिवं तस्मै नमो वा पितरो यतृस्योनन्तस्मै।
नमो वः पितरः स्वधा वः पितरः।।1।।

नमोऽस्तु ते निर्ऋर्तुं तिग्मतेजोऽयस्मयान् विवृता बन्धपाशन्।
यमो मह्यं पुनरित् त्वां ददाति तस्मै यमाय नमो अस्तु मृत्यवे।।2।।

मनोऽस्त्वसिताय नमस्तिरश्चिराजये।
स्वजाय बभ्रवे नमो नमो नमो देवजनेभ्यः।।3।।

नमः शीताय तक्मने नमो रूपाय शोचिषे कृणोमि।
यो अन्येद्युरुभद्यु रभ्येति तृतीयकाय नमो अस्तु तक्मने।।4।।

नस्मतेअधिवाकात परवाकाया ते नमः।
सुमत्यै मृत्यो ते नमो दुर्मत्यै त इद नमः।।5।।

नमस्ते यातुधानेभ्यो नमस्ते भेषजेभ्यः।
नमस्ते मृत्यो सूलेभ्यो ब्राह्मणेभ्य इदं ममः।।6।।

नमोदेववधेभ्यो नमो राजवधेभ्यः।
अथो ये विश्वानां वधास्तेभ्यो मृत्यो नमोऽस्तुते।।7।।

नमस्ते अस्तु नारदानुष्ठु विदुषे वशा।
कस्तमासां भीमतमा यामदत्वा पराभवेत्।।8।।

नमस्ते अस्तु विद्युते नमस्ते स्तनयित्नवे।।

नमस्ते अस्त्वश्मने येना दूडाशे अस्यमि।।9।।

नमस्ते अस्त्वायते नमो अस्तु परायते।
नमस्ते प्राण तिष्ठताआसीनाय्योत ते नमः।।10।।

नमस्तेऽस्त्वाथते नमो अस्तु परायते।
नमस्ते रुद्र तिष्ठति आषीनायोत ते नमः।।11।।

नमस्ते ज यमानायै जाताय उत ते नमः।
वालेभ्यः शफेभ्यो रूपायाध्न्ये ते नमः नमः।।12।।

नमस्ते प्राण क्रन्दाय नमस्ते स्तनयित्नवे।
नमस्ते प्राण विद्युते नमस्ते प्राण वर्षते।।13।।

नमस्ते प्राणते नमो अस्त्वपानते।
पराचीनाय ते नमः प्रतीचीनाय ते नमः सर्वस्मै न इर्द नमः।।14।।

नमस्ते राजन् वरुणास्तु मन्ववे विश्वंह्युग्र निचिकेषि दुग्धम्।
सहस्रमन्यान प्रसुवामि साक शतं जीवति शरदस्तवायम्।।15।।

ममते रुद्रास्यते नमः प्रतिहितायै।
नमो विसृत्यमानायै नमो विपतितायै।।16।।

नमते लाङ्गलेभ्यो नमः ईषायुगेभ्यः।
वीरुत् क्षेत्रियनाशन्यपू क्षेत्रियनाशन्यपू क्षेत्रियमुच्छतु।।17।।

नमो गन्धवस्य नमस्ते नमो भामय चक्षुषे च कृण्म्।
विश्वावसो ब्रह्मणा ते नमोऽभि जाया अप्सरसः परेहि।।18।।

नमो यताय नमो अस्तु मृत्यवे नमः पितृभ्य उतये नयन्ति।
उत्पारणस्य यो वेद तमग्निं पुरो दयेऽस्मा अरिष्टतातेय।।19।।

नमो रुद्राय नमो अस्तु तक्मने नमो राज्ञे वरुणाय त्विषीमतो।
नमो दिवे नमः पृथिव्यै नमः ओषधीभ्यः।।20।।

नमो रुद्राय च्यवनाय चोदनाय धृष्णवे।
नमः शीताय पर्वंकामकृत्वने।।21।।

नमोवः पितर ऊर्जे नमो व पितरो रसाय।।22।।

नमो वः पितरोभामाय नमो वः पितरो मन्यवे।।23।।

नमो वः पितरो पद घोरं तस्मै नमो।
वः पितरो यत् क्रूरं तस्मै।।24।।

श्रीहनुमत्–साधना

इस मन्त्र का नित्य प्रति एक सौ आठ बार जप करने से सिद्धि मिलती है।

ॐ ऐं ह्रीं हनुमते रामदूताय लंकाविध्वंसनाय अंजनीगर्भसंभूताय शाकिनी डाकिनी विध्वंसनाय किलि किलि बुबुकरेण विभीषणाय हनुमद्देवाय ॐ ह्रीं श्रीं ह्रौं ह्रां फट् स्वाहा।

ॐ ह्रौं हस्फ्रें ख्फ्रें हस्रौं हस्ख्फ्रें हसौः हनुमते नमः।

पहले 12 हजार जप द्वारा पुरश्चरण करें। केले और आम का हवन करें। 22 ब्राह्मणों को भोजन कराएँ, फिर समय कार्य सिद्धि के लिए एक माला जपकर कार्य करें, सिद्धि अवश्य होगी।

<u>श्री हनुमत् ध्यानम्</u>

रामेष्टमित्रं जगदेकवीरं प्लवंगराजेन्द्रकृत प्रणामम्।
सुमेरूशृंगागमचिन्त्यामाधं हृदि स्मेरहं हनुमंतमीड्यम्।।

श्री हनुमान जी के सम्मुख इस मन्त्र के इक्यावन पाठ करें और भोजपत्र पर इस मन्त्र को लिखकर पास में रख लें तो सर्व कार्यों में सिद्धि मिलती है।

ॐ वज्रकाया वज्रतुण्ड कपिल पिंगल ऊर्ध्वकेश महाबल रक्तमुख तडिज्जिह्व महारौद्र दंष्ट्रोत्कट कहहकरालिने महादृढ़प्रहारिन लंकेश्वर वधायमहासेतुबंध महाशैलप्रवाह गगनचर एह्येहि भगवन्महाबल पराक्रम भैरवाज्ञापयऐह्येहि महारौद्र दीर्घपुच्छेन वेष्टय वैरिणं भंजय भंजय हुँ फट्।

मन्त्र- **'ॐ नमो हनुमते श्रीरामचन्द्राय नमः।**

विधिः पहले मध्य-रात्रि में गीले 'सिन्दूर' से अपने 'आसन' के बराबर स्थान लीपकर, उस पर अपना 'लाल आसन' बिछाए। फिर अपने सम्मुख 'लकड़ी' की एक स्वच्छ 'चौकी' पर 'श्री हनुमान जी' के लिए 'लाल आसन' बिछाए और उस पर 'हनुमान जी' का 'चित्र' रखे। तब 'हनुमान जी' की 'पूजा' करें। 'पूजा' में लाल-पीले फूल, सुगन्धित धूप या अगरबत्ती और शुद्ध देशी घी का 'दीपक' रखे। 'पूजा' करने के बाद उक्त 'मन्त्र' का एकाग्र चित्त से 5000 बार 'जप' करे। ऐसा 7 रात्रियों तक मध्य-रात्रि में करें। इससे कठिन से कठिन कार्य पूरा होता है।

विशेष 'जप': एकान्त में करे और 'लाल वस्त्र' धारण करें। मंगलवार, सिद्धियोग, अमृत-सिद्धि-योग, सर्वार्थ-सिद्धि-योग अथवा 'दीपावली' आदि महा-पर्व के काल 'साधना' के लिए विशेष रूप से शुभ है। 'साधना के लिए 'गुरुदेव' या 'मार्ग-दर्शक' से अनुमति एवं आर्शीवाद अवश्य ले लें।

संकटनाशक अनुष्ठान

किसी हनुमान जी के मन्दिर में जाकर उनका पंचोपचार से पूजन करना चाहिए। इसके बाद श्रद्धापूर्वक 'हनुमान चालीसा' के 100 पाठ पूरे करें। यह साधना प्रत्येक शनिवार को करें और सात शनिवार तक लगातार चलनी चाहिए। साधना काल में ब्रह्मचर्य पूर्वक रहना चाहिए। इससे विपत्ति का निवारण होता है।

विनियोग-

निम्न का पाठ करके जल छोड़ना चाहिए--

ॐ अस्य श्री हनुमन्महामन्त्रस्य ईश्वरऋषि-गायत्री-च्छन्दः हनुमान् देवता हं बीजं नमः शक्तिः, आञ्जनेयाय इति कीलकम् मम् सर्वप्रतिबन्धकनिवृत्तिपूर्वक हनुमत्सादसिद्ध्यर्थे जपे विनियोगः।

ॐ ईश्वरऋषये नमः शिरसि, गायत्रीच्छन्दसे नमो मुखे, श्री हनुमद्देवायै नमो हृदि, हं बीजाय नमो नाभौ, नमः शक्तये नमः, आञ्जनेयाय कीलकाय नमः सर्वाङ्गे।

इन मन्त्रों का पाठ करते हुए संकेतित अङ्गों को स्पर्श करना चाहिए।

करन्यास-

ॐ ह्रां आञ्जनेयाय अंगुष्ठाभ्यां नमः, ॐ ह्रीं महाबलाय तर्जनीभ्यां नमः ॐ ह्रूं शरणागतरक्षकाय मध्यमाभ्यां नमः, ॐ ह्रै श्रीरामदूताय अनामिकाभ्यां नमः, ॐ ह्रः सीताशोकविनाशकाय करतलकर पृष्ठाभ्यां नमः।

उपरोक्त मन्त्रों का उच्चारण करते हुए अंगुष्ठ से लेकर कनिष्ठका और कष्ठिरतल तर का स्पर्श करना चाहिए।

द्वितीय न्यास-

ॐ ह्रां आञ्जनेयाय हृदयाय नमः, ॐ ह्रीं महाबलाय शिरसे स्वाहाः ॐ ह्रूं शरणागतरक्षकाय शिखायै वषट् ॐ ह्रै श्रीरामदूताय कवचाय हुम्ः, ह्रौं हरिमर्कटाय नेत्रत्रयाय वोषट्, ॐ ह्रः सीताशोकविनाशकाय अस्त्राय फट्।

उपरोक्त मन्त्रों का उच्चारण करते हुए संकेतित अङ्गों का स्पर्श करना चाहिए और अन्तिम मन्त्र के पाठ के साथ ताली बजानी चाहिए।

ध्यान-

ॐ उद्यद्बालदिवाकरद्युतितनुं पीताम्बरालंकृतं
देवेन्द्रप्रमुखप्रशस्तयशसं श्रीरामभूपप्रियम्।
सीताशोकविनाशिनं पटुतरं भक्तेष्ठसिद्धिप्रदं
ध्यायेद्वानरपुङ्गवं हरिवरं श्रीमारुतिं सिद्धिदम्।।

इसके बाद जप करना चाहिए। निम्न 2 मन्त्रों में से किसी का भी जप किया जा सकता है। जप 6 मास तक चलना चाहिए और नित्य प्रति 3 हजार जप होना चाहिए।

मन्त्र-
1. **ॐ हं हनुमने आञ्जनेयाय महाबलाय नमः**
2. **ॐ आञ्जनेयाय महाबलाय हुँ फट्।**

मन्त्र-

ॐ नमो भगवते पञ्चवदनाय महाभीमपराक्रमाय सकलं शत्रु संहारणाय स्वाहा। ॐ नमो भगवते पञ्चवदनाय महाबल प्रचण्डाय सकलब्रह्माण्डनायकाय सकल-भूत-प्रेत-पिशाच-शाकिनी-डाकिनी यक्षिणी-पूतना-महामारा-सकलविघ्न निवारणाय स्वाहा।

ॐ आञ्जनेयाय विद्महे महाबलाय
धीमहि तन्नो हनुमान् प्रचोदयात् (गायत्री)

ॐ नमो हनुमते महाबलप्रचण्डकाय महाभीमपराक्रमाय सकलज्वरविध्मंसनाय स्वाहा। ॐ नमो भगवते प्रकटपराक्रमाय गजक्रांतदिङ् मण्डलयज्ञोवितान धवलीकृत महाचल पराक्रमाय पञ्चवदनाय नृसिंहाय वज्रदेहाय ज्वलदग्नितनूरुहाय रुद्रावताराय महाभीमाय, मम मनोरथपरकायसिद्धिं देहि देहि स्वाहा। ॐ नमो भगवते पञ्चवदनाय महाभीम पराक्रमाय सरलसिद्धिदाय वाच्छितमूरकाय सर्व सर्वविघ्ननिवारणाय मनोवाञ्छितफलप्रदाय सर्वजीववशीकराय दारिद्रघविध्वंसनाय परममङ्गलाय सर्वदुःखनिवारणाय अञ्जनीपुत्राय सकलसम्पत्तिकराय जयप्रदाय ॐ ह्रीं श्री ह्रां ह्रं फट् स्वाहा।

अभीष्ट सिद्धि का संकल्प करके उपरोक्त मन्त्र का अनुष्ठान माना जाता है। यह 13 दिनों में पूर्ण होना चाहिए। ऊपर दी हुई पाठ सामग्री को पूरा एक मन्त्र मानकर 32000 जप का अनुष्ठान माना जाता है। यह 13 दिनों में पूर्ण होना चाहिए। श्रेष्ठ तो यही है इसे स्वयं ही पूर्ण किया जाए। यदि् कुछ असुविधा हो या निश्चित दिनों में यह पूर्ण न किया जा सके, तो कुछ निष्ठावान मित्रों का सहयोग लिया जा सकता है। पात्र ब्राह्मणों द्वारा भी अनुष्ठान कराया जा सकता है। यदि अनुष्ठान ब्राह्मणों द्वारा कराया गया हो तो कम से कम 108 मन्त्र जप तो स्वयं करने ही चाहिए। उसका विधान यह है कि 13वें दिन 13 पान के पत्ते लें, उन पर 13 सुपारी व शुद्ध रोली (या पिसी हल्दी) रखें और एक माला का जप करने के बाद एक पान के पत्ते को पृथक रख देना चाहिए। इसके बाद पञ्चोपचार से पूजन करना चाहिए। और उस पान की अग्नि में आहुति देनी चाहिए। पान के पत्ते के साथ गोघृत, श्वेत कमल और श्वेतदूर्वा को सामग्री के रूप में मिला लेना चाहिए। इसी तरह से शेष पान के पत्तों का पूजन व हवन करना चाहिए। इसके पश्चात् उपरोक्त जप मन्त्र से 32000 आहुतियाँ दी जानी चाहिए। इन्हें स्वयं दें या ब्राह्मणों द्वारा दिलवायें। हवन गोघृत, श्वेत कमल और श्वेतदूर्वा का होना चाहिए। विधि विधान से किए जाने पर अनुष्ठान शीघ्र ही अपना प्रभाव दिखाता है। विपत्ति और दरिद्रता के नाश के लिए यह सशक्त साधन है।

हनूमन् सर्वधर्मज्ञ सर्व कार्य विधायक।
अकस्मादागवोत्पातं नाशयाशु नमोऽस्तुते।।

अथवा

हनूमन्नञ्जनीसूननो वायुपुत्रं महाबल।
अकस्मादागतोत्पातं नाशयाशु नमोऽस्तुते।।

उपरोक्त किसी भी मन्त्र का प्रतिदिन 3 हजार जप करना चाहिए। 33 हजार जप करने के बाद 3300 दशांश हवन या जप करना चाहिए। इससे अचानक आई हुई विपत्ति का नाश तथा सुख सौभाग्य की प्राप्ति होती है। यह अनुष्ठान 11 दिनों में पूर्ण माना जाता है।

कामाख्या देवी

कामाख्या देवी की प्रसिद्धि सारे विश्व में व्याप्त है क्योंकि ये परम सिद्ध 'कामाख्या-पीठ' की अधिष्ठात्री हैं। इस पीठ के सम्बन्ध में 'हिन्दू धर्म-कोश', पृष्ठ 176-77 में विस्तृत विवरण दिया है, जिसका सारांश निम्न प्रकार है-

'यह भारत का प्रसिद्धि शक्ति-पीठ असम-प्रदेश में है। कामाख्या देवी का मन्दिर पहाड़ी पर है। अनुमानतः एक मील ऊँची इस पहाड़ी को 'नील पर्वत' भी कहते हैं। इस प्रदेश का प्रचलित नाम 'कामरूप' है। तन्त्रों में लिखा है कि करतोया नदी से लेकर ब्रह्मपुत्र नदी तक त्रिकोणकार काम-रूप प्रदेश माना गया है। ....देवी का मन्दिर कूचबिहार में राजा विश्वसिंह और शिवसिंह का बनवाया हुआ है। ....सन् 1564 ई. तक प्राचीन मन्दिर का नाम 'आनन्दाख्या' था, जो वर्तमान मन्दिर से कुछ दूरी पर है। पहाड़ी से उतरने पर गौहाटी के सामने ब्रह्मपुत्र नदी के मध्य में उपानन्द नामक छोटे चट्टानी टापू में शिव-मन्दिर है। आनन्दमूर्ति को भैरव (कामाख्या-रक्षक) कहते हैं।'

कालिका-पुराण, अध्याय 61 में निम्नांकित वर्णन है : 'जिन-जिन स्थानों पर सती के अंगों का पतन हुआ, वे पुण्यतम स्थल बन गए। अस कुब्जिका पीठ (कामाख्या) में सती के योनि-मण्डल का पतन हुआ। पर्वत-रूपी शिव में देवी के विलीन होने से पर्वत का नाम 'नील-पर्वत' हुआ।'

देवी भागवत, स्कन्ध 7, अध्याय 38 में लिखा है : 'कामाख्या देवी के दर्शन से सर्व विघ्नों की शान्ति होती है।'

'कामाख्या-मन्दिर में कोई देवी-मूर्ति नहीं है। योनि के आकार का शिला-खण्ड है। वह रक्तवर्ण के वस्त्र से ढका रहता है।'

काली-कुल के उपासक कामाख्या देवी को भगवती काली और श्री-कुल के उपासक महा-त्रिपुर-सुन्दरी-स्वरूपा मान कर इस पीठ के प्रति अत्यधिक निष्ठा रखते हैं। यहाँ 'कामाख्या तन्त्र' के आधार पर इनके मन्त्र संग्रहीत किए गए हैं।

1. <u>त्र्यक्षर :</u> जृमीणान्तं त्यक्त-पाशं यात्रा-वारण-रोहकं, वाम-कर्ण-युतं देवि! नाद-विन्दु-युतं पुनः। एतत् तु त्रिगुणी-कृत्य कल्प-वृक्ष-मनुं जपेत्-त्रीं त्रीं त्रीं।

'कामाख्या-तन्त्र', द्वितीय पटल। तृतीय पटल के अनुसार ऋषि अक्षोभ्य, छन्द अनुष्टुप्, देवता कामाख्या, विनियोग 'सर्व-सिद्धयर्थ' या 'चतुर्वर्ग-फल-प्राप्त्यर्थ'। 'त्रां, त्री' इत्यादि से षडङ्गन्यास।

<u>ध्यान-</u>

रक्त-वस्त्रां वरोद्युक्तां सिन्दूर-तिलकान्वितां,
निष्कलङ्कां सुधा-धाम-वदन-कमलोज्ज्वलाम्।

स्वर्णादि-मणि-माणिक्य-भूषणैर्भूषितां परां,
नाना-रत्नादि-निर्माण-सिंहासनोपरि-स्थिताम्।

हास्य-वक्त्रां पद्म-राग-मणि-कान्तिमनुत्तमां,
पीनोत्तुङ्ग-कुचां कृष्णां श्रुति-मूल-गतेक्षणाम्।
कटाक्षैश्च महा-सम्पद्-दायिनीं हर-मोहिनीं,
सर्वाङ्ग-सुन्दरीं नित्यां विद्याभिः परि-वेष्टिताम्।

डाकिनी-योगिनी-विद्याधरीभिः परि-शोभितां,
कामिनीभिर्युतां नाना-गन्धाद्यैः परि-गन्धिताम्।
ताम्बूलादि-कराभिश्च नायिकाभिर्विराजितां,
मस्त-सिद्धि-वर्गाणां प्रणतां च प्रतीक्षणाम्।

त्रि-नेत्रां सम्मोह-करीं पुष्प-चापेषु विभ्रतीं,
भग-लिङ्ग-समाख्यानां किन्नरीभ्योऽपि नृत्यताम्।
वाणी-लक्ष्मी-सुधा-वाक्य-प्रति-वाक्य-महोत्सुकां,
अशेष-गुण-सम्पन्नां करुणा-सागरां शिवाम्।।

पुरश्चरण में एक लाख जप कर शर्करा-मधु-घृत युक्त पायस से दशांश होम। चन्दन-मिश्रित जल से दशांश तर्पण।

2. <u>द्वा-विंशाक्षर :</u> निज-वीज-त्रयं देवि ! क्रोध-द्वयमतः परं वधू-वीज-द्वयं चैव कामाख्ये च पुनर्वदेत्। प्रसीदेति पदं चैव पूर्ण बीजानि कल्पयेत्। ठ-द्वयान्ते मनुः प्रोक्तः सर्वतन्त्रेषु दुर्लभः त्रीं त्रीं त्रीं हूं हूं स्त्रीं स्त्रीं कामाख्ये प्रसीद स्त्रीं स्त्रीं हूं हूं त्रीं त्रीं त्रीं स्वाहा।

वहीं, चतुर्थ पटल। ऋष्यादि त्र्यक्षर-मन्त्र के समान।

<u>ध्यान-</u>

अति-सुललित-वेशां हास्य-वस्त्रां त्रि-नेत्रां, जित-जलद-सुकान्तिं पट्टवस्त्रां प्रकाशाम्।
अभय-वर-कराढ्यां रत्न-भूषाभि-भव्यां, सुरतरु-तल-पीठे रत्न-सिंहासनस्थाम्।
हरि-हर-विधि-वन्द्यां शुद्ध-बुद्धि-स्वरूपां, मदन-शर-संयुक्तां कामिनीं कामदात्रीम्।
निखिल-जन-विलासां काम-रूपां भवानीं, कलिकलुष-निहन्त्रीं योनि-रूपां स्मरामि।।

पुरश्चरण में छः सहस्र जप कर पूर्वोक्त विधि से दशांश होमादि।

राम-रक्षा स्तोत्र

जिन-जिन साधकों ने 'राम-रक्षा स्तोत्र' सिद्ध किया है और स्वयं उसके प्रभाव को देखा है, उनका कहना है कि इस स्तोत्र के हर अक्षर में शक्ति के स्रोत भरे पड़े हैं। यह एक अमोघ अस्त्र है। यह एक चमत्कारिक रक्षा कवच है। नौकरी छूट जाने, चिन्ताग्रस्त होने पर, ऋण भार से ग्रस्त हो जाने, घरेलू समस्याओं से उलझ जाने, संकटकालीन परिस्थित उत्पन्न होने पर यह राम बाण जैसा काम करता है। इतना नहीं चमत्कारिक ढंग से इन समस्याओं का समाधान भी करता है। इसके प्रयोग से अनेकों साधकों को लाभ पहुँचा है, अनेक बुद्धिजीवियों ने इसके प्रभाव को अनुभव किया हैं जिसने भी इसका पाठ किया, अन्धविश्वासी बनकर नहीं अपितु जागरूक होकर पूर्ण निष्ठा व विश्वास के साथ किया है। वे शब्द-ध्वनियों में अद्‌भुत चमत्कार देखते है।

'राम-रक्षा स्तोत्र' के श्लोकों का गठन जिस चमत्कारिक ढंग से हो गया है उससे अत्यधिक लाभ होता है। इसके ध्वनि कम्पन्न वायुमण्डल में शान्ति, पुष्टि, शक्ति व आरोग्य की लहरें उत्पन्न करते हैं, और रोगी के गुप्त मन को प्रभावित करते हैं। और वहां स्थित मानसिक चिन्ता, रोग, शोक, घबराहट, निराशा के विचार नष्ट होते हैं और उसके स्थान पर मानसिक शक्ति की वृद्धि होती है। और आत्मबल बढ़ता है। इसी परिवर्तन से रोग निवारण में सहायता मिलती है। जिस अटूट श्रद्धा और विश्वास के साथ स्त्रोत का पाठ किया जायेगा, उतनी तीव्रता से इच्छित लक्ष्य की पूर्ति होती है। इस अद्‌भुत प्रभाव का आधार स्पष्ट रूप से मनोवैज्ञानिक प्रक्रिया है जो चमत्कार के रूप में दृष्टिगोचर होती है।

इसके प्रयोग से पूर्व इसको सिद्ध कर लिया जाना चाहिए। आश्विन शुक्ल पक्ष या चैत्र शुक्ल पक्ष की नवरात्रियों में इसकी सिद्धि का विधान है तब नौ दिनों तक निरन्तर इसकी साधना करनी चाहिए और अनुष्ठान के सभी नियमों का पालन दृढ़ता के साथ करना चाहिए। इन दिनों प्रातःकाल ब्रह्ममुहूर्त में उठकर स्नानादि से निवृत्त होकर धुले हुए वस्त्रों को धारण करें। आसन कुश का होना चाहिए, ताकि साधना द्वारा उपार्जित शक्ति का पृथ्वीकरण न हो जाए। अपने सामने चौकी पर वस्त्र बिछाकर भगवान राम का सुन्दर चित्र प्रतिष्ठित करे। यदि वह चित्र आशीर्वाद की मुद्रा में हो तो सर्वोत्तम है। नौ दिन तक निराहार रहकर केवल जल ग्रहण करके भी साधना की जा सकती है। इतना न हो सके तो दूध व फल पर व्रत रहा जा सकता है। इतना भी संभव न हो तो एक पक्ष में भोजन व एक समय दूध-फल लिया जा सकता है। अस्वाद व्रत का पालन किया जाए तो उत्तम है। भूमि या तख्त पर शयन करना चाहिए। चमड़े के जूतों का इन दिनों प्रयोग न करें। सुखासन पर बैठें। भगवान राम के रूचिकर रूप का एकाग्रता पूर्वक ध्यान करके स्तोत्र का पाठ आरंभ करना चाहिए। राम-रक्षा स्तोत्र के 11 पाठ नित्य किए जायें तो इसकी साधना की पूर्णता मानी जाती है। यदि इतना संभव न हो तो 7 पाठ तो कम-से-कम करना चाहिए। यदि समय का अभाव हो और सुविधा न हो तो आरम्भ से **'रामाय राम भद्राय'** इस 26वें श्लोक तक भी पाठ किया जा सकता है। विपत्ति, रोग, चिन्ताओं से सदैव मुक्ति व सुरक्षित रहने के लिए नित्य प्रति एक पाठ करना चाहिए। यदि अपना उपचार अभीष्ठ हो तो स्तोत्र की सिद्धि के बाद इसका प्रयोग करना चाहिए और भावना करनी चाहिए कि मै चिन्ता-भार से मुक्त हो गया हूं। मै पूर्ण स्वस्थ हूं। मुझे कोई चिन्ता नहीं है। मेरे मन में विपत्तियों से संघर्ष करने की पूरी-पूरी

शक्ति है। अब आसुरी शक्तियों को मुझ पर आक्रमण करने का साहस नहीं हो सकता। यह भावना जितनी सशक्त होगी, उतना ही अधिक लाभ होगा।

विनियोग- अस्य श्रीरामरक्षास्तोत्रमन्त्रस्य बुधकौशिक ऋषिः श्रीसीतारामचन्द्रो देवता अनुष्टुप् छन्दः सीता शक्तिः श्रीमान् हनुमान् कीलकं श्रीरामचन्द्रप्रीत्यर्थे रामरक्षास्तोत्रजपे विनियोगः।

ध्यान- ध्यायेदाजानुबाहुं धृतशरधनुषं बद्धपद्मासनस्थं
पीतं वासो वसानं नवकमलदलस्पर्धिनेत्रं प्रसन्नम्।
वामाङ्कारूढसीतामुखकमलमिलल्लोचनं नीरदाभं
नानालंकारदीप्तं दधतमुरुजटामण्डलं रामचन्द्रम्।।

स्तोत्रम्

चरितं रघुनाथस्य शतकोटिप्रविस्तरम्।
एकैकमक्षरं पुंसां महापातक नाशनम्।।1।।

ध्यात्वा नीलोत्पलश्यामं रामं राजीवलोचनम्।
जानकी लक्ष्मणोपेतं जटा मुकट मंडितम्।।2।।

सासितूणधनुर्बाणपाणिं नक्तं चरान्तकम्।
स्वलीलया जगत्रातुमाविर्भूतमजं विभुम्।।3।।

राम-रक्षां पठेत्प्राज्ञः पापघ्नीं सर्वकामदाम्।
शिरो मे राघवः पातु भालं दशरथात्मजः।।4।।

कौसल्येयो दृशौ पातु विश्वामित्रप्रियः श्रुती।
घ्राणं पातु मखत्राता मुखं सौमित्रिवत्सलः।।5।।

जिह्वां विद्यानिधिः पातु कण्ठं भरतवन्दितः।
स्कन्धौ दिव्यायुधः पातु भुजौ भग्नेश कार्मुकः।।6।।

करौ सीतापति पातु हृदयं जामदग्न्यजित्।
मध्यं पातु खरध्वंशी नाभिं जाम्बवदाश्रयः।।7।।

सुग्रीवेशः कटी पातु सक्थिनी हनुमत्प्रभुः।
ऊरूरघूत्तमः पातु रक्षः कुलविनाशकृत्।।8।।

जानुनी सेतुकृत्पातु जङ्घे दशमुखान्तकः।
पादौ विभीषण श्रीदः पातु रामोऽखिलं वपुः।।9।।

एतां रामबलोपेतां रक्षां यः सुकृती पठेत्।
स चिरायुः सुखी पुत्री विजयी विनयी भवेत्।।10।।

पाताल भूतल व्योम चारिणश्छद्म चारिणः।
न द्रष्टुमपि शक्तास्ते रक्षितं राम नामभिः।।11।।

रामेति रामभद्रेति रामचन्द्रेति वा स्मरन्।
नरो न लिप्यते पापैर्भुक्ति मुक्तिं च विन्दति।।12।।

जगज्जैत्रैकमन्त्रेण रामनाम्नाभिरक्षितम्।
यः कण्ठे धारयेत्तस्य करस्थाः सर्व सिद्धयः।।13।।

वज्र पञ्जरनामेदं यो राम कवचं स्मरेत्।
अव्याहताज्ञः सर्वत्र लभते जय मङ्गलम्।।14।।

आदिष्टवान्यथा स्वप्ने रामरक्षामिमां हरः।
तथा लिखित वान्प्रातः प्रबुद्धौ बुधकौशिकः।।15।।

आरामः कल्पवृक्षाणां विरामः सकलापदाम्।
अभिरामस्त्रिलोकानां रामः श्रीमान्स नः प्रभुः।।16।।

तरुणौ रूप सम्पन्नौ सुकुमारौ महाबलौ।
पुण्डरीक विशालाक्षौ चीरकृष्णा जिनाम्बरौ।।17।।

फलमूलाशिनौ दज्ञन्तौ तापसौ ब्रह्मचारिणौ।
पुत्रौ दशरथस्यैतो भ्रातरौ राम लक्ष्मणौ।।18।।

शरण्यौ सर्व सत्त्वानां श्रेष्ठौ सर्व धनुष्मताम्।
रक्षः कुलनिहन्तारौ त्रायेतां नो रघूत्तमौ।।19।।

आत्तसज्जधनुषा विषुस्पृशा वक्षयाशुगनिषङ्ग सङ्गिनौ।
रक्षणाय मम रामलक्ष्मणावग्रतः पथिसदैव गच्छताम्।।20।।

संनद्धः कवची खंगी चापबाण धरो युवा।
गच्छन्मनोरथान्नश्च रामः पातु स लक्ष्मणः।।21।।

रामो दाशरथिः शूरो लक्ष्मणानुचरो बली।
काकुत्स्थः पुरुषः पूर्णः कौसल्येयो रघूत्तमः।।22।।

वेदान्तवेद्यो यज्ञेशः पुराणपुरुषोत्तमः।
जानकी वल्लभः श्रीमानप्रमेय पराक्रमः।।23।।

इत्येतानि जपन्नित्यं मद्भक्तः श्रद्धयान्वितः।
अश्वमेधाधिकं पुण्यं सम्प्राप्नोति न संशयः।।24।।

रामं दूर्वादलश्यामं पद्माक्षं पीतवाससम्।
स्तुवन्ति नामभिर्दिव्यैर्न ते संसारिणो नराः।।25।।

रामं लक्ष्मणपूर्वजं रघुवरं सीतापतिं सुन्दरं।
काकुत्स्थं करुणार्णवं गुणनिधिं विप्रप्रियं धार्मिकम्।।
राजेन्द्रै सत्यसंधं दशरथ तनयं श्यामलं शान्तमूर्तिं।
वन्दे लोकाभिरामंरघुकुलतिलकं राघवं रावणारिम्।।26।।

रामाय रामभद्राय रामचन्द्राय वेधसे।
रघुनाथाय नाथाय सीतायाः पतये नमः।।27।।

श्री राम राम रघुनन्दन राम राम, श्री राम राम भरताग्रज राम राम।
श्री राम राम रणकर्कश राम राम, श्री राम राम शरणं भव राम राम।।28।।

श्री रामचन्द्र चरणौ मनसा स्मरामि, श्री रामचन्द्र चरणौ वचसा गृणामि।
श्री रामचन्द्र चरणौ शिरसा नमामि, श्री रामचन्द्र चरणौ शरणं प्रपद्ये।।29।।

माता रामो मत्पिता रामचन्द्रः स्वामी रामो मत्सखा रामचन्द्रः
सर्वस्वं मे रामचन्द्रो दयालुर्नान्यं जाने नैव जाने न जाने।।30।।

दक्षिणे लक्ष्मणो यस्य वामे च जनकात्मजा।
पुरतो मारुतिर्यस्य तं वन्दे रघुनन्दनम्।।31।।

लोकाभिरामं रणरङ्गधीरं राजीव नेत्रं रघुवंशनाथम्।
कारुण्यरूपं करुणाकरं तं श्रीरामचन्द्र शरणं प्रपद्ये।।32।।

मनोजवं मारुततुल्यवेगं जितेन्द्रियं बुद्धिमतां वरिष्ठम्।
वातात्मजं वानरयूथ मुख्यं श्रीरामदूतं शरणं प्रपद्ये।।33।।

कूजन्तं रामरामेति मधुरं मधुराक्षरम्।
आरुह्य कविताशाखां वन्दे वाल्मीकिकोकिलम्।।34।।

आपदामपहर्तारं दातारं सर्व सम्पदाम्।
लोकाभिरामं श्रीरामं भूयो भूयो नमाम्यहम्।।35।।

भर्जनं भवबीजानामर्जनं सुखसम्पदाम्।
तर्जनं यमदूतानां राम रामेति गर्जनम्।।36।।

रामो राजमणिः सदा विजयते रामं रमेशं भजे।
रामेणाभिहता निशाचरचमू रामाय तस्मै नमः।।37।।

रामान्नास्ति परायणं परतरं रामस्य दासोऽस्म्यहं।
रामेचित्तलयः सदा भवतु मे भो राम मामुद्धर।।38।।

राम रामेति रामेति रमे रामे मनोरमे।
सहस्रनाम तत्तुल्यं श्री रामनाम वरानने।।39।।

'राम-रक्षा स्तोत्र' का भावानुवाद इस प्रकार है-

भगवान श्री राम का चरित्र इतना वृहद है कि उसका विस्तार सौ करोड़ ग्रन्थों से भी अधिक है। इसका प्रत्येक अक्षर व्यक्ति के बड़े से बड़े पातकों की निवृत्ति की सामर्थ्य रखता है।।1।।

नीले कमल की तरह श्याम वर्ण वाले और कमल सदृश्य नेत्रों वाले भगवान राम का सीता और लक्ष्मण सहित, जटा और मुकुट से विभूषित ध्यान करना चाहिए।।2।।

हाथों में तलवार और धनुषवाण धारण किए हुए राक्षसों का नाश करने वाले, विश्व के रक्षार्थ अवतीर्ण होने वाले अजन्मा और सर्वव्यापक भगवान राम का ध्यान किया जाना चाहिए।।3।।

बुद्धिमान व्यक्ति का कर्तव्य है कि समस्त इच्छाओं को पूर्ण करने वाले और पापों का नाश करने वाले राम-रक्षा स्तोत्र का पाठ करें। रक्षा के उद्देश्य से कवच का वर्णन किया जा रहा है। भगवान राम सिर और मस्तक की रक्षा करें।।4।।

कौशल्या पुत्र श्रीराम नेत्रों की, विश्वामित्र-प्रिय कानों की, यज्ञरक्षक नासिका की, सुमित्रा के पुत्र लक्ष्मण जिन्हें अत्यन्त प्रिय हैं, वे भगवान राम हमारे मुख की रक्षा करें।।5।।

विद्यानिधि श्रीराम जिह्वा की, भरत वन्दित राम गले की, दिव्य अस्त्रों से युक्त भगवान राम कन्धों की और शिव के धनुष को तोड़ने वाले श्रीराम मेरी बाहुओं की रक्षा करें।।6।।

सीता के स्वामी मेरे दोनों हाथों की, परशुराम के विजेता मेरे हृदय की, खरदूषण को मारने वाले मध्यभाग की और जाम्बुवान को शरण देने वाले श्रीराम मेरी नाभि की रक्षा करें।।7।।

सुग्रीवेश्वर कटि की, हनुमत्प्रभु सक्थि भाग की और राक्षसों के वंश का नाश करने वाले रघुकुलोत्तम भगवान राम मेरी जंघाओं की रक्षा करें।।8।।

सेतु का निर्माण करने वाले जानुओं की, रावण का वध करने वाले दोनों जंघाओं की, विभीषण को 'श्री' प्रदान करने वाले भगवान राम मेरे पैरों की और सारे शरीर की रक्षा करें।।9।।

जो पुण्यवान साधक अपने में भगवान राम की शक्ति का अनुभव करता हुआ पाठ करता है, वह दीर्घजीवी, हर प्रकार से सुखी और सम्पन्न, सन्तान युक्त, विजयी और विनयी बनता है।।10।।

पृथ्वी, आकाश और पातालादि सृष्टि के किसी भाग में विचरण करने वाले, छल कपट युक्त प्राणी राम नाम से रक्षित व्यक्ति के नाश की सामर्थ्य नहीं रखते।।11।।

जो साधक राम, रामभद्र, रामचन्द्र आदि नामों का जप करता है वह पापों में लिप्त नहीं होता और भोग और मोक्ष को प्राप्त होता है।।12।।

विश्व में विजय श्री प्रदान कराने वाले राम-नाम के मन्त्र से अभिरक्षित इस मन्त्र को जो साधक कण्ठ में ग्रहण करता है, उसे सब प्रकार की सिद्धियां प्राप्त होती हैं।।13।।

इस राम कवच को 'वज्र पञ्जर' नाम की संज्ञा दी गई है। जो साधक इसका श्रद्धापूर्वक पाठ करता है, वह अनाहत बुद्धि से समस्त क्षेत्रों में विजय और मंगल की प्राप्ति करता है।।14।।

महान प्रज्ञावान कौशिक ने भगवान शिव के आदेश से प्रातः स्वप्नावस्था में इस राम-रक्षा स्तोत्र की रचना की।।15।।

जिस प्रकार कल्प वृक्ष से सभी इच्छाओं की पूर्ति होती है, उसी प्रकार श्रीराम का नाम जप भी सभी प्रकार की कामनाओं को पूर्ण करने वाला है। इससे सभी प्रकार की विपत्तियों से निवृत्ति होती है। वे राम सबके प्रभु व तीनों लोकों को आश्रय देने वाले हैं।।16।।

काले मृग के चर्म ही हैं अम्बर जिनके, नेत्र कमल के समान बड़े-बड़े हैं, दोनों भाई राम और लक्ष्मण रूप और यौवन में तरुण, सुकुमार और महाबली हैं।।17।।

दशरथ-पुत्र राम और लक्ष्मण दोनों भाई ब्रह्मचर्य व्रत का पालन करने वाले, तपस्या-रत, आहार में फल-फूल ग्रहण करने वाले व शान्त वृत्ति के हैं।।18।।

धनुष धारण करने वालों में उत्तम, राक्षस वंश को नष्ट करने वाले, शरण में आए सभी प्राणियों को आश्रय देने वाले राम और लक्ष्मण हमारी रक्षा करें।।19।।

राम व लक्ष्मण धनुष और बाण को स्पर्श करते हैं और उन्हें धारण करते हैं। इस वेष में वे सदैव मेरी रक्षार्थ पथ में मेरे आगे-आगे चलते हैं।।20।।

'कवच, खड्ग, धनुष, बाण से सुसज्जित तरुण लक्ष्मण सहित श्रीराम हमारी समस्त कामनाओं को पूर्ण करें।।21।।

दशरथ पुत्र श्रीराम जिनके अनुचर शक्तिशाली लक्ष्मण हैं, ऐसे काकुस्थ पुरुष कौशल्या पुत्र भगवान राम हमारी इच्छाओं को पूर्ण करें।।22।।

भगवान राम वेदान्त शिरोमणि, यज्ञेश, पुराण पुरुषोत्तम, सीतापति, महान पराक्रमी और ऐश्वर्यशाली हैं।।23।।

जो साधक इन सारे नामों का भक्ति और श्रद्धा से उच्चारण करता है, वह निःसन्देह अश्वमेधादि यज्ञों के पुण्यों को प्राप्त करता है।।24।।

भगवान राम दूर्वा की तरह श्याम वर्ण वाले हैं। उनके नेत्र कमल के समान हैं। वह पीत वस्त्रों को धारण करते हैं। इनके दिव्य नामों का जो साधक श्रद्धा से स्मरण करता है, वह संसार सागर से तर जाता है।।25।।

'श्रीराम, लक्ष्मण के अग्रजन्मा हैं, वह सीता के स्वामी, काकुत्स्थ पुरुष, करुणा के सागर, गुणों की निधि, ब्राह्मणों के प्रिय धर्म के प्रतीक श्रीराम को हम नमस्कार करते हैं। श्याम वर्ण, शान्ति की मूर्ति सत्यवादी, राजाओं में वरिष्ठ, रघुकुल तिलक, राघव, विश्व को आनन्द प्रदान करने वाले और रावण के विरोधी श्रीराम को मैं नमस्कार करता हूँ।।26।।

राम के लिए, रामभद्र के लिए, रामचन्द्र के लिए, रघुनाथ के लिए विश्व के रचयिता राम के लिए, सीतापति श्रीराम के लिए मैं वन्दना करता हूँ।।27।।

अगले श्लोक में राम के नाम की 16 बार पुनरावृत्ति की गई है ताकि एक ही श्लोक से भगवान का षोडशोपचार पूजन हो जाए। मन में रमने वाले ईश्वर राम को सम्बोधित करते हुए साधक बड़े प्रेम से कहता है- 'हे राम-राम रघुनन्दन, राम-राम, श्री राम-राम भरताग्रज राम-राम, श्री राम-राम, रण कर्कश राम-राम, श्री राम-राम शरणं भव राम-राम।' राक्षसों व आततताइयों के प्रति कठोरता बर्तने वाले श्रीराम की शरण में साधक जाने को उत्सुक है। तभी बार-बार राम-राम का उच्चारण स्मरण करता हुआ राम की शरण में ले जाने के लिए निवेदन है।।28।।

श्री राम के चरणों का मैं मन से स्मरण करता हूँ। श्रीराम के चरणों को मैं वचन से ग्रहण करता हूँ। श्रीराम के चरणों को मैं सिर से नमस्कार करता हूँ। श्रीराम के चरणों की मैं शरण में हूँ।।29।।

श्रीराम मेरे माता-पिता, स्वामी, सखा और सर्वस्व हैं। उनके अतिरिक्त मैं किसी दूसरे को नहीं जानता। कदापि नहीं जानता।।30।।

भगवान के दक्षिण ओर लक्ष्मण जी, वाम ओर सीता जी और सामने हनुमान जी शोभा पा रहे हैं, ऐसे श्रीराम की मैं वन्दना करता हूँ।।31।।

लोक का कल्याण करने वाले, रणभूमि में धैर्ययुक्त, कमल के समान नेत्रों वाले, जो करुणा की प्रतिमूर्ति हैं, ऐसे श्रीराम को मैं नमस्कार करता हूँ।।32।।

मन और वायु के समान असीम गति वाले, इन्द्रियजित, प्रज्ञावानों में वरिष्ठ, वायु पुत्र, वानर यूथ के प्रमुख, श्रीराम जी के दूत श्री हनुमान जी की शरण में मैं जाता हूँ।।33।।

'कविता रूपी, शाखा पर स्थित रहकर राम-राम के मधुर शब्दों का उच्चारण करने वाली वाल्मीकि रूपी कोकिला की मैं वन्दना करता हूँ।।34।।

विपत्तियों को नष्ट करने वाले समस्त सम्पदाओं के प्रदाता विश्व का कल्याण करने वाले श्रीराम को मैं बार-बार नमस्कार करता हूँ।।35।।

सब प्रकार के सुखों और सम्प्रदायों को प्रदान करने वाले, भवबीज का नाश करने वाले, यमदूतों को दण्ड देने वाले, 'श्रीराम श्रीराम' इस तरह के गर्जन करने वाले शब्द हैं।।36।।

राजमणि, सदैव विजयता, राक्षसों के विनाशकर्ता राम और रामेश को मैं स्मरण करता हूँ-नमस्कार करता हूँ।।37।।

मैं स्वीकार करता हूँ कि यहाँ राम से श्रेष्ठ कुछ भी नहीं है, मैं अपने को राम का दास मानता हूँ। इसलिए मेरा मन सदैव राममय ही रहता है, मेरा श्रीराम से निवेदन है कि वह मुझ पर कृपा करके मेरा सब प्रकार से उद्धार करें।।38।।

भगवान शिव पार्वती को भगवान राम के गुणों का गान करते हुए प्रेरणा देते हैं कि केवल मात्र एक बार के 'राम-राम' के उच्चारण से सहस्र नाम अर्थात् एक हजार नामों का जप हो जाता है।।39।।

इसका अभिप्राय यह है कि राम नाम में इतनी अतुल शक्ति है कि उसके क्रिया रूप में आने से सहस्रगुणा विकास हो जाता है जो साधक को सिद्धि प्रदान करता है और उसका हर प्रकार से कल्याण होता है। इस शक्ति का प्रयोग रोग, दरिद्रता, विपत्ति, विरोध आदि सभी प्रकार की कठिनाइयों के निवारण के लिए किया जा सकता है।

श्रीरामरक्षा-यन्त्रराज

श्रीरामरक्षा-यन्त्रराज कल्पवृक्ष की भाँति उपासक के लौकिक-पारलौकिक सभी मनोरथ पूर्ण करता है। जिस प्रकार श्रीरामरक्षा-स्तोत्र का पाठ करने पर समस्त कामनाएँ फलीभूत होती हैं, वैसे ही श्रीरामरक्षा-यन्त्रराज का विधिवत् पूजन करने तथा उसे धारण करने से सभी फल प्राप्त होते हैं। प्राचीन संतजन इसको ताम्रपत्र पर अंकित करवाकर मन्दिरों में पूजन के लिए रखते थे। श्रीरामतापनीयन्त्र कई मन्दिरों में अभी भी पूजे जाते हैं।

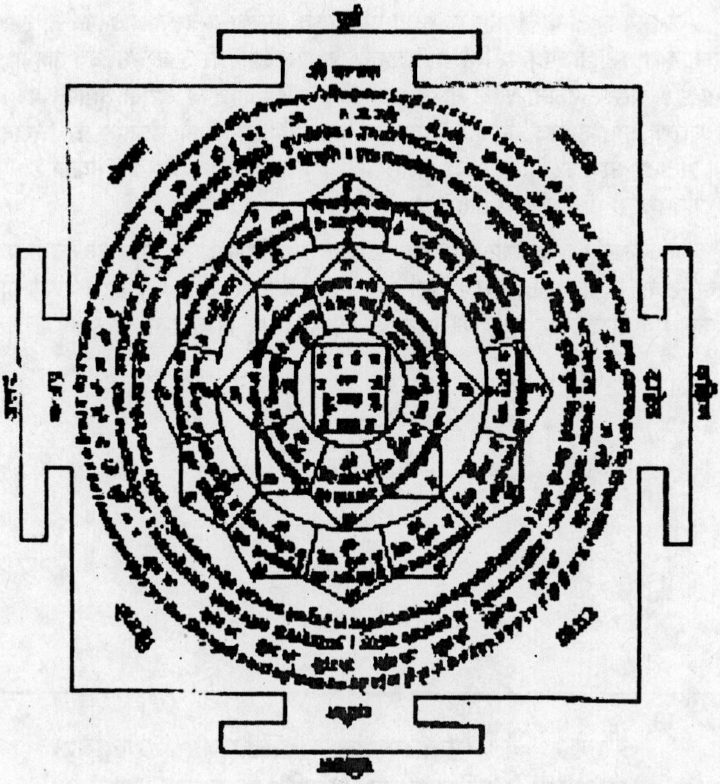

श्री अगस्त्य-संहिता में इसके महात्य्म का वर्णन इस प्रकार किया गया है- श्रीरामचन्द्रजी के वज्रपञ्जरनामक श्रीरामरक्षा-यन्त्र को धारण करने से सर्वसिद्धियां प्राप्त होती हैं, सभी पाप नष्ट हो जाते हैं सभी आपत्तियां समूल नष्ट हो जाती हैं, भूत-प्रेत पिशाचादि इसके देखते ही भाग जाते हैं, मित्रों की मित्रता दृढ़ होती है, शत्रु मित्र बन जाते हैं, क्रूर कष्ट-प्रद प्रसन्न (अतएव शान्त) हो जाते हैं और शासकों को अनुकूलता प्राप्त होती है। बहुत क्या कहें, श्रीरामभद्रजी के श्रीराम-रक्षा-यन्त्र के पूजन तथा धारण करने से कोई भी पदार्थ दुर्लभ नहीं रह जाता।

यावज्जीवं तु सौवर्णं रौप्यं विंशतिवर्षकम्।
भूर्जे द्वादश वर्षाधि तदर्धं ताम्रपत्रके।।
सौवर्णे राजते पत्रे भूर्जे वा सम्यगालिखेत्।
अथवा ताम्र पत्रे च गुलिकीकृत्य धारयेत्।।

अगस्त्यसंहिता के अनुसार स्वर्ण-पत्र पर अंकित रामरक्षा-यन्त्रराज जीवनपर्यन्त, रजतपत्र पर अंकित बीस वर्ष, भोजपत्र पर लिखित बारह वर्ष तथा ताम्रपत्र पर अंकित छः वर्ष तक प्रभावयुक्त रहता है। उपासक अपनी शक्ति के अनुसार सोने, चाँदी, भोजपत्र अथवा ताम्रपत्र पर लिखकर इसे धारण करें। ताबीज बनाकर धारण कर सकते हैं। यन्त्र को भोजपत्र पर लिखकर तथा प्राण-प्रतिष्ठा करवाकर सोना, चाँदी या ताँबे के ताबीज में धारण किया जा सकता है। यन्त्रराज के दर्शनमात्र से अनन्त लाभ होता है।

जो नित्यप्रति श्रीरामरक्षा-स्तोत्र का पाठ करते हुए श्रीरामरक्षा-यन्त्रराज पर तुलसी-पत्र अर्पण करता है, वह सैकड़ों दीक्षाओं से भी दुर्लभ फल प्राप्त करता है। वह आयु-आरोग्य पुत्र-पौत्र-सभी लौकिक एवं पारलौकिक सुखों को प्राप्त कर अन्त में प्रभु के धाम में जाता है।

ईयुष्टे ये पूर्वतरामपश्यन्व्युच्छन्तीमुषसं मर्त्यासः।
अस्माभिरू नु प्रतिचक्ष्याभूदो ते यन्ति ये अपरीषु पश्यान्।।

जो मनुष्य उषाकाल से पहले उठकर नित्य कर्म करके ईश्वर की उपासना करते हैं, वे बुद्धिमान और धर्माचरण करने वाले होते हैं, जो स्त्री-पुरुष ईश्वर का ध्यान करके परस्पर प्रीतिपूर्वक बोलते हैं, वे अनेक प्रकार के सुख प्राप्त करते हैं।

●

अध्याय 5 व्याधि संज्ञान : विविध विधान

जीवन और मृत्यु जीवन के दो पक्ष हैं। जीवन अमूल्य है तो मृत्यु यथार्थ है। जन्म व मृत्यु जीवन के दो सिरे हैं। जिसका जन्म हुआ है, उसकी मृत्यु निश्चित है। जन्म, मृत्यु की तुलना में महत्त्वपूर्ण नहीं है क्योंकि सभी जीवों के जन्मों की विधि एवं व्यवस्था समान है, परन्तु मृत्यु प्रदर्शित करती है कि उस व्यक्ति ने जीवन को कैसे व्यतीत किया, व कैसे जिया। किसी व्यक्ति की मृत्यु को अत्यन्त सुगमता से विस्मृत कर दिया जाता है परन्तु कुछ व्यक्ति ऐसे होते हैं, जिनके निधन से समस्त संसार शोकाकुल हो जाता है। अतः इन्हीं कारणों से व्यक्ति विशेष की मृत्यु से उसके व्यवहार, ख्याति, उपलब्धि, सम्पत्ति, सम्पन्नता, प्रतिभा, योग्यता व श्रेष्ठता का ज्ञान होता है।

स्वस्थ जीवन प्रत्येक व्यक्ति का नैतिक दायित्व है जिसे प्राप्त करने के लिए परिश्रम से अधिक इस विषय पर चिन्तन का कार्यान्वयन आवश्यक है। जिस देह के माध्यम से हम समस्त कार्यों का सम्पादन करते हैं, उस देह को सम्पुष्ट शसक्त, सबल और सर्वथा निरोग रखना हमारा कर्तव्य है। यदि शरीर ही व्याधि से आक्रान्त होगा तो ईश्वर प्रदत्त क्षमता, विद्वत्ता, योग्यता और शक्ति का प्रदर्शन कर सकने में भी असमर्थ रहेंगे। पूर्वजन्म के दुष्कृत्य, इस जन्म में व्याधि का आकार प्राप्त करके हमें दुःख पहुँचाते हैं। जिस समय विज्ञान बहिर्मुखता से ऊब जाएगा, उस समय उसके अन्तर्मुखी होने का मार्ग स्वतः ही खुल जाएगा और तब प्रारम्भ होगी विज्ञान की सूक्ष्मवादी सचेतन यात्रा। व्याधियों की वीभत्सता तथा वीभत्सता की विकटता का व्याख्यान करना एक दुःसाध्य प्रक्रिया है जिसके माध्यम से व्याधिग्रस्त व्यक्ति नारकीय यन्त्रणा की अनुभूति यहीं कर लेता है। मूत्र और विष्ठा में लिपटा हुआ मरणान्तक कष्ट को भोगता हुआ व्यक्ति असहाय भाव से मृत्यु की प्रतीक्षा करता है। कभी-कभी तो व्याधि की दुर्गन्ध के कारण शरीर सड़ने-गलने लगता है और दुर्गन्ध के कारण कोई आत्मीय भी उस व्यक्ति के पास जाने का साहस नहीं कर पाता।

अनके अवसरों पर पूर्णतः पथ्य का पालन करने वाले, पूर्णतः शुद्धता के साथ स्वच्छ वायु में जीवनयापन करने वाले शक्तिशाली सक्रिय ऊर्जायुक्त व्यक्ति भी असाध्य रोगों से आक्रान्त हो उठते हैं, जबकि नितान्त वीभत्स विकृत स्थिति में विचरण करने वाला व्यक्ति भी स्वस्थ जीवन व्यतीत कर सकने में समर्थ होता है। यह सब विभिन्न ग्रह योगों के कारण ही ऐसा होता है परन्तु ध्यान रहे, यदि पूर्वजन्म के दुष्कृत्य से सम्बन्धित वेदना में इतनी वृद्धि होती है कि दुष्कृत्य, पूर्वजन्म के अपराध तथा सभी जन्मों के पाप, फल क्षय हो जाते हैं तो व्याधिग्रस्त व्यक्ति स्वतः ही आरोग्यता को प्राप्त कर लेता है।

शोधकर्ता वैज्ञानिकों के अनुसंधान ने यज्ञ में समर्पित की जाने वाली आहुतियों के उपरान्त प्रज्वलित अग्नि के फलस्वरूप प्रस्फुटित होने वाले धूम्रपान को चिकित्सा का मार्ग सिद्ध किया है। औषधि सेवन के किसी भी विधान द्वारा शरीर में पहुँचने वाले अणु, व्याधि के कारक

कीटाणुओं से अधिक बलशाली होते हैं। अतः औषधि और व्याधि के कीटाणु के मध्य प्रतिक्रिया की संभावना को अस्वीकार नहीं किया जा सकता। यज्ञ के फलस्वरूप शरीर को स्पर्श करने वाला अथवा शरीर के भीतर प्रवेश करने वाला धूम्र अतिसूक्ष्म स्वरूप में व्याधि के कीटाणुओं से संघर्ष करके उन्हें परास्त अथवा पराजित करता है। फलतः व्याधि का निदान संभव होता है। यज्ञ से उत्पन्न होने वाला धुआँ निरापद और प्रतिक्रिया रहित होता है और शरीर पर किसी प्रकार के प्रतिकूल प्रभाव से रक्षा करता है।

प्रस्तुत प्रकरण में ज्योतिष विज्ञान से पूर्णतः अनभिज्ञ पाठकों के लिए एक महत्त्वपूर्ण संज्ञान प्रस्तुत है। नक्षत्र-विशेष में व्याधि का प्रारम्भ हो, तो कितने दिनों में व्याधिग्रस्त व्यक्ति पूर्णतया निरोग हो जाएगा? इसकी व्याख्या यहाँ करना हमें अनुपयुक्त नहीं प्रतीत होता।

नक्षत्र के आधार पर व्याधि ज्ञान

अश्विनी	एक प्रहर
रोहिणी	तीन दिन
पूर्वा भाद्रपद	चार दिन
मृगशिरा, उत्तराफाल्गुनी	पाँच दिन
पुनर्वसु, पुष्य, स्वाति	सात दिन
कृतिका, आश्लेषा, हस्त	नौ दिन
अनुराधा, रेवती	दस दिन
उत्तराभाद्रपद, पूर्वाषाढ़ा, ज्येष्ठा	पन्द्रह दिन
विशाखा, धनिष्ठा	बीस दिन
उत्तराषाढ़ा	सत्ताईस दिन
चित्रा	डेढ़ महीना
पूर्वाफाल्गुनी, श्रवण	दो महीने
आर्द्रा, मघा, मूल, भरणी	असाध्य

यज्ञ-साधना

व्याधि के विनाश के लिए यज्ञ करना सर्वविदित शास्त्र-संगत विधान है जिसे विज्ञान का समर्थन प्राप्त है। यहाँ पर प्रत्येक नक्षत्र से सम्बन्धित विशेष हवन पदार्थ की अनुक्रमणिका प्रस्तुत की जा रही है जिसके द्वारा हवन करने से व्याधिग्रस्त व्यक्ति शीघ्र स्वास्थ्य लाभ प्राप्त करता है।

नक्षत्र	आह्वानीय सामग्री	आहुति संख्या
उत्तराभाद्रपद	दूध, घी	108
रेवती	ढाक	108
शतभिषा	कमल	1100

पूर्वाभाद्रपद	ढाक	1100
श्रवण	चावल	1100
धनिष्ठा	वट, पीपल, गूलर	1100
मूल	दूध	1100
पूर्वाषाढ़ा	शालि चावल	1100
उत्तराषाढ़ा	कनेर के फूल	1100
स्वाति	जौ, घी	1100
विशाखा	दूध-भात (उबले चावल)	1100
अनुराधा	लोध	1100
ज्येष्ठा	लोध व कंटेली	1100
उत्तराफाल्गुनी	घी, प्रियंगु	1100
चित्रा	दधि, जौ, नये चावल का भात	1100
मघा	घी चावल, तिल-चावल	1100
पूर्वाफाल्गुनी	चावल, खीर	1100
पुनर्वसु	घी में मिले तिल, चावल	1100
पुष्य	खीर, चावल	1100
आश्लेषा	खीर, चावल	1100
मृगशिरा	गाय का दूध, दही, घी, शहद	1100
आर्द्रा	अनारदाने	1100
भरणी	वटवृक्ष की समिधा, तिल, घी	1100
कृतिका	घी	1100

यज्ञ के उपरान्त अनुकरणीय

हवन करते समय ब्राह्मण को गायत्री मंत्र के स्वाहा का पल्लव लगाकर हवन करना चाहिए। अन्य लोगों को इन नक्षत्रों के देवता का नाम लेकर हवन करना उचित है।

हवन के अन्त में प्रजापति के लिए **ओम् भूः अग्नेय स्वाहा, ओम् भुवः वायवे स्वाहा, ओम् स्वः आदित्याय स्वाहा, ओम् स्वः अग्नि वायवादित्येभ्यः स्वाहा, आपोज्यातिरसोमृतम् ब्रह्मम् भूर्भुवः स्वरोम् स्वाहा, ओम् प्रजापतये स्वाहा इदं प्रजापतये, ओम् इन्द्राय स्वाहा इदमिन्द्राय, ओम् अग्नेय स्वाहा इदमग्नये, ओम् सोमाय स्वाहा इदमु सोमाय।** इस तरह प्रजापति के लिए नौ आहुति देकर ब्राह्मण भोजन कराने से प्रयोग सम्पन्न होता है।

5.1 स्वास्थ्य संरक्षण एवं पुष्टि संवर्धन

जीवनकाल भले ही अल्प हो, परन्तु महान एवं उपलब्धिपूर्ण होना चाहिए। महान गणितज्ञ रामानुज, स्वामी विवेकानन्द, लेडी डायना, श्री बी. सूर्यप्रकाश व अन्य कई महान व्यक्तियों का जीवनकाल अल्प रहा, परन्तु अपने लोक कल्याण हेतु किये गये कर्मों द्वारा अमर हो गये। जीवनकाल को चार भागों में विभाजित किया गया है :-

1. बालारिष्ठ 2. अल्पायु 3. मध्यायु 4. पूर्णायु

सर्वश्रेष्ठ जीवनकाल को उपरोक्त में से एक में वर्गीकृत करने हेतु परिपूर्णता तथा विभिन्न भागों का समावेश होता है। डा. बी.वी. रामन ने अपनी रचना **How to judge a Horoscope, Vol. 2** में अत्यन्त सैद्धान्तिक एवं संक्षिप्त रुप में इस तथ्य का उल्लेख किया है। अतः हम इन योगों की पुनरावृत्ति यहाँ पर करना उचित नहीं समझते। आयु के निर्धारण से पूर्व यह ज्ञात करना चाहिए कि व्यक्ति का जीवनकाल अल्प है, मध्यम है, दीर्घ है अथवा प्रबल बालारिष्ठ के योग से ग्रस्त है। जन्मांग का सामयिक विश्लेषण करने के पश्चात् ही ज्ञात होता है कि व्यक्ति विशेष की जीवन अवधि अल्प, मध्यम अथवा दीर्घ है। इस निर्णय से पूर्व आयु निर्धारण के समस्त सूत्रों का सामयिक ज्ञान आवश्यक है।

जन्मांग में अष्टम भाव, व्यक्ति की जीवन-अवधि के साथ-साथ जीवन के अन्त के कारण को भी प्रदर्शित करता है। अष्टम भाव तथा लग्न का प्रबल होना अथवा लग्न या अष्टम भाव में प्रबल ग्रहों की संस्थिति अथवा शुभ या योगकारक ग्रहों की दृष्टि, अथवा लग्नेश का लग्नगत होना या अष्टमेश का अष्टम भावगत होना दीर्घायु का द्योतक है। तृतीय भाव अष्टम से अष्टम होता है तथा जन्मांग में तृतीय भाव मृत्यु को प्रदर्शित करता है। इसलिए अष्टम भाव मृत्यु को प्रदर्शित करता है। अष्टम एवं तृतीय भाव में स्थित ग्रहों में मारकत्व समाहित होता है। यदि लग्न जीवन का प्रारम्भ है, तो जीवन के अन्त का ज्ञान द्वादश भाव से ही समझा जाना चाहिए। हमारे अनुभव में द्वादश भाव के अध्ययन से मारकेश के समयावधि का ज्ञान सम्भव है। अष्टम भाव से अष्टम, तृतीय भाव होता है। यह दोनों ही भाव जीवनावधि प्रदर्शित करते हैं परन्तु तृतीय तथा अष्टम भाव से द्वादश भाव सप्तम एवं द्वितीय भाव मारकेश कहलाते हैं।

यदि लग्न बली हो तथा अष्टम व द्वादश भाव शुभ ग्रहों का प्रभाव हो, तो या शुभ ग्रह इन भावों में स्थित हो, तो मृत्यु सुगम व सहज होती है। परन्तु इसके विपरीत स्थिति में मृत्यु कष्टदायी होती है। जब द्वितीय एवं सप्तम भाव की महादशा अंतरदशा और प्रत्यंतर दशा प्रभावी होती है तो उसे मारकेश के नाम से शब्दांकित किया जाता है। प्रत्येक लग्न हेतु मारकेश के निर्णय हेतु निम्नलिखित सूत्र हैं। यह मात्र दिशा-निर्देश हैं व विभिन्न मारकेशों पर अन्य ग्रहों के प्रभाव पर भी गंभीरता से विचार करने के पश्चात् वास्तविक मारकेश का अध्ययन अत्यन्त सतर्कता व बुद्धिमत्तापूर्वक करना चाहिए।

1. **मेष लग्न :** मेष लग्न के लिए शुक्र द्वितीय एवं सप्तम भाव का अधिपति बन जाता है, परन्तु जातक के जीवन को नष्ट नहीं करता है। यह मात्र गम्भीर व्याधि का कारक हो सकता है। मेष लग्न के जन्मांग में शनि दशम व एकादश का अधिपति होने के उपरान्त भी मारकेश बन जाता है।

2. **वृष लग्न :** वृष लग्न के लिए मंगल सप्तम एवं द्वादश भाव का अधिपति होता है, जबकि बुध द्वितीय एवं पंचम भाव का अधिपति होता है। परन्तु वृष लग्न के लिए शुक्र, बृहस्पति व चन्द्र मारक ग्रह माने जाते हैं।

3. **मिथुन लग्नः** मिथुन लग्न के लिए चन्द्र व बृहस्पति द्वितीय एवं सप्तम भाव के अधिपति होते हैं। यद्यपि चन्द्रमा प्रतिकूल स्थिति में होने पर भी जातक का जीवन समाप्त नहीं करता है। बृहस्पति व सूर्य मारक बन जाते हैं।

4. **कर्क लग्न :** सूर्य द्वितीय भाव का अधिपति होने के उपरान्त भी जातक का अन्त नहीं करता। शनि सप्तमाधिपति है परन्तु यह भी कर्क लग्न हेतु मारक नहीं होता है। साधारणतः शुक्र को कर्क लग्न का मारक कहते हैं।

5. **सिंह लग्न :** सिंह लग्न के लिए बुध एकादश और द्वितीय का अधिपति है। उसके नाश करने की क्षमता होने पर मारक बन जाता है। सप्तमाधिपति शनि मारकेश मारक नहीं होता है।

6. **कन्या लग्न :** कन्या लग्न के लिए सूर्य द्वादशाधिपति होता है परन्तु मृत्यु नहीं प्रदान करता। यदि द्वितीयेश शुक्र, सप्तमाधिपति बृहस्पति तथा एकादश भाव का स्वामी यदि पापाक्रान्त हो अथवा अशुभ स्थिति संस्थित हो, तो मारक बनते हैं परन्तु इन तीनों में कौन ग्रह मृत्यु का प्रभाव अपने में समाहित किये हुए है इसका निर्णय बुद्धिमत्तापूर्वक करना चाहिए।

7. **तुला लग्न :** द्वितीयेश व सप्तमेश मंगल मारक नहीं होता, परन्तु मृत्यु से भी अधिक पीड़ादायक होता है। प्रायः शल्यक्रिया, दुर्घटना, अग्नि भय, अथवा रुधिर व्याधि से मंगल की दशा-अंतर्दशा में कष्ट होता है। शुक्र और बृहस्पति यदि पापाक्रान्त हों, तो मारकेश होते हैं।

8. **वृश्चिक लग्न :** बृहस्पति द्वितीयेश होने के उपरान्त भी मारक नहीं होता। यदि बुध निर्बल व पापाक्रान्त हो अथवा अष्टम, द्वादश या तृतीय भावगत होकर पापग्रहों से युक्त हो तो मारक होता है।

9. **धनु लग्न :** शनि द्वितीयेश होने के उपरान्त भी मारकेश नहीं होता। बुध सप्तमेश होता है परन्तु मारकेश नहीं बनता। धनु लग्न हेतु शुक्र की स्थिति का अध्ययन गंभीरता से करना चाहिए। प्रायः पापाक्रान्त और क्रूर भावगत होने पर शुक्र धनु लग्न के लिए मारक होता है।

10. **मकर लग्न :** द्वितीयेश शनि मारक नहीं होता, क्योंकि शनि लग्नेश भी है। सप्तमेश चन्द्रमा भी मारक नहीं होता। मंगल और बृहस्पति यदि अशुभ स्थिति में हों, तो मारकेश का प्रभाव स्वयं में समाहित करते हैं।

11. **कुम्भ लग्न :** बृहस्पति द्वितीयेश और सूर्य सप्तम भावाधिपति होता है। यहाँ बृहस्पति को मारकत्व प्राप्त है परन्तु शनि मारक नहीं बनता। मंगल और चन्द्रमा भी विपरीत स्थिति में क्रूर ग्रहों के मारकत्व प्रभाव से आक्रान्त हो, तो मारक सिद्ध होते हैं।

12. **मीन लग्न :** मंगल द्वितीयेश होने के उपरान्त भी मारकेश नहीं होता। यदि शनि की महादशा में व्यक्ति मृत्यु का ग्रास न बने, तो बुध मारकेश सिद्ध होता है। अष्टमेश शुक्र और षष्ठेश सूर्य भी मीन लग्न के व्यक्तियों के लिए अशुभ होते हैं।

किंचित् मतान्तर से मेष एवं मीन लग्न में मंगल, वृष एवं सिंह लग्न में बुध, कर्क लग्न में सूर्य, कन्या लग्न में शुक्र, वृश्चिक लग्न में गुरु, मकर लग्न में शनि की महादशा मारक हो सकती है।

यह निर्णय करना सरल नहीं है कि कौन सा ग्रह वास्तविक रूप से जातक का अन्त करेगा। भाव के बल के साथ अन्य कारणों को भी विचार में लिया जाए। यदि अष्टम भाव बली है तो लम्बी आयु व गम्भीर व्याधि ग्रस्त रहेगा। डा. बी.वी. रामन का अष्टम भाव अत्यन्त प्रबल था। वस्तुतः अष्टम भाव उनकी कुण्डली का प्रबलतम/बली भाव था इसलिए उनका 86 वर्ष का जीवन, अर्थात् मृत्यु तक किसी गम्भीर शारीरिक समस्या एवं व्याधि से मुक्त रहा।

मारकेश की शोध/विश्लेषण के पूर्व हम लोगों को यह देखना है कि जीवन-काल कब खण्डित होता है, जैसे कि बालारिष्ट, अल्पायु, मध्यायु या पूर्णायु।

षष्ठ भाव से सम्बन्धित ग्रहयोग

व्याधि हमारे दुष्कृत्यों और पापों का प्रतिफल है। ऋग्वेद में कर्मज व्याधि के निराकरण हेतु उपयुक्त मंत्रों का उल्लेख है। पूर्वजन्म में किये गए अनैतिक अपराध बलात्कार, ऋतुकाल से पूर्व कन्या का उसकी इच्छा, अनुमति, स्वीकृति और स्वीकृति के बिना शोषण करने का अपराध, कैंसर ऐसी असाध्य व्याधि प्रदान करता है।

व्याधि से संदर्भित विषय पर विचार करने के लिए मूलतः षष्ठ भाव, षष्ठ भावस्थ ग्रह तथा षष्ठ भावाधिपति आदि का अध्ययन करना चाहिए परन्तु अष्टम भाव, द्वादश भाव तथा लग्न की उपेक्षा नहीं की जानी चाहिए।

यदि अशुभ षष्ठेश, लग्न, अष्टम अथवा दशम भाव में स्थित हो तो जातक फोड़ा-फुन्सी से पीड़ित होता है। यदि षष्ठेश की षष्ठ अथवा अष्टम भाव में सूर्य के साथ युति हो तो जातक को सिर में फोड़े होने का योग निर्मित होता है, यदि षष्ठेश चन्द्रमा के साथ हो तो चेहरे पर, यदि मंगल या बुध के साथ हो तो अग्रभाग में, बृहस्पति के साथ होने पर नाक में, शुक्र के साथ हो तो आँख में, शनि, राहु या केतु के साथ हो तो हाथ में फोड़े होने का योग निर्मित होता है। यदि षष्ठेश एवं अष्टमेश क्रमशः सप्तम और अष्टम भाव में स्थित हों तो जातक को बवासीर होने की संभावना होती है। यदि षष्ठेश के साथ लग्न में सूर्य, चन्द्रमा, मंगल, बुध, बृहस्पति, शुक्र अथवा शनि स्थित हो तो क्रमशः ज्वर, जलीय रोग या अल्सर, उदर शूल से कष्ट, उपभोग, लैंगिक कष्ट, उत्तेजना, फोड़े से कष्ट होता है। यदि मंगल षष्ठ भाव में एवं षष्ठेश अष्टम भाव में स्थित हो तो जातक छठे और ग्यारहवें वर्ष में ज्वर से पीड़ित होता है। यदि चन्द्रमा एवं बृहस्पति षष्ठ भाव में स्थित हों तो जातक को बीसवें वर्ष में गम्भीर त्वचा रोग जैसी व्याधि होने की सम्भावना होती है यदि राहु षष्ठ भाव में स्थित हो एवं लग्नेश अष्टम भाव में हो तो जातक को सत्ताईसवें वर्ष में जलीय रोग होता है। यदि षष्ठेश और द्वादशेश के मध्य विनिमय-परिवर्तन योग हो तो तीसवें वर्ष में जातक को उदर सम्बन्धी रोग होता है। यदि लग्नेश अष्टमेश के साथ लग्न में स्थित हो तो गठिया ऐसे रोग की संभावना होती है। यदि मंगल के साथ चन्द्रमा षष्ठ भाव में स्थित हो

तो जातक को पीलिया रोग होने का संकेत मिलता है। यदि शनि एवं मंगल षष्ठ भाव में स्थित हों और उन पर राहु या सूर्य की दृष्टि हो तथा लग्नाधिपति निर्बल हो तो जातक को दुसाध्य (चिरकालिक) रोग होने के संकेत मिलते हैं। यदि शनि षष्ठ भाव में स्थित हो तथा उस पर सूर्य, मंगल अथवा राहु की दृष्टि हो तो जातक को हृदय अथवा फेफड़े का रोग होता है। यदि लग्नेश षष्ठ भाव में तथा षष्ठेश अष्टम भाव में स्थित हो तो षष्ठेश की दशाकाल में लग्नेश की भुक्ति के समय जातक असाध्य रोग से पीड़ित होगा। यदि षष्ठेश द्वितीयेश के साथ द्वितीयभाव में स्थित हो तो जातक को मुख अथवा आँख की गंभीर व्याधि होती है।

व्याधि विधान विस्तृत विषय है जिस पर हम पृथक् शोधयुक्त रचना के लिए प्रयासरत हैं, सम्भवतः इस कृति को हम **"Natal Planets and Fatal Diseases"** से नामांकित करके पाठकों के समक्ष सन् 2009 के मध्य तक प्रस्तुत करने की चेष्टा करेंगे। कैंसर, एड्स, हेपीटाइटिस बी, किडनी ट्रान्सप्लान्टेशन लीवर सिरोसिस, एम.एन.डी., सी.पी., ब्रेनहैम्ब्रेज एवं अन्यान्य सामान्य व्याधियाँ अन्धापन, बहरापन, विकलांगता अथवा पागलपन आदि ऐसी व्याधियाँ है जिनका विस्तृत उल्लेख इस कृति की परिधि के भीतर समाहित किया जा सकना सम्भव नहीं है इसीलिए इस अध्याय को परिहार विधान तक सीमित रखना ही उपर्युक्त समझते हैं।

आयु की अवधि

आयुर्दाय ज्ञानार्थ तालिका

अग्रांकित तालिका के आधार पर स्थूल रूप से आयु की अवधि का संज्ञान संभव है।

दीर्घायु	मध्यायु	अल्पायु
लग्नेश चर राशि में अष्टमेश चर राशि में	लग्नेश चर राशि में अष्टमेश स्थिर राशि में	लग्नेश चर राशि में अष्टमेश द्विस्वभाव राशि में
लग्नेश स्थिर राशि में अष्टमेश द्विस्वभाव राशि में	लग्नेश स्थिर राशि में अष्टमेश चर राशि में	लग्नेश स्थिर राशि में अष्टमेश स्थिर राशि में
लग्नेश द्विस्वभाव राशि में अष्टमेश स्थिर राशि में	लग्नेश द्विस्वभाव राशि में अष्टमेश द्विस्वभाव राशि में	लग्नेश द्विस्वभाव राशि में अष्टमेश चर राशि में

अल्प व मध्यम जीवन के निर्णय हेतु दूसरी सरल व्यवस्था निर्देशित है। लग्न व चन्द्र राशियों के अंशादि को जोड़ लें। योग को 3 से भाग दें। यदि प्राप्त संख्या 1 है तो जीवन लम्बा है और यदि प्राप्त संख्या 0 है तो जीवन मध्यम होगा। इसी तरह लग्न व अष्टम भाव के राशियों के अंशादि को जोड़कर 3 से विभाजित करना चाहिए। तो प्राप्त संख्या छोटी, लम्बी या मध्यम जीवन को प्रदर्शित करेगी। इसी प्रकार जन्म लग्न व होरा लग्न के योगों को 3 से विभाजित करने पर प्राप्त संख्या से भी छोटी, लम्बी व मध्यम आयु का निर्णय होता है।

उपरोक्त तीन नियमावली से हमने यह जाना कि जीवन-काल अल्प अथवा मध्यम है।

लग्नेश तथा अष्टमेश के अंशों को जोड़कर जो संख्या आयेगी, अल्पायु होने पर वही आयु होगी। यदि जन्मांग से मध्यायु प्रतीत हो, तो 32 में लग्नेश और अष्टमेश के अंशों का योगफल जोड़ देना चाहिए। इसी प्रकार से लग्नेश तथा चन्द्रमा के अंशादि जोड़कर आयु निर्णय करें। इसके साथ लग्नेश तथा होरा लग्न को जोड़कर देखें। तीनों संख्याओं का मध्यमान अर्थात् औसत आयु, जातक की वास्तविक आयु का ज्ञान करायेगी।

आयु निर्णय के अनेक सिद्धान्त प्रचलित हैं और इन सिद्धान्तों द्वारा गणित करने पर सही आयु का ज्ञान होना संभव है। पिण्डायु सिद्धान्त, नैसर्गिक आयु, जेमिनी सूत्र आयु सिद्धान्त, अष्टक वर्ग आयु साधन, योग आयु आदि सिद्धान्तों के आधार पर आयु निर्णय किया जाना चाहिए। जेमिनी सूत्र तथा पिण्डायु साधन सर्वाधिक सत्य घटित होते हैं तथा इन सिद्धान्तों का अनुसरण करके आयु काल की गणना पर्याप्त शुद्ध प्राप्त होती है। अष्टक वर्ग आयु साधन सदा ही त्रुटिपूर्ण फल प्रदान करता है। विभिन्न योगों द्वारा प्राप्त आयु सूत्र रूप में सर्वाधिक सुगम और सत्य फल प्रदान करती है।

मारकेश का दशा-अंतर्दशा काल यदि उपरोक्त सिद्धान्तों द्वारा प्राप्त विधियों के अनुरूप हो, तो उसी समयांतर में जीवनकाल का अन्त समझना चाहिए। राहु में शनि या शनि में राहु अथवा मंगल में केतु या केतु में मंगल की दशा-भुक्ति प्रायः मारकेश होती है। यदि यह ग्रह मृत्यु से सम्बन्धी भावों से सम्बद्ध हों।

22वाँ द्रेष्काण द्वारा मृत्यु का वास्तविक कारण ज्ञात किया जाता है। यह विधि ऋषियों ने शास्त्रों में वर्णित की है और हमने अनुभव में इसे सही पाया है।

गोचर और मृत्यु का समय

जब गोचर में शनि अष्टमेश व द्वादशेष के ऊपर से भ्रमण करे अथवा उन राशियों से त्रिकोण में भ्रमण करे, तो मृत्यु संभव होती है या मृत्यु तुल्य कष्ट प्राप्त होता है। 22वें द्रेष्काण द्वारा प्राप्त राशि या मन्दी के ऊपर से शनि का भ्रमण भी मृत्यु का कारण बनता है।

शनि के राशि अंशादि से मन्दी के राशि अंशादि घटाने पर जो राशि प्राप्त हो, योगफल की राशि अथवा नवांश पर से गोचर के शनि का भ्रमण मृत्यु प्रदान करता है।

षष्ठ, अष्टम व द्वादश भाव के स्वामियों की राशि अंशादि का योग करने पर प्राप्त संख्या को 12 से भाग दें। इस तरह जो राशि प्राप्त होगी, उसपर से शनि का भ्रमण जातक के लिए मृत्यु का संदेश लेकर आयेगा। गोचर का बृहस्पति जब अष्टमेश से त्रिकोण स्थिति में भ्रमण करता है तो भी मृत्यु की संभावना होती है।

सूर्य, लग्न और मन्दी के अंशादि को जोड़ने पर जो योगफल आये, उसे 12 से भाग देने पर शेष आये, उस राशि में गोचर के बृहस्पति का भ्रमण भी मृत्युकारक होता है। बृहस्पति और राहु के अंशादि जोड़ने पर जो राशि प्राप्त हो, वहाँ या वहाँ से त्रिकोण में बृहस्पति का भ्रमण मृत्युदायक होता है।

जब शुक्र से षष्ठ, सप्तम या द्वादश भाव में गोचर के सूर्य का भ्रमण हो तथा मारकेश की

दशा अन्तर्दशा हो, तो मृत्यु होती है।

अष्टमेश जिस नवांश में हो, उसमें जब चन्द्रमा का भ्रमण हो, या वहां से त्रिकोण राशियों में चन्द्रमा का भ्रमण हो, तो मृत्यु उसी समय संभव होती है। अन्य सिद्धान्तों से गणित करने के बाद मृत्यु का दिन ज्ञात करने के लिए चन्द्रमा के गोचर पर विचार करना चाहिए। इसी तरह से जन्मकालीन चन्द्रमा और मन्दी के अंशादि पर या वहाँ से त्रिकोण पर चन्द्रमा का भ्रमण मृत्यु देता है।

चन्द्रमा से 22वें द्रेष्काण द्वारा प्राप्त राशि पर या वहां से त्रिकोण पर चन्द्रमा का भ्रमण भी मृत्यु का समय निश्चित करता है। गोचर का चन्द्रमा जब लग्न अष्टम अथवा द्वादश भाव में भ्रमण करता है तो मृत्यु होती है। जब व्यक्ति मृत्यु के निकट हो, मारकेश आदि की दशा, अन्तर्दशा हो, पिण्डायु और जेमिनी सूत्र द्वारा प्राप्त जीवन अवधि का समय पूर्ण हो रहा हो, तो सूर्य, चन्द्रमा, बृहस्पति और शनि के गोचर द्वारा मृत्यु का समय दिन, महीना और वर्ष सूक्ष्मता से ज्ञात किया जा सकता है।

उपरोक्त सूत्रों एवं गोचर के नियमों को आयु निर्धारण में मात्र सहायक रूप से ग्रहण किया जाना चाहिए। परन्तु इन्हीं नियमों के आधार पर आयु साधन पर आश्रित होना भयानक भूल होगी। इसके लिए प्रचुर अनुभव, अभ्यास, अथक परिश्रम और अध्ययन की आवश्यकता है।

मारकेश अनेक बार व्यक्ति के जीवन में गंभीर व्याधि और विभिन्न प्रकार के शारीरिक कष्ट प्रदान करता है। आवश्यक नहीं कि मारकेश की दशा आने पर मृत्यु हो, इसीलिए पूर्ण आयु साधन के पश्चात् ही जीवन काल का निर्णय करना चाहिए। यह एक दुष्कर प्रक्रिया है। यदि मारकेश की दशा-अंतर्दशा, गोचर आदि के कारण स्वास्थ्य सम्बन्धी गंभीर कष्ट हो तथा सब प्रकार की चिकित्सा के उपरान्त भी लाभ न हो पाये, तो महामृत्युञ्जय, लघुमृत्युञ्जय, संजीवनी मृत्युञ्जय मंत्रों, स्तोत्रों आदि का सविधि जप करना चाहिए या किसी विद्वान, अनुभवी, योग्य आचार्य द्वारा पूरे विश्वास और श्रद्धा के साथ सम्पन्न कराना चाहिए। 'मारकेश' निदान से पूर्व पाठकों को व्याधियों के तथा मृत्युतुल्य कष्ट प्राप्त होने के कारण के विषय में स्पष्ट करना अनिवार्य प्रतीत हो रहा है जिसके प्रति हमारे तथा वेदों में उल्लिखित विचार प्रस्तुत हैं।

व्याधिग्रस्त व्यक्ति के विषय में शुभाशुभ ज्ञान

व्याधि के प्रश्नकाल में ज्योतिषी को चाहिए कि प्रश्न लग्न को उपचारकर्ता माने, दशमभाव में रोगी का विचार करे, षष्ठ और सप्तमभाव से व्याधि का विचार करे और चतुर्थस्थान से व्याधि के निदान तथा उसकी औषधि का विचार करे।

प्रश्न कुण्डली में यदि लग्न या लग्नेश शुभराशियुक्त केन्द्र में शुभग्रह से दृष्ट या युक्त हो तो उपचारकर्ता योग्य व्यक्ति होते हैं उनके उपचार से रोगी व्याधिमुक्त हो जायगा (समय का विचार ग्रहों के बलाबल पर या उसकी तत्काल स्थिति या ज्योतिष में निर्धारित समयानुकूल होता है।) और लग्न या लग्नेश त्रिक या आपोक्लिम स्थानों में पापग्रहों से दृष्ट या युक्त, या शत्रुराशि के या केन्द्रादि में निर्बल पाप दृष्ट-युक्त, पाप-पीड़ित स्थित हों तो उपचारकर्ता जो भी उपचार

करता हो उसको अयोग्य समझना चाहिए। उसके उपचार से रोगी व्याधिमुक्त नहीं हो सकेगा, इसलिए उस उपचारकर्ता को बदल देना चाहिए। यदि लग्न चर राशि का हो और लग्नेश भी चरराशि में स्थित हो तो निश्चय ही स्थान परिवर्तन से रोगी शीघ्र ही स्वस्थ्य होता है।

यदि प्रश्न कुण्डली में दशमस्थान शुभराशि, सौम्य ग्रहों से दृष्ट युक्त हो तो जानना चाहिए कि रोगी व्याधिमुक्त हो रहा है। अतः कुछ समय पश्चात् रोगी शीघ्र ही पूर्णतः व्याधिमुक्त हो जायगा और जो दशम में अशुभ राशि पापदृष्ट पापयुक्त हो या दशमेश शत्रुराशि का अशुभ स्थान में, शत्रु-पाप-क्रूर, नीचास्तादि ग्रहों से दृष्ट युक्त हो तो जानना चाहिए कि रोगी अपनी भूल से व्याधि को बढ़ा रहा है। इसलिए उसका पूर्णतः व्याधिमुक्त होना असम्भव है। उसके भोजनादि पर रोक लगानी चाहिए।

यदि प्रश्न कुण्डली में षष्ठ या सप्तमस्थान शुभराशि हो शुभ-ग्रह से दृष्ट युक्त हो और षष्ठेश या सप्तमेश शुभग्रह ही क्यों न हो और चाहे शुभ दृष्ट-युक्त, मित्रक्षेत्री ही क्यों न हो व्याधि अवश्य होगी किन्तु उपचार होने पर रोगी शीघ्र ही व्याधिमुक्त हो जाएगा, प्रतिकूल इसके यदि उपर्युक्त स्थानों में अशुभ राशियाँ हों, शत्रुक्षेत्री अशुभ ग्रह स्थित हों अशुभ दृष्ट-युक्त उनके अधिपति चाहे जैसे भी स्थित हों उचित उपचार होने पर भी रोग स्थिर ही रहता है। अशुभ दृष्ट-युक्त उनके अधिपति चाहे जैसे भी स्थित हों उचित उपचार होने पर भी रोग स्थिर ही रहता है। अशुभ अष्टमेश के इत्थशाल योग होने पर रोगी की मृत्यु हो जाती है।

चतुर्थस्थान में अशुभ राशि हो अशुभ ग्रह से दृष्ट-युक्त हो और चतुर्थेश अशुभ ग्रह, अपने शत्रुओं से दृष्ट-युक्त हो तो उचित औषधि भी प्रभाव शून्य ही रहती है और उपचार करते रहने पर भी रोगी स्वस्थ्य लाभ नहीं कर पाता प्रतिकूल इसके जब चतुर्थस्थान में शुभराशि शुभग्रहों से दृष्ट युक्त हो और चतुर्थेश शुभग्रह अपने मित्र शुभग्रहों से दृष्ट या युक्त हो तो नाममात्र के औषधि उपचार से रोगी शीघ्र ही स्वस्थ्य हो जाता है। शान्ति से कार्य करते रहने पर उपचारकर्त्ता को यश-प्रतिष्ठा मिलती है।

यदि प्रश्न लग्नेश शुभग्रह (5, 7, 8) स्थान में शुभ दृष्ट हो और पूर्णचन्द्रमा (3, 6, 10, 11) स्थान में निर्दोष स्थित हो तो रोगी शीघ्र ही व्याधिमुक्त हो जाता है। प्रश्न काल एकाकी सूर्य का निर्दोष षष्ठस्थान में होना रोगी को 18 दिन के भीतर या अगामी संक्रान्ति तक स्वास्थ्य लाभ पाने का शुभलक्षण है। तीन रत्ती सोने का सूर्य, 1-1/2 सेर बूँदी या चने की दाल, सात ताँबे के सिक्के किसी न किसी दिन रोगी के हाथ से अवश्य दान कराने चाहिए।

यदि प्रश्न समय लग्नेश लग्न में सौम्य ग्रह, मित्र सौम्य दृष्ट-युक्त बलवान स्थित हो तो उसी समय से रोगी की व्याधि में कमी होने लगती है। पापग्रह के लग्न में, पाप, क्रूर, अस्त, नीच, शक्तिहीन, शत्रुग्रह के दृष्ट-युक्त होने पर रोगी की व्याधि बढ़ती जायगी, और रोग गुरुतर ही होता रहेगा। इसलिए आवश्यकता पड़ते ही रोगी के परिवारजनों को चाहिए कि वह रोगी की औषधि, स्थान परिवर्तन का यथासाध्य ध्यान रखे और पथ्य परहेज का पूर्ण ध्यान रखे।

(1, 5, 7, 8) स्थान में शुभग्रह मित्र, सम शुभग्रहों से दृष्ट स्थित हों और (3, 6, 10, 11) स्थान में निर्दोष पूर्ण चन्द्रमा स्थित हो तो रोगी शीघ्र ही स्वस्थ्य हो जाता है। इसके विपरीत उपर्युक्त

स्थानों के अशुभ ग्रहों को क्षीण चन्द्रमा बलहीन दृष्टि से दृष्टिनिक्षेप करता हो तो रोगी की व्याधि मृत्यु पर्यन्त बढ़ती ही जाती है।

यदि प्रश्न कुण्डली में लग्नाधिपति, अष्टमेश के साथ इत्थशाल करता हो या लग्नेश चन्द्रमा युक्त अष्टमस्थान में स्थित हो तो रोगी को मृत्युदायक होता है।

यदि लग्नेश्वर का चन्द्रमा से केन्द्रस्थ इत्थशाल योग हो या शुभ-मित्र ग्रहों से दृष्ट-युक्त हो या केन्द्रस्थ चन्द्रमा+लग्नेश शुभग्रह दृष्ट युक्त हों किन्तु किसी भी पाप, क्रूर, वक्री, नीचास्त, शत्रु तथा अष्टमेश, सूर्यादि ग्रह की दृष्टि से रहित हो या स्वगृही चन्द्रमा मित्र शुभग्रहों से (4-10) स्थान पर दृष्ट-युक्त हो तो रोगी शीघ्र ही स्वस्थ होता है। वक्री ग्रह के लग्नगत होने पर पुनः विकार होने का भय है और शुभग्रह युक्त होने पर सुपथ्य औषधि से शान्ति प्राप्त होगी।

यदि लग्न में अष्टमेश और अष्टम में लग्नेश+चन्द्रमा बलहीन हों, या लग्नेश अष्टमेश का त्रिक स्थान पर इत्थशाल योग पापग्रहों से दृष्ट-युक्त हो, या अष्टमेश केन्द्र में हो और लग्नेश अष्टम में हो ये दोनों ही पापाक्रान्त हों, या लग्नेश केन्द्र में न हो, षष्ठस्थान में चन्द्रमा के साथ सप्तमेश का इत्थसाल हों या सप्तमेश षष्ठ भाव में पापाक्रान्त हों या लग्नेश अस्त होकर सप्तम या अष्टमस्थान पर पापाक्रान्त चन्द्रमा से इत्थशाल करता हो शुभबली मित्रग्रह से दृष्टयुक्त न हो, या लग्न में उच्च स्वगृहव बलवान गुरु न हो चाहे चन्द्रमा हो भी, द्वादशस्थ शनि, अष्टमेश सूर्य दशम मंगलादि हों या, (1, 4, 5, 9, 1, 2, 6, 7, 10) में पापग्रह पापाक्रान्त हों और चन्द्रमा अष्टमस्थान में हो, या (1, 7, 8) में बलहीन शुभग्रह पापग्रहों में दृष्ट हों और चतुर्थाष्टम क्षीण चन्द्रमा पापग्रहों के मध्य में निर्बल स्थित हो तो रोगी मृत्यु को प्राप्त होता है। विपरीत इसके यदि चन्द्रमा और बुध लग्न में निर्दोष तथा बलवान हों, बृहस्पति-शुक्र केन्द्रस्थ बलवान् हों और केन्द्र तथा अष्टमभवन पापाक्रान्त न हों शुभ दृष्ट-युक्त हों तो प्रश्नकर्ता रोगी को शीघ्र ही सुखदायक व्याधिमुक्ति प्राप्त होती है।

यदि लग्न में पापग्रह, अष्टम, शनि और मंगल, सप्तमस्थान में शुक्र, मंगल या शनि की राशि पर क्षीण चन्द्रमा अशुभ या निर्बल शुभग्रहों से दृष्टयुक्त हों तो रोगी की मृत्यु होती है। जो षष्ठेश पापग्रह लग्न में स्थित होकर जन्मराशि को दृष्टिनिक्षेप करता हो, या लग्नस्थ चन्द्रमा को सूर्य पूर्ण दृष्टि से दृष्टिनिक्षेप करता हो तो भी रोगी की मृत्यु हो जाती है।

यदि प्रश्न कुण्डली में अष्टमस्थान पर चन्द्रमा + शुक्र दोनों स्थित हों तो, जुकाम, अतिसार, धातुक्षीण, प्रमेहादि रोग होते हैं। शुक्र मंगल के होने पर शुक्रक्षय, अर्श, रक्तविकारादि, शक्तिक्षीण करने वाले रोग होते हैं। सूर्य और मंगल के होने पर पित्त, रक्तविकार, रक्तचाप, अर्श, रक्तातिसार, सिर नेत्र पीड़ा, क्रूर ग्रह युक्त बुध के होने पर सन्निपात, बुखार, पीलिया रोग तथा जिगर, फेफड़ों में खराबी तथा अनेक वाल रोग होते हैं। शनि के होने पर बात रोग, शस्त्र पीड़ा, और राहु-केतु के होने पर, वायु पीड़ा, चेचक, हैजा, बुखार, कब्जादि का दर्द होता है। सूर्य युक्त राहु अष्टम हो तो कोढ़, चित्रकोढ, और षष्ठस्थान में होने से द्रवित या श्रावयुक्त कोढ, राहु-युक्त शनि के अष्टम होने पर गठिया, वायु, पैर प्रकम्पन, राहुयुक्त शुक्र के अष्टम होने पर जुकाम, सन्निपात शनि-केतु के होने पर भयंकर रोग, आन्तरिक होता है। एकाकी सूर्य के अष्टमस्थान में होने पर ज्वर, पित्त का ज्वर, शरीर में ताप-बेचैनी, हड़कल, सिर नेत्र पीड़ा होती है। चन्द्रमा

के अष्टम होने पर जुकाम, कफ, बलगम, ज्वर, मंगल के अष्टम होने पर पित्त जनित रोग, तीव्र ज्वर, हाथ पैरों में जलन, सिर नेत्र पीड़ा, कन्धे कान में दर्द, बुध-बृहस्पति अष्टम हों तो पीलिया, बात ज्वर, बुद्धि में भ्रम, मस्तक पीड़ा, शुक्र के अष्टम होने पर चन्द्रमा के सभी रोग तथा धातु क्षीणता, सुजाक, कामोत्तेजना, वायुरोग प्रमेह और शनि के अष्टम होने पर बात जन्य रोग, ज्वर, गठिया, शस्त्रपीड़ा, पेट दर्द, हब्बाडब्बा पसली चलना निमोनियादि रोग उत्पन्न होते हैं।

प्रश्न कुण्डली में यदि लग्नेश उदयी, एकादशेश बलवान तथा अष्टमेश दुर्बल हो और चन्द्रमा (3, 6, 10, 11) उपचय में बली स्थित हो तो रोगी की व्याधि नष्ट हो जाती है।

यदि शनि पापग्रहों से दृष्ट युक्त होकर नवमस्थान में शुभग्रह दृष्टियुति से रहित हो तो रोगी अन्यत्र उपचार के लिए जायगा। यदि लग्न और लग्नेश दोनों ही पाप दृष्टि-युक्त तथा पापान्तराल में हों और क्षीण चन्द्रमा पापान्तर्गत षष्ठ या अष्टमस्थान में हो तो रोगी की मृत्यु होती है।

प्रश्न - यदि कोई मनुष्य आकर प्रश्न करे कि मेरा भाई व्याधिग्रस्त है। वह कब तक स्वस्थ्य हो जायगा। दूसरा व्यक्ति अपनी माता और तीसरा व्यक्ति अपने पिता के लिए यही प्रश्न करे तो उसका उत्तर देते समय उपर्युक्त सभी बातों को ध्यान में रखते हुए निम्नांकित बातों पर विशेष रूप से ध्यान देना चाहिए।

उत्तर - पूर्वोक्त भ्रातृ रोग प्रश्न में भ्रातृ स्थान (तृतीयस्थान) भ्रातृ कारक ग्रह (मंगल) तथा भ्रातृभावेश जो भी हो उसका शुभाशुभ विचार करके, रोग प्रश्न विचारगत जो भी शुभाशुभ नियम लिखे गए हैं उन सबका ध्यान रखते हुए समयोचित्त प्रश्न परिणाम को कहना चाहिए। इसीप्रकार मातृ प्रश्न में मातृभवन (चतुर्थस्थान) मातृकारक चन्द्रमा तथा मातृभावेश जो भी उस समय हो और पिता व्याधि प्रश्नकाल में पितृस्थान (दशमस्थान) पितृ कारक सूर्य, पितृभावेश जो भी प्रश्नकाल में हो, इस सब ही को ध्यान में रखते हुए इष्ट मित्र, सास, श्वसुर तथा पशु पक्षियों का भी व्याधि शुभाशुभ विचार उक्त लिखित विचारों को पूर्णरूप से ध्यान में रखकर प्रश्नकर्ता के रोग प्रश्न का उत्तर ठीक-ठीक देना चाहिए।

व्याधिग्रस्त प्रश्न में यदि प्रश्न जन्मांग के लग्न में पापग्रह हों लग्नेश पापाक्रान्त हो पापग्रह के मध्य में हो, क्षीण चन्द्र पाप-क्रूर दृष्ट-युक्त हो तो व्यक्ति व्याधिग्रस्त ही रहता है।

यदि लग्नेश, नीचास्त, शत्रु गृही, पापाक्रान्त हो, क्षीणचन्द्र 6-8 में हो तो रोगी की मृत्यु हो जाती है। यदि लग्न में पापग्रह शुभदृष्ट न हों, धनेश नीचास्त, शत्रुक्षेत्री हो; या लग्नेश शनि से युक्त हो, लग्न शुभ दृष्ट न हो, क्षीण चन्द्रमा 6-8-12 में हो; या क्षीण चन्द्रमा 6-8 में शनि युक्त पाप दृष्ट, लग्न तथा लग्नेश पापदृष्ट हो; या लग्न में शनि, लग्नेश पापयुक्त, क्षीण चन्द्रमा 6, 8, 12 में हो; या लग्नेश और क्षीण चन्द्रमा दोनों ही पापाक्रान्त हों या पापग्रहों के मध्य में हों; या लग्नेश से केन्द्र में बृहस्पति-शुक्र हों और लग्न पापदृष्टयुक्त हो तो रोगी की मृत्यु हो जाती है। यदि चन्द्रमा 4, 6, 8, 12 में क्षीण हो अष्टम मंगल नीच का हो तो रोग असाध्य होता है। यदि अष्टमेश द्वादश में द्वादशेश अष्टम में हो तो धनहानि होती है, रोगी स्वस्थ्य नहीं होता, दो पापग्रहों के मध्य में शुक्र हो तो स्त्री की मृत्यु हो जाती है।

यदि लग्नेश उच्च का हो, लग्न शुभदृष्ट हो पूर्ण चन्द्रमा केन्द्र में हो या लग्नेश शुभ-मित्र

ग्रहों से दृष्ट हो पूर्ण चन्द्रमा 6-8-12 में भी हो तो रोगी स्थान परिवर्तन से स्वस्थ्य हो जाता है। यदि लग्न में शुभग्रह हों या लग्न शुभग्रहों के मध्य में हो और चन्द्रमा केन्द्र में शुभ दृष्ट-युक्त हो तो रोग व्याधिमुक्त होकर पूर्णतः स्वस्थ्य हो जाता है।

व्याधि एवं वेदविहित परिहार परिज्ञान

कर्मजव्याधियों का कारण

अथर्ववेद पूर्वजन्म के अशुभ कर्मों को व्याधियों का कारण मानकर उन्हें कर्मज व्याधि कहता है। इन व्याधियों के कुछ कारणों को यहाँ उद्धृत किया जा रहा है जिनके कारण मनुष्य इस अथवा अगले जन्मों में व्याधिग्रस्त होता है।

(1) हरण, अपहरण, वाक्छल, हत्या, लूट आदि कुकर्म करने वाले व्यक्तियों को अनेक जन्मों तक अपने दुष्कृत्यों को कर्मजव्याधि के रूप में भोगना पड़ता है। उन्हें अपने पाप कृत्यों के अनुरुप ही व्याधि से ग्रस्त होकर असहनीय कष्ट सम्बन्धी वेदना को सहन करने के लिए विवश होना पड़ता है। बलात्कार ऐसे कुकृत्यों में लिप्त या निठारी काण्ठ में संलिप्त, दानव से भी वीभत्स भयावह एवं जीव-जन्तुओं तथा आदमखोर पशुओं से भी अधिक घ्रणित हत्यारे और हिंसक व्यक्तियों को एड्स, कैंसर ऐसी असाध्य व्याधियों को भोगना पड़ता है। दूसरो को अकारण ही पीड़ा पहुँचाने वाले व्यक्ति विक्षिप्तता के अभिशाप से ग्रसित होते हैं। ऐसी व्याधियों को कर्मज व्याधि कहते हैं। महारुद्र यज्ञ से ऐसी ही कर्मज व्याधि शान्त होती है।

यजुर्वेद में वर्णित रुद्राष्टाध्यायी के पाठ द्वारा रुद्र का यजन, जप हवन अथवा अभिषेक करना चाहिए। इस रुद्राष्टाध्यायी का एक वाचन आवर्तन कहा जाता है। इसका ग्यारह बार का वाचन एकादशी कहा जाता है। एकादशी के ग्यारह बार का वाचन एकादशिनी कहा जाता है। एकादशिनी के ग्यारह बार के वाचन का नाम लघुरुद्र है। लघुरुद्र के ग्यारह बार के वाचन को महारुद्र एवं ग्यारह महारुद्र के वाचन को अतिरुद्र कहा जाता है। यह रुद्र दो प्रकार का होता है- (1) हवनात्मक (2) अभिषेकात्मक। प्रथम में मन्त्रों के साथ रुद्र को आहुतियां दी जाती हैं तथा दूसरे में मन्त्र पाठ के साथ रुद्र पर पवित्र जल अथवा दुग्ध चढ़ाया जाता है। रुद्राभिषेक का उल्लेख बौधायनगृह्य शेष सूत्र 2/18/1116 में हुआ है।

त्र्यम्बकं यजामहे सुगन्धिं पुष्टिवर्धनम्।
उर्व्वारूकमिव बन्धनान्मृत्योर्मुक्षीय मामृतात्।।

(यजुर्वेद 3/60)

इस मन्त्र को मृत्युञ्जय मंत्र कहा जाता है। व्याहृतियों सहित इस मन्त्र के पुरश्चरण से भी कर्मज व्याधियां शान्त होती हैं।

(2) पूर्व जन्म में भ्रूण हत्या, अवैध गर्भपात, विष देकर बालकों की हत्या करने वाली स्त्रियां अगले जन्म में मृतवत्सा होती हैं। अथर्ववेद के मन्त्रों से जलाभिसेचन और हवन से यह व्याधि दूर होती हैं।

जलचिकित्सा विधि

(1) किसी बहती हुई नदी अथवा कुएं का जल शुद्ध पात्र में लेकर, अग्नि पर चढ़ाकर सोना डालकर पकाएं। एक किलो जल में सोने की मात्रा एक तोला तक हो। जब जल उबल कर चतुर्थांश रह जाए, तो सोने को निकाल लें, पुनः उस जल को मन्त्र से अभिमन्त्रित करें (मन्त्र आगे लिखा जा रहा है)। नित्य 41 दिन तक पीने से असाध्य रोग भी शान्त हो जाता है। इस क्रिया को 41 दिन पर्यन्त जलपाक, अभिमन्त्रण एवं पान करना आवश्यक है।

(2) पीले रंग की कांच की बोतल मे गंगाजल अथवा किसी बहती हुई नदी का जल भरकर, उसे ऊन के कपड़े से भलीभांति ढककर बोतल का मुख खोलकर प्रातःकाल सूर्योदय के समय खुले स्थान में, जहां सूर्य की किरणें बोतल पर पड़ती रहें, रख देना चाहिए। सूर्यास्त से पहले बोतल का मुख ढक्कन से बंद करके उठाकर अन्दर रखकर अभिमन्त्रित कर, उस जल को रोगी को पान कराए। नित्य इसी प्रकार एक महीना पीने से समस्त आधि-व्याधि दूर हो जाती है।

<u>जलाभिमन्त्रण मन्त्र-</u> जल को सामने रखकर निम्नलिखित मन्त्रों को पढ़ते हुए प्रत्येक मन्त्र के अन्त में ॐ अमृत वर्चसे स्वाहा कहकर फूंक मारे। जप के पश्चात् रोगी को जल पिला दे।

<u>विनियोग-</u> ॐ अस्य अथर्ववेदस्य तृतीयकाण्डस्य त्रयोदशसूक्तस्य भृगुः ऋषिः। वरुणः, सिन्धुः, आपः, इन्द्रः, देवताः। अनुष्टुप निचृत् विराट् जगती निचृदनुष्टुप् छन्दांसि। अमुकस्य (रोगी का षष्ठयन्तनाम) कर्मज व्याधि, भवव्याधि, क्षेत्रियरोग निवारणे, आरोग्यार्थे, दीर्घाययुष्यार्थे जलाभिमन्त्रणे विनियोगः।

<u>मन्त्र-</u> ॐ यददः संप्रयतीरहावनदता हते।
तस्मादा नद्यो नाम स्थ ता वो नामानि सिन्धवः।।1।।

यत्प्रेषिता वरुणेनाच्छीभं समवल्गत।
तदापोदिन्द्रो वो यतीस्तस्मादापो अनुष्ठन।।2।।

अपकामं स्यन्दमाना अवीवरत वो हि कम्।
इन्द्रो वः शक्तिभिर्देवी स्तस्माद्वार्नाम वो हितम्।।3।।

एको वो देवोऽप्यतिष्ठत् स्यन्दमाना यथावशम्।
उदानिषुर्महीरित तस्मा दुदकमुच्यते।।4।।

आपो भद्रा घृतमिदाप आसन्नग्नीषोमौ बिभ्रत्याप इत्ताः।
तीव्रो रसो मधुपृचामरंगम आ मा प्राणेन सह वर्चसा गमेत्।।5।।

आदित्पश्याम्युत वा शृणोम्या मा घोषो गच्छति वाङ्मासाम्।
मन्ये भेजानो अमृतस्य तर्हि हिरण्यवर्णा अतृपं यदा वः।।6।।

इदं व आपो हृदयमयं वत्स ऋतावरीः।
इहेत्थमेत शक्वरीर्यत्रेदं वेशयामि वः।।7।।

यदि इन मन्त्रों के द्वारा स्वर्णतापी अथवा सूर्यतापी जलों का पान किया जाए तो पाप, शाप जन्य रोग, कोढ़, टी.बी., नेत्र, हृदय, कर्ण आदि रोग, मानसिक रोग, मस्तिष्क विकार, उदर रोग, यौन रोग (एड्स), कैन्सर रोग, भूत-प्रेत पिशाचादि दोष, अभिचारादि प्रयोगजन्य रोग, उन्माद (पागलपन), आनुवांशिक रोग, बवासीर, भगन्दर, कास, श्वास (दमा) तथा प्रसूति आदि रोग निश्चित ही दूर हो जाते हैं।

अपनोदन भेषज

पीलिया, जलोदर अथवा हृदय सम्बन्धी रोगों के लिए यह प्रयोग रामबाण है। यह प्रयोग कभी असफल नहीं हुआ है। इसका विधान इस प्रकार है। मिट्टी के एक बड़े कलश में बहती हुई किसी भी नदी का जल भरकर उसमें अपामार्ग, बरियारा, अर्जुन वृक्ष की छाल, पृश्निपर्णी (काश), कुश एवं दुर्वा डालकर निम्नलिखित मन्त्रों से अभिमन्त्रित करे। मन्त्रों को पढ़ते हुए घट जल में कुश अपामार्ग को घुमाता रहे। पुनः अभिमन्त्रित जल से पुनः इन्हीं मन्त्रों को पढ़ते हुए आचमन कराकर स्नान कराया जाय। इस क्रिया से नेत्रों की जलन, हृदय दाह, हृदय की दुर्बलता, हृदय छिद्र आदि रोग, पीलिया तथा जलोदर रोग शान्त हो जाते हैं।

विनियोग- ॐ अस्य अथर्ववेदस्य षष्ठकाण्डस्य चतुर्विंशतू सूक्तस्य शान्तातिः ऋषिः। आपः देवता। अनुष्टुपू छन्दः। (अमुक) रोग निवारणे अपनोदने विनियोगः।

मन्त्र- ॐ हिमवतः प्रस्रवन्ति सिन्धौ समह संगमः।
आपो ह मह्यं तद्देवीर्ददद्धृद्योत भेषजम्।।1।।

यन्मे अक्ष्योरादिद्यो पार्ष्ण्यो प्रपदोश्च यत्।
आपस्तत्सर्व निष्करन्भिषजां सुभिषक्तमाः।।2।।

सिन्धु पत्नीः सिन्धुराज्ञीः सर्वा या नद्य स्थन।
दत्त नस्तस्य भेषजं तेना वो भुनजामहै।।3।।

आंगिरसी भेषज

अथर्ववेद के मत से ग्लानि, क्लेश, दुःख और संकट मनुष्य के सूक्ष्म प्राण तथा वासनाओं से सम्बन्धित होते हैं। अतः इनका निवारण किसी भी चिकित्सा पद्धति द्वारा सम्भव नहीं है। इस प्रकार के कष्ट आंगिरसी भेषज द्वारा ही शमन किए जा सकते हैं। इसके प्रयोग से अकाल मृत्यु, आकस्मिक दुर्घटना, युवावस्था की मृत्यु, अधःपतन, दिवालिया हो जाना, मस्तिष्क विकार, पागलपन, उन्माद, अदृष्ट, अश्रुत, अचिन्त्य व्यथाएं, आनुवंशिक दोष, अभिचारादि प्रयोगजन्य कष्ट शान्त हो जाते हैं।

प्रयोग- ताम्र पात्र अथवा कांस्य पात्र में जल भरकर अथर्ववेद के सोलहवें काण्ड के प्रथम सूक्त के तेरह मन्त्रों द्वारा कुश एवं अपामार्ग से अभिमन्त्रित करे। पुनः इन्हीं मन्त्रों द्वारा पीड़ित व्यक्ति का कुश एवं अपामार्ग से अभिसेचन करे।

विनियोग- ॐ अस्य अथर्ववेदस्य षोडशकाण्डस्य प्रथमसूक्तस्य अथर्वा ऋषिः। प्रजापतिः देवता। द्विपदा साम्नी वृहती याजुषी त्रिष्टुप् आसुरी गायत्री, साम्नी पंक्तिः साम्नी अनुष्टुप निचृद् विराट् गायत्री आसुरी पंक्तिः साम्नी उष्णिक आर्ची अनुष्टुप छन्दांसि। आध्यात्मिक, आधिदैविक, आधिभौतिक दुःखनिवारणे पापशापभयबाधासंकट निवारणे वरुणपाश निर्ऋति दोष कृत्या दोष अपस्तरणे, बाह्याभ्यन्तर शत्रु दमने शत्रुबलक्षये, दौर्भाग्यजनितारिष्ट निवारणे सतत अभ्युदये, अभिवृद्ध्यर्थे च अभिचारकर्मणि जलानुमन्त्रणेमार्जने अवसेचने विनियोगः।

मन्त्र- **ॐ अतिसृष्टो अपां वृषभोऽति सृष्टा अग्नयो दिव्याः।।1।।**
रूजन्परिरुजन्मृणन्प्रमृणन्।।2।।
म्रोको मनोहा खनो निर्दाह आत्मदूषिस्तनूदूषिः।।3।।
इदं तमति सृजामि तं माभ्यवनिक्षि।।4।।
तेन तमभ्यतिसृजामो योऽस्मान्द्वेष्टि यं वयं द्विष्मः।।5।।
अपामग्रमसि समुद्रं वोऽभ्यवसृजामि।।6।।
योप्स्वाग्निरति तं सृजामि म्रोकं खनिं तनूदूषिम्।।7।।
यो व आपोऽग्निराविवेश स एष यद्वो घोरं तदेतत्।।8।।
इन्द्रस्य व इन्द्रियेणाभि षिञ्चेत्।।9।।
अरि प्रा आपो अप रिप्रस्मत्।।10।।
प्रास्मदेनो वहन्तु प्र दुष्वप्न्यं वहन्तु।।11।।
शिवेन मा चक्षुषा पश्यतापः शिवया तन्वोप स्पृशत् त्वचं मे।।12।।
शिवानग्नीनप्सुषदो हवामहे मयि क्षत्रं वर्च आ धत्त देवीः।।13।।

सूर्योपस्थान

सूर्योपस्थान करने से सभी असाध्य रोग दूर होते हैं। इसकी विधि यह है कि रोगग्रस्त व्यक्ति सूर्य की ओर मुख करके दोनों भुजाएं ऊपर की ओर उठाकर ह्रीं सूर्याय नमः का जप करता रहे तथा आचार्य विनियोग करके निम्नलिखित मन्त्र से उसके सिर पर जलाभिषेक करे।

विनियोग- ॐ अस्य अथर्ववेदस्य षोडशकाण्डस्य तृतीयसूक्तस्य ब्रह्मा ऋषिः। आदित्यः देवता। आसुरी गायत्री आर्ची अनुष्टुप प्राजापत्य त्रिष्टुप साम्नी उष्णिक् द्विपदा साम्नी त्रिष्टुप् छन्दांसि। अमुकस्य (रोगी व्यक्ति का षष्ठ्यन्त नाम उच्चारण करे) ऋण, रोग दुःखदारिद्रयदैन्यनिवारणे सुखसौभाग्यसमृद्धि वृद्ध्यर्थे अभ्युदयार्थे सूर्योपस्थाने जलाभिसेचने च विनियोगः।

मन्त्र- **ॐ मूर्धाहं रयीणाम् समानानां भूयासम।।1।।**

रुजश्च मा वेनश्च मा हासिष्टां मूर्धाच
मा विधर्मा च मा हासिष्टाम्।।2।।

उर्वश्च मा चमसश्च मा हासिष्टां धर्ता
च मा धरुणश्च मा हासिष्टाम्।।3।।

विमोकश्च मार्द्रपविश्च मा हासिष्टामार्द्रदानुश्च
मा मातरिश्वा च मा हासिष्टाम्।।4।।

बृहस्पतिर्म आत्मा नृमणा नाम हृद्यः।।5।।

असंतापं मे हृदयमुर्वी गव्यूतिः समुद्रोऽस्मि विधर्मणा।।6।।

हस्ताभिमर्श उपचार

अथर्ववेद काण्ड 4, सूक्त 13 के मन्त्रों का पाठ करते हुए रोगी के सिर से पैरों तक हस्त स्पर्श करने से असाध्य रोग दूर हो जाते हैं। इसमें संकल्प शक्ति की प्रधानता होती है।

विनियोग- ॐ अस्य अथर्ववेदस्य चतुर्थकाण्डस्य त्रयोदशसूक्तस्य शन्तान्तिः ऋषिः। विश्वेदेवा देवता। अनष्टुप बृहती छन्दांसि। असाध्य रोग निवारणे, तापत्रयोन्मूलने हस्ताभिमर्शे विनियोगः।

मन्त्र- उत देवा अवहितं देवा उन्नयथा पुनः।
उतागश्चकुषं देवा देवा जीवयथा पुनः।।1।।

द्वाविमौ वातौ वात आ सिन्धोरा परावतः।
दक्ष ते अन्त आवातु व्यन्यो वातु यद् रप्नः।।2।।

आ वात वाहि भेषज वि वात वाहि यद् रप्नः।
त्वं हि विश्वभेषज देवानां दूत ईयसे।।3।।

त्रायन्तामिम देवास्त्रायन्तां मरुतां गणाः।
त्रायन्तां विश्वा भूतानि यथायमरपा असत्।।4।।

आ त्वा गन्मं शन्तातिभिरथो अरिष्ट तातिभिः।
दक्ष त उग्रमाभारिषं परा यक्ष्मै सुवामि ते।।5।।

अयं मे हस्तो भगवानयं मे भगवत्तरः।
अथ मे विश्वभेषजोऽय शिवाभिमर्शनः।।6।।

हस्ताभ्यां दशशाखाभ्यां जिह्वा वाचः पुरोगवी।
अनामयिलुभ्यां हस्ताभ्यां ताभ्यां त्वाभि मृशामसि।।7।।

5.2 शारीरिक असाध्यता निवारण मंत्र

समस्त संकटों से रक्षा के लिए

1. **यदिन्द्र दिवि पार्ये यदृधग्यद् वा स्वे सदने यत्र वासि।
अतो नो यज्ञमवसे नियुत्वानूत्सजाषाः पाहि गिर्वणो मरुद्भिः।।**

(ऋग्वेद 6/40/5)

इस मन्त्र का नित्य प्रातः तथा सायं 108 बार जप करने से शरीर के अधिष्ठातृ देवता का अनुग्रह प्राप्त होता है तब कार्य सिद्धि हो जाता है।

2. **सुगो हि वो अर्यमन् मित्र पन्था वरुण साधुरस्ति।
तेनादित्या अधिवोचता नो यच्छता नो दुष्परिहनतु शर्म।।**

(ऋग्वेद 2/27/6)

इस मन्त्र का नित्य 108 बार जप करने से हृदय रोग, दुर्बलता, धड़कन, हृदयशूल, हृदय का घाव, हृदय छिद्र तथा अनेक संकट दूर हो जाते है।

3. **इमा रुद्राय तवसे कपर्दिने क्षद्वीराय प्र भरामहः मतीः।
यधा शमसद् द्विपदे चतुष्पदे विश्वं पुष्टं गामे आस्मिन्ननातुरम्।।**

(ऋग्वेद 1/114/1)

इस मन्त्र से बरगद की लकड़ी और घी से 108 बार आहुति 3 दिन तक रोगी के पास देने से समस्त ज्वर एकाहिक, द्वयाहिक त्र्याहिक, चातुर्थिक, महाज्वर अथवा अन्य समस्त प्रकार के ज्वर शान्त हो जाते है।

उत्तम स्वास्थ्य हेतु

**ॐ महित्रीणामवोऽसतु द्युक्षँ मित्रस्यार्यम्णः दुराधर्ष वरुणस्य।
न हि तेषामसा चन नाध्वसु वारणेषु। ईशे रिपुरघशंसः।।1।।**

**यस्मै पुत्रासो अदितेः प्र जीवसे मत्वीय।
ज्योतिर्यच्छन्त्यजस्रम्।।2।।**

(ऋग्वेद 10/185/1-2)

इन मन्त्रों का जप 540 बार प्रतिदिन फाल्गुन मासपर्यन्त प्रतिपदा से आरम्भ कर पूर्णिमा तक 30 दिन पर्यन्त आँवला वृक्ष के नीचे करने से अपवाद, कलंक, मिथ्यापवाद, पाप, शाप, ताप

तथा अनेक प्रकार की व्याधियों, संकटों से मुक्ति मिलती है तथा उत्तम स्वास्थ्य प्राप्त होता है।

मिरगी रोग से मुक्ति

तीव्रस्याभिवयसो अस्य पाहि सर्वरथा वि हरी इह मुञ्च।
इन्द्र मा त्वा यजमानासो अन्ये नि रोरमन् तुभ्यमिमे सुतासः।।1।।

तुभ्यं सुतास्तुभ्यमृ सोत्वासस्त्वां गिरः श्वा त्या आह्वयन्ति।
इन्द्रेदमद्य सवनं जुषाणो विश्वस्य विद्वाँ इह पाहि सोतम्।।2।।

य उशता मनसा सोममस्मै सर्वहृदा देवकामः सुनोति।
न गा इन्द्रस्तस्य परा ददाति प्रशस्त मिच्चारुमस्मै कृणोति।।3।।

अनुस्पष्टो भवत्येषो भवत्येषो अस्य यो अस्मै रेवान् न सुनोति सोमम्।
निग्रत्नौ मघवा तं दधाति बह्मद्विषो हन्त्यनानुदिष्टः।।4।।

अश्वायन्तो गव्यन्तो वाजयन्तो हवामहे त्वोपगन्तवा उ।
आभूषन्तस्ते सुमतौ नवायां वयमिन्द्र त्वा शुनं हुवेम।।5।।

(ऋग्वेद 10/16/1-5)

इन पाँचों मन्त्रों का मकर संक्रान्ति के दिन शिव भगवान के मन्दिर में बैठकर अधिकाधिक जप करने से एक ही दिन के जप से मृगी (मिरगी), मूर्च्छा आदि रोग दूर हो जाता है।

ज्वरनाशनम् मन्त्र

अथर्वाङ्गिःराः, 1 पुरोष्णिक्, 2 एकावसाना द्विपदा।
नमो रूराय च्यवनाय नोदनाय धृष्णवे, नमः शीताय पूर्वकामकृत्वने।।1।।
यो अन्येद्युरुभयद्युरभ्येतीमं मण्डूकमभ्येऽत्वव्रतः।।2।।

अर्थ- उष्ण ज्वर के अभिमानी रूप ज्वर को नमस्कार है, शरीर को तोड़ने वाले शीत ज्वर को भी नमस्कार है। तृतीयक और चातुर्थिक ज्वर इस मण्डूक पर उतर जाये।

विशेष- जब ज्वर औषधि द्वारा दुसाध्य हो जाए तो किसी जीवित या मृत मेंढक को हाथ में लेकर रोगी व्यक्ति के ऊपर से सात बार फेर कर मन्त्र उच्चारित करें तो रोगी का ज्वर उतर जाएगा।

ॐ नमो श्री पार्श्वनाथाय चिपटी नाम महाविद्याय, सर्व ज्वर, विनाशनिया, या दिशं पश्यामि, ता ता भवति निः ज्वर, शिरो मुञ्छ-मुञ्छ, ललाट मुञ्छ-मुञ्छ, नेत्र मुञ्छ-मुञ्छ, नासिका मुञ्छ-मुञ्छ, क्रोधो मुञ्छ-मुञ्छ, कटि मुञ्छ-मुञ्छ, पादो मुञ्छ-मुञ्छ, गुटिं मुञ्छ-मुञ्छ, भूमियां गच्छ महान् ज्वर स्वाहा।

इक्कीस बार यह मन्त्र पढ़कर उड़द के दाने अभिमन्त्रित करें। मन्त्र उच्चारित करते हुए इक्सीस बार एक-एक दाना रोगी के ऊपर फेंके। सभी प्रकार का ज्वर नष्ट हो जाता है तथा रोगी को तत्काल राहत मिलती है।

अथवा

ॐ ह्रां ह्रीं श्रीं सुग्रीवाय महाबल पराक्रमाय सूर्य पुत्राय अमित तेजसे ऐका हिकं द्वयाहिकं त्र्याहिकं चातुर्थिकं दृष्टि ज्वरं सान्निपातिकं संततज्वरं तत्क्षणं षाण्मासिकं सांवत्सरिकं सर्वान् छिंधि छिधिं भिंधि भिंधि किरि किरि सर्वान् ज्वरान् ग्रस ग्रस पिब पिब ब्रह्मज्वरं भीषय भीषय विष्णु ज्वरं त्रासय त्रासय माहेश्वरज्वरं निघातय भूतज्वर प्रेतज्वर अपस्मरादि महाव्याधीन्नाशय नाशय सर्वान् दोषान् घातय घातय महावीर वानर ज्वरान् बंध बंध ॐ ह्रां ह्रीं हुं हुं फट् स्वाहा।

इस मन्त्र को इक्कीस बार पढ़कर झाड़ दें तब किसी भी प्रकार का ज्वर शीघ्र ही नष्ट हो जाता है।

(1)

दावाग्नि के समान शरीर के अंगों को जला देने वाले ज्वर की जलन सभी अगों में व्याप्त हो रही हो और रोगी उन्मत्त के समान प्रलाप कर रहा हो और निराशा की सी स्थिति उत्पन्न हो गयी हो तो निम्न मन्त्रों द्वारा अभिमन्त्रित जल को औषधि रूप में सेवन करने से ज्वर शान्त होता हैः-

1- अग्नेरिवास्य दहत एति शुष्मिण उतेव मतो विलपन्नपायति।
अन्यमस्यदिच्वतु कं चिदव्रतस्तपुर्वधाय नमो अस्तु तक्मने।।

2- नमो रुद्राय मो अस्तु तक्मने नमो राज्ञे वरुणाय त्विषीमते।
नमो दिवे नमःपृथिव्यै नमः ओषधीभ्यः।।

3- अयं यो अभिर्शोचयिष्णुर्विश्वा रूपाणि हरिता कृणोषि।
तस्मै नेऽरुणाय बभ्रवे नमःकृणोमि वन्याय तक्मने।।

(2)

शीत, ज्वर, तिजारी, चौथिया, वर्षा शरद और ग्रीष्म के ज्वर के साथ खाँसी हो तो निम्न मन्त्रों के अभिमंन्त्रित जल के सेवन से ज्वर उतर जाता हैः-

1- अग्निस्तक्मानमप बाधतामितः सोमो ग्रावा वरुणः पूतदक्षाः।
वेदर्बर्हिः समिधः शीशुचाना अप द्वेषांस्यमुया भवन्तु।।

2- अयं यो विश्वान् हरितान् कृणोष्युच्चोचयन्नग्निरिवाभिदुन्वन।

अधा हि तक्मन्नरसो हि भूया अधान्य इ्.ड.धराड् वा परहि।।

3- यः पुरुषः पौरुषेयोऽवध्वंसइवारुणः।
तक्मानं विश्वधावीर्याधराञ्चं परा सुवा।।

4- अधराञ्चं प्र हिणामि नमः कृत्वा तक्मने।
शकम्भरस्य मुष्टिहा पुनरेतु महावृषान्।।

5- ओको अस्य मूजवन्त ओको अस्य महावृषाः।
यावज्जातस्तक्मंस्तावानसि बल्हिकेषु न्योचरः।।

कुष्ठ रोग निवारण हेतु

अमीवहा वास्तोष्पते विश्वा रूपाण्यविशन् सुशेव एधि नः।।1।।

यदर्जुन सारमेय दतः पिशङ्ग यच्दसे।
वीव भ्राजन्त ऋष्टय उप सक्वेषु वप्सयो निषु स्वप्न।।2।।

स्तेनं राय सारमेय तस्करं वा पुनः सर।
स्तोतृ निन्द्रस्य रायसि किमस्मान् दुच्छुनायसे निषु स्वप्न्।।3।।

त्वं सूकरस्य दर्दृहि तव दर्दर्तु सूकरः।
स्तौतृ निन्द्रस्य रायसि किमस्मान् दुच्छुनायसे निषु स्वप्न्।।4।।

सस्तु माता सस्तु पिता सस्तु श्वा सस्तु विश्पतिः।
सस्तु सर्वे ज्ञातयः सस्त्वयमभितो जनः।।5।।

य आस्ते यश्च चरति यश्च पश्यति नो जनः।
तेषां सं हन्मो अक्षाणि यथेदं हर्म्ब तथा।।6।।

सहस्रशृङ्गो वृषभो यः समुद्रादुदाचरत्।
तेना सहस्येना वयं नि जनान् त्सवापयामसि।।7।।

प्रोष्ठेशया वह्येशया नारी र्यास्तल्पशीवरीः।
स्त्रियों याः पुष्यगन्धास्ताः सर्वाः स्वापयामसि।।8।।

इन मन्त्रों को 108 बार प्रतिदिन किसी प्रतिष्ठित भगवान् शिव के मन्दिर में 30 दिन तक जप करके अन्त में 3 माला अर्थात् 324 बार इन मन्त्रों से हवन करने से भयंकर कुष्ठ रोग दूर हो जाता है।

'कूट' नामक औषधि को निम्न मन्त्रों से अभिमन्त्रित करके प्रातः दोपहर और सायं सेवन

करने से कुष्ठ रोग दूर होता है:-

1- हेतु देवस्त्रायमाणः कुष्ठो हिमवतस्परि।
तक्नामं सर्वनाशय सर्वाश्च यातुधान्यः।।

2- त्रीणि ते कुष्ठ नांमानि नद्यमारो नद्यरिषः।
नद्यायं पुरुषो रिषत्।
यस्मै परिब्रवीमि त्वा सायंप्रातरथी दिवा।।

3- जीवला नाम तै माता जीवन्तो नाम ते पिता।
नद्यायं पुरुषो रिषत्।
यस्मै परिब्रवीमि त्वा सायंप्रातरथौ दिवा।।

4- उतमो अस्योषधीनामनड्वान् जगतामिव व्याघ्रः श्वपदामिव।
नद्यायं पुरुषो रिषत्।
यस्मै परिब्रवीमि त्वा सायं प्रातरथौ दिवा।।

5- त्रिः शाम्बुभ्यो अगिरेभ्यस्त्रिरादित्येभ्यस्परि।
त्रिर्जातो विश्वदेवेभ्य।
स कुष्ठो वि वभेषजः सार्क सोमेन तिष्ठति।
तक्मानं सर्व नाशय सर्वाश्च यातुधान्यः।।

6- अश्वत्थो देवसदनस्तृतीयस्यामितो दिवि।
यत्रामृतस्य चक्षण ततः कुष्ठो अजायत।
स कुष्टो विश्वभेषजः साक सोमेन तिष्ठति।
तक्मान सर्व नाशय सर्वा च यातुधान्यः।।

7- हिरण्ययी नौरचद्धिरण्यबन्धना दिवि।
तत्रामृतस्य चक्षणं तत कुष्ठो अजायत।
स कुष्ठो विश्वभेषजः साक सोमेन तिष्ठति।
तक्मानं सर्व नाशय सर्वाश्च यातुधान्यः।।

8- यत्र नावप्रभ्रंशनं यत्र हिमब्रतः शिरः।
तत्रामृतस्य चक्षणं ततः कुष्ठो प्रजायत।
स कुष्ठो विश्वभेषजः साक सोमेन तिष्ठति।
तक्मान सर्व नाशाय सर्वाश्य यातुधान्यः।।

9- य त्वा वेद पूर्व इक्ष्वाको य वा त्वा कुष्ठ काम्यः।
यं वा वसा यमात्स्यतेमासि विश्वभेषजः।।

10- शीर्षशोकं तृतीयकं सदान्दिर्यश्च हायनः।
तक्मानं विश्वध वीर्याधराञ्च परा सुव।।

कास रोग निवारण के लिए

निम्न मन्त्रों से 21 बार का अभिमन्त्रित जल रोगी को नित्य पिलाया जाय तो कास रोग में लाभ होता है:-

(1)

1- यथा मनो मनस्केतैः परापतत्याशुमत्।
एवा त्वं कासे प्र पत मनसोऽनु प्रवाययम्।

2- यथा वाणः ससंशितः परापतत्याशमत्
एवा त्वं कासे प्र पत पृथिव्या अनु संवतम्।।

3- यथा सूर्यस्य रश्मयः परापतन्त्याशुमत्।
एवा त्व कासे प्र पत सद्रद्रस्यानु विक्षरम्।।

(2)

1- विद्रधस्य वलासस्य लोहितरय वनस्पते।
विसल्पकस्योषधे मोच्छिषः पिशितं चन।।

2- यौ ते बलास तिष्ठतः कक्षे मुष्कावपश्रितो।
वेदाहं तस्य भेषजं जीपुद्ररभिचक्षणम्।।

3- यो अङ्ग्यो यः कर्ण्यो यो अक्ष्योर्विसल्पकः।
वि वहामो विसल्पकं विद्रधं हृदयामयम्।
परा तमज्ञातं सक्ष्ममधराञ्चं सुवामसि।।

त्वचा रोग के लिए

सैकड़ों रोगों को नष्ट करने में समर्थ शतावर नामक औषधि की मणि बनाकर उसे निम्न मंत्रों से अभिमन्त्रित करके गले अथवा भुजा में कवच की तरह धारण करें। इससे सभी त्वचा रोग नष्ट होते हैं:-

1- शतवारो अनीनशद् यक्ष्मान् रक्षांसि तेजसा।
आरोहन् वर्चसा तह मणिर्दुर्णां मचातनः।।

2- श्रृङ्. गाभ्या रक्षो नुदते मूखेन यातुधान्यः।
मध्येन यक्ष्ध वाधते नैन पाप्माति तत्रति।।

3- ते यक्ष्मासो अर्भका महान्तो ये च शब्दिनः।
सर्वात् दुर्णामहा मणिः शतवारो अनीनर्शत्।।

4- शतं वीरानजनयच्छतं यक्ष्मानपावपत।
दुर्णाम्नः सर्वान हत्वाव रक्षांसि धूनुते।।

5- हिरण्यश्रृङ्ग ऋषभ शतवारो अयं मणिः।
दुर्णाम्न सर्वास्तृड.्डवाव रक्षांस्यक्रमीत्।।

6- शतमह दुर्णाम्नानां गन्धर्वाप्सरसां शतम्।
शतं शश्वन्वतीतां शतव रेण वारये।।

विषूचिका निवृत्ति के लिए

विषूचिका से सुरक्षित रहने अथवा इसके निवरण के लिए निम्न मन्त्रों के अभिमन्त्रित जल का सेवन करें:-

1- सोमरुद्रा वि वृहतं विषूचीममीबा या नो गयमाविवेश।
बाधेथां दरं निर्ऋतिं पराचैः कृतं चिदेनः प्र मुमुक्तपस्मत्।।

2- सोमरुद्रा युवमेवतान्यस्मत् विश्वा तनूषु भेषजानि धतम्।
अव स्यतं मुञ्चत यत्रो असत् तनूषु कृतमेनो अस्मत्।।

कृमि नाश के लिए

अत्रि, कण्व, जमदग्नि और अगस्त्य नामक ऋषियों के अनुभव व आशीर्वाद से नेत्रों, नाक व दांतों के कृमियों के पूर्ण नाश के लिए निम्न मंत्रो का प्रयोग करें। नेत्र रोग में जल को सात बार अभिमन्त्रित करके जल से छीटां दें। दॉत रोग में सात बार मन्त्र पढकर कुल्ला करें।

1- ओते मे द्यावापृथिवी ओता देवी सरस्वती।
ओतो म इन्श्चाग्निश्च क्रिमि जम्भयतामिति।।

2- अस्येन्द्र कुमारस्य क्रिमीन् धनपते जहि।
हता विश्वा अरातय उग्रेण वचसा मम।।

3- यो अक्ष्यौ परिसंपति यो नासे परिसर्पति।
दतां यो मध्यं गच्छिति तं क्रिमिं जम्भयामसि।।

4- सरूपौ द्धौ विरूपौ द्वौ कृष्णौ रोहितौ द्वौ।
वभ्रश्च वभ्रु कर्णश्च गृध्रः कोकश्च ते हताः।।

5- ये किमवः शितिकक्षा ये कृष्णाः शिति बाहवः।
ये के च विश्वरूपास्तान क्रिमीन् जम्भयागसि।।

6- उत पुर तात् सूर्यएति विश्वदृष्टो अदृष्टहा।
दृष्टांश्च हन्यतां क्रिमिरुतादृष्टश्च हन्यताम्।।

7- हतो येवाषः क्रिमीणां हतो हतो नदनिमोत्।
दृष्टश्च हन्यतां क्रिमिरुतादृष्टश्च हन्यताम।।

8- हतो येवाषः क्रिमीणां हतो नदनिमोत।
सर्वान् नि मष्मषाकर दृषदा खल्वांइव।।

9- त्रिशीर्षाणं त्रिककुदं क्रिमिं सारगमर्जुनम।
शृणाम्यस्य पष्टीरपि वृश्चामि यच्छिरः।।

10- अत्रिवद् वःक्रिमयो हन्मि कण्ववज्जमदग्निवत्।
अगस्त्यस्य ब्रह्मणा स पिनष्म्यह क्रिमीन्।।

11- हतो राजा क्रिमीणामुतैषां स्थपतिर्हतः।
हतो हतमाता क्रिमिर्हत भ्राता हतस्वसा।।

12- हतासो अस्य वेशसो हतासः परिवेशसः।
अथो ये क्षुल्लकाइव सर्वे ते क्रिमयो हताः।।

13- सर्वेषां च क्रिमीणां सर्वासां च क्रिमीणाम्।
भिनद्म्यश्मना शिरो दहाम्यग्निना मुखम्।।

वात रोग के लिए

ॐ भूर्भुवः स्वः तत्सवितुर्वरेण्यं भर्गो देवस्य
धीमहि धियो यो नः प्रचोदयात् हुम् हुम् हुम्।

विधि- 'हुम्' बीजाक्षर का प्रयोग करने से वात रोगों का शमन होता है। इसमें रोगी को प्रातःकाल स्नानादि के बाद ग्यारह बार इस मंत्र का जाप करना चाहिए। रात में सोने से पूर्व भी 11 बार मंत्र का जाप करना चाहिए। नियमित जाप से कुछ ही दिनों में लाभ दृष्टिगोचर होने लगेगा।

पिप्पलीनामक औषधि को निम्न मन्त्रों से 7 बार अभिमन्त्रित करके रोगी को नित्य सेवन करायें तो बाल रोग का शमन होता है

1- पिप्पली क्षिप्तभेषज्यूतानिविद्धभेषजी।
तां देवाः समकल्पयन्नियं जीवितवा अलम्।।

2- पिप्पल्यः समवदन्तायतीर्जन्नादधि।
यं जीवामश्ववामहै न स रिष्याति पूरुषः।।

3- असुरास्त्वा न्य खनन् देवारत्वोदवपन् पुनः।
वातोकृतस्य भेषजीमथो क्षिप्तस्य भेषजीम्।।

श्लेष्मा सम्बन्धी रोग निवारण के लिए

गङ्गाजल को 7 बार निम्न मन्त्रों से अभिमन्त्रित करने पर नित्य सेवन करें तो श्लेष्मा रोग जड़ से नष्ट हो जाते हैं :

1- अस्थिस्र सं परुःस्रंसमास्तिं हृदयामयम्।
बलासं सर्व नाशयाङ्गेष्ठा यश्च पर्वसु।।

2- निर्बलासं बलासिनः क्षिणोमि मुष्कर यथा।
छिनद्मयस्य बन्धनं मूलमुर्वार्वाइव।।

3- निर्बलासेतः प्र पताशुङ्ग शिशुको यथा।
अथो इटइव हायनोऽप द्राह्यवीरहा।।

नेत्रज्योति वर्धक मन्त्र

ॐ आपः पृणीत भेषजं वरूथं तन्वे मम।
ज्योक् च सूर्य दृशे।।

विधि- प्रतिदिन प्रातः इस मंत्र से पानी को अभिमन्त्रित करके ऑखों पर ही छीटे दें।

सरसों के तेल में भूने हुए सरसों के शाक को निम्न मन्त्रों से अभिमन्त्रित करके सेवन करें तो नेत्र रोगों का नाश होता हैः-

1- **आबय अनाबयो रसस्त उग्र आवयो।**
आ ते करम्भमद्मसि।।

2- **बिहल्हो नाम ते पिता मदावती नाम ते माता।**
स हि न त्वमसि तस्त्वमात्मानमावय।।

3- **तौविलिकेऽवेलयावायमैलब एलयीत्।**
वभ्रुश्च बभ्रु कर्णश्चापेहि निराल।।

4- **अलसालासि पूर्वा सिलाञ्जलारयुतरा।**
नीलागलसाला।।

कण्ठरोग नाशक मन्त्र

इस रोग में गले के एक भाग में अथवा दोनों ओर गाँठें हो जाती हैं और उनसे विष फैलता रहता है। अतः ऐसे रोग के स्थान को पहले गोमूत्र से धोकर उसके चारों ओर भस्म से कार गोल घेरा बना दें। उस समय यह मंत्र सात बार पढ़ेंः-

असौ यस्ताम्रो अरुण उत बभ्रुः सुमङ्गलः।
ये चैनं रुद्रा अभिंसो दिक्षु श्रिताः सहस्रशो वैषां हेड ईमहे।

शूल रोग शमनार्थ

शूल रोग के नाश के लिए निम्न मंत्रों का पाठ व हवन उपयुफ रहता हैः-

1- **यां ते रुद्र इयुमास्यदङ्गेभ्यो हृदयाय च।**
इदं तामद्य त्वद् वयं विषूचीं वि वृहामसि।।

2- यास्ते शतं धमनयोऽङ्गान्यनु विष्ठिताः।
तासां ते सर्वासां वय निर्विषाणि हवयामसि।।

3- नमस्ते रुद्रास्यते नमः प्रतिहितायै।
नमो विसृज्यमानायै नमो निपतितायै।।

कालि कालि महाकालि नमोऽस्तु ते हत हन
दह दह शूलं त्रिशूलेत हुँ फट् स्वाहा।

सब प्रकार के शूल को मिटाने के लिए इस मंत्र को 108 बार बोलकर जल अभिमन्त्रित करें और रोगी को पिलायें इससे शूल नष्ट होगा।

शिर रोग की निवृत्ति के लिए

हिमालय के उत्तर में उत्पन्न होने वाली 'कूट' औषधि को निम्नलिखित मंत्रों से अभिमन्त्रित करके सेवन करने से सभी प्रकार के शिर रोग नष्ट होते हैं :

1- यो गिरिष्वजायथा वीरुधां बलवतमः।
कुष्ठेहि तक्मनाशक तक्मानं नाशयन्नितः।।

2- सुवर्णसुबने गिरौ जातं हिमवतस्परि।
धनरभि शुतवा यन्ति विदुर्हि तक्मनाश नम्।।

3- अश्वत्थो देवसदनस्तृतीयस्यामितो दिवि।
तत्रामृतस्य चक्षण देवाः कुसमवन्वत।।

4- हिरण्यी नौरचरद्धिरण्यबन्धना दिवि।
तत्रामृतस्य पुष्पं देवाः कुष्टमवन्वत।।

5- हिरण्ययाः पन्थान आसन्नरित्राणि हिरण्यया।
नावो हिरण्ययीरासन् याभिः कुष्ट निरावहन्।।

6- इमं मे कुष्ट पुरुष तमा वह तं निष्कुरु।
तमु मे अगदं कृधि।।

7- देवेभ्यो अधि जातोऽसि सोमस्यासि सखा हितः।
स प्राणाय व्यानाय चक्षुषे मे अस्मै मृड।।

8- उदङ् जातो हिमवतः स प्राच्यां नीयसे जनम्।
तत्र कुष्टस्य नामाप्युतमानि वि भेजिरे।।

9- उतमो नाम कुष्टस्युतमो नाम ते पिता।
यक्ष्मं च सर्व नाशय तक्मानं चारसं कृधि।।

10- शीर्षामयमुपहत्यामक्ष्योस्तन्वोरपः ।
कुष्टस्तत् सूर्य निष्करद् दैवं समह वृष्णयम्।।

माता-पिता से प्राप्त रोगों के नाश के लिये

कृष्ण मृग के शिर में सींग को क्षेत्रीय रोग नाशार्थ निम्न मंत्रों से अभिमन्त्रित करके मणि रूप में धारण करने से माता-पिता से प्राप्त क्षय, कुष्ठ, मृगी, अपस्मार आदि रोग नष्ट होते हैं:

1- हरिणस्य रघुष्यऽधि शीर्षणि भेषजम्।
स क्षेत्रियं विषाणया विषूचीनमनीनशत्।।

2- अनू त्वा हहिणो वृषा पद्भिश्चतुर्भिरक्रमीत्।
विषाणे विष्य गुष्पितं यदस्व क्षेत्रियं हदि।।

3- अदो यदवरोचते चतुष्पक्षमिवच्छदिः।
तेना ते सर्वं क्षेत्रिममङ्गभ्यो नाशयामसि।।

4- अमू ये दिवि सुभगे विचृतौ नाम तारके।
वि क्षेत्रियस्य मुञ्चतामधम पाशुमुत्रमम्।।

5- आप इद् वा उ भेषजीरापो अमीवचातनीः।
आपो विश्वस्य भेषजीस्तात्वा मुञ्चन्तु क्षेत्रियात्।।

6- यदासुतेःक्रियमाणायाः क्षेत्रियं त्वा व्यानशे।
वेदाहं तस्य भेषजं क्षेत्रियं नाशयामि त्वत्।।

7- अपवासे नक्षत्राणामपवास उषसामुत।
अपास्मत् सर्व दुर्भूतमप क्षेत्रियमुच्छतु।।

असाध्य रोग निवारण मंत्र

ॐ नमो भगवति मृतसंजीवनि 'अमुकस्य' शान्ति कुरु कुरु स्वाहा।

इस मंत्र को 'अमृतसंजीवनी मंत्र' कहते हैं। इस मंत्र का यदि रोगी स्वयं जप करे तो अमुकस्य के स्थान पर मम कहे और जप करता रहे और यदि किसी दूसरे से जप कराये तो अमुकस्य के स्थान पर रोगी का नाम बोले। नाम के साथ षष्ठी विभक्ति का प्रयोग करें। इसके

जप से असाध्य, कष्टसाध्य एवं सामान्य सभी रोग नष्ट हो जाते हैं।

ॐ सं सां सिं सीं सुं सूं सें सैं सों सौं सं सः
वं वां विं वीं वुं वूं वें वैं वों वौं वं वः हंसः अमृतवर्चसे स्वाहा।

इस मंत्र को भी सर्वरोगनाशक बतलाया गया है।

विधि- एक नये शराव-शकोरे में शुद्ध जल भरकर 108, बार इस मन्त्र से उसको अभिमन्त्रित करना और उस जल को प्रातः पी लेना। ऐसा करने से सभी प्रकार के रोग मिट जाते हैं।

मधुमेह निवारण मंत्र

ॐ भूः भुवः स्वः ॐ तत्सवितुर्वरेण्यं भर्गो देवस्य
धीमहि धियो यो नः प्रचोदयात्।

विधि- रोगी को उपरोक्त मंत्र का जाप प्रातःकाल स्नान के बाद प्रत्येक दिन नियमित 21 बार करना चाहिये। रात्रि में सोते समय भी 7 बार मंत्र का जाप करना चाहिए। ध्यान में गायत्री के स्वरूप को केन्द्रीभूत करना चाहिए। मंत्र-जाप हो जाने के बाद प्रार्थना निवेदित करना चाहिए। हे माता! मुझे मधुमेह, मेद, स्वरभंग एवं मूकता से मुक्ति दिलवाओ। कुछ ही दिनों में चमत्कारिक लाभ प्राप्त होगा।

घावों की पूर्ति के लिए

घावों व व्रणों के कष्ट को दूर करने व भरने के लिए लाख को निम्न मंत्रों से अभिमन्त्रित करके प्रयुक्त करें तो लाभ होगाः-

रात्री माता नभः पितार्यमा ते पितामहः।
सिलाची नाम बा असि सा देवानामसि स्वसा।।

यस्तवा पिवति जीवति त्रायसे पुरुषं त्वम्।
भर्त्री हि शश्वतामसि जनानां च न्यञ्चनी।

वृक्षंवृक्षमा रोहसि वृषण्य तीव कन्यला।
ज्यन्ती प्रत्यातिष्ठन्ती स्परणी नाम वा असि।।

यद् दण्डेन यदिष्वा यद् वारुर्हरंसा कृतम्।
तस्य त्वमसि निष्कृतिः सेमं निष्कृधि पूरषम।।

भद्रात् प्लक्षात्रिस्तिष्ठस्यश्वत्थात् खदिराद् धवात्।
भद्रान्न्यग्रोधात् पर्णात् स न एह्यरुन्धति।।

हिरण्यवर्णे सुभगे सूर्यवर्णे वपुष्टमे।
रुतं गच्छासि निष्कृते निष्कृतिर्नाम वा असि।।

हिरण्यवर्णे सुभगे शुष्मे लोमशवक्ष............
अपामसि स्वसा लाक्षे वातो हात्मा बभुवते।।

सिलाची नाम कानीनोऽजबभ्रु पिता तव।
अश्वो यमस्यः श्यावस्तस्य हास्नास्युक्षिता।।

अश्वस्यास्नः सम्पतिता सा वृक्षाँ अभि सिष्यदे।
सरा पतत्रिणी भूत्वा सा न एह्यरुन्धति।।

रोग निवारण के लिए

हाथों में प्राण विद्युत का प्रवाह चलता है। उससे जो भी वस्तु स्पर्श करेगी, उसमें भी वह प्रवाह चलने लगेगा। रोगी अथवा पीड़ित भाग को हाथ की हथेली से उपर से नीचे की ओर स्पर्श करते चलें और निम्न मन्त्रों का उच्चारण करते जायँ रोग निवृत्ति में सहायता मिलती है:-

उत देवा अवहितं देवा उन्नयथा पुनः।
उतांगश्क्रष देवा देवा जीवयथा पुनः।।

द्वाविमौ वातौ वात आ सिन्धोरापरावतः।
दक्षं ते अन्य आवातु व्यंन्यो वातु यद् रनः।।

आ वात वाहि भेषजं वि वात वाहि यद् रपः।
त्वं हि विश्वभेषज देवानां डूत ईयसे।।

त्रायन्तामिम देवास्त्रायन्तां मरुतां गणाः।
त्रायन्तां विश्वा भूतानि यथायमरपा असत्।।

आ त्वागम शन्तातिभिरथो अरिष्टतातिभिः।
दक्षं त उग्रमाभारिषं परा यक्ष्मं सुवामि ते।।

अयं मे हस्तो भगवानयं मे भगवतरः।
अयं मे बिश्वभेषजोऽयं शिवाभिमर्शनः।।

हस्ताभ्यां दशशाखाभ्यां जिह्वा वाचः पुरोगवी।
अनामयित्नुभ्यां हस्ताभ्यां ताभ्यां त्वाभि मृशामसि।।

चेचक रोग निवृत्ति के लिए

शीतला मंत्र- **ॐ श्रीं श्रीं श्रूं श्रौं श्रः ॐखरस्थां दिगम्बरां विकट नयनां तोयस्थितां भजामि स्वाहा स्वाङ्गस्थाँ प्रचण्डरूपां नमाम्यात्म-विभूतये।**

विधि- एक मिट्टी के शुद्ध पात्र में पवित्र जल लेकर ग्यारह बार उपरोक्त मंत्र का पाठ करके इस जल को अभिमन्त्रित करें और रोगी को पिला दें और शरीर के समस्त अंगों पर उसका अभिसिंचन भी करें। इसके साथ-साथ ग्यारह बार मन्त्र का उच्चारण करके मोरपङ्ख या चिमटे से रोगी को झाड़ना भी चाहिये। रोग की शान्ति तक नित्य प्रति प्रातः सायं दो बार यह प्रयोग चलते रहना चाहिए।

पित्त रोगमुक्ति मंत्र

ॐ भूर्भुवः स्वः तत्सवितुर्व रेण्यं भर्गो देव
धीमहि धियो यो नः प्रचोदयात् ऐं ऐं ऐं।

विधि- यह गायत्री मंत्र का एक रूप है। इस मंत्र के जाप से कफ एंव पित्त रोग का नाश होता है। यह बहुत ही लाभकारी मंत्र है। शुचिता और श्रद्धापूर्वक इनके जाप से अद्‌भुत लाभ प्राप्त किये जा सकते हैं। मंत्र जाप करते समय प्रत्येक बार मंत्र के अंत में तीन बार बीजाक्षर "ऐं" का उच्चारण करें। यह मंत्र प्रातःकाल नित्यक्रिया से निवृत्त होकर, स्नानादि के बाद श्रद्धापूर्वक प्रत्येक दिन 21 बार जप किया जाता है।

वैश्वानर सूक्त

वेद मे वैश्वानर अग्नि का वर्णन इस प्रकार किया गया है-

"सबको आनन्द देने वाले, सुवर्णमय रथ वाले, पीत वर्ण वाले, जल में वास करने वाले, सर्वज्ञ, सर्वव्यापी, द्रुतगामी, वली, पोषक, प्रदीप्त, वैश्वानर अग्नि को देवताओं ने स्थापित किया। वैश्वानर अग्नि के तेज से दिव्यलोक के उच्चस्थान बने हैं। वैश्वानर की मूर्धा रूप मेघ में जलराशि चलती है और उससे सात नदियाँ प्रवाहित होती हैं। हम इन सब स्थावर जङ्गम प्राणियों के नाभि के समान मेधावी अग्नि को बढ़ाने वाले वैश्वानर अग्नि की शरण को प्राप्त हुए उन्हीं की उपासना करते हैं।"

वैश्वानर अग्नि प्राणियों में क्षुधा रूप से निवास करती है। यह पृथ्वी के गर्भ में भी है और आकाश के ऊपर भी है। द्यावापृथ्वी अपने पुत्र वैश्वानर अग्नि को उत्पन्न करके इतनी बड़ी हो गई। वैश्वानर अग्नि विद्युत रूप मेघों का भेदन करके उनसे जल की वर्षा कराता है। वैश्वानर अग्नि सिंह की तरह गर्जन करती है।

अतः स्वास्थ्य की स्थिरता, विकास और बुद्धि के लिये वैश्वानर अग्नि का महत्त्वपूर्ण स्थान

है। जिन व्यक्तियों की पाचन क्रिया में शिथिलता हो, भोजन भली प्रकार से न पचता हो अथवा पाचन क्रिया में अव्यवस्था होने पर कोई रोग हो गया हो तो वैश्वानर सूक्त का पाठ करना चाहिए और इन मंत्रों से हवन भी करना चाहिए।

मंत्र इस प्रकार हैं-

1- वैश्वानरो न उतक आप्रयातु परावतः।
अग्निनं सुष्टती रूप।।

2- वैश्वानरो न आगमदिमं सजूरूप।
अग्निरूक्थेष्वहंसु।।

3- वैश्वानरोऽङ्गिरसां स्तोममुक्थ चचाक्लृपत्।
ऐषु द्युम्नं स्वर्यमत्।।

4- वैश्वानरो रश्मिभिर्नः पुनातु वातः प्राणेनेषिरोनभोभिः।
द्यावा पृथ्वी पयसा पयस्वती ऋतावरीयज्ञियेनः पुनिताम्।।

5- वैश्वानरो सुनृतामारमध्वं यस्या आशास्तन्वो वीतपृष्ठाः।
तया गृणन्त सधमादेषु वयं स्याम पतयो रयीणाम्।।

6- वैश्वानरो वर्चस आरभध्वं शुद्धा भवन्तो शुचयः पावकाः।
इहेडया सधमादं मदन्तो ज्योक् पश्मेम सूर्य मुच्चरन्तम्।।

7- वैश्वानराय प्रति वेदयामि यद्युण सङ्गरो देवतासु।
स एतान् पाशान विचृतं वेद सर्वानथ पक्वेन सह सभवेम।।

8- वैश्वानरः पवितामा पुनातु यत् सङ्गरमभिधावाम्याशाम्।
अना जानन् मनसा याचमानो यत् तत्रैना अप तत् सुवामि।।

9- वैश्वानरस्य प्रतिमोपरिद्यौर्यावद् रोदसी विववाधे अग्निः।
ततः षष्ठादामुतो यन्ति स्तोभा उदितो यन्त्यभिषष्ठमहः।।

10- वैश्वानरस्य दंष्ट्राभ्यांहेतिस्तं समधादधि।
इयतं प्सात्वाहुतिः ससिह देवो सहीयसी।।

11- वैश्वानरे हविरिद गुहोमि साहस्रं शतधारमुत्सम्।
स विभर्ति पितरं पितामहान् प्रतितामहानूविभर्ति पिन्वमानः।।

पाचन क्रिया को उत्तेजित करने के लिए

अगस्त्यं कुम्भकरणं च शमिच वड़वानलम्।
भोजन पाचनार्थाय स्मरेद्धीम च पञ्चकम्।।

भोजन करने के बाद तीन बार मन्त्र का उच्चारण करके पेट पर दायाँ हाथ फेरना चाहिए।

उदर विकार को शान्त करने के लिए

1- **ॐ नमो काली कङ्कालिनी नदी पार बसै इस्माल योगो लोहे का कछौट काटि काटि लोहे का गोला काट काट तो शब्द साँचा फुरो मन्त्र ईश्वरो वाचा।**

रविवार अथवा मङ्गलवार को चाकू से पृथ्वी पर रेखा काटते हुए उपरोक्त मन्त्र का उच्चारण करते हुए झाड़े तो वायु गोला दर्द आरोग्य होता है।

2- **ओ नुन तूं सिन्धु नून सिंधुवाय।**
नुन मन्त्र पिता महादेव रचाया।।
महेश के आदेश मोहि गुरुदेव सिखाया।
गुरु ज्ञान से हम देउ पीर भगाया।।
आदेश देवी कामरू कामाक्षा माई।
आदेश हाड़ि सादी चण्डी की दोहाई।।

तीन अगुलियों से सेन्धा नमक लें और उसे 3 बार उपरोक्त मन्त्र से अभिमन्त्रित करके खिलायें तो उदर पीड़ा निवृत होती है।

3- **पेट व्यथा पेट व्यथा तुम हो बल वीर।**
तेरे दर्द से पशु मनुष्य नहीं स्थिर।।
पेट पीर लेवों पल में निकार।
दो फेंक सात समुद्र पार।।
आज्ञा कामरू कामाक्षा माई।
आज्ञा हाड़ि दासी चण्डी दोहाई।।

बायें हाथ से दर्द वाले भाग का स्पर्श करें और सात बार मन्त्र का उच्चारण करते हुये झाड़ना चाहिये।

यहाँ पर शास्त्र संदर्भित वेदविहित अनेक प्राचीन एवं प्रमाणित कृतियों में सन्निहित व्याधि संदर्भित विधि-विधान एवं परिहार परिज्ञान का सम्यक् उल्लेख करने की चेष्टा की गयी है। विश्वास है कि प्रबुद्ध पाठकगण इस अध्याय का गंभीरतापूर्वक अध्ययन करके सतर्कतापूर्वक अनुकरण

करने के उपरान्त अवश्य लाभान्वित होंगे एवं व्याधिग्रस्त व्यक्ति पूर्णतः स्वस्थ्य एवं व्याधि विहीन जीवन व्यतीत करके हर्ष, आनन्द, उल्लास और उमंग का अनुभव करेंगे तथा उनका जीवन ओजपूर्ण ऊर्जा युक्त, सशक्त एवं सक्रिय होगा।

5.3 परिशिष्ट

नवग्रह जप

श्री सूर्य

वैदिक मंत्र- **ॐ ह्रां ह्रीं ह्रौं सः ॐ भूर्भुवः स्वः आकृष्णेन रजसा वर्तमानो निवेशयन्नमृतं मर्त्यं। हिरण्येन सविता रथेना देवो याति भुवनानि पश्यन्।। ॐ स्वः भुवः भूः ॐ सः ह्रौं ह्रीं ह्रां सूर्याय नमः ।**

उपरोक्त मन्त्र की जप संख्या	:	7,000
उपरोक्त मन्त्र का दशांश हवन	:	700
उपरोक्त हवन का दशांश तर्पण	:	70
उपरोक्त तर्पण का दशांश मार्जन	:	7

श्री चन्द्र

वैदिक मंत्र- **ॐ श्रां श्रीं श्रौं सः ॐ भूर्भुवः स्वः ॐ इमन्देवा असपत्नᳬसुबध्वम्महते क्षत्राय महते ज्यैष्ठ्याय महते जानराज्यायेन्द्रस्येन्द्रियाय। इमममुष्य पुत्रममुष्यै पुत्रमस्यै विश एष वोमी राजा सोमोऽस्माकं ब्राह्मणानां राजा। ॐ स्वः भुवः भूः ॐ सः श्रौं श्रीं श्रां ॐ चन्द्रमसे नमः।**

उपरोक्त मन्त्र की जप संख्या	:	11,000
उपरोक्त मन्त्र का दशांश हवन	:	1,100
उपरोक्त हवन का दशांश तर्पण	:	110
उपरोक्त तर्पण का दशांश मार्जन	:	11

श्री मंगल

वैदिक मंत्र- **ॐ क्रां क्रीं क्रौं सः ॐ भूर्भुवः स्वः ॐ अग्निर्मूर्द्धादिवः ककुत्पतिः पृथिव्याऽयम्। अपा ᳬ रेता ᳬ सि जिन्वति। ॐ स्वः भुवः भूः सः क्रौं क्रीं क्रां ॐ भौमाय नमः।**

उपरोक्त मन्त्र की जप संख्या	:	10,000
उपरोक्त मन्त्र का दशांश हवन	:	1,000
उपरोक्त हवन का दशांश तर्पण	:	100
उपरोक्त तर्पण का दशांश मार्जन	:	10

श्री बुध

वैदिक मंत्र- ॐ ब्रां ब्रीं ब्रौं भूर्भुवः स्वः ॐ उद्बुध्यस्वाग्ने प्रतिजागृहि त्वमिष्टापूर्ते सृसृजेथा मयञ्च। अस्मिन्त्सधस्थे अध्युत्तरस्मिन्विश्वेदेवा यजमानश्च सीदत ॐ स्वः भुवः भूः ॐ सः ब्रौं ब्रीं ब्रां ॐ बुधाय नमः।

उपरोक्त मन्त्र की जप संख्या	:	9,000
उपरोक्त मन्त्र का दशांश हवन	:	900
उपरोक्त हवन का दशांश तर्पण	:	90
उपरोक्त तर्पण का दशांश मार्जन	:	9

श्री बृहस्पति

वैदिक मंत्र- ॐ ज्राँ ज्रीं ज्रौं सः ॐ भूर्भुवः स्वः ॐ बृहस्पते अतियदर्यो अर्हाद्युमद्वि भातिक्रतुमज्जनेषु। यद्दीदयच्छवस ऋतप्रजात तदस्मासु द्रविणं धेहि चित्रम। ॐ स्वः भुवः भूः ॐ सः ज्रौं ज्रीं ज्रां ॐ बृहस्पतये नमः।

उपरोक्त मन्त्र की जप संख्या	:	19,000
उपरोक्त मन्त्र का दशांश हवन	:	1,900
उपरोक्त हवन का दशांश तर्पण	:	190
उपरोक्त तर्पण का दशांश मार्जन	:	19

श्री शुक्र

वैदिक मंत्र- ॐ द्रां द्रीं द्रौं सः ॐ भूर्भुवः स्वः ॐ अन्नात् परिस्रुतो रसं ब्रह्मणा व्यपिबत् क्षत्रम्पयः सोमं प्रजापतिः। ऋतेन सत्यमिन्द्रियं विपानं ৺ शुक्रमन्धस इन्द्रस्येन्द्रियमिदम्पयोऽमृतम्मधु ॐ स्वः भुवः भूः ॐ सः द्रौं द्रीं द्रां ॐ शुक्राय नमः।

उपरोक्त मन्त्र की जप संख्या	:	16,000
उपरोक्त मन्त्र का दशांश हवन	:	1,600
उपरोक्त हवन का दशांश तर्पण	:	160
उपरोक्त तर्पण का दशांश मार्जन	:	16

श्री शनि

<u>वैदिक मंत्र-</u> **ॐ खां खीं खौं सः ॐ भूर्भुवः स्वः ॐ शन्नोदेवीरभिष्टय आपो भवन्त पीतये। शंय्योरभिस्रवन्तु नः। ॐ स्वः भुवः भूः ॐ सः खौं खीं खां ॐ शनैश्चराय नमः।**

उपरोक्त मन्त्र की जप संख्या	:	23,000
उपरोक्त मन्त्र का दशांश हवन	:	2,300
उपरोक्त हवन का दशांश तर्पण	:	230
उपरोक्त तर्पण का दशांश मार्जन	:	23

श्री राहु

<u>वैदिक मंत्र-</u> **ॐ भ्रां भ्रीं भ्रौं सः ॐ भूर्भुवः स्वः ॐ कया नश्चित्र आभुवदूती सदावृधः सखा। कयाशचिष्ठयावृता। ॐ स्वः भुवः भूः ॐ सः भ्रौं भ्रीं भ्रां ॐ राहुवे नमः।**

उपरोक्त मन्त्र की जप संख्या	:	18,000
उपरोक्त मन्त्र का दशांश हवन	:	1,800
उपरोक्त हवन का दशांश तर्पण	:	180
उपरोक्त तर्पण का दशांश मार्जन	:	18

श्री केतु

<u>वैदिक मंत्र-</u> **ॐ प्रां प्रीं प्रौं सः भूर्भुवः स्वः ॐ केतुं कृण्वन्नकेतवे पेशोमर्याऽअपेशसे। समुषद्भिरजायथाः। ॐ स्वः भुवः भूः ॐ सः प्रौं प्रीं प्रां ॐ केतवे नमः।**

उपरोक्त मन्त्र की जप संख्या	:	17,000
उपरोक्त मन्त्र का दशांश हवन	:	1,700
उपरोक्त हवन का दशांश तर्पण	:	170
उपरोक्त तर्पण का दशांश मार्जन	:	17

<u>संकल्प</u>

पाठकों की सुविधा हेतु हम यहां पर संकल्प लिख रहे हैं जिसे अपने कार्य और मन्तव्य के अनुरुप परिवर्तित किया जा सकता है। यदि व्याधि सम्बन्धी विशाल अनुष्ठान एक साथ सम्पन्न किया जाये, तो ऊपरवर्णित सभी प्रयोग पुरश्चरण आदि का संयुक्त संकल्प निम्न प्रकार से लेना चाहिए :

।। श्री गणेशाय नमः ।।

ॐ स्वस्ति श्रीमद् मुकुन्दसच्चिदानन्दस्याज्ञया, प्रवर्त्तमानस्य अद्य ब्रह्मणे द्वितीये प्रहरार्द्धे एकपञ्चाशत्तमे-वर्षे, प्रथम पक्षे, प्रथम-दिवसे अह्नो द्वितीये यामे, तृतीये मुहूर्त्ते, रथन्तरादि द्वात्रिंशत् कल्पानां मध्ये, श्रीश्वेतवाराह कल्पे स्वायम्भुवादिमन्वन्तराणां मध्ये सप्तमे वैवस्वतमन्वन्तरे, कृत-त्रेता, द्वापर-कलिसंज्ञकानां चतुर्युगानां मध्ये वर्तमाने अष्टाविंशतितमे कलियुगे तत्प्रथम-चरणे तथा च पञ्चाशत् कोटि योजन विस्तीर्ण भूमण्डलान्तर्गते, सप्तद्वीपमध्यवर्तिनि जम्बूद्वीपे, तत्रापि नवखण्डानां मध्ये, नवसहस्त्रयोजनविस्तीर्णे भरतखण्डे तत्रापि परंपवित्रे भारतवर्षे, आर्यावर्त्तान्तर्गत ब्रह्मावर्त्तैकदेशे अवधक्षेत्रे गोमत्याः नद्यास्तटे लक्ष्मणपुर (लखनऊ) मण्डले, देव-ब्राह्मणानां सन्निधौ, श्रीमन्नृपति-वीरविक्रमादित्यस्यराज्यादतीत-एकषष्ठि-अधिक-द्वि-सहस्त्रसंख्यापरिमिते, प्रवर्त्तमाने संवत्सरे, प्रभवादिषष्टि-संवत्सराणां मध्ये हेमलम्बनाम्नि संवत्सरे, सौम्यामने श्रीभास्करे, शिशिरऋतौ, मांङ्गल्यप्रदमासोत्तमे फाल्गुन मासे शुभे शुक्लेपक्षे द्वितीयाणां तिथौ, शनिवासरे, रेवती-नक्षत्रे, शुक्ल योगे, कौलवकरणे, कुम्भ राशिस्थिते श्रीसूर्ये, मीनराशिस्थिते श्री चन्द्रे, कन्याराशिस्थे देवगुरौ शेषेषु, ग्रहेषु यथा-यथा स्थानराशिस्थितेषु-सत्सु-एवं ग्रह गुणगण विशेषण-विशिष्टायां शुभपुण्यतिथौ (अमुक) गोत्रोत्पन्नोऽहं देवदत्त यजमानोऽहं प्रतिभा पत्नीसहितं ममात्मनः सर्वेषां कुटुम्बिनां च इह जन्मनि जन्मान्तरे वार्जित कायिक-वाचिक-मानसिक ज्ञाताज्ञातसमस्त-दुरितौधध्वंसपुरस्सरं, ब्रह्महत्यादि- स्वर्णस्त्रे यादि च जनित पाप, विविध-शाप-ताप, नैर्ऋति कृत्यावशात् क्रत्यादभिचारजनित-वैकृत्यादिदोष, यक्ष-गन्धर्व-अप्सरा-यातुधान-असुर- पिशाचादि - उन्माद जनित समस्तविकार, क्षेत्रीयदोष, यम वरुणादि विविधपाश जनितविकार, ब्रह्मास्त्र, ब्रह्मदण्ड, ब्रह्मशिरा, पाशुपतास्त्र, इन्द्रकुलिश-त्रिशूलादि दिव्यायुहजनित, विविधविकाराणां विफलतापूर्वकं जन्म लग्नात् वर्षलग्ना मास लग्नात् चतुर्थाष्टम द्वादश-त्रिक-मारकादिस्थानस्थित सूर्यादि क्रूर ग्रह, तज्जनितारिष्ट, निवृत्तिपूर्वकं, अष्टोत्तरी-विंशोत्तरी-योगिनी, दशा-अन्तर्दशा-प्रत्यन्तर्दशा-सूक्ष्मदशा प्राणदशा- दिवसदशादि तज्जनितारिष्ट निवृत्तिपूर्वकं ज्वरपीड़ा, दाहपीड़ा, वायुपीड़ा, स्नायुदौर्बल्यपीड़ा च, नेत्रकर्णोदरादिपीड़ा, निवृत्तिपूर्वकं अल्पायु-मध्यमायु निवृत्तिपूर्वकं, आधिदैविक, आधिभौतिक-आध्यात्मिक तापत्रयोन्मूलार्थम् झटिति आधि-व्याधि प्रशमन पूर्वकं शरीरे उत्पन्न उत्पत्स्यमाण-अखिलारिष्ट निवृत्यर्थं सम्पूर्ण आरोग्यतायै, दीर्घायु-नैरुज्य-बल-पुष्टि-हर्षोल्लास प्राप्ति पूर्वकं संतत नव ऊर्ज्जा स्फूर्ति, सौख्य, मानसिक शांति सिद्ध्यर्थं, ग्रहकृत्, राजकृत, शत्रुकृत्, समस्त पीड़ा क्लेश-अशांति परिहारपूर्वकं दीर्घायुष्य प्राप्त्यर्थम् तथा च सम्पूर्ण आरोग्य चिरकाल पर्यनतं प्राप्तयर्थं सर्वेषां नवग्रहाणां अशुभ फल निरसनपूर्वकशुभफलविकासार्थं सूर्यादिगग्रहाणां प्रीत्यर्थञ्च, तेषां सबीजवैदिक मंत्राणां जपं, श्रीसूर्यस्य अष्टाविंशति सहस्त्र (28000) संख्याकं, श्रीचन्द्रस्य, एकादशसहस्त्र

(11000) संख्याकं, श्रीभौमस्य चत्वारिंशत् सहस्त्र (40000) संख्याकं, बुधस्य षट्त्रिंशत् सहस्त्र (36000) संख्याकं, श्रीबृहस्पतेः एकोनविंशतिसहस्त्र (19000) संख्याकं, श्रीशुक्रस्य चतुःषष्टिसहस्त्र (64000) संख्याकं श्रीशनेः त्रयोविंशतिसहस्त्र (23000) संख्याकं, राहोः द्विसप्ततिसहस्त्र (72000) संख्याकं, केतोः सप्तदशसहस्त्र (17000) संख्याकं जपं, तथा च श्रीगायत्री प्रीत्यर्थं गायत्रीमहामंत्रस्य सपादलक्ष संख्याकं जपं, श्रीमहागणपति अनुग्रह प्राप्त्यर्थं तथा च समस्त विघ्नबाधा शमनार्थं सपादलक्ष संख्याकं श्रीगणपतिमंत्रस्य जपं, श्रीमहामृत्युञ्जयगायत्रीदुर्गादेवतानां प्रीतये शरीरे संजीवनी शक्तिसंचारार्थं शताक्षरागायत्रीमंत्रस्य सपादलक्ष संख्याकं जपं, भगवतः शिवस्य प्रीत्यर्थं पाशुपतास्त्रस्तोत्रस्य शतमधिकमेक सहस्त्र संख्याकं पाठं, तथा च श्रीमहाकाली प्रीत्यर्थं महाकाली मंत्रस्य एकादश सहस्त्र (11000) संख्याकं जपं-श्रीसाम्ब सदाशिवमहारुद्रप्रीतये रुद्राभिषेकम्, श्रीमहाकालीमहालक्ष्मीमहासरस्वती स्वरुपिणी त्रिगुणात्मिका श्री महादुर्गा प्रीत्यर्थं रोगानशेषानपहंसि०— इति मंत्रेण सम्पुटीकृत्य दुर्गासप्तशत्याः शतचण्डी पाठं तथा च कर्मज व्याधि नाशार्थम् ऋग्वेदस्य दशममण्डलस्य त्रिशंदधिक-एकशतं सूक्तस्य सपादलक्ष संख्याकं जपं तथा च बटुक भैरवस्तोत्रस्य गणपति-अथर्वशीर्षस्तोत्रस्य, हनुमद् वडवानल स्तोत्रस्य प्रत्यहं चतुर्दशसंख्याकं पाठं एकचत्वारिंशद्दिवस पर्यन्तं-

उपरोक्त मन्त्र, स्तोत्र, जप, अनुष्ठान से सभी प्रकार के मारकेश ग्रहों का शमन होता है। परन्तु प्रबल मारकेश होने पर अग्रांकित अनुष्ठान, विधानपूर्वक प्रतिपादित करने से मारकेश से सम्बन्धित समस्त व्याधियाँ, अनिष्ट, अरिष्ट, दैहिक, मानसिक, भौतिक अथवा पारलौकिक कष्ट भी निर्मूल होते हैं।

सदस्पति मन्त्र

विनियोग- ॐ अस्य सदस्पति मन्त्रस्य मेधातिथिः ऋषिः। सदस्पतिर्देवता। गायत्री छन्दः। अपस्मार (मिर्गी) रोग निवारणे जपे (हवने) विनियोगः।

मन्त्र- **ॐ सदस्पतिमद्भुतं प्रियमिन्द्रस्य काम्यं स निं मेधानथासिषम्।**

(10) धर्म का ह्रास करने वाले कर्म करने से, गुरु पत्नी से सहवास करने से, सगोत्री कन्या से विवाह करने से अथवा सगोत्री स्त्री से सम्बन्ध स्थापित करने से अगले जन्म में भगन्दर रोग उत्पन्न हो जाता है। अथर्ववेद के बृहच्छान्गिण, रौद्रगण के सूक्तों से मार्जन करने तथा अपांगण के सूक्तों से अभिसेचन करके काण्ड 13 तथा काण्ड 17 से सूर्योपस्थान नौ दिन पर्यन्त करने से यह रोग दूर हो जाता है।

(11) जो व्यक्ति पूर्व जन्म में अपने गोत्र की स्त्री के साथ बलात्कार करता है। अथवा जो स्त्री अपने सगे भाई अथवा अपने गोत्र के भाई, चाचा आदि के साथ सहवास करती है उसे हृदयव्रण का रोग अगले जन्म में होता है। अथर्ववेद ने इसका उपचार प्रजापत्य व्रत बताया है।

आगे अन्य रोगों को बताया जा रहा है जो कर्मज व्याधि के ही परिणाम हैं। इन सब रोगों

का उपचार अथर्ववेद की जलावसेचन क्रिया से पूर्वजन्म, इस जन्म के पाप कर्म, शाप और उत्पन्न व्याधियां बिना दवा के दूर हो जाती है।

पूज्य स्त्री के साथ सहवास मस्तक में पीड़ा देता है। विद्वान की पत्नी से बलात्कार करने पर नासिका व्रण होता है। पूर्व जन्म में किसी को जल में डुबाकर, आग मे जलाकर अथवा बांधकर किसी प्राणी की हत्या करने से अगले जन्म में आन्त्रक्षय अथवा पक्षाघात (लकवा) रोग होता है। पूर्व जन्म में विधवा होकर धर्म विरुद्ध किसी पुरुष से सम्भोग करने से भगव्रण होता है। माता या माता सदृश स्त्री, बहन, भाई की पत्नी से पूर्व जन्म में सहवास करने के कारण मधुमेह रोग होता है। पर्वत की चोटी पर, नदी में मलमूत्र त्याग से शोथ रोग होता है। पत्नी की बहन के साथ सम्भोग करने पर वृषण व्याधि (अण्डकोश वृद्धि) होती है। गुरुद्रोही, मानसिक आघात करने वाले, गोघाती को गण्डमाला, निरीह प्राणियों की हत्या करने वालों को कुष्ठ रोग हो जाता है। मित्र से द्रोह अथवा कृतघ्नता से सिर पीड़ा का रोग, पराई स्त्रियों का नग्न रूप देखने की प्रवृत्ति से नेत्र रोग, समाज या राष्ट्र से द्रोह करने वाले कफरोगी, देव प्रतिमा चुराने वाले वात व्याधि से पीड़ित, छल-बल द्वारा जो अभुक्त कन्या, ब्रह्मचारिणी साध्वी स्त्री से सहवास करते हैं वे धनुर्वात, शरीर दाह आदि रोगों से पीड़ित होते हैं। निःस्पृह जनसेवी, तपस्वी तथ निरपराध को बुलाकर उनका अपमान करने वाले उदर रोग से पीड़ित होते हैं, जनद्रोही, समाजद्रोही अथवा गुरुजनों से द्रोह करने वाले वातगुल्म रोग के शिकार बनते हैं। ईश्वरीय शक्तियों तथा धर्म के सिद्धान्तों की अवहेलना करने वाले व्यक्ति जलोदर रोग से पीड़ित होते हैं। जो लोग विवश कन्या अथवा अनाथ स्त्रियों का अनुचित लाभ उठाते हैं वे यकृत, प्लीहा रोग के भुक्तभोगी होते हैं। विश्वासघात करने वाले लोग पाण्डु (पीलिया) रोग से बारम्बार ग्रस्त होते हैं।

पूर्वजन्म या वर्तमान जन्म में इन्द्रिय लोलुप्न, कामान्धता तथा अगम्या गमन करने वाले क्षय रोग से पीड़ित होते हैं।

ये समस्त रोग कर्मज व्याधि के अन्तर्गत आते हैं। इन व्याधियों का निदान आयुर्वेद, एलोपैथ, होम्योपैथ तथा प्राकृतिक चिकित्सा अथवा अन्य औषधियों से दूर नहीं किया जा सकता है। इनका निदान मन्त्रों द्वारा ही सम्भव है। जलावसेचन की क्रिया, जप, उपस्थान, हवन, रक्षाकरण्ड, मणिबन्धन, जल चिकित्सा आदि क्रियाओं से बिना औषधि सेवन के ही ये व्याधियां दूर की जा सकती हैं। जलावसेचन विधि पूर्व में कहीं जा चुकी है आगे अन्य विधियां बताई जा रही है।

हवन मन्त्र-

विनियोग- ॐ अस्य अथर्ववेदस्य षष्ठकाण्डस्य द्वाविंशत् सूक्तस्य शन्तान्तिः ऋषिः। आदित्यरश्मिः मरुतः देवता। त्रिष्टुपू चतुष्पदाभुरिग् जगती छन्दसी। अमुकस्य (रोगी का नाम षष्ठी विभक्ति एकवचन) आदि व्याधि असाध्य रोग निवारणे हवने विनियोगः।

मन्त्र- **ॐ कृष्णं नियानं हरयः सुपर्णा अपो वसाना दिवमुत्पतन्ति।**
न आववृत्रन्त्सदनादृतस्यादिधृतेन पृथिवीं व्यूऽदुः।।
पयस्वतीः कृणुथाय ओषधीः शिवा यदेजथाः मरुतो रुक्मवक्षसः

ऊर्जं च तत्र सुमतिं च पिन्वत यत्रा नरो मरुतः सिञ्चथा मधु।।
उदप्रुतौ मरुतस्तां इयर्त वृष्टिर्या विश्वा निवतस्पृणाति।
एजाति ग्लहा कन्येऽव तुन्नैरुं तुन्दाना पत्येव जाया।।

'मारकेश' से मुक्ति प्राप्ति के लिए महामृत्युंजय मंत्र, संजीवनी मृत्युंजय मंत्र, महाकाली मंत्र, पाशुपतास्त्र, इन्द्राक्षी तथा विष्णु सहस्रनाम, शतचण्डी विधान का उल्लेख किया गया है जोकि अग्रांकित है किन्तु इससे पूर्व 'मारकेश परिहार' हेतु नवग्रह की शान्ति का अनुष्ठान अवश्य सम्पन्न करना चाहिए। जिसका विधिवत् तथा शास्त्र संगत वर्णन प्रस्तुत है-

मारकेश का परिहार

जन्मांग में जब महादशा, अंतर्दशा तथा प्रत्यंतर्दशा आदि सभी दशायें मारकेश की हों तथा गोचर के ग्रह भी मारकेश के अशुभ प्रभाव में वृद्धि कर रहे हों, तो निम्नांकित ग्रहों का यथोचित निर्दिष्ट संख्या का जप, उसका दशांश हवन, हवन का दशांश तर्पण, तर्पण का दशांश मार्जन तथा मार्जन का दशांश ब्राह्मण भोजन कराना चाहिए। यह अनुष्ठान अत्यन्त योग्य, अनुभवी और विद्वान आचार्य के निरीक्षण में ही संपादित कराना चाहिए, क्योंकि अनुष्ठान में किसी प्रकार की अशुद्धता, त्रुटि अथवा अल्पता होने पर उसके शुभ प्रभाव में अवरोध उत्पन्न होता है।

कलयुग में निर्दिष्ट संख्या का 4 गुना जप करने का विधान शास्त्रसंगत है। गंभीर से गंभीर व्याधि हो, मृत्युतुल्य कष्ट हो तथा किसी प्रकार की चिकित्सा में कोई लाभ न हो रहा हो और सभी प्रयास विफल हो गए हों, तो भी निम्नांकित परिहार का गंभीरता के साथ संपादन कराने से व्याधि का शमन अतिशीघ्र हो जाता है। कर्मज व्याधि अर्थात् जो शारीरिक कष्ट पूर्व जन्म के किसी अशुभ कर्म अथवा पाप कर्म के कारण उत्पन्न हो, उस व्याधि का निदान होता है तथा पूर्ण आरोग्यता प्राप्त होती है। यह अनुभव सिद्ध है कि निम्नांकित मंत्र, स्तोत्र आदि के जप से कैंसर, हैपेटाइटिस-बी, एड्स, यक्षमा तथा भीषण हृदय रोग आदि व्याधि भी निर्मूल हो जाती हैं तथा पूर्ण स्वस्थ जीवन व्यतीत करने की स्थिति उत्पन्न होती है।

महामृत्युञ्जय मन्त्र

महामृत्युञ्जय का कोई भी अनुष्ठान करने से पूर्व सर्वप्रथम गणपति पूजन के पश्चात् रुद्राष्टाध्यायी तथा शतरुद्री का पाठ एक बार करना चाहिए। तत्पश्चात् लघु मृत्युञ्जय अथवा महामृत्युञ्जय अथवा संजीवनी मृत्युञ्जय मंत्रों का जप (जितनी संख्या निर्दिष्ट की गयी हो) करना चाहिए। मंत्र जप के पश्चात् अन्त में बटुक भैरव का एक पाठ करने के पश्चात् आरती तथा पुष्पाँजलि आदि करना चाहिए। 12,500 मंत्रों का हवन एक बार में सुगमता से संभव नहीं है इसलिए मंत्र जप के समयांतर में कुछ-कुछ अन्तराल पर पृथ्वी पर अग्निवास देखकर थोड़ा-थोड़ा हवन करते रहना चाहिए। उदाहरणतः 20,000 मंत्र जप हो चुका हो, तो 2,000 मंत्रों का हवन, तर्पण, मार्जन आदि साथ-साथ ही कर लें, परन्तु 13 ब्राह्मणों को भोजन पुरश्चरण के पूर्ण होने पर ही कराना चाहिए। मंत्र जप का पुरश्चरण जितनी निष्ठा और विश्वास के साथ तथा

विधि-विधान सहित किया जायेगा, उतना ही अधिक और शीघ्र फल प्राप्त होगा। यहाँ पर हम अत्यधिक प्रसिद्ध अतिसय उपयोगी तथा पूर्णतः प्रभावशाली, असंख्यों बार परीक्षित प्रशंसित एवं प्रतिष्ठित मंत्र जप विधान का विस्तार में उल्लेख कर रहे हैं इसी विधान से महामृत्युंजय मंत्र जप का पुरश्चरण पूर्ण किया जाना चाहिए।

1. लघु मृत्युञ्जय मंत्र- **"ॐ हौं जूं सः**

2. महामृत्युञ्जय मंत्र- **ॐ हौं जूं सः।**
ॐ भूर्भुवः स्वः ॐ त्र्यम्बकं यजामहे सुगन्धिं पुष्टिवर्द्धनं उर्वारुकमिव वन्धनान्मृत्योर्मुक्षीय मामृतात्।
स्वः भुवः भूः ॐ सः जूं हौं ॐ।

3. शताक्षरी गायत्री मंत्र- **ॐ तत्सवितुर्वरेण्यं भर्गो देवस्य धीमहि धियो यो नः प्रचोदयात्।। ॐ जातवेदसे सुनवाम सोममरातीयतो निदहाति वेदः। सः नः पर्षदति दुर्गाणि विश्वा नावेव सिन्धुं दुरितात्यग्निः।। ॐ त्र्यम्बकं यजामहे सुगन्धिं पुष्टिवर्द्धनम्। उर्वारुकमिव बन्धनान्मृत्योर्मुक्षीय माऽमृतात् स्वाहा।।**

विनियोगः- अस्य शताक्षरा गायत्री मंत्रस्य विश्वामित्र मरीचि कश्यप वशिष्ठ ऋषयो गायत्री त्रिष्टुप् अनुष्टुप् छन्दांसि सवितृ जातवेदस्त्र्यम्बक देवता गायत्रयक्षराणि बीजानि अनुष्टुबक्षराणि शक्तयस्त्रिष्टुबक्षराणि कीलकादि ममारिष्टशान्तये जपे विनियोगः।

ऋष्यादि न्यासः- विश्वामित्र मरीचि कश्यपवशिष्ठ ऋषिभ्यो नमः शिरसि। गायत्री त्रिष्टुबनुष्टुप् छन्दोभ्यो नमः मुखे। सवितृ जातवेदस्त्रयम्बक देवेभ्यो नमः हृदये। गायत्र्यक्षरेभ्यो बीजेभ्यो नमः गुह्ये। अनुष्टुबक्षरेभ्यो शक्तिभ्यो नमः पादयोः। त्रिष्टुबक्षरेभ्यः कीलकेभ्यो नमः नाभो। विनियोगाय नमः सर्वाङ्गे।

षडङ्गन्यासः- ॐ तत्सवितुर्वरेण्यं भर्गोदेवस्य धीमहि। **हृदयाय नमः।।** ॐ धियो यो नः प्रचोदयात्। **शिरसे स्वाहा।।** ॐ जातवेदसे सुनवाम सोममरातीयतो निदहाति वेदः। **शिखायै वषट्।।** ॐ स नः पर्षदति दुर्गाणि विश्वानावेव सिन्धुं दुरितात्यनिः। **कवचाय हुं।।** ॐ त्र्यम्बकं यजामहे सुगंधिं पुष्टिवर्धनम्। **नेत्रत्रयाय वौषट्।।** ॐ उर्वारुकमिव बन्धनान् मृत्योर्मुक्षीयमाऽमृतात्।। **अस्त्राय फट्।।**

ध्यानः- **स्मर्तव्याऽखिलालोकवर्ति सततं यज्जङ्गमस्थावरं,**
व्याप्तं येन च यत्प्रपञ्च विहितं मुक्तिर्यतः सिद्धयति।।
यद्वा स्यात् प्रणवत्रिभेदगहनं श्रुत्वा च यद् गीयते,
तद्वस्तु स्थिति सिद्धयेऽस्तु वरदं ज्योतिस्त्रयोत्थं महः।।

संजीवनी मृत्युञ्जय मंत्र को शताक्षरी गायत्री मंत्र के नाम से भी जाना जाता है। जो छायादोष

(प्रेतबाधा) निवारणार्थ स्वतः सिद्ध है।

4. सभी मृत्युञ्जय मंत्रों के जप का पुरश्चरण सवालाख मंत्रों का होता है। मंत्र संख्या का दशांश अर्थात् 12,500 मंत्रों से हवन, हवन का दशांश अर्थात् 1,250 मंत्रों से तर्पण तथा तर्पण का दशांश अर्थात् 125 मंत्रों से मार्जन और दशांश अर्थात् 13 ब्राह्मणों को भोजन कराने से पूर्ण पुरश्चरण होता है। सामान्य स्थिति में भी लघुमृत्युञ्जय और महामृत्युञ्जय का जप प्रतिदिन करना चाहिए, ताकि स्वास्थ्य सम्बन्धी कोई चिन्ता न हो और कोई गंभीर व्याधि के कारण किसी तरह का कष्ट न प्राप्त हो।

उल्लेखनीय है कि कलयुग में मंत्रों की निर्दिष्ट संख्या का चार गुना पाठ करने का विधान शास्त्रों में वर्णित है। अतः सामर्थ्य होने पर सवालाख के स्थान पर पाँच लाख मृत्युञ्जय मंत्रों का जप करवाना चाहिए तथा उसी के अनुसार हवन, तर्पण, मार्जन आदि करवाना चाहिए।

5. **'अग्निपुराण'** के 322वें अध्याय में पाशुपतास्त्र दिया हुआ है उसके (1100) ग्यारह सौ पाठ तथा महाकाली के (11,000) ग्यारह हजार मंत्र जप, दशांश हवन आदि करावें। पाशुपतास्त्र हमारी पुस्तक शनि-शमन में भी उद्धृत है। प्रबल मारकेश में शिवमन्दिर में यदि इसका पुरश्चरण एवं हवन, तर्पण, मार्जन से पाठ किया जाये, तो मृत्यु भी टल सकती है।

पाशुपतास्त्र स्तोत्र

पाशुपतास्त्र महामंत्र जीवन के समस्त कष्टों एवं समस्याओं का समाधान करने वाला अद्भुत स्तोत्र है। हमने पिछले बीस वर्षों में पाशुपतास्त्र के अनेक पुरश्चरण सम्पन्न कराये हैं और उनके आश्चर्यजनक प्रभाव के आभास ने हमें बार-बार चमत्कृत किया है। समस्त व्याधियों के विनाश के लिए, जीवन की रक्षा के लिए, दुर्घटना की संभावनाओं को निरस्त करने के लिए तथा मारकेश के परिहार के लिए पाशुपतास्त्र अत्यन्त उपयोगी एवं महत्त्वपूर्ण साधना है।

महामृत्युञ्जय अथवा संजीवनी मृत्युञ्जय के प्रभाव से यदि रोगी को लाभ न हो, तो पाशुपतास्त्र स्तोत्र के 1100 पाठ और उसका दशांश हवन, तर्पण, मार्जन आदि करने से अवश्य लाभ होता है। पाशुपतास्त्र स्तोत्र को 'अमोघ' कहने में भी संकोच नहीं करना चाहिए।

पाशुपतास्त्र स्तोत्र का पाठ करने से पूर्व षोडशोपचार से भगवान् शंकर का पूजन करना चाहिए। उसके पश्चात् रुद्राष्टाध्यायी अथवा सतरुद्री का पाठ करना चाहिए। उसके पश्चात् ही पूरी आस्था, विश्वास व श्रद्धा के साथ पाशुपतास्त्र स्तोत्र का पाठ करने से शीघ्र, तीव्र तथा बहुपक्षीय लाभ होने में किसी प्रकार का संदेह नहीं रह जाता है। पाशुपतास्त्र स्तोत्र के साथ महाकाली का भी 11000 मंत्र करना चाहिए। जो अन्यत्र उद्धृत किया गया है।

विनियोगः- ॐ अस्य पाशुपतास्त्रशान्तिस्तोत्रस्य भगवान वेदव्यास ऋषिः अनुष्टुप् छन्दः श्रीसदाशिव परमात्मा देवता सर्वविघ्नविनाशनार्थे पाठे विनियोगः।

स्तोत्रः- **ॐ नमो भगवते महापाशुपताय अतुलवीर्यपराक्रमाय, त्रिपञ्चनयनाय नानारूपाय नानाप्रहरणोद्यताय, सर्वाङ्गरक्ताय, भिन्नाञ्जयचयप्रख्याय, श्मशानवेतालप्रियाय सर्वविघ्ननिकृन्तनरताय, सर्वसिद्धिप्रदाय भक्तानुकम्पिनेऽसंख्यवक्त्रभुतपादाय,**

तस्मिन सिद्धाय, वेतालवित्रासिने, शाकिनीक्षोभजनकाय, व्याधिनिग्रहकारिणे, पापभञ्जनाय सूर्यसोग्निनेत्राय, विष्णुकवचाय, खङ्गवज्रहस्ताय यम दण्ड वरुण पाशाय, रुद्रशूलाय, ज्वलज्जिह्वाय, सर्वरोगविद्रावणाय ग्रहनिग्रहकारिणे दुष्टनाशक्षयकारिणे।

ॐ कृष्णपिङ्गलाय फट्। हुंकारास्त्राय फट्। वज्रहस्ताय फट्। शक्तये फट्। दण्डाय फट्। यमाय फट्। खड्गाय फट्। नैर्ऋताय फट्। वरुणाय फट्। वज्राय फट्। पाशाय फट्। ध्वजाय फट्। अंकुशाय फट्। गदायै फट्। कुबेराय फट्। त्रिशूलाय फट्। मुद्गराय फट्। चक्राय फट्। पद्माय फट्। नागास्त्राय फट्। ईशानाय फट्। खेटकास्त्राय फट्। मुण्डाय फट्। मुण्डास्त्राय फट्। कंकालास्त्राय फट्। पिच्छिकास्त्राय फट्। क्षुरिकास्त्राय फट्। ब्रह्मास्त्राय फट्। शक्त्यस्त्राय फट्। गणास्त्राय फट्। सिद्धास्त्राय फट्। पिलिपिच्छास्त्राय फट्। गन्धर्वास्त्राय फट्। पूर्वास्त्राय फट्। दक्षिणास्त्राय फट्। वामास्त्राय फट्। पश्चिमास्त्राय फट्। मन्त्रास्त्राय फट्। शाकिन्यस्त्राय फट्। योगिन्यस्त्राय फट्। दण्डास्त्राय फट्। महादण्डास्त्राय फट्। नमोऽस्त्राय फट्। शिवास्त्राय फट्। ईशानास्त्राय फट्। पुरुषास्त्राय फट्। अधोरास्त्राय फट्। सद्योजातास्त्राय फट्। हृदयास्त्राय फट्। महास्त्राय फट्। गरुडास्त्राय फट्। राक्षसास्त्राय फट्। दानवास्त्राय फट्। क्षौंनरसिंहास्त्राय फट्। त्वष्ट्रस्त्राय फट्। सर्वास्त्राय फट्। नः फट्। वः फट्। पः फट्। फः फट्। भः फट्। श्रीः फट्। पैः फट्। भूः फट्। भुवः फट्। स्वः फट्। महः फट्। जनः फट्। तपः फट्। सत्यं फट्। सर्वलोक फट्। सर्वपाताल फट्। सर्वतत्त्व फट्। सर्वप्राण फट्। सर्वनाड़ी फट्। सर्वकारण फट्। सर्वदेव फट्। ह्रीं फट्। श्रीं फट्। हूं फट्। स्त्रुं फट्। स्वां फट्। लां फट्। वैराग्याय फट्। मायास्त्राय फट्। कामास्त्राय फट्। क्षेत्रपालास्त्राय फट्। हुँकारास्त्राय फट्। भास्करास्त्राय फट्। चन्द्रास्त्राय फट्। विघ्नेश्वरास्त्राय फट्। गौः गां फट्। स्त्रौं स्त्रौं फट्। हौं हौं फट्। भ्रामय-भ्रामय फट्। सन्तापय सन्तापय फट्। छादय-छादय फट्। उन्मूलय-उन्मूलय फट्। त्रासय-त्रासय फट्। संजीवय-संजीवय फट्। विद्रावय-विद्रावय फट्। सर्वदुरितं नाशय नाशय फट्।

पाशुपतास्त्र के मंत्रों का 1008 पाठ करने के पश्चात् दशांश हवन, तर्पण, मार्जन आदि अनिवार्य है। उल्लेखनीय है कि पाशुपतास्त्र के प्रत्येक मंत्र के साथ 'स्वाहा' लगाकर विस्तृत हवन विधिविधान सहित संपादित करना चाहिए।

हवन विधान

'ॐ नमो भगवते महापाशुपताय नमः स्वाहा। ॐ अतुलवीर्य पराक्रमाय नमः स्वाहा। ॐ त्रिपञ्चनयनाय नमः स्वाहा। ॐ नाना रूपाय नमः स्वाहा। ॐ नाना प्रहरणोद्यताय नमः स्वाहा। ॐ सर्वाङ्ग रक्ताय नमः स्वाहा। ॐ भिन्नाञ्जनचयप्रख्याय नमः स्वाहा। ॐ श्मशानवेतालप्रियाय नमः स्वाहा। ॐ सर्वविघ्न निकृन्तनरताय नमः स्वाहा। ॐ सर्वसिद्धिप्रदाय नमः स्वाहा। ॐ भक्तानुकम्पिनेऽसंख्यवक्त्रभुजपादाय नमः स्वाहा। ॐ तस्मिन सिद्धाय नमः स्वाहा। ॐ वेतालवित्रासिने नमः स्वाहा। ॐ शाकिनीक्षोभजनकाय नमः स्वाहा। ॐ व्याधिनिग्रह कारिणे नमः स्वाहा। ॐ पाप भञ्जनाय नमः स्वाहा। ॐ सूर्यसोमाग्नि नेत्राय नमः स्वाहा। ॐ विष्णुकवचाय नमः स्वाहा। ॐ खड्गवज्रहस्ताय नमः स्वाहा। ॐ यमदण्डवरुण पाशाय नमः स्वाहा। ॐ रुद्रशूलाय नमः स्वाहा। ॐ ज्वलज्जिह्वाय नमः स्वाहा। ॐ सर्वरोगविद्रावणाय नमः स्वाहा। ॐ ग्रह निग्रह कारिणे नमः स्वाहा। ॐ दुष्टनाशक्षय कारिणे नमः स्वाहा। ॐ कृष्णपिङ्गलाय फट् स्वाहा। ॐ हुंकारास्त्राय फट् स्वाहा। ॐ वज्रहस्ताय फट् स्वाहा। ॐ शक्तये फट् स्वाहा। ॐ दण्डाय फट् स्वाहा। ॐ यमाय फट् स्वाहा। ॐ खड्गाय फट् स्वाहा। ॐ नैर्ऋताय फट् स्वाहा। ॐ वरुणाय फट् स्वाहा। ॐ वज्राय फट् स्वाहा। ॐ पाशाय फट् स्वाहा। ॐ ध्वजाय फट् स्वाहा। ॐ अंकुशाय फट् स्वाहा। ॐ गदायै फट् स्वाहा। ॐ कुबेराय फट् स्वाहा। ॐ त्रिशूलाय फट् स्वाहा। ॐ मुद्गराय फट् स्वाहा। ॐ चक्राय फट् स्वाहा। ॐ पद्माय फट् स्वाहा। ॐ नागास्त्राय फट् स्वाहा। ॐ ईशानाय फट् स्वाहा। ॐ खेटकास्त्राय फट् स्वाहा। ॐ मुण्डाय फट् स्वाहा। ॐ मुण्डास्त्राय फट् स्वाहा। ॐ कंकालास्त्राय फट् स्वाहा। ॐ पिच्छिकास्त्राय फट् स्वाहा। ॐ क्षुरिकास्त्राय फट् स्वाहा। ॐ ब्रह्मास्त्राय फट् स्वाहा। ॐ शक्त्यस्त्राय फट् स्वाहा। ॐ गणास्त्राय फट् स्वाहा। ॐ सिद्धास्त्राय फट् स्वाहा। ॐ पिलिपिच्छास्त्राय फट् स्वाहा। ॐ गन्धर्वास्त्राय फट् स्वाहा। ॐ पूर्वास्त्राय फट् स्वाहा। ॐ दक्षिणास्त्राय फट् स्वाहा। ॐ वामास्त्राय फट् स्वाहा। ॐ पश्चिमास्त्राय फट् स्वाहा। ॐ मन्त्रस्त्राय फट् स्वाहा। ॐ शाकिन्यस्त्राय फट् स्वाहा। ॐ योगिन्यस्त्राय फट् स्वाहा। ॐ दण्डास्त्राय फट् स्वाहा। ॐ महादण्डास्त्राय फट् स्वाहा। ॐ नमोऽस्त्राय फट् स्वाहा। ॐ शिवास्त्राय फट् स्वाहा। ॐ ईशानस्त्राय फट् स्वाहा। ॐ पुरुषास्त्राय फट् स्वाहा। ॐ अघोरास्त्राय फट् स्वाहा। ॐ सद्योजातास्त्राय फट् स्वाहा। ॐ हृदयास्त्राय फट् स्वाहा। ॐ महास्त्राय फट् स्वाहा। ॐ गरुडास्त्राय फट् स्वाहा। ॐ राक्षसास्त्राय फट् स्वाहा। ॐ दानवास्त्राय फट् स्वाहा। ॐ क्षौं नरसिंहास्त्राय फट् स्वाहा। ॐ त्वष्ट्रस्त्राय फट् स्वाहा। ॐ सर्वास्त्राय फट् स्वाहा। ॐ नः फट् स्वाहा। ॐ वः फट् स्वाहा। ॐ पः फट् स्वाहा। ॐ फः फट् स्वाहा। ॐ भः फट् स्वाहा। ॐ श्रीः फट् स्वाहा। ॐ पैः फट् स्वाहा। ॐ भूः फट् स्वाहा। ॐ भुवः फट् स्वाहा। ॐ स्वः फट् स्वाहा। ॐ महः फट् स्वाहा। ॐ

जनः फट् स्वाहा। ॐ तपः फट् स्वाहा। ॐ सत्य फट् स्वाहा। ॐ सर्वलोक फट् स्वाहा। ॐ सर्वपाताल फट् स्वाहा। ॐ सर्वतत्व फट् स्वाहा। ॐ सर्वप्राण फट् स्वाहा। ॐ सर्वनाड़ी फट् स्वाहा। ॐ सर्वकारण फट् स्वाहा। ॐ सर्वदेव फट् स्वाहा। ॐ ह्रीं फट् स्वाहा। ॐ श्रीं फट् स्वाहा। ॐ हूं फट् स्वाहा। ॐ स्त्रुं फट् स्वाहा। ॐ स्वां फट् स्वाहा। ॐ लां फट् स्वाहा। ॐ वैराज्ञाय फट् स्वाहा। ॐ मायास्त्राय फट् स्वाहा। ॐ कामास्त्रय फट् स्वाहा। ॐ क्षेत्र पालास्त्राय फट् स्वाहा। ॐ हुंकारास्त्राय फट् स्वाहा। ॐ भास्करास्त्राय फट् स्वाहा। ॐ चन्द्रास्त्राय फट् स्वाहा। ॐ विघ्नेश्वरास्त्राय फट् स्वाहा। ॐ गौः गां फट् स्वाहा। ॐ स्त्रौं स्त्रौं फट् स्वाहा। ॐ हौं हौं फट् स्वाहा। ॐ भ्रामय भ्रामय फट् स्वाहा। ॐ सन्तापय सन्तापय फट् स्वाहा। ॐ छादय छादय फट् स्वाहा। ॐ उन्मूलय उन्मूलय फट् स्वाहा। ॐ त्रासय त्रासय फट् स्वाहा। ॐ संजीवय संजीवय फट् स्वाहा। ॐ विद्रावय विद्रावय फट् स्वाहा। ॐ सर्वदुरितं नाशय नाशय फट् स्वाहा।'

यथासंभव ग्यारह दिवस में पाशुपतास्त्र स्तोत्र के 1100 पाठ करने का विधान है। यदि ग्यारह दिन में 1100 पाठ संभव न हो पाये तो 21, 31, 41 अथवा 51 दिवस में 1100 पाठ का पुरश्चरण सम्पूर्ण करना चाहिए। दशांश हवन, स्तोत्र पाठ के साथ-साथ भी किया जा सकता है। 108 पाठ की गणना मात्र एक सौ ही करनी चाहिए। माला की 108 संख्या को 100 ही स्वीकारा जाता है। ग्यारह माला मंत्र को 1100x108=118800 न मानकर मात्र 1100 ही गिनना चाहिए। अपनी सुविधा और समय के अनुसार अग्निवास देखकर, एक, दो अथवा तीन आदि माला का हवन तथा उसी के अनुरुप दशांश तर्पण, मार्जन आदि करते रहना चाहिए ताकि एक साथ दशांश हवन सम्पन्न करने में उत्पन्न होने वाली असुविधा न उत्पन्न हो।

पाशुपतास्त्र स्तोत्र का सविधि अनुष्ठान करने से समस्त असाध्य व्याधियों से मुक्ति प्राप्त होती है, व्यवधानों का शमन होता है, प्रतिरोध और विरोध करने वाले व्यक्ति या तो मित्रवत हो जाते हैं या पराजित होते हैं। सभी प्रकार के विकट व्यवधान विरूपता तथा प्रतिकूलता नष्ट होती है।

महाकाली का मंत्र

पाशुपतास्त्र स्तोत्र के पाठ के साथ-साथ महाकाली के निम्नांकित मंत्र का जप 11000 बार दशांश हवन, तर्पण, मार्जन आदि सहित करने से शीघ्र एवं अधिक लाभ होता है :-

"ॐ क्रीं क्रीं क्रीं ॐ हूँ हूँ ह्रीं ह्रीं महाकाली क्रीं क्रीं क्रीं हूँ हूँ ह्रीं ह्रीं स्वाहा।"

पाशुपतास्त्र तथा महाकाली के संयुक्त प्रयोग से गंभीर मारकेश की दशा-अंतर्दशा होने के उपरान्त भी व्यक्ति व्याधिमुक्त हो जाता है।

महाविद्या स्तोत्रम्

।। श्री गणेशाय नमः ।।

ॐ महाविद्यां प्रवक्ष्यामि महास्तोत्रं प्रकाशये।।

महाविद्या स्तोत्र का महात्म्य सर्वविदित है यह स्तोत्र भगवान् शंकर को प्रसन्नार्थ करने का विधान है, यह महाविद्या स्तोत्र देवाधिदेव महादेव की अथाह कृपा प्राप्त करके समस्त कामनाओं, अभीष्टों को साकार स्वरूप में रूपान्तरित करने वाला है। विशेष रूप से जब कोई व्यक्ति असाध्य व्याधि से ग्रसित हो तथा महामृत्युञ्जय अथवा संजीवनी मृत्युञ्जय का वांछित प्रभाव न दृष्टिगत हो, असाध्य अथवा संक्रामक व्याधि की तीव्रता अथवा तीक्ष्णता में निरन्तर वृद्धि हो तो महाविद्या स्तोत्र का पाठ करने से सभी प्रकार की व्याधियों से मुक्ति प्राप्त होती है तथा साधक स्वस्थ्य जीवन व्यतीत करता है। महाविद्या के मंत्रों का शुद्ध उच्चारण करना सम्भव न हो सके तो किसी श्रेष्ठ संस्कृत के आचार्य द्वारा यह साधना सम्पन्न करवाना उचित है। दस महाविद्या स्तोत्र का पाठ करने से अकाल मृत्यु नहीं होती, किसी दुर्घटना के कारण विकलांगता का शमन होता है तथा साधक स्वस्थ्य, उल्लासपूर्ण और हर्ष पूर्ण जीवन व्यतीत करता है इस साधना को नैमित्तिक साधनाओं के अन्तर्गत श्रेष्ठ स्थान प्राप्त है। कलह, वाद-विवाद, शत्रुभय, अवसाद, अनिष्ट, अरिष्ट, और अशांति होने पर भी इस स्तोत्र के पाठ करने से सुख और शान्ति प्राप्त होती है। समस्त समस्याओं का समाधान प्रदान करने वाला यह महाविद्या स्तोत्र भगवान् शंकर का श्रेष्ठ प्रसादामृत है।

अस्य मनस्साक्षी देवता सविता छन्दः जगदादिः श्री शिवो देवता श्रीशिव प्रीत्यर्थे मनः कामना सिद्धयर्थे जपे विनियोगः। ॐ महाविद्यां प्रवक्ष्यामि महादेवेन निर्विताम्। चिन्तितां विराटरूपेण मानवोदयनन्दिनीम्।। उत्तमां सर्वविद्यानां सर्वभूतवशंकरीम्।।

ॐ कुलकरीं वंशकरीं धेनुकरीं दलकरीं पुष्टिकरीं शवलबलबंधनं सर्वगंकरं सर्वग्रहोच्चाटिनीं पुत्रमित्र पौत्रनभोबंधनीं मोहनीं सर्वकृत्यकारिणीं सर्वलोकवशं कारिणीं सर्व राजवशं करीं सर्वजन प्रमोदिनीं, सर्वग्रहमैत्रीकरीं, त्वं एकाहिकं द्वायाहिकं, त्र्याहिकं, पंचाहिकं, षाष्ठाहिकं, साप्ताहिकमाष्टमासिकं चातुर्मासिकं षाण्मासिकं सांवत्सरिकं, संध्याहिकं, प्रातर्मध्याहिकं, शीतोष्णमुदकं, वायुकं, कण्ठिकं, कुष्ठरोगमुदररोगं जठररोगं मुखरोगं प्रमेहमुक्ताविक्षिप्तकविस्फोटकादि विनाशाय स्वाहा।।

ॐ विप्र विष्णवे नमः।। ॐ शिं शिवाय नमः।।
ॐ सं सूर्य्याय नमः।। ॐ चं चंद्राय नमः।।
ॐ मं मंगलाय नमः।। ॐ बुं बुधाय नमः।।
ॐ बृं बृहस्पतये नमः।। ॐ शुं शुक्राय नमः।।
ॐ शं शनैश्चराय नमः।। ॐ रां राहवे नमः।।
ॐ कं केतवे नमः।।

ॐ महाशान्तिक भूत प्रेत पिशाचराक्षसानां सर्वदृष्टिभयं विनाशानाय स्वाहा। ॐ नमो भगवते रुद्राय ॐ सिं सिंहस्य सिंहस्य दलमृगेन्द्र ॐ ग्राहवृकब्याघ्रादिमृगानहं बध्नामि ॐ श्रोतं बध्नामि ॐ नेत्रं बध्नामि ॐ वाचंबध्नामि ॐ गतिं बध्नामि ॐ आशां बध्नामि, ॐ दिशां बध्नामि, ॐ सर्वबन्धं बध्नामि, ॐ मायां बध्नामि, ॐ सर्वजनान् बध्नामि, ॐ बंधं बध्नामि कुरु कुरु स्वाहा। पंचयोजन विस्तीर्ण मण्डलं मण्डलं कुरु कुरु स्वाहा।

ॐ नमो भगवते रुद्राय पूर्व दिशायै इन्द्राय ऐरावतारुढाय, बज्रहस्ताय, परिवारसहिताय, दिग्देवताधिपतये इन्द्राय मण्डलं बध्नामि बध्नामि रक्ष रक्ष माचल माचल माक्राम्य माक्राम्य ॐ ह्रां ह्रीं ह्रूं फट् स्वाहा।

ॐ नमो भगवते रुद्राय आग्नेयै अजारुढ़ाय शक्तिहस्ताय परिवार सहिताय, दिग्देवताधिपतये आग्नेयमण्डलं बध्नामि बध्नामि रक्ष रक्ष माचल माचल माक्राम्य माक्राम्य ॐ ह्रां ह्रीं ह्रूं फट् स्वाहा।

ॐ नमो भगवते रुद्राय दक्षिणदिशायै महिषारुढ़ाय शक्तिहस्ताय परिवारसहिताय यमाय दलं बध्नामि बध्नामि रक्ष रक्ष माचल माचल माक्राम्य माक्राम्य ॐ ह्रां ह्रीं ह्रूं फट् स्वाहा।

ॐ नमो भगवते रुद्राय नैर्ऋत्यदिशायै प्रेतारुढ़ाय खड्गहस्ताय परिवारसहिताय दिग्देवताधिपतये नैर्ऋत्ये मण्डलं बध्नामि बध्नामि रक्ष रक्ष माचल माचल माक्राम्य माक्राम्य ॐ ह्रां ह्रीं ह्रूं फट् स्वाहा।

ॐ नमो भगवते रुद्राय पश्चिमदिशायै मकरारुढ़ाय पाशहस्ताय परिवारसहिताय दिग्देवताधिपतये वरुणाय मण्डलं बध्नामि बध्नामि रक्ष रक्ष माचल माचल माक्राम्य माक्राम्य ॐ ह्रां ह्रीं ह्रूं फट् स्वाहा।

ॐ नमो भगवते रुद्राय वायव्य दिशायै मृगारुढ़ाय पाशहस्ताय परिवारसहिताय दिग्देवताधिपतये वायवे मण्डलं बध्नामि बध्नामि रक्ष रक्ष माचल माचल माक्राम्य माक्राम्य ॐ ह्रां ह्रीं ह्रूं फट् स्वाहा।

ॐ नमो भगवते रुद्राय उत्तर दिशायै पुष्पारुढ़ाय वाणहस्ताय परिवारसहिताय दिग्देवताधिपतये कुबेराय मण्डलं बध्नामि बध्नामि रक्ष रक्ष माचल माचल माक्राम्य माक्राम्य ॐ ह्रां ह्रीं ह्रूं फट् स्वाहा।

ॐ नमो भगवते रुद्राय ईशान्यदिशायै वृषभारुढ़ाय त्रिशूलहस्ताय परिवार सहिताय दिग्देवताधिपतये ईशानाय मण्डलं बध्नामि बध्नामि रक्ष रक्ष माचल माचल माक्राम्य माक्राम्य ॐ ह्रां ह्रीं ह्रूं फट् स्वाहा।

ॐ नमो भगवते रुद्राय रात्रिज्वर दिवाज्वर सायंज्वर प्रातर्ज्वर अग्निज्वर शीतज्वर द्वन्द्वज्वर राक्षसज्वर भूतज्वर पिशाचज्वर दृष्टिजवर स्फितकाज्वर मतिज्वर माण्डज्वर पापिज्वर मतिप्रयोगादिज्वर विनाशाय स्वाहा।

ॐ अक्षिशूल कुक्षिशूल कर्णशूल घ्राणशूल दन्तशूल गण्डशूल शिरश्शूल शिरोर्द्धशूल पादशूल पादार्द्धशूल सर्वांगशूल विनाशाय स्वाहा।

सर्वव्याधिविनाशाय स्वाहा। सर्वशत्रुविनाशाय स्वाहा। अपहृतशोकादि विनाशाय स्वाहा। आत्मरक्षे प्राणरक्षे अग्निरक्षे प्रथमं अग्नि रक्षेते शावकं बध्नामि ॐ ह्रां ह्रीं देहि स्वाहा।

ॐ इन्द्राय देहि स्वाहा।। ॐ स्वर ब्रह्मर्क्षे इति विजाते विष्णु दण्ड ॐ ज्वर ज्वर ईश्वरदण्ड ॐ जं तं नं भंजनिरिति दण्ड ॐ प्रहर प्रहर दण्डं ह्रीं लीं ह्रीं लीं यमदण्ड ॐ नित्ये नित्ये, दण्ड विषये विश्वाश्ववाहिनि हंसिनि शूलिनि गारुडिरक्षे गारुडिरक्षे आयुर्मन्त्रं प्रवक्ष्यामि।

अथ बीज मन्त्रः

ॐ ह्रां स्वाहा, ॐ ह्रां ह्रां स्वाहा, ॐ ह्रीं स्वाहा, ॐ ह्रीं ह्रीं स्वाहा, ॐ ह्रूं स्वाहा, ॐ ह्रूं ह्रूं स्वाहा, ॐ ह्रें स्वाहा, ॐ ह्रें ह्रें स्वाहा, ॐ ह्रैं स्वाहा, ॐ ह्रैं ह्रैं स्वाहा, ॐ ह्रों स्वाहा, ॐ ह्रों ह्रों स्वाहा, ॐ ह्रौं स्वाहा, ॐ ह्रौं ह्रौं स्वाहा, ॐ ह्रं स्वाहा, ॐ ह्रं ह्रं स्वाहा, ॐ ह्रः स्वाहा, ॐ ह्रः ह्रः स्वाहा, ॐ क्लं स्वाहा, ॐ क्लं क्लं स्वाहा, ॐ क्लां क्लीं क्लूं क्लें क्लैं क्लों क्लौं क्लं क्लः स्वाहा, ॐ कं स्वाहा, ॐ कं कं स्वाहा, ॐ खं स्वाहा, ॐ खं खं स्वाहा, ॐ गं स्वाहा, ॐ गं गं स्वाहा, ॐ घं स्वाहा, ॐ घं घं स्वाहा, ॐ ङं स्वाहा, ॐ ङं ङं स्वाहा, ॐ चं स्वाहा, ॐ चं चं स्वाहा, ॐ छं स्वाहा, ॐ छं छं स्वाहा, ॐ जं स्वाहा, ॐ जं जं स्वाहा, ॐ झं स्वाहा, ॐ झं झं स्वाहा, ॐ ञं स्वाहा, ॐ ञं ञं स्वाहा, ॐ टं स्वाहा, ॐ टं टं स्वाहा, ॐ ठं स्वाहा, ॐ ठं ठं स्वाहा, ॐ डं स्वाहा, ॐ डं डं स्वाहा, ॐ ढं स्वाहा, ॐ ढं ढं स्वाहा, ॐ णं स्वाहा, ॐ णं णं स्वाहा, ॐ तं स्वाहा, ॐ तं तं स्वाहा, ॐ थं स्वाहा, ॐ थं थं स्वाहा, ॐ दं स्वाहा, ॐ दं दं स्वाहा, ॐ धं स्वाहा, ॐ धं धं स्वाहा, ॐ नं स्वाहा, ॐ नं नं स्वाहा, ॐ पं स्वाहा, ॐ पं पं स्वाहा, ॐ फं स्वाहा, ॐ फं फं स्वाहा, ॐ बं स्वाहा, ॐ बं बं स्वाहा, ॐ भं स्वाहा, ॐ भं भं स्वाहा, ॐ मं स्वाहा, ॐ मं मं स्वाहा, ॐ यं स्वाहा, ॐ यं यं स्वाहा, ॐ रं स्वाहा, ॐ रं रं स्वाहा, ॐ लं स्वाहा, ॐ लं लं स्वाहा, ॐ शं स्वाहा, ॐ शं शं स्वाहा, ॐ षं स्वाहा, ॐ षं षं स्वाहा, ॐ सं स्वाहा, ॐ सं सं स्वाहा, ॐ हं स्वाहा, ॐ हं हं स्वाहा, ॐ क्षं स्वाहा, ॐ क्षं क्षं स्वाहा, ॐ नमों भगवते रुद्राय भैरवाय गणेशाय ॐ

दुर्गायै नमः, ॐ सैनिक भूत प्रेत राक्षस सर्व बेताल सर्व लोक भय विनाशाय स्वाहा, ॐ नमो भगवते रुद्राय ॐ ह्रां, ह्रीं, ह्रूं, ह्रें, ह्रों, ह्रौं, ह्रं, ह्रः ॐ गायत्री पुष्पवर्णिनी उल्कामुखी नागमुखीरुद्रगति-शिरोवरधारिणि स्वाहा ॐ गं गगनं स्वाहा ॐ नमो ब्राह्मणे रुद्रमण्डले रुद्राय आधारदिशायै लोटकनाम-रुद्राय वृषभारुढ़ाय तुलाहस्ताय परिवार सहिताय दिग्देवताधिपतये आधारमण्डलं बध्नामि बध्नामि रक्ष रक्ष माचल माचल माक्राम्य माक्राम्य ॐ ह्रां ह्रीं ह्रूं फट् स्वाहा। ॐ नमो भगवते रुद्राय ब्रह्माण्डादये हंसारुढ़ाय पुस्तक-हस्ताय परिवार सहिताय दिग्देवताधिपतये ब्रह्मणे मण्डलं बध्नामि बध्नामि रक्ष रक्ष माचल माचल माक्राम्य माक्राम्य ॐ ह्रां ह्रीं ह्रूं फट् स्वाहा। ॐ नमो भगवते अंतरिक्ष दिशायै चक्रहस्ताय गरुड़ारुढ़ाय परिवार सहिताय दिग्देवताधिपतये विष्णवे मण्डलं बध्नामि बध्नामि रक्ष रक्ष माचल माचल माक्राम्य माक्राम्य ॐ ह्रां ह्रीं ह्रूं फट् स्वाहा। ॐ नमो भगवते रुद्राय पूर्वदिशायै बज्रको नाम राक्षसस्तस्य अष्टादश कोटि पिशाचानां दिशां बध्नामि अस्त्राय फट् स्वाहा।

ॐ नमो भगवते रुद्राय आग्देयै दिशायामज्वालोनाम् राक्षसस्तस्य अष्टादश कोटि पिशाचानां दिशां बध्नामि ॐ अस्त्राय फट् स्वाहा।

ॐ नमो भगवते रुद्राय दक्षिण दिशायां मेषपिंगल नामराक्षसस्तस्य अष्टादश कोटि पिशाचानां दिशां बध्नामि ॐ अस्त्राय फट् स्वाहा।

ॐ नमो भगवते रुद्राय नैर्ऋत्य दिशायां मरीचको नामाराक्षसस्तस्य अष्टादश कोटि पिशाचानां दिशां बध्नामि ॐ अस्त्राय फट् स्वाहा।

ॐ नमो भगवते रुद्राय पश्चिम दिशायां भयंकरनाम राक्षसस्तस्य अष्टादश कोटि पिशाचानां दिशां बध्नामि ॐ अस्त्राय फट् स्वाहा।

ॐ नमो भगवते रुद्राय वायव्य दिशायां तक्षको नाम राक्षसस्तस्य अष्टादश कोटि पिशाचानां दिशां बध्नामि ॐ अस्त्राय फट् स्वाहा।

ॐ नमो भगवते रुदाय उत्तर दिशायां महाभीमकर्ण राक्षसस्तस्य अष्टादश कोटि पिशाचानां दिशां बध्नामि ॐ अस्त्राय फट् स्वाहा।

ॐ नमो भगवते रुद्राय ईशान्ये दिशायां सर्वार्थको नाम राक्षसस्तस्य अष्टादश कोटि पिशाचानां दिशां बध्नामि ॐ अस्त्राय फट् स्वाहा।

ॐ नमो भगवते रुद्राय भैरवाय दुर्गायै महाशन्तिक महाशान्तिक भूत प्रेत पिशाच सिद्ध राक्षस सर्व भयं विनाशाय स्वाहा। ॐ नमो भगवते रुद्राय शिखां रक्षतु ब्रह्मणीं ॐ ह्रां ह्रीं ह्रूं क्लीं ऐं घ्रूं रूं हुं फट् स्वाहा।

ॐ शिरो रक्षतु माहेश्वरी ॐ ह्रां ह्रीं ह्रूं क्लीं ऐं घ्रूं रूं हुं फट् स्वाहा।

ॐ नमो भगवते रुद्राय मुखं रक्षतु कौमारी ॐ ह्रां ह्रीं ह्रूं क्लीं ऐं घ्रूं रूं हुं फट् स्वाहा।

ॐ नमो भगवते रुद्राय कठं रक्षतु वैष्णवी ॐ ह्रां ह्रीं ह्रूं क्लीं ऐं घ्रूं रूं हुं फट् स्वाहा।

ॐ नमो भगवते रुद्राय भुजां रक्षतु वाराही ॐ ह्रां ह्रीं ह्रूं क्लीं ऐं घ्रूं रूं हुं फट् स्वाहा।

ॐ नमो भगवते रुद्राय बाहू रक्षतु चामुण्डा ॐ ह्रां ह्रीं ह्रूं क्लीं ऐं घ्रूं रूं हुं फट् स्वाहा।

ॐ नमो भगवते रुद्राय उदरं रक्षतु इन्द्राणी ॐ ह्रां ह्रीं ह्रूं क्लीं ऐं घ्रूं रूं हुं फट् स्वाहा।

ॐ नमो भगवते रुद्राय पादौ रक्षतु महालक्ष्मी ॐ ह्रां ह्रीं ह्रूं क्लीं ऐं घ्रूं रूं हुं फट् स्वाहा।

ॐ नमो भगवते रुद्राय। महाविद्या महादेवी निधिरेषा सुखप्रदा।। प्रवासे सिद्धिदात्री च ब्रह्मचर्ये विशेषतः।।

स्त्रियारूप गुणायाथो वाग्वाणी सुफलं शुभम्।
अर्चने रक्षति क्षिप्रं महाविद्यासुशान्तिदा।।

इन मंत्रों का जप वैदिक आचार्यों द्वारा ही सम्पन्न कराना चाहिए, क्योंकि उच्चारण में किंचित् भी त्रुटि होने पर वांछित लाभ में संशय उत्पन्न होता है। उपरोक्त मंत्रों के जप से कैंसर, एड्स, जैसी असाध्य व्याधियाँ भी दूर हो जाती हैं।

उल्लेखनीय है कि जब योग्य आचार्य द्वारा उपरोक्त पाठ किया जाय, तो मृत्युंजय जलामृत भी साथ-साथ तैयार करना चाहिए। रुद्राक्ष की माला, तांबे के लोटे में गंगा जल भरकर, उसमें ही जपनी चाहिए। बस सुमेरु ही बाहर रहे अथवा जप के लिए जितनी माला का बाहर रहना अपेक्षित हो, उतनी ही माला बाहर रहनी चाहिए। माला जिस तरह से जल में घूमती जाएगी, वैसे-वैसे गंगाजल में अमृत का जीवन प्रदायक प्रभाव का संचार होता जाएगा। संजीवनी, मृत्युंजय मंत्र के अतिरिक्त गायत्री मंत्र का जप करना चाहिए। यथासंभव ऋग्वेदीय मंत्र का जप भी गंगाजल में करने से जलामृत में तीव्र प्रभाव प्रदायक शक्ति उत्पन्न हो जाती है। इस तरह से तैयार किये गए जलामृत का सेवन औषधि की तरह से दिन में तीन बार करना चाहिए।

उपरोक्त परिहार के सम्पन्न करने से समस्त असाध्य व्याधियाँ भी निर्मूल हो जाती हैं। संकल्प की भाषा पर ध्यान देना अपेक्षित है।

उपरोक्त परिहार के अतिरिक्त दस महाविद्या स्तोत्र तथा इन्द्राक्षी स्तोत्र का जप करने से

अतिशीघ्र तथा अत्यधिक लाभ प्राप्त होता है।

उपरोक्त सभी प्रयोग अनुभूत हैं जिनके सविधि संपादन से अनेक असाध्य व्याधियों से आक्रान्त व्यक्ति निरोग तथा स्वस्थ होकर सुखमय तथा सक्रिय जीवन व्यतीत कर रहे हैं।

7. **इन्द्राक्षी स्तोत्र** के 1100 पाठ हवन आदि करायें। यह स्तोत्र भी महामृत्युञ्जय मंत्र के समान फल प्रदान करता है तथा 10 महाविद्या के अन्तर्गत आता है।

8. **विष्णुसहस्रनाम** का पाठ प्रतिदिन स्वयं करने से व्यक्ति व्याधिमुक्त रहता है। यथासंभव प्रत्येक व्यक्ति को विष्णुसहस्रनाम का पाठ स्वयं करना चाहिए, परन्तु स्मरण रहे कि संस्कृत का उच्चारण यदि शुद्ध कर सकें, तभी स्वयं पाठ करें।

स्वास्थ्य लाभ और व्याधिमुक्त होने हेतु महामृत्युञ्जय, लघुमृत्युञ्जय, संजीवनी मृत्युञ्जय तथा सम्बन्धित ग्रहों के वैदिक मंत्रों के जप की प्रक्रिया सर्वविदित है परन्तु मंत्र जप में शुद्धता परमावश्यक है। हमारा परामर्श है कि अत्यधिक कष्ट की स्थिति में तथा व्याधि के असाध्य होने पर श्रीदुर्गा सप्तशती के मंत्रों का जप किया जाना चाहिए। यथासंभव इन मंत्रों को संपुट के रुप में प्रयोग करके श्रीदुर्गा सप्तशती के 9, 18, 27, 36 पाठ योग्य, विद्वान और अनुभवी आचार्य द्वारा सम्पन्न कराने चाहिए।

शतचण्डी विधान

किसी असाध्य व्याधि से मुक्त होने हेतु शतचण्डी पाठ विधान चमत्कारिक सिद्ध होता है। जयपुर, चौमू निवासी परम आदरणीय स्व. आचार्य गोविन्द शास्त्री ने अनेक शतचण्डी के पुरश्चरण विंध्यवासिनी माता के मंदिर में सम्पन्न कराये हैं तथा शतचण्डी के पाठ के फलस्वरुप अनेक असाध्य व्याधियों से सम्बन्धित व्यक्तियों को मुक्ति मिली है तथा वे स्वस्थ जीवन व्यतीत कर रहे हैं। शतचण्डी पाठ में श्रीदुर्गा सप्तशती के 108 पाठ करने का विधान है। 11 सप्तशती के पाठ से विधिविधान पूर्वक हवन करना चाहिए। उल्लेखनीय है कि 11 पाठ का हवन करने हेतु प्रचुर समय आवश्यक है। अतः श्रीदुर्गा सप्तशती के 10 पाठ पूर्ण करने के पश्चात् अग्निवास देखकर एकपाठ का हवन साथ-साथ करते रहना चाहिए। हवन के साथ ही साथ दशांश तर्पण तथा तर्पण का दशांश मार्जन भी करना चाहिए। शतचण्डी पाठ के अन्त में 11 ब्राह्मणों को भोजन करान्ना चाहिए। इस तरह से शतचण्डी पाठ करवाने से या स्वयं करने से असाध्य व्याधियों से भी मुक्ति प्राप्त होती है तथा समृद्धि के अनेक पथ प्रशस्त होते हैं।

श्रीदुर्गा सप्तशती में विभिन्न संपुट प्रयोग करके पाठ करने का विधान है। यदि किसी व्याधि की निरन्तर चिकित्सा कराने के पश्चात् भी लाभ न हो, तो निम्नांकित संपुट का प्रयोग करके दुर्गा सप्तशती के 9 से 108 संपुटित पाठ तक कराना चाहिए। पाठ की संख्या व्याधि की असाध्यता, श्रद्धा तथा सामर्थ्य पर भी निर्भर करती है। संपुटित पाठ में प्रयोग किये जाने वाले संपुटित पाठ निम्नांकित हैं :

1. शूलेन पाहि नो देवि पाहि खड्गेन चाम्बिके।
घण्टास्वनेन नः पाहि चापज्यानिःस्वनेन च।।

2. रोगानशेषानपहंसि तुष्टा रुष्टा तु कामान् सकलानभीष्टान्।
त्वामाश्रितानां न विपन्नराणां त्वामाश्रिता ह्याश्रयतां प्रयान्ति।।

3. देहि सौभाग्यमारोग्यं देहि मे परमं सुखम्।
रूपं देहि जयं देहि यशो देहि द्विषो जहि।।

यदि संपुट पाठ संभव न हो अथवा योग्य आचार्य उपलब्ध न हो, तो दुर्गा सप्तशती के उपरोक्त मंत्रों का जप स्वयं करें।

जलावसेचन विधि

कर्त्ता स्नानादि से पवित्र होकर कुश के आसन पर बैठकर रोगी को कम्बल के आसन पर सामने बैठाए। रोग यदि अशक्त हो तो उसे चारपायी पर लेटे रहने दे। सर्वप्रथम 'ॐ नमो सर्वात्मने ॐ गुरवे नमः ॐ ब्रह्मदेवायनमः ॐ अथर्ववेदाय नमः, ॐ भूभुर्वः स्वर्जनदोऽम्' का उच्चारण करता हुआ 'ॐ शन्नो देवीरभिष्टय आपो भवन्तु पीतये। शंय्योरभिस्रवन्तु नः' मन्त्र पढ़कर आचमन करे। पुनः एक ताम्रपात्र में वट, शमी, पलाश की लकड़ियां और कुश, अपामार्ग (चिचिड़ी) छोड़कर गंगाजल या पवित्र जल भरकर रोगी को निम्नलिखित मन्त्र से कुश तथा अपामार्ग से स्पर्श कराते हुए अभिमन्त्रित करें।

ॐ शं त आपो हैमवतीः शमु ते सन्तूत्स्याः।
शं ते सन्निष्यदा आपः शमु ते सन्तु वर्ष्याः।।

तत्पश्चात् रोगी को अपने इष्ट का मन्त्र जप करने को कहे। यदि वह दीक्षित नहीं है तो नमः शिवाय का जप करे अथवा नास्तिक है तो जप की भी आवश्यकता नहीं है। पुनः आचार्य कुशा और अपामार्ग से अभिमन्त्रित शान्ति जल से पीड़ित व्यक्ति पर जलावसेचन करे। सर्वप्रथम विनियोग करे।

1. विनियोग- ॐ अस्य अथर्ववेदस्य ऊनविंशतिकाण्डस्य द्वितीय अपांसूक्तस्य सिन्धुद्वीप ऋषिः। आपः देवता अनुष्टुप छन्दः अमुकस्य (रागी का नाम षष्ठी विभक्ति के एक वचन में जैसे देवदत्त के लिए देवदत्तस्य) पाप शापं ताप रोग दोष दौर्भाग्यजनितारिष्ट निवारणे, अभ्युदयार्थे अभीप्सितार्थे जलावसेचने विनियोगः।

विनियोग पढ़कर दाहिने हाथ में लिया हुआ जल पृथ्वी पर छोड़ दे। पुनः जलावसेचन मन्त्र पाठ करते हुए करे। जलावसेन मन्त्र इस प्रकार है-

ॐ शं त आपो हैमवतीः शमु ते सन्त्यूत्स्याः।
शं त सनिष्यदा आपः शमु ते सन्तु वर्ष्याः।।

शं त आपो धन्वन्याः शं ते सन्त्वनूष्याः।
शं ते खनित्रिमा आपः शं याः कुम्भेभिराभृताः।
अनभ्रयः खनमाना विप्रागम्भीरे अपसः।
भिषग्भ्यो भिषक्तरा आपो अच्छा वदामसि।।
अपाहमादिव्याऽनामपां स्रोतस्यानाऽम्।
अपामह प्रणेजनेऽश्वाभवथ वाजिनः।।
ता अपः शिवा अपोऽयक्ष्मं करणीरप्नः।
यथैव तृप्यते मयस्तात आ दत्त भेषजीः।।

(अथर्ववेद 19/2/1-5)

जलावसेचन का एक दूसरा भी मन्त्र है। यदि उसका प्रयोग करना हो तो विनियोग इस प्रकार करें।

विनियोग- ॐ अस्य अथर्ववेदस्य प्रथमकाण्डस्य पंचमसूक्तस्य सिन्धुद्वीप ऋषिः आपः देवता। गायत्री वर्द्धमाना छन्दसी। अमुकस्य पापशापतापरोगदोष भयबाधानिवारणे, दौर्भाग्यजनितारिष्टनिवारणे अभ्युदयार्थे सतत मङ्गलार्थे च जलावसेचने विनियोगः।

जलावसेचन मन्त्र-

ॐ आपोह द्विष्ठा मयोभुवस्तानऊर्जेदधातन। महेरणाय चक्षसे योवः शिवतमो रसस्तस्य भाजयते हनः। उशतीरिव मातरः। तस्मा अरं गमाम वो यस्य क्षयाय जिन्वथ। आपो जनयथा च नः। ईशाना वार्याणां क्षयन्ती चर्षणीनाम्। आपो याचामि भेषजम्।

इस काण्ड के छठे सूक्त का भी प्रयोग जलावसेचन में किया जाता है। विनियोग में पंचम के स्थान पर षष्ठ सूक्तस्य कहना चाहिए।

मन्त्र- **ॐ शन्नो देवीरभिष्टय आपोभवन्तु पीतये, शंय्योरभिस्रवन्तु नः।**
अप्सु मे सोमो अब्रवीदन्तर्विश्वानि भेषजा, अग्निं च विश्वशंभुवम्।।
आपः पृणीत भेषजं वरूथं तन्वेमम, ज्योक् च सूर्यं दृशे।।
शं न आपो धन्वन्याः शमु सन्त्वनूप्याः शं नः खनित्रिमा आपः।
शमु या कुम्भ आभृताः शिवा नः सन्तु वार्षिकीः।।

(3) पूर्व जन्म में अवैध गर्भपात करवाने वाली स्त्री को अगले जन्म में गर्भस्राव का रोग होता है। इस स्थिति में अथर्ववेद काण्ड 11, सूक्त 6 के अभिसेचन अथवा हवन करने से दोष दूर हो जाता है।

(4) पूर्व जन्मों में पूज्य स्त्रियों से घृणा, ईर्ष्या रखने वाली स्त्री अगले जन्म में प्रदर रोग से ग्रस्त होती है। इससे मुक्ति प्राप्त करने के लिए अथर्ववेद के 8वें काण्ड के छठे सूक्त से

अभिसेचन अथवा हवन द्वारा यह रोग दूर हो जाता है।

(5) पापाचरण, पिशुनता, कुटिलता का व्यवहार करने वाले लोगों को अगले जन्म में शक्ति क्षीण करने वाले, बुद्धि को मन्द बनाने वाले, सन्तप्त करने वाले रोग हो जाते हैं। अतः इस दोष के शमन के लिए अथर्ववेद काण्ड 9, सूक्त 8 से अभिसेचन तथा हवन द्वारा ये रोग दूर हो जाते हैं।

(6) बुद्धि, बल, पुरूषार्थ के रहते हुए माता, पिता, आचार्य, गुरू, सदाचारपरायण लोकोपकारी व्यक्ति की निन्दा सुनकर अथवा निन्दनीय व्यक्ति की प्रशंसा सुनकर जो यथार्थ कहने में संकोच करते हैं अगले जन्म में उनके कान में मवाद पैदा करने वाला रोग (कर्ण रोग) होता है। अतः इससे मुक्ति के लिए अथर्ववेद काण्ड 17 से सूर्योपस्थान तथा काण्ड 9, सूक्त 8 से जलावसेचन करना चाहिए।

(7) पूर्व जन्म में नमक की चोरी अथवा उपकार के बदले अपकार करने से नासिका रोग हो जाता है। अथर्ववेद काण्ड 13, सूक्त 1, 2 तथा काण्ड 17 सूक्त 1 से सूर्योपस्थान करने से यह रोग दूर होता है।

(8) पूर्व जन्म में झूठी गवाही देने से, झूठी शपथ लेने से, अकारण किसी को दुर्वचन बोलने से और मानसिक पीड़ा पहुंचाने से अगले जन्म में मुखपाक रोग हो जाता है। अथर्ववेद काण्ड 9, सूक्त 8 से अभिसेचन, मार्जन तथा काण्ड 17, सूक्त 1 से सूर्योपस्थान करने से यह रोग दूर होता है।

(9) धूर्तता, लम्पटता का व्यवहार करने से गुरू, पिता, माता से द्रोह करने से अपस्मार (मिर्गी) रोग हो जाता है। इससे मुक्ति के लिए सदस्पति मन्त्र का विनियोग पूर्वक जप तथा हवन करने से यह रोग दूर होता है।

र्दिवा मा नक्तं यतमो ददम्भ क्रव्याद् यातूनांशयनेशयानम्।
तदात्मना प्रजया पिशाचा वियातयन्तामगददोयस्तु।।8।।

क्रव्यादमग्ने रुधिरं पिशाचं मनोहनं जहि जातवेदः।
तमिन्द्रो बाजी वज्रेण हन्तु च्छिनत्तु सोमः शिरो अस्य धृष्णुः।।9।।

आयुष्य सूक्तम

1- **आयुष्मानग्ने हविषा वृधानो घृत प्रतीको घृतयोनिरेधि।**
घृतं पीत्वा मधु चारु गव्यं पितेव पुत्रमभि रक्षतादिमान्स्वाहा।।

2- **आयुष्यं वर्च्यस्य रायस्पोबामौदि्भदम्।**
इद हिरण्यं वर्च्वस्वजैत्रायाविशतत्दुमममम्।।

3- **आयुरस्मैधेहि जातवेदः प्रजां त्वष्टरधिनि धेह्यस्मै।**

स्पोषां सवितरा सुवास्मै शत जीवति शरदस्तवायम् ।।

4- आयुर्ददं विपश्चितं श्रुतांकण्डस्य वीरुधम् ।
आभारिषां विश्वभेबाजीमस्याद्दष्टान् निशमयत् ।।

5- आयुर्दा अग्ने जरसं वृणानो घृतप्रतीको घृतपृष्ठो अग्ने ।
घृतं पीत्वा मधु चारु गव्यं पितेव पुत्रानभि रक्षतादिमम् ।।

6- आयुर्यते अतिहितं पराचैरपानः प्राणः पुनरा तावितााम् ।
अग्निष्टदाहार्निर्ऋतेरुपस्थान् तदात्मनिपुनरा वेशयामिते ।।

7- ॐ आयुर्विश्वायुः परि पासति त्वापूषा त्वा पातु प्रपथे पुरस्तात् ।
यत्रासते सुकृतो सत्र ते ययुस्तत्र त्वा देवः सविता दधातु ।।

8- ॐ युवानः कवयो यज्ञियासो मरुतो गन्त गृणतो वरस्याम् ।
अचित्रचिद्धि जिन्वथा वृधन्त इत्था नक्ष तो नरो अङ्गिरस्वत् ।।

9- आयूथेव क्षुमति पश्वो अख्यद्देवानां यज्जनिमान्त्युग्र ।
मर्तनां चिदुर्वशीरकृप्रन्वृधे चिदर्य उपरस्यायोः ।।

10- दर्घायस्तुऽओषधे खनिता यस्मै च त्वा खनाम्यहम ।
अथो त्वं दीर्घायुभूत्वा शतवल्शा वि रोहतात् ।।

11- आयुर्मे पाहि प्राण मे पाह्यपान मे पाहि व्यान मे पाहि
चक्षुर्मे पाहि श्रोत मे पाहि वाचम्मे पिन्व मनो मे
जिन्वात्मानम्मे पाहि ज्योतिर्मे यच्छ ।

12- आयुयीन कल्पतां प्राणो यज्ञेन कल्पतां चक्षुयीन कल्पता श्रोत्रं
यज्ञेन कल्पतां पृष्ठं यज्ञेन कल्पताम् प्रजापतेः प्रजाऽअभूम
स्वर्देवाऽअगन्मामृताऽअभूम ।

13- आयुयीन कल्पतां प्राणो यज्ञेन कल्पतां चक्षुयीन कल्पता श्रोत्रं यज्ञेन
कल्पतां वाग्यज्ञेन कल्पतामनो यज्ञेन कल्पता मात्मा यज्ञेन कल्पतां बह्मा
यज्ञेन कल्पतां ज्योतिर्यज्ञेन कल्पता स्वयीन कल्पतां पृष्ठ
यज्ञेनकल्पतायज्ञोयज्ञेन कल्पतां स्तातश्च यजुश्चऽऋक् च साम च बृहच्च
रथन्तरञ्च । स्वर्देवाऽअगन्मामृताऽअभूम प्रजापतेः प्रजाऽअभूमवत् स्वाहा ।

आयुष्य सूत्र के पाठ, साधना से जीवन अनिष्टों व अल्पायु की शान्ति, आयु वृद्धि और दीर्घ जीवन की प्राप्ति होती है। इस सूक्त के मन्त्रों से हवन भी किया जा सकता है।

रोगोपशमनम्

अथर्ववेद के काण्ड-1/सूक्त-2/मन्त्र-1 में जिन मंत्रों का उल्लेख किया गया है वह यहाँ प्रस्तुत किये जा रहे हैं। इन मंत्रों के सविधि तथा शुद्ध जप से सभी प्रकार की व्याधियों से व्यक्ति निरोग रहता है तथा यदि उसके तन में किसी प्रकार के घाव, पीड़ा, वेदना या ज्ञान-अज्ञान, कष्ट हो रहा हो, तो उस कष्ट से भी मुक्ति मिलती है।

(सभी प्रकार के रोग व घावों को दूर करने के लिए)

विद्या शरस्य पितरं पर्जन्यं भूरिधायसम्।
विद्यो ष्वस्य मातरं पृथिवीं भूरिवर्पसम्।।1।।

ज्याऽके परिणो नमाश्मानं तन्वंऽकृधि।
वीडुर्वरीयोऽरातीरप द्वेषांस्या कृधि।।2।।

वृक्षं यद्‌गावः परिषस्वजाना अनुस्फुरंशरमर्चन्त्यृभुम्।
शरु मस्मद्यावय दिद्युमिन्द्र ।।3।।

यथा द्यां च पृथिवीं चान्तस्तिष्ठति तेजनम्।
एवा रोगं चास्त्रावं चान्तस्तिष्ठतु मुञ्ज इत्।।4।।

<u>अर्थ-</u> दे देवपति (पर्जन्य)! हमारे शरीरों को पत्थर जैसा सुदृढ़ और शक्ति सम्पन्न बनाओ। आपके बाणयुक्त धनुष की प्रत्यंचा हमारी ओर न झुके (दूसरों की ओर झुके)। हमारे शत्रुओं के द्वेषपूर्ण कर्मो को हमसे दूर रखो। उनका बल नष्ट करो।।2।। जिस प्रकार वट-वृक्ष की सघन छाया में गर्मी से पीड़ित गौयें शीघ्रता से शरण लेती हैं, उसी प्रकार शत्रु द्वारा पालन किये जाने वाले उसके वीरों द्वारा हम पर चलाये गए तीव्र बाणों को हमसे दूर हटाओ।।3।। जिस प्रकार पृथ्वी और द्युलोक के बीच में तेज की स्थिति होती है उसी प्रकार रोग, स्राव और घावों को यह आपका शर दबाये रखे और हम रोगमुक्त हो जाएँ।।4।।

ओज प्राप्ति हेतु मंत्र

इस मंत्र का निरन्तर जप करने से व्यक्ति की शक्ति, ओज में वृद्धि होती है तथा वह पुष्टवान होता है। शारीरिक निर्बलता तथा अवसादग्रस्त स्थिति का शमन होता है। इस मंत्र का जप प्रत्येक व्यक्ति को निरन्तर करना चाहिए। विशेष रूप से जीवन के उत्तरार्द्ध में अर्थात् 36 वर्ष की आयु के पश्चात् जब शरीर में निर्बलता तथा व्याधियों का मार्ग शनैः शनैः प्रशस्त होने लगता है-

ओजोऽस्योजो मे दाः स्वाहा ।।1।।

सहोऽसि सहो मे दाः स्वाहा ।।2।।

बलमसि बलं मे दाः स्वाहा ।।3।।

आयुरस्यायुर्मे दाः स्वाहा ।।4।।

श्रोत्रमसि श्रोत्रं मे दाः स्वाहा। ।।5।।

चक्षुरसि चक्षुर्मे दाः स्वाहा ।।6।।

परिपाणमसि परिपाणं मे दाः स्वाहा।।7।।

अर्थः हे ओज! तू धृत के समान शारीरिक स्थित अष्टम अवस्था है, तू मुझे ओज (तेजस्विता) प्रदान कर, मैं तुम्हारे लिए हवि देता हूँ।।1।। हे अग्ने ! तुम शत्रुओं को तिरस्कृत करने में समर्थ हो, मैं तुम्हारे लिए हवि देता हूँ। मुझे तेज प्रदान करो।।2।। हे अग्ने ! तुम बल हो, मुझे तेज प्रदान करो।।3।। हे अग्ने ! तुम आयु हो, मेरे जीवन के लिए सौ वर्ष की आयु प्रदान करने में समर्थ हो, मुझे तेज प्रदान करो।।4।। हे अग्ने ! तुम श्रोत हो, इसलिए मुझे सुनने की शक्ति प्रदान करो। (मैं) तुम्हारे निमित्त यह हवि देता हूँ ।।5।। हे अग्ने ! तुम चक्षुरूप हो। अतः मेरे नेत्रों को दिव्यतेज प्रदान करो।।6।। हे अग्ने ! तुम सब का पालन करने वाले हो, अतः आयु भंग के कारणों से (हमको) बचाते हुए हमारा पालन करो, (मैं) तुम्हारे लिए यह हवि देता हूँ।।7।।

आदित्य हृदय स्तोत्र

हृदयरोग से पीड़ित होने की स्थिति में आदित्य हृदय स्तोत्र का नियमित पाठ स्वयं करना अति लाभदायक और अमोघ सिद्ध होता है। अपने 30 वर्ष से भी अधिक अनुभव काल में हमने हृदय व्याधि से ग्रस्त व्यक्तियों को आदित्य हृदय तथा सूर्योपासना का परामर्श दिया और उन्हें अप्रत्याशित लाभ हुआ। उनमें से कोई एक भी ऐसा व्यक्ति नहीं है जिसने आदित्यहृदय स्तोत्र का नियमित पाठ किया हो और उसे किसी प्रकार की हृदय सम्बन्धी वेदना सहन करनी पड़ी हो। आदित्यहृदय स्तोत्र की पृथक् संक्षिप्त पुस्तिका सामान्य रूप से बाजार में क्रय हेतु उपलब्ध है। जिसे भलीभांति पढ़कर शुद्ध उच्चारण के साथ नियमित रूप से 1, 3 अथवा 5 बार पाठ स्वयं करना चाहिए। अभ्यास होने पर अधिक समय नहीं लगता है जो पाठ की संख्या पर आधारित है।

वडवानल प्रयोग

हनुमद् वडवानल स्तोत्र के पाठ से देवों का क्रोध, ग्रहों का अरिष्ट, भूत प्रेतादि बाधा, अतिकष्ट की स्थिति, रोगों का उपद्रव, चोरभय, परकृत्य तथा विषप्रभाव राहु आदि ग्रहों की पीड़ा का नाश होता है। इसके प्रभाव से दुःस्वप्न एवं सब प्रकार का भय दूर होता है तथा हनुमान जी की अनुकम्पा बनी रहती है।

शनिवार या मंगलवार के दिन ब्रह्ममुहूर्त्त में या निशीथ काल में एकाग्रचित्त होकर लाल वस्त्र धारण करके घी एवं तेल का दीपक जलाकर हनुमान जी की मूर्ति के सामने इस स्तोत्र का 108 बार पाठ करना चाहिए। हनुमद् पूजन के पूर्व गणेश स्मरण आवश्यक है। सहस्र पाठ से विजय एवं अभीप्सित कार्यो की सिद्धि होती है। साधक ब्रह्मचर्य व्रत का पालन करें।

हनुमद्वडवानलस्तोत्रम्

विनियोगः ॐ अस्य श्रीहनुमद्ववडवानल स्तोत्र मन्त्रस्य श्रीरामचन्द्र ऋषिः श्रीवडवानलहनुमान् देवता मम समस्त रोगप्रशमनार्थं आयुरारोग्यैश्वर्याभिवृद्धयर्थं समस्तपापक्षयार्थं श्री सीतारामचन्द्रपीत्यर्थं हनुमद्वडवानलस्तोत्र पाठेविनियोगः।

ॐ ह्रीं ह्रीं ॐ नमो भगवते श्री महाहनुमते प्रकट पराक्रम सकलदिङ्मण्डलयशोवितान् धवली कृतजगत्त्रितय वज्रदेह रुद्रावतार लंकापुरीदहन उमा अर्गलमन्त्र उदधिबन्धन दशशिरः कृतान्तक सीताश्वसन वायुपुत्र अञ्जनीगर्भसंभूत श्रीरामलक्ष्मणानन्दकर कपिसैन्यप्राकार सुग्रीवसाह्यरणपर्वतोत्पादन कुमार ब्रह्मचारिन् गंभीर नाद सर्वपापग्रहवारण सर्वज्वरोच्चाटन डाकिनीविध्वंसन ॐ ह्रीं ह्रीं ॐ नमो भगवते महावीरवीराय सर्वदुःखनिवारणाय ग्रहमण्डल सर्वभूतमण्डल, सर्वपिशाचमण्डलोच्चाटन भूत ज्वर एकाहिक ज्वर द्वाहिक ज्वर त्र्याहिक ज्वर चातुर्थिकज्वर संतापज्वरविषमज्वर तापज्वर माहेश्वरवैष्णवज्वरान् छिन्धि छिन्धि यक्ष ब्रह्मराक्षसभूतप्रेतपिशाचान् उच्चाटय उच्चाटय ॐ ह्रां श्रीं नमो भगवते श्रीमहाहनुमते ॐ ह्रां ह्रीं ह्रूं ह्रैं ह्रौं ह्रः आं हां हां हां हां औं सौं एहि एहि एहि एहि ॐ हं ॐ हं ॐ हं ॐ नमो भगवते श्रीमहाहनुमते श्रवणचक्षुर्भूतानां शाकिनीडाकिनीनां विषमदुष्टांसर्वविषं हरहरआकाशभुवनं भेदय भेदय छेदय छेदय मारय मारय शोषय शोषय मोहय मोहय ज्वालय ज्वालय प्रहारय प्रहारय सकलमायां भेदय भेदय ॐ ह्रां ह्रीं ॐ नमो भगवते महाहनुमते सर्वग्रहोच्चाटन परबलं क्षोभय सकल बन्धन मोक्षणं कुरु कुरु। शिरः शूलगुल्मशूलसर्वशूलात्रिर्मूलय निर्मूलय नागपाशानन्त-वासुकितक्षक कर्कोटककालियान् यक्षकुलजगत रात्रिंचरदिवाचर सर्पात्रिर्विषिं कुरु कुरु स्वाहा। राजभयचोरभयपरमन्त्रपरयन्त्रपरतन्त्र परविद्याश्छेदय छेदय स्वमन्त्र स्वयन्त्र स्वतन्त्रका विद्याः प्रकटय प्रकटय सर्वारिष्टान्नाशयनाशय सर्वशत्रून्नाशय नाशय असाध्यं साधय साधय हुं फट् स्वाहा।।

बृहद् शान्तिकर्म

इस प्रयोग से जन्म-जन्मान्तर कृत समस्त पाप, ताप, शाप, रोग, दोष, दुःख, दरिद्र, ऋण, शत्रु, अकालमृत्यु, नक्षत्र ग्रह दोष, भूत-प्रेत, पिशाच, राक्षस आदि दोष, मस्तिष्क, हृदय, यौन, राजयक्ष्मा आदि समस्त प्रकार के असाध्य रोग दूर हो जाते हैं। जब कोई भी उपाय सफल न हो रहा हो उस स्थिति में इस प्रयोग से निश्चित ही सफलता प्राप्त होती है। यह अत्यन्त सफल एवं अमोघ है।

अथर्ववेद काण्ड 4, सूक्त 23 के मन्त्रों से पहले तीन दिन तक गंगाजल, कुश और अपामार्ग की विनियोग पूर्वक जलाभिसेचन करना चाहिए। पुनः तीन दिन तक इन्हीं मन्त्रों से चन्दन, आम

अथवा बरगद की समिधाओं से अग्नि प्रज्ज्वलित कर अष्टांग हवन सामग्री से हवन किया जाए, 'प्रयोजन' सिद्ध होगा।

विनियोग- ॐ अस्य अथर्ववेदस्य चतुर्थकाण्डस्य त्रयोत्रिंशतृसूक्तस्य मृगारः ऋषिः। प्रचेता अग्निः देवता। त्रिष्टुप् पुरस्ताज्ज्योतिष्मती अनुष्टुप् प्रस्तार पंक्तिः छन्दांसि अमुक प्रयोजने (यहां अपना प्रयोजन कहे) जलाभिसेचने, हवने विनियोगः।

मन्त्र- **ॐ अग्नेर्मन्वे प्रथमस्य प्रचेतसः पाञ्चजन्यस्य बहुधा यन्मिन्धते।**
विशोविशः प्रविशिवां समीमहे स नो मुञ्चत्वंहस।।1।।

यथा हव्यं वहसि जातवेदो यथा यज्ञं कल्पयसि प्रजानन्।
एवा देवेभ्यः सुमतिं न आ वह स नो मुचत्वंहसः।।2।।

यामन्यामन्नुपयुक्तं वहिष्ठं कर्मन्कर्मन्नाभगम्।
अग्निमीडे रक्षोहणे यज्ञवृधं घृताहुतं स नो मुञ्चत्वंहसः।।3।।

सुजातं जातवेद समग्निं वैश्वानरं विभुम्।
हव्यवाहं हवामहे स नो मुञ्चत्वंहसः।।4।।

येन ऋषयो बलमद्योतयन्युजा येनासुराणामयुवन्त मायाः।
येनाग्निना पणीनिन्द्रो जिगाय स नो मुञ्चत्वंहसः।।5।।

येन देवा अमृतमन्वविन्दन्येनौषधीर्मधुपतीरकृण्वन्।
येन देवाः स्वराभरन्त्स नो मुञ्चत्वंहसः।।6।।

यस्येदं प्रदिशि यद्विरोचते यज्जातं जनितव्यं च केवलम्।
स्तौम्यग्निं नाथितो जोहवीमि स नो मुञ्चत्वंहसः।।7।।

ये प्रयोग कर्मज व्याधिनाश के लिए लिखे गए हैं। यह समस्त अथर्ववेद के मन्त्र हैं। इनके प्रयोगों से समस्त आधि-व्याधि का शमन होता है। अथर्ववेद की ही भांति ऋग्वेद और यजुर्वेद में भी आधि-व्याधि निवारण के लिए अनेक मन्त्र लिखे गए हैं किन्तु समस्त मन्त्रों के प्रयोग का विधान स्वयं यदि वेद का ज्ञाता न हो तो नहीं करना चाहिए। किसी विद्वान वेदज्ञ जो स्वरों के ज्ञान से भली-भाँति परिचित हो उसे यह प्रयोग करना चाहिए। कुछ कर्मज व्याधियों के शमन हेतु ऋग्वेद एवं यजुर्वेद के मन्त्रों का भी प्रयोग आगे लिखा जा रहा है।

कर्मज व्याधिनाशन मन्त्र

भयंकर कष्ट हो, असाध्य रोग हो अथवा अल्पमृत्यु का भय हो गया हो, तो ऋग्वेद मण्डल 10, सूक्त 130, मन्त्र 1 से 7 तक संकल्पपूर्वक विनियोग करके 41 दिन तक 10 हजार मन्त्र के जप से असाध्य रोग, अभिचारजन्य रोग, पागलपन तथा अकालमृत्यु से रक्षा हो जाती है।

<u>विनियोग-</u> ॐ अस्य ऋग्वेदस्य दशममण्डलस्य त्रिंशदधिकं एकशतं सूक्तस्य यज्ञप्रजापत्यः ऋषिः। भाववृत्तप्त देवता। जगती त्रिष्टुप् छन्दांसि। (अमुक प्रयोजने) असाध्यरोग निवारणार्थे, अपमृत्युशमनार्थे जपे विनियोगः-

<u>मन्त्र-</u> **यो यज्ञो विश्वतस्तन्तुभिस्तत एकशतं देवकर्मेभिरायतः।**
इमे वयन्ति पितरो य आययुः प्रवयाय वयेत्यासते तते।।1।।

पुमां एन तनुत उत कृणत्ति पुमान् वितत्ने अधिनाके अस्मिन्।
इमे मयूखा उप सेदुरु सदः सामानि चक्रुस्तसराण्योतवे।।2।।

कासीत् प्रमा प्रतिमा किं निदानमाज्यं किमासीत् परिधिः क आसीत्।
छन्दः किमासीत् प्रउगं किमुक्थं यद् देवा देवमयजन्त विश्वे।।3।।

अग्नेर्गायत्रभवत् सयुग्वोष्णिहया सविता स वभूव।
अनुष्टुभा सोम उक्थैर्महस्वान् बृहस्पतेर्वृहती वाचमावात्।।4।।

विराण्मित्रावरुण योरभिश्रीरिन्द्रस्य त्रिष्टुविह भागो अह्नः।
विश्वान् देवात्रजगत्या विवेश तेन चाक्लृप्त ऋषयो मनुष्याः।।5।।

चाक्लृप्ते तेन ऋषयो मनुष्या यज्ञे जाते पितरो नः पुराणे।
पश्यन् मन्ये मनसा चक्षसा तान् य इम यज्ञमयजन्तपूर्वे।।6।।

सहस्तोमाः सहछन्दस आवृतः सहप्रमाऋषयः सप्त दैव्याः।
पूर्वेषां पन्थामनुदृश्य धीरा अन्वालेभिरे रथ्यो न रश्मीन्।।7।।

वरुणपाश, शाप, निर्ऋति दोषों की शान्ति के लिए ऋग्वेद के दशवें मण्डल सूक्त 129 नासदीय सूक्त के सातों मन्त्रों का जप पीपल वृक्ष के नीचे 10 हजार जपने से पाप, शाप, ताप, पाश, दुरित दोष, दुर्गति, जलोदर, यक्ष्मा रोग तथा समस्त असाध्य रोग नष्ट हो जाते है।

संकल्प आदि पूर्व की भांति करें। विनियोग इस प्रकार है-

<u>विनियोग-</u> ॐ अस्य ऋग्वेदस्य दशममण्डलस्य एकोनत्रिंशदधिकं एकशतं सूक्तस्य प्रजापति ऋषिः। भाववृत्तम् देवता। त्रिष्टुप् छन्दः अमुक प्रयोजने जपे विनियोगः।

मन्त्र- **नासदासीन्नो सदासीत् तदानीं नासीद्रजो नो व्योमा परो यत्।**
किमावरीवः कुह कस्य शर्मन्नम्भः किमासीद् नहन गभीरम्।।1।।

न मत्युरासीदमृतं न तर्हि न रात्र्या अहन आसीत् प्रकेतुः।
आनीदवातं स्वध्या तदेकं तस्माद्धान्यन्न परः किंचनास।।2।।

तम आसीत् तमसा गूलहमग्नेऽप्रकेतं सलिलं सर्वमा इदम्।
तुच्छयेनाश्वपिहित यदासीत् तपसस्तन्महिनाजायतकम्।।3।।

कामस्तदग्रे समवर्तताधि मनसोरेतः प्रथम यदासीत्।
सतोबन्धुमसति निरविन्दन् हृदि प्रतीष्या कवयो मनीषा।।4।।

तिरश्चीनो विततो रश्मिरेषामधः स्विदासीदुपरि स्दिासीत्।
रेतोधा आसन् महिमान आसन् त्सवधा अवस्तोत् प्रयतिः परस्तात्।।5।।

को अद्धा वेद क इह प्रवोचत् कुत आजाता कुत इयं विसृष्टिः।
अर्वाग्देवा अस्य विसर्जनेनाऽद्या को वेद यत् आवभूव।।6।।

इयं विसृष्टिर्यत आवभूव यदि वा दधे यदि वा न।
यो अस्याध्यक्षः परमे व्योममृत्सी अङ्गवेद यदि वा न वेद।।7।।

कथा देवानां कतमस्य यामनि सुमन्तु नाम वृण्वतां मनामहे।
को मृलाति कतमो नो मयस्करत् कहम ऊतो अभ्यावववर्तति।।8।।

(ऋग्वेद 10/64/1)

पूर्वोक्त संकल्प, विनियोगादि करके इस मन्त्र को पीपल मूल का स्पर्श करके 21 दिन तक प्रतिदिन 1 हजार जप करने से प्रारब्धगत असाध्य रोग दूर हो जाता है।

रक्षाकरण्ड विधि

रक्षाकरण्ड को ग्राम्य भाषा में गण्डा कहते हैं। यह विधि अत्यन्त प्राचीन काल से प्रयोग की जाती रही है। इसकी विधि इस प्रकार है- सर्वप्रथम यदि रेशम का धागा हो तो उत्तम अन्यथा किसी भी धागे को लेकर शुद्ध जल से कुशा एवं अपामार्ग द्वारा आपो हिष्ठामयो भुव............(यह मन्त्र पूर्व में जलावसेचन विधि में लिखा जा चुका है)। से मार्जन करें, पुनः रक्षोहण मन्त्रों से धागे को कुश अपामार्ग और जल से, अभिमन्त्रित कर रक्षोहण सूक्त में जितने मन्त्र हैं प्रत्येक मन्त्रों को पढ़ते हुए उतनी गांठें धागे में लगा दी जाएं। प्रत्येक गांठ बांधते समय प्रत्येक मन्त्र के अन्म में (अमुकं) रोगी का नाम द्वितीय विभक्ति एकवचन का प्रयोग करके रक्ष रक्ष स्वाहा कहा जाए, पुनः उन्हीं रक्षोहण मन्त्रों से अग्नि में हवन करें। प्रत्येक आहुति के बाद अभिमन्त्रित रक्षाकरण्ड को हवन के धुएं से धूपित करके रोगी की कमर या भुजा में बांध दिया जाए। यह विधि प्रत्येक रोगी के लिए प्रयोग्य है। यदि रोगी प्रेतादि बाधा से भी ग्रस्त हो तो साधक निर्णय करने के प्श्चात् रक्षा करण्ड के साथ पीली सरसों के दाने उपर्युक्त विधि से अभिमन्त्रित कर पीड़ित व्यक्ति पर फेंके इसे सर्षप प्रक्षेपण कहा जाता है। सर्षप प्रक्षेपण से पश्चात् रक्षाकरण्ड दाहिनी भुजा में बांध देना चाहिए। इससे प्रेतबाधा दूर हो जाती है।

रक्षोघ्न मन्त्र

सर्वप्रथम रक्षोघ्न मन्त्रों का प्रयोग करने से पूर्व शाप विमोचन के लिए विनियोग एवं मन्त्र का पाठ करके पुनः रक्षोघ्न का प्रयोग करना चाहिए।

शाप विमोचन-

विनियोग- ॐ अस्य अथर्ववेदस्य प्रथमकाण्डस्य अष्टाविंशति सूक्तस्य चातनः ऋषिः। अग्निः यातुधानीः देवते। अनुष्टुप् विराट् पथ्यावृहती, पथ्या पंक्तिः छन्दासि शापविमाचने रक्षोहणे सर्षपप्रक्षेपणे रक्षाकरण्डबन्धने च विनियोगः।

शाप विमोचन मन्त्र-

ॐ उपप्रागाद्देवे अग्नी रक्षोहामीवचातनः।
दहन्नप द्वययाविनो यातुधानान्किमीदिनः।।
प्रतिदह यातुधानान्प्रति देव किमीदिनः।
प्रतीचीः कृष्णवर्तने सं दह यातुधान्यः।।
या शशाप शपनेन याघं मूरमादधे।
या रसस्य हरणाय जातमारेभे तोकमत्तु सा।।
पुत्रमत्तु यातुधानीः स्वसारमुत नप्त्यम्।
अधा मिथो विकेश्यो विघ्नतां यातुधान्यो वितृह्यन्तामराय्यः।।

इस शाप विमोचन मन्त्र का पाठ करके पुनः रक्षोघ्न मन्त्र पाठ के लिए विनियोग करे।

विनियोग- ॐ अस्य अथर्ववेदस्य अष्टमकाण्डस्य प्रथमसूक्तस्य ब्रह्मा ऋषिः। आयुः देवता। त्रिष्टुप् पुरोवृहती, त्रिष्टुप, अनुष्टुप प्रस्तार पंक्तिः, त्रिपदा विराट् गायत्री विराट् पथ्या वृहती त्र्यवसाना पंचपदा जगती, त्रिपादाभुरिङ् महावृहती, एकावसाना द्विपदासाम्नी भुरिग्वृहती छन्दांसि। अमुकस्य (रोगी का नाम) अभयार्थे, आत्मशक्ति संकल्प शक्ति सम्वर्द्धनार्थे दैनन्दिने अभ्युदयार्थे, अभिवृद्ध्यर्थे पुरुषार्थ चतुष्टय लब्धार्थे हवने रक्षाकरणडबन्धने च विनियोगः।

रक्षोघ्न मन्त्र- **ॐ अन्तकाय मृत्यवे नमः प्राणा अपाना इह ते रमन्ताम्।**
इहायमस्तु पुरुषः सहासुना सूर्यस्य भागे अमृतस्य लोके।।1।।

उदेनं भगो अग्रभीदुदेनं सोमो अंशुमान्।
उदेनं मरुतो देवा उदिन्द्राग्नी स्वस्तये।।2।।

इह तेऽसुरिह प्राण इहाययुरिह ते मनः।
उत्त्वा निर्ऋत्याः पाशेभ्यो दैव्या वाचा भरामसि।।3।।

उत्क्रामतः पुरुषमाव पत्था मृत्योः पड्वीशमवमुञ्चमानः।
मा च्छित्था अस्माल्लोकादग्नेः सूर्यस्य संदृशः।।4।।

तुभ्यं वातः पवतां मातरिश्वा तुभ्यं वर्षन्त्वमृतान्याप्नः।
सूर्यस्ते तन्वे शं तपाति त्वां मृत्युर्दयतां मा प्र मेष्ठाः।।5।।

उद्यानं ते पुरुष नावयानं जीवातुं ते दक्षतातिं कृणोमि।
आ हि रोहेमममृतं सुखं रथमथजिर्विर्विदथमा वदासि।।6।।

मा ते मनस्तत्र गान्मा तिरो भून्मा
जीवेभ्यः प्र मदो मानु गाः पितॄन्।
विश्वे देवा अभि रक्षन्तु त्वेह।।7।।

मा गतानामा दीधीथा ये नयन्ति परावतम्।
आ रोह तमसो ज्यातिरेह्या ते हस्तौ रभामहे।।8।।

श्यामश्च त्वा मा शबलश्च प्रेषितौ यमस्य यौ पथिरथी श्वानौ।
अर्वाङेहि मा वि दीध्यो मात्र तिष्ठः पराङ्मनाः।।9।।

मैतं पन्थामनु गा भीम एव येन पूर्वं नेयथ तं ब्रवीमि।
तम् एतत्पुरुष मा प्र पत्था भयं परस्तादभयं ते अर्वाक्।।10।।

रक्षन्तु त्वाग्नयो ये अप्स्वन्ता रक्षतु त्वा मनुष्या यमिन्धते।
वैश्वानरो रक्षतु जातवेदा दिव्यस्त्वा मा प्रधाग्विद्युता सह।।11।।

मा त्वा क्रव्यादभि मंस्तारात्संकसुकाच्चर।
रक्षतु त्वा द्यौ रक्षतु पृथिवी सूर्यश्च त्वा
रक्षतां चन्द्रमाश्च अन्तरिक्षं रक्षतु देवहेत्याः।।12।।

बोधश्च त्वा प्रतीबोधश्च रक्षताम-
स्वप्नश्च त्वामवद्राणश्च रक्षताम्।
गोपायंश्चत्वा जागृविश्च रक्षताम्।।13।।

ते त्वा रक्षन्तु ते त्वा गोपायन्तु
तेभ्यो नमस्तेभ्यः स्वाहाः।।14।।

जीवेभ्यस्त्वा समुद्रे वायुरिन्द्रो धाता दधातु सविता त्रायमाणः।
मा त्वा प्राणो बलं हासीदसुं तेऽनु ह्वयामसि।।15।।

मा त्वा जम्भः संहनुर्मा तमो विदन्मा जिह्वा बर्हिः प्रमयुः कथास्याः।
उत्त्वादित्या वसवो भरन्तू दिन्द्राग्नी स्वस्तये।।16।।

उत्त्वा द्यौरुत्पृथिव्युत्प्रजापतिरग्रभीत।
उत्त्वा मृत्योरोषधयः सोमराज्ञीरपीपरन्।।17।।

अयं देवा इहैवास्त्वयं मामुत्र गादितः।
इमं सहस्रवीर्येण मृत्योरुत्पारयामसि।।18।।

उत्त्वा मृत्योरपीपरं सं धमन्तु वयोधसः।
मा त्वा व्यस्तकेश्यो मा त्वाघरूदोरूदन्।।19।।

आहार्षमविदं त्वा पुनरागाः पुनर्णवः।
सर्वांग सर्वं ते चक्षुः सर्वमायुश्च तेऽविदम्।।20।।

व्यवात्ते ज्योतिरभूदप त्वत्तमो अक्रमीत।
अप त्वन्मृत्युं निर्ऋतमप यक्ष्मं नि दध्मसि।।21।।

यह रक्षोघ्न (रक्षोहण) मन्त्र अकाल मृत्यु को दूर करने वाला, रोग शोक का दमन करने वाला, पापशाप भय-बाधा आदि को दूर करने वाला तथा दीघार्यु एवं समृद्ध जीवन तथा सुखशान्ति प्रदान करने वाला है। इसके प्रयोग से रोग, शत्रु, मृत्यु आदि का भय समाप्त हो जाता है। इस सूक्त के मन्त्रों द्वारा अभिमन्त्रित रक्षाकरण्ड बांधने से आत्मबल, संकल्पशक्ति तथा शारीरिक एवं मानसिक शक्ति में अपूर्व वृद्धि होती है।

मणिधारण विधि

वेदों में सभी प्रकार के रोग, दोष, भय, बाधा, आधि, व्याधि, संकट तथा अरिष्ट निवारण के लिए मणिबन्धन के प्रयोग बताए गये हैं। अथर्ववेद में वर्णित मणियाँ इस प्रकार हैं-

अस्तृतमणि, औदुम्बरमणि, जङ्गिडमणि, दर्भमणि, प्रतिसर मणि, तलाशमणि, फालमणि, शतवारमणि, सपत्नक्षयवरणमणि, अञ्जनमणि, हरिणमणि, अभिवर्तमणि, यवमणि, त्रिसन्ध्यामणि, अर्कमणि, ओयमगनपर्वमणि, शंखमणि, हिरण्यमणि, गोदामणि, वरणमणि तथा प्रतिसर स्राक्त्यमणि।

ये मणियाँ पत्थर आदि रत्न न होकर (वनस्पति) वृक्ष विशेष हैं। इन मणियों के धारण करने की सामान्य विधि यह है कि किसी महीने की शुक्ल पक्ष की त्रयोदशी तिथि से लेकर पूर्णमासी तक जिस प्रयोजन की सिद्धि के लिए मणिधारण करना हो विनियोग में उस प्रयोजन का उल्लेख करें। विनियोग करते समय प्रयोजन के साथ मणि अभिमन्त्रणे, होमे विनियोगः कहना चाहिए। हवन के पश्चात् मणि को गले में या दाहिनी भुजा में धारण करें। जो भी मणि धारण करनी हो उसके सूक्त मन्त्रों से विनियोग अभिमन्त्रण और हवन करने के पश्चात् मणि धारण

करनी चाहिए। यही प्रत्येक मणि के धारण करने की सामान्य विधि है। सभी मणियों के धारण विधि को न लिखकर कुछ दो एक मणि के विधान को लिख जा रहा है।

औदुम्बर मणि- औदुम्बर संस्कृत का शब्द है। इसे लोक में गूलर कहा जाता है। गूलर एक ऐसी महोषधि है जिसकी जड़, त्वचा, शाखा, पत्तियाँ, फल तथ दूध, रोग एवं अनय दोष दूर करने में अचूक है। इसका प्रयोग धनक्षय हो जाने पर करना चाहिए। सन्तानहीनता में भी इसका प्रयोग सफल होता है। इसके धारण करने से शत्रुओं पर विजय होती है। इसके धारण करने से ओज, तेज, वर्चस्व तथा मेधा की वृद्धि होती है। इससे वन्ध्यात्व दोष तथा मृतापत्यों का दोष शमन होता है। यह आंत सम्बन्धी रोगों को नष्ट करता है। इसका विनियोगादि इस प्रकार है-

विनियोग- ॐ अस्य अथर्ववेदस्य ऊनविंशत् काण्डस्य एकत्रिंशत् सूक्तस्य सविता ऋषिः। औदुम्बरमणिः देवता अनुष्टुप् त्रिष्टुप् विराट् प्रस्तार पंक्तिः पंचपदाशक्वरी विराडास्तार पंक्ति छन्दांसि। औदुम्बरमणि धारणे अभिमन्त्रणे हवने च विनियोगः।

मन्त्र- **ॐ औदुम्बरेण मणिना पुष्टिकामाय वेधसा।**
पशूनां सर्वेषां स्फातिं गोष्ठे मे सविता करत्।।1।।

यो नो अग्निर्ग्रार्हपत्यः पशूनामधिपा असत्।
औदुम्बरो वृषा मणिः सं मा सृजतु पुष्ट्या।।2।।

करीषिणीं फलवतीं स्वधामिरां च नो गृहे।
औदुम्बरस्य तेजसा धाता पुष्टिं दधातु मे।।3।।

यद् द्विपाच्च चतुष्पाच्च यान्यन्ननि ये रसाः।
गृहेण्हं त्वेषां भूमानं विभ्रदौदुम्बरं मणिम्।।4।।

पुष्टिं पशूनां परिजग्रभाहं चतुष्पदां द्विपदायंच्च धान्यम्।
पयः पशूनां रसमोषधीनां बृहस्पतिः सविता मे नि सच्छात्।।5।।

अहं पशूनामधिपा असानि मयि पुष्टं पुष्टपतिर्दधातु।
मह्यमौदुम्बरो मणिर्द्रविणानि नि यच्छतु।।6।।

उपमौदुम्बरो मणिः प्रजया च धनेन च।
इन्द्रेण जिन्वितो मणिरा मागन्त्सह वर्चसा।।7।।

देवो मणिः सपत्नहा धनसा धनसातये।
पशोरन्नस्य भूमानं गवां स्फातिं नि यच्छतु।।8।।

यथाग्रे त्वं वनस्पते पुष्टया सह जिज्ञसे।
एवा धनस्य मे स्फातिमा दधातु सरस्वती।।9।।

आ मे धनं सरस्वतीं पयस्फातिं च धान्यम्।
सिनीवाल्युपा बहादयं चौदुम्बरो मणिः।।10।।

त्वं मणीनामधिपा वृषासि त्वयि पुष्टं पुष्टपतिर्जजान।
त्वयीमे वाजा द्रविणानि सर्वौदुम्बरः स
त्वमस्मत्सहस्वारादरातिममगतिं क्षुधं च।।11।।

ग्रामणीरषि ग्रामणीरुत्थायाभिषिक्तोऽभि मा सिञ्च वर्चसा।
तेजोऽसि तेजो मयि धारयाधि रयिरसि रयिं मे धेहि।।12।।

पुष्टिरसि पुष्टया मा समङ्ग्धि गृहमेधी गृहपतिं मा कृणु।
औदुम्बरः स त्वमस्मासु धेहि रयिं च नः सर्ववीरं नियच्छ
रायस्पोषाय प्रति मुञ्चे अहं त्वाम्।।13।।

अयमौदुम्बरो मणिर्वीरो वीराय बध्यते।
स नः सनिं मधुमतीं कृणोतु रयिं च नः सर्ववीरं नि यच्छात्।।14।।

<u>शतवार मणि-</u> आयुर्वेदिक औषधि शतावर को अथर्ववेद में शतावर कहा गया है। इसके गुण अनेक हैं। जिन स्त्रियों अथवा पशुओं को दूध सूख गया हो अथवा विकार ग्रस्त हो गया हो उसे शतवार पिलाने से दुग्ध शुद्ध होकर अधिक मात्रा में हो बढ़ जाता है। इसीलिए इसे बहुदुग्धप्रद भी कहा जाता हैं यह ओजवर्धक तथा कुलक्षय दोष निवारक है। अथर्ववेद का कथन है कि शतवार मणि धारण करने से भूत-प्रेत, पिशाच, राक्षस भाग जाते हैं। इससे जादू, टोना, टोटका और अभिचार कर्मजन्य बाधाएं दूर होती हैं। यह राजयक्ष्मा जैसी कर्मज व्याधियों का शमन करता है।इसके धारण का विधान औदुम्बरमणि के समान ही है। मन्त्र अथर्ववेद के 19वें काण्ड का 36वाँ सूक्त है।

<u>जङ्गिडमणि-</u> जङ्गिण, अर्जुन वृक्ष को कहते हैं। आयुर्वेद में अर्जुन वृक्ष का उपयोग अनेक रोगों में किया जाता है। मणिधारण में अर्जुन वृक्ष की छाल को धारण किया जाता है। इससे प्रत्येक अभिचार दोषों की शान्ति, क्षेत्रिय रोग दोष, कीटाणुजन्य रोग दोष, राजयक्ष्मा, कैन्सर, भगन्दर, नासूर, स्नायुदौर्बल्य, नाड़ी दोष, मस्तिष्क विकार, रक्तविकार, हृदयरोग, मूत्राशय रोग, यकृत रोग, प्लीहा रोग तथा सन्ताप, दैवी, आसुरी समस्त व्याधि दूर होती है। इसके प्रयोग में अथर्ववेद के काण्ड 2 तथा सूक्त 4 के मन्त्रों से अभिमन्त्रण करके धारण करना चाहिए।

<u>दर्भ मणि-</u> दर्भ का अर्थ होता है कुश। कुश को कुशोत्पाटिनी अमावस्या (भाद्रमास की अमावस्या) को अथवा गुरुपुष्य योग में ग्रहण करना उचित माना जाता है। दर्भ मणि धारण करने से कृत्या दोष, अभिचार कर्मजन्य दोष समाप्त हो जाते हैं। मृत्यु का भय, शत्रुओं द्वारा किए जाने वाले षड्यन्त्रों को यह विफल कर देती है। सुरक्षा के अतिरिक्त यह आयु, बल, यश, धन, ऐश्वर्य को बढ़ाती है। शत्रुओं को यह निष्क्रिय एवं निरीह बना देती है। इसको धारण करने में अथर्ववेद के काण्ड 19, सूक्त 28 का प्रयोग करना चाहिए।

प्रतिसर मणि- प्रतिसर मणि को स्राक्त्य मणि के नाम से भी जाना जाता है। कौशिकसूक्त के भाष्यकार दारिलकेशव ने इसे सिलुत्कक कहा है। राजनिघण्टु में तिलक वृक्ष कहा गया है। पं. देवदत्त शास्त्री लेखक अथर्ववेद तन्त्र विज्ञान ने इसे एकमुखी रुद्राक्ष माना है। यद्यपि स्राक्त्य मणि और एकमुखी रुद्राक्ष दोनों भिन्न-भिन्न हैं।

यद्यपि गुण धर्मों के आधार पर दोनों में समानता पायी जाती है। अतएव प्रतिसर मणि सूक्त से अभिमन्त्रित रुद्राक्ष वही लाभ देता है जो अथर्ववेद में प्रतिसर मणि बताए गये हैं। इसमें अथर्ववेद के आठवें काण्ड के पांचवे सूक्त से अभिमन्त्रण करना चाहिए। इसे किसी भी महीने की शुक्लपक्ष त्रयोदशी से लेकर पूर्णमासी तक तीन दिन इन मन्त्रों से गंगाजल और कुश से अभिमन्त्रित कर इन्हीं मन्त्रों से हवन कर हवनाग्नि में मणि को धूपित करना चाहिए। तीन दिन तक यह क्रिया समाप्त होने के उपरान्त उसी समय अघोर मन्त्र एवं मुत्युञ्जय मन्त्रों से 108 बार हवन कर सोने के तार अथवा लाल रेशमी धागे में गूंथकर गले अथवा दाहिनी भुजा में धारण करना चाहिए। सर्वविदित अघोर मन्त्र तथा मुत्युञ्जय मन्त्र निम्न प्रकार है-

अघोर मन्त्र ॐ अघोरेभ्ययोऽथ घोरेभ्यो घोरघोरतरेभ्यः।
सर्वेभ्यः शर्वशर्वेभ्यो नमस्तेऽस्तु रुद्ररूपेभ्यः।।

महा मृत्युञ्जय मन्त्र त्र्यम्बकं यजामहे सुगन्धिं पुष्टिवर्धनम्।
उर्व्वारुकमिव बन्धनान्मृत्योर्मुक्षीय माऽमृतात्।।

इस मणि के धारण से समस्त आधि-व्याधि का शमन होता है, शत्रु पर विजय, तेज, वर्चस्व की वृद्धि, कीर्ति विजय विभूति, दुर्घटनाओं से रक्षा तथा विषधर जन्तु एवं हिंसक पशुओं से रक्षा होती है।

नामुक्तं क्षीयते कर्म कल्पकोटि शतैरपि।
अवश्यमेव भोक्तव्यं कृतं कर्म शुभाशुभम्।।

मनुष्य शुभ या अशुभ, जैसे भी कर्म करता है, उनका फल उसे भोगना ही पड़ता है। करोड़ों कल्प बीत जाने पर भी कर्मफल भोगे बिना, मनुष्य को कर्म से छुटकारा नहीं मिल सकता।

सहायक ग्रंथ-सूची

पुस्तक	लेखक/संपादक/ अनुवादक	प्रकाशक
अभिनव तंत्र दर्शन	आचार्य गोविन्द शास्त्री	चारूलेख प्रकाशन, जयपुर
अभिनव प्रायोगिक तंत्र	आचार्य गोविन्द शास्त्री	चारूलेख प्रकाशन, जयपुर
आगम और तंत्र	डा० बृज बिहारी निगम	रंजन पब्लिकेशन्स, दिल्ली
आगम रहस्य (दो भागों में)	डा० सुधाकर मालवीय	चौखम्बा संस्कृत सीरीज, वाराणसी
आस्था का केन्द्रः शक्तिपीठ विंध्याचल	रमेश चंद्र त्रिपाठी	त्रिपाठी प्रकाशन, लखनऊ
कमलात्मिका तंत्र	राजेश दीक्षित	दीप प्रकाशन, दिल्ली
कामरत्न तंत्र	राम कुमार राय	प्राच्य प्रकाशन, वाराणसी
कौल कल्पतरु चंडी (वर्ष-60, अंक 6-7)	पं० रामदत्त शुक्ल	परवाणी आध्यात्मिक शोध संस्थान, प्रयाग
कर्मकाण्ड प्रदीप	जनार्दन शास्त्री	मोतीलाल, बनारसीदास, दिल्ली
कर्मठ गुरू	मुकुन्द वल्लभ मिश्र	मोतीलाल बनारसीदास, दिल्ली
कर्मजभव व्याधिः देवी चिकित्सा	पं० केशवदेव शास्त्री	अथर्व प्रकाशन, दिल्ली
चंडी महापर्व (नवरात्रि विशेषांक)	पं० रामदत्त शुक्ल	परवाणी आध्यात्मिक शोध संस्थान, प्रयाग
चंडी सौन्दर्यलहरी	आदि शंकराचार्य	परवाणी आध्यात्मिक शोध संस्थान, प्रयाग
चंडी श्री तारा कल्पतरु	आदि शंकराचार्य	परवाणी आध्यात्मिक शोध संस्थान, प्रयाग
डामर तंत्र	राम कुमार राय	प्राच्य प्रकाशन, वाराणसी
तंत्र दर्शन	आचार्य गोविन्द शास्त्री	सर्वार्थ सिद्धि प्रकाशन, दिल्ली
तंत्र विज्ञान	आचार्य गोविन्द शास्त्री	न्यू साधना पॉकेट बुक्स, दिल्ली
दत्तात्रेय तंत्र	डा० रूद्रदेव त्रिपाठी	रंजन पब्लिकेशन्स, दिल्ली
दश महाविद्या	राजेश दीक्षित	दीप प्रकाशन, आगरा
दुर्गा सप्तशती	हरिकृष्ण शर्मा	चौखम्बा संस्कृत प्रतिष्ठान,
भूत डामर तंत्र	विभा पाण्डेय	प्राच्य प्रकाशन, वाराणसी
मंत्र और ज्योतिष	गोविन्द शास्त्री	साधना पॉकेट बुक्स, दिल्ली
मंत्र कोश	आदि शंकराचार्य	कल्याण मंदिर प्रकाशन

मंत्र प्रयोग	औढरनाथ तपस्वी	रणधीर प्रकाशन, हरिद्वार
मंत्र महार्णव (देवता खंड)	राम कुमार राय	प्राच्य प्रकाशन वाराणसी
मंत्र महोदधि	श्री महीधर/ सं० डा० सुधाकर मालवीय	चौखम्बा संस्कृत प्रतिष्ठान, दिल्ली
मंत्र सिद्धि रहस्य	गोविन्द शास्त्री	साई पॉकेट बुक्स, जयपुर
महाकाल संहिता	राधेश्याम चतुर्वेदी	चौखम्बा सुरभारती प्रकाशन, वाराणसी
महापर्व दीपावली (विशेषांक)	पं० रामदत्त शुक्ल	परवाणी आध्यात्मिक शोध संस्थान, प्रयाग
महामृत्युंजय-साधना एवं सिद्धि	डा० रूद्रदेव त्रिपाठी	रंजन पब्लिकेशन्स, दिल्ली
महाशक्ति पीठ	पं रामदत्त शुक्ल	परवाणी आध्यात्मिक शोध संस्थान, प्रयाग
महेश्वर तंत्र	डा० रूद्रदेव त्रिपाठी	रंजन पब्लिकेशन्स, दिल्ली
यज्ञ मीमांसा	श्री वेणीराम शर्मा गौड़	चौखम्बा विद्या भवन
रूद्रयामल तंत्र	रूद्रदेव त्रिपाठी	रंजन पब्लिकेशन्स, दिल्ली
लक्ष्मी नारायण (दो भागों में)	कपिल देव नारायण	चौखम्बा सुरभारती प्रकाशन, वाराणसी
ललिता सहस्रानाम	श्री ब्रह्मानंद	चौखम्बा विद्या भवन
वृत्त राज	श्री विश्वनाथ	खेमराज श्रीकृष्ण दास प्रकाशन, मुम्बई
शतचण्डी विधान	जमुना प्रसाद पंडित	रणधीर प्रकाशन, हरिद्वार
शतचण्डी विधान	पं० रामदत्त शुक्ल	परवाणी आध्यात्मिक शोध संस्थान, प्रयाग
शाक्तानंद तरंगिणी	ब्रह्मानंद गिरी	प्राच्य प्रकाशन, वाराणसी
शक्ति साधना	राधे श्याम शास्त्री	अध्यात्म एवं ज्योतिष शोध संस्थान, लखनऊ
शाबर तंत्र (एक से बारह)	ऋत्शिल शर्मा	कल्याण मंदिर प्रकाशन
शारदा तिलक तंत्र (दो भागों में)	श्री लक्ष्मण/सं० डॉ० सुधाकर मालवीय	चौखम्बा संस्कृत प्रतिष्ठान, दिल्ली
शिवशक्ति चंडी (अंक 10-12)	पं० रामदत्त शुक्ल	परवाणी आध्यात्मिक शोध संस्थान, प्रयाग
साधना और संस्कार	गोविन्द शास्त्री	सुमति साहित्य सदन, दिल्ली

सार्थ चंडी		परवाणी आध्यात्मिक शोध संस्थान, प्रयाग
सार्थ सौन्दर्यलहरी	आदि शंकराचार्य	कल्याण मंदिर प्रकाशन, प्रयाग
सौन्दर्य लहरी	आदि शंकराचार्य/ अ० पं० रूद्रदेव त्रिपाठी	रंजन पब्लिकेशन्स, दिल्ली
हवनात्मक दुर्गा सप्तशती	ऋत्शिल शर्मा	परवाणी आध्यात्मिक शोध संस्थान, प्रयाग
श्री कुलार्णव तंत्र	डा० परमहंस मिश्र	चौखम्बा सुरभारती प्रकाशन, वाराणसी
श्री चक्र रहस्य	ऋत्शिल शर्मा	शक्ति साधन पीठ, प्रयाग
श्री वुर्गा सप्तशती (सचित्र)	श्री राम नारायण दत्त	गीता प्रेस, गोरखपुर
श्री दुर्गार्चन पद्धति (हिन्दी टीका)	श्री शिव दत्त मिश्र, 'षष्टि'	ठाकुर प्रसाद पुस्तक भण्डार वाराणसी
श्री दुर्गार्चन पद्धति	राधेश्याम शर्मा	जगदीश संस्कृत पुस्तकालय, जयपुर
श्री वुर्गा कल्पतरु	पं रामदत्त शुक्ला	परवाणी आध्यात्मिक शोध संस्थान, प्रयाग
श्री नील तंत्र	प्रदीप कुमार राय	प्राच्य प्रकाशन, वाराणसी
श्री बगलामुखी साधना और सिद्धि	योगेश्वरानन्द	डायनेमिक पब्लिकेशनस प्रा० लि०, दिल्ली
श्री यंत्र साधना	ऋत्शिल शर्मा	परवाणी आध्यात्मिक शोध, संस्थान, प्रयाग